MEMORY HOUSE
记忆坊文化

我等你，
很久了

WAITING FOR YOU

你知道什么是少女心吗？
遇见你之后，我就有了。

我等你，很久了

WAITING FOR YOU

时人见此一枝花，如梦相似。

一个眼神便够了。

『念念，明天跟我约会吧。』

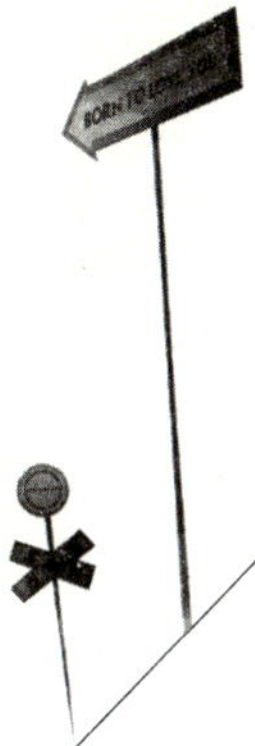

咬春饼 著

WAITING FOR YOU

我等你，很久了

全二册

（上）

江苏凤凰文艺出版社
JIANGSU PHOENIX LITERATURE AND ART PUBLISHING, LTD

目录
CONTENTS

第一章 花有重开日 001

第二章 人无再少年 043

第三章 星辰非昨夜 085

第四章 一院春风意 121

第五章 大梦谁先觉 183

第六章 春梦绕胡沙 224

第一章 花有重开日

周末，上海变天。

立秋已过五六日，但盛夏的尾巴还张牙舞爪地翘着。不料午后突如其来地落了场冰雹，过程不过两分钟，一晃眼，又是明晃毒辣的艳阳高悬于空。

温以宁手头刚结了个项目，在家歇着。窗外奇景对她吸引力不大，她所有的专心都放在了微博上。连着三天，热搜第一都是一个名字，安蓝；热搜第二也都是一个名字，义千传媒。

安蓝粉丝忠心护主，个个义愤填膺。义千传媒这边骂声一片，粉丝都恨不得让其以死谢罪。符卿卿打来电话时，iPad正好没电关了机，温以宁意犹未尽地喂了声。

“温姐，你听说文组长的事了吗？”符卿卿兴致盎然，“她栽了。”

大概是积攒了太多不服与不快，符卿卿大有扬眉吐气的愉悦：“擅作主张，该她的。看这回高总还怎么护短。”

温以宁极少接话，只在最后说了句“周一见”，泄露了她内心酣畅淋漓的快感。

说起来，这事跟她没有实质关系，但也不是全然无关。义千传媒做到今时今日的地位，小团队不少，但真正拿得出手的，也就温以宁和文雅。

前者像一束暗中潜伏的常春藤，给点儿阳光就疯狂生长；后者恃美行凶，深谙美色之道。两人斗了这两年，各凭本事，平分秋色，也没见谁讨了上风。

安蓝代言的一个智能产品的广告推广由文雅一举拿下，为这事没少在温以宁面前得意。三天后有一个上海时尚之夜的活动，主办方是国家新闻出版广电总局，瞩目程度顶级，文雅尽职尽责，还真把广告推到了红毯秀的黄金位置。金主高兴啊，直言以后的项目都给文美人做。

大概是春风得意难免得意忘形，顺风顺水的关口，文雅做错了一件事，她没打商量，直接要求安蓝在红毯秀当天，穿她指定的礼服——红白相间，和代言酒品的瓶身设计遥相呼应，美其名曰软性宣传。

安蓝那边没有当即表态，只在第二天，风轻云淡地送来了一份解约合同。

安大影后最忌他人擅自做主，受不得半分勉强将就，不在意千万赔偿金，不在乎舆情导向，不在乎人情脸面日后好相见，颇有几分仗势欺人、恃宠而骄的底气。

文雅傻了，公司急了。

温以宁不是落井下石的人，但仇者快的心理，谁没有？

周一，艳阳高照，气温又直逼三十八摄氏度，仿佛昨天的极端天气是一场幻象。

义千传媒坐落陆家嘴中心位置，大厦被阳光一照，气派晃眼。温以宁等电梯的时候，符卿卿踩着高跟鞋跑来：“温姐，早啊！”

“早。”温以宁摘下墨镜，注意到符卿卿手上，“拿着什么？”

“生煎包子，超难排队的，没吃早餐吧？我买的双份。”

温以宁笑着说：“谢谢，我不吃早餐。”

电梯到，进去后，符卿卿说：“文组长今天七点不到就被高总叫去了办公室挨训，现在还没出来呢。”

符卿卿去年就职，虽在温以宁手下做事，但资历浅，不敢直呼文雅全名。未等老大开口，符卿卿叽里呱啦一大堆：“这事客观说起来吧，我觉得是安蓝耍大牌。但现在网上的声音一边倒，竟然都站在安蓝那边。单子丢了就丢了，关键是舆论压力特别大，据说周总连夜取消了美国之行，急着回来处理。”

温以宁见怪不怪：“她粉丝多，控场控评也很正常。”

“耍耍大牌发发脾气也就算啦，为这事解约，就因为不高兴。这么做也太撕脸面了，有钱也不是这样任性的呀。”符卿卿喋喋不休，八卦了好一会儿，才把话题扯回来，“不管怎样，咱们总算出口气了。”

温以宁不置可否，迈步出了电梯。

经过高明朗办公室，确实能听见里面传来的薄怒斥责，还隐隐听到文雅委屈地反驳：“我哪知道那个安蓝脾气这么臭啊。”

多半是气话，但高明朗发了飙：“平日你做事谨慎，怎么这次这么马虎？安蓝什么人你查过没，你擅作什么主张？”

后面没听见，温以宁进了自己办公室。这边的对话还在继续，气氛却悄然变了调。

“你凶我干什么？我想把事情搞砸吗？”文雅似嗔似怨，似娇似嗲。

“好好好。”高明朗讨好地一手揽过她的肩，语气姿态都放低，“公司那么多人看着，总得做做样子不是？”

文雅脸上挨了对方一亲，更理直气壮了：“这事怎么解决？”

高明朗被唇上绵软的触感撩得起了邪劲，大剌剌的三个字：“急什么。”

文雅走出高明朗办公室是一小时后，温以宁被叫进去又是十分钟后。十分钟时间，已够这位高总衣冠整洁，正襟危坐了。

又一个十分钟，办公室里传来愤怒的质问。

“凭什么让我给她擦屁股？！”

温以宁一句话铿锵嘹亮，办公室门还未关紧，外面挨得近的同事伸头张望。

高明朗起身关门，不急不缓：“公司的共同利益，怎么能叫为谁擦屁股？我知道你有情绪，这话在我面前抱怨抱怨就行了。上头领导最喜欢的是什么你忘了？团结、合作。”

温以宁安静几秒，平声道：“这个烂摊子我收拾不了。”

“谦虚谨慎、能力出众、顾全大局。不错，周总对你的褒奖的确很中肯。”高明朗又走过来，“我已经跟周总汇报过了，公司现在遇到困难，他也赞同这个决定。”

温以宁面色如镜如湖，任这把风吹得再劲再招摇也瞧不出喜怒哀乐。她走出高副总办公室时，一身鱼尾红裙的文雅迎面走来，那笑容与高明朗如出一辙：“所有的资料我都整理好了，待会儿送到你办公室。”

温以宁睨她一眼，清冷又高傲，胜过千言万语的辱骂。

消息很快传出，符卿卿气疯：“凭什么？自己捅的娄子让咱们收拾？高总护短，还不是因为……”

温以宁打断：“有些话不该你说，就不要说。”

符卿卿憋了回去，不服气地把剩下三个字低声骂完：“……上过床。”

这种事心照不宣，往好了说，男未婚女未嫁，合理合法。高明朗曾经试图说服温以宁也别要脸了，一到晚上就发各种暗示短信，温以宁一忍再忍，终于在某次高总醉酒忘形，竟给她发了张自己的裸身照片后，爆发了。

她在第二天来到高明朗的办公室，不坐，不笑，不寒暄，不示弱，不求全，用她一贯的骄矜冷傲目光控制住了场面。

“高总，您下次做苟且之事的时候，最好去酒店。公司里，凌晨加班的人不是没有，声音小一点。您下回再给我发短信，请斟酌用词，不然我会给公司全体员工发一封邮件。”温以宁言简意赅，“不浪费资源，只写两个字：疲软。”

自那以后，高明朗再也不敢惹她，不过暗地里使的绊子倒是越发变本加厉。

符卿卿的一通抱怨，温以宁对此不持异议，在本上写了一页纸，撕下递给她：“越详细越好。”

她要相关人员的资料。

符卿卿憋屈，看样子，空手接白刃，是真的接下了。

当天晚上，温以宁就收到了符卿卿的汇总：“除了百度上能查到的，我还托我那男同学打听了不少呢，不过真假有待检验。”

那男同学高中时候追过符卿卿，现在在一家挺有名气的娱乐公司任职，娱乐圈的边角八卦不在话下。

温以宁看着厚厚的一摞纸，一目十行，有价值的便多留意，十几页翻过去，从品牌高层，到时尚之夜活动的相关机要人员。

最后五页，安蓝。

符卿卿办事机灵，小女生对娱乐圈本就有兴趣，洋洋洒洒，精确到安蓝哪月哪日买了哪条珠光宝气的裙子。她越说越刹不住：“我最喜欢她演的《任春风起》，演技超棒的，我同学说，人是真的美，近拍也无可挑剔。人比人气死人哟。不过脾气也是真的差。”

越到后面看得越慢，温以宁忽然就不动了。符卿卿伸头一看，来了劲，这才是她此次任务的功勋章。

“活跃在一线的花旦哪个没有人脉靠山，可做到像安蓝这样的资源，真的是极品了。”符卿卿凑过去，“您知道亚汇集团吗？”

亚汇集团，前身有一响亮名号，上海唐氏，百年名企。19世纪香港贸易洋行扬帆起航，唐氏顺应时代潮流，开疆拓土，在水深港阔的维多利亚港扎稳脚跟。随后转回沪上故土，发展得荣辱不惊，相当低调。

“几年前董事局变更，新的首席执行官在董事会上全票通过。”符卿卿眼里像有火把在燃，“CEO帅得要命，要不是私生活低调保密，早成网红了。”

她情绪澎湃，压了压声音，说：“安蓝真正的靠山，就是这位唐总。”

大概是小姑娘的声音过于跳跃，温以宁竟然岔了几秒神。她莫名想到昨天，盛夏酷暑里突降人间的两分钟冰雹，极端天气，总寓意着些什么。

结合这个倒了血霉的周一来看，妖艳之象，流年不利。温以宁捏紧纸张的手指暗中较劲，抠疼了自己才慢半拍地松开。

目光落在资料最后一行，三个字：

唐其琛。

文雅和高明朗这事做得不地道，但温以宁也摆明了无处申冤。上头倒是还有位周总，可这位义千传媒真正的老大是个温暾角色，别指望他秉公。温以宁很清楚。不过没想到的是，这个烂摊子能烂成这样。

她很少接和娱乐圈相关的项目，上手极为吃力。整理出几位关键人物让符卿卿去沟通，小姑娘斗志昂扬地去，垂头丧气地回。

“我等了两小时，人家好不容易肯见我，说了不到十句话就赶客了，官腔架势真的绝了。”

温以宁问：“新闻中心的王主任怎么说？”

“还主任，我连他面都没见着，派个小助理就打发了我。”符卿卿连灌两杯水，嘴角一抹，说，“这态度，难。”

温以宁没说话，拿起名单看了又看：“请你那位男同学再帮帮忙。”

“啊？”

“看能不能联系上安蓝的经纪人。”

符卿卿的男同学倒很乐意效劳，他在圈里小有名气，撰写的影评和人物专访转发量都很高，互相卖个脸面也方便。安影后年少成名，经纪团队庞大，管事的那位约不到，勉强约了个助理。

时间定在周四晚十点，温以宁亲自赴约。新天地一开业不久的清吧，符卿卿还感叹这回又要经费超支了。结果半途接到电话，被爽约。

这助理是个尖嗓门，语速一快更显风风火火：“临时有事，不来了，我也知道你们的想法，别惦记，打住。”

温以宁语速比他更快：“再谈一次好不好？我们拿得出更好的方案，我们有诚心，也是对上一次的道歉和弥补。”

对方正在片场，对做事的人嚷了一嗓子：“怎么干活的！干不好就滚！”再对温以宁说话时耐性更没了，“说了不行就不行。”

温以宁回：“那我把新的方案发您邮箱？”

助理吼：“听不懂人话是吧？你们公司没点专业素质！别惦记！没机会！拿着违约金滚！”对方忘了挂电话，十几秒之后听到一句“没谁，一块牛皮糖，什么玩意儿”。

符卿卿气极：“怎么还骂人呢！”

温以宁掐断电话，抬起手按了按眉心。刚过七点，光影折进车窗，披了她一肩霓虹。她说：“下班吧，先送你回去。”

顺畅一路也沉默一路，高架上终于堵住了。符卿卿犹豫了很久，还是忍不住问：“我们为什么不直接联系安蓝代言的产品公司呢？这个智能系列是亚汇集团的产品，如果能说服他们，一切问题就都解决了，这才是源头啊。”

温以宁不发一语，侧脸陷在明明暗暗的光影里，似思考又似放空，符卿卿没有等来答案，温以宁仰头靠后，疲倦地闭上了眼睛。

符卿卿觉得奇怪，这不像她的行事作风，再一细想，倒像是躲着谁似的。一顿瞎猜还没个结果，第二天，一个懂点内幕的朋友私下透露：“安蓝不愿意由你们做推广，亚汇集团同意了，正式的解约函下午就会送达。”

形势不等人，哪还管得着那些小心思，温以宁拿起车钥匙就往上海大厦赶。亚汇集团独占三层，凶猛霸道。但广宣部负责人临时出差，又扑了个空。人家秘书公事公办的标准微笑：“陈经理后天回，请您先预约。”

态度没话说，但过于标准也意味着冷淡。

温以宁站在国内一流企业的奢华大厅里，华灯都朝眼里刺，冷气全往身上钻，耳边也出现幻听似的，全是文雅和高明朗落井下石的得意嘲笑。

温以宁转身的时候，背脊疼得厉害，冷汗直冒，不负重压。她觉得这一天已经够糟糕的了，电话响，是高明朗，约她晚上见个面，说是有事要谈。

台风过境，大风控制了八月的上海城。和风伴雨，大雨点落在车窗上晕出水圈。温以宁刚进店，淅淅沥沥的雨水便开始下了起来。

“这儿。”高明朗伸手招呼，笑容满脸。走近了才发现，他今天抓了发型，用发胶固定住，是用心打扮过的模样。

温以宁只当工作汇报，坐下后说：“我试过很多渠道，这个推广案想要继续做下去，唯一能拍板的只有亚汇集团。安蓝代言的本就是他们公司的产品，所以……”

“下班时间不说这个。”高明朗打断，眼角的褶子像刀刻的印，他很殷勤地为温以宁倒了杯红酒，“尝尝，上回去法国出差在一个庄园里捡漏的好东西。”

酒液挂在杯壁，一晃，像风中摇曳的红花蕊。

“Cheers.”高明朗伸手，笑容更深。

这个公馆有两层，一层对外迎客，欧式复古风精致高阶。二层是几个小厅，装修风格冷冽。

“其实这个项目让你接盘，确实有失公允，丢就丢了，任谁都有失手的时候。以宁啊，从你进公司起，我就注意到你了，这两年你成长很快，我很欣赏。”

欢快明亮的萨克斯乐曲和此时的氛围十分相配。高明朗的心思越发藏不住：“你这样的女孩儿，太招人喜欢，我一直都想好好栽培照顾。”高明朗暗示十足地覆上温以宁的手，不轻不重地拍了拍，“只要你愿意，我帮你把这摊子甩出去。”

从高处看，这场景还挺和谐。尤其温以宁没挣扎没反抗，反倒鲜眉亮眼莞尔一笑的模样，又给当下镀了一层欲拒还迎的暧昧颜色。

二楼长廊隐匿在做旧的光影里，存在感很低。牌局已经轮了两圈，人乏得很，手气也疲软，唐其琛干脆撂了牌，让柯礼凑个位，自己出来透气。

本是背靠着长廊低头看手机，不知怎的回了神，往直觉中的方向侧头看下去。这一看，看得唐其琛皱了眉。迟疑两秒，他关了手机转过身，换个角度确认一眼，心里便有了数。

五六分钟，从温以宁落座，到她和男人侃侃而谈，再到红酒碰杯，两人的手交叠在一起，最后是温以宁意味不明但温情款款的微笑，都一个不落地落进唐其琛眼里。

不用知道前因后果，眼前这一幕实在暧昧，女有情，男有意。

柯礼从里厅出来，一声“唐总”顿在嗓子眼，顺着他的目光看过去，以为唐其琛眼熟那人，答疑道：“是义千传媒的高副总。”

柯礼跟在唐其琛身边多年，对他的一言一行都能揣摩几分，不过这次却会错了意，问：“需要我去打声招呼吗？”

唐其琛收回目光："进去吧。"

两人并肩往里走，柯礼说："那支广告的推广策划，就是义千传媒负责的，高副总主管的业务。义千的业务能力在国内相当过硬，不过安蓝这次生了气，小事一桩，却坚持换公司。"

这事不算什么，汇报级别还够不上到他这里，唐其琛没有放在心上："随她。"

柯礼推开门，手挡着让他先过，唐其琛忽问："义千传媒谁接的案子？"

"姓文，不过好像移交了，现在是谁暂时不清楚。"柯礼笑了笑，"高副总爱美人，也是业内共识了。"

唐其琛表情一瞬间起疑，有微妙，有猜忌，最后又恢复平静。以最直接赤裸的东西用来交换捷径，他在这个圈子见过太多。

重逢这个词本身就带了那么点情分，在他心里算不上，顶多是场平平无奇的撞见，最后还以一个不屑的句号收了尾。

温以宁五分钟后从洗手间回来，补了点妆，笑意照人。高明朗见过的漂亮女人数不胜数，久了便也没劲。温以宁的气质不算特别柔和，偶尔冒出的戾气跟玫瑰茎上的刺一样。男人心思下作，越得不到就越想要。

"还想喝点什么？"他倾身向前，为温以宁今晚的态度感到惊喜。

"再喝点酒。"温以宁伸手越过桌面，拿起酒瓶自己倒了起来。

"你要不喜欢这个地方，咱们换别处。"

"换哪儿？"酒液满了半杯，温以宁继续倒。

"我家。"高明朗挑明。

温以宁点点头："嗯。"

男人笑得眼纹纵横，迫不及待地起身，边推椅子边说："放心宝贝儿，这个烂摊子明儿我就帮你推了，不会让你为难……"

话还没说完，温以宁举起满杯红酒，手起杯落，利利索索地泼了他一脸，高明朗本能反应地掀了桌面上的东西，噼里啪啦砸了一地，他吼叫："你疯了吗？！"

温以宁把空酒杯扔他面前，特淡定地擦了擦手，看他一眼说："高总不长记性，我只是帮你提提醒。"说完转身要走。

高明朗狼狈不堪地追过去，结果被凳子脚撂倒，这一跤摔得重，他气得嘴角发抖："行，行，不知好歹，你行。"

温以宁头也没回，推开店门，空气清透，雨停了。

唐其琛透个气重回牌桌，手气反倒更差了。一桌都是衣冠楚楚的禽兽，调侃几声唐大老板承让，个个赢得盆满钵满。

柯礼从外头进来，有人问："什么动静啊楼下？"

"不清楚，摔了个人，估计是闹矛盾的。"话题轻轻揭过，柯礼压低声音，问唐其琛，"安蓝电话打到我这儿，她想过来。"

唐其琛推了牌，手气邪乎，这盘又得输，隔了半晌他才说："太晚了。"

柯礼点点头，走出去给安蓝回电话。

唐其琛昨天才从美国回来，这次在国外待了半个月，高密度工作太费神，于是借着倒时差休息了两天。次日，九点的集团例行周会提前至八点，积压的工作不少，唐其琛往那儿一坐，各部门有条不紊地汇报。这位少主入主董事局五年，两年前任CEO，全面主持集团事务，耳濡目染，大家的做事风格也趋于统一，精炼，简洁，切中要害，没有一丝赘言。

会议最后，柯礼问："各位还有什么要补充的？"

留白数秒，刚要宣布散会，陈飒说："唐总，义千传媒想跟我们继续沟通产品广告的后续推广。"

唐其琛侧头问柯礼："智能系列？"

柯礼低声："对，安蓝拒绝的那家。"

"你是主管部门，听你的意见。"唐其琛放权陈飒，不打算过问。

得到明确态度，陈飒很快做出决断："他们更换了负责人，姓温，昨天留了预约。我会让李主管对接，并且将正式的解约函发过去。"

最上头的那位没再说话，大家合上笔记本准备离座，唐其琛忽然开口："温什么？"

"以宁，温以宁。"

陈飒负责集团宣发事务多年，心思缜密。唐其琛虽是无意一问，但她听出了话里的余地，试探着说："义千传媒的两位小花旦都派了过来，诚意还是很足的。”

这话看似赞赏，但从眼高于顶，业务手腕比男人还强悍的陈经理口里说出，仍属不屑一顾。语毕，陈飒看向唐其琛：“我会尽快落实新的承接公司，周三前……”

唐其琛语调平，情绪淡，打断说：“先见见，再做决定。”又问，“约的什么时候？”

陈飒说：“明天。”

唐其琛略一颔首，再起身时松了松衬衫领口，重复一遍：“陈主管明天跑一趟南边。这个人你亲自见。”

“散会。”

温以宁接到电话的时候正发着烧，拿棉被捂了一晚上，衣服被汗浸湿了，烧也没退。接电话时不在状态，对方重复了两遍她才听明白。柳暗花明的喜悦瞬间冲散了身体的不适。

约的时间是十点半，陈飒的办公室在二十七楼，温以宁上去的时候部门正在开会。隔着落地窗，陈飒气质精简干练。

这位亚汇集团陈经理的百度履历相当传奇，在国内传媒圈的人脉交际属顶级。三十五岁，未婚。曾听高明朗谈起，说陈飒根本不像个女人，绝情冷血，白瞎了那张御姐脸。

温以宁站在外头，玻璃的隔音效果好，听不见声音，但能看到陈飒的表情神态，冷目、自如、眉间英气飒飒。近二十分钟才散会，助理把温以宁领进会议室，陈飒似乎不打算浪费时间，坐在那儿看文件，头也不抬，说：“耽误了十分钟，这个时间我会补偿，从现在开始到十一点，交给你。”

温以宁拉开椅子坐下，说：“您好。”

没被陈飒的态度唬住，她从容且理性，客套话全部免去，重点放在后续的弥补措施上，条条有理有据。

五分钟不到，温以宁就说完了。陈飒自始至终低头看文件：“别人都恨不得背个万字课文，你倒简单，三言两语就交差了。”

温以宁说：“我们既愧疚也珍惜这第二次机会，这一次，更多的是倾听、改正。”

陈飒抬起头，看了她一眼，然后笑了笑。虽是不屑的成分比较大，但陈飒愿意打开新的策划书，逐一对温以宁发问。

她在经验和阅历上形成碾压，尖锐、直切要害，很是不留面子。

温以宁起先还能从容应付，但问题越到后面越刁钻，陈飒毫不客气："擅自做主，不沟通，不作为，不能平衡关系，如此不专业，凭什么值得再次信任？"

温以宁没有巧舌如簧地辩解，谦虚承认错误后，以问责开始，以侧面宣扬公司优势结束。陈飒彻底放下手中文件，所有注意力自此刻才全部集中到她身上。

"没有责怪过安蓝难应付？"陈飒抛出一个很微妙的问题。

温以宁说："在其位，谋其事。"

六个字圆得也很微妙，把深意还给了对方去领悟。

会议室外面，唐其琛站在落地窗的后侧看了很久，这个点的阳光西移，一束落在他肩头，能看见尘粒轻飘，能看清男人衬衫上的浅色纹路。

"唐总，可以出发了。"柯礼走来，在看到会议室里的人后，顿时失声。分辨数秒后，既诧异又起疑，"以宁？"

唐其琛看他一眼："记性不错。"

柯礼掂量了一番此情此景，心里实在没底。不敢催促，也不敢搭腔，两个男人就这么站在外头，唐其琛倒是很专心，看来观察里头有一阵了。

柯礼也不敢耽误正事，提醒说："宴会的时间来不及了。"唐其琛又看了两分钟，才松口："走。"

宾利已经久候，开上世纪大道，能看见后面的金融中心与东方明珠电视塔并肩而立。上车前柯礼接到陈飒的电话，这人做事百密无一疏，想让柯礼打听一下唐其琛的意思。

公事公办，话题的开始就自然多了。柯礼说："陈经理见过义千的人了，她觉得无功无过，希望听听你的意见。"

唐其琛微仰头，合眼休息，说："越到后面越夸夸其谈。"

先扬后抑，但柯礼还是听出了唐其琛的意思，他对温以宁的个人能力，仍是赞赏有加的。

柯礼笑了笑，说：“业内的通病，她已经做得很好。”又感叹道，“好几年没见了吧，那时候她还在上大学，刚看到她的时候，我都没敢确认，以宁长大了。”

唐其琛睁开眼，侧过头，本就清淡的眸子沉下去，太过平静，让柯礼没来由地紧了心。

后知后觉，才知道大概是失了言。

柯礼转移话题，说：“陈飒还在等您的意见。”

唐其琛始终闭目休憩，这一程很安静，宾利的隔音效果极佳，道路顺畅平滑，抖动难以察觉。柯礼等了一会儿便自觉转过头，只觉得车内空气过于黏稠安静。

第二个红灯路口，唐其琛说：“不选。”

七点慈善晚宴开幕，冠名善行中国。亚汇集团去年慈善总额八位数，唐其琛本被大会邀请做开幕致辞，但他婉拒了。这位年轻掌门人低调成性，甚少见报，血液都是静的。

“您的位置在第一排，左边，邻座是两个重要领导。”临近会场，柯礼简述情况，又说，“邀请了明星，安蓝也在，会在拍卖环节拍出一副翡翠耳环。”

会场入口宾客络绎，柯礼跟在唐其琛身后，冲一方向说：“义千传媒的高副总也参加。”

高明朗黑色正装，身边携带的是红裙艳丽的文雅。

“那位就是义千传媒的两小花旦之一。”柯礼笑着说，“以前不了解，现在总算知道两小花旦的真面目了。”

柯礼不知道几日前，唐其琛已经在二楼看见过温以宁。那日有雨，她与一个男人场景暧昧，实在算不上什么完美重逢。

唐其琛扫了两眼高明朗，正回视线，扣上外套，忽地说了句：“可惜了。”

柯礼没来得及回味这三个字，老板已经步履生风地从高明朗身旁走过，人家一声诚惶诚恐的“唐总”还没说囫囵，他置若罔闻，从容地入了场。

明星拍品环节之前，柯礼轻步走到唐其琛面前，微弯腰说：“陈飒已经知会义千传媒，终止合作。”

主持人慷慨激昂，正邀请今晚的第一位明星上场，现场掌声热烈。拉明星入阵，能让善举博得更多关注。安蓝无疑是压轴，她一登场，才是今晚的最高潮。

一身水蓝色的礼服贴身掐腰，几年的打磨，已让安蓝的气质无懈可击。眉眼间的自信，在看到底下的唐其琛时，忽地飞了起来。

粉丝克制不住，齐喊：“安蓝，安蓝，安蓝！”

主持人接话：“上个月刚摘得第七届中影节影后桂冠，如果我没记错的话，已经是第二个影后头衔了哦。”

唐其琛没听太久，对柯礼抬了下手算是授意，自己便离了座。坐着略久，他的西装下摆微微起褶，单手入袋，背影的骨相颇为挺拔。

安蓝的翡翠耳环八万起拍，价格一路高涨，竞价到五十万的时候，满座衣冠不再吭声。

主持人：“五十万第一次，五十万第二次。”

柯礼举牌，说了一个翻倍的数字。

现场哗然。

后半段是酒会，唐其琛在侧厅接电话，安蓝悄悄靠近，试图从背后捂住他的眼睛。唐其琛早有察觉，偏身一躲，不着痕迹地拉开距离，笑着说：“有记者。”

安蓝笑容不变：“你没趣呢。”

柯礼打招呼，说：“刚还夸你今天状态好。”

安蓝心情不错：“要不是今天你会来，我才懒得参加呢，拍了一个月清宫戏，天天顶着头饰，脖子都快断了。”

唐其琛说：“找老曹给你正正骨。你过去吧，再晚就有记者了。”

安蓝实在不怎么情愿：“那你改天请我吃饭。”

唐其琛态度温淡：“去吧。”

人一走，柯礼说：“胡总在等您。”

走去宴厅的时候，柯礼挺轻松地聊起：“陈飒是当面通知的，一听被拒绝……”

时不时地有人打招呼：“唐总。”

应了好几个，柯礼才能把话说完：“说是哭着鼻子离开的。”

唐其琛似乎没听见，对着迎面走来的胡总客气："胡叔比上回见着精神多了，老爷子身体可还好？"

并肩寒暄，唐其琛善于应酬，在华灯之下显得风度翩翩。家国时政聊了七八分钟，胡总尽兴得很："高铁那个项目耗费太久，国内外那么多公司竞标，多亏你帮衬一把。"

铁路局在东南交通枢纽的利民工程，两个亿的项目。胡总的感激真心实意，就着这个又聊了几句，胡总说："推广也很关键，不只是项目完成后，现在就要着手开展，保持在公众之中的活跃度。"

唐其琛静静听，几句之后，他忽问："胡总有意向的公司吗？"

"那还没。"

"我推荐一个。"唐其琛平静道，"供你参考。"

柯礼说温以宁是哭鼻子离开的，她没哭，哭的是符卿卿。听到被拒绝的确切回复，年轻人觉得很崩溃，到了夜宵摊还在啜泣。

温以宁到底没忍住笑，把菜单递过去："一天没好好吃过东西，点你喜欢的。"

符卿卿生闷气呢："你不气吗，怎么还笑得出来？"

温以宁没回答，对着她后边抬抬下巴："这个夜宵摊的老板晚上营业到三点，回去还得洗洗刷刷，白天也不能贪睡，有孩子要接送上学。上次我在这儿吃，碰到一桌挑刺的，霸王餐愣是没给钱。"

符卿卿大眼睛雾蒙蒙地看着她。

"生活不容易，谁都不容易。"温以宁笑了笑，"努力争取，坦然面对，至于结果，你别太较劲。"

符卿卿呼出一口气："项目丢了，高总和文雅指不定怎么嘲笑我们呢，我委屈。"

夏末的夜风都变静了，温以宁似是思考了很久，再一开口脸上带笑："你往我身后站，躲着就是了。"

符卿卿心里还是很感动的。她跟了温以宁两年多，温以宁为人谦逊，能力亦出众。广告业结识四面八方的人，好像谁都带了点浮夸气质。但她的老大不一样，不阿谀，不媚交。文雅看不惯温以宁，嫌她身上那股仙劲，总有装腔拿势之嫌。不过符卿卿不觉得，她还挺崇拜的。

懂规矩，有原则，钱也没少挣，多帅啊。

想到这儿，符卿卿心情好多了，点了好多烤肉委屈道：“饿死我啦！”

这事失手得意料之外，情理之中。温以宁做好了挨训的准备，次日一进公司就被叫去高明朗办公室。不只高明朗，连周总和文雅也在。

高明朗还记着那晚被泼一脸红酒的仇，逮着人兴师问罪：“这是什么情况？”

他把亚汇集团加盖公章的通知函拍在桌上，嘭的一声：“周一交给你的任务，周三就给我这结果？”

语气是真凶，态度也严肃。旁边的周总打圆场，问：“以宁，为什么亚汇的决定这么坚决，两天不到，你是不是没有及时与他们沟通？”

后头的符卿卿没忍住：“我们第一时间就联系了，连安蓝的助理也有约的，这个事情交给我们的时候，本来就很糟糕了。”

正说着，周总走出去接了个电话。高明朗掀起桌上的解约函扔过去：“没有借口，这是什么！”

几页纸落到地上，窗户没关进了风，一扫而乱。温以宁抿着唇，也没什么好辩解的，倒不是她畏惧，事情从一开始，高明朗仗着位高权重就没打算让她好过。

“通知人力资源部，这个月奖金扣除。”高明朗补充道，“你带的组，全扣！”

周总接完电话回来，手机还握在掌心：“不要处罚了。”

这句话无疑刀下留人，所有人都看向他。

周总难掩兴奋，扬着手机说：“瀚海有意向跟我们谈合作，刚中标的高铁项目都知道吧，那可是重点工程。”周总笑着对温以宁说，“晚上你跟我去一趟，胡总钦点的你。”

罪臣变功臣，处罚自然作废。当天晚上，温以宁就见到了这位胡总。五十多岁，儒雅健谈。虽说合作的事八字没一撇，但对方主动抛出橄榄枝，无疑是想结个善缘。

走前，胡总特意跟温以宁聊了几句。

“温小姐是哪儿人？”

“H市，南方一个小城市。”

“我听过，有机会要去看一看的。你在上海待了很久吗？”

“大学四年，去外面工作了一段时间后又回来了。”

“年轻有为。”胡总的语气很好，少了中年企业家的浮夸油腻，温以宁倒觉得受宠若惊了。走到门口时，胡总说，“其琛推荐的人，一直很优秀，认识你们很高兴。”

他伸出手，周总双掌紧握直点头：“希望以后能有合作的机会。”

胡总看了眼温以宁，笑了下：“会的。”

夜色里的内环高架川流不息，是上海城繁华与喧嚣的流动晚宴。回去时，周总高兴极了：“你还藏着这层关系，以宁，这就是你的不厚道了啊。”

旁敲侧击了好几遍，温以宁始终沉默以对，周总有些挂不住，后半程总算安静下来。温以宁一直盯着窗外，被霓虹光影晃酸了眼睛才转了目光，一低头，心里静得离奇。

那是好多年前的回忆，她二十一岁，女生最为气势如虹的美好年龄。

不，严格来说，那甚至算不上回忆。

回忆这个词，本身就带了点怀念的美好。但对她而言，唐其琛三个字，实在和美好无缘。

温以宁闭眼假寐，情绪如云烟，下了高架桥便已如止水。

这次牵线搭桥替她解决了眼前的困局。高明朗就当是什么都没发生过，对她笑脸相迎嘘寒问暖。温以宁暗自佩服，明面上也配合，成全了这一团和气。

胡总那边更是说一不二，高铁项目没那么快开展运营，但一些小项目的推广还真交了过来。半个月过去，月底业绩考核，她这组的绩效奖金反而是公司最高的。发工资这天，符卿卿非要请她吃饭，麻辣小龙虾点了两大盆，俩姑娘吃得唇红如血，喉咙冒烟。

“我扛不住了，剩下的归你。”温以宁眼泪都辣出来了，满地找水喝。

“宁姐你不是合格的H人啊，H省挺能吃辣的呀。”

“从大学算，我在上海待了快八年，口味早被改造了。”温以宁灌了一大口水，又给符卿卿递去一杯。

“温姐，你老家漂亮吗？”

“漂亮。”辣劲已经缓了过去，温以宁说，“我们家门口有一条江，夏天很凉快，晚上不用开空调。”

“哇！那你以后还会回去吗？”

温以宁笑了笑：“不知道。”

符卿卿感叹：“上海的生存成本太高啦，我一个月房租两千，水电费两百，上班还得转两趟地铁，累死啦！”

最后一只小龙虾解决，她没摘一次性手套，捻着桌上的龙虾壳玩。

“而且我们家小汪汪在武汉，好远哦，他来看我一次来回机票都得一千八，我舍不得他辛苦，可是我真的很想他，来大姨妈的时候想他，出租房里的水龙头坏了想他，停电了想他——嗯，异地恋好可恶。”

温以宁听她碎碎念，诉说着生活的不易，爱情的艰辛，理想与现实的落差，以及眼睛里仍然不灭的希冀。

符卿卿的话题延伸很无边，忽问：“温姐，你为什么会转行？”

她无意间看过温以宁的简历，复旦大学英语系，专业八级，毕业后在一家很有名的外译院工作过两年，深得领导看重，原是有机会被推荐去北京外翻院进修。但这份工作履历截止于前途坦坦的正光明时，她主动离职，重返上海，跨行换业，一切从零开始。

符卿卿边说边玩那些龙虾壳，一只只地摆，占满了空余的桌面。那是一个“汪”字。符卿卿摘了手套，双手合十对着龙虾壳许愿：“保佑我们家汪汪涨工资！”

温以宁笑了起来，没回答她的问题，而是起身说：“我去趟洗手间。”

然后主动买了单。

月初相对清闲，第二天又是周五，同事们早早讨论周末要去哪儿玩。温以宁也准备下午早点走，结果接到胡总的电话，客客气气地邀请她晚上赴个局。一个小型的宴请，胡总人挺好，真心实意地举荐温以宁，广告行业兴的是广结人脉，一圈下来，温以宁收了不少名片。

“老胡对美人总是格外关照，多久不见你带人出来了。”说话的姓曾，做贸易的，满场都是笑脸示人。

胡总说：“哪儿的话，带年轻人出来见见世面。”

“胡总惜才，理解，理解。”曾总语气敞亮，但眼里深意犹存。

温以宁伸手：“曾总您好。”

“好，好。温小姐很年轻啊，哎，跟老李他儿子差不多大？”

“那应该同龄。”胡总说。

“说我什么呢？老远就听到了啊。”当事人走过来。

“来得正好，老李，小博不是回国了吗，多带他出来，认识一些女孩子也好。”这位曾总真是八婆，喝了点酒乱点鸳鸯谱，指着温以宁说，“我看温小姐就挺合适。九几年的？”

温以宁说：“九二。”

李总委婉道：“那比小博大。”

“那有什么，大三岁抱金砖，小博更上一层楼了。”

言词越来越失分寸，胡总拍拍曾总的肩：“你家曾思明年龄也合适啊，没替自己儿子想想，倒记挂老李，大公无私啊。”

曾总酒劲上头，大舌头控不住：“我们家不要这样的。”

声音很小，胡总也已经拉着他转过身去，是背对着的。温以宁还是听到了。周围还有四五号人，他们也都听见了。但个个面带微笑，这只是司空见惯的玩笑，不觉得有何不妥，温以宁是万千背景板中的一个，年轻貌美反倒成了别人眼里的原罪。

胡总和曾总说了几句，曾总提声：“哦，哦，她是唐总的人啊？”惊愕半刻，一副心知肚明的表情，“那就难怪了。”

也不知是哪根神经错了谱，抑或是曾总嘴角过度理解的微笑刺了眼，甚至可能是某个姓氏挠中了燃点。温以宁一晚上克制的情绪嘭的一声断了保险丝。

她问：“曾总，您家不要哪样的？”

声音不算大，但字字铿锵，众人静了声，回了头，一瞬安静。

曾总迷了半会儿，眼神陡亮：“哎嘿？！”难以置信她的较真。

温以宁：“您说，你们家不要这样的。”她挺认真地环顾了四周，点点头，“我就暂且对号入座吧。那么——初次见面不过十分钟，您了解我是怎样的人吗？”

她是笑着说这些话的，笑容浸润眼角眉梢，目光扫过去，平静且坚定。

曾总被她质问得哑了语，脸色已然难看。

“玩笑话，不当真。好了，小温……”准备打圆场的胡总话还未说完，温以宁打断：“胡总，还有一点您可能误会了，我与唐其琛先生并不熟。我和他这几年连面都没有见过。我不想借谁的面子，更不想让您误解。您信任我，让我做事，我就好好做，就这么简单。”

温以宁知道这番话不算给面子，罢了，她本就不擅长甚至心底里是排斥这些带有偏见的谈资。可笑的男尊女卑观念，把“自以为”当作真理，这就是一种不公正。

再待下去就没意思了，温以宁转过身，忽地对上一个人，一双眼。

唐其琛今天穿得不算特别正式，白衫黑西装敞开了，能看见腰腹的线条延伸下来，与外套同色系的裤装恰好融合。他站在明亮刺目的灯光里，本是轮廓温和的双眼，反倒显得清淡寡情了。

温以宁与他对视，不卑不亢，泾渭分明。

唐其琛已经站了很久，刚才那番发言也一字不落地听进耳里。在场个个人精，嗅出了气氛中的微妙。短暂僵持，唐其琛正眼不再看她，而是朝前走去：“小东庄玩着牌，柯礼说有熟人，我下来看看。”

这把声音沉而有力，很有质感，跟记忆中的某一部分是重叠的。温以宁还没来得及体会，唐其琛的声音又传来：“是不太熟，让胡叔误会了。”他笑了笑，“曾总还生上气了？犯不上，别介意。”

温以宁的脚步停住，刚偃旗的火苗又冒了起来，转过身，问：“介意什么？介意我阐明事实，介意我为自己辩解？”

问题直指唐其琛，这一刻，彻底安静。

祸从口出这个道理温以宁不是不明白，话说完就后悔了，借酒撒疯吗这不是？横竖听起来都是不知好歹。

“胡叔上去玩两把，几个老同学。”唐其琛继续跟人交谈，似乎什么都没听见，或许是听见了根本不屑回应。

衣冠楚楚的男人们谈笑风生，温以宁留在原地，一条线笔直分明，划出了两个世界。

没犯浑太久，温以宁知道这种局面得给个台阶下。她果断上前道了歉。对胡总说，自己今天失言失分寸，给他添麻烦了。又对曾总说，是自己太较真，冒犯之处请他别计较。

“怎么还这么郑重了，没事没事。”曾总大手一挥，“我说话直接惯了，小温是吧，别介意。”

胡总也笑着说：“瞧我们都把年轻人吓着了，以后一定注意。”

这二位客客气气算是摆平了。他们说完后在等她继续。

三个人呢，最重要的那一位还站在那儿。本以为她会对唐其琛道歉，可等了半天，什么话都没再说。

唐其琛也不避讳，目光平静地看着她。

温以宁对胡总略一颔首，说：“那我就不打扰了。”

唐其琛也无过多反应，端起酒，跟胡总碰了碰杯，聊起了最近的汇率波动。几句寒暄，他才仰头抿了一口。

热烈气氛重拾，唐其琛浅酌的时候，旁人也是相聊甚欢，一派和气。忽然，唐其琛垂下手，把酒杯磕在桌上，动作不轻不重，但力道还是在那儿的。

他说：“这酒太涩。”

之前的平静像是天气过渡，这一刻才让人察觉出降了温。等众人反应过来，唐其琛已经撂局走人。柯礼在另一拨客商间应酬，笑着说失陪，赶紧跟了过去。

胡总拦了他一把，微眯眼缝：“小柯，给叔一句真话。”

这边应付完，唐其琛没再去牌局，柯礼跟上面的人吱了声便也回到车里：“唐总，回哪儿？”

“静安。”

柯礼吩咐司机开车，掂量了一番，说：“曾总喝了点酒，说话不太注意，念念她……”柯礼磕了下舌，立刻改口，“温小姐她才有的情绪。”

后座的人没说话。

“其实这事还是曾总有失分寸，不过他这人向来这样，沾不得酒，容易忘形。听说，上回也是把一员工为难得当场痛哭。醉后失言，确实不太经脑子。不过温小姐很懂把场面圆回来，还跟他们道歉，其实……”话到一半，柯礼发现自己说得实在过多。

“唐总，抱歉。”

灯火辉煌映在车窗上，分散几缕笼在男人的脸上。

车行又一程，他忽说："我知道。"

"嗯？"柯礼侧过头。

唐其琛说："委屈了。"

柯礼跟在唐其琛身边近十年，是心腹，是最懂老板心思的人。可这一刻，他捉摸不准了。

柯礼又想起刚才胡总要的那句真话："温以宁和唐总是什么关系？"

什么关系？柯礼心里叹息。

很多年前，互有好感，有开始另一种关系的可能，可闹僵时也惨烈决绝，不留余地。因为温以宁发现，她的全力以赴是场笑话。

唐其琛对她所有的好，不过是在她身上看到喜欢过的女人的影子。

十里寒塘路，烟花一半醒。

还有什么比所托非人更残忍的呢。

半路唐其琛又改变主意，车往芳甸路上开。回九间堂有点距离，近十点才到家。

母亲景安阳说他回来得太晚，柯礼跟在后头，解释说路况不好。唐其琛是真乏了，坐在沙发上闭了闭目，才问："父亲呢？"

"书房，陪你爷爷下棋。"

唐其琛起身上楼，吩咐柯礼去他卧室收一份文件。唐宅是一栋独立的环水别墅，新中式风，方与圆的概念融入完美，有一种克制的高阶感。唐书嵘年事已高，早年做过心脏搭桥术，便一直与儿子儿媳一同生活。

唐其琛叩了叩房门，踏进书房。

地毯厚重消音，偶尔棋子落盘成了唯一声响。黑白棋不相上下，唐书嵘执了一枚黑子堵住了白子的右上路。唐凛略一思索，刚欲抬手。唐其琛弯嘴淡笑。唐凛捕捉到儿子的表情，侧头问："有想法？"

唐其琛笑容深了些："观棋不语。"

唐凛倒坦然："说说看，不管怎么下，这局已是你爷爷的了。"

唐其琛伏腰，手指一点："这里。"

唐凛皱眉："自掘坟墓。"刚落音，他眉间成川，妙不可言，"断了自己的路，这一片就空出来了。”

唐书嵘看了眼孙儿，满意道：“一念之差，满盘皆活，小时候让你学围棋的心血没有浪费。”

唐书嵘五年前隐退，但至今仍挂着亚汇集团董事局主席的职位，他对唐其琛自小要求甚严，就是朝着人上人奔的。小时候学的那些东西大部分都忘了，唯有这围棋成了习惯，也谈不上兴趣，唐其琛只是觉得，你退我进，黑白博弈，浓缩的是格局观。

最后，唐书嵘赢，站起身直了直腰，走到书桌前是要谈事的前奏。唐父自觉地离开书房，带上门。

唐书嵘说：“你父亲太软，总想着留后路，当然得输。”

这话是不满意的，唐其琛笑笑说：“父亲教书育人，胸襟宽广，做事温和有序，不是他不好，而是您太厉害。”

下棋如做人，心境为人都反应在了招数上。唐凛的名字很有煞气，某种程度上也是唐书嵘的期望，可惜期望落空，唐凛年轻时就对生意之事没有半分兴趣，活得温文尔雅，最后当了一名大学汉语老师。他与唐老爷子的父子关系一度冷淡，直到唐其琛出生，唐书嵘又看到了希望。

唐其琛对数字天生敏感，是块做生意的璞玉，也算“父债子偿”，唐其琛在名利场大开大合，青胜于蓝，唐书嵘是满意的。

聊了几个最近的工作计划，唐书嵘点点头：“我放心你。”

唐其琛日程紧，能回家的次数很少，不想多谈公事，嘱咐说：“早晚凉，您注意身体。”

唐书嵘忽然说：“唐耀回国，你知道吗？”

“听说了。”唐其琛亦平静。

“有机会一起吃个饭。”唐书嵘说，“总是一家人，他还得叫你一声大哥。”

唐其琛没应没答，侧脸浸润在柔和的光影里，掩住了情绪。

从书房出来，景安阳正和柯礼聊着天，柯礼一向让人觉得如沐春风，加之又是唐其琛从小的玩伴，景安阳也把他当半个儿子一般，这会儿不知说着什么，景安阳被逗得满面春风。

看到唐其琛下楼，景安阳问：“够晚了，住家里吧。”

“明儿有早会，不了。”

柯礼也起身，拿起公文包："您注意身体。"

景安阳不留人，送了几步到门口，唐其琛笑着说："今天的耳环很适合您。"

"安安送的，她去法国参加影展，在一个古董店挑的。这孩子实在有心。"提起安蓝，景安阳一脸悦色，"下周让她来家里吃饭，你爷爷也想她了。"

九月前两周还天晴燥热，一场台风过后，早晚就凉了下来。

温以宁拟了一份十月份的工作计划，准备让符卿卿通知组员开个碰头会。可上班半小时了也没见着人。

"符卿卿请假了？"

"没有啊。"管考勤的说。

正奇怪，一同事溜到温以宁的办公室，压着声告诉她："温姐，卿卿犯事了。"

"什么事？"

"她搞砸了一个开业典礼，就是那个少儿英语国际培训班。"这个同事跟符卿卿的关系挺好，往后看了看门是否关紧，才小声告诉温以宁，"徐汇区新开业，本来是要放一支宣传短片，结果出现在屏幕上的是老板的，老板的……"

"没关系，你说。"

"做爱视频。"

温以宁皱眉片刻，问："这不是她的工作，谁让她去的？"

"文组长说人手不够，让她周日晚上去帮忙。"

温以宁默了默："知道了。"

各司其职，各效其主，文雅指派温以宁的人，这事虽不按规矩，但也不违规。这个英语培训班是国际连锁，知名度颇高。符卿卿在开业典礼上犯的错误也够邪乎，那支艳情视频在数百位宾客面前播放，当时举杯畅饮的男主角脸都炸了，全场哗然，乱作一团。

公司高层召开紧急会议，一小时过去了还没散会的意思。一个行政助理中途溜出来给温以宁递了句话：看这架势，符卿卿是铁定要被开除了。

温以宁早上联系符卿卿无果，得到消息后立刻找去了家里。小姑娘一见着人就忍不住哭："文组长给我的碟片，说七点半准时放，我被临时叫来的，根本不知道里面的内容。"符卿卿啜泣不已，"真的不是我。"

温以宁默了默，说："下次她再找你，聪明一点，找借口推了。"

符卿卿红着眼睛问："人事部通知我今天休息，温姐，我什么时候能回去上班啊？这种休息不要扣工资的吧？"

温以宁没直接回答，而是说："你把联系方式给我。"

这位视频男主叫景恒，和未婚妻谈婚论嫁在即，没想到出了这等乌龙。据说女方要解除订婚，闹得不可开交。符卿卿想要度过这个坎，只能让这位当事人亲自松口。

"我上门赔罪吧，挨骂挨打我也都受着。"符卿卿丧着一张脸。

温以宁看着她："挖了个坑等你跳，把你埋了之后，下一个就是我。这个道理你明白吗？"

符卿卿愣了愣："你是说文组长她故意……"

"你心里有数就行。"温以宁叹了口气说，"我想想办法。"

可真没什么好办法。

这个景恒不仅有钱，还有点背景，在富二代的圈子里声名鹊起。温以宁带着符卿卿一起去他公司，直接被前台轰了出来，守在门口好不容易见着景恒的车，人家抡着胳膊就要下车揍人，他秘书边拦边瞪她们："还不走？我待会儿真拦不住了啊。"

一天下来，灰头土脸，狼狈不堪。符卿卿已经接到人事部的辞退通知，握着手机当场号啕："我好不容易过了实习期，我男朋友付了首付，我要跟他一起还房贷的，我上哪儿再找工作去。"

温以宁缄默不语，任她哭过这茬，心里也是愁绪上涌。连日来的不顺积压成灾，心烦意乱地撕开一条口子，语气也发泄似的狠厉起来："鱼死网破得了，谁也别想好过。"

符卿卿泪眼看她："啊？"

"传网上去，闹大，闹凶，闹得他不得安生。"温以宁说完后沉默垂眼，疲惫道，"算了，明天再去一趟吧。"

符卿卿小声："哦。"

这一趟终究没去成。第二天刚进公司，高明朗就把温以宁叫进了办公室，里头还坐着几个高层，一脸苦大仇深很是严肃。

门还没关上，高明朗提声：“公司明令禁止以非法手段开展业务，你维护自己的下属是人之常情，但也不能违法违规。”

温以宁听蒙了：“什么？”

“你自己看！”高明朗敲了敲桌面，上头搁着手机，温以宁拿起，越往下翻越拧眉。

“视频一出，我们就做了紧急公关，可为什么从昨晚起，网上就在疯传这个视频了？”

“我不清楚。”

“你不清楚？”高明朗笑得皮肉皆假，猛地拍了下桌子，“你给我好好想！鱼死网破，闹大闹凶，这话你有没有说过？”

温以宁手心拽紧，眼神一刹失衡，但很快灵台清明：“昨天我去找景总解释，不太顺利，我……”

“你有没有说过？”高明朗咄咄逼问。

温以宁松了掌心，点头：“有。”

旁边几个高层陆续发话：“小温，平日看你做事稳重，怎么能有这种行为？”

“公司绝对不允许，说严重点，这是在试探法律底线。”

温以宁辩解：“视频不是我传上网的。”

高明朗冷不丁地笑了声：“是不是你，不重要。重要的是你说了不该说的话，传到景总耳朵里，他信了。”

温以宁变了脸色，才松开的掌心又抠紧了。心尖一阵诡异地疼，来得毫无征兆，来得气势汹汹。她似乎联想到了什么，但还留有几分侥幸余地。高明朗对她积怨已久，公报私仇，后面的话很是难听。

“你自求多福吧，出去。”

温以宁走去办公区，同事们表面平和无常，只在她背后用余光打量。符卿卿从座位上站起，低着头，眼神怯懦，想看又不敢看。

温以宁站在她位置前，因为背脊挺得太直，倒显得对方更加可怜相。

“组长。”符卿卿小声喊人，连称呼都变了。

“回来上班了。”温以宁以笑示人。

“温姐，我……”

“没事。”温以宁盯着她的眼睛，“好好工作。”

符卿卿从方才的恐慌和惭愧里缓过劲，刚松口气，就听温以宁不带温度地说：“以后不要叫我姐了。”

平平静静的一句话，让符卿卿当场红了眼。

晚上八点光景，月升夜明，把黄浦江沿岸串成了两条长长的光带。唐其琛晚上和一位领导有饭局，这边结束，又转场去了另个包间。

唐家人丁兴旺，兄弟姐妹时不时地攒个局，今天正巧在一处，唐其琛便过来打个招呼。支了个牌局，唐其琛心性好，陪他们玩着。

景恒坐他左手边，一晚上电话不停，内容语焉不详，但他的语气是一次比一次差。

“你别啰唆，这女人不知好歹，非得给她点教训。老高怎么交代我不管，但这女的，以后别想在圈子里混了。”景恒情绪激动，手肘碰倒了水杯，哐哐当当动静不小，一时更加恼火，“邪门了。服务员，服务员！”

唐其琛不悦，瞥他一眼：“嚷什么？”

柯礼给了个示意，笑着道：“小事，拿纸巾先擦擦。”然后起身让服务员进来收拾。

“不想玩一句话的事，我又不拦你。”唐其琛微微后倾，椅子推开了些，左手意兴阑珊地搭着椅背，说，“吃火药了，嗯？”

景恒架不住情绪，忙不迭地抱怨开来：“什么破公司，还敢号称业内一流，搅了我的开业典礼，还敢把视频传网上，能耐，我弄不死她！”

桃色视频满天飞，这事闹得尽人皆知，他爸气得要断绝父子关系，为了这茬，唐其琛的母亲景安阳也跑回娘家处理，劝着兄长，护着侄儿。

一通牢骚，唐其琛始终没说话。

柯礼问：“哪家公司？”

景恒提起就来气：“义千传媒。”

柯礼顿了下，看了眼八风不动的老板，又转回头笑着继续："这种低级失误确实不该，负责人是哪位？"

"好像姓符。"

柯礼心里松了松，再看唐其琛，仍是平静自若。

"但她的领导，那个叫温以宁的，敢威胁我，哪儿冒出来的角色跟我玩阴的。"景恒抹了把头发，震怒着。

几秒安静。

柯礼一时没底，他猜不透唐其琛的心思，所以不敢擅自表态，唯恐一句话失了分寸，惹了不痛快。正琢磨其中微妙，声音响起。

"别太过。"

唐其琛语调平平，每一个字却清晰透亮："你不愿和张家女儿结婚，这念头一开始就没消停过，不管是意外还是人为，目的达成，这事，你不亏。"

景恒嘴角讪讪上扬："什么都瞒不过你。"

那位未婚妻他实在是不喜欢，但两家之间利益关系环环相扣，诸多无奈。未婚妻刁蛮任性，对景恒倒是十分满意，这种人家最看重脸面，不弄狠点，根本无济于事。景恒瞒过所有人故意安排的桃色碟片，一招破釜沉舟玩得没脸没皮。

唐其琛早已看穿却不点破，这点心思，在他这儿根本算不上什么。

"但我就是不爽这个温以宁，敢要挟我，敢打我的主意，我最恨被人威胁。"景恒心气高，臭毛病一堆，张牙舞爪道，"老高给了我交代，把她给降职了。我明天就跟圈里人打招呼，看谁还敢录用，我让她在这个行业混不下去。"

"够了。"唐其琛嫌他聒噪，脸色较方才已是不悦，他身子前倾，右手微屈于桌面，不轻不重地叩了叩，"网上的视频我会帮你解决。"随即吩咐柯礼，"让陈飒来处理。"重新看向景恒，"这件事到此为止。"

景恒嚷："可是——"

"到此为止。"

一遍重复。唐其琛平视他，眼神稍一凝神专注，目光便升了一阶温度，灼得景恒不敢再逞口舌之快而逆大流，只好蔫蔫地闭了嘴。

中秋和国庆挨得近，双节在即，工作量大。温以宁上周被高明朗名正言顺地降了职，但事情还得她来做。整个小组气氛低迷，人人自危。

再后来，文雅那边接了个外企在中国的长期广告推广项目，并在讨论会上提了个要求，说是要增加人手。

高明朗非常慷慨："这个时候就不对外新招了，内部调整一下，温以宁那边有没有问题？"

"我手上跟进的工作也很多，如果再抽调，可能会耽误进度。"

"能克服的就克服，能延后的先延后，你和文雅自行协调。"高明朗说得冠冕堂皇，但明白人都听得出，温以宁已经没了发言权。

当天下午，她组里的三个员工就来请调。站在办公室外面，你看我，我看你，扭捏踟蹰，不敢进去。僵持了几分钟，门忽然打开了，温以宁看着他们。

推搡了半天，中间那个才硬着头皮说："温姐，文组长那边的后制组缺个技术员，她要求我……"

"是她要求，还是你自己想走？"温以宁目光淡淡，始终没挪眼，"如果你不想走，我去跟高总交涉。"

那人把心虚的话咽下去，不再吭声。

温以宁点点头，看向另外两个："你们呢？"

没声，低着头。

"好，把调令拿来，我签字。"温以宁批准后交还回去，明显见着他们松了神情。

"温姐，这也是上面的命令，我们不太好拒绝。"技术员小林说得唯唯诺诺，为求心安似的提声，"以后你有需要，我二话不说帮你。"

"出去吧。"温以宁打断，"帮我递个话，还有想走的，现在来找我签字。"

下午陆续又来了四个，却始终不见符卿卿。温以宁直接找到她："我要出去一趟，把字先签了。"

符卿卿条件反射地站起，碰倒了水杯笔筒，稀里哗啦好大声响。她慌乱且愧疚，憋了一天的话说得磕磕巴巴："我不走的。"

温以宁："签字。"

"我不走。"

符卿卿的声音提高了，周围人看过来。她自觉窘迫，眼珠往左往右，再回到温以宁身上时，生生给憋红了。

静了两秒，就听温以宁说："你走不走已经由不得你，现在，是我，不要你了。"

到第二天，就剩一个打杂的临时工还留着。高明朗也不再丢活下来，温以宁成了闲人一枚，可公司的大小会议都让她参加，干巴巴地坐在那儿浑身尴尬。这就是高明朗的卑鄙之处，往人难堪的时候捅刀子，痛，却偏不让你出声。

"听说了吗？温以宁的工作归纳给文组长了，成她领导啦。我刚才还看见以宁抱着一大摞文件去复印呢。"

"不会吧，这什么世道啊！论工作能力，文雅还不如以宁呢。"

"那还不是高总一句话的事。"

"说起来，她们那组也是应酬最少的。"

"这个我知道，因为她自己不喜欢饭局。"

"可这几天，文雅天天让温以宁去应酬陪客户，还是巨难搞定的那种。"

短暂安静，其中一人感叹说："其实她这几年吃了很多苦，一外地女孩儿，在上海立足不容易的。唉，她应该顺着点高总。"

"顺了他的风流吗？"大家掩嘴偷笑。

一个月来，同事们没少抱不平，但谁也不敢明里表态。怜悯也好，公道也罢，别人的故事终究只是够人消遣的谈资而已。感同身受这个词，在丛林法则的社会职场里，变得几近不可能。

周五晚上在中山东路有饭局，陪的客户是东星电视台新闻中心主任，新官上任精神得意，酒过三巡之后就有点人来疯。义千传媒明年的广告投放还得仰仗这位主任，高明朗和文雅当然是顺着哄着，这礼拜文雅让温以宁赴了四个局，是个正常人都得崩溃。今天喝的又是茅台，高明朗存了心不让她舒坦，温以宁胃里火在烧，借口去洗手间才能出来透会儿气。

江连雪的电话就是这个时候打来的，问她两周没回去了，什么时候回家。

温以宁掐着太阳穴，在窗边吹风醒神："再看吧，最近忙。"

听出了女儿声音不太对劲，江连雪问：“工作顺利吗？”

“嗯。”

太久没和女儿说上话，江连雪不免多念叨几句：“当初翻译做得轻轻松松，体体面面，哪里用得着现在这样辛苦！”

温以宁提声打断：“您能不能不提这事。”

江连雪来了气：“我提都不能提了？”

“不辛苦，挺乐意的。”

“乐意什么，你就是犟，是一根筋，是不听劝，事都过了多久了，你是不是还没放下？我看你就没放下过。”

温以宁安静下来，斜开的窗户缝钻进夜风，脸色一吹就白。母女俩有七八秒没说话，等江连雪想再开口时，电话挂断了。温以宁转过身，手机还举在耳畔，抬头就瞧见了柯礼。

柯礼其实已经留意她有一会儿了，对上视线也挺自然，客气道：“以宁，好久不见。”

四年，还是五年？再久远，也没法装不认识。温以宁点点头：“柯秘书，您好。”

这声工工整整的称呼，听得柯礼面带微笑。那时候她念大三还是大四，淡妆浓抹总相宜的一姑娘，眉目鲜亮得像是园里的春景。唐其琛一向情绪不形于色，对谁都亲疏有别，但常把温以宁带在身边，几次私人饭局也不避讳。

柯礼看得出来，虽未明说，但老板对这姑娘是不一样的。

以宁那时最爱跟他开玩笑：“柯礼！你辞职算了吧。”

柯礼也笑：“唐总不会放我走。”

以宁说：“你辞了，我去他那儿应聘呀。”

柯礼明知故问：“他秘书是二十四小时待命的。白天黑夜的那种，做得到吗？”

话里带笑，一眼望穿她的心思，温以宁咳了两声就跑了，嘀咕说：“臭管家。”

时过境迁，事过情变，眉目依稀，却早没了那时的和气。

柯礼看着她，挺直接的一句话：“生疏了。”然后指了指左边客气道，“有空来坐坐。”

回到包间，傅西平嚷："正好正好，来替我两把，下首歌是我的，我得唱。"

柯礼拧了拧手腕，走过来："行。"

对面的安蓝侧过头，瞧了眼屏幕："又是这首歌啊，西平你是不会唱别的吧。"

唐其琛打出定乾坤的最后一张牌，头未抬，收了这把庄，瞄了眼数额，才微微靠后，姿态松了松。

安蓝坐在沙发扶手边，挨着他很近，伏腰帮他数了数："不错，西平的都赢过来了。"

柯礼说："他十有九输，不见怪。"

唐其琛这才问他："刚去哪儿了，这么久。"

"碰见一个熟人。"柯礼拆了副新牌，说，"您也认识。"

安蓝随口问："齐总吗？我来时碰见他了，还是他帮忙引路。"

"不是。"柯礼洗好牌，切成两沓搁在桌中央，"是温小姐。"

他说得平静自然，抬起头，撞上唐其琛也刚好抬起的眼睛，这双眼睛明明没什么情绪，但凝神注视的时候，让人莫名犯怵。

"哪个温小姐？"安蓝绽着笑问。

柯礼没回答，没敢答，刚才那一眼教他怯了胆量。安蓝笑起来时牙白如贝："姓温啊，挺特别的姓，哎，其琛，你以前是不是有个高中同学也姓温？"

安蓝的美自成一派气质，本就背景显赫，又在娱乐圈磨了多年，毫无疑问的人上人。她情商高，拐着弯地问话，又不表现得太昭然。

就在柯礼认为她的问题要不到答案时，唐其琛竟主动答："一个有过工作联系的人。"

"业务员啊？"

"嗯。"唐其琛转了话题，问她，"你最近碰到事了？"

安蓝也不隐瞒，略起烦心："是的喽，明年年初戛纳影展的开幕参展影片，总局报上去的名额。女主角迟迟没定，竞争得厉害。"

唐其琛没再说话，只吩咐柯礼切牌。傅西平唱完歌又过来了，瞧了眼筹码，按住柯礼直呼呼："你打你打，你手气比我好多了。"

一桌人都是嘴皮子热闹的，气氛很是轻松。唐其琛偶尔弯起嘴角，面色也是淡然沉静的。又过一会儿，他看了看时间，对安蓝说：“不早了，让邹琳来接你。”

安蓝说：“还早呢，我再玩会儿。”

柯礼顺着老板的话，笑着说：“再晚点，人就多了，出门容易被粉丝认出来。”

安蓝坚持：“我想再玩一会儿。”

唐其琛侧过头，看着她。

安蓝眼神放软，声音放软：“就一会儿好不好？”

几秒对视，唐其琛视线重回牌桌，挑了个连顺打出去。

他说：“好。”

温以宁那边的饭局还在继续，以前也不是没和媒体圈的领导吃过饭，这种体制内的还是有分寸，场面话说几句就完事。但今晚高明朗不是个省油的灯，文雅更是个见风使舵的，仗着身份让温以宁作陪，酒水无尽头。

后来真扛不住了，温以宁去洗手间吐了一回，颤着身子一转身，就看到站在门口的文雅。文雅喜爱穿红裙抹浓妆，丰满高挑人间尤物。她酒气熏天，笑着问：“吐了啊？”

温以宁拣了纸巾擦手，看她一眼打算绕过去。

文雅拦住她：“当初我怎么看走了眼，你一打杂的临时工竟然能带团队，够本事的啊。不过现在来看，我还是没看走眼。”

温以宁和她站得近，香水酒水混在一块格外烈。她忍住不适，笑得四平八稳：“那恭喜你，你眼光好。”

文雅最烦她这云淡风轻的态度，借酒发气：“你就给我拿劲，你一外地来的，没背景没关系，真把自己当角色了。”

温以宁点点头：“你说得是，你有高总，高总一直把你当角色，我怎么比得上你。”

文雅表情愈发尖锐，久久不语，最后讪讪一笑，放松地拢了拢耳边碎发，凑近了：“知道我最烦你什么吗？就你身上这股劲。装什么呢？斗什么呢？你横竖就一个输字。”

末了，七分醉的文雅用上海话不怎么文雅地骂了一句，而后扬长而去。

温以宁隔了一会儿才回到饭局。她补了妆，很有精气神，落座的时候款款微笑。高明朗和新闻中心的主任已经喝高了，只差没当场拜把子。他醉红了眼睛，指着温以宁，大着舌头问："懂不懂规矩，离开这么久。"

这话重，一桌的人都看过来。

她说："去洗手间了。"

高明朗也不知哪儿来的气，桌子一拍："还敢回嘴！"

气氛偏了轨，主任深谙领导艺术，笑眯眯地打圆场："行了行了，多大点事，小温，小温是吧，敬你领导一杯酒认个错。"

这话明面上是帮衬高明朗，其实还是帮温以宁解围。温以宁也懂，大大方方地伸手拿茅台。

高明朗情绪变化无常，很受用，便又嘻嘻哈哈地笑得满脸褶："不喝这种。"手指对着右边的一个电视台小主管，说，"你俩晚上聊得挺投机啊，你俩喝，巩固一下感情。"

被点名的男人推波助兴，当然乐意："行嘞，高总您发话，怎么个喝法？"

高明朗说："来个交杯。"

先是短暂安静，几秒之后，起哄声掀天："哦哦！"

温以宁始终坐在那儿，拿茅台的动作不停，拧盖，轻轻搁在面前，又伸手去够了一个新杯，和自己的齐齐整整放一起。倒酒，满杯，堪堪盖住杯口还溢满几滴出来，诚意十足。

高明朗叼着烟，烟雾缭绕，眯缝着双眼尚算满意。温以宁抬头，对众人莞尔一笑，这一笑，笑得唇红齿白，笑得温情柔软。

她站起身，左右手各端一杯酒，从从容容地走到高明朗和文雅座位后，微微弯腰，嘴唇贴着高明朗的耳畔，风情万种道："高总，这些年啊，我呢，年轻不懂事，多有得罪，您多包涵啦。"

高明朗骨头都酥了，右手横过来想要搂她的腰。温以宁欠身一躲，又看向文雅，眉眼柔顺："文姐，也给您添麻烦了，就像您说的，我一外地来的，是该低调一点，多向前辈您学习。"

"这两杯酒我敬你们，当是赔罪。"温以宁仰头喝光，一滴不剩。酒明明是呛人的，但她面不改色，空杯一放，手就搭在高明朗肩上，

“差点忘了，高总，文姐，你俩还有东西搁在我这儿没拿呢。”

高明朗想入非非，中了蛊似的问：“啊？什么东西啊？”

温以宁笑着说：“劳烦你俩起个身。”

高明朗一站起，文雅也不好坐着，两人屁股离座，面向温以宁，一脸不解。

温以宁收了笑，抬起手，劈脸就是两巴掌。高明朗和文雅脸往一边偏，蒙了十几秒才炸锅：“你疯啦！”

温以宁有模有样地拭了拭手，平静道：“东西还给你们了，收好。”然后像个风骨满身的战士，在旁人惊恐诧异的目光里，洒脱利落地走出了这扇门。

门缝本就敞开半道，温以宁出来后往右，瞥见走廊尽头的一道黑色西装背影恰好消失在转角。她眼热，也眼熟，这种感觉像是突然造访的不良反应，挡都挡不住。

时节已至霜降，意味着进入深秋。外面冷，薄呢衣也抵挡不住低温。安蓝的鸭舌帽压得很低，又捂着大丝巾遮脸，很难辨出相貌。他们的车有专属车位，相对私密还算安全。

“刚才那女孩儿还挺敢啊，我一经过就看见她往人脸上扇巴掌，吓我一跳。”等挪车的时候，安蓝有搭没搭地闲聊。

傅西平耳朵立起来：“什么敢不敢的，女的啊，美吗？扇什么巴掌，我去放个水错过什么了？”

安蓝扬下巴：“就不告诉你。”

唐其琛站得稍后，深色西装没扣，露出里面的同色衬衫，他也不嫌冷。一手轻环胸口，另一只手掐了掐眉心。这个动作，手腕挡住半边脸，谁也没窥见他脸上的那点情绪。

敢？

呵，她怎么不敢。

她还有什么不敢的。

柯礼在他身后，思索半刻，还是向前一步，问：“老高那人是个计较的，我下来的时候，已经看见他站在外边打电话叫人了。”

唐其琛仍在揉眉心，似乎什么也没听见。

柯礼迟疑半秒，继续开口：“需不需要我去处理一下？”

安蓝不知道这都是谁跟谁，随口："处理什么啊？"

唐其琛的手从眉心放下，对着安蓝笑得淡："车来了，回去早点休息。"

安蓝被他这个注视安抚得心旷神怡，又惊又喜又怔然地上了车。唐其琛吩咐司机开车，直到奔驰灯影消失，他立在原地，才收敛淡笑，侧头对柯礼说："去处理。"

柯礼如释重负，刚要打电话，唐其琛按住他的手机："你亲自去。"

柯礼找了老关，老关四十有五，年轻时太叛逆被家里送去了部队，退伍后继续不务正业。他和唐其琛渊源颇深，接到柯礼电话后，二话不说就答应了。这个圈子也是关系网密集，一问就清楚高明朗找的是哪拨人。

高明朗要求得挺歹毒，多少钱都乐意出，只要把这女人往死里弄。老关随后放话，今晚的上海城天气不好，不生是非，只想和气生财。

那些人掂清轻重，自然是给老关面子——高先生今晚这笔生意，多少钱都不接。

源头悄无声息地遏制，柯礼这事办得云淡风轻。十五分钟后返回停车场，黑色奥迪停在角落，他弯腰对驾驶座说："妥了。"

唐其琛点点头，示意他上车。

柯礼说："您今天累了，我来开吧。"

唐其琛手一拂："自个儿来。"

柯礼坐副驾，边系安全带边说："老关打的招呼，以宁应该没事了。"

唐其琛嘴角扯起一个微小的弧，柯礼分辨一会儿，觉得是讽刺比较多。拿捏一番，说："我打听过了，她是两年前从H省的外译机构辞职来上海，跨行转业做了广告媒体。高明朗好色出了名，他们那公司也是局势复杂。"

顿了一下，柯礼继续道："能立足，已是很不容易了。"

唐其琛单手控方向盘，语气平平："知道不容易还冲动。你说，这几年她是有长进，还是没长进？"

柯礼哑口无言。

驶出停车场，并入主干道，唐其琛才说：“你为她说的话，多了。”

柯礼抬手抵了抵鼻尖，点头：“抱歉。”

这声抱歉，唐其琛心里明白是情有可原的。柯礼跟在他身边十多年，为他处理过太多人和事，举止有礼，很能领会要意，正因公事公办，才难免显出寡情。别人很难从柯礼口中撬出唐其琛的行踪，但温以宁一问，他都乐意告知。

二十出头的姑娘一合眼缘，柯助理身上便多了几分难得的和气。现在回头一看，那时候的两人，关系倒是非常友善的。

短暂安静，唐其琛头往后枕：“安蓝在争取的那部电影是什么？”

柯礼说：“一部推荐影片，是明年树立行业典范的标杆作品。”

唐其琛闭眼休憩，说：“她需要一部这样的作品。”

需要根正苗红地镀镀金，需要做上行下效中的那个上。

柯礼心领神会，点头道：“好，我去办。”

霜降节气一过，南方步入深秋，桃江边小镇的冬天冷意更为提早。温以宁坐在晃晃荡荡的中巴车上，看着白气覆在车窗，前边的小孩儿正有滋有味地拿手指在上边画圆圈。

到家的时候，江连雪正在牌桌上大杀四方，麻将声噼里啪啦，边上搁着一张塑料凳，上面是烟灰缸和抽了一半的烟盒。她很惊讶：“哟，回来了？”

几个牌友都是熟人，纷纷回头：“宁宁啊，多久没见着啦，越来越好看了。喂喂喂！钱错了错了，我开了个杠，找十块。”

温以宁笑笑，叫了人就去卧室放行李。门是半掩的，外头动静渐小，牌友走后，江连雪数着一把零钱：“回来怎么也不说一声？家里米都没了，我还没去买呢。”

温以宁从卧室出来，抬手扎着头发：“随便吃点，下面条吧。”

她走到门右边的桌子边，手指一捻全是灰，于是抽了两张纸把上面擦干净，江连雪说：“面条也没有了。”

温以宁动作停了下，又继续：“那你去买，我不吃，你总得吃吧？”

“我减肥。”江连雪上午手气不错，一把零钞丢进抽屉里，回头看到温以宁弯着腰在柜子里翻找，告诉她，“哦，香烧完了。”

温以宁直起腰，眼角有了不耐：“打牌就有那么好玩？一天天的，连饭都不吃了是不是？”

江连雪啧了一声：“我饭吃得好着呢！”

温以宁的不耐渐渐转为不悦，虽不再回话，但这个沉默的气氛像是插了钢筋水泥，较着劲，硬得很。江连雪知道她是借题发挥，清了清嗓，讨好道：“我去楼下买香烛，多买点，顺便带点菜，你要饿了，冰箱里有苹果，我给你洗一个呗。”

江连雪就这点好，性子虽急，遇事不服软，但眼力灵活，能屈能伸这个词在她身上体现得淋漓尽致。

“别去买了，出去吃。”温以宁习惯了这样的相处，罢了。

她从冰箱里拿出苹果，洗干净后放到刚才擦干净的桌面上，然后退后一步，稍稍抬起眼睛。

桌面靠墙正中央，黑白照片镶在同色系的木框里，女孩儿的眼睛很漂亮，温以安很少自拍，也很少出去玩，所以可供选择的照片有限，这是她高三那年的证件照，原片是红底白衣，扑面的青春气，当时江连雪不同意，说人都死了，选个深沉点的。

但温以宁还是替妹妹选了这一张。

十八岁很好，美好的一面就以另一种方式长存吧。她想。

出门前，江连雪以最快的速度化了个妆。她到年底才满四十五岁，又属于老天爷赏饭吃的那类不老面相，稍做装扮就很惹眼。她要吃湘菜，风风火火地点了四五个，合上菜单说：“你团个券，美团上有，满100减30。新用户还有折上折，上回跟你秦姨来吃过，划算。”

温以宁倒着水，手机就搁一旁。

江连雪端起热茶，吹了吹气，眼皮也没抬：“今天周三，你不上班有空回来？”

温以宁嗯了声。

江连雪也嗯了声，带刺地说：“那种死贵的城市有什么好待的，你挣两万一个月又怎样，一年也付不起一个厕所的首付，压力大内分泌失调，不到四十就不来月经也是很有可能的，辞了拉倒。”

温以宁听到后面四个字，挺无语。

“呵，”江连雪不解释是如何看出来的，越发不屑，“我觉得你脑子是抽了，放着好好的翻译工作不要，跑去上海瞎折腾。累不死你。”

又来。温以宁最烦这事：“你能不提了吗？”

“我不提谁提？错了还不准说？”江连雪上周做的指甲已磨损了颜色，艳红艳红的，跟她此刻的情绪似的，“你那复旦白读了，过两年奔三十，要什么没什么，可把你给能耐的。”

温以宁低着头，不说话，手指戳着美团一下一下使暗劲。大概安静了五六秒，手机突然被抽走。江连雪起了身，把她屏幕按熄，窝火道：“算了算了，我付钱。下个月不要给我打钱了，等你找着工作再说。”

总之，一顿饭吃得不太痛快。

温以宁第二天就得走，大清早的天都没亮，江连雪这种“牌桌赌后”基本就是日夜颠倒型，不可能早起。六点四十回上海的高铁，差点没赶上，温以宁找到座位坐下后还在喘气，她从包里拿纸巾，一打开，愣了下。包里一沓红钞票，不遮不掩地丢在里面，倒挺符合江连雪随心所欲的性子。

少说也有两千块，下个月的赌资估计全贡献出来了。

到站的时候，温以宁收到短信：“育人小学招英语老师，找不着工作回来算了，来回折腾车费不嫌贵啊，作死。”

九点多到公司，繁忙景象一如往常。不过每走几步，后边总会有几双眼睛瞟过来。

温以宁是来辞职的。

满打满算在这公司待了两年，但她的东西不多，水杯纸巾几瓶维生素，一个袋子就能搁满。她办公室的门是开着的，几个跟过她的小员工要进来送别，温以宁冲他们摆摆手，便都止了步。收拾到一半，门口脚步声齐整，三个保安走了进来，后头是高明朗。

高明朗右脸还能看出红肿，温以宁那天下手不轻。他心里记恨，指着说：“重要岗位的离职牵扯太多保密信息，按规章制度办事，给我看好了。”

这事做得挺恶心，温以宁没有功劳也有苦劳，何况是为公司拿下过几个口碑案子的人。高明朗睚眦必报，也就不顾忌什么人情脸面了。

保安翻她的东西，一件一件地看，连保温杯都拧开盖检查里头装东西了没。同事们先是窃窃私语，然后皱眉摇头，个个义愤填膺却谁也不敢吭声。

围观的人越来越多，高明朗也不拦着，他是故意的。几个保安搜刮一顿无果，不过不重要，羞辱到了就成。高明朗语气还挺和善："我一直就很看好你，可惜了，咱俩没有师徒缘。"

温以宁没他那么假，逮住机会不想让他痛快，点头说："孽缘要了也闹心，好事，没什么好可惜的。"

她边说边打开左边的柜子，把里面十几本荣誉证书搬了出来，这是这两年的功勋章。温以宁把它们塞到高明朗手里："我认认真真地来，清清白白地走，问心无愧。麻烦丢一下垃圾桶。"

然后留了一个洒脱的背影，没再回头。

十二月刚开头就降了两轮温，大衣裹身也有点挡不住寒气。年底收尾工作多，这一周忙着审核报送给证监会的年度资料，到今日才算告一段落。

傅西平在新天地攒了局，他们这个圈子，玩得好的也就这么一拨。唐其琛从亚汇出来时，天光尚早。柯礼还有事向他汇报，所以也并排坐后座。

正事忙完，柯礼收好资料，顺带看了一眼微信群，有点意外："安蓝也在。"

唐其琛几不可察地皱了下眉："她不是在杭州拍戏？"

"可能提早回了。"柯礼说，"有一个来月没见着她了。上周我碰到她经纪人，说是在拍摄定妆照。"

唐其琛嗯了声，没多提。

宾利车内空间宽，浮着淡淡的松柏檀泉，是他惯用的男士淡香。工作告一段落总教人惬意放松。司机老余是个老上海，四十出头，开车很是沉稳，他总能绕到不知名的小路，路况良好避开拥堵。

往七十街的岔口开进去，半旧居民区，小区名连唐其琛都眼生。他侧头看窗外，难免留了几分心思。宾利不疾不徐地开了几十米，唐其琛忽地开口："老余。"

车速平稳落下，柯礼也顺着看出去，这一看，先是不太置信，两三秒仍是迟疑：“那是？以宁？”

唐其琛静着一张脸，幽深得离奇。

马路对面的一个酒楼，是在办结婚喜宴，酒楼外面的空地也被利用起来，搭了个户外舞台，看布置是山寨版的欧式宫廷风，灯光彩带一个不落。宾客围了几圈，台上的温以宁握着话筒，不知哪儿弄来的粉色蓬纱裙，不合身，后背还用夹子给夹住。她的妆容很夸张，隔着一条马路都能瞧见眼影是紫色。

“在这个喜庆的日子里，新郎帅气风度儒雅，新娘风姿翩翩似仙女，当真是天生一对，郎才女貌。让我们共同祝福一对新人，今生今世，永相伴。”

音箱效果纯粹就是声大，没有丝毫美感，她装腔拿调的主持词全往上扬，音乐放的是一首烂大街的流行曲，温以宁调动气氛，又笑又跳地给小朋友发桃心气球。

八百一场的司仪费，不能再多了。

车子还是滑行的，十来秒而已，就把这场景甩出了视线。

拐上主干道，柯礼仍是不敢喘大气。其实唐其琛的反应是非常平淡的，淡到柯礼也拿捏不准半点心思。多年第一行政秘书不是白当，不该说的，他从不乱说。就在他以为这事过去时，唐其琛忽然问：“她辞职了？”

柯礼有那么半秒发怔，他没料到唐其琛会联想到这方面去。到了地方，他稍晚下车，进了会所门便径直往长廊走。

“这儿。”声音出其不意。

柯礼扭头一看，惊讶：“您还没进去呢。”

唐其琛坐在大厅的单座沙发里。两手搭着左右扶手，腿叠着，这人穿着气度向来超然，只不过人性子冷，远看更显不易近人。

柯礼走过来，刚在打听消息，手机握手里还热着，说：“辞了，辞了一个多月。高明朗跟圈里打过招呼。她想继续在这一行待下去，难。”

唐其琛没说话。

柯礼想来也好笑：“还能当婚礼司仪，挺要强的，跟以前那时候有点像了。啊，您进去吗？西平催我两遍了。”

唐其琛起了身，空调温度高，他脱了外套，搁在右手手腕上，浅米色的薄线衫恰恰贴合，腰身往下连着腿，身材是极好的。柯礼走前边：“西平今天中午已经喝过一轮了，您今晚要是跟他玩桥牌，一准赢。”

“高明朗是怎么放话的？”唐其琛状似随意一问，但脚步慢了，停了，不动了。

“不太好听。”柯礼没正面回答。

唐其琛点了点头：“你给陈飒去个电话。”

柯礼很快联想到人事方面的情况，明年的人资储备需求计划已经报了上来，陈飒的助理休产假，加上内部福利政策，一年假期，这个职位是空缺的。

唐其琛没把话说明，但意思已是显山露水。不过柯礼没敢当即答应接这一茬，玩笑话说得委婉：“如果陈飒也说，她不想得罪高明朗，不敢要呢？”

当然，这话没别的意思，他只是站在唐其琛的角度，权衡着任何一种可能。

“她要这个人。”

唐其琛的视线就这么看了过来，灼灼神情里映的是天理昭昭：“我说她敢，她就敢。”

第二章 人无再少年

温以宁这段时间确实也过得够浑噩。

在君山区那边接了场婚礼，中介还得管她拿一半的钱。今天这户人家挺小气，她在台上蹦跶了俩小时直到宴席结束，主人都没给她留口饭，说是协议签好的不管饭。

晚上九十点，又下着雨，公交车半天等不到一辆。温以宁裹着棉衣，蓬纱裙刮着皮肤有点疼，脸上的妆夸张至极，飒飒西风里跟孤魂艳鬼似的。

到家，穿了一天高跟鞋的脚趾冻木了，江连雪的电话就是这时候打来的。也没什么问候语和开场白，直接地说："我最后通知你一遍，那学校这周五面试，你周三回还是周四回？"

温以宁说："我找着工作了，不回去。"

江连雪在牌桌上，麻将丢得哐哐响，伴着输牌的扫兴更加架不住耐性，凶了起来："带种！跟你那死鬼老爹一样带种！别回了，一辈子别回了！把钱还给我！"

电话悍声挂断，一瞬间耳根子清静得让人晕眩。

江连雪年轻时候脾气就挺暴，承袭到了中年，她是个我行我素的人，从她十八岁生了温以宁就能看出来。不过温以宁还是能理解，一个容貌人上人的女人，一生却过成了人下人的样子，心里有苦含怨或许还夹着恨，久了，就成了唏嘘。

温以宁点开微信，把上回走时江连雪给的两千块钱转账还了回去。刚要熄屏，目光留在了聊天列表里排前面的一个号上。最后一行话还躺在那儿："温小姐，仍希望您斟酌考虑，期待与您会面。"

工工整整的态度，话里也有苦劝的余地。亚汇集团人事部三天前给她打电话时，她还以为是诈骗。后来人家再而三地致电，她才相信这是真的。

相信了，却茫然了。茫然过后，温以宁想都没想就给拒绝了。

高明朗这人太阴险，在资源和背景面前，她连蝼蚁都不算，说到底，还是只有任人拿捏的份。她租的这个小区价格不便宜，但当初一没债务，二也不用养家，想着上班方便咬咬牙也能应付。可一旦失业，生活的獠牙就伴着血盆大口凶残而来了。

温以宁没空想太多，就觉得，先扛过寒冬腊月，等明年开春兴许有转机。至于亚汇集团这根橄榄枝，世上的道理无非就是公私分明才叫活得明白。但这个问题上，温以宁觉得，糊涂一点是对的。

这根裹了蜜糖的橄榄枝，她接不起。

本以为这事到这儿就是一个句号，可周四，温以宁碰见一个意料之外的人。

这天从超市买了些日用品，出来就听见有人叫她的名字。回头一看，柯礼开着一辆黑色奥迪，车窗还在往下滑，那张精英脸就跟冰雪初融一般对她微笑。

柯礼指了指前边："等我一会儿啊，停个车。"

温以宁啊了一声，点头："行。"

这地方不太好停，电动摩托横七竖八。

"慢点慢点，我帮你看着。"

柯礼转着方向盘，挺熟练："没事。"

车停好后，他下车看着她手里："东西重吗？放车上，待会儿我送你回去。”

“不重，就一些纸巾牙膏牙刷。”温以宁没怎么接话，跟本能反应似的，对柯礼还有些防着。说不上是熟，但一说只是认识，好像又轻了。

柯礼返身从后座拿出外套，边穿边说：“一块儿吃个饭吧。”

他语气太自然，听不出丁点别的意图，态度上就能绊住人，让你不好意思拒绝。

温以宁没说话。

柯礼笑了下：“念念，不要跟我这么生疏。”

一声小名沾着旧回忆，绵里藏刀地往温以宁心窝上挠。柯助理的精明厉害名不虚传。这个梗，亲近又和气，再拒绝，反倒显得自己心里有什么介怀了。

温以宁欣然答应：“行，想吃什么？”

跟着唐其琛多年，柯礼的口味也变得不太嗜辣。两人就在一个平价的连锁店吃上海菜，柯礼很直接，就这么问：“为什么不来亚汇？”

温以宁静了几秒，坦诚道：“不合适。”

柯礼笑：“哪里不合适？”

“我不了解亚汇，这个职位要求迅速上手，我不行。”温以宁说的这些也的确是她的真实想法，坦坦荡荡的，没什么好隐瞒。

柯礼也没急着回话，喝了半碗汤才说：“业务是很多，不过也没你说得那么难。你在这个行业也有经验，过渡期而已。”

柯礼又看她一眼，觉得此情此景，还是说敞亮话吧。他搁下碗勺，问：“你是不是顾忌唐总？”

“没有。”温以宁摇了摇头。

柯礼用一种玩笑的语气说：“没事，你跟我说，悄悄话我保证不泄密。”

当她小孩儿呢，温以宁也轻松笑笑：“真没。”

柯礼嗯了声，语调比方才正了些：“以宁，机会不是用来浪费的。”

点到即止，这也是劝人的艺术，再说下去就没那个意思了。一顿午饭吃得和和气气，柯礼跟她聊天，聊的内容也很分寸，只字不打探温以宁的私生活。

那时候两人就挺合得来，多年了，柯礼以自己的方式告诉她：你不用防着我，我还是认你这个朋友的。

吃完柯礼买单，温以宁跟在他后边，走出餐厅时，柯礼说："周一来吧，十点左右，陈经理也在，你跟她多聊聊，陈飒在这一块很有经验，不管结果怎样，多交流也不是坏事。"

温以宁没表态，他就设想周全了。初冬难得的好天气，树影细碎斑驳，柯礼的语气跟这阳光一样，敞亮且真诚。

"去了也别紧张，从容应对就可以。我周一不在公司，要去趟国医，有难处，可以给我打电话。"

温以宁问："国际医学中心吗？"

"嗯。"

"那你要保重身体，冬天容易生病。"

柯礼笑着说："谢谢关心，但不是我。是陪唐总去复查，上回体检有个血象指标不正常。"

温以宁一时缄默，提起这个名字，气氛就悄然尴尬了。柯礼右手握着手机，低头按亮屏幕，说："你存一下我的号码，打过来，我也留个记录。"

温以宁顺着话问："你号码变了吗？"

说完就悔了，她以前有柯礼的电话，后来中途也换过几次手机，但这些都有备份，旧号也就一直存了下来。本是无心一问，可柯礼听完笑了下，嘴角很浅的弧度，却弯得她浑身不自在了。

柯礼说："这么多年，早变了。"

小聚一场又匆匆告别，温以宁回家想睡个午觉，窗帘拉得严密，被褥也软和，但她一闭眼睛，脑子里就是柯礼最后那句话。

这么多年，早变了。

很多年了，能不变吗？

这种古怪的自问自答在心里溜达了好几遍，温以宁便彻底睡不着了，顺藤摸瓜地往回倒带，柯礼说周一不在，要陪唐其琛去国医做复检。温以宁想，大约还是那个老毛病。

她读大学的时候，唐其琛的胃就不太好。记得有次请他吃饭，没什么钱，把人往路边摊带，奶茶汽水油炸小丸子，孜然五香辣椒粉刷得足足的，小女生都有点这爱好。

唐其琛是个很温淡的人，不怎么泄露情绪，但喜和厌的标准是从不将就的。温以宁买的吃食，每样他都尝一点，世俗烟火气最喧嚣的地方，这样一个男人陪着你，纵着你，是年轻岁月里很难忘却的心动。

吃完这顿，唐其琛没扛住，胃疾复发，晚上就进了医院。那一次很严重，他还做了个小手术。温以宁内疚得掉眼泪，逃了好几次专业课来陪他。出院的时候，唐其琛是自己开的车，支走了一大堆陪护，还特地挑的晚上。

夏夜的光影荡然，四面八方的风从车窗贯入。唐其琛康复了，温以宁的心情也好些了，于是伸手出窗，五指张开，天暮时的余光落在眼睛里是那么亮。

她说："哇，我能握紧风！"

唐其琛的右手覆上她的手背，眉目间的笑意是温情的。

他说："嗯，我能握紧你。"

说起来，两人也没正儿八经地在一起，看破不说破，大概就是这个境界。温以宁先喜欢上的唐其琛，情窦初开的年纪，一个这么闪耀的男人出现，怎么形容呢？

就像被半道截了胡，截走了少女心。

小说电影里那么多肺腑爱言，温以宁觉得都没自己那句说得好。

是在唐其琛过生日吧，好像是三十一岁生日，那么多发小哥们儿跟他闹，哄着他，捧着他，实打实的兄弟情。唐其琛有点醉，趁大伙儿群魔乱舞的时候，凑近温以宁耳朵边，问："给我准备什么礼物了？嗯？"

那个尾音太妙，生生听出几分浓情蜜意。温以宁心沉了，认真了，看着他的眼睛，小声问："你知道什么是少女心吗？"

唐其琛顿了下，对视着。

温以宁说："遇见你，我就有了。"

她眼里是有光的，能屏蔽一切声音和影像。唐其琛沉默了好几秒，温以宁就噘着唇，按他名字的谐音嚷了句："臭唐僧呢。"

唐其琛朗声笑，眼角细细的纹路轻轻上扬，他问："我是唐僧，你呢？你是什么？”

温以宁想说话，他伸出食指比在她的唇瓣上：“嘘。”然后端详了很久，思考了很久，最后不太正经地弯了眼角，“嗯，是个妖精。”

一旦纵容回忆开闸，就跟蝴蝶效应一样，由不得自己了。想到这儿，就会想到那儿，大大小小的，模糊清晰的，串在一起成了乱七八糟的电路图，亮起来，又暗下去，最后嘭的一声，烧断了。

黑暗前的最后一幕，是温以宁在电梯里哭着推开他：“我宁愿从没认识你！”

细枝末节已经记不太清了，但当时唐其琛的表情里，是有几分创痛和坚持的。那样的神情，这么些年，她再没有见过第二个。

手机提示音响，磕醒了她最后那点睡意，温以宁干脆起床，拉开窗帘，拿起手机，微信消息是之前亚汇集团那位人事小专员发的：“温小姐，星期一上午十点，这是公司的地址，还是希望与您会面。”

消息后面是一个定位。

上海-浦东-陆家嘴-国际金融中心。

温以宁想了想，回了句话：“谢谢，我会准时。”

亚汇集团不比义千传媒，后者毕竟只是专业领域内的翘楚。但亚汇下到地方，上到国内外，殊荣没少拿。政府财税收入表里，也是能往前排名次的标杆。浮夸点说，在商海里淬炼过无数次，这份背景和血统是庞大且正统的。

柯礼拿她当朋友，但人情世事这东西，人家做足了是修养，是客气。自己找准位置，是眼力，是道义。

答应去，是给柯礼一份体面的回应，但能不能留下，还真是要点本事的。

面试的时候，温以宁没想那么多，怎么问就怎么答，尽力了，也没什么好紧张的。等待的间隙，她留意了一番这个地方，这是亚汇集团在金融中心三层总部的第二层。数百平方米，精英感腔调十足，每个人各司其职，规整有序地运作，东面的落地窗是一整片，日出东方，只争朝夕。

温以宁想到一个词，浩瀚人间。

结果出来得快，是之前一直和她保持联系的人事专员，一位年轻姑娘，一双笑眼通知她："温小姐，恭喜。"

后来，也是过了一段时间温以宁才知道，其实考核组的意见是不统一的。但最后拍板的人叫夏天，正是那位准备休产假的助理。温以宁叫她夏姐，夏姐看中的，是温以宁做过几件漂亮的推广案，在业内极具口碑。这是她的本行，她再了解不过。

"基本工作情况就是这样，还有不明白的地方随时问我。"夏姐的预产期就是下周，但说事的时候干练依旧，圆滚的肚皮掩在大衣里，让她气质柔和不少。她说："公司下半年的项目多，放松不得，时间这么紧迫，也是为难你了。"

温以宁拿着本子记要点，合上笔帽："没事，师父，我能理清。"

一声师父喊得大大方方，承诺也做得坦坦荡荡。夏姐就明白，是个伶俐的。

她笑了笑："当你师父，不合格。我这是甩手掌柜，以后很多事情，你得学，得悟。"

温以宁点头："您放心。"

夏姐下巴冲右后方小半月没开过门的办公室抬了抬，她说："陈总能当好你师父，以后跟她好好学啊。"

连着一周，夏姐亲自带温以宁，基本就是一边交接工作，一边来个风暴培训，夏姐说："陈经理明天从澳洲回来，我带你跟她碰个头。"

温以宁应着："行。"

可第二天却被通知，夏姐休假了。

夏天也挺厉害的，凌晨见了红，特淡定地自己开车去医院生孩子，顺产不顺临时改成了剖腹，早上八点的手术。温以宁还没来得及去个电话，就被叫去开会。

部门二十几号人，主管级别往上，温以宁的座位是最边上的，她也谦虚，存在感降到最低，人齐了，陈飒进来，一身浅灰职业装穿出了气场，往那儿一坐，眼皮也不抬，说："开会。"

都是老规矩了，轮着汇报，第一个刚要发言，陈飒开口："你去倒水。"

目光都落到一个方向，温以宁表现还是自然的。她站起来，用行动做了回应。

会议一小时有余，温以宁添了几次水。以前夏姐的地位高，温以宁接的是她的班，但大家看出来了，陈飒对新助理的态度，漠然且微妙。

连着一周都是这状态，一直都是些打杂的活。跟她在义千传媒被高明朗公报私仇时的状态有点像。怎么说呢，名不正，言不顺，在其位，不让她谋其职。有点难堪，也容易让人非议。

好在温以宁和新同事的关系处得都不错。她基本就是个失宠的人设，收着锋芒，放下身段，大家喜闻乐见。后来有一同事偷偷问她："以宁，你是哪路的关系？"

这同事笑得无奈："咱们陈经理，最不喜欢的就是走后门的关系户。"

一句话，温以宁就明白了。

距上次那一轮阴雨降温的天气后，上海城这十来天的天气好得不像话。白日天蓝云洁，晚上也是天清气爽，月亮搁天上都比平日亮堂。

往新天地去的路上，柯礼还笑着说："今儿穿多了。"

下车的时候，唐其琛外套放车上，说："是挺热的。"

傅西平早早支好了牌局，几个闹一点的就在一旁唱歌。见人进来纷纷打招呼，唐其琛心情是不错的，手指轻撩，指了下屏幕又指了指拿麦克风的人，对身后的柯礼说："比你唱得还难听。"

柯礼哎了一声："唐总，我还没女朋友，别揭短。"

唐其琛走去牌桌，问傅西平："今儿玩什么？"

傅西平说："玩什么都是被你玩。这回去北京待了多久？"

唐其琛落座："三天。"

人齐了，洗牌切牌，烟雾缭绕。傅西平叼着烟闲聊："该忙完了吧，这都年底了。"

柯礼坐在边上，接话："嗯，行程走完了，年前没有公差，不过年终各项会议也不轻松。"

牌局十来分钟，柯礼出去接了个电话，返回时对唐其琛说："安蓝要过来。"

傅西平说："过来过来，多久没见她了，正好有事打听。"

柯礼没应，直到唐其琛松口："来吧。"

柯礼点点头，刚要回电话，唐其琛叫住他：“不要让老余过去。”

老余今天开的这辆宾利，车招眼，但这不是主因。主因是几个月前上过报，被媒体拍到安蓝正从车里下来。影像模糊，但很快上了当天的微博热搜，虽然短短一小时就被人给压了下去，总归影响不好。

那天是唐其琛去美国开会，老余开着这车送他去的机场，结果回来的时候恰好碰见了安蓝，安蓝那次的行踪是私人的，没带什么工作人员，想着方便，老余就当了一回热心车夫。没想到被拍了，顺着车牌号一查就是亚汇集团的。

流言蜚语向来是见缝插针，为这事，老余还被唐其琛斥了一次。

柯礼反应过来，想了想，问：“要不，我过去接她？”

唐其琛说：“小霍待会儿也过来，你给他打电话，让他绕趟路。”

一个小时后，安蓝进来，屋里瞎起哄的调侃就没停过：“哟！大明星，还记得咱们的名吗？”

都是一块从小玩到大的，没那么多规矩，安蓝嫌弃道：“不记得了，值得我记住吗？一边玩去。”

傅西平笑：“是大牌，没错。”

“让我来看看你输多少了？”安蓝的话是对傅西平说的，但亲近自然地坐在了唐其琛边上，看也没看，随意一指，“打这张。”

唐其琛手里一个顺子，拆不得，眼见着就要赢的牌，他却含笑应了，真按安蓝的意思，把牌拆开了丢，输得滑稽。

傅西平啧了一声：“毛病。”

安蓝心花怒放：“你管得着吗。”

门又开了一回，进来一人，个儿高，年纪轻，短款黑皮衣把上身勾出了线条，寸头清清爽爽，左边还剃了道很有个性的沟。人进来后外套一脱，往沙发一坐，拧开一瓶冰的矿泉水一口气下去半瓶。

他动作幅度大，里边又是件修身的黑短袖，衣摆往上一卷，裤腰的位置露出了隐隐的人鱼线，上面一个条形的文身很性感。

唐其琛侧头看他一眼，没说话。半秒之后又侧过去，问：“不凉吗？”

霍礼鸣含了满嘴水，一听就把瓶子搁回桌上，没再喝。见唐其琛还是看着自己，又十分自觉地把外套给穿上。

唐其琛这才继续打牌，吩咐柯礼："给他弄点热的。"

傅西平都给看乐了："小霍只听你的话，早晚我得录个视频发给他的小弟们。"

霍礼鸣当没听见，闭眼睡大觉去了。

"啊！打这张！"安蓝一声吆喝，吓得傅西平烟都要掉了，"大影后你可别指挥了，我们这局玩得大，瞧见你其琛哥手上那块表了吗？输了就是我的了啊。"

安蓝瞪他，傅西平乐死了。唐其琛心情是不错的，也挺乐意凑这个戏台子，还真按安蓝的意思打出那张牌。

能不输吗？

傅西平拍桌子："表表表！"

唐其琛右手向上一抬又放下，衣袖就这么上去了小半截，手腕上的白金表利利索索给摘了下来。他骨相好，手指微曲时的姿态逆着光，跟艺术瓷器似的。唐其琛把表往桌上一丢，也不说话，人就微微侧身后仰，左手臂搭着椅背，一脸平静。

安蓝拦都拦不住："哎！你真给啊！"

傅西平没想到他言出必行，双手作揖就差没给他磕头："得，送我我也不敢要，要不起。"

这表不是时髦新颖的款式，但有故事的物件都带点灵气，乍一看平平无奇有点年月，但搁唐其琛身上，生生戴出了一种克制的高阶感。

唐其琛难得开玩笑，笑得眼角微扬，理所当然。

"别理他，我给你戴回去。"安蓝拣起表，挺自然地往唐其琛手腕上探。

言语亲切，跟本能反应一样。但就是这么个献温柔的示好，被唐其琛一个收手的动作，给打断了。

挺轻的一个转腕、抬手，却让牌桌陷入了沉寂。这份沉寂加持了安蓝的尴尬。这什么意思？有意思吗？

什么意思都看出来了，唐其琛是不愿意的。

聚会差不多歇了时，唐其琛去洗手间。傅西平跟霍礼鸣一前一后也跟了过去。多少年的交情了，犯不着有的没的试探。三十好几的男人，也早过了折腾感情的心境，傅西平从不喜欢当和事佬，明眼看世，只以哥们儿的立场提醒了唐其琛："你今天做得不爷们儿了啊。"

唐其琛洗着手，水流声哗哗的。

傅西平背靠着台子抽烟："都是从小玩到大的，你纵着点又不会少块肉。没瞧见安安发脾气了啊，甩着脸子就走了，何必呢。当着那么多人，她自小就好面子。"

唐其琛说："我有数。"

傅西平掐了烟头："那就行。"

既是玩伴，又各有圈子，唐其琛的想法傅西平也能摸出个七八分。有情分，也有利益追逐，说多了，就不是聪明人了。傅西平睨了眼旁边的霍礼鸣，欠欠地问："说说看，你觉得今晚他做得是不是特不绅士？"

霍礼鸣一正儿八经的酷帅哥，脸上的表情常年平淡，他说："我哥不是冲动的人，他有他的道理。"

问这人基本都是白问，在霍礼鸣这里，唐其琛的一切决定，他都是无条件拥护的。不过傅西平这回没调侃，挂着笑，脸上是有几分认真的。

他说："他不冲动？呵，那是你没见过他脱了西装为人干架，把酒瓶子往人头上劈的样子。"

霍礼鸣顿了下："嗯？"

傅西平挑眉："帅爆了。"

零点散局。

老余的孩子这两天发烧不退，柯礼就让他不用等着，放他提前回去了。唐其琛坐柯礼的奥迪，A8不小，但对比宾利就显局促。

柯礼问："唐总您回哪儿？"

唐其琛今天坐副驾，也没闭眼休息，目光对着窗外，柯礼能感觉到，是没什么焦点的。

"你绕绕路。"他说，"让我透透风。"

柯礼把车在红绿灯掉头，是往金融中心的方向开。夜了，这条路上车也不少，速度不快不慢的五十码。红灯的时候，唐其琛看着路左边的大厦亮灯的那几处，柯礼也看见了，哎了声："我刚看微信的时候，李主管发了个朋友圈。陈飒那部门都在加班。”

柯礼滤了一遍，说：“最近他们应该没什么紧急项目。”

“亚会展。”唐其琛声音淡，“下周的。”

“啊。是。”柯礼应着，也就没了下文。恰逢绿灯亮，车起步，唐其琛忽然说：“前面变道。”

城市欲眠，灯影杳杳，柯礼瞬间明白了意思。

唐其琛把聚会上摘下来的表，重新戴上手腕，表扣金属声清脆一响，他说：“上去看看。”

夜深了，车位空得很，柯礼没绕去专位，就随便停了个稍隐蔽的地方。下车的时候，他皱了皱眉。唐其琛注意到了：“有事？”

柯礼面露难色：“我忘拿卡了。”

这座楼的电梯是有区分的，现在过了零点，专乘的那几座得刷个卡识别。唐其琛说：“不碍事，走吧。”

公共区域的电梯互相联动，按个方向，指令键就都亮了起来。等了不一会儿，后边的那座先开了门，柯礼和唐其琛边聊边进了电梯。

“商务部那边的人事消息到明年初就会公布，这次康部长上台，多少人没料到，现在的风声也捂得紧。”柯礼跟他说起这事，感慨道，“康部那性子，忍常人所不能忍，实在硬气。”

唐其琛说：“你告诉他，卧薪尝胆，这么些年该他出头了。”

柯礼伸手按楼层：“是，我会转达。”

电梯门关到一半——“等等！”

柯礼是站在右边的，这个角度能看见跑过来的那道身影，他把电梯按住，合成一条缝的门又徐徐划开。温以宁气喘吁吁，左右手拎着十几只外卖袋，哗啦的摩擦声，她连外套都没穿，一件打底线衫看着就单薄。

“谢了！”温以宁如释重负，边说边抬头，看清了人，她愣了下，卸下去的包袱又给抛了上来。

柯礼神色和语气都是自然的：“以宁。”

温以宁点点头：“柯助好。”

“买的什么这么多？”柯礼伸过手，“我帮你拿点。”

温以宁侧身一挡，一个很细微的拒绝动作，说：“部门加班呢，我买点消夜。”

柯礼还是坚持：“给我吧。”

温以宁笑笑：“不了，不方便。”

于公于私都是不方便的。柯礼什么身份，提着东西陪她一露面就够人说的了。温以宁最忌讳的还是这点，拿别人的客气当回事，她做不到，也不合适。

柯礼不勉强，笑了笑做罢。

三十好几层，升上去要点时间。温以宁跟柯礼说完话就往边上站。方寸天地，三人身影，各自安静。他人有没有各怀心思不知道，但温以宁是没打算再吭声的。

这是她的态度，看着淡、真，不拘小节，其实还是拧成了一根细密绵长的尖针，藏着，掩着，锐气还是在那儿的。再看唐其琛，从从容容，四平八稳的眉间也是窥不出半点情绪。

“明天下午在总局有个会，您去吗？”柯礼说着话，从善如流地缓着这气氛。

他们的话题徐徐延展，像个保护罩，恰到好处地隔绝了尴尬，也小心翼翼地护住了那份可怜的和气。到了楼层，温以宁提着外卖走了。柯礼看着她背影，也不知是可惜还是无奈：“大半月了，跑上跑下的。陈飒带人的风格还是挺有威慑力的。”

唐其琛走出电梯，往背影早就消失的那个方向看了眼，什么都没说。

柯礼也没敢想老板会发表什么意见，一个男人，能到这样的地位，有志、有识、有恒，沉得下去的定力一定多过宣扬的欲望。再说了，他和以宁之间那点过往，虽未被正名，但总归是不痛快的。

唐其琛在外头看了会儿里面，看着员工兢兢业业，看着陈飒坐镇指点，看着温以宁忙忙碌碌，头发松了几缕，正专心地给每个人分消夜。隔着窗户和灯光，这份感觉怎么说呢？像是美玉蒙尘，看不真切。

有好一会儿后，唐其琛才垂眸，对柯礼说：“不进去了。”

柯礼问：“送您回家？”

“去办公室。”

加班估摸着还有半小时结束。大家吃着消夜，虽疲倦但还是有话聊的。这个夸鸡腿好吃，那个说奶茶珍珠好大颗，又齐齐对温以宁说“辛苦啦”。温以宁谦虚地应着，态度真诚，很博好感。

她把一份寿司递给陈飒：“陈经理，这个您吃吗？”

陈飒在看图表，头也没抬：“谢谢，不吃。”

温以宁没说话，过一会儿又给她递了杯水，声音很轻：“温的。”

陈飒这回侧了头，正眼落向她，几秒后，伸手接了。

外卖点得多，味道清淡的都被挑光，剩下的都是些麻辣口味，看来久坐办公室的年轻人也很注重养生了。温以宁点了点数，望着这些葱姜辣油也是望而却步。

“温以宁。”陈飒忽然叫她。

“啊？”温以宁应着。

陈飒的右手握着手机，从耳畔放下，问：“还有吃的吗？”

“有啊。”

“那你送去楼上。”

“嗯？”温以宁不明白，“楼上？”

陈飒的表情跟这深了的夜一样，她说：“CEO办公室，出电梯直走最大的那一间。”

温以宁提着剩下的消夜，上电梯，出电梯，然后看着那张虚掩着的门。这个发生得太突然了，一层楼的距离，要说立刻有什么百转千回的心思，那不现实。

温以宁敲了两声门，就听见里头的声音：“进来。”

办公室铺着地毯，深灰色的装潢设计，金属摆件多，开的灯也不甚明亮，披着一层纱似的，更没什么烟火味了。

唐其琛是背对大门的，坐在皮椅里，椅背遮了大半人影，就只看见搭在靠背上的西装外套，以及黑色针织衫包裹着的左右手肘。

柯礼不在，这个宽敞空间像真空泵抽掉了空气，压着人。

进来前心里还有点磕碰，但这会儿进来了，倒还平静了。温以宁把消夜轻轻放在侧边的小桌上，说：“老板，吃的在这里。”

皮椅转了个面，唐其琛看着她，就这么看着。

怎么形容这个眼神呢？穷尽斯文，把该藏的都藏起来了。就是你看不出有什么，但又好像是有什么的。

温以宁对视的时候也没露怯，汇报工作一般该怎么就怎么，问：“有点凉，需要加热吗？”

唐其琛的眉目间也看不出情绪的递增或转折，说：“不要了。”

温以宁点点头：“行，那我出去了啊。”

身体转了一半，听见唐其琛说：“陈飒是个有能力的，你跟她学东西……”

温以宁下意识地回头又看他。视线对视线，一个往上轻抬，一个毫无准备地接纳。很突然，突然到唐其琛停了半秒，才把后头的字说完：“……吧。”

温以宁应着：“会的，谢谢领导关心。”

这语气太自如了，既没有拘谨和畏惧，也没有对磕的暗劲。我叫你领导，你就真的只是领导。领导你说什么话，我就按着礼数回你什么话。

就刚刚那个回头时的眼神，就已清清楚楚地写着：再没有别的了。

柯礼从洗手间回来，见着这场面也是一愣，但很快按下了表情，挺自然：“以宁。”

温以宁冲他笑：“柯助，那个消夜放在这儿，不过都被大家吃得差不多了。”

“啊，没事。”柯礼也回了个笑，“我们也就随便垫垫肚子。你们部门还在加班？”

“嗯，快下班了。”

温以宁走了，把门关上，也没关紧，就跟她进来前的一模一样。室内空调恒温，太静，能听见轻轻的送风声。柯礼看了眼消夜，又看了眼唐其琛：“您要饿了，我让小厨房给您备点粥。”

唐其琛又把皮椅转向了落地窗，左手掐着眉心，右手搭在椅子的扶手上，手指有一下没一下地敲。

柯礼说：“这东西太辣，您得注意着。”

“拿来吧。”唐其琛说。

柯礼怔了怔，不过还是坚持地劝说：“医生让您注意饮食。”

唐其琛没多余的话，自己把身体坐直了：“一起吃点。”

柯礼是有眼力的人，也是了解他的人，言轻，话少，甚至绝大多数时候，唐其琛连多几个字都很吝啬给你。但就这几个字也够了，柯礼知道，没法劝。

他无不担心，却也不敢忤逆，只能在吃的时候，迅速地将辣油特别多的往自己碗里夹，他也不是能吃辣的人，这下弄得自己都有些扛不住。

唐其琛瞥他一眼：“你晚上没吃饱？”

柯礼喝水喝得急，手握拳头抵着嘴，咳了两声说：“差不多吧。”

加班加到凌晨，但第二天大家还是来得早，一早又忙着昨夜的收尾工作。这个是集团年底的广告投放，涉及与各大平台、卫视台的合作。温以宁没参与具体，就跟着打打杂，复印一下资料，整个一跑腿小妹。

到下午，事做完，同事们伸懒腰揉肩膀，累，但也是高兴的。温以宁听她们聊天，偶尔也跟着笑笑。后边一同事叫她：“以宁。”

“哎，在呢。”温以宁顺着声音回头。

“陈经理让你去趟办公室，现在，快点啊。”

“行，马上。”

估计又是复印资料，温以宁敲门进去，陈飒看着电脑头也没抬：“你跟我出去一趟，五分钟后走。”

温以宁略感意外：“好。”

陈飒这人的时间观念太强，说五分钟，就绝不迟到一秒。她身材高挑，保养也得宜，合适的衣品和妆容，不刻意装年轻。三十多岁的女人该有的气质，真真赏心悦目。

陈飒没用公司的车，她的私人座驾是保时捷的Panamera，上车后白金包往后座一扔，爽利得很。和温以宁全程没什么交流，电台放着歌，还行，也没觉尴尬。

开上高架，陈飒才说：“待会儿你去超市买点东西。”

温以宁说好：“买什么？”

“牛奶，营养品，脑白金，燕窝也行。”陈飒戴着墨镜，正把着方向盘转个急弯，她说，“脑白金吧。”

温以宁顿了下：“这是补脑子的。”

陈飒也顿了下：“那这个别买，买贵点的，开票，报销。”她说，“CEO病了。”

这么官方正经的称呼，温以宁反应了几秒才绕明白，她说的是唐其琛。

老毛病，胃溃疡，唐其琛昨晚开始疼，疼得一天一夜没出门。柯礼连夜替他叫来了老陈，老陈是正儿八经的哈佛医科毕业，没进体制内的医院，自己有个私人的医护团队。他对唐其琛太熟悉，用药快准狠，到白天就没什么事了。

汤臣一品的房子是唐其琛长住的公寓，住了好几年。温以宁站在这地方，脑子有那么一瞬间是眩晕的。陈飒来过两三次，但也不算特别熟，在AB座的电梯面前犹豫了几秒。

温以宁没说话，但眼睛一直盯着右手边A的方向。

陈飒给柯礼打了电话，往右边，说："走吧。"

这个时间点，柯礼正给唐其琛汇报工作。唐其琛看着也没什么异样，坐姿松松懒懒，小腹上搁了一条毯子。陈飒进屋后，唐其琛招呼她坐。上下属多年，也用不着场面话。陈飒走个过场，反正他病也不是这一两回。要不是有事要跟他谈，陈飒可能来都不会来。

唐其琛和陈飒之间是很自然的相处状态。

温以宁从进门起，就安安静静地站在一边。

柯礼笑着说："以宁，坐。"

她没坐。

正说着话的陈飒突然侧过头："坐。"

她跟神游似的，也不知是听见还是没听见。

直到唐其琛开了口："都坐吧。"

站起的柯礼顺着话坐下，温以宁也顺着沙发坐下了。

"王台长那边的意思跟你想法是一致的，跨年晚会的主会场在深圳，LOGO会出现在主持人站位的背景上。"陈飒谈事情，她发言的时间比较多。唐其琛听着，十分钟左右的时间，没怎么发问。他和陈飒是面对面的位置，从他这个方向，不管怎么看，目光都能扫到温以宁。

以宁今天穿了件白色的长呢衣，眼神是飘着的，不怎么专注。整身浅色，衬得她人也更淡了。这种气质怎么说，跟记忆中的某些时候是有重合点的。

温以宁眼睫毛轻轻一合，唐其琛的视线就不动声色地转开了，看着陈飒：“嗯，我给王台打电话。”

近五点，柯礼挑了个停顿的间隙说：“饭点了，边吃边聊吧。”

陈飒这边没什么，只问：“唐总能吃吗？”

柯礼问唐其琛：“您喝粥？”

男人点点头：“让老余多送点吃的来。”

“我明白。”柯礼就要去打电话。温以宁说：“不好意思，我晚上还有事。”她看向陈飒，谦和地说，“陈经理，我能先走吗？等您这边忙完了，我再过来。”

很正常地跟领导请假的语气。陈飒说：“有事你就先走，不用过来了，休息吧。”

在屋里那么多人待着时不觉得有什么，出了这扇门，温以宁觉得还是外头的空气新鲜。等电梯的时候，柯礼也出来了。

“以宁。”

温以宁看着他：“啊？”

柯礼说：“我去车里拿份文件。”

温以宁点点头：“嗯。”

柯礼问：“工作还适应吗？”

“挺好的。”

“那就好。”柯礼说，“陈飒挺好的一个人，现在别被她吓着，以后你就明白了。”

不痛不痒地聊天，温以宁只听不言。

柯礼也不是绕圈子的人，把意思敞亮了说：“以宁，如果你有介意的地方，以后我跟她说说，能免的就免了。”

从昨晚到现在，柯礼看着温以宁这反应，觉得她心里肯定有疙瘩。一女孩儿不容易，再憋着忍着也看不过去。柯礼对她印象一直是很好的，拿她当朋友，希望她开心一点。

柯礼说得委婉，但意思确实是这么回事。

说完了，很安静，这份安静让他觉得不对劲。电梯到了，开了，温以宁却没踏进去。几秒之后，电梯门关上，指示灯又往下走。

温以宁忽然轻轻一笑：“礼哥。”

柯礼怔然，这个称呼多久没听过了，配上她这淡淡的笑意，竟然觉

从青涩到成熟，从成熟到运筹帷幄，一个男人最该努力的年月，他完成得漂漂亮亮。

也是这六年，他把当时年纪尚轻、青涩稚嫩的迎晨，带到能力足够独当一面。迎晨是个好姑娘，唐其琛是动过心的。但感情这种事谁能说清，迎晨也是个坦荡的人，不喜欢就是不喜欢，不会说玩暧昧，吊着你，享受这份追捧。

她有一句挺经典的话，是对唐其琛说的："人这一生几十年，说长不长，还没准会碰见意外，那就挺短的。这个阶段，有什么人进入你的生命，是老天爷有的安排。但进入生命后，能成为什么角色，是我说了算。我感谢你，因为你教会我很多，你让我成长为更好的人。但再有点别的什么，真的，不会有的。"

唐其琛当时都气笑了，一手栽培起来的，伶牙俐齿全往自个儿心上扎了。

故事的结尾是四年多前，姑娘嫁了人，嫁给了自己十八岁时的初恋，铁骨铮铮的特种兵。当时唐其琛心里已经没什么了，看她发的朋友圈，一张婚纱照配个词：嫁啦!

再过一年，朋友圈又发了一条，一张婴儿照配词：生啦！！

这就是个慢慢放下的过程。从唐其琛回去上海，执掌亚汇集团起，他就释怀了。

和温以宁遇见，合眼缘就是一瞬间的事。女孩儿先动情，明亮得像是春景里最艳的那朵花。唐其琛是喜欢跟她在一起的感觉的。

但周围人不信哪，看看，二十来岁，生动漂亮，性格也有某些重合点。

傅西平跟他玩得那么好，当时都问过好几回："其实我觉得也不是很像啊，眼睛？鼻子？哪儿像了？"

唐其琛睨了他一眼，连话都懒得说。

那时候做得最多的，就是载着她满上海地转悠吃饭。吃个四五次还能理解，回回吃，谁没个想法？温以宁憋不太住了，就在一次上车后，坐副驾："你又带我去吃饭？"

唐其琛说："是。"

"等等。"温以宁边说边把外套敞开，捏了捏自己的侧腰，"你看，肉都长厚半米了。”

她里头是件淡粉色的毛衣，软乎乎地贴着身体的线条，那样年轻鲜活。唐其琛目光落在她手上，然后是腰，纤细盈盈的，很好看。夸张了。

他笑着问：“真不吃了？那我回去加班了。”

温以宁眼珠一转，咧嘴：“吃吃吃。”

那段时间，上海大大小小的餐厅饭馆都留下他俩的足迹。温以宁心思藏不住，总想要个所以然，直接问，她问不出口，矜持还是在这儿的。拐着弯地试探吧，可年轻时不懂迂回婉转，试探得不到点子上。

认识那么一个月，唐其琛给她最清晰的定义，就是一句：“念念，咱俩是有缘的。”

温以宁那时的性格不似现在这般沉稳大气，急不得，一急就控制不住情绪。她跟唐其琛生闷气，两人坐在车里，气氛淬了火似的。

温以宁不能忍，大晚上的，非得下车。老余开着车，没唐其琛发话他不敢。后来，这车还是停了，温以宁一头扎进寒风里，瘦瘦小小一只，看着都心酸。

老余见惯了场面，说直白一点就是恃宠而骄了。依他对老板的了解，多半是不会纵着的。可默了好久的男人，开口说：“老余，前边停，你跟上去，把她送回学校。”

老余说：“我看小姑娘是生气了，八成不会上车呢。”

唐其琛说：“我下车。”

老余太震惊了，赶紧道：“唐总，这不合适。外边都起毛雨了，西风刮着，太冷。”

唐其琛说：“停吧，我打车。”

老余照做，追上了温以宁。毕竟是长辈，说话还是有分量，他说公司有急事要处理，唐总坐柯助的车走的。冻得瑟瑟发抖的温以宁才上了车。车里，那人身上的淡香似乎还在，闻起来催人烦。

唐其琛那晚受了寒，病来如山倒，两人之间也没联系，他好了，才主动给她打电话。温以宁接通后劈头盖脸就是：“我不会跟你去吃饭，你不要来接我，你的饭不好吃！”

唐其琛听笑了，笑得眼角的细纹往上扬。他语气是淡淡的调侃：

“……小没良心的。”

也是后来才知道他病了一场，温以宁说不出是愧疚还是想见他，终于还是探了病。三十岁的男人了，肯定不会让一姑娘觉得难堪，做什么都是包容的。你不来，我就给你打电话；你来，我就告诉你，谢谢，我是开心的。

温以宁给他做了一顿饭，唐其琛就倚在厨房边上，拿着手机给她拍视频。温以宁回头瞧见，举着菜刀嚷嚷：“你拍我干什么！”

那模样，虎虎生威，看笑了唐其琛：“刀别乱挥，小心伤着手。你做饭吧，我录一段，以后我也能照着做做。”

温以宁不信：“你还能做饭？你要会做饭我跟你姓。”

唐其琛没说什么，反正脸上的笑意淡淡的一直没停过。回客厅刚往沙发上一坐，就看见温以宁搁桌上的手机响个不停。消息内容都是自动弹出来，唐其琛看了眼，乐了，转头对厨房提声：“你还做微商？”

温以宁小跑过来，拿着手机一脸期待：“啊？啊。对啊。”

“卖什么？”

“阿胶，燕窝。”温以宁捧着手机又屁颠颠地钻进厨房了。

唐其琛想了想，给一表妹发了条信息。十来分钟后，温以宁特别激动地冲出来：“大客户呢，刚加的我，要买十五盒。”

唐其琛抬眼看她，认真地问了句：“那你赚多少？”

“一盒七十五，二十盒就是……”温以宁歪着小脑瓜，就差没掰手指。

唐其琛笑着告诉她：“一千五。”

“对。”温以宁眼睛向下弯，跟住了星星一样，“你厉害死啦！”

那样年轻的时候，藏不住情绪，掩不住爱意，点点心思，寸寸燎原。唐其琛被这注视看低了头，挺淡定地应了句：“当然，毕竟我清华毕业。”

温以宁笑得直不起腰：“怕了怕了，复旦的比不过。”

也奇怪，那么多年过去了，这一天却始终是个记忆点。怎么说呢，也不是有多深刻，更不是什么刻意想起，就是某一时刻，或许是午后醒来时看到铺了满室的阳光，或许是见到路边狂奔长发飞扬的年轻姑娘，这一个片段，就会突然造访。

后来的事柯礼是知道的。

傅西平在唐其琛那儿闲聊，说这说那的，最后话题又绕到了温以宁身上。他说话不三不四惯了，吊儿郎当的："我看出来了，念念和小晨儿是真的很像！"

唐其琛说："你能闭嘴吗？"

傅西平激他呢："侧脸！气质绝了。"

一向克制的唐其琛，没忍住爆了句粗口，态度是不高兴的，反着意思说："你说像就像，行吗？我就喜欢这一款的，以前喜欢，现在喜欢，以后也喜欢。满意吗？以后别问了，可以吗？"

哥们儿之间原本也是没什么好隐瞒，但这个问题，唐其琛三缄其口，态度始终是不甚明朗。

当时，温以宁站在那儿，半掩的门没有关严实，一条缝，外面暗，屋里亮，跟一道血淋泛光的伤口一样。不知从哪儿来的风，吹开了门。

唐其琛和温以宁就这么对上视线，这样一个眼神，蒸干了一个女生刚刚萌芽的全部热情。每一秒，你都能感觉有东西在灰飞烟灭，点点火星往外蹦，烫着了唐其琛的眼。

年少的负气是骄傲的，只信耳朵、眼睛。不是没解释，但对比自己亲眼所见，总是显得苍白无力。两人诀别时那样凶狠，一个哭，一个劝，一个恨，一个默。最后唐其琛自己也乏了，按着眉心，长呼一口气，耳边都是嗡嗡声。

温以宁走的那天，很突然。

列车的班次还是柯礼去查的，下午两点，想着还早，唐其琛当时就从董事会上离席，开车往家里赶。算好时间后去高铁站，手里提着个保温杯，手背上是做饭时被刀割出的血口。

他的满怀希望，最后被这张虚假的列车票给彻底终止掉。

柯礼跟着唐其琛的时间长，见过他商务谈判时的精锐，见过他谈笑风生时的畅意，也见过他发火时的威慑力，但印象最深的，还是老板提着份凉透的饭菜，站在人群川流的高铁站里，最后那个背影。

柯礼也揣摩过唐其琛的心思——喜欢过吗？后悔吗？忘记她了吗？以及，还能再继续吗？柯礼心里是有答案，但是他不敢说。

一个翻身的动作，唐其琛身上的毯子就垂了一半到地上。柯礼回了神，把手里也没看几个字的书放下，走过来想给他把毯子盖好。结果一抬头，唐其琛已经醒了。

屋里又只开着一盏小灯，这个位置，他逆着光，眼眸还没完全聚焦，一双眼睛蒙眬时，是十分画意的。

柯礼轻声："唐总，再睡会儿？"

唐其琛额头上泛着细密的汗，神情不太对劲。他蹙着眉头，说："做了个梦。"然后咽了咽喉咙，声音干涸无力，"让老陈带药过来。"

柯礼顿时紧张，如临大敌："唐总，您这得去医院了。"

唐其琛摇了摇头，跟呓语似的："没事，我就是，就是……有点难受。"

十二月过得快，没怎么回过味就到了月底。温以宁昨天领了工资，没转正，不高，但几千块钱搁在卡里也是有安全感的。她给江连雪的微信转了两千块，那头麻溜地收了，再无后文。

正好之前的公寓到期，太贵，现在她也租不起，这两天办了退租，搬进了谈好的新住处和一妹子合租。妹子准备明年考研，挺清秀的一人，名字也好记，叫丁当。

最近很少见到陈飒的身影，她北京上海两处跑，沟通着广告投放的事。温以宁在部门待着，反正上班都这样，事情做完了就一起聊聊天。哪个包包好看哪家餐馆好吃，什么都聊，然后也听说了不少公司的八卦。

聊亚汇集团的发家史，聊高管层开会时暗潮涌动的复杂局面，聊谁跟谁站一边的。聊柯礼，说柯助理三十一了，还单身着，每个月还能领一笔公司的福利，单身慰问金。

温以宁都给听笑了，这福利，够特别的："单身的都有这笔钱？"

"那也不是人人都有，唐总就没有。"

大家哄笑一团。说到这里，话题的延展性就很强了。

"哎，你们说，唐总真单身啊？"

"对吧，从没听过有呢。"

"单纯。"一同事挑眉说，"以前那个上热搜的，叫什么来着？是唐总的车呢，那辆宾利。”

“嗨！你说安蓝啊？”另一个喊了声，“不知道吧你们，跟唐总一块儿长大的，玩得好。两家有利益牵扯吧，好像安蓝的伯伯挺厉害的。”

“嘘嘘嘘！别说了！”不知是谁提了醒，反应过来，陈飒出现得悄无声息，就站在办公区中间。

一个眼神扫过去，大家低着脑袋各做各事。陈飒站了十来秒，这十来秒是很有震慑力的，终于，她脸转向左边，对温以宁说：“你跟我来。”

温以宁起身，跟在陈飒后面。陈飒推开办公室的门，把包丢在沙发上，进来一个电话，她把手机搁脸颊和肩膀之间，腾出手看这两天的文件。

五分钟后，她放下手机，头也没抬地说：“你准备一下接待工作，明天有一家国外的公司过来考察。”

温以宁点头：“好。”

陈飒签完待办的文件，才抬头看她：“宴请就放金茂，秦副总和林副总作陪，位置你安排一下，别弄错顺序。”

交代了重点，陈飒说：“把事办好。”

虽然还是打杂的活，但分量和性质不一样了。这部分的工作对温以宁来说不算陌生，在义千传媒的前期都是这么干过来的。

人生你说不准，十二年一轮回这说法也不作数，起起伏伏，任何一个阶段，可能都是一个新的开始。

陈飒忙着招商引资，也物色了几档卫视台明年的重磅综艺节目，筛选着投资冠名。温以宁看到明天来访的公司名字时，惊了一跳。也难怪陈飒的态度要郑重些。

虽然时间紧，但温以宁的工作还是做得周全。第二天，陈飒说：“你跟着一起。”

她今天着装是隆重的，红唇提气色，大气得很。就这样，温以宁看到这位国内人脉鼎盛的美女老总，在人际交往上游刃有余的那一面。真真名不虚传。

考察团一行十来号人，温以宁跟在最后头，听得多，看得多，其中有一名日籍男士，年龄偏长，双鬓发白，走在最后。陈飒做报告的时候用的是英文，那人翻着资料，偶尔看一眼陈飒，目光里有迟疑。温以宁坐在会议室靠门的地方，作用也就是递递东西，添添茶水。她注意到这位，然后查了一下手里的名单，年龄、国籍、偏好，这些信息是提前准备好的，唯独这人，职位后面是空白。

台上的陈飒正介绍亚汇集团在智能领域的发展计划，能力中心的建立已经扩散至战略资源丰厚的地区。这些专业术语是绕口的。那人疑虑的神色更甚。温以宁就是这时候走上前，微微伏腰，用日语轻声招呼："需要帮助吗？"

对方递了个欣然的眼神，温以宁就维持这个恭顺礼貌的姿势，把陈飒说的，用日文复述一遍。她的语感和语速是非常流畅的，几近同声翻译。

陈飒目光落到她身上，状似无意但有力道，会议时间还长，进行了大概十分钟，会议室门从外推开，柯礼走了进来。他动作轻，挑的也是在播放影像资料的时刻，极少人发现。

柯礼把手上的椅子，放在温以宁的身后，然后拍了拍她的肩。温以宁侧头，眼有惊讶，柯礼比了个嘘声的动作，冲她笑了下就出去了。

会议室靠门的一面是整片落地窗，温以宁又顺着看了一眼，柯礼跟在唐其琛身后，两人西装色系相同，撑着姿态，连背影都是带风的。

一天流程顺利结束，考察团走时，那名日籍男士在上车前，特地对温以宁比了个赞扬的手势。也是后来才知道，这名老人，是对方公司在亚太地区即将上任的负责人。

陈飒为这事斥责了相关部门，前期调研工作不细致，重要人物的信息全给遗漏。她训人的时候，眉梢眼底裹着凌厉，话也重，温以宁瞥见身边的主管额头上一层细密的汗。

到了下班的点，气氛稍缓，温以宁也收拾东西准备打卡。陈飒从办公室出来，经过她座位时，忽然说："下班回家？"

温以宁愣了下："对。"

"走吧，坐我的车。"陈飒留下话，也没等她回答就朝前走了。

温以宁新住处的位置有点偏，从浦东开过去一小时有多，又是下班高峰期，两人直接给堵在了立交桥的出口。陈飒等得不太耐烦，从储物格里摸了包烟，一支衔在指间，开了窗过风，问她："抽吗？"

温以宁说："不抽。"

陈飒轻缓吐气，左手搭着窗沿说："我也没瘾。"

几句不痛不痒的问答，你来我去的便没了继续。一支烟毕，陈飒拣了颗糖放嘴里融了融才问："我看过你的简历，学的是英语，怎么会讲日文？"

"读书时候时间多，什么都学一点。"

这话听着谦虚，蜻蜓点水似的带过，但就她今天那一番表现，可不只是"一点"能概括的。学得精，反应快，算算时间，也是毕业四五年的人了，还能有这份功底，不容易。

但陈飒也没接她的话，只问："你为什么要改行？"

温以宁平静道："趁年轻，体验不同的生活。"

又聊了几句，陈飒问她："我带的人里，年轻的多，做事是有冲劲，这是优点，不过也容易大惊小怪，聚在一块儿，能谈论的，不能谈论的，没个分寸容易忘形。你刚来，肯定有很多不明白的东西，跟她们聊聊也好。"

这话表面无风无云的，但温以宁听得出，阑珊之意，深藏不露。静了几秒，她对陈飒说："我知道您对我的看法。"

一句话就这么直白地撕开了隐匿的试探，陈飒收起了刚才的笑意，平静的神情才是她真的情绪。

温以宁说："我是从义千传媒出来的，能走到亚汇，柯助理的确劝过我。但我不是为着谁的人情脸面，也从没仗着谁的势而心存侥幸。我就是来工作的，拿一份薪水，做一份事，我不需要走后门，别的话我不敢说。但从前、现在、以后，不管在公司留多久，我对得起我自己。"

这种表现的方式还是稚嫩了，但温以宁觉得，任何一段际遇，能聚也能散，没个定数的东西，就犯不着担这份被误解的委屈，信与不信，至少态度是得立起来的。

这正正经经说话的样子，倒让陈飒格外留意了："你就没想过抱怨？"

温以宁认真想了下，承认说："那也有。我之前不是为了安蓝那个代言的案子忙活过吗？其实我很不喜欢接这种。"

陈飒打断："哪种？"

“啊。就是，不按合同执行的。”温以宁笑了下，“为着一件礼服，闹得这么坚决，其实犯不着。但我没办法呀，工作就得做。我还托人联系明星的经纪人，费了不少工夫，见不着。最后见到她的一个级别特低的助理，那助理脾气大，我都那么求他了，人家没个好脸子，还骂我让我滚。”

陈飒嘴角浅扬，一个极微小的弧。

温以宁努努嘴：“不说了，在您面前小巫见大巫了。我可能没什么能力，但您看到我是什么样的，我就是什么样的。”

陈飒嗤笑一声，好像她方才说的那些不过是背书，平平无奇，不足以动念。她眉间神色挑了下，淡淡地留一句：“你没跟我说实话。”

汽笛声从四面八方响起，尾灯也交错地亮着，前面通车了。陈飒转动方向盘，打向右边：“下个月我要去一趟浩亚台，落实明年一季度的广告投放工作。”车已右转，道路比刚才直行时通畅得多，她说，“这一次，你跟我一起去。”

把温以宁送到地方，陈飒又返回了亚汇。

CEO办公室的门是敞开的，柯礼和唐其琛坐在会客区的沙发上。见陈飒进来，柯礼挪了个位置，招呼她坐。

唐其琛叠着腿，办公室暖风阵阵，温度适宜。他就穿了一件羊绒衣，里头是白衬衫，喉结处解了一粒扣，衬得脖颈线条是好看的。

他把手里的文件递给陈飒：“你看看。”

陈飒阅了几行，笑容就接上了：“这么快？”

亚汇集团明年于海外市场宣传推广的其中一条重要渠道，历经数次谈判斡旋，终于拿下了。

“他们内部开会的时候，山本泉郎先生投了赞成票。”柯礼说，“陈经理，恭喜。”

陈飒的喜悦神色克制有度，点头对唐其琛说：“我会着手对接工作。您放心。”她也不是吝啬夸赞的人，实事求是地陈述，“今天温以宁的表现不错。”

柯礼有所悟地笑了下，与陈飒都十分默契地把目光转向唐其琛。

唐其琛起先是不在意的，一秒，两秒，三秒，被这两人注视的时间一长，像施压似的斗胆包天。唐其琛手指搭着沙发扶手，微微一蜷，淡声应：“嗯，不错。”

话题到了他这一句话，就自动收了尾。之后就是闲聊，柯礼和陈飒聊的时候多一些，最后聊起了员工，陈飒把部门突出的那几个点评了一番优点，说到温以宁时，陈飒顺着下班在车上两人的聊天内容，谈起了她在义千传媒的经历。

“那时候她为了安蓝的毁约，是下过不少功夫。安蓝的经纪人叫什么来着？”陈飒问柯礼。

柯礼答：“邹琳。”

陈飒蹙眉，这个表情变化不露声色又恰到好处，状似不知的语气：“我还以为赵志奇是经纪人呢。”

“这是她团队里一个小助手。”柯礼脑子里的信息库是完整妥帖的，他问，“怎么了？”

陈飒顺水推舟，就这么把温以宁被这个助手骂过的事，原词原句地说了出来。说完，陈飒笑了笑：“现在明星身边的人都这么有分量了啊，是我落伍了。”

柯礼心跳提了提，总觉得哪儿不对劲，但嘴上还是和和气气道：“仗势欺人的是很多，哪个圈子都一样。”

而从始至终，唐其琛都没再说一句话。

又过半小时，柯礼送陈飒到门口，然后合门转过身，唐其琛已经走到落地窗前，背对着，看着窗外。柯礼是想问他，是否回家。但这一瞬，跟有风堵住喉咙眼似的，他有点不想开口了。

“柯礼。”唐其琛的声音沉，跟窗外夜色相辅相成，他头也未回，就这么轻描淡写的一句话，“把这个人弄走。”

预感透支得异常准确，柯礼心里是有偏向的，但他不能感情用事，权衡要害，他说：“安蓝的人，要不要……”

“让他走。”唐其琛打断，转过身，眼里明显是不悦的，“让她身边少些不干不净的人。

年底这个时候陈飒最忙。纸媒这一块还好，成熟顶尖的都有交情，该怎么登就怎么登。就是电视台这一块的节目冠名，陈飒是要花心思的。

这小半月，两人香港内地两边跑，飞机一落地就去开会，白天唇枪舌剑，晚上还有饭局，流光溢彩，笑脸示人，看着人人都是熟稔老友，但名利场上，谁还不是老江湖，推杯换盏之间都是暗流潮涌。

陈飒酒量极好，可连着这些天实在劳累，今天晚上她状态明显差了。温以宁扶她回酒店。陈飒往沙发上一躺，掐着自己的眉心，手一挥："你去休息吧。"

温以宁帮她把包搁一边，起了身。陈飒自己迷迷糊糊，估摸着人是走了。几分钟后，温以宁又半蹲在她身边，说："您喝点热茶，水我给您放好了，泡个澡，别受寒。"

陈飒看她一眼，点头："谢谢。"

坐起来后，她捧着茶灌了两口，人清醒了些，就跟温以宁聊起了工作。问她的看法、计划、意见。聊了没几句，手机响。陈飒看到号码后，倏地坐直了，接得很迅速。

"林老师。他没来学校？好，行，谢谢，我知道了。"陈飒挂掉这个电话后，人站了起来，眉头再没有松开过。她很快打了另一个电话。

"人又不见了，我现在在香港回不去，你帮我去找找。"陈飒说起这些时轻车熟路，但一脸倦色里，仍是多了几分焦虑。没多久，电话回了过来。陈飒一接通就发了飙，那头也不知说了什么，她眼里的火星能烧人，"你再这样跟我对着干试试，我明天就把你送去美国！"

她把手机丢到沙发上，身体疲惫难挡，一口气没续上来，人也直愣愣地坐了下去。陈飒右手握拳头，抵着自己的额头揉了揉，脆弱的那一面终于是示了人。

温以宁静静坐在一旁，始终没吭声。

片刻，陈飒声音有点哑："吓着了？"

温以宁摇摇头："没事。"

"太操心了。"陈飒叹了口气，叹出了几分无可奈何，她说，"是我儿子。"

温以宁怔然。

陈飒声音淡淡的："过完年十七了，臭小子一个。"

陈飒今年三十五，温以宁没想过她背后还有这样一段故事。但此情此景说什么都挺尴尬，她只能宽慰道："男孩儿都调皮，动气伤身体，让您先生去沟通可能会好一点。”

陈飒眼皮都没眨，拧了拧眉，然后说：“行了，你回房间休息吧。”

也不知是不是自己的错觉，温以宁总觉得，她刚才那抹神色里，是有怅然的痕迹的。

元旦三天假期，天气难得地好，这个冬天没怎么冷，印象里艳阳天的时候更多。晚上八点在黄浦江边一家新开的酒吧，老板是傅西平和唐其琛共同的老同学，怎么着也得捧捧场。

唐其琛来的时候，一兜人已经玩上了，年轻一点的就在唱歌喝酒，牌桌也开了两场。傅西平见他进来就一通牢骚：“你骑乌龟来的？”

柯礼帮着说：“唐总回老太太那儿了，这不正好十五吗，吃斋诵经敬佛，唐总陪老太太做完这些才走的。”

那是唐其琛的奶奶，八十多岁的老人家，人生这点信仰有一天没一天的，唐其琛孝顺她。老太太对他们这帮小辈特别好，傅西平哎哎两声：“我想她了，我这周去看看她。”

霍礼鸣蹲在角落吃果盘，这屋灯光有点绚，晃来晃去的，唐其琛隔了好久才看清人，一米八七的酷哥，左右手文身，爱好倒纯情，喜欢吃水果。经过时，唐其琛拍了拍他后脑勺：“没人跟你抢。”走到桌边了，对柯礼说，“你让人再给他拿两盘进来。”

他们这帮人的兴趣爱好实在贫瘠，可能也是年龄到这份儿上了，新鲜的、时髦的、闹腾的提不起劲。老友几个聚在一块儿，十分默契地不谈工作，牌桌上的交流主旨是放松。

唐其琛的桥牌和德州扑克都玩得很好，傅西平问他：“你身体好了没？”

“没事。”唐其琛说，“老毛病了。”

这点傅西平知道，其实不算严重，这些年他已烟酒不沾，只要饮食规律，一年到头很难再犯一次病。

刚玩没几盘，包间门开了，侍者领着人进来，傅西平看了一眼：“安安啊。”

安蓝这周就在上海拍民国戏，时间多。她裹了件黑棉衣，戴了个黑口罩，就露出一双眼睛。唐其琛是背对着她的，也没回头，专心玩牌。

安蓝抽了张椅子往他身边一坐，摘了口罩，看牌。大家都习惯了，跟个小尾巴似的，再时不时地出点馊主意，故意使坏。傅西平就老说她是瞎指挥，说唐其琛是瞎纵容。

不过安蓝今天不太一样，怎么说呢，就挺沉默的。唐其琛手气不太行，连输了好几把，终于这一把牌漂亮，安蓝忽地指着："打这个。"

傅西平美滋滋呢，一准输。

但唐其琛没听她的，按着自己的路数继续跟牌。

安蓝忽地就不高兴了，其实她从进门起就没高兴过。她说："你的牌你爱怎么打就怎么打。"

这语气冲，不对劲。

傅西平眯缝了眼："怎么了这是？"

安蓝说："我的人你凭什么让走就走？"

那小助理，赵志奇，麻溜溜地走了。她也是人走了三天才知道。

唐其琛说："我让他走了吗？"

"柯礼传达的意思不就是你的意思？"安蓝说不上生气，性子就这样，圈里圈外都被人捧着，受不得半点委屈。

被点了名的柯礼很自觉地说："这事是我不对，跟唐总无关。"

安蓝冷呵一声："为什么呢？"

柯礼的话术早已筹备周密，但他没开口，唐其琛直接说："捧高踩低，这种人帮你做事没好处。"

安蓝软硬不吃，杠上了似的："我清楚着呢，谁小题大做，啊？"

傅西平皱眉："安安，怎么说话的？"

安蓝甩手走人，跨步生风，连口罩都不戴地就要开门。傅西平低骂一声："干吗呀，就这么走出去！"

倒也不怕被狗仔拍，就是担心她安全，一炙手可热的大明星，身边没带保镖，万一出了事谁负责？唐其琛把牌放下，眉头蹙得紧，很快对角落的霍礼鸣使了个眼色。

霍礼鸣追去走廊，拦着安蓝，硬邦邦的语气："你回屋待着，经纪人赶过来了。"

出来的不是她想要的，她还挺难受："让开。"

但还没走几步，整个人就被霍礼鸣扛了起来，拦腰往上一横，轻轻松松给挂在了肩膀上。安蓝天旋地转："你个野人！"

霍礼鸣面不改色道："你尽管嚷，我的面子要不要无所谓，我也不是你们圈里的人。你一大明星，被一个男人这样扛着，人来人往的，你说谁的损失大？"

安蓝怒气依然，但还真就老实了，被他丢回包厢，直到经纪人如临大敌地来把人接走。

闹了这么一出，大家兴致缺缺，气氛总归淡了些。不到十点，唐其琛就要走，柯礼临时有点事，没陪他一起。唐其琛也不想太早回家，就开车回了公司。

周末，清清静静的，哪怕大厅灯明透亮，也盖不住几分难得的安宁。唐其琛从电梯出来，才发现自己按错了楼层。办公室还得往上，没留意住。再回电梯时，他下意识地往办公区看了眼。

顶灯没亮，就某一个方向发出来的微光，朦朦胧胧，估计是有员工在加班。大周末，难得。唐其琛往前走了几步，看清位置后，他是有那么一秒犹豫的。但犹豫过后，他还是继续往里又走几步，停在靠门口的地方，将自己完全隐匿在黑暗里。

温以宁下午和陈飒从杭州回来，航班延误，陈飒还发烧了。可周一要开会，资料总得准备，温以宁连行李都没放，就赶回公司加班。

她外套脱了，一件黑色的卫衣打底，弄了个丸子头，松松垮垮的，是用一支圆珠笔随意地固定住。办公桌上资料摊了几本，word文档已整理了十五页。待的时间很久，温以宁乏了，左手撑着脑袋，又换右手撑，最后猛地抬头。

就是这个动作，站在黑暗里的唐其琛几乎本能反应一般，要往边上躲。

温以宁那个夸张的抬头后，竟是左摇右晃地甩脑袋，甩得圆珠笔都掉了，头发散开，发尾小卷跟一把羽毛扇似的披在肩头。那份轻俏姿态，有很多年前的某些影子，何其相似。

岔了神，唐其琛久久没有挪动脚步，看向她时，眼神比这夜色还要温淡。

温以宁把头发撩了一边至耳后，侧脸像打了柔光，又把那些影子驱逐得一干二净。也不知算不算得上是反差，总之，唐其琛微微蹙了眉。

报告还差个收尾，也是最难写的部分，温以宁一时没头绪，连日出差身体也不是铁打的，全靠一口气吊着。她深深呼吸，然后随便拣了本文件，随便打开一页，随便用英语读了起来。

声音好听，语感也正宗，大珠小珠落玉盘，听出了几分诗意。

唐其琛唇角微弯，就这么不自觉地笑了下。

读大学时就这样，一个挺重要的考试前夕，温以宁吃饭都心不在焉，唐其琛让她点菜，她翻着菜单，就从饮料读到最后一页的甜品，那口语不是白练的，唐其琛当时问她："什么意思？"

她说："要考试了，我紧张。"

啊，就没见过用这种方式来放松的。两人之间虽没认真探讨过太正式的东西，比如未来，比如职业规划，比如人生哲理。但唐其琛能看出，她对自己所学所选，一腔热忱，而火烧灯草，一点就燃的天赋，来之不易。

想的东西绕远了，唐其琛再回神时，愣了下。

也就分把钟的工夫，座位空了，没人了，温以宁不知哪儿去了。

唐其琛还没来得及反应，背后突然被撞了下，力道重，劲是往足了使，他没稳住，脚步往前踉跄了两步，疼得倒吸一口气，怒着气回过头。

温以宁手里拿了两本厚厚的书，包了硬壳的那种，边边角角特磕人。她五分钟前就有第六感，觉得氛围不太对。

黑灯瞎火，又是周末，偌大的金融中心跟鬼楼似的。女生一脑补起来就收不住手，她没敢看，没敢泄露自己的惊恐，若无其事地，拎着东西目不斜视地往这边来了。而两人的位置又恰恰好，一个没亮光，一个背对着，反正温以宁是看不清人。

等她发现确实有人时，想都没想就一本硬壳书砸了上去。而两人四目相接，一个怒火中烧，一个全情投入忘了收手。

温以宁闭眼砸第二下。唐其琛本能反应地掐住她的手，人被撞得直往后退，碰着了滑动轮的椅子。那椅子撑不住这么大的撞击力，两人直接贴在了一块儿，唐其琛的腰磕在桌子的边沿，冷汗直冒。

温以宁看清人，也愣了。这么近，手腕还被他捏着，他垂眼睨她，强弱悬殊，这个对立的姿势她不喜欢。索性手劲压根就没松，该怎么打还怎么打。

这个故意让唐其琛燥意更甚，沉力拽拉，没放开温以宁的手腕。

两人动静不大，但暗暗较劲都不服软。黑暗中，唐其琛的眼神情绪翻涌，温以宁亦目光如刃，就这一秒的对视，眼里都有意难平。

温以宁的眼神硬实实的："老板，你做事之前就不考虑员工难不难受吗？"

她说这句话的时候，唐其琛已经松了力气。温以宁的手没刹住，那本厚厚的硬壳直接砸向了唐其琛的嘴角，一道血口当即绽开。他沉默地受着，直到完全放开她的手。

唐其琛看着她，被砸得声音都有点哑："你以为我就不难受，嗯？"

两个人，两声难受。

空气流动得越来越慢，最后黏稠凝固，如果有第三人在场，大概能看出他们眼里，是有同款的不甘与不平。

一夜冬风，外头降了温，拂开连着几日天晴艳阳的春意之象，风雪于四季原来是从不会迟到的。

唐其琛第二天没有来公司，对外说是出短差，到第三天才现身。西装笔挺，俊朗生风，看着与平日无异，但只有挨得近才能隐约发现，他嘴角处仍有极轻的伤痕。柯礼帮着传达重要事项，其他人非必要不准来唐其琛的办公室。他早上是问过一句怎么伤着的，但唐其琛连敷衍的借口都没找，直接沉默以对。

陈飒这边，终于在一周内敲定新年新季度的节目冠名事宜。总共三档，全是上星卫视台以及网络平台的王牌重点。冠名费总额逾十个亿，还不算黄金时段的广告投放。陈飒人如其名，飒飒英姿给整个业内留下了光芒凌厉的年末收尾。

温以宁从当初名不副实的助理，终于成了真正的助理。陈飒带她在风雨刀刃里闯一轮，比任何时候都有用。当时有个意外，H台的栏目招标会，高明朗和文雅也在，位置还巧妙，他们坐第二排，温以宁跟着陈飒坐第一排，之间岔开两个座位。

他们仨的那点恩怨情仇陈飒是清楚的，碍着交际礼貌点头示意，再多的态度她也不可能表明。但还是留意着温以宁的表现。按常理就是交情散了归陌路的那种。

没想到的是，温以宁竟主动地、大大方方地跟两人打招呼，眼角眉梢笑意刚刚好，没有半点露怯与遮躲。好似那前尘恩怨都已随风逝。

招标结束后，陈飒问她，对高明朗没成见了？

温以宁听后摆摆手，笑得牙白如贝：“哪敢有成见，我还得在这个圈里混饭吃呢。”

这话不是屈从，也不是怕谁。赚钱讲究的是和气生财。温以宁不怕事，但也没必要去惹事。这跟她有没有后台无关，纯粹她自己拎得清，想得开。

陈飒听懂了她意思，也回了个笑：“忍不下去的时候也没必要，工作再努力一点，我这棵大树可能也愿意给你抱一下。”

大概是工作圆满完成让这位姐姐心情不错，温以宁依稀从她眉目里瞧出了几分真心。离开校园后，这几年匆匆而过从未回头和从前的自己打个照面。也就这一刻，温以宁突然发现，成为一个能屈能伸，能方能圆的人，似乎也不是那么难。

陈飒的老规矩，工作圆满结束就是庆功宴。部门大小员工聚在一起吃个饭，连平日做保洁的阿姨也有这份待遇。唐其琛每年都参加，今年依旧。温以宁没和他坐一桌，级别够不上。两人隔得也不远，空中餐厅的服务与装潢是顶级。顶上的奢华水晶灯一打光，气氛喧闹热烈，温以宁不太合时宜地想起一个词，隔山隔海。

唐其琛的姿态并不如她想象中那样冷淡。他不喝酒的，一杯温水也能敬得客气周全。温以宁也就这片刻的分神，唐其琛突然不着痕迹地看了过来。来不及躲，索性就不躲了。温以宁目光无所谓地聚在他身上，就像看一件门口摆设。

饭局结束后，三三两两地告辞。唐其琛和陈飒走在后边，很慢，说着工作上的事。温以宁被陈飒支去买单，办妥后再出来就落开了大部队，倒和他们同节奏了。

柯礼喊她名，笑着说：“等会儿吧，陈飒跟你顺路，你搭她的便车。”

温以宁啊了声，点点头，问他：“晚上吃饱了吗？”

“没太饱，光顾聊天了。”柯礼说，“不过我吃了几口虾，很不错。”

“我也喜欢那个虾，芝士味好浓。”温以宁也挺轻松地闲聊。

有一搭没一搭的，快到停车的地方时，陈飒接了一个电话，没听几句，她脸色变了：“哪里？”

那边重复了一遍，这次时间稍长。陈飒握着手机，越握越紧，指甲盖都泛了白。挂断电话后，她神色极其焦虑：“唐总，抱歉，我得先走一步。”

“有事？”唐其琛敏锐，她状态不对。

陈飒说：“子渝出事了。”

唐其琛敛眉：“说。”

“他跟人打架，关了进去。”陈飒烦极了，一天的春风得意，这会儿全没了。

她身上这点事唐其琛是明明白白的，陈子渝就是一叛逆少年，不好念书，行事标准就一条，跟他妈对着干。但大多数时候都是小打小闹，调个皮气一下你。

唐其琛对柯礼说：“一起去一趟，你开车，她这状态开不了。还有，你给小霍打个电话。”

都是好些年的老友，陈飒也不推辞。一辆车，唐其琛自然是坐后座，陈飒坐副驾，温以宁只得也坐进后排。空间虽大，但两人距离还是挨得近的，温以宁能闻到淡淡的香。自那夜对峙之后，两人本就贫瘠的交集，更是少得可怜了。车窗外的霓虹灯影快速掠过，忽明忽暗的，一人脸朝左，一人眼看右，谁的表情都看不真切。

陈飒赶到地方时，陈子渝就被扣在走廊，蹲在地上面无表情。温以宁第一次见到这位小魔王，惊讶于他的清秀面相，最难得的是眉眼之间那股干净的少年气，怎么看都不像是个惹人嫌的祖宗。

柯礼稍晚进来，在外面一通电话打点了关系，没五分钟，值班民警通知家属补办个手续，就将人放了。陈飒挺沉默，见着面到现在都没开口斥过一个字。陈子渝也没事人一样，还挺懂礼貌地跟唐其琛、柯礼打招呼。看到温以宁时，嘴上抹蜜似的：“漂亮姐姐哟！”

反正从头至尾也没叫陈飒一声妈。

车子开上大路大概五六公里，陈飒忽然开口：“停车。”

柯礼从后视镜里看了眼，想了想，还是靠了边。陈飒一脸冰霜地推门下车，直接掀了后座门把陈子渝给拎了出来。陈子渝扭着身体，妄图脱离桎梏。

陈飒没让他得逞："大晚上的，这么多人没工夫陪你瞎疯。你逃课也就算了，还给我打架？啊？你什么脑子啊？你要真能耐，就别给我打电话啊。"

陈子渝吼回去："不是我打的！警察叔叔打的！你怪我干吗呀，你怪他们去！"

得，还有理了。温以宁都给听笑了，什么小孩儿啊，奶凶奶凶的。

冬天的风割人，吹得陈飒眼睛干，她一垂眸，再抬起时，眼角都红了。陈子渝看见她这反应，表情还跟奓了毛的猫似的，但肢体反抗幅度明显减小。

陈飒说："你再闹，我就把你送去美国。"

陈子渝的反抗又变剧烈了，也不知哪个字呲了他的毛，他情绪忽地激动："你就知道这句话，你关心过我吗？你知道今天什么日子吗？"

陈飒冷笑一声，凉飕飕地答："什么日子？我一天好心情全给你破坏掉的日子。"

陈子渝转身就往马路上跑，温以宁离他最近，本能反应地去抓他的手。刺耳的刹车，此起彼伏的汽笛鸣叫，接着是司机疯狂的咒骂。

温以宁拽着陈子渝，力气太大了，两人是倒在地上的。陈子渝将近一米八，就这么压在温以宁身上。温以宁觉得半边身子都麻了，一口气哽在胸口好半天上不来，眼睛都是花的。

所有人都吓着了，如果没温以宁那一拽，陈子渝铁定命丧车轱辘。

"姐姐对不起啊。姐姐你没事吧？"陈子渝自个儿也蒙了，赶紧爬起来要扶她。

唐其琛猛地出声："你别碰她。"

陈子渝蔫蔫地收了手，表情不知所措。

唐其琛就这么蹲了下来，觉得高度不够，又把腰伏低了些："还好？"

温以宁摇摇头。

柯礼也说："自己先缓缓，哪里疼吗？这要摔了胳膊动了骨头，可千万不能乱挪动。”

唐其琛也是这意思，所以才不准陈子渝莽撞。

温以宁说：“我真没事。”然后站起来。但到底摔了这么一跤，没磕碰也是不可能。她力气没使上来，单膝跪在地上喘了下气，眼见又要坐去地上，唐其琛伸手撑了她一把。男人的手是有力气的，握着她的手腕，稍稍抬力不让她往下滑。温以宁本能反应地要挣开，唐其琛说：“我扶你。”

两人算是挨得很近了，一个能听见对方不平的心跳，一个能看见对方闪烁的迟疑。但温以宁还是说：“谢谢。”

站起来了，唐其琛也没急着松开，等她适应了，才完全分开。

陈飒的内疚和惊吓全化成了怒气，她那一巴掌都举在半空了，陈子渝不躲不闪，直愣愣地盯着她，说：“今天是我的生日。”

那一巴掌生生停住，幻化成了内力，好似都甩在了陈飒脸上。冬夜的风干燥而呼啸，没人再说话。

“你，过来。”唐其琛对陈子渝勾了下手指，双手环搭在胸口，依旧不经心的模样。

陈子渝像是扳回了一局，傲慢偏见又起死回生。他无所谓地跟过去，眼睛都没眨几下。唐其琛说：“道歉。”他站在温以宁的身前，一声道歉说得重而又重，“她跟你非亲非故，没那个义务陪你不要命。”

陈子渝点头，坦坦荡荡地说：“姐姐对不起。”

温以宁嘴角扯了扯，本能反应吧，虽然确实很危险，但她没觉得后悔。

唐其琛又对陈飒的方向抬了抬下巴：“对你母亲道歉。”

陈子渝这下不干了，脸一偏：“我没错。”

唐其琛问：“道不道歉？”

黑夜里，他的声音温淡依旧，但凝神专注时，气势就出来了，细密的刀尖齐齐站立，是泛着寒光的。陈子渝虽然心里犯怵，但宁死不从。

唐其琛就这么走过来，一句话也不说，对着他的腿窝一脚踹了过去——“给你母亲道歉！”

陈子渝跟面条似的跪在了地上，扑通巨响，膝盖都快磕碎了。他红着眼睛，咬牙不服。

唐其琛蹲下，目光与之平视：“她再多过失，都不能成为你这样伤害她的理由。今天你生日？生日怎么了？很伟大？很了不起？你妈妈在这个圈子里打拼，都是人吃人的社会，不进则退。她给你的一切，才是你今时今日能够恣意妄为的资本。她不容易，你没这个资格怪她。”

说这话的时候，唐其琛是平静的，不带个人情绪，仿佛说的每一个字都是真理，你不得不信服。陈飒站在一旁，沉默许久后，忽然就落了泪。

言尽于此，唐其琛对这种温情戏码感到乏味，如果不是对陈飒的人生经历有所了解，他也不会去蹚这一趟浑水。没管后续，就带着柯礼要走。

经过温以宁身边时，柯礼说：“走吧以宁，送你回家。”

到了车边，唐其琛没上去，而是打开后备厢，手里拎着个小的医药箱。上车后，他把医药箱递给温以宁，什么话也没说。

刚才摔的那一跤，她手背擦出了血口，没多深，自己都没注意到。柯礼发了车，没动，说：“以宁你先消消毒，我不开。等你处理好了我们再走。”

温以宁沉默地打开箱，棉签蘸碘酊，两只手都有伤，右手还行，换到左手就被动了。

柯礼约莫是怕她尴尬，挺自然地聊起天：“那天我开车办事，看见东城一路那边又在修路。上海这几年还有不修路的地方吗？”

温以宁说：“我前几天路过母校，也差点没认出来。”

柯礼说：“那边有家新开的川菜馆，听说还不错，有空的话，可以一起去试试。”

最亲近的感觉无非是他乡遇故知。温以宁这些年独自身处异地，尝过冷暖，品过心酸，一声家乡的味道倒格外让她动容了。

于是特别开心地说：“好啊！什么时候？”

柯礼也笑：“明天下班吧。”

下周行程安排宽松，难得的清闲，柯礼处在这个职位，甚少有什么假期，平日的放松也大都是工作之余的短暂空隙。

就在这时，始终沉默的唐其琛忽然问：“你明天不加班？”

柯礼说：“明天没太多事，您就两个会是在白天。晚上也没应酬。”

唐其琛眼神平静，语气亦理所当然：“你明天要加班。”

柯礼和温以宁聊的东西太生活了，轻松又惬意的，他松了神，一下子也没往深里想。这会儿反应过来，老板的心思来不及琢磨，总之不敢忤逆，点头应：“好的，唐总，我明天会加班。”又对温以宁抱歉道，“改天吧，第一次请你就放了鸽子。”

温以宁觉得哪儿不对，但又说不出个具体。而唐其琛已经头枕椅背合目养神，从容淡定的模样，好似风度翩翩的局外人，而忘记自己其实是夺人所好的那个始作俑者了。

第三章 星辰非昨夜

今晚这么一出之后，陈飒第二天没来公司，上午的时候给温以宁打了个电话，告诉她自己休假一礼拜，交代了需要跟进的收尾工作。招投标的事一忙完，就等着春节前的公司年会。末了，陈飒说："周四你代我去一趟深圳，具体事项会有人跟你对接。"

亚汇在国内有数家分公司，有个不成文的规定，每年效益最好的那一家年末庆功会，总部高层都会莅临现场，是嘉奖亦是鼓励。亚汇是从香港发家，某些传统依旧很有仪式感。温以宁也是到了周三才知道，自己是代替陈飒出席深圳分公司的年会。此行十余人，高管四名，唐其琛自然不会缺席。

深圳一月的气温相较于其他地方来说仍是温暖适中的。这几日天晴，中午时候也能飙到二十来摄氏度。飞机落地后，温以宁走在最后面，柯礼特意等了她，指着行李箱说："我帮你。"

温以宁没拒绝，柯礼问她："来过深圳吗？"

"去年来过。"温以宁说，"室友结婚，来喝喜酒的。"

柯礼笑了笑："喜欢这个城市吗？"

"还不错。"温以宁也笑，"就是吃不太惯。"

这边饮食偏淡，而她是地道的H省人，虽来上海多年，但口味一直没怎么变。说到这儿，柯礼又想起前几日放的鸽子，他先是看了眼走在前边的唐其琛，再对温以宁压低声说："下周真不要加班了，欠你的那一顿一定补上。"

温以宁笑得眼睛都亮了："那我可记着的，别赖账啊。"

"柯礼。"

唐其琛转身一看，就是两人走在最后笑容可亲的模样。柯礼对上老板的视线，下意识地收拢嘴角，非常自觉地走了过来。

晚八点的庆功宴，这也是温以宁第一次见识到唐其琛在集团内的领袖效应。他是个弹性富余的人，私下里常以温淡示人，但真到了与工作相关的场合，该有的礼数一个都不吝啬。

来酒不拒，谈笑风生。

唐其琛今年三十有五，过完年数月就是三十六。一般男人到这个岁数，人生十有八九已经定性，甚少有翻盘的可能。但唐其琛不一样，远远而望，气度斐然，丝毫没有清汤寡水般的宿命感。

在他身上，能看到无数种可能。这大概就是阅历和眼界赋予男人最大的魅力。

他胃有旧疾，老部下是知道的。手里虽然拿的是酒，但多数时候仍是浅尝辄止，酒香留于唇齿，没有真正喝下去。晚宴进行到后半程，便是唐其琛发言并做表彰的环节。

他上台时，掌声自发响起，经久不衰。唐其琛周身还是沉稳的，他的讲话非常具有个人风格，既不是拿着稿子照本宣科，也不是巧舌如簧有卖弄之嫌。更不会长篇大论耽误时间，只从人才培养、信用体系建立以及经营质量上做启发性言论，切中要害，字字珠玑。

最后，他说："亚汇从不吝啬晋升机制的推广，也不阻拦任何一名员工学习创新的热情，更不揽功夺名，在此我宣布，今年总部嘉奖20%的工资涨幅，用于对深圳分公司去年优秀商绩的认可，百尺竿头，力争上游，更进一步。荣耀是你们的，祝贺。"

语毕，气氛达到最高潮。好几个年轻的员工都在下面偷偷抹眼泪。

温以宁坐在陈飒的位置上，这个角度是正对唐其琛的，客观来说，有这样一位掌舵人，也就不难理解亚汇集团在四年前的革新中，冒巨大市场风险却依旧宠辱不惊地完成转型并且蒸蒸日上的原因了。

欢呼声持续了好几分钟，有一位老员工克制不住激动，竟端着酒杯来到唐其琛面前："唐总，我是运输部的张国庆，是两湖线路的大车队主管，我为亚汇工作了二十年。只要亚汇愿意要我，我不退休，我会一直效力公司，直到我干不动了为止。"

他说得动容，握着酒杯的手都在发抖。唐其琛微微弯腰，扶了他的手一把："您老辛苦，只要身体吃得消，任何要求都可与蔡总沟通，您是功臣，在合法合规的前提下，公司尊重你们的意愿，不会忘记你们。"

蔡总是分公司的负责人，忙答："放心吧唐总。"

老员工极其高兴，端着酒杯说："唐总，我、我敬你。"然后仰头一口下了肚。

唐其琛亦爽快："来，敬您身体健康。"

"唐总。"

"唐总！"

身边几个作陪的副总急急出言制止，柯礼也面露忧色，低声劝道："白酒伤胃，给您换别的吧。"

唐其琛抬了下手，便都不敢再劝，酒杯与员工轻碰，同样干脆爽利地喝完整杯。

之后就是轻松的抽奖互动环节，基本没什么事了。温以宁看得饶有兴趣，觉得那个主持人还挺好看的，有点神似年轻版的吴彦祖。温以宁目光追着他跑了满场，也没别的，她高中时迷过一阵明星，吴彦祖符合她的审美。

目光专注了许久，柯礼忽然给她打了个电话，问她可不可以帮个忙。

唐其琛刚才那杯酒一喝，有点不舒服了。年底公司内部待处理的工作还是有很多的，他也不敢大意，准备找个地方躺一会儿。宴会还没散，柯礼和他不可能全离场。唐其琛说着没事，但柯礼断断不敢真让他一个人。

他给温以宁打电话，的确事出有因："以宁，拜托了。"

这也算是出公差，对方坦坦荡荡的，又是眼下这情况，温以宁不好推辞。

唐其琛找了个没人的窗边，背抵着墙，正低头揉眉心。抬头见着人，瞬间皱了皱眉。

这表情被温以宁捕捉到了，挺刺人的，她平静说："柯助理让我来的。"

唐其琛沾了酒，脸色倒如常，但薄唇紧抿，倦色难掩："你回去玩吧，不必要勉强自己。"

温以宁亦面无表情地走近："不勉强。"

唐其琛眸色微提，看着她。

"拿一份工资，做一份事，老板，你能自个儿走还是要我搀？"

唐其琛的眼色又淡开了，语气也说不上是什么情绪："自己走，没那么老。"

这要有旁人在场，就能听出两人的对话呲着毛，无痛无痒但也绵里藏针，都不痛快。

酒店在C座，穿过大堂得换个楼座。温以宁跟在他后面，谁都不说话，横竖都尴尬。进入电梯，唐其琛忽地靠着墙壁，很用力的一下。温以宁吓了一跳，越发觉得他神情不太对。

唐其琛闭上眼睛，下巴微微抬起，呼吸都有点喘。

温以宁犹豫半秒："你有事没事？"

唐其琛没睁眼："叫老板。"

温以宁一阵暗火没处发，声音也大了："唐老板，要不要叫救护车？"

唐其琛索性连话都不给回了。

套房在顶楼那几间，唐其琛人进去，温以宁在门口说："那你休息。"

她早想走了，转身的一瞬，屋里的唐其琛挺痛苦地嗯了声，气若游丝的，生生绊住温以宁的脚步。她是想早走了，但权衡再三，还是返身走了进去，走到唐其琛身边说："我叫柯礼上来吧。"

唐其琛摇头："帮我倒杯热水。"

看他样子是真不舒服，温以宁点点头，热水倒好，又给他找了条毯子。唐其琛是坐在沙发上的，坐不太直，跟宴会上意气风发的样子相比，倒也另有一番姿态。

温以宁把水递给他："你有药吗？放哪儿了？要不我给你拿来。"

唐其琛就这么看过来，目光笔直而有温度，他很突然地换了个话题，问："怎么会来上海？"

温以宁一怔。

他能问出这句话，就表示一定是在猜测些事情的。温以宁眼睛没看他，低着脑袋，不轻不重地辩解了一句："不是为了你。"

她纯粹是下意识的反应，既然都过去了，她是不打算再牵扯不清的，所以当初没避开来亚汇就职，是因为真放下了。一段连情分都称不上的过去，百八年前的过去，没资格成为限制她人生的绊脚石。

女人不是只能有爱情，还得有别的。

她一句澄清，没旧情，没思虑，没留恋，其实也是很直白的一种方式。不过结合此情此景，仍是略有尴尬。

唐其琛很淡地回了句："我也没往这方面想。"

那最好，皆大欢喜，成各自之美。

温以宁离开后，还是给柯礼打了个电话。柯礼赶过来时，是唐其琛来开的门，见着他喘气的样子，是不满意的："跑什么？"

柯礼乍一见人，心里也没底。因为唐其琛看起来很正常，丝毫不像温以宁说的那样虚弱。

"唐、唐总，您没事啊？"

唐其琛外套脱了，就一件白色衬衫打底，袖口挽上去至手腕，他皮肤在男人里算是偏白，但白而不腻，骨相身姿非常出众。他让柯礼坐，说："没事。"

桌上还有一杯水，喝了半杯的，余下的还温热。

柯礼匪夷所思，不过回想一下，哪怕之前在现场，唐其琛也算正常，他胃疾复发的样子不是没见过，哪还能站直说话，脸色直接能白几度。

唐其琛问："那边结束了？"

"啊，没，还继续呢。"

“那你过来干吗？”

“以宁给我打的电话。”柯礼说，“她说您状态不太好，我怕您出事就过来了。”

唐其琛听到这里时，心情还算平稳：“她怎么说的？”

柯礼面露难色。

唐其琛看过来，虽无言，但眼神带着苛刻的压迫。

静了几秒，柯礼没撑住，只得实话实说：“说您快死了。”

唐其琛的表情非常难看，难看到压根没法找到形容词。就这么沉默着，安静着，如秋风里止不住的落叶，打着旋地往地上落，最后被路过的人来人往，没有丝毫感情地踩在脚下。

柯礼又想起一事：“傅西平的电话打我这儿了。”

唐其琛身体总算回了温：“他说什么？”

“他，”柯礼略有迟疑，“他不知从哪儿知道了以宁在亚汇集团上班。问我来着，然后说了一句话。”

唐其琛点头：“说。”

柯礼深吸一口气，不太好听，不是好话，很符合傅西平那吊儿郎当的直球性子。当时得到肯定答复，一句“唐其琛你大爷你到底想干吗”就这么脱口而出。

唐其琛听完，方才回温的身体又彻彻底底冻成了寒霜。连着被咒骂两遍，本来好好的胃，在这一刻，竟然开始隐隐作痛了。

年会结束，最晚的一趟航班飞回上海。

唐其琛明早还有董事会要开，缺席不得。抵沪的时间太晚，老余的孩子在北方上大学，放寒假第一天到家，唐其琛想他合家团圆，就没让他过来接机。霍礼鸣等了很久，见着人摆了摆手示意自己的位置，便又双手插袋，整个一冷漠酷哥。

温以宁第一次见他，其实还是眼前一亮的。

这人年轻，身材高大，看着挺酷，但又不是那种很外泄的荷尔蒙，分寸拿捏恰到好处，甚为性感。

柯礼注意到她的打量，解释说：“这是小霍，哎，你俩谁年龄大？好像差不太多。”

温以宁问：“他也是公司司机？”

“不是。”柯礼说，“他跟着唐总很多年了，十七八岁就在身边做事。”

不是公司内的员工，但阅历听着也不少，而且相由心生，一个人的气质伪装不出来。这么说吧，唐其琛能到这个位置，按着陈规旧制肯定不行，也有很多不方便明面做的事需要人去处理。

柯礼是大刀阔斧的左膀，那霍礼鸣大概就是幽冥隐匿的右臂。都是心腹。

车就停外面，这回温以宁不动声色地自己坐上副驾，把后排留给了柯礼。而唐其琛全程缄默，他不说话，气压就低了，连柯礼这么擅长活跃气氛的都不太敢轻易试探，唯恐一个语气词不对，回头又得无辜加班。

新的一周，上海城的冬暖艳阳给开了个好头。陈飒休假回来，意气风发，整个人的精气神都是崭新的。公司例会结束后，她把温以宁叫到办公室，顺手递给她一样东西。

“陈子渝送你的礼物。”

一个四四方方的盒子，中号大小，掂在手里很有分量。这份礼物也不算突然，温以宁不感意外，那晚搭了一把陈子渝的手，使他从车轱辘底下捡回一条命之后，这小魔王对她的好感直飞九重天，问陈飒要到她的微信号，开始了话痨人生。

陈子渝今年读高三，按他这个年龄是算小的。后来他告诉温以宁：“我以前是学霸，初中跳了两级。”

温以宁回：“这几年发生了什么，让你性情大变？”

那边扬扬得意地直接发了条语音过来，用不正经的京剧腔调吼了句：“人不轻狂枉少年咿咿呀呀——”长叹短调的，听着着实诡异。

陈子渝是个性情中人，俗气点解释，就是性格发育不成熟的人来疯。人与人之间一旦有了过命的交情，那种亲近感便不可言喻，自然而然了。

温以宁拆开盒子，打开一看，一盒奇形怪状的贝壳海螺。

陈飒瞥了眼，也给看笑了：“难怪前天那么晚他还在海边，我以为他裸泳去了。”

那晚陈子渝被唐其琛踹了一脚跪在地上的后续，是陈飒拎着他一起上了飞机，母子俩一路还在吵，开车吵，登机吵，到了马尔代夫继续吵。陈飒被儿子吵蒙了，火气没憋住，直接把人踹进了海里，然后大声呼唤：“鲨鱼在哪里？”

任何一段对立关系的修复都需要时间，一个别扭的开始，一次心不甘情不愿的旅行，两个互相嫌弃的彼此，一次握手言和的可能。

快下班的时候，陈飒问温以宁：“晚上有没有约会？”

“啊，没呢，就回家待着。”

“那你跟我一块儿吃饭吧。”陈飒说，“陈子渝怕你不来，让我传个话。小孩儿闹，你想去就去，不去也没关系。”

温以宁就觉得小孩儿有趣，也没什么，笑着说：“行，那我蹭个饭。”

陈子渝这人脑回路跟别人不太一样，请人吃饭就放在大排档，真路边摊，一个蒙古包似的造型，棚子红彤彤的，屁大点地方摆了四五张桌子。到了才发现，邀请的不止她一个。

柯礼坐正面，见着人伸手招呼：“这儿。”

背对着的唐其琛顺着回了下头，这一眼直接对上了温以宁，躲也没好躲，就轻轻点了下头算是照面，然后又给转了回去。

陈飒说：“脑抽风呢，你要不习惯，就换地方去吃西餐。”

桌上一碟花生米一碟泡菜，唐其琛和柯礼的碗筷都是拆了的，这架势不像生客，估计是他们仨经常吃的地方。温以宁也随意：“没事，吃得惯，我挺能吃辣的。”

陈子渝插科打诨：“姐姐我跟你好有缘，我也能吃辣。”

柯礼笑着说：“得了，都陪你来解馋了。”

老板是个小年轻，走来拍了拍柯礼的肩，问陈飒：“老规矩？”又对唐其琛笑笑，“再给您煲个养生粥。”

陈子渝一旁叫嚷：“我跟姐姐的弄辣一点。”

各自落座后，服务生还上了两瓶酒，陈飒一向能喝，也有点嗜酒，麻利地给自己倒了杯，又问温以宁：“能喝？”

温以宁说：“行，陪您。”

柯礼看了她俩几眼，欲言又止得很明显。陈飒挑了眉：“她酒量也被我带出来了，别担心。”

这顿饭是以陈子渝的名头喊的，又都老熟人了，唐其琛和柯礼原本也犯不着来。但小魔王和大魔王的母子关系才刚破冰，陈飒对外示人时风光无限，可但凡了解她人生阅历的，都知道这人不容易。生活就没个容易的，对女人尤其苛刻。于公于私，这份交情在这儿，唐其琛便应了约。

他食量不大，这几年也格外注意，所以基本没怎么动筷子。直到上了那盅养生粥，他才有下没下地喝。陈子渝活泼，跟个小大人一样，用词不太着调，但细听还是有道理的。

温以宁想笑，年纪轻轻一身江湖气，这点倒有陈飒的影子。冷场就更不至于了，柯礼和陈飒都是能言会道的，风趣这种品质真是极有魅力的加分项，旅行见闻，人性揣摩，吃穿见解，柯礼都能把它们说得很精彩。桌上最少话的也就唐其琛和温以宁。

一个沉默地喝汤，一个沉默地挑花生米，有时候放进嘴里的动作都是一模一样，频率统一的。在座有心人，见着他俩这样，就都不吱声了。

气氛有那么几秒是极其诡异的。

陈子渝大性子，聊起了他们学校的男男女女，柯礼听笑了，问他：“你交女朋友了吗？”

陈飒挺淡定地帮着答：“我知道的，就换了三个。”

“四个。”陈子渝不满地纠正。

“你还挺得意啊。”陈飒又想呲他了。

陈子渝忽然看向温以宁：“姐姐，你有男朋友吗？”

温以宁自然地笑了笑：“没有。”

陈子渝又问：“那你有过吗？”没等回答，就做了一个抽巴掌的动作，往自己脸上呼呼，“看我问的什么傻话。”

可不是嘛，年龄不算小了，又漂亮惹眼，没有过就不正常了。

唐其琛目光瞥向她，很吊精神的一个问题，也不是好奇或者非想知道之类的，但陈子渝又把问题悬崖勒马，不了了之，倒让唐其琛心生意犹未尽之感了。

温以宁没承认也没否认。就听陈子渝特欠地眯缝了眼睛：“姐姐，你喜欢什么样的？”

温以宁正吃个烤串，辣着了，一阵猛咳。

“就好比柯叔，”他指着柯礼，柯礼当即就不同意了：“叔什么叔，我比你也就大个十来岁。”

陈子渝面不改色地介绍：“他喜欢张曼玉那一种气质型的，喜欢穿旗袍的，我柯叔看着道貌岸然，其实还挺有色欲的。再就是我妈，我妈……”

陈子渝转头看了眼陈飒，收嘴住口，一言难尽地说：“算了，她看人眼光不太行。”

大家都听笑了。

这也是位祖宗，不达目的不罢休：“姐，说说你的择偶标准。”

本来就一挺轻松的气氛，吃着烤串，天南地北地闲聊，在座的也都被陈子渝童言无忌地调侃，连亲妈都没被放过。再回避，就挺扫兴致了。再说，温以宁也没想回避什么，择偶标准谁没有？都搁心底里，遇不遇到是一回事，以后找的是不是这样的，又是另外一回事了。

温以宁放下手里的碗筷，叠着腿坐着，她习惯很好，不管在哪儿，什么氛围，腰杆背脊都会挺得很直。女生姿态一美，气质就上去七八分，温温淡淡的，是挺招人。

“以前还能列个条条框框，我喜欢什么样的，得找什么样的。后来我一琢磨，发现这些标准全是按一个人来的。”

陈子渝来了精神：“谁啊？”

这一停顿，柯礼陈飒都看了过来，满怀期待的，饶有兴趣的。唐其琛的表情敛得依旧很好，但喝汤的动作明显是慢下来了。

温以宁嘴角上翘，说：“吴彦祖。”

好比待发的箭倏地松了弦，齐刷刷地落在了地上，说不上是失落还是庆幸。唐其琛低着头，鼻梁撑着眉目，也瞧不出其中的情绪浓淡。

“去年的一个颁奖典礼上我见过他，还有合影，拿了几张签名。”陈飒说，“你要喜欢，回头我给你找找。”

“没关系，我也不讲究这个。”温以宁笑意深了些。追星这词挺时髦，她也并不是，就图一个美好怀念，说白了就是情怀。为那些青葱岁月，为自己的少女时代。

回到正题，温以宁对陈子渝说：“我说不出个所以然。但我觉得吧，在一起开开心心的就行。钱多不多也无所谓，过日子嘛，钱多钱少都有对应的过法。”

“姐姐，你也太不挑了吧。”陈子渝惊呼，“你这要求，大街上随便捡一个都能满足啊。”

温以宁自顾自地一笑，目光绵远又悠长：“不是不挑，是很久以前，以为自己遇到个世界上最好的，然后全心投入，真诚忘我，但后来发现，就闹了一笑话。挺尴尬的，不敢想了。”

她说起来语气轻松，略为夸张地摇了摇脑袋，像只落水小狗攀爬上岸，怕了，累了，不想再去冒险了。

“实在要有要求。”温以宁想了想，“就一个，对人真诚一点。有聚有散很正常，只希望在一起时，是能够做自己的。”

这番话没什么锋芒，有一种娓娓道来的岁月苍凉感。陈子渝听得有点绕，但能绕出姐姐身上有故事。他就喜欢探险，哪儿危险就往哪儿窜，疯起来连亲妈都敢不认。于是斗着胆子问：“姐，姐姐，你上次喜欢的人长什么样？”

温以宁坐直了，食指比向他，佯装不悦，但其实是装的，都能看出来。她很坦然，语气平平道：“上一个喜欢的人，和我一个地方的，我们两家住得很近，他不算传统意义上的帅哥，但篮球打得很好，还会玩木雕。”

气氛瞬间安静了，不比任何一次，这跟抽了气似的有点窒息。

这个形容很大众啊，有点想象不出个具体。陈子渝也蛮八卦，逮住柯礼问：“礼叔，你一脸苦大仇深这是怎么了？来，接受一下采访，你上次喜欢的人是什么样的啊？”

柯礼啧了声，对陈飒说：“你儿子不得了，是成大事的人。”

陈飒忍不住翻了个白眼，满脸不屑。

“别想转移话题，一个个，啊，你们一个个地来。”

本来就是玩嘛，也没外人，主要是刚才温以宁那个回答有点玄妙，柯礼想着舒缓气氛，挺诚实地招了：“大学同学，异地，没坚持住，就分了。她结婚很早，现在已是两个孩子的妈了。就……挺好的。”

陈子渝听迷糊了，问陈飒：“哎，今天这是揭秘中老年男子们的伤心事啊。下一个，下一个。”

下一个谁?

没说的还有谁?

陈子渝看着唐其琛，唐其琛也望着他，四目相对，冷得跟冰碴似的，好像下一秒就能成冰刀。陈子渝咽了咽喉咙，怯了，软了，㞞了，不敢再闹了。

但唐其琛忽然就出声了，始料未及地，配合参与地，并且隐隐有那么一丝急不可耐地，嗓音被温热的汤水润过，所以显得愈发低沉而冷冽。

唐其琛口吻冷淡："我上一个喜欢的人，爱撒谎。"

他说这话的时候，目光跟着抬起，落在某一处，某一个人身上，不着痕迹却重而有力。

陈子渝的双商没长开，觉得今晚真是开眼界，什么稀奇古怪的感情都见识过了。他都快崇拜唐其琛了："您这喜好，够特别的！"

唐其琛忽就轻描淡写地笑了，说："不用信。"

敢情是逗他的啊。陈子渝又觉没劲，也没往深处想，埋头苦干地吃起了烤串。

温以宁拿着筷子，戳碗里的花生米，往左往右，最后清脆的一声响，花生米飞向了桌面，不偏不倚地滚到唐其琛的手边。很轻的一个力道，但他觉得，跟被什么烫着了一样，烙着心，沉甸甸的。

饭吃完后，陈飒顺路，捎带温以宁一起。陈飒在车外接电话，温以宁和陈子渝坐车里，陈子渝掏出一盒巧克力："送给你。"

这个牌子很贵，温以宁没收，尝了一块便还了回去。她问："上周你跟你妈妈去哪儿玩了？"

"马代啊，我不喜欢。"陈子渝语气不佳，听起来对那段旅行仍有抱怨。

"知足吧，能和你父母一块儿旅行，这样的机会用一次就少一次。"

"就我和她去的。"陈子渝澄清。

温以宁看向他："你爸爸没去啊？"

"我爸？"男孩儿嗤笑，双手枕着后脑勺，把副驾的座椅放倒，惬意轻松地半躺着，连同语气和眉眼神色，都不太正经。

"我没爸。"

温以宁没信："你从石头缝蹦出来的？"

"我真没爸。"陈子渝剥了块巧克力丢嘴里，腮帮鼓鼓地嚼，"我从出生就没见着他长什么样。陈大老总是单亲妈妈，时髦吧，前卫吧，有个性吧，崇拜吧。"

温以宁好一会儿没说话，这个信息在脑子里搅拌，还真是猝不及防。

"这么些年，我也没见她交过什么男朋友，对了，你不是跟我妈做事嘛，悄悄告诉我，她有没有老相好？"陈子渝嘴欠惯了，性子张扬从小就犯狂，他有点像接受过美式教育的孩子，有时候话直不好听，但包容性与接纳能力是十足的。

温以宁屈起食指，照着他的脑袋就是一敲："不许这样说你妈。"

陈子渝龇牙喊疼："好好好，不说不说。那我们说别人，就说唐老板吧，你看啊，同为男人，我是无法理解为什么他都这岁数了还不结婚。三十五了啊，就他那家族，怎么着也是子孙环膝，享天伦之乐了吧。"

温以宁沉默地听着，每一个字都生硬地磕碰她的耳膜。

"哎，姐姐，你怎么不说话？"陈子渝转过头，独角戏没意思。

温以宁缓缓吐出一口气，像是要把心里那股微妙的情绪给排挤掉，她平静道："我不喜欢听中年男性的任何故事。"

农历新年前一周，公司年末收官，忙碌亦接近尾声。

周二这天，柯礼帮唐其琛推掉了所有晚间行程。刚过六点，高架桥便已灯影绰绰，把上海内环线串成了很多长长的灯带，这几天有霾，轻云薄雾的，徒添冷意。快到世纪公园时堵了一截车。柯礼时不时地看表："唐总，我给夫人回个电话吧，应该是来不及了。"

换作平时的聚会也无关紧要，但今晚不一样，柯礼不敢怠慢。

唐其琛说："不急。"

柯礼衡量再三，还是慎之又慎地劝着："今儿小辈们都在，您几位叔伯也会来，弟弟妹妹们不会见怪，但长辈们就不一样了。虽说跟您亲近的占多数，但另几位嘴碎，三五成群说是非，免得听风凉话。"

唐其琛表情极淡，丝毫不放心上："老爷子年龄大了，喜欢这种合家团圆的把戏。今晚是他做的局，那几个不至于拂他老人家的面子。一个聚会而已，我答应去，也是给他一个态度。"

言下之意，也不会有再多了。

柯礼点点头，表示明了："唐耀这次回来，应该是不打算走了。能让老爷子这么兴师动众，我小看他了。"

"他不会走了。"唐其琛给予肯定判断，"明耀科创三年前就在北京筹划新总部的迁移工作，他的核心研发团队以及市场份额占比，都已往国内发展。老爷子那性格你还不了解？信奉多子多福，唐耀的事业版图扩得很好，每一项都是老爷子青睐的。有备而来，投其所好，也配得上这次兴师动众。"

唐家算是大家族，各行各业都能找到翘楚，唯独唐耀是一个很微妙的存在。

公众所知道的，是唐老爷子的大儿子，也就是唐其琛的父亲唐凛。儒雅温和的汉语教授，在学术圈里小有名气。但其实，唐老爷子还有一个儿子，叫唐洌，这对亲兄弟的人生差异巨大。唐洌就一实打实的二世祖，年轻时纨绔圆滑，不学无术，是风月场上人人都知的公子哥。睡女人，玩赌博，一身风流病。老爷子对这小儿子是痛心疾首，一度要断绝父子关系。

狠话是这么放，实则明里骂，暗里护，还是没下这份狠心。

但这唐洌是个不争气的，吃喝嫖赌也罢，竟强迫一小姐发生关系，这小姐还怀了孕，登门拜访讨交代。唐老爷子权衡利弊，让两人滚去国外结了婚。

唐耀是这段不齿之情的产物，因与果，恨与憎，自他这里，便是尘埃落定。但偏偏这人聪明有志，创业发家，成立明耀科创并在美国上市，一度成为智能行业的领军者。他老子丢尽的脸，都被他给挣了回来。如今唐耀荣归故里，大有认祖归宗的架势。唐书嵘好面，白捡了这么个孙儿，自然不胜欢喜。

薪尽火传，风吹草又生。

宿命这种东西，因果循环，红尘无渡，谁又说得准呢。

到家，热闹场面一如想象。

唐其琛站门口时还是冷淡沉敛的姿态，保姆一开门，惊喜呼叫："夫人，大少爷回来了！"唐家这种地方，一个保姆也是会察言观色的，陈姨是他母亲带来的人，做了三十余年，对唐其琛是呵护有加，平日都叫他其琛，但今天这一声"大少爷"意味十足，是给在场的人提个醒，谁才是真主人。

唐其琛眉眼上扬，神色气度瞬间变了样，他殷勤，客气，挨个与人打招呼，最后见着唐耀，唐其琛笑意更深，极其自然地走去他身边，一手与他相握，一手顺着就攀上他的背，诚恳有力地拍了拍："路上堵得很，迟来了，什么时候回国的？咱们一家人，虽不常见面，但我也是你兄长，以后千万别生分，国内有需要帮助的尽管开口。"

唐家的男人都生得俊美，唐耀三十有二，两人气质依稀有重叠的地方，站在一起时，倒莫名让人想到一个词：举世无双。

唐耀含笑应了，同样的力道拍了拍唐其琛："是我匆忙，临时告诉的爷爷，让你跑这一趟。爷爷隆重了，我没想到会有这么多人，那边好几个小的我都认不出来，国外一个人待惯了，不太适应热烈的气氛，下回我请你单独吃饭，你也带我逛逛上海城。"

唐其琛朗声应道："好。"

唐耀美国长大，但一口普通话说得漂亮，尾音偶尔带点上翘的京腔，很有辨识度。两人聊天，你来我往的，其乐融融。老爷子唐书嵘最喜见到父慈子孝、兄友弟恭的场面，一晚心情都是好的。

唐其琛周全地把今晚这个局给做足了，十点才准备离开。常年奔忙，景安阳很少见到儿子。走前特意把他叫去偏厅，叮嘱一番，无非是天冷加衣，注意饮食，定期复查。又交代柯礼，非必要的应酬，一定让他别沾酒。

柯礼妥帖应着："您放心，我有数。"

景安阳瞥了眼客厅，表情似讥似讽一瞬即逝："你爷爷真是糊涂了，早些年没有消息，这时候却回来，安的什么心。"

唐其琛微微抬眼："言重了。"

景安阳点点头："你有分寸就好。家里边我会帮你打点。还有，别总是忙工作，有空带安安过来吃饭，你爷爷记挂你们的事。"

"记挂不该记挂的。"唐其琛不轻不重说完这句话，景安阳好一会儿才回过味，不太高兴："安安很好，也能给你搭把手。我不管你单多久，但你不能不结婚，你们俩从小一块儿长大，知根知底，再没有比她更适合的了。"

唐其琛打断，虽平静，但耐心似乎是乱了节奏，他说："以后您少在爷爷面前烧这把火。"

车从芳甸路开出来，一路灯光被抛之于后，像两条明亮而炫丽的尾巴，给冬日寒夜加了些许温度。唐其琛上车后就没说过话，闭目养神，唇瓣紧抿，衬得一张脸更加清冷。

柯礼说："唐耀这些年的活动轨迹相当低调，我托人去查，都很难找到重要的信息。"

唐其琛忽地睁开了眼，宾利恰好驶进隧道，灯影变幻，让他半边身子都隐匿于黑暗里。唐其琛冷哼一声，骤生气势："豺狼虎豹，不是好东西。"

次日到公司，人事部门将年终奖金以及各类专项奖的明细表给唐其琛看，实体经济一落再落，但亚汇集团依旧年年高歌。唐其琛过了一遍，又翻回去了几页。

他目光落在某个地方，人事负责人眼尖，一眼瞧见那名字，忙解释说："温以宁的奖金之所以比同级别的高，是因为陈经理单独给了她一笔嘉奖。"

唐其琛抬眸："以什么名义？"

"没有名义。"人事也是面有难色，"陈经理说，这是温以宁的单身慰问金。"

陈飒这人风格就这样，能在董事会上与老旧派观念拍案争执，也能在唐其琛面前执反驳意见。其实这笔奖金发得不合规定，但她依旧坚持："如果问起，非要理由，那就单身慰问金吧。"

唐其琛微拧眉头。

人事见机行事，忙说："我会跟陈经理沟通，取消这笔奖金，按集团规章制度办事。"

"不用了。"唐其琛把文件合上丢到桌面，仰后靠着椅背，平静道，"发吧，名副其实。"

春节长假在即，工作悉数收尾，这是公司一年里难得的清闲时刻。

昨天发下奖金，温以宁算算数字不对，超了七千。特地去人事部问了问，负责人把她拉到一边，跟她悄悄道了实话。

回首这小半年，失去的，得到的，介怀的，放下的，尝试的，努力的，现在一想，都挺值得。再没有什么比自我价值的实现更有意义了。温以宁原本想给陈子渝包个红包算是感谢，但又觉得有点俗，就抽空去给他买了片金箔。金箔做得也漂亮，嵌在镂空的红包中间，精致显档次。

陈飒没客气，替陈子渝收了，问她："几号回老家？"

"票难买，只买到除夕的。"温以宁说，"我值好最后一班岗。"

陈飒点点头："有事给我打电话，行李多的话，我给你安排一辆车。"

"没事，打车方便。"温以宁问，"陈经理，您春节在上海过？"

"不在，去威尼斯，陈子渝嚷了一年了。"闲聊几句，温以宁要走，陈飒把人叫住，"以宁。"

"啊。在呢。"她站定，回过头。

陈飒望着她，目光真诚且有所寄望："好好工作。"

温以宁笑着说："一定。提前祝您新年快乐。"

二十八上完班放假，昨儿开始就陆续走人，温以宁二十九的票，就一直留在了公司。辞旧迎新，年味已经很浓了，所谓归属感，在这一刻格外明显。CEO办公室的门这些天也一直闭合，唐其琛和柯礼都没怎么出现，温以宁有时候看着那扇门，不自觉地看很久，心里空白一片，没着没落的。

最后一天下午，她打算将办公室卫生收拾完就提早下班，但就是这一天，出了个不算小的事。

下午三点开始，一个三天前才注册的微博号，撰写了一篇万字长文，内容极其劲爆，以与当事人直接对话的形式开头，还原事实本身，最后笔者总结，用犀利的文风将爆料重新梳理，在情在理，有条有据——《是色欲陷阱，还是钱权主宰，对潜规则说"不"》。

当事人揭秘某集团大佬私生活混乱，滥交，常以位高权重自居，看似精英高层，实则人面兽心，在名利场大开大合，在女人堆乐此不疲。常以威逼恐吓逼人就犯，满足邪欲。更大胆爆料，此人癖好诡异，对女伴毫无温柔。他交往过的对象里，甚至诸多学生。

爆料中的男主角均以唐某出现。加之细节的描述，有眼睛的人都能猜到，说的是谁。

这个标题已够劲爆，内容更具话题度，与当事人对话的音频也附在后面，所看所听极让人信服。亚汇集团广为人知，吃起瓜来也不会无从下口。一小时不到，这条微博的转发量就已破万。

温以宁点开了转发列表，几个转发量排最前的，是一些野鸡营销号。圈子里有名气的、有活粉的，暂时都没有参与，或者是不敢参与。

陈飒此刻在飞机上，电话不通。公司都已放假，挑在这个时间点上发帖实在是妙。陈飒负责集团的宣传推广以及品牌公关，这是她的职责范围。主心骨不在，但事情不能耽搁。陈飒做人面面俱到，与国内大部分社交媒体关系极深，这个脸面肯定会卖。温以宁迅速联系微博平台，知道了发帖人的IP地址，显示是贵州地区。

这也不是什么重要消息面，温以宁只把这个地名念叨了几遍，总觉得似曾相识但又一时记不起便匆匆略过。

到了晚上，陈飒的电话回了过来，温以宁跟她汇报："营销号和媒体那边我都打了招呼，质疑反对的长文也开始上升转发量，我没有要求平台删帖，因为这样相当于不打自招，情势对我们不利。还有就是，集团的官网号也有大批水军刷评论。"

那边有时差，但陈飒的声音抖擞依旧："联系删评了没有？"

"没删一个。"温以宁平静说，"但我让法务部门截屏存档，保留证据。"

陈飒说："你做得对。行了，再多的先不要做，这一波应该压得住，大过年的，谁在这会儿挑刺，真够晦气的。"

但跟陈飒料想的不一样，这一波，根本就压不住了。到晚间，事态升级，一个十八线女明星，给那条转发已破三万的微博点了个赞。一波未平一波又起，群众都炸了，这个点赞很微妙，也是侧面坐实了唐某人与女明星有染的混乱私生活。

唐其琛的除夕和初一都是留给家里，他昨晚出差回来就留在了九间堂。景安阳也算见过风浪，这种戏码并不稀奇，但她仍是心有担忧，问儿子："真没事？"

唐其琛宽慰她："安心。"然后返回书房给陈飒去了个电话，告诉她，好好过年，这事就这么搁着。

陈飒却说："不用搁了，马上可以解决。"

唐其琛不明所以，也没去看过一条网上评论。第二天傍晚，刚吃过晚饭，柯礼的电话先行进来，说："唐总，您现在可以上网看看。"

事发距此刻不足四十八小时，网络百分之八十的营销号都在转发一则道歉帖。道歉人正是之前发帖造谣的笔者。声泪俱下，后悔难当，承认是愚弄广大群众，只因自身患有抑郁症，想要博取关注，一念之差才走了极端。他向受害者唐其琛以及亚汇集团郑重致歉，向网友郑重致歉。说已提交账号注销申请，算是对自己错误行为的反思。

至于那个点赞的十八线女明星，也同一时间发微博，说今后一定会好好演戏，不再走捷径。言下之意，自己是蹭热度炒作，故意影射。

网友评论一边倒："这是抑郁症被羞辱得最惨的一次，求放过。"

"注销账号就完了？恭喜你，这一次踢到铁板了。"

"哎妈呀，这个CEO也太帅了吧。"

真相水落石出之际，一直沉默隐忍的亚汇集团官微号首次发声，发出一封律师函，严正声明会积极维权，决不姑息造谣生事者。点赞评论直线上飙，也侧面宣传了公司形象。

一夜之间，天旋地转，是非黑白各归各位，迅速果断完美地解决。

柯礼还没挂电话，说："闹事的您可能还有印象。"

唐其琛："说。"

"赵志奇。"

那个骂过温以宁，被唐其琛暗地里开除的小助理。这个开除的意义还不太一样，都是混圈子的人，唐其琛虽不在娱乐圈，但他的资本背景一直是传说，又以陈飒为左膀右臂，传媒界人脉不少。赵志奇在这个行业的事业算是画上了句号。不过这也侧面证实了唐其琛当时的话——不干不净的人，留谁身边都是祸害。

"对了唐总，"柯礼又说，"您方便的话，可以现在看看新闻。"

唐其琛挂断电话，走出书房下楼，巧的是，父母二人正坐在沙发上看电视，听见动静，景安阳侧过头说："正好，你们公司的。"

电视屏幕清晰宽阔，正在网播亚汇集团的新闻发布会。会场百余号位置无一空位，唐凛看笑了：“媒体人全年无休，最佳劳模职业，今天除夕，他们倒是提前过年了。”

唐其琛坐在父亲身边，没说话，盯着屏幕看。

温以宁一身白色职业裙装，工工整整的，是很能镇住场子的。她人年轻，白色很衬她，清水芙蓉一般上镜头也好看，景安阳眼前一亮：“陈飒手下？”

唐其琛没挪眼，嗯了声。

“气质舒服。”景安阳难得夸赞。

温以宁代表亚汇，对此次风波做说明解释。通稿都是她提前准备亲自写的。字斟句酌，文采卓然，条理谨慎，几乎无破绽。温以宁虽转行跨界，但她是正统的英语专业出身，大学时练就的台风、语感以及专注度一直没忘。

她太稳了，很多媒体干脆对着她拍照，并在网络进行同步图播，很快，网友还刷起了“亚汇集团美女发言人”“老板傻了才会去外面找女人”等话题。

前者是真心实意的褒奖，后者是对造谣事件的善意嘲讽。

新闻会的最后，有记者提问：“亚汇集团今年公布的财务报表显示，利润同比去年有所下滑，请问是不是也与某某一样，难以持续进步，在走退步路了呢？”

温以宁深谙他们的套路，一事平，就没了热度，挖掘新的话题是职业本能。这些东西与她无关，也轮不着她来表态，但这么个情境下，不发言也不合适。

想了想，她答：“一个数字对比并不能代表具体，亚汇集团今年在人工智能领域，囊括医疗、交通、航天、公众信用体系等都有巨大投入。我们集团的发展理念一直如此，坚持新领域的探索，并且致力于为行业、为社会、为国家做出应有的贡献。我建议您首先去了解一下这些领域的回报周期，再去通读一遍我们的年度工作报告，一定就会有所了解。谢谢。”

那记者扯扯嘴角，闭嘴坐回原位。

另一个接着站起，又问：“此次事件虽是无中生有，但据我们所知，唐先生与安影后私交甚密，请问他俩是什么关系？朋友？是不是有可能发展成另一种关系呢？”

温以宁直视提问人，目光平静，没有任何情绪的变化，说：“抱歉，我从不看电影，不认识这位影后。”然后眼神一掠，直接示意下一个。

现场有人没憋住，笑声隐隐。

最后这个记者问：“您好，您作为亚汇集团的员工，一定是会维持自身的利益。您不是当事人，与我们一样，对事件本身的细节可能也不是特别了解。那么，您是否会在某些方面有所偏颇呢？”

这个问题一出，安静了。

皆大欢喜的结局里，最怕从源头本身的质疑。即使这件事对错已分明，但因为你位高权重，所以理所当然地要有一些臭毛病和臭德行，哪怕你才是那位受害人。

温以宁顺着这名记者的目光，竟然缓缓低了低头。她垂眸敛眉，与方才沉稳的姿态略有不同。这一个停顿，仿佛也验证了问题的真实性。

屏幕前，唐父唐母安静着，唐其琛亦沉默。他注视着画面，不错过她任何细微的神态动作。几秒之后，温以宁抬起头，对着镜头嫣然一笑，这一笑，好似春园里的花都开好了。

她说：“任何人的成功都不是空穴来风，哪怕他的起点就已是大部分人的终点，但他肩负的责任和使命一定更为重大。唐先生这几年对集团的决策力，领导力以及为人处世，你们并没有发言权，只有亚汇的员工基层才有资格评判。”

记者拾台阶而下，顺着话问：“那你怎么看？”

温以宁目光诚恳有力，说：“他是有卓越才能以及慈悲大义的领导者，不管是过去，现在，还是以后，他都会是这样的人。”

客观公正，秉持理性，温以宁不带任何感性偏见。

他会是这样的人。

因为他本身，就是这样的人。

直播结束，画面切入广告。景安阳饶有兴趣：“表现不错，姓温？什么职务？”

她问话唐其琛，却发现儿子似乎自顾自出神，也不知听没听见。陈飒的电话紧接而来，她那边是正午，声音也显愉悦：“唐总。”

唐其琛极轻的一声："嗯。"

"这回我想跟你提个要求。"

"你说。"

"让温以宁提前转正。"陈飒说，"她的舆情处理应变能力有目共睹，不只是这一次，她还协助我处理过大小工作，这姑娘能方能圆，能屈能伸，她稳得住，太难得。"

简短交谈，陈飒就要挂电话："不说了，我还要联系看看，有没有回H市的车。"

"怎么？"唐其琛问。

"温以宁。"陈飒说，"这件事她从头忙到尾，错过了高铁票的时间，今天还除夕，总不能让人姑娘留在上海不回老家过年吧。"

唐其琛边听边起了身，电话没断，他已对一旁的保姆使眼色。保姆忙给他递来外套，先左手穿进去，再将手机换去左手，慢条斯理地穿齐整了。

唐其琛轻扭脖颈，声音淡淡："你不用找了，我这边正好有一个。"

温以宁在出租屋待着，室友早已回家过年，屋里收拾得干净，行李箱就搁在沙发边。她盘腿坐地毯上，正跟江连雪打着电话。

江连雪一通抱怨："让你别去上海，过年都不回，你干脆别回来了！"

温以宁耐心解释："没有不回，我抢票呢，看能抢到几号的吧。"

江连雪忙着打麻将，没工夫跟她扯太久。刚挂断，温以宁又有电话进来，是个本地的陌生号，尾数带着两个八。她按了接听，听出声音一瞬愣住。

过了一会儿，她连鞋都没穿，赤脚快步到窗边，窗帘撩开，夜色朦胧，小区里的中国结和红灯笼彰显喜庆之色。一辆黑色路虎就停在路边，唐其琛靠着车门而立，黑色呢子衣将身姿勾得挺拔，英俊神采破卷而出。与她一样都是左手握手机，搁在耳边，抬头寻找。

男人的嗓音在电话里又低又沉，说："下楼，我送你。"

温以宁当时就在电话里拒绝了。举家团圆，辞旧迎新的除夕夜，谁送谁都不合适。她找了借口，说是抢到了票。

这几天上海的空气质量不太好，雾霾重，又湿又冷。从世纪公园开到这边路程远，家里有暖气，当时不觉得，出门才发现穿薄了。估计是受了寒，唐其琛胃沉甸甸的，难受。他一难受就有点失耐性，在电话里只重复一句："下楼，这里风大。"

温以宁缄默，把打好的腹稿吞进了肚子。到楼下时，唐其琛已经坐回了车里。车是他自己出行时常用的那一辆，隔着挡风玻璃两人一眼对视，温以宁先给了他一个客客气气的微笑。车窗滑下来，车门也给解了锁，唐其琛不说话，就坐在那儿等着。

人是不是真心想做一件事，从他的架势上就能看出来。他跟一尊佛似的，寡言，但执着劲一分不少。再端着拧着就没意思了，温以宁把行李放去后备厢，然后坐进了后座。

唐其琛说："你坐前面，待会儿帮我拿点东西。"

温以宁点点头："行。"虽然不知道拿什么，但她到底还是坐到了副驾。

"输地址。"唐其琛就在方向盘上按了个操作键，调出了导航页面，又把自己的手机递给她。这车有定位绑定，App搁他手机里。温以宁拿到的时候刚好过了时间，手机锁了屏，温以宁又伸到他面前："要密码。"

唐其琛已经转动方向盘，正把车掉头。他看也没看，就报了几个数字，没遮没拦没躲没藏。温以宁有那么一秒分神，估计是空调温度高，把她给热着了。

三百多公里，不堵车的话四个小时。他们从内环高架出发，途经沪闵高架路再转入沪昆高速。新年至，路宽车少，一路畅通。车里安静，除了导航清晰机械的声响，便再没有别的。

温以宁扭头看窗外，江边偶有烟花升空，灰蒙蒙的天色里，竟是那样不真切。唐其琛方向感好，也记路。没多久就把导航给关了。温以宁侧头看了他一眼，他说："太吵。"

唯一的动静都没了，就剩仪表盘的冷系光亮偶尔跳跃。其实以前，唐其琛就爱开车带她四处转悠，转的什么地方，干了些什么，温以宁已经记不太住。印象最深的，就是他喜欢换车开，那时候没少取笑他，笑他是万恶的资本主义，笑他不知人间疾苦。也笑着问，为什么别人那么怕你？

唐其琛眉清目淡，噙着点点笑意反问：“你说呢？”

“是因为你老吗？”

“再说一遍。”

“因为大家怕被老人家碰瓷。”

温以宁乐得眉飞色舞，心里也有得意。那时候年纪轻轻，以为男人对你好，那一定是爱情。到头来，爱情是黄粱美梦，够不着，睡不醒，稀里糊涂地就淡成了烟云。

温以宁以前就觉得他开车的样子最好看，轻松惬意，慵慵懒懒，手指搭着方向盘，等红灯时便有下没下地敲，手背上那条细长的经脉就会微微凸起，甚为性感。

想到这儿，温以宁下意识地看向唐其琛，暖风送了香，丝丝催人。也不知是不是这香味作怪，看着眼前的男人，就像回忆和现实重叠。三十多岁到底比不上年轻时候，面相是极英俊的，气质也愈发魅人，但眉眼之间仍有了岁月馈赠的苍凉感。

温以宁忽地低下头，不知怎的，心事重重，直到听见旁边的动静。唐其琛单手控方向，左手在车门的储物格里摸找着什么，磕磕碰碰的声响。他收回手时，握着一个深色的小铁盒。

温以宁知道他有老毛病，以为是胃疼了，自然反应地拿了瓶水拧开盖，递过去：“水在这儿。”

唐其琛从后视镜里瞥了她一眼，说：“我没吃药，这是含片。”

温以宁的手腕颤了下，正尴尬着，唐其琛接过那瓶水，自顾自地喝了一口又还了回来，低声说：“谢谢。”

温以宁把瓶盖拧好：“该说谢谢的是我，谢谢你送我。”

谢来谢去的，中间隔着生硬，唐其琛忽然就觉得没意思透顶，于是按开车窗，露出一条缝过风。他开得快，大过年的也没什么车，温以宁看了眼车速，破了一百四，她有点紧张，下意识地去够左手边的车把。唐其琛也没作声，眼不斜目不转的，又不动声色地将速度给慢了下来。

路上的时候，唐其琛接了两个电话，温以宁听他嗓音沉沉，不似跟陌生人那样，语气放得缓，态度也稍低。

“出来有点事……我知道，您替我向爷爷道个歉……今儿就不陪你们守岁了，是是是，记住了……哎，谢谢妈，您新年吉祥。”电话挂断，唐其琛松了松衣领，轻轻呼出一口气。

把温以宁送到家是晚上十点半。这边是小城镇，除夕可热闹，又快到零点，家里头的小孩儿们都跑出来放花炮，像个冰激凌一样立在地上，放出的烟花是层层炸开的圣诞树。

唐其琛开着车穿梭其中，焰火亮光映在脸上，明了又暗，五彩斑斓。

“这儿？”他停在一处老小区前。

“对。”温以宁说，“到了。”她推门下车，唐其琛也跟着下车，两人走到车尾，他帮她把行李拿出来：“还有吗？”

“就这些。”温以宁抬起头，“谢谢老板。”

唐其琛忍了一路的不快，这会儿好像找到了开关，他看着她，说：“休假了，这个称呼就免了。”

一路风霜平安到家，又是新年在即，人的归属感很容易提升心情，温以宁也没多想，挺随意地问了句：“不叫老板，那叫什么？你比我妈妈也就小个几岁，你别占我便宜啊。”

她说这话的时候，脸上挂着笑，笑着说完就后悔得想咬舌，连忙道歉：“那个，对不起啊，我不是说你老，你别误会。”

唐其琛本还一脸平静，这一解释，更显欲盖弥彰。两人四目相接，瞳孔里都是彼此的身影轮廓，像是同一频率上通过的电流，两个人笑了起来。

这一笑，缓了当下尴尬，也让人恍悟，刚才一路开车的过程里，彼此有多端着姿态。

唐其琛微抬下巴：“住这儿？”

“嗯。亮灯那一户。”温以宁指了指，他顺着方向看过去，四楼。

“上去坐坐吗？”温以宁出于礼貌客气地问。

“空着手，不合适。”唐其琛对她点了下头，“走了。”

他还要连夜开回上海。这个点了，也不太可能赶回去守岁，唐老爷子年龄大了，对一些传统愈发有仪式感，唐家几十年的老规矩，长子长孙除夕初一都得在家守着。唐其琛这回来去匆忙，走时没和唐书嵘打招呼，老人家极度不满，方才景安阳的电话就是为了这事儿。

唐其琛走前滑下车窗，隔着距离对她轻轻点了下头，然后加速开走。

温以宁拎着行李上楼，江连雪正在麻将桌上奋战，见着人吓了一跳："不是买不着票吗？你怎么回来的？"

温以宁挨个叫人，冲她疲惫一笑，没回答，拖着箱子进了自己房间。门关上，麻将声稀里哗啦，偶有妇人们算钱时的短暂争议，再看窗外，升空的烟花越来越频繁，一朵接一朵，新年将近了。

收拾完东西，温以宁把提前取的现金拿出来，点了五千放红包里。等到外边动静小了，人走了，她才开门出去，对江连雪说："你少打点牌吧，回头结石病又犯，别打电话找我。"

江连雪不高兴："大过年的，你能不能说点好的？"

温以宁把红包递给她："为你好。"

掂量了一下厚度，江连雪顿时喜笑颜开，什么话都不唠叨了。电视机放着春晚，反正也没人看，调着声音唱唱跳跳的，好像就等着那一首《难忘今宵》，这一年才算到了头。

江连雪一边收拾牌桌一边说："我前天碰见亮亮了，他现在还当篮球老师呢，就在体大。是不是我太久没见他，怎么觉得好看了不少啊。"

温以宁乍一听这小名，心里两秒没回过神，回神了，平静说："是个男的你都觉得好看。"

"他还问起你了，问你在哪儿工作，呵，我都没好意思说，你被开除了。"

"怎么说话的你。"温以宁抓了捧瓜子放掌心，不高兴地又放了回去，"刚才给你的红包石头缝里蹦出来的啊？"

江连雪不屑道："这过年的我是不想说你，你要不这么折腾，说不定都跟亮亮结婚了。"

温以宁听着这话也没什么反应，就是不喜欢总拿着这个说事："我就算留在家里，我也不会跟他结婚的。"

江连雪把麻将收进篮子里哐哐响："你就出家当尼姑吧！"

亮亮是小名，大名李小亮，简单上口，跟他人一样。

李小亮追了她很久，高中同学，高中暗恋，考大学一个南一个北就不了了之。毕业之后遇见了，李小亮又把人给追了起来，挺好的一个男生，温以宁起先是拒绝。但小亮老师没放弃，对她说，没事，我就是想对你好，你别有压力，该怎么着就这么着，我给你带的早餐你要不喜欢就扔了，送的花不喜欢就放花坛子里，但你别剥夺我献殷勤的权利，除了打篮球，我也就这么点坚持了。他说这些时，眼睛弯着，抱着篮球刚从训练场上下来，特别真诚。

大概追了一年半，温以宁答应了。但怎么说呢，认识时间已经这么长，知根知底的，感情的成分中，知己朋友的那一部分更多。有些事情就是这样，试了才能体会其中滋味。李小亮估计也是这感受，谈了半年，还是和平分了手。没哭没闹也没要死要活，更没有谁舍不得谁，上演什么断肠人在天涯。

分手那天谈得和和气气，两人还一起吃了顿羊蝎子火锅。走的时候，嘴巴都辣得红彤彤。李小亮一米九的大高个，微微弯腰，摸了摸温以宁的头，笑着说："那啥，走了啊。"

温以宁也拍了拍他的脸："走吧走吧。"

小亮老师叮嘱："以后要吃早餐啊，别忘了。"

温以宁满口答应："记着了。"

转过背就忘记，来上海这两年，她就没吃早饭的习惯。李小亮一直留在老家的一个体校里教篮球，城市小，时不时地碰见江连雪，小伙子都很热情地打招呼，帮忙提菜拿东西，开着一辆大众宝来，非得送她一路。偶尔也会问起温以宁，江连雪这点眼力还是有，从不在外人面前折损自己人的脸面。

小亮老师边听边笑，笑得眉眼弯弯，眼纹都是温柔的："过得好就好，哪天去上海，可得让她请我吃饭。"

玩笑话，这次却成了真。

江连雪把麻将收拾完了，放进柜子里，蹲着身子说："亮亮他妈妈不是腰椎不好嘛，说是正月初十带她去上海看专家。他上回托我问问你，那块地方有没有好住一点的酒店。"

温以宁说："肯定有。他初十来上海？我初八正好回去上班了，哪个医院啊？你回头问问，能帮忙的我肯定帮。"

李小亮的父母都是退休职工，他母亲那时候就特别喜欢以宁，分手之后好一阵子还瞒着俩老人。知道后，阿姨偷偷抹眼泪，认为一定是儿子不会疼人，姑娘才不要的他。

街坊邻居老相识，江连雪也觉得能帮就帮，母女俩不太痛快的谈话，到了这里终于平缓。各做各事，和谐融洽的，这才有了过年的气氛。

春节假期结束。

初八这天虽说是上班，但也就走走过场，员工们领个大红包图份吉利就完事。到了初九，亚汇集团才算正式进入工作流程。

连着开了三个会，唐其琛下午才有些许闲下来的时间。傅西平挑着点来的，他跟唐其琛关系好，也没那么多规矩。进来前调戏了一下行政办的那几个小美女，一脸春风倜傥地踏进办公室。

柯礼正给唐其琛汇报下周的行程安排，唐其琛推了两个应酬，把周四晚上的时间空了出来。调整好之后，柯礼抬头跟傅西平打了声招呼："来了啊。"

"你们忙。"傅西平掌心向下压了压，自己坐去了会客区。

十来分钟，唐其琛走过来，坐沙发上轻轻揉了揉脖子："你来得正好，我记得你父亲明天生日，带份礼物给他，我明天要参加董事会会议，人就不去了。"

傅西平叠着腿，咬着雪茄，点燃后把火柴盒丢桌上，眯缝着眼睛说："你有心，比我这做亲儿子的还让他老人家喜欢。"

唐其琛瞥他一眼："你爸把你扫地出门我也不奇怪。"

傅西平掐掐烟灰，他就是路过上来看看，这会儿见到人了，倒是有话说了："年前那微博怎么回事，能这么开罪你，你夺人妻还是杀人母了？"

柯礼帮着答："一个被开除的小助理，已经解决了。"

傅西平哼了一声，意味深长地说："以宁比以前好看。"

唐其琛睨他一眼，很淡。

"你别这么看我，我什么意思你应该知道。"傅西平语调平平，"那个发布会网上都能看到，我见着人的时候，就觉得你完了。"

唐其琛适时咳了一声，眉头蹙起来，哑着声音说："别跟我有完没完的，多少年的事了，谁记着？就你记着。”

傅西平往沙发后面一靠，双手搭着扶手，表情不咸不淡的：“你心里有数就行。你如果真想有什么，该摆平的就摆平，该了结的就了结。”

这话别人不明白，柯礼是明白的。他不方便发表意见，也不敢说。

傅西平起了坏心，扭头故意问柯礼：“你觉得他有什么没？”

柯礼摇摇头，诚实说：“我不知道。”

傅西平哈哈大笑，扳回一局的满足感溢于言表。唐其琛扫了柯礼一眼，重而有力，含着警告夹着不悦。柯礼微微低头，回避他。

这时，两声敲门响，陈飒推门进来：“唐总。”

唐其琛对她点了下头，陈飒往里走了走，看见傅西平：“哟，傅总。”

两人熟识，傅西平抬了下手算是招呼，然后继续没脸没皮地调侃唐其琛。陈飒见惯了他这既风流又下流的个性，并不意外。

唐其琛漠着脸没理，示意陈飒。陈飒开始汇报：“明天的会议换个人，我带孙主管参加。”

唐其琛起头：“怎么换人了？”

“温以宁明天跟我请一天假。”陈飒轻描淡写地说，“她男朋友来了。”

一室瞬静。

柯礼意外，傅西平也微怔。数秒之后，像是暂停住的镜头又放了播放，却是从温和平淡的感情戏切换成了风起云涌的战争片。

唐其琛忽然起了身，把手上的文件摔在傅西平身上：“你今天穿得真够难看的。以后再穿成这样就别来我办公室！”

柯礼和陈飒面面相觑。前者一言难尽，后者眨了眨眼，云淡风轻。

李小亮陪妈妈来上海看专家，下午到的上海南，温以宁跟陈飒请了一小时假去接的他们。李小亮推了个行李箱，还背了个黑色的双肩包。远远见着人，立刻举手摇晃，笑得生机勃勃。

他乡遇故人，他乡也就成了故乡。

温以宁先是亲近地和李母打招呼：“阿姨好久不见啦，您精神真好！”

李母笑呵呵地说：“好好好。”

温以宁又看了眼李小亮，隔远了看，夸张道：“小亮老师，你变帅了。”

李小亮食指对她点了点：“别别别，我可有自知之明啊，这话从你嘴里说出来，我真不敢答应。”

温以宁笑了：“帅着呢，真的。包给我吧，我帮你拿。”

三个人坐上一辆出租车，温以宁帮他们找的酒店，离看病的医院近，开房的时候，李小亮抢过她的卡：“我来。”

温以宁抬手躲开，跟他说：“没事，我来吧。”

其实也用不着她出钱，下午请假的时候陈飒问了一句原因，温以宁说老同学带妈妈来上海看病，她帮衬帮衬。陈飒从抽屉里找了两张卡给她，说是免费入住，不用就过期了。她们业务往来经常有这种福利馈赠。温以宁接受这番好意，道了谢。

后来陈飒又问了句：“男同学女同学？”

“男同学，高中的。”

陈飒这人精明，一直盯着她，忽就心如明镜地笑了：“男朋友？”

温以宁也挺坦诚：“啊，那不是，是前男友。”

陈飒挑了挑眉，示意她等一会儿，又翻出一张卡递给她：“这张也快过期了，专做上海菜，带你朋友去试试。”

不过李小亮还是没答应让她办入住，挺强硬地收了她的VIP，递上自己的卡给前台。温以宁都气笑了：“你怎么这么轴啊，真的是免费的。”

“免费的也不要，都是人情。我不是怕欠你人情，是怕你欠别人的人情。咱俩之间不讲究这个，能自己解决的就不要麻烦了。”李小亮彻底把她拦在身后。

一千五一天，他眼皮也没眨地直接刷了四个晚上。温以宁拦都没拦住，一老师能有多少钱，不值当。像是知她所虑，李小亮压着声说：“没事，带着我妈呢，我想让她住好点。她舒服，就值得。”

他们第二天要去看医生，温以宁没陪着，她跟陈飒请假只是借这个由头，实际上是去给自己办了点事。到下午，打电话问了问那边的情况，李小亮说：“排着队呢，还有七八个，这边信号不好，不说了。对了宁儿，晚上一块儿吃个饭，记着啊。”

小亮老师朴实诚恳，他就是这样的人，有一说一，没那么多拐弯抹角，让人相处很舒服。岁月几多变迁，算算两人分手后也就没再面对面地见过，两年了吧，没有隔阂，没有生疏，情人变朋友，朋友变老友。这也算是她人生里难得的温暖慰藉。

这天中午，柯礼帮唐其琛把工作安排往前挪了挪，原本下午要参审的一个工厂项目提前到了十二点半，午餐都在办公室解决，吩咐秘书送来的盒饭。即使交代清汤少油，但到底比不上家里，唐其琛吃得有点腻，两口下去就没再动过。

柯礼也放下筷子，说：“我给您重新买一份吧？我亲自去。”

唐其琛说：“不用了。”然后又把盒饭拿起来，没动菜，只挑着白米饭给吃完了。

柯礼抬起手腕看了看表：“唐总，一点开会，还有十五分钟。”

唐其琛左右手各拿一份文件做比对，时不时地圈出两处批注，他交代：“会议时间控制在一个小时内，休息十分钟开第二个。你让与会人员提前准备，汇报该汇报的，无关紧要的不上会。”

柯礼应声：“好。”

亚汇集团发展至今，已有相当成熟的一套运作系统，这几年唐其琛的工作量还是有所降低的，但工作日时间繁忙依旧。今天这么紧凑，是为了把晚上的时间空出来。

柯礼给他行程的安排恰到时候，五点结束所有，唐其琛从集团出来没用司机，柯礼开着他的车，两人去外滩。

只因今日农历十二，安蓝的生日。

安蓝七岁进入娱乐圈，荧屏首秀就是张齐石导演的口碑佳作，她虽年轻，但经验阅历在圈内也是足够的前辈。安家本就名门，加之她那支骁勇精锐的经纪团队，优质资源一直是保持住的。百度百科上的生日故意错掉，留给粉丝们狂欢庆贺，真正的生日是今天，留给发小儿朋友自己人。

唐其琛到的时候，人都来齐全了，除了安蓝的经纪人邹琳，没有圈内人。柯礼递上礼物：“上个月去法国出差，唐总特意帮你挑的，安安，生日快乐。”

一旁有人起哄，非得现场打开看看。安蓝不愿意："你们也能看的？"

大家都明白她对唐其琛的那份心思，但也不敢太放肆地拿趣，因为唐其琛在这件事情上，是从来没有表过态的。安蓝走到他身边，笑得娇俏，挨近了些，说："我还以为你不来了呢。"

唐其琛温和地说："不会。"

包间里暖气足，适应之后，唐其琛把外套脱了，他里面就穿了一件黑色的高领羊绒，质地柔滑，衬他肤色，落座后，气氛渐渐就起了兴。有几个能闹的自然不会消停，喝酒跟自来水似的，还关不住话痨的嘴。安蓝性子活，又都是关系至深的老友，她是能喝的主，也放得开。不过今晚傅西平坐在那儿还挺克制，不似他平日的混账样。醉翁之意不在酒，一双眼睛就盯着唐其琛。偶尔得到他的疑虑对视，傅西平便轻飘飘地挪开，似笑非笑地扬了扬嘴。

饭局散了转场K歌，喝完第一轮大伙儿差不多是半禽兽状态了，又蹦又跳跟疯子似的。唐其琛不好这口，他和另几个弄了牌局，椅子还没抽开，傅西平站在后面点了点他的肩，吹了声口哨，手指勾了勾示意他出来。

"你一晚上眼睛抽筋了？盯着我看干什么？"两人在走廊外，唐其琛早就不悦。

傅西平正低头点烟，一下没燃，手心拢了拢才点着。他说："别以为我不知道，为了小助理那事，你给安安脸色了。"

唐其琛垂着眸，没否认。

"都不瞎，只不过是我还敢在你面前说上几句话。"

以往过年的时候，他们一帮玩得好的，都会挑在初三来唐家拜年。几十年的习惯了，是默契。但今年安蓝没一块儿来，傅西平问她："为什么不去？"

安蓝在电话里声音哑哑的："西平哥，我拍戏呢。"

"哥不听这个。"傅西平直接道。

静了好久，电话那头音调变了，带着委屈："其琛哥不让我去。"

唐其琛的意思很明显，就是为了赵志奇给他招黑那事。当时微博一爆，安蓝立刻给他打了电话，唐其琛只淡淡说："暂时别联系。"

安蓝是急了，说：“我马上发条微博，帮你澄清。”

唐其琛久不作声，最后只回了句：“以后用好你的人。”

言下之意，别再添乱。

唐其琛生起气来都是敛收的，但就像是棉花里的尖刀，清清楚楚地往你心里扎。安蓝也是被从小捧到大，要不是仰仗这份喜欢，璀璨明耀如她，也会觉得格外不痛快。

沉默一阵之后，傅西平弹了弹烟灰，把抽了半截的烟给掐灭。他问唐其琛：“你两年前还跟我说过，如果以后有继续的可能，你也愿意跟安安试一试。这些年你帮她，护她，纵她，看着跟我们没两样，作为朋友来讲，那是无话可说的交情。别人看不出来，但我懂。除开你们两家的利益联系，你这也是在说服自己，让自己去尝试。”

唐其琛还是原先的姿势，单手斜插着口袋，站得直，没说话。

傅西平眉间那根弦也松了松，少了几分逼问的架势：“安安有时候是骄纵了些，但对你的感情也是没得说。你是我哥们儿，多的也不问。我就要你一句话。”

夜色阑珊，十点出来的时候，城市像是泡在渺渺水雾之中又湿又冷。柯礼发动车子也没法马上开，暖风吹着玻璃上的水汽，唐其琛坐在副驾，连安全带都没系，看起来疲惫不堪，抬手揉自己的眉心。

安蓝的生日趴估计得到凌晨，唐其琛交代所有开支都记他账上后便走人。他说要走的时候，安蓝坐在沙发上，冷着一张脸，没少给人脸色。这回唐其琛没再纵着，带着柯礼就出来了。

热好车，柯礼问：“您回哪儿？”

唐其琛揉眉心的手又挪到了鼻梁，用力掐了掐，缓了精神说：“去老李那儿，饿了，吃点东西。”

柯礼明了，打了左转向，直接在路口掉了头。

老李是大排档的老板，其实一点也不老，但人很会做生意，一身江湖气。唐其琛跟他熟，独门一份地这么叫他。上回陈子渝请客吃饭，就是在这个地方。

还是那个红彤彤的蒙古包棚，入夜生意正是好的时候。柯礼提前给人打了电话，到时，一眼就看到老李在一桌前跟人笑呵呵地聊天。再一看，旁边那人熟得很。柯礼望了眼老板，小声说："是以宁呢。"

温以宁和李小亮也在这儿吃饭。其实两人已经吃过一顿了，这是夜宵。老李好玩得很，李小亮也是个开朗的，都姓李，三言两语地熟络起来。满桌菜，桌边还有一箱空了的啤酒瓶，温以宁脸色绯红，笑得跟朵花似的。老李见着柯礼了，走过来打招呼："来了啊，里边坐吧，我都安排好了，给你煲个养生粥。"

温以宁顺着声音看过来，她脸上还是在笑的，握着一瓶啤酒刚刚举到嘴边。大概喝了不少，酒壮胆，或许是压根没认出人，这一笑，笑得心无旁骛，笑得醉眼观星，眼里的光亮直接投给唐其琛。

唐其琛被她这一眼弄得，下意识地挺了挺背，气度架势刚起个头，温以宁又直接把头转回原处，什么反应也没有，继续和身旁的高个男人有说有笑。老李不明所以，还在一旁好心道："粥里放点红枣枸杞行吗？不会太甜，我再给你弄点天麻进去，这个养脑补精气。"

唐其琛打断他："谁说我要喝粥了？"

老李愣了下："啊。不喝啊，以往不都是这习惯吗？"

柯礼拍拍他的肩，示意他别说话，低声告诉："歇着，今儿老板倦了。"

唐其琛走了几步，忽就停住，对柯礼说："坐外面，透透气。"

隔着一桌客人，唐其琛他们就在左边靠墙的位置。从这个角度，能看见温以宁的背面和那男生的正脸。柯礼想起昨天陈飒说的请假，不难猜出，这大概就是那位男朋友。他小心翼翼打量了眼唐其琛，怎么说呢，瞧不出情绪，也看不出表情，他这一身气势行头往这儿一坐，不太搭，冰冷冷的，没什么红尘烟火气。

温以宁和李小亮聊了一晚上了。聊以前上学的时候，聊彼此的工作，聊这几年的人生际遇。温以宁的名字取得岁月静好，可成长经历也是苦涩的。别人不了解，但李小亮知根知底。这些碎念温以宁从不在别人面前说，甚至连江连雪都避而不谈，可对着李小亮，软肋就给拨开了。

生活的艰辛不易，这些年的酸恨苦楚，和着冰凉辛辣的酒，通通倒了出来。小亮老师是温柔且包容的，安静地听，不会不耐烦，舍命地陪，她喝一瓶，他就喝两瓶。这已经是尾声了，二十几个酒瓶子摞在那儿，它们也醉了。

温以宁又拿了瓶新的，李小亮哎哎哎地制止：“姑奶奶，喝不得，喝不得了。”

温以宁也不说话，一双眼睛看着他。秋水两汪，弱势又可怜，直接把小亮老师给看趴下了。他认命地点点头：“行吧，喝！”

温以宁眉开眼笑，其实已经看不真切。眼前迷迷糊糊一团，就剩人影。突然手心一空，啤酒被人拿走。唐其琛站在她边上，那只瓶子掂在他手心。

“你喝不了。”他把啤酒搁桌面，伸手勾了一把温以宁的手臂。

李小亮顿时站了起来：“干吗干吗？”

柯礼适时拦着，客气道：“我们是同事。”

这两人往这儿一站，从头到脚都透着精英味，实在也不像坏人。老李走了过来，笑眯眯地从中和局：“他们一个公司上班的。”

李小亮拽着的拳头松了松，但还是谨慎，问温以宁：“宁儿，真认识？”

温以宁被唐其琛勾着，扭头一看，醉得嘴角还有啤酒泡沫，她重重点头：“是我老板，发工资的。”

唐其琛皱了皱眉，勾着她手臂的力道却加重：“你喝成什么样了，陈飒平日就是这么带你的？”

温以宁转过头，抬高手，对李小亮说：“小、小亮老、老师，再见啊，我、我司机到了。”

唐其琛煞着一张脸，直接把人拎着往车里走。

坐着时还没觉得，猛地一站起，脑袋都灌了铅，差点没往地上栽。唐其琛那点力道不够，把人拉紧了点。柯礼随后上车，唐其琛已经在驾驶座，他把温以宁塞到副驾，胡乱七八地绑了安全带，带子都翻了个面也没理正。

温以宁眼睛半闭，要睡不睡地喝晕菜。

柯礼有点后悔上车了。

唐其琛开得快，轮胎磨地面刺耳，一把将车给掉了头。她住的地方还是上回除夕夜问陈飒得知的。去过一次，路熟。

车停路边，柯礼手还没碰着车门，唐其琛说：“待着。”

然后下车绕到左边，把温以宁给弄了出来。唐其琛单手扶着，但走了几步发现远远不够。温以宁看着高挑且瘦，但其实是骨骼小，肌理练得紧。她合租的室友开的门，见着这阵仗吓得往后退了几步。

温以宁的重量都在唐其琛身上，连爬五楼，还没电梯，唐其琛一口气差点没上来。室友帮忙把人扶进卧室，倒了两杯热水搁桌上就回自己房间了。

门没关，客厅里的光渗进来，由明转淡，到他们这里，就只剩下微微一层。温以宁坐在床边，埋着头，脖颈连着肩膀，弧形漂亮。她半个身子都低下去，头发遮着侧脸，看着身影小小一只，在墙壁上投出一片阴暗。

唐其琛拎了把椅子坐她旁边，气喘匀了才觉得热，伸手扯了把衣领口，喉结微滚。他深吸一口气，拧头看旁边的人，却愣住。

温以宁不知何时抬起了头，早已望向他。女人的眼睛狭长而温和，不知是醉意上头还是酒后真言，眼底泛着不正常的红，正一眨不眨地看唐其琛。

这个眼神，既有懵懂无知的内心迷茫，又有未曾甘心的年少负气。温以宁哑着声音说："你不是好人。"

她眼里隐有泪光，唐其琛的心被细密绵柔的针轻轻刺了一刺。这一刺，就想起了晚上在安蓝的生日聚会上，傅西平说的："你是我哥们儿，多的也不问，我就要你一句话。你还喜欢以宁吗？"

唐其琛面如冷月，当时没回答。温以宁此刻还看着他，视线却是越来越模糊。眼皮一眨，隐匿的泪就无处藏身，沾湿了眼眶。

唐其琛眸深似海，手腕颤了颤，终于还是没忍住。

抬起手，轻轻碰了碰她的脸，然后往上，温软的指腹又印了印她的眼。

第四章 一院春风意

这个夜晚到此为止，没有再继续。

温以宁是真喝大了，重重推开他的手，往后一仰，在床上睡着了。唐其琛走上前，跟她室友说了声，小妹子挺好的一人，帮她清洗了番，盖上被子带上了门。

唐其琛自楼上下来，形单影只地走在夜色里。到车边，对柯礼挥了下手：“你开。”

柯礼照做，小心瞥着他的脸色。

唐其琛揉了揉发紧的太阳穴，说：“回公司。”

已经零点，这时候还往公司去，大半是通宵工作。唐其琛这几年很少熬夜，每回这样，柯礼明白，他心里一定是装了事的。

李小亮在上海待了五天，他妈妈的检查结果都出来了，也定了治疗方案，下个月过来安个进口支架。高铁票买的是晚上，李小亮中午给她打电话，轻快的声音：“宁儿，下来呗。”

温以宁刚开完会，整理资料的动作慢下来：“下来哪儿啊？”

李小亮笑得憨："我在你公司楼下呢。"

温以宁顿时也乐了："你可真能找，等着啊。"

她一点还有接待工作，李小亮也没让她忙活，就是想过来看看："大集团啊，我就知道，你一定有出息的。"

温以宁说："这叫什么出息，不都挣口饭吃吗。"

李小亮环视一周高楼大厦，眼里也没什么留恋："我安逸惯了，让我上这儿来，还真不知道该干吗。我晚上就走，只是过来看看你，看你工作好，我也放心。"

温以宁笑他："小亮老师为人师表，最会关心人。"

"那也是关心你。"李小亮嘴快，有什么说什么，直爽温暖的性子一如从前。

聊了十来分钟，温以宁要上去了。李小亮哎了一声："你不吃午饭啊？"

"来不及了，我还要见客户呢。"温以宁冲他挥挥手，"我不送你了，你和阿姨路上注意安全，到了也发个信息。"

李小亮当时没说什么，挺正常的一次道别，大概过了半小时，温以宁正忙碌着，李小亮给她发了条信息："给你点了份外卖，应该快到了，不吃饭可不行。还有，我在网上给你买了两袋燕麦，很方便的那种，接点热水就能喝，你留着当早餐吧。"

没多久外卖就送上来了，是她爱吃的香菇鸡。温以宁闻着香味，混着热气，眼泪都快下来了。

忙完已到了四点多，送走了上级审核机构的人员后，陈飒没给大家休息时间，又开了一个临时会议。

"东皇娱乐二十周年庆典的邀请函已经发过来了，这周我不在公司，瑶瑶你替我出席。"

被点名的是业务组的主管，跟着陈飒也有好些年了，在业内也算小有名声。她家还有关系背景，代替陈飒足够。

散会后，温以宁跑到陈飒办公室，陈飒问："有事？"

"陈经理，东皇娱乐的这次庆典，我能不能也参加？"

陈飒抬起头："原因。"

温以宁面色如常："我想跟着多学学，见见世面。"

“没必要。”陈飒直接给拒绝了，她说，“这种场面你参加不了。”

温以宁说：“我跟着瑶瑶，不会乱说话。”

“那也不行。”陈飒没松口。

温以宁欲言又止，嘴唇动了动，被陈飒一记冷目给逼退了。

陈飒第二天开始出差，先飞杭州，再长沙、北京，最后回上海，行程五天。下午的时候，柯礼给温以宁打来电话，问她有没有时间，晚上一起吃个饭。

温以宁犹豫两秒，柯礼笑着说：“放心，就我和你。上次许诺你的川菜馆，今天是真不用加班了。”

难为他还一直记挂这事，温以宁不由得也轻松了些：“行，那我也不客气了。”

柯礼提前就订好了位置，下班开车过去虽然堵得不行，但到了就能马上上菜。川菜馆生意好，宾客络绎，一进去就能闻见辣油的香味。柯礼工作的时候一丝不苟，私人时间就挺放松了，一身定制西装也不在意，脱了随便搁在椅子上。

温以宁看了他一眼：“穿白衬衫吃火锅，不心疼啊？”

柯礼不在意：“没事，这衬衣我买了十几件，批发价。”

温以宁笑得不行，头发一扎，埋头大快朵颐。

柯礼对自己放鸽子太久还心怀内疚：“真是太忙了，欠你这顿现在才补。前几天又准备董事局会议的资料，不然我也能请你和你男朋友一起吃个饭。”

温以宁一听，估摸他是误会了李小亮：“你说小亮老师啊？”

“啊，就那天跟你一起吃夜宵的。”

“现在不是我男朋友了，高中同学，带妈妈来看腰的。”温以宁解释了下，然后顺着这话题就聊开了，她也对柯礼道了谢，“那天也挺不好意思的，喝得有点多，麻烦你送我回去了。”

柯礼正涮着肉片，动作停了下：“我？”

温以宁灿烂一笑：“室友妹妹告诉我的。”

唐其琛和柯礼年龄相仿，身材也差不多，估计是误会了。柯礼想了想，也没再说别的，就嘱咐了一句：“你以后还是别喝酒。”

“嗯？”温以宁吃了颗花椒，刺得她舌头都木了。

柯礼温和地笑了笑：“你喝酒容易忘事。”

很轻松自在的一顿火锅之约。两人有搭没搭地聊天，有时候也会扯扯个人生活。柯礼三十出头的年龄也不算小，工作再忙，以他这条件搁那儿，绝不是找不到女朋友的人。

温以宁拿这事调侃他，他也开得起玩笑，回答得有板有眼：“早些年算过八字运程，我不能比唐总先结婚。犯冲。”

温以宁笑得直咳嗽。

“笑吧笑吧，我就知道。”柯礼抽了张纸拭嘴角，“唐老爷子信这个，唐总转个身就跟我说，不用理，我该干吗干吗。但我这些年也习惯了，反正每天忙工作，想谈也谈不了。你知道我每年生日许的什么愿吗？”

温以宁摇头：“不知道。”

“每年都是同一个愿望，希望老板马上结婚。”

说完，柯礼自己也乐得不行。这火锅太辣了，他吃得有点受不了，温以宁给他叫了份果盘。柯礼继续说：“其实跟着唐总干事，还是很舒服的。他话不多，对人也冷冷淡淡，但其实认准的，都是交心的。小霍，上回你见过的。他十七岁就跟着唐总了，以前也是一小混混，后来唐总送他回学校继续念书，把人从歪门邪道上给拽了回来。”

温以宁捏着筷子，戳碟里的辣椒油，浓稠黏密，跟她此刻的心情一样。她轻声说：“他对谁都好，就是对我不好。”

一句话就把柯礼给堵住。

温以宁已能很坦然地说起这些，很快没事人一样转移话题：“对了，礼哥。我想托你帮个忙。”

“你说。”

“明天东皇娱乐不是有个庆典吗？”

这块工作具体都归陈飒负责，柯礼一个搞行政的，听是听说过：“怎么了？”

“我也想参加。”温以宁双手合十，“好多明星呢。”

柯礼依稀记得她喜欢某个男明星，估计是追星去的，到底年纪轻轻，这点小女生喜好一直在。柯礼笑了笑，欣然应道："小事，回头我打个招呼，你去吧。"

东皇娱乐是国内综合性的一线影视传媒集团，佳片不断，艺人当红，手握圈内的半壁资源。这次二十周年庆典办得隆重盛大，草坪花园有乐队现场演奏，各种美食表演应有尽有。瑶瑶带温以宁出席的时候，还挺高兴："太好啦，一个人我还嫌无聊呢。"

温以宁说："我跟你混，跟你学习。"

"没什么好学习的，就是玩呗。飒姐跟他们老总的关系好。跟你说个小八卦呀，他还追过飒姐呢。"

"陈经理很优秀，我是女人我也喜欢她。"

瑶瑶乐得花枝乱颤。聊了几句，她神色微敛，好心提醒了几句："你就是来追星的吧，那你吃吃喝喝看会儿表演，待会儿我呢，不跟你在一块儿，飒姐还有任务交代给我的。你自己照顾自己啊，结束了我们再一起走。"

温以宁点头："好。"

瑶瑶活泼开朗，天性乐观，又聊了起来："你喜欢哪个明星啊？"

温以宁手里拿着嘉宾名单，面色平静地说："都喜欢。"

到了宴会，瑶瑶一出现，就被一群人簇拥着说说笑笑去了。温以宁落了单，一个人穿梭其中，端着酒杯，不看热闹，像是在找什么人似的。

忽然肩头一重，温以宁回过头，就见高明朗那张似笑非笑的脸近在眼前。大约是为了应景，高明朗今天穿了一套麻花色的西装，里头是件V领绸缎布料的打底，这种式样的礼服衬得他多了几分腻。

他挑高了眉："不愧是陈飒的徒弟，这种场合她也能让你来。"

温以宁知道他话里的意思，来这儿的有头有脸，哪个不是秉持身份有背景的，那份嘲讽与不屑全写在脸上，私下时，高明朗压根就没打算对她客气。温以宁不搭理，刚要绕过人，高明朗伸手就是这么一拦，对着她阴恻恻地一笑。还没回过味，他就转头扬高了声音："老秦，来看看，这就是上回你念叨好久的美女发言人。"

两三米远的地方，几个男人顺着声音回过头。个个西装革履，道貌岸然。其中一人身高一般，身材微胖，大晚上的还戴了一副变色墨镜，据说是某个法国品牌的最新款。这人姓秦，全名秦君，都叫他秦君子。四十好几的人了，每个月还注意护肤驻颜打玻尿酸，人已中年，但小年轻那一套没少折腾。看着精神，但不细致，像整了容的。

他在东皇娱乐占了点股份，主要是与纸媒圈的关系好。所以被吹嘘追捧，骄纵恣意。老婆带着孩子常年在香港，他在内地玩得那叫一个资深，和他名字中的那个“君”字实在不配。

“上回亚汇集团那件事，可多亏她了。秦君子，来来来，今儿见个真人，怎么样，比电视上好看？”高明朗笑得眼纹纵横，语气没个正形。

温以宁被他拦着，退也不好退。秦君眼缝眯起来，走近了，将人从头扫到脚，眼神在她腰上停了两秒，然后笑着伸过酒杯：“陈飒的部下个个都是美人，不错，不错。温小姐，喝一杯？”

温以宁客气回应，碰了碰杯，抿了一口：“秦总您好。”

高明朗一只手搭了搭她的肩膀，又很快放下去，言语之间极尽轻佻：“以宁呢，也跟我共过事，不过没办法，池子小了，留不住，跳到江河湖海大显身手，说起来，我眼光还是不错的啊。”

有人起哄：“留不住，是高总不行啊，没能让美女满意。”

阴阳怪气的笑声起了势，看着温以宁的目光有调侃，有鄙夷，有不屑，有轻蔑，有见怪不怪，唯独少了尊重。而温以宁始终那个表情，挂着笑，眉眼淡，合情合理，不管怎么暗示，她都不为所动。

高明朗指着秦君：“秦君子对你可是一见钟情，哦不，是隔屏钟情，你给唐总开的那新闻发布会，他可是目不转睛地看完的呀。回头加个微信，别辜负秦总这份喜欢。对了，陈飒交代了没？”

温以宁这才有所反应，抬起头。

秦君笑眯眯地接过话，说：“以前跟你们亚汇签了几份补充协议，正好，你这次带回去给她。你不用问太多，保密的，你们陈总知道。那个，我包放在高总车上，你去高总那儿拿。”

温以宁是代表亚汇来的，虽然当时陈飒没让，但来都来了，又扯到公事，总不能不应付。何况带个文件也没什么，温以宁点点头：“好，您放心，我会带到。”

高明朗眉眼溜了溜，咳了两声，正色道：“走吧，我车在停车场。”

已过十点，唐其琛才从会议室出来。忙了一天，晚上的电话视频会议也不让人轻松。柯礼跟他后头，还在梳理内容要点，一项一项地总结汇报，唐其琛陷在皮椅里，抬手掐眉心，他闭着眼，听了一半就做了个手势示意柯礼暂停。

唐其琛说：“这些小事，你做决定就行。”

柯礼颔首：“好。”

“陈飒什么时候回？”

“今天最晚班的飞机，老余去接机。”

“明早让她来我办公室。”

唐其琛吩咐完，就把皮椅往后滑退了些，人也完全靠着椅背，他闭着眼睛，掐眉心的动作没有停。

柯礼担心道：“唐总，您不舒服？”

唐其琛摇了摇头，但倦色难掩，他起身说：“下班吧。”

人还没绕出办公桌，搁桌上的手机嗡声一振。唐其琛看了眼，是陈飒。响了三声他才接，一接通，陈飒的声音火急火燎：“唐总，柯礼呢？”

柯礼听见了，也奇怪着，从口袋里掏出手机，开会时的静音忘了调回来，显示未接来电五个。

陈飒是真着急了：“温以宁联系不上了。柯礼是不是让她去了东皇娱乐的庆典？她电话打不通，瑶瑶也找不到人！她是跟高明朗出去的。”陈飒接到瑶瑶的汇报时，立刻联系了高明朗，可这孙子的手机也关了机。

陈飒说：“我马上要登机了，回来我再找柯礼算账！温以宁跟我提过两次，我都没批准她去参加这个庆典。柯礼倒好，把这事给我办得圆圆满满。”

唐其琛已经加快脚步往外走，车钥匙拽在手里，下颌紧着，直接把电话给挂了。

柯礼方知后怕：“唐总。”

唐其琛一字不言，给东皇娱乐的董事长打去了电话，那边很快接了，唐其琛也没顾上寒暄，虽然语气是染着笑，但之中的急切依稀可寻，他第一句话就是：“程董，您得帮我个忙。”

他把事情始末轻描淡写地说了一遍，就像是件再普通不过的事，程立南何等精明，听出了其中微妙，他饶有兴致地问：“唐老弟，什么人值得你这么紧张？”

唐其琛淡淡道：“陈飒的徒弟。”

程立南和陈飒之间也有过几分感情纠缠，不过那都是陈年往事，但情分在这里，唐其琛故意这么说，对方果然服这个气，当即答应：“好，五分钟给你消息。”

唐其琛坐在驾驶座，手搭着方向盘有下没下地敲，他眼神是平静的，但太过平静，就有点瘆人。柯礼坐在副驾，本想解释一下自己让温以宁去参加庆典这事。

唐其琛像是知他所想，直接道：“你的账，陈飒跟你算。”

柯礼沉默，不再吭声。

程董那边很快有了消息，告诉他，人没事。

唐其琛让柯礼下了车，自己开车去了东昌路。他到那儿，就看到温以宁站在一辆凯迪拉克车前，车里坐的人是秦君，两人正笑着说什么。

凯迪拉克开走，温以宁瞬间收了笑脸，人站在那儿半天没动。等她转过身，黑色奥迪蛰伏于路边，安静地横在那儿。隔着不远的距离，能看到挡风玻璃里的人漠着一张脸，也一动不动地望着她。

忽然，全熄的车灯唰地一下亮起，刺目的光让温以宁本能反应地抬手挡住眼睛。车开近，车窗滑下半边，唐其琛极冷淡地说：“上车。”

这是闹市，温以宁也有点犯怵，顺从地坐到了副驾。门一关，唐其琛又把车灯给灭了，他拧过头，压着嗓音问：“秦君什么人你知不知道？跟他出来约会，你几个胆子？”

这话言重了，虽是平铺直叙，但带着刺，扎人痛处一点也不留情。温以宁和他对视：“和你有关系吗？”

唐其琛冷笑一声：“这么老的，你也喜欢？”

温以宁点了点头：“我也不是第一次喜欢老男人了，你应该清楚啊。对，老男人都挺浑蛋的，老板，我记着你的话了，多谢你的教训。”

唐其琛脸色骤然难看，连嘴唇都比平日要白了些。他没再说话，手握着方向盘越来越紧，越来越紧。一天连轴工作已经让他疲惫不堪，晚上这一闹，心脏跟抽了血似的，空了又满，满了又空。

唐其琛弯了腰，趴在方向盘上，头埋得低，一手捂着胃，一手从左边储物格里摸着什么。

最后拿出一个药盒，用力拽在手心。

温以宁愣了下，手指戳了戳他的肩："你不舒服啊？"

唐其琛有气无力地挡开她的手，头埋在手臂间，哑着声音逞能道："你别管。"

温以宁好不容易拢回来的那点同情心又给弄没了，她凉飕飕地问："真不要管？那行，你把锁解了，我自己打车。"

安静片刻。

唐其琛呼吸都喘了，他颤着手腕，把掌心的药瓶递过来，有气无力地说："红色的三粒，黄色的两粒，我要喝热水。"

唐其琛的状态看起来不太好。左手捂着胃，右手拽着药瓶，说完这句话后就趴在方向盘上没再动。温以宁接过药，按他的要求分好剂量，递过去："热水不好找，你就喝冷的吧。"

唐其琛一口吞了下去，灌了两口水，便枕着靠背闭了闭目。车里的温度好似一下子升了上来，冬季已是尾声，没有风雨的夜晚，也能感觉到些许春天的温暖之意了。唐其琛睁开眼睛，直接推门下车，说："你来开。"

两人换了位置，温以宁坐在驾驶座，唐其琛直接给开了导航，他没想再说话，身体靠近车门那一边，很微小地侧了侧弧度，一个留出背影的动作。

一路无言，只有导航的电子音精准报送路线，向左转，向右转，车停了又启，快了又慢，窗外霓虹渐渐退却于眼角之外。温以宁开车的时候，听到唐其琛偶尔咳嗽两声，压抑的，克制不住的，男人眉间微蹙，皱成一个浅川。温以宁听着他的动静，心里忽然就起了感慨。

也才几年，他这老毛病一直就没好过。听柯礼说，唐其琛以前也是勤于锻炼保养的人，身体底子在那儿，每年体检的指标也都非常好，除了胃病。

这种病得靠养，不只是饮食，更是规整的作息和放松的心态。但对唐其琛来说，这显然是做不到的。一年里他的休息日不超过一个月，白天晚上的连轴运转，加之三年前董事会的大动荡，唐老爷子那一辈留下来的老江湖自视甚高，看不惯年轻人改革创新的手段，明里暗里没少给唐其琛使绊子，那时每每要推进一项新变革，都是极其困难的。唐其琛日熬夜熬，国内国外四处飞，胃疾也就这么不了了之。

平心而论，温以宁是很能理解身有病痛之人的辛苦。她妈妈有肾结石，发病的时候疼得蜷在地上根本起不来，那样牙尖嘴利、倔强自我的一个人，跟团棉花似的脆弱不堪。人生不尽相同，但有时候也能感同身受。

想到这儿，温以宁问："你就没去治疗过吗？"

唐其琛仍闭着眼睛，说："要养，我没时间。"

这是实在话，谁都想自己健健康康的，穷人有穷人的贫困辛酸，在他这个位置，也有力不从心的无可奈何。温以宁把车速放慢了些，说："要钱不要命吗？"

唐其琛睁开眼，眉间隐有薄薄的怒色："你说话非要这么刺吗？"

温以宁冷声一笑："这就刺着了？"

唐其琛眼底一片幽暗，忍了忍，终是把语气克制住了："陈飒没让你来这个局，你为什么非要来？"

温以宁不吭声。

多的话唐其琛也不想再说，他坐直了些，情绪已恢复平静，整个人又是那样冷淡淡的状态了。他说："秦君和你之前的领导关系好，一唱一和的把戏你见的还不够多，第一次不会办你，你也逃不过第二次第三次。"

唐其琛的话是理性静察的，难免给人优越在上的态度感观。温以宁冷着脸回："您放心，我栽过一次跟头，就不会再犯第二次错。"

她焦虑地承受过去带来的磕绊与不适，感情第一次心动却以不堪与残忍的真相作为结束，那是一个女人的恋爱观刚刚成型之期，唐其琛带给她的伤害，在历经数年之后，哪怕她有过恋爱，有过新生活，在心底仍是意难平的。

她把彼此放置在对立面，再简单的对话，都恨不得往对方心口扎。

这一阵的安静很久很久。

唐其琛慢慢转过头，声音冷静得几近无情：“既然你这么放不下，当初可以不来亚汇。”

恰逢红灯，车身缓缓停住。温以宁同样平静问：“你既然愿意给我机会来亚汇，不也应该放下了吗？”

说完这句话她才侧过脸，眼神坦荡地投向唐其琛。唐其琛忽然就起了躁意，这事他本来不想提，缘分不都是这样吗，聚不拢就散，哪怕当初有遗憾，有误会，有想法，但散了就是散了，一个不够干脆，一个缺乏理性，感情这东西本来就是一个巴掌拍不响，谁都有错，谁都不对，谁还没有为爱打过诳语的时候。

人生里擦肩而过的人那么多，但能再重逢相遇的又有几个。唐其琛是想着把这件事从此断了，只谈公事，不讲私情。但只有真正做起来，真正每天见着这个人的时候，他才明白，那些细枝末节，那些已旧的记忆，根本就翻不了篇！

唐其琛忍着心里一阵阵的翻涌，说：“你非要气死我才甘心是吗？我说什么你都听不进是吗？不管是从前，还是现在，你那一意孤行，听不懂解释的脾性，就是独门一份给我的是吗？”

这话算是彻底把两人之间避而不谈的裂口给撕了个底朝天。唐其琛问：“你宁肯相信在门口没听全的那几句玩笑话，也不愿意听我的解释。我当年是对你不好，还是骗你身体骗你上床了？你信别人的一句话，也不信我。那你这又算什么？以为我有钱，就一定是个玩弄感情的？以为我对你好，全是装模作样演出来的？以为我成天没事干，接你哄你陪着你全是虚情假意？你说走就走，一个招呼都不打，连个解释的机会也不给，就这么给我盖棺定论？你这样就合适？嗯？”

唐其琛的声音跟撞钟一样，清晰的一声之后，余音不消，撞在温以宁的耳膜、心口，甚至四肢百骸。他有不平，有不解，也有不甘和不愿。有些事情就是这样，当时纵有千千结，但时过境迁，人还是应该向前看。可说完这些话后，唐其琛自己也怔了怔，他以为的那些过去，竟然从没有过去。

沉默里，前方信号灯变成了绿色。温以宁迟迟没有发车，后面排队车辆的鸣笛声此起彼伏。唐其琛看她一眼，说：“你要不想开，我来开。”

温以宁不发一语地解开了安全带，竟然推门下了车。

汽笛鸣叫得更为尖锐，唐其琛寡着一张脸，也从副驾下来，钻进驾驶位，一把方向往右，直接压线并去了路边。车速太快，轮胎擦地的声音刺耳，唐其琛一个急刹，三百多万的路虎差点车头撞向了栏杆。车停靠后，他从车里出来，连车门都没关，几步追上温以宁。

唐其琛扯住她的胳膊，温以宁脸朝前，倔强地不转过来。

他铜墙铁壁，手腕的劲那么大，哪还有半点胃病复发的病人样。

“回车里。”

温以宁被他拉着，抵抗不了，这才把头转了过来。她望向他，眼里湿意一片，分明是哭过。

唐其琛望着这双眼睛，忽然也安静下来，但仍没松她的手，而是把人拉回了车边。温以宁的骨骼小，握在手里软软一截，唐其琛感受不到她皮肤的半点暖意。

车门拉开，他把人给推上了驾驶座，然后弯腰，半边身子探进去，扯着安全带从左到右，咔嗒一声，把她系在了位置上。

“车你开回去，明早上班的时候开去公司，钥匙你给柯礼。”唐其琛声音低沉，听得出的疲倦。这句话之后，他身子往外退，手心已经抵在车门要关上。

温以宁发寒的身体回了温，她忽然开口，那个烂在心底，介怀好多年的问题终于问出了口：“唐其琛，你当年对我好，是不是因为我长得像你喜欢的女人。”

明明是闹市街头，却生生听出了旷野之中传来的风，山回路转哀戚阵阵。唐其琛表情平静得可怕，手心按在车门边沿，紧了又松，松了又紧，最后虚弱地滑下去，蔫蔫地垂在身体一侧。他反问：“还重要吗？”

温以宁没吭声。

“我说不是，你信吗？”

仍是沉默以对。

唐其琛嘴角一抹淡淡的笑意，眼角勾出了一个细小的弧，他说：

“念念，我有想过跟你好好开始，你当年给柯礼的车票信息是假的，其实我去过高铁站。如果你能够回头看一看我，你会看到答案的。”

唐其琛反手关上车门，转身踏进车流涌动的夜色里，没再回头。

周末，景安阳早两天就给唐其琛打过电话，再三交代今日务必回家。她不说唐其琛也记得，今天是景安阳的生日。景安阳不是上海本地人，娘家在南京，唐其琛的外公早年在军区任职，这些年退下来后，三个儿子仍身居要职，前途无量。景安阳是最小的女儿，人生也是顺风顺水，既不从商也不从政，嫁给唐其琛父亲后，一直操持家事，明里暗里没少为唐其琛打点。

唐其琛到家的时候，安蓝正坐沙发上与景安阳有说有笑。见他回来，景安阳心情愉悦，拍了拍安蓝的手说：“安安太有心了，档期那么紧，还抽空回来陪我过生日。”

安蓝叫人：“其琛哥。”然后笑着说，“没事，我拍戏的地方离上海近，跟陈导请了两小时假，戏份赶得及。”

唐其琛摘了手套，轻轻搭在沙发靠椅的边沿，把手里的礼物放在桌上：“妈，生日快乐。”

景安阳生日从不大操大办，她不喜人多口杂，不如一顿家宴其乐融融。安蓝和唐其琛坐在一起，相谈甚欢的却是安蓝与他母亲。饭后，景安阳留心让两人单独待一会儿。自己去厨房亲自做起了甜品。

唐其琛盯着父亲的那一缸生态鱼观赏，时不时地往里面撒几颗鱼食。其中几条的尾巴五彩斑斓，拖得长长的像绸带，有一个很喜气的名字，叫作不朽金身，是他父亲的挚爱。

安蓝走过来，也从他手里捏了些鱼食丢到里面：“你还为上次那事生气呢？”

唐其琛说：“不会。”

安蓝看向他：“你明明就是不高兴啊。”

“没有。”唐其琛把鱼食搁在桌上，指间捻了捻，把碎食抖落，然后返身往沙发边走，“最近拍戏还顺利？”

“就那样吧。”安蓝跟他一起坐下，说，“带两个新人磨戏呢，古装，就是化妆麻烦。”

唐其琛嗯了声，没再说什么。

安蓝抿了抿唇，绽开一个笑脸："下周有时间吗？"

"嗯？"

"下周我的戏份就杀青了，我们去瑞士滑雪吧。"安蓝一直看着他，表情是期待的。

唐其琛想了想，说："你好好玩，下周我走不开。"

安蓝的脸色垮下去："你没劲。"

"几个项目要上董事会，忙。"唐其琛说，"你要实在想人陪，找傅西平。"

安蓝兴致缺缺："再说吧。上回我生日你也提前走了，哪有那么多事呢。"

唐其琛闻言一笑："我走了你就不过生日了？小孩儿脾气。"

安蓝嘟囔道："明年你不许走。"

唐其琛低下头，表情是温和的，但始终没有回答。未知不定的东西，他从不轻易许诺。安蓝拿捏着分寸，也不再继续这茬话题。她说："对了，上次给你开新闻会的，是陈飒的手下？"

唐其琛抬起眼："有事？"

"没，问问。"安蓝今天是精致装扮过的，淡妆提气质，也是长辈喜欢的那一类，她挑了挑眉，忍不住打听，"她姓温，很特别的姓啊。负责什么的？"

唐其琛说："跟陈飒学业务。"

安蓝扬了扬下巴："挺厉害的啊，她还说不认识我。"

那场新闻会上，是有个记者提问唐其琛和安蓝的关系，试图从温以宁口中套出些什么蛛丝马迹，但温以宁很干脆地回答，说自己不看电影，不认识这位安影后，引得众人发笑。

听安蓝这语气，大约是不痛快了。

唐其琛看了她两秒，左腿叠在右腿上，人往沙发靠背上一仰，眼角的笑意恰恰好，这一看，眉梢倒是有风流公子哥的韵味。他说："不爱看电影的人那么多，不认识你很正常，这你也要计较？"

安蓝忽然就不乐意了："你还帮她说话。"

唐其琛没想跟她扯这个话题，眉间淡淡的，就这么看着她。安蓝别过脸，气氛彻底冷下来。

景安阳从厨房走出来，热情地招呼：“安安，来尝尝阿姨做的，这一批燕窝成色好，你也补补气色。”

安蓝站起身：“谢谢阿姨，您和其琛哥吃吧，我得赶回去拍戏了。”

语气和表情我见犹怜，拎着包就离开了。景安阳送完人，返回来时也不太高兴，问唐其琛：“你也不送送人。”

唐其琛皱眉：“妈。”

“我知道你心思，不想被拍。”景安阳怨气鼓鼓地往沙发上一坐，说，“我看也没什么，拍就拍了，承认就是了。”

唐其琛忽地站了起来，外套搁在手臂间，车钥匙拽在了手里，是要走的架势。景安阳留不住人，多的也不敢再多说，心情郁闷极了。她想起早些年唐老爷子算八字那事，说唐其琛地支亥子丑三会北方水，类向纯正搭配得刚刚好，运势与财气均为上佳。唯独癸亥日主空，感情之事命途多舛，不容顺遂。

景安阳叹了叹气，三十好几的人了，孤身一人看着也心疼。

农历春节后的日子也过得快，天气的变化最为明显，已至三月，走出亚汇集团时，能看见公司两旁的桂花树抽了新芽。这天开完会，陈飒留下来继续谈事，涉及第二季度部分产品的推广渠道调整，唐其琛听的时候多，偶尔给出建议。

告一段落后，柯礼想起一件事：“怎么最近很少看见温以宁了？”

陈飒轻描淡写道：“我打发她去打杂了。”

还为着上次她私自做主去了东皇娱乐庆典的事。陈飒做事公私分明，极讲原则，再得力的爱徒，也一视同仁。

柯礼在这个问题上也理亏，自然不会往枪口上撞。唐其琛当没听见，坐在那儿背脊挺直，西服脱了，天气转暖，他里头已换了稍薄的衬衫。难得的暖色调，把他衬得年轻精神。

陈飒说：“对了，晚上不跟你们一起吃饭了。陈子渝在办公室等我。”

唐其琛：“你叫上他也可以。”

“他那张嘴太闹，吃个饭都堵不住他的嘴。”陈飒语气是嫌弃的。

柯礼笑了笑："反正没外人。带上他吧，免得你们母子单独一块儿又得吵架。"

陈飒的确也不太想陪陈子渝去那个什么机器人餐厅，小屁孩儿就是喜欢新鲜事物瞎折腾。她点头答应："好吧。"

老地方，老李的大排档。

陈子渝一见到唐其琛，特夸张地竖起了大拇指："老板你好帅啊。"

唐其琛捋了把他竖起来的发型，带着笑意："哪天不帅了？嗯？"

"冬天你都爱穿深色衣服，外套毛衣裤子皮鞋，哎，你内裤是不是也黑色的呀？"陈子渝吧啦个没完，他这人思想前卫，也没个什么尊老爱幼的观念，"你内裤可千万别穿黑色，我有经验，黑色显瘦，介绍你们一个牌子，我最近蛮爱的，很有型，符合人体生理曲线呢。"

柯礼笑得，方向盘都得两只手握了。

陈飒伸手往儿子脑门儿上重重一弹："脑子不好使了是吗？"

陈子渝龇牙喊疼，离他妈远远的，贴着车门坐，边揉脑袋边问："咦，怎么没见我的小姐姐呢？"

小姐姐是对温以宁的爱称，陈子渝平日没少对她实行微信骚扰，马路上看到两只狗打架都得录个视频发给她。天然的亲近感，没法阐述原因。

柯礼笑着问："你对她这么有好感？"

"不只是好感。"陈子渝扒拉了几下自己的炫酷发型，浓眉阔目，少年气特别干净。他吹起了口哨，趴着车背外头看向柯礼："实不相瞒，我准备追她。"

话音一落，陈飒又要往他脑门上招呼："你给我胡说些什么？"

陈子渝低头躲过，满不在乎道："喜欢就追喽。男未婚女未嫁的，那有什么。"

柯礼乐出了声："子渝，以后我开车的时候，你把大料憋着点，吓着司机不安全。"

陈子渝看了眼他妈，苦大仇深的无语表情，顿时乐开了花："女大三抱金砖，她要真跟我在一起，我可是抱了三块金砖回来呢。但要是男的比女的大这么多，就不一样了。比如老板吧，他要是和以宁姐在一块儿，十岁年龄差，天，最美夕阳红啊！”

陈飒冷着脸，嗤笑一声。

副驾的唐其琛，几个字像是从嗓子眼里抠出来的，低得不能再低：“八岁。”

陈子渝满脑袋问号：“那有区别吗？”

陈飒不耐烦地打断他猴精似的表演：“你给我消停点，把这心思都放学习上，我每月给三万零花钱。”

陈子渝无所谓道：“我怎么就不能追她了，据我所知她单身啊。柯叔，你不会追的吧？”

柯礼啧了声：“叔什么叔。”

陈子渝又转头问唐其琛：“老板，那你追吗？”

唐其琛眉头一皱，不悦的意思明明白白地写在了脸上，他吩咐柯礼：“停车。”然后转过头对陈子渝说：“我现在给你三万零花钱，你，下车。”

陈子渝不为所动，趴着副驾的椅背探出脑袋：“三万块买断我的追求，不可能的。”

在唐其琛眼里，他顶多是个叛逆劲上头的小孩儿，不着边际的行为举止也能理解。他从没觉得陈子渝这么烦过，想让他下车也是这一刻的真实念头。

“我不惹你了，你得给我妈发工资的。”陈子渝往后座一仰，拿着手机玩，狐朋狗友给他发微信，语音是外放，没好事，让他第二天去溜冰。

陈子渝对着手机说：“不去，周六我要补课。”

话题到这儿就自然而然地转了，所有人都觉得刚才不过是个调节气氛的插曲。柯礼听着他这话还觉得稀奇：“哟，小魔王转性了？”

陈飒说：“我找了以宁帮他补英语，每周半天，出差另算。”

柯礼笑了：“那真值当。”

陈子渝戴着耳机听音乐，跟着节奏摇摇摆摆早已飘飘欲仙了。

不过这小子也就嘴上快活，他是喜欢温以宁，但也就是合眼缘的好感，真要有个什么男女之情，那不现实。陈飒原先是想让温以宁给他补习英语，因为这孩子听她的话，学不学得到东西无所谓，主要是让陈子渝静静心，不至于又去外面惹祸。

可这计划还没执行两周，集团的加班次数就多了，还每每安排于周六，也就不了了之。

陈子渝对温以宁没什么非分之想，但是真有人在对她示好。自东皇娱乐那次庆典之后，秦君频频联系温以宁。这人四十好几的年龄，仗着在娱乐圈的那点人脉没少沾沾得意。他喜欢美人，出席不同场合的女伴绝不重样。圈里的风气一直都有，想要资源的，挣个出路的，梦想已经不能叫梦想，被野心塞满，什么可贵品质都不是原则了。

秦君加了温以宁的微信，起先还好，正常的业务交流，没两天就露了马脚。约饭，看电影，邀请被拒后，干脆每天一束玫瑰花往亚汇集团送。温以宁说了好几次，但收效甚微，以后业务往来难免碰面，把话说绝了也不合适。她态度摆在那儿，人家还要坚持她也管不着。那花每天一大捧，都被她放在了楼梯口，等着保洁阿姨收走。

陈飒冷落了她半月有余，什么业务都不让她参与，这天下午把人叫进办公室，让温以宁在那儿站了五分钟，才抬起头问："知道错了吗？"

温以宁点点头："知道。"

陈飒带她半年了，以师徒相称也不为过。两人之间不需要再多的官腔论调，彼此明明白白。陈飒让她知道，有些事情能不能做，该不该做，不能任她为之。

"明天起你就不用复印资料了，回来业务组，跟赵主管一起跟进下个月的北京展览会。"

陈飒边说边批阅资料，维持着坐姿没有动，继续说，"你这几天没事就留公司加班，晚上我都在这里，下班捎你回家。还有，那花以后直接丢垃圾桶，我闻着香味过敏。"

想必陈飒也知道了秦君的那些花肠子。温以宁颔首，抱歉说："对不起，我以后会注意。"

"被追求是好事。"陈飒不以为意，"但自己拎着点，别被三言两语迷了魂，不值得。就秦君那老男人，还不如唐总，年龄大点无所谓，但就算找老的，也得找个好点的。行了，你出去吧。"

温以宁出来办公室，后半段谈话像是一担石头压在她肩头，缓了好久才松劲。

陈飒让她这周留公司加班，她手上的事情并不多，多半也就帮陈飒改改资料，做做表格。秦君追起人来俗气又腻歪，说了好几次要来公司接她下班。温以宁这才懂得陈飒的用心，自己天天加着班，拒绝时事出有名，也让对方无话可说。凉了几天，秦君就消停了。

晚上十点，陈飒还在跟一个电视台新闻中心的主任电话谈事，她眉间风采华华，可进可退，可柔可韧，哄得对方笑声不断。和气之中谈买卖，是生意人最喜闻乐见的方式。

温以宁给她把空了的水杯添满，轻轻搁面前，陈飒电话讲完，说了声谢谢。

温以宁抿了抿唇："陈总，谢谢你。"

陈飒低头吹散热气，喝了小口放下杯子："我之所以不让你去那个庆典，就是因为这些乱七八糟的事。半个娱乐圈，什么牛鬼蛇神都有。我知道高明朗会去，他在媒体圈还是够格的，在那儿就是他的主场。你没背景没关系，去了只能挨欺负的份。瑶瑶不可能给你出头，真要有个什么，谁也不会帮你。"

陈飒把话说得透心寒，却是这么个道理，她说："慢慢熬吧，这条路有捷径，但我希望你走稳一点，这样才能走久一点。"

温以宁感激地看着她："师父，我会的。"

陈飒对这称呼会心一笑，大概也觉得稀奇，不过她很受用，放下文件，端着热水喝了又喝："你那晚跟秦君出去，瑶瑶找不到人，急得电话往我这儿打。我在出差，就把这事告诉了唐总。"

顿了下，陈飒看着她："最后是唐总接的你？"

沉默一阵，温以宁点了下头："是。"

陈飒嘴角扬了扬，见她手指揪着，看起来无所适从的模样，便轻声说了句："不用介怀，放得下就放，放不下的，也不必要勉强自己。不过你能来亚汇，我觉得你是想清楚的。谁还没有个过去，先放下的人才是赢家，唐总是个好的决策者，我信服他的能力，就是不信他看女人的眼光。"

陈飒心直口快，这么多年的交情在这里，有的话她是可以说的，极不屑的一句："我就不喜欢他那个青梅竹马的明星。"

陈飒说的是安蓝，两人之间确实有过节，但三言两语说不清，看她这语气态度，温以宁就知道矛盾还不小。

“不过我看到你之后，我觉得他的眼光，还是有好过的时候。”陈飒合上文件，椅子推得稍开，拿包拿车钥匙，站起身说，“行了，下班吧。”

周三这天，温以宁从外面回公司，一进来就听见同事们在窃窃私语。小张拉了拉她：“哎，以宁你要去找陈经理啊？”

“对，我这一堆东西找她签字呢。”温以宁扬了扬手中的文件袋。

“那你还是先别进去了，陈总在训人呢。”小张好心提醒。

办公室一圈人，少了两个，温以宁问：“李主管吗？”

“对，就是公司一直在推的那套智能系列嘛，上年度的代言人一直是安蓝，都挺顺的，陈总就让人去谈明年的合作事宜，其实也就走走程序，不会有什么变动。但好像没谈妥。”同事小心翼翼地八卦，声音压得低，“据说是有另外一个公司也在对接。”

不一会儿，秘书来传话，让温以宁去陈飒办公室。

温以宁敲门进去，陈飒站在落地窗边，双手搭着胸前，听见动静回过头，指了指座位，自己也回到了办公桌前。

陈飒说：“这个汽车导航系统的系列产品是公司一直在跟进的重点项目，去年是安蓝在代言，推广的力度和效果一直是不错的。年初的董事会也已经通过项目审核，要求继续沿用这一套推广方案。我找人去续约，被拒了。”

温以宁只听过这个案子，但没具体经手。但上会定论过的工作，就是硬性任务以及涉及相关责任高层的指标考核。陈飒做事认真不苟，是有极强责任心的。温以宁对这项事务不算了解，所以也不敢轻易接话，只说：“您别急，这只是一个初步沟通的结果，之前既然合作愉快，据我的经验，一般对方也不会轻易选择放弃。多沟通几次，找到关键。”

陈飒说：“关键是你。”

温以宁惊讶：“我？”

陈飒看她一眼，点头：“安蓝指名道姓，要你过去跟他们谈。”

于公于私，温以宁都得把这个烫手山芋给接着。换作别人也罢，安蓝身份不一样，炙手可热，从实力和流量上来说都没得挑，她的经纪团队骁勇善战，出道以来的各种资源一直保持在最高水准。安蓝也是好几个奢侈品牌钦点的大中华区代言人。身价自然不用说，但国内外有实力的企业也不是没有。

这次的是法国一家做香水的公司，产品定位轻奢。安蓝那边的工作已经排到三年后，明年档期空出来的就只够一家。温以宁把这些功课都做足了，终于约见到了安蓝工作室。

周四，温以宁只身前往，她今天特意穿的浅色系裙装，披了件牛仔蓝的外套，妆容也淡。安蓝的工作室在静安区，不算张扬，闹中取静的好地方。本以为这种商务洽谈只有相关工作人员，但到了才发现，安蓝也在。

安蓝刚刚挑完明天要出席活动的礼服，此刻坐在化妆镜前，座位后是三排活动衣架，上头琳琅满目。桌上的化妆品摊开来，面膜精华彩妆，宛如色彩绚烂的调色盘。发型师和化妆师各司其职，时不时地询问她的意见。

温以宁坐了很久，一直等着。

底妆化完，安蓝终于有空说话，她笑了笑，脸没转过来，但第一印象不差。

“你是温以宁？”她问。

温以宁说：“是，您好。”

“待会儿有时间吗？”安蓝不谈公事，语气和善可亲，眉毛画完，她侧过头，一脸笑地说，“陪我助理出席一个饭局可好？”

温以宁只觉怪异，但都到了这个份上，再多的要求也不能拒绝。她心里明白，从指名道姓让她过来起，不是旧相识，就是鸿门宴。温以宁第一个想到的是赵志奇，他虽给安蓝工作过，但到底是个小角色，犯不着大影后如此记挂。公报私仇不至于。

安蓝的这位助理姓钟，看着和和气气，但说上几句话就能感受出他的高高在上，温以宁很客气地叫他钟总。去的路上，陈飒给她发了短信，只问了两个字：顺否？

温以宁回：顺。

吃饭的地方在一家高级会所，侍者领着人进到包厢。一落座，一开场，一举杯，温以宁慢慢看出了形势。

三杯下肚，她已有婉拒之意，但那位钟总忽然按下她的手，挂着笑，凑近了，平静的声音告诉她："温小姐，酒喝好了，什么都好谈了。"

温以宁空了的酒杯已经搁在了桌面上，她的手垂在腿上，几乎没有犹豫，重新抬起拿住了杯子。其实这位钟总也没明着刁难，但三言两句就一起举杯，是个人都受不住。

温以宁喝到一定程度了，心里有数，就跑去洗手间拿手指抠嗓子吐出个大半。饶是如此，酒精还是伤身体，两个小时之后，局散了，她还能保持清醒，勉强维持着脚步。

钟总在门口与人寒暄客气，拍拍肩膀称兄道弟，又在风口站了十几分钟，春寒料峭，温以宁今天穿得本就单薄，被风一吹，人难受得不行。她胃在烧，鸡皮疙瘩却一层一层地泛起，脸也火热。人终于都走了，钟总看了她一眼，走过来。温以宁强打精神，站直了。

他只无所谓地丢了一句："行了，回去等通知吧。"然后上车，门关上，是没打算捎温以宁一路的。

人走了好久，温以宁蹲在地上一直没起来。她头埋着，两手捂住在沸腾的胃，不知道蹲了多久，直到一双手突然架住了她的胳膊。

温以宁本能反应地挣扎尖叫，人没站起，脑袋就晕得不行，身体大半力气直接靠在了来人的身上。眼睛没看清，味道先识了人。温暖炽热的胸口是硬而宽阔的，熟悉的男士淡香钻入她鼻间。温以宁愣了愣，抬头一看，唐其琛眸如深海，就这么稳稳托住了她。

温以宁挣不动了，也懒得挣了，垂着头，任他搀着。唐其琛一个字都没有说，把人往车里带。走了两步，温以宁觉得不合适，挣扎刚起了个头，唐其琛直接把人给打横抱了起来，眉间不悦道："再动就一起摔。"

温以宁本能反应地搂住他的脖颈，人也没了力气，一侧脸直接枕在了他胸口。

唐其琛把人放到车里后，自己也坐在后座沉默不语。温以宁闭了闭目，把这一阵眩晕缓了过去，这才撑起精神看了身旁的男人一眼。

唐其琛察觉目光，也转头和她对视。这一眼，还真品出了一眼万年的心酸。温以宁眼眶发热，大概是酒精熏的。她吸了吸鼻子，慢慢低下了头。

就在这时，手机响，温以宁看了眼来电人，接得很快，强打精神地绽开一个笑："钟哥啊，是我，嗯，好，你说。"

半刻之后，温以宁的脸色跟枯了的花儿似的一点一点收拢。

对方说："签不了，直接找你们领导过来再谈吧。"

这位钟助理的口气随性而轻蔑，丝毫不在意温以宁的感受，高傲地吆喝完没听到回话，还非常不满地喂了喂。

温以宁垂下手，手机屏幕翻转握在手心。她眼睛通红，鼻子也酸，耳朵里全是嗡嗡声，她不敢动，怕憋了好久的眼泪会克制不住地往下掉。

"手机给我。"一旁的唐其琛忽然说。

他把温以宁的电话直接抽了出来，举在耳边，语气强硬而冷绝："亚汇集团不会再派任何高层跟你们谈合作，回头告诉你主子，爱签就签，不签就滚，再敢为难我的人你试试看。"

唐其琛摁断电话，重重一声呼吸，再转过头看温以宁时，她整个人已经佝偻着，头埋在膝盖间一动不动。唐其琛推了推她的肩，温以宁维持着这个姿势，轻轻摇了摇头。

"还好？"他稍用力地把人掰开了些，手一碰到她的胳膊，就觉得虚虚软软的不太对。唐其琛皱了皱眉，手指碰了碰她的脸颊。

温以宁发烧了，烧得整张脸都是不正常的潮红。唐其琛把人挨着车门坐，然后自己坐上了驾驶位。他空出一只手给老陈打电话，告诉他自己半小时后到诊所。老陈刚忙完一个病人，听他语气也不免紧张："你胃又疼了？"

唐其琛转着方向盘，一点一点把车给挪出来，说："不是，一个朋友。"

"四十度，我给打了退烧针，半小时后再量一次。"老陈穿着白大褂，个头比唐其琛稍矮，一副无框眼镜架在鼻梁上温文尔雅。他看了温以宁的采血化验单，白细胞升上来了，几个指标也异常。

唐其琛在他办公室待着，自己倒了热水喝，问："能退下来吗？"

"估计有一阵反复。"老陈问，"你朋友？"

“嗯。”唐其琛走到桌边，把车钥匙搁他抽屉里，“人醒了没？”

“睡着呢。”老陈丢了包喉糖给他，“我听你刚才咳了两声，吃点这个。”

唐其琛没要，人径直往病房去了。

温以宁是侧卧，半边脸都埋进了被子里，一双眼睛露在外面，因为是闭上的，所以眼睫格外长。灯光映在上头，眼睑下一小团阴影。唐其琛没坐，站了一会儿，看了一会儿，走前给她把点滴调小了些。

陈飒的未接电话有两个，最后她也没打了，发了条短信问：“唐总？”

唐其琛这才回了一句：“没事。”

下班的时候被工作耽搁住了，几个负责人都在唐其琛办公室议事，陈飒在一旁频频看手机，柯礼问了一句，才这么把吃饭的事给告诉了唐其琛。其实应酬饭局在陈飒部门司空见惯，并不值一提，陈飒那时候都没太放在心上。但唐其琛听了后，打断正在发言的技术工程师，问陈飒：“和谁吃饭？”

陈飒愣了下，才答：“温以宁去谈代言的事了。”

唐其琛静着一张脸，当时没再说什么，抬了下手示意技术员继续。不到一分钟，他又给打断，说到此为止，明天再继续。安蓝的团队就那么些人，好几个跟柯礼的关系不错，打听了一圈就套出了地址。

从病房出来，老陈在走道上等他，对他说：“你放心吧，我晚上就在这里，我亲自盯着，有事就给你电话。”

老陈这人诚恳靠谱，极讲医德。唐其琛拍拍他的肩，多的话不必说。他从诊所出来，又给陈飒打了个电话，告诉她让温以宁这两天在家歇着。陈飒带着笑，不痛不痒地刺了句：“让您亲自请假的人，这是头一个吧。”

唐其琛声音淡：“挂了。”

“都到这个位置了，带的什么猪脑团队？唐总，公司如果非要指定代言人，这工作我没法接。您另请高明。”陈飒的态度是异常坚决，说完就把电话给掐断。

坐了没两分钟，手机又响，这回是傅西平。

“公司还是家里？”那头直接问。

“有事？”

傅西平说了几句，丢了个地址：“过来吗？”

“来。”唐其琛打了左转向，渐渐并入车流中。

西闸路上的这家俱乐部是傅西平一亲戚开的，傅西平在这儿有自己的包间，唐其琛到的时候，安蓝正跟人玩骰子，四五个围着一桌，笑声跟铃铛一样。唐其琛拨开人，直接把安蓝叫了出来。

“你拽我干什么，你拽疼我了！”安蓝今天格外不配合，扒拉着唐其琛的手。

两人在小厅站定，傅西平早就看出了情势不对，后脚也跟了进来：“怎么了怎么了，你俩给人看笑话是不是？”

唐其琛肃着脸，看向安蓝：“你今天干的那叫什么事？”

安蓝当仁不让地回：“我做什么了我？”

“有意思吗？人家没招你惹你，犯得上吗？”唐其琛克制着语气，但眉眼神色之间不讲丝毫温情。

安蓝扬着下巴，姿态撑在那儿像一只不服输的孔雀：“人家跟你非亲非故，你犯得上这么为她出头吗？”

听到这里，唐其琛反而冷淡下来，以一种理智平静的语气说：“安安，没必要。一个合同而已，你愿意就签，不愿意就不签。这事你不用考虑谁，我从来不勉强。你想知道什么，想证明什么，都没必要做这么幼稚的举动。”

安蓝还镇定着，情绪敛在眼里，眸色都亮了几分，她说：“老钟请她吃个饭，从来没有强迫。她愿意吃就吃，不愿意就不吃。怎么转个身又朝你诉苦来了？有没有点业务素养？”

以牙还牙地把他之前的话给刺回去，伶牙俐齿态度也是没有半分妥协。唐其琛这一刻是真有了怒气，他走前一步，双手按住安蓝的肩膀，直接把人给按在了沙发上坐着。

“听不听得懂我的话？你什么身份，做事之前就不过过脑子？一个公众人物，多少双眼睛盯着？这要是曝到媒体那边，给你扣个耍大牌的帽子就高兴了？”唐其琛冷笑一声，“这些年你都养了些什么人在身边？”

安蓝不以为意：“我怕？”

“你不怕。”唐其琛睨她一眼道，“那是因为你吃定她不会说。但我给你提个醒，她身后是陈飒，陈飒这人要做什么，谁都拦不住。你跟陈飒对着干，你掂量掂量，她要跟你玩，你讨不到便宜，说到底还是你吃亏。值不值得？”

都是名利场上混迹了一身本事的人，赌气归赌气，但心里还是嵌了一块明镜。安蓝的心思唐其琛早就揣了个透，人情世故大都如此，欺软怕硬，搁哪儿都一样。

安蓝被这番话给刺着了，绕了一圈子就为一句话，梗在心底的一句话。她横了心，索性问出口：“温以宁是你什么人？”

唐其琛一听便明白。稍早时候给那位姓钟的回的话，一定被转告给了安蓝。最烧心的就是“我的人”那三个字。安蓝喜欢唐其琛这么多年，纵使从未得他一句肯定的回答，但他对自己的好，那也是跟别人不一样的。

安蓝演艺事业繁忙，不能尽心经营这段有可能的感情，是她最大的遗憾。

当然她也明白，这些年，唐其琛不是没有过合适的对象，景安阳曾给他介绍过一位中学老师，教语文的。父母都是大学教授，正儿八经的书香世家。女孩儿也知书达理，长得很有气质。唐其琛工作再忙，也抽空去相了这次亲，也试着接触了一阵。但不到一个月，这事就无声无息地画上了句号。

是女方提出的，说唐其琛工作太忙，自己希望有人陪。

其实只是个体面的台阶。真实原因很主观，唐其琛这种男人，相貌气度没得挑，待人接物绅士有礼。但就是太过面面俱到，反而显得冷淡寡情。浮于表面的完美固然好，但女人找一个知冷知热的，才最重要。

就这么一次，之后唐其琛再也没有过主动结交女伴的时候了。安蓝当时心里还庆幸，哪怕傅西平早就告诫过她一句话：“安安，其琛如果真想跟你有什么，那早就把你办了。”

安蓝也不是不知世事人情的傻白甜女人，这个道理她又何尝不知。安家和唐家本就有错综复杂的利益往来，一个圈里混着大都经脉相通，这里面关系网密，唐其琛和她、她家断不了。

人大抵如此，得不到的，也不想让别人得到。安蓝就没见过唐其琛为了谁而跟她对峙。这是头一回，一回就够了，够叫人伤心了。

不过唐其琛当时说的那句“再动我的人你就试试看”多半是站在亚汇集团的角度，为他做事，用不着受谁的委屈，但情绪到了那个点，说出来就是为温以宁撑腰的意味。

唐其琛听了安蓝的质问，安静了很久。他看着她，眸子里的愠色隐隐。连一旁的傅西平都屏息住，不敢再劝。

片刻，唐其琛说：“我要是真去追一个女人，还能让你这么欺负她？”

说完，他转身走出小厅，门一拉开，外厅的喧闹热烈蜂拥入场。安蓝怔在原地，像是被这波声浪给定住了穴位。她似懂非懂，或许是根本不想懂。傅西平沉默地拍了拍她的肩，轻松着声调说：“跟你其琛哥还能吵上啊？乖了啊，回头让这老王八给你道个歉。”

今晚这闹剧圆得不够舒坦。傅西平看着唐其琛远去的背影，那句话他是听明白了——这老男人是真动了心思了。

唐其琛从俱乐部出来，踏入倒春寒的凉夜里，他下车的时候外套就没穿上，这会儿往车里一坐，周身回了暖，才觉得外面真是冷得不行。手机上有条微信提示，是老陈十五分钟前发的：“这姑娘又烧起来了，你要不要跟她家里人说说？”

唐其琛回了句话：“我过来。”

来回折腾这一路已经是凌晨一点。老陈见到他的时候，特别操心地指了指：“怎么不穿外套？回头受了寒，胃疼起来有你挨的。”

唐其琛就穿了一件雾霭蓝的衬衫。这个颜色挑皮肤，黄了黑了就显得土。不过唐其琛肤色好，撑得起，远远走过来，衬衫下摆掩进皮带，一双腿走起来赏心悦目。他没接老陈这话，只问：“人怎么样了？”

“我给她又做了几项检查，还照了个片，肺部有感染，急性肺炎，人烧得厉害，药我加了剂量，再观察吧。”老陈看他一眼，“这么晚还过来，真的只是同事？”

唐其琛没答。

老陈笑眯眯地拍了拍他肩：“也不小了，有合适的就是好事。”

唐其琛失笑："别瞎猜，好好治病。"

温以宁醒来的时候是早上，她看了眼陌生的环境，下意识地去摸手机。护士拿着棉签进来："哟，醒了呀。别乱动啊，我还没给你拔针的。"

温以宁捋了捋耳边的碎头发，身子虚得很。记忆慢半拍地跟上了节奏，记起是唐其琛把她送这儿来的。护士给她拔针，低着脑袋给她扯胶带，说："烧退了，你肺炎呢，回去好好养。来，按住这儿。按五分钟。"

温以宁照做，说谢谢。

"你男朋友对你真好啊，一晚上都守在这儿。"护士笑着说，"你睡着的时候，他进来看过好几趟呢。"

温以宁愣了愣，门又被推开，小护士回头一看："呵，您好。"

唐其琛点了下头，看向温以宁，问护士："她烧退了？"

"退了，不放心的话可以住两天院。回家自个儿休息也行。"护士拿着空药瓶出去了。

唐其琛走到病床边："你休息吧，陈飒那边我打了招呼。"

温以宁看他一眼，又看看这病房："谢谢你送我看医生，到时候我把住院的钱转给你。"

她是真客气，唐其琛自然也不会假正经，推辞来推辞去的，倒显得心虚。于是点点头："随你。"

温以宁坐直了些，掀开被子想下床。唐其琛没劝阻，只说："老陈是我朋友，他帮你看过了，没大事，消消炎，回去躺两天别再受寒。"

"我、我去问问看，我想出院。"她昨晚那一喝，浑身酒味过了夜，黏糊在身上极不舒服。自己的身体自己知道，没大碍了，就想回去换身干净衣裳。

正出神，唐其琛忽然说："想出就出吧，不用问医生了，老陈那边我都问过了。走吧，我送你。"

春光三月，只要是个晴天，温度和空气都变得不一样了。十点光景，连阳光都是新鲜的。走到户外时，温以宁抬手遮了遮眼睛。唐其琛开的那辆路虎停在最近的地方，上到车里，能看见车窗玻璃上随着阳光轻扬的微尘。

温以宁没拒绝他的好意，身体确实不适，实在没力气折腾这些。

老陈那儿有个他自己休息的小房间，备的东西简单干净，唐其琛就凑合着休息了一晚。也是奇怪，短短几个小时，睡眠质量竟难得地优质。

车子开上高架，过了早高峰，一路也算顺畅。温以宁靠着椅背，看着窗外晨曦明亮，白皙的皮肤浸在光线里，将轮廓染出了一小圈毛茸茸的光影。等红灯的时候，唐其琛把压在腰后的外套丢在了她身上。

“老陈让你别受寒，我这车的风口保养的时候装了香条，就不开空调了，你拿这个盖盖。”唐其琛说得四平八稳，没有半点别的情绪。不殷勤，不假好人，还是那样温淡的模样。说完就打开电台，调到新闻频道听起了简讯。

温以宁拽紧了他的衣服，领口是正对她鼻间的，男士淡香水和着一种很好闻的松木味，慢慢袭来。

两人之间，哪怕是几年之前还好着时，都甚少有过如此恒温的瞬间。

温以宁侧过头，看着正开车的男人，唐其琛察觉目光，也往她这边转过来，四目相对，轻轻一碰，谁都没有慌乱和躲避。半秒交会又挪开，唐其琛开车看路，但握着方向盘的手不自觉地紧了紧。

温以宁的手机就是这时候响起来的。她拿起一看，是江连雪。

江连雪这人纵横牌桌数年，跟钉在上头的一样，别说平常，逢年过节她都不会主动给女儿打个电话。温以宁按了接听，几句之后，眉头皱了皱：“什么？你来上海了？行行行，你找个地方待着，好，你就在麦当劳等我，我现在打车过来。”

电话挂断，温以宁说：“不用送我回去了，我就在前边儿下车吧。”

唐其琛没减速，问：“要去高铁站？”

“啊。对。我妈妈从老家过来了。”

“坐着吧，我送你。”

温以宁愣了下。唐其琛已经变道走了左边。

从这里过去近二十公里，江连雪等了半小时多已经不太耐烦。

一见到温以宁，免不得几声抱怨：“昨晚你电话一直打不通，干什么去了？”

温以宁还想问她怎么突然来上海了，江连雪就把最重的那袋行李往她手上一推：“先帮我拿会儿，累死我了。”

东西沉，温以宁还病着，猛地一提特别费劲，人都跟着往前栽了栽。唐其琛停好车往这边走，走近了，直接把东西从她手上接了过来。他拎得轻松，就这么拽在手里，然后对江连雪微微颔首算是招呼。

江连雪眼神起了疑，在两人之间溜了溜，仿佛知道为什么昨晚温以宁的电话始终打不通了。

唐其琛站在哪里都是姿态出众的，身高撑得起气质，整个人立在阳光里，很应景于一句诗词——不是逢人苦誉君，亦狂亦侠亦温文。

出于礼节，唐其琛对江连雪说：“伯母你好。”

江连雪含着笑说：“伯母？叫姐吧，叫姐比较合适。你多大了？”

唐其琛大概是没想到她会来这么一出。“伯母”把江连雪叫老了，另外一个意思，他唐其琛也没有那么年轻。

唐其琛的神情极其克制，嘴角轻轻扯了个半尴不尬的弧，对江连雪回答说：“三十六。”

而一旁的温以宁，早已转过头去看别处，嘴角忍着笑，不想让他瞧见。

江连雪这话除了调侃的成分，也还是有那么些可信度的。她本就是个美人坯子，肤白身细，有的人就是老天爷赏饭，无论生活有多艰辛困苦，无论岁月几多辗转，就算被柴米油盐绊住了脚步，容貌依然能扛能打。江连雪虽然没什么钱，但出门在外一身行头，也搭配得足够精神，她还戴了一副墨镜，脖颈一扬，温以宁搁她边上就像个丫鬟。

温以宁扯了把她的手，提醒道：“别乱说话，这是我公司领导。”

江连雪眼神愈发怪异，摘了墨镜，眉头紧蹙，表情似是在说：待会儿收拾你。

唐其琛把人送回住处，自己就赶回集团了。江连雪看着这房子，满眼都是嫌弃：“这么大点地方，还跟人合租，客厅还没家里一个卧室大。”

“能比吗，也不看看这什么地方。”温以宁把她行李放到自己房里，没力气了，直接坐在床上休息。

“多少钱一个月？”

“两千。”

“我觉得你脑子真的是抽筋了，挤这小破屋，有什么好的。”

温以宁被嚷得头疼，打断她的喋喋不休：“你能让我休息会儿吗？我才从医院出来。”

江连雪走到床边：“你又怎么了？”

“肺炎。”温以宁往床头坐直了些，看着她，“你怎么突然来上海？”

“你不回来看我，还不让我来看你了？”江连雪挑挑眉，挨着床沿坐下。

温以宁压根不信。

江连雪嗜赌如命，但还算有分寸，没有迷失心智大赌豪赌，做出借高利贷卖女儿的蠢事。她就好这口麻将，那张四四方方的牌桌消耗了她大部分的元气。温以宁的童年记忆，充斥着稀里哗啦的搓牌声和父母的争吵声。她就把门关得紧紧，带着温以安钻进被窝，自己大声给妹妹讲童话故事。讲《睡美人》，讲《白雪公主》，讲《人鱼公主》，每每讲到“公主和王子从此过上了幸福的生活”，外头的争执声也差不多平息。

那是很多年前的记忆了。

江连雪环顾了一圈卧室，平静地说：“我来大城市转转，你不用管我，上你的班。”

温以宁捂着嘴咳嗽了几声，哑着嗓子说：“我也没打算管你。”

江连雪笑着伸手往她脑门儿上弹：“你个没良心的。”

温以宁偏头躲开，眼里也沁着笑意，佯装凶状：“别摸我，病着呢。”

唐其琛到公司时，工程部的一个技术讨论会已经延迟了半小时。他走进来：“抱歉，有事耽搁了。尽量简化流程，资料上有的内容不上会，直接说问题。”

柯礼给他拉开椅子，把会议资料摊开至他面前。秘书走进来，把热水杯轻轻搁下。工程师们纷纷发言，技术问题、资金供给、材料渠道，总结下来，哪个方面都有需要解决的。每一个难题，唐其琛都当场给了回复，并且落实到具体的对接人。

他开会的时候甚少打官腔和下指令，多数时候都是以解决问题为主。下面做事的人最为乐意参加唐其琛主持的会议。临近十二点才散会，唐其琛没时间休息，人事部呈上来的薪酬体系设计方案也等着他的审批意见。回到办公室，柯礼让秘书把唐其琛的水杯添满，还给放了几颗枸杞和甘草进去。

“唐总，先吃饭吧。”柯礼说，“一点您还要会客，这么一忙，饭还是要吃的。”

唐其琛看了看时间，合上文件：“不出去了，简单点。”

秘书送来了盒饭，两个男人坐在会客区的沙发上边吃边聊。柯礼问了句：“唐总，智能系列代言人的事，还需要跟进吗？”

唐其琛把辣椒拣到一旁，扒拉了两口米饭下咽才问：“陈飒什么态度？”

“她本来就不太想跟这件事，这次正好，借着由头更不会插手了。”柯礼汇报说，“董事会的那几位，跟安董事长关系匪浅，我们手上还有项目在与安氏合作，于公于私，也是想在安董面前搭把关系。”

唐其琛又何尝不知。人情往来，互利共赢，大家心知肚明。安蓝小打小闹使性子，多半是私心。那晚虽是谈得不欢而散，但要说翻脸、老死不相往来，也是不可能的事。自小到大的交情撇在一边不说，唐其琛有他自己的考虑。

“陈飒不愿意去就不去，让王副总处理。”唐其琛说，“看安安那边还有什么要求，随她心意。”

柯礼应道：“我明白。”

唐其琛这是主动给了个台阶，安蓝自然不会再装腔拿势，第二天，续约生效的合同就工工整整地放在了他办公桌上。本以为事情到此告一段落，但之后起了个小插曲。当天下午，安蓝竟发了一条微博“明年还是你，岁岁年年都是你”，配了笑脸羞涩和玫瑰的表情，并@了亚汇集团的官微号以及唐其琛的私人号。配图倒正常，是智能系列的产品宣传照。

安蓝的微博号一般都由经纪人打理，发什么，怎么发，那都是公司有运作安排的。大部分都是剧照和硬广，半个月左右来一条自拍与粉丝互动。今天这条微博的内容乍一看就是个硬广宣传，但后边跟的那三个表情让人遐想。羞答答的玫瑰红了脸，再@了唐其琛。唐其琛的微博号基本是个废的，唯一的两条还是三年前转载的两篇关于土地改革的文章。关注0，粉丝10，十个都是僵尸粉。

那时候顺手取了个名儿，叫“小糖人”。众粉丝路人顺着这个号一扒，热门评论里有这么几条粉丝点赞数颇高：

“望周知，小糖人就是亚汇集团的CEO，唐其琛。”

“上次被爆料的那个潜规则老总，看来也不是空穴来风，和娱乐圈关系是挺好的嘛。”

“正常的工作宣传广告图，请关注安蓝主演的《华章》，定档6月1日。”

这事儿没有闹出什么大风波，但像是故意露出蛛丝马迹让人猜测。唐其琛很少上网，还是柯礼跟他提了一句。唐其琛看了眼微博，也不跟安蓝求证，一通电话打给了陈飒。一小时后，那个叫“小糖人”的微博号就被注销，点进去便是查无此人。而那几条带节奏的爆料热评，也被平台给删了。

周四这天晚上，唐其琛回九间堂吃了个饭。唐老爷子去香港参加一个慈善晚会，唐凛带着几个博士生去北京的一个学术论坛做嘉宾。家里就剩景安阳。唐其琛进食不言，细嚼慢咽，倒是景安阳心里装了事儿，时不时地看儿子一眼。

唐其琛被她看笑了，放下碗筷：“您看我一晚上了，怎么，我是整容了？”

景安阳不理他这声调侃，既然起了个头，也就不藏着掩着了，她问：“你和安安究竟怎么回事？前几天我碰见你安伯父，我听得出来，他话里有深意，是不是你欺负安安了？”

唐其琛神色微挑：“安伯父怎么说？”

“说安安跟着你们一块儿长大，把你当家人，她不懂事的时候，让你别介意，多包涵。”景安阳一想起都觉得不对劲，“你肯定欺负她了。”

唐其琛笑了下：“她还告状。”

“别笑。”景安阳皱着眉头说，“老大不小的人了，还拎不清楚呢？为了个外人，跟自己人置什么气！”

唐其琛的笑意敛了一半，平静问：“谁告诉您的。”

“你那天晚上和安安起争执的动静那么大，我想不知道都难。”景安阳干脆直接说了，“你公司的人就这么金贵？求人办事，去吃个饭都不行了？你还在这儿出什么头？”

另一半的笑意也敛了起来，唐其琛问：“她做错事了还不能说？”

“不能。”景安阳正了正脸色，“你不能为了别的女人去跟安安为难。”

“不管男人女人，谁碰到这种事，我都一视同仁。”唐其琛也没服这个软，嘴角微抿，下颌的线条拉紧了些，他问，“妈，您到底想说什么？”

景安阳问：“你是不是对那女孩儿有意思？”

静了两秒，唐其琛竟无奈地笑了起来：“这就叫有意思？”

景安阳不置可否。

他的神情反倒放松了下来，心里的想法一点一点地聚拢，某种感知愈发清晰。唐其琛忽然起了念头，皱眉问：“妈，我要是结婚，就不能选别的对象了？”

景安阳神色动了动，似是考虑了一会儿，说：“那倒不至于。我就是觉得，有合适的就在身边，有什么不好？你工作忙，安安工作也忙。虽然我不是很喜欢她那娱乐圈的工作，但她做得这么出色，一定是有分寸的。唐家和安家的联系也不是一朝一夕，这十几年的合作都这么过来的，亲上加亲，对你也有帮助。”

这话说得很客观，也是这么个道理。唐其琛深谙其中牵扯，没有执反对意见。他不想把事情弄得太复杂太严肃，一码归一码，感情是感情，他心里有数。但对着母亲，有些话不能说太深，老太太在家太闲，事事顺遂，就只记挂着这些儿女情长了。

唐其琛调侃了一句：“您也说了，她一明星全年没休息，真结了婚，在一起也没个几天，您还想不想抱孙子了？”

这话正中红心。景安阳还真犹豫了几秒，但态度依然坚持："你就给我贫，要么就真给我领个儿媳妇回来，生个孙女给我，我也烦念叨，你爱怎么折腾就怎么折腾。"

唐其琛笑了下，眉目清秀，眼角勾出的弧度是往上翘着的。

景安阳没被他忽悠住，认真道："唐耀是个什么人，你比我更清楚。我都以为他会死在美国，没想到还真混了出来。他的明耀科创，在国外声名大噪，现在回国了，你懂我的意思吗？"

唐其琛坐在餐桌前，低头吹凉保姆刚给他盛的一碗汤。

他没说话。

"你一直在提的产能结构升级和改革，想往人工智能以及航天领域的分子材料上发展，董事会上迟迟没有通过。我听你爷爷的口气，呵。"景安阳不屑且冷傲，看向唐其琛时，眼神是认真且郑重的，"这是唐耀的根基，他靠这个博取你爷爷的青睐，进入亚汇集团的董事会，也不是没有可能。"

唐其琛慢条斯理地喝完这碗汤，才放下碗勺说："随意。"

"你心里有数就行。"景安阳不再多说，未雨绸缪总是好的。她把话题正了过来，不高兴地敲了敲桌面，"回答我的问题。"

唐其琛挑了挑眉："嗯？"

"为了一女员工跟安安翻脸，你什么意思？"

唐其琛笑了起来，方才的沉闷气氛一扫而空，他的眼廓是温润的，重新拾起的笑容令人如沐春风："我这还没做什么，您就这么紧张了。我要真想有点意思，您是不打算让我进这家门了吗？"

景安阳一时拿捏不准，索性负气道："对，就不让进。"

唐其琛握着勺子的手指轻轻一松，瓷勺跌入碟子里，清脆一响，笑意淡淡地说："孩子脾气。"

温以宁本只请了两天假，但陈飒说她不必急着回来上班，多休息两天。考虑到江连雪在这儿，母女俩的关系虽然一般，但到底是彼此在这世上唯一的亲人，温以宁还是想带她转转。

温以宁陪她去逛街，江连雪的衣服都不贵，但胜在会搭配，十块钱一条的丝巾，系她脖子上也是画龙点睛的。她把人往商场里领。没挑贵的，大众品牌里给她买了两件。一件素，一件是个民族风的花袍子，穿江连雪身上是真好看。

出了商场，江连雪还在喋喋不休地责怪：“我都说了不要了，你买什么买，还偷偷刷卡，你卡多啊！还不是要还信用卡。”

温以宁瞥她一眼：“要不要给你个喇叭啊。”

“我发现你就会跟我杠，让你往东你往西，让你别买你非要买，让你回老家教书你偏往上海住小破屋。要不是我是你妈，我还以为你那老板是男狐狸精，迷了你的魂！”

温以宁挨了这顿冤枉，心里也不乐意：“什么男狐狸精，你别乱说好吗？这衣服你要不要，不要我就给丢了。”

“怎么不要。”江连雪抱紧纸袋，仰着下巴像一只斗胜的孔雀。

午饭的点，温以宁特意带她去了一家高档的餐厅。这里消费不低，专吃上海特色菜，服务员都穿着青花底的旗袍，曲径通幽跟回到民国似的。陈飒那儿有一堆的VIP卡，时不时丢几张给温以宁。温以宁挑的都是快过期的，不用也浪费。

点完菜，江连雪打量了眼这地方：“呵，浮夸。”

“吃你的。”温以宁知道她嘴巴毒，但其实眼角眉梢的高兴藏不住，已经饶有兴趣地研究起茶杯上的花纹了。

菜上了一半，两人开吃，对话的内容三句不离争论，倒是她们母女俩一贯的风格。就在这时，江连雪抬起头，眼睛一直盯着后面，哎了声：“那人认识你？”

“嗯？”温以宁嚼着丸子，回过头一看，咀嚼的动作慢了下来。

朝她走来的，老熟人，高明朗。身边还跟了好几个西装革履的中年男性，看样子也是来用餐的。

走近了，高明朗笑眯眯地打招呼：“哟，巧啊，小温。”

温以宁扯了扯嘴角：“高总好。”

“吃饭呢。”高明朗食指往桌上比了个圈，“好菜啊，这位是？”

“我妈妈。”温以宁答得很冷淡。

高明朗做惊讶状：“哦！年轻！年轻！你像你妈，难怪生得漂亮。”

这话略为不友好，江连雪放下筷子，挂着笑，望着他。

高明朗自来熟，一手搭在温以宁的肩膀上，不轻不重地捏了捏："浪费机会了，我应该把秦君叫来的。"他扭头对着一行同伴提声说，"秦君子，认识吧？最近心情低落，情伤。哎呀，求爱不成，朝思暮想，前两天喝酒的时候还跟我说，几十年没做过少年梦了，那晚做了个激烈的，全是她，见着没，亚汇集团的美女发言人。"

同行的人笑声纷纷，近桌的顾客也往这边打量私语。

温以宁捏着筷子的手指按出了青白色，生生给忍住了。高明朗笑笑，直起了身，走之前又对江连雪说："老姐，你真生了个好女儿，好多男人喜欢她，真的。她对付男人可有一套了，棒。"

说完就招招摇摇，前呼后拥地向他们的包间走去。

安静了好久，周围顾客看热闹的目光才渐渐退去。温以宁默着一张脸，重新拿起筷子："吃吧。"

江连雪没动，也跟没事人一样聊了聊："这谁啊？衣服穿得还挺好看啊。"

"我之前公司的领导。"

"哦，他就是你说的那个，常常给你小鞋穿的高总？"

温以宁低头吃饭，囫囵咽下，没吭声。

"他刚才说的都是些什么东西？"江连雪情绪平平，看起来没太多想法。

"没什么，一个娱乐公司的老总，前阵子缠过我，他有老婆孩子，喜欢搞这些。我给拒绝了，他俩关系好，替朋友出气。"温以宁盛了一碗汤给江连雪，"不说这些，吃饭吧。"

江连雪跷着腿，靠着椅背，忽然站了起来。

"你干吗去？"温以宁抬头。

人已走出半米："拉屎。"

江连雪往前走，转过弯，碰到一个服务生，问他："你们厨房在哪儿？"

"那边。"服务生手指着左，态度友好，"有什么需要帮助吗？"

"不用。"江连雪说。

她进去厨房，又从厨房出来，左手垂在腿间，握着东西紧紧的。高明朗进去的包间就离她们那桌不远。

江连雪手握在门把上，轻轻拧开。同时，有人骤然大声喊道：“哎！有刀！她手上拿了刀！”

门被江连雪推开，她走进房间，高朋满座，一桌菜肴美酒，相谈甚欢的男人们笑声不断，唯独高明朗的声音最大：“装什么清高，都不知道被她老板睡了多少回了。”

转个头，就瞧见来了不速之客，高明朗不满道：“谁让你进来的，走错地了！”

江连雪冷笑一声，抬手就把菜刀往桌上狠狠一劈，咚声巨响，是刀刃切进红木桌面的锋利声。她揪着高明朗的头发，狠狠往桌沿一按：“你恶心死老娘了！”

高明朗被砸得头晕眼花，差点没吐血。待反应过来，这局面已经收拾不了了。温以宁闻声赶来，就看见几个人把江连雪堵在墙边要打她。其实拳头还没挨着，她自己跟个女猛子似的，对人又咬又踹，又撕又扯。

“别打了，别打她！”温以宁冲上去。

高明朗火冒三丈，指着人吼：“老的打不得，给我把小的按住往死里揍！”

温以宁光顾着去护江连雪，肩膀剧痛，一下两下的，差点跪地上。正乱着，又有人走进来，一道清亮的男音：“住手！”

这声音够洪亮，挨得近的一个男的回过头，顿时愣住：“……唐总。”

喧嚣瞬间按下了暂停。

温以宁忍着疼，看到了说话的这个男人，三十左右，穿着一件杏色的薄风衣，很英伦。他的表情四平八稳，丝毫不为这乱象所惊讶。

“高总，久仰大名。当中的误会咱们好好谈，别动手。这么多人为难女士也不合适。”说话时，他以笑示人，温润客气得让人挑不出刺。

有人在气喘吁吁的高明朗耳边说了几句。高明朗表情瞬变，立刻换上客气周到的姿态，走过去与之握手。

“客气。”那人周全应对，然后走到温以宁身边，蹲下来，问，“受伤了吗？”

温以宁目光狐疑，似乎并不认识啊。

男人还是那样舒适平静的语气：“你是亚汇的员工，我看过那次新闻发布会。”他伸手扶了她一把，声音落在耳畔，“你好，我是唐耀，唐其琛的弟弟。”

温以宁从没在哪个场合见过听过唐耀，甚至不知道唐其琛还有一个弟弟。唐耀做的是科技公司，高明朗估摸也不识这人，脑子蒙了才休战。这会儿回过味来，依旧不肯善罢甘休。

他报警，扣着温以宁不让走，非要出这口恶气。

这事真要较起真来，江连雪肯定捞不着好。再以一个故意伤害罪起诉留个案底，最吃亏的还是温以宁。

到这份上了，唐耀自然不会再劝，他扶温以宁起来的时候，低声说了句：“建议你联系律师。”

温以宁点点头：“谢谢。”

唐耀想了想，站起来，转过身又对高明朗说：“高总，高高兴兴吃个饭，都是有买卖要谈的人，咱们讲究一个和气。为这些小事情败了兴致，不值当。人姑娘带家人来这里也是合家团圆。都是好事，各退一步都舒坦。”

高明朗牙齿都被打松了，疼得他龇牙咧嘴。唐耀说的是这么个道理，火气败了大半，但恶气还哽在嗓子眼。做人留一线，日后好相见。他阴恻恻地说：“唐先生，我卖你面子。”

唐耀拍了拍他的肩，又对门口的秘书说：“高总这桌饭，我请。”

都是聪明人，给个台阶也就下来了。高明朗心说自己撞了南墙，不就那么点色心，几次三番地被这女人搅浑，见鬼了。

这个局硬是被唐耀给圆了回来。他没再多留，走之前对温以宁说：“去医院检查检查。”

“谢谢你，唐先生。”温以宁喘着气说，“这钱不能让你出，我没那么多现金，方便微信转你吗？”

一事归一事，别把好心当理所应当。唐耀笑了下：“好。”

唐耀没有马上通过她的好友申请，只意味深长地留了句：“温小姐，以后有机会的。”然后离开了。

没心情再吃午饭，温以宁带着江连雪打车回住处。两人也就是头发乱了，就江连雪那撒泼的架势，自己准不会吃亏。

“人渣，还敢叫警察，我还告他性骚扰呢！”

温以宁揉着发疼的肩膀：“你能不能不给我惹事？！”

江连雪冷声一笑：“尿包一个。”

温以宁没忍住，怒气全往心尖钻：“你做事不计后果的吗？今天要是高明朗他跟你死磕，你就等着吃牢饭吧！”

“我为你出头，你什么态度！啊？你在这儿过的就是这种日子？过习惯了是吧？我知道你非得改行的原因，这些年我没跟你提，怕你难受。但我现在看出来了，你轴劲上头，压根就没打算醒！”

江连雪吃了炸药一样，气极：“你妹妹死了，明白吗？以安是抑郁症跳楼自杀！跟别人没关系！法院判了的事，你还不信吗？你能不能放过自己？！”

温以宁的脸色瞬间发白，握着拳头的手指尖往肉里掐，久久没有说话。江连雪被她这死灰的模样给吓着了，知趣地闭了嘴，这一瞬间，她也像是苍老了五岁。

母女之间情绪渐淡，一个看窗外，一个兀自出神，一路无言。

温以宁回家睡了一下午，卧室门关着，把江连雪留在了客厅里。等她醒来天都黑了，拉开门，江连雪正好从外头回来。

“你去哪儿了？”温以宁嗓子哑，看到她手上提的药，一愣，“看医生去了啊？”

“手上瘀青，开点消肿的。”江连雪自然地把塑料袋塞进行李箱里，弯着腰，背对她说，“我明早就走了。”

温以宁没什么表情，嗯了声：“买票了没？”

“买了。”

温以宁回卧室，出来时手里拿着一小沓钱：“拿去用。少打点牌，久坐伤身体，你那结石病……”

“知道了知道了。”江连雪把钱接过，美滋滋地点了点数，“明早你就不用送我了啊。”

次日，温以宁回公司上班，去陈飒那儿打了个招呼。陈飒正要去开会，打量了她两眼：“病好了？”

“好了。”

“行，这几个东西你帮我搞出来。十点之前来办公室碰个头。”陈飒递给她一沓文件，“下午两点有个关于公司产品推广渠道的讨论会，准备一下，你跟我一起参加。”

只有忙起来的时候，才觉得生活又步入了正轨。一上午连喝水的时间都没有，一阵忙完后，温以宁才有空看手机，两小时前江连雪给她发了条微信：上车了。又翻了翻好友列表，唐耀一直没有通过她的申请。正出神，同事叫她：“以宁，下午是不是你和陈经理参加会议呀？”

“嗯？对。”

“那你注意点哦。”

“怎么了？”

这个负责行政事务的女同事跟她关系不错，凑近了小声告诉她：“你这两天不是休假嘛，好多事不知道。前天集团的高层办公例会上，闹得很不愉快呢。唐总一直想优化集团现有的产业结构，但好几个董事一致反对，谈得异常艰难，这几天公司气氛挺低压的。下午那个会祁总和肖总也参加的，你悠着点啊，尽量少说话。”

温以宁来亚汇半年多，确实没留意过这方面的动向。一般大企业之中的明争暗斗从来不会缺席，在CEO这个位置上待着，唐其琛确实称得上是年轻有为。但要说跟他干事的个个死忠，没有不对付的人，那不现实。董事会大都资历深，别的方面还好，一碰上推陈出新的政策提议，各种烦扰就来了。

就是这么个局面，谁还没点难处，温以宁是明白的。

下午，亚汇集团高层会议室，出席会议的人员无一迟到。

唐其琛是掐着点进来的，柯礼跟在他身后，一进来就让秘书去倒杯热水。自那晚之后，好几天没见着他人了。唐其琛脸色不太好，眉间倦容难掩，往那儿一坐，柯礼主持会议，几句开场简明扼要，事关集团产品的营销投放策略。

陈飒的前期准备已是面面俱到，从效果投放、品牌提升投放等各方面进行了分析阐述。最后列举了数个营销端口，这一块的分解由温以宁做汇报。完毕后，有异议的可以会上研讨。

“移动端和搜索引擎这两个渠道我认可，同时可以覆盖BD联盟、自媒体以及视频植入。但你这个游戏的投放，是不是多余了？”发言的是董事之一肖国明。

温以宁有条有据地答：“肖总你好，亚汇推广的这款产品涉及AI领域，年轻人的接受度是非常高的，而游戏的群体，正是针对这些年轻人。虽然广告费用占比高，但我们预计的效果也会是最好。”

肖总本就是反对唐其琛投资现代智能领域的董事成员之一，对这个系列的产品不太看好，但唐其琛仍是极力促成了产品的研发销售。他负责的又是经营相关，自然不会听之任之。要故意刁难是很容易的事，几个十分主观的观点，就把态度撂得明明白白了，说温以宁这份策划案不行，没有全面了解产品定位。

温以宁说：“肖总，您所说的大格局的稳定，是由政策体制决定的，但我们应该就事论事，广告的最终目的就是宣传，让内容价值回归。一味追求总量考核已是被时代淘汰掉的规则。我们既不能唱衰纸媒，也不能去否认各种新媒体平台所带来的发展。流量转为利润，能聚拢人心，才是最好的。”

肖总脸色已然难看，毫不客气地点评：“浮于表面的理论。”

温以宁不卑不亢地问：“这份策划案的所有数据都是基于真实的反馈，哪一点让您存疑，您可以指出来，我逐一向您解释。”

她之所以说得如此自信，正是因为对这项工作百分百的用心。而肖总不愿意在这个系列产品上花费更多的投入，所谓的挑刺也是空泛而谈，要他列举出具体一二，还真被堵得哑口无言。

会议气氛陷入僵持。几个高层神色微凛，部长级别往下的人员，个个低着头，大气不敢喘。陈飒坐在左手边的第二个位置，也跟没事人一样，既不帮爱徒解围，也不做表态。

集团层面的会议，唐其琛在，要表态也轮不上她。

所有人都在等，等这位正主的态度。

温以宁背脊挺得直，坐在那儿不发一语。肖总抽起了烟，打火机点燃后就丢在桌面上，吞云吐雾的，也是青着一张脸。

唐其琛的目光在两人身上转了个圈，看不出一丝涟漪。最后他说：“我赞成肖总的意见，重新调整渠道，取消游戏端口这一项。”

沉稳有力的一句话，为这次的争执盖棺定论。唐其琛对柯礼抬了下手，柯礼点头，对众人说：“继续下一个议题。”

温以宁的姿势没有变，表情也不见半分波动，她把手上的资料轻轻合上，像是在为这点可笑的坚持画上了句号。

散会，唐其琛回到办公室，柯礼把门关紧，吩咐秘书来客一律不见。他转过身一看，果然，唐其琛坐在沙发上，正闭着眼睛掐眉心。

“您还好？”柯礼给他倒了热水，“这两天的会议就没停过，肖总对您要投资的材料项目是反对意见最大的一个。他在集团待了这么多年，和几个董事的关系十分密切。”

唐其琛捧着杯子，手指一下一下摩挲着杯壁：“老功臣，这个面子还是要给。”

“您别太急，循序渐进地来，骨头老了，硬了，难啃也很正常。”柯礼知道他这段时间为这些事情够操心了，项目推进得不算顺利，磨心烧神也伤身体，“对了，我听到话了，老爷子那边，近日提及唐耀的次数非常多，两人的联系也不少。”

唐其琛把水杯放回桌面：“你心里有个数就行。”

柯礼表示明了。安静了一阵，他欲言又止：“刚才会上，以宁的观点其实……”

“她说得很好。”唐其琛神情动了动，疲倦之色也拂去大半，他点到即止，没再多说一句，而是往沙发上靠了靠，“我休息一会儿，半小时后让老余把车开过来。”

唐其琛晚上还有应酬，和李秘书长在揽香设了私宴。两人交情颇深，都不嗜酒，饮淡茶，聊闲语。李秘书长告诉他，市杰出青年企业家的颁奖典礼，又有其一席之位。九点左右散了局，老余问唐其琛回哪里。

唐其琛看了看时间，说：“回公司。”

到了后，他吩咐老余今晚先候着。老余把车停在公司门口：“唐总，您要用车就给我电话。”

这个点了，加班的人很少，唐其琛没去自己办公室，而是到了陈飒部门。温以宁的桌子前还亮着灯，电脑就这么开着，她趴伏在桌子上，埋着脑袋像是在睡觉。等她抬起头发现唐其琛时，也不知道他在这儿看了她多久。

一个站着，一个坐着，一高一低地对视着，温以宁眼神没躲，平平静静。她头发给睡乱了，几缕贴着脸颊，松松垮垮。唐其琛先开口，问：“吃饭了没有？”

温以宁把碎发捋到耳后，睡了一会儿嗓子有点哑：“没吃。”

“陈飒办公室没关。”

“我待会儿帮她关，我有钥匙。”温以宁坐直了些，说，“她晚上接陈子渝去朋友家吃饭了。”

唐其琛嗯了声，也没再说话。

温以宁神色也疲倦，唐其琛站着看她时，能看见她眼睛下一圈淡淡的阴影。

“想吃饭吗？”唐其琛问。

温以宁沉默了一下，答应：“行。”

老余出去买了外卖，他车开得快，送上来时都还热乎着。加米饭和配料，乱七八糟的有十几个饭盒。老余放下后就离开，温以宁瞧见这阵仗愣了半天：“点的时候没觉得有这么多啊。”

半小时前唐其琛问她想吃什么，她没半点犹豫，直接说了火锅。唐其琛当时笑了下，温以宁反应过来，还很抱歉：“不好意思，我忘了你不能吃辣。”

“点吧。”唐其琛说，“我看上面有清汤的，我吃这个也行。”

场面其实还挺滑稽的，唐其琛这办公室也算数一数二的精英范儿，会客区直接变成了火锅店，配菜铺了满桌，送的两个火锅底料也已经烧开。两人面对面地坐着，唐其琛脱了西装，挽起衣袖还有模有样。座位有点矮，他腿长，跨开了，弯着腰，放了两片白菜叶和鱼丸。

温以宁是能吃辣的，头发一扎，大快朵颐。火锅店还送了喝的，一瓶橙汁和促销装的小瓶白酒。温以宁把橙汁递给唐其琛，自己拧开盖要倒酒：“不喝浪费。”

唐其琛也没劝阻，只说：“你少喝点。你喝酒容易忘事。”

温以宁抬起头：“这话柯助理也跟我说过。我忘什么事了？”

唐其琛看她一眼，眼神有些许笑意，一闪即过。

温以宁闷了两口酒，话也多了起来：“当初你让我跟着陈飒学东西，你说得对，她真是个好老师。”

"她业务能力很强，只要用心带你，你会成长得很快。"

"她是好师父。"温以宁问，"还有陈子渝的爸爸，真的没有吗？"

"是。"唐其琛也没瞒着，这本来就是心照不宣的事情，陈飒自己都很坦然了，"露水姻缘，你情我愿的，她也没想让人负责。"

温以宁眉头皱了皱："多辛苦，孩子是两人共同的责任。"

"她决定生的那一刻，就是她自己的责任了。"唐其琛声音淡。

短暂安静，两人似乎都意识到，他们之间谈这些有多不合适。温以宁只默声吃东西，肥牛卷沾多了辣油，她端起酒杯喝得快。喝完喉咙火热热的跟小火烤着似的，人都出了汗。

唐其琛皱了皱眉："你喝酒有瘾。"

温以宁只摇头。

唐其琛食量不大，但晚上在李秘书长那儿也没吃几口饭，光顾着谈话，这个点还真有点饿，眼见那两碟青菜都被他烫熟吃得一颗不剩。胃里暖和，一天的疲倦也扫去大半。他放下碗筷，看着温以宁，看她闷头吃菜，闷声喝酒，他知道，她心里头装了事。

唐其琛刺穿她的心思，问："觉得委屈了？"

温以宁的动作停了半秒，随后继续，仍是摇头。

"那种场合，你不应该和肖总再起争执。对你没好处。"唐其琛明白她心里的疙瘩。

温以宁这才硬邦邦地回："我只把事情做好。"

"比谁的嗓门大，比谁说的话多，就是好？"唐其琛语气里隐有不屑。

温以宁抬起头，直视着他："我没错。"

"你工作不是一两年了，这点道理还没悟明白吗？肖总身份搁在那儿，你让他丢了面子，看着是你赢，但出了会议室，结果依然不会变。"唐其琛说得很冷静，甚至可以说是冷情，"陈飒能管你，他也能管你，来日方长，你没必要担这个风险，受这份不痛快。"

温以宁脸色暗沉了许多，低着头，索性把那小瓶子白酒一口喝完。唐其琛拦都拦不住，隐有怒意："委屈的最后还是你自己。"

温以宁抬起头，眼眶红红的："可明明我是对的，对就是对，错就是错。没有那么多弯弯绕绕，这是你的以为，不是我的，我不接受，不认可。我不委屈，我有什么好委屈的，我无愧于心。”

说完，她站起身，离开桌子往边上走。酒劲上了头，一下子冲得她脚步踉跄，抠了下桌角才勉强站稳。唐其琛也跟着站起来，绕过去拽了把她胳膊，把人直接给转了过来。他两手扶住温以宁的肩膀，十指力道不算轻地把人钳住。

耐心被她的咄咄逼人削减得一干二净，唐其琛提声：“你能不能听我的话！”

温以宁甩他：“谁的话都能听，就是不听你的话！听你的会要命！”

酒后吐真言还是酒后壮人胆都已不重要，重要的是她心里对唐其琛的介怀深深地哽在心口，似乎成了她生命里的一个不漂亮的烙印。

两人对望着，温以宁的眼神是倔强而又满含嗔怨，像一张密不透风的网，把唐其琛给罩得严严实实。

夜阑深静，唐其琛的心忽然就酸了。

掐着她肩膀的十指慢慢松开，继而往下，停在了她的手腕。

温以宁本能反应地抖了下。

唐其琛没让人挣脱，而是在她手背上温柔抚了抚，低声说：“好了，乖，念念听话。”

说完这句话，他的手也跟着动了动，力道在往里收，是想给她一个拥抱。但这股冲动半道戛然而止，温以宁顺着劲往下面一滑，整个人的重量一瞬下沉，唐其琛没扶住，她直接坐在了地上。

办公室铺的地毯，软软一层摔着也不觉得疼。温以宁低着头，半天没起来。唐其琛蹲下想扶，她摇了摇手拒绝了。

两人维持着各自的姿势，沉默了好一会儿。

温以宁缓过劲了，抬起头仰看他，一双眼睛沁了胭脂似的，泛着隐隐的潮红。没有什么有苦不能说的情绪，纯粹是被酒精给染的。白天的种种不平，晚上的独思迷茫，都在提醒她世事从无顺心。活在当下尚且不易，那些过去的纠结，在这一时刻的存在感便也没有那么强烈了。

两人对视许久，她忽然问唐其琛：“你后来把她追到手了吗？”

唐其琛明白她说的是谁，那个哽在两人之间的豁口，那个她以为的正主，那个当年阴错阳差的误会。

唐其琛望着她，平静地说："没有。"

温以宁眼睛向下弯，亦平静地笑了下："那你不够厉害。"

唐其琛嘴角微扬，人放松下来，也跟着她一起坐在了地上："我和你还没认识的时候，她就已经结了婚。"

温以宁愣了愣，转过头看向他。

"她先生是一名军人，在一起也很早，十八九岁吧。"唐其琛说起这些，面容平和而宁静，"她先生年初二那天还给我发了条短信，说他媳妇儿怀二胎了，故意气我来的。"唐其琛低头失笑，"你说幼不幼稚。"

温以宁欲言又止："你们……"

"觉得我们就应该是老死不相往来的仇人吗？"唐其琛坦然地对上她疑虑的眼神，"确实有过，但后来小晨儿发生了一些事，被人陷害，差点因经济犯罪问题而被公检法起诉。她先生四处打点，我也帮了点忙。那小子感谢我都来不及。"

温以宁皱皱眉头，不太相信。

唐其琛被她的表情逗乐："给点面子行不行？"

温以宁垂下头，不说话，但笑容仍然隐在嘴角。

"我刚从国外回来并没有直接接手亚汇，而是去了国资委控股的一家企业锻炼，小晨儿是我的下属，我和她合作了五六年，那个时候我很喜欢她，不过她没接受。后来我回亚汇，和她也算好聚好散。再后来，她结婚生小孩，一直很幸福。"

唐其琛换了个坐在地上的姿势，双膝屈着，背靠着沙发，一派闲适与放松。温以宁一直看着他，甚至试图从他的情绪里找出蛛丝马迹，但无迹可寻。

青春已如烟，他的状态太自然，是什么就说什么。

温以宁听出来，他是在对自己坦白。

"我和你认识的时候，你大几？"唐其琛稍一想，很快肯定道，"大四，快毕业了。像个小炮弹一样，挺能闹的。"

温以宁自己也笑了："原子弹吗？"

“玻璃弹珠，丁零响。”唐其琛眉眼舒展，眼角的浅纹轻轻斜扬。

“你那个时候对我好，是因为我性格像她吗？”温以宁轻声问，一个字一个字的，生怕藏不住小心翼翼。

静了两秒，唐其琛开口：“没有。不像。我没想过比较。”

温以宁敛眉垂眸，侧脸安静。

那时候的小以宁，热情洋溢像是夏日里的小太阳，表达爱意的方式都那么干脆。大约是年纪轻，任何一段感情都迫不及待地想要一个因果。一个热情，一个克制，一个是光芒万丈的小太阳，一个是高悬夜空的温淡月光。融合在一起的时间，总是要漫长些的。但还未等来晨曦朝阳，就已不告而别，聚散匆匆了。

温以宁指甲抠紧了掌心，浑然不知道疼。

那时，唐其琛不是没想留住她，跑去高铁站才知道她给的是个假票信息，她的态度撂得明明白白，一刀两断，天各一方。一段感情刚刚萌芽，也实在经不起大刀阔斧的折腾。唐其琛彼时已是三十而立，从来就不是一个去强人所难的人。

后来每每想起这段短暂的记忆，他心里也未尝没有遗憾。但遗憾就是遗憾，生活还是要继续。这些年时间掰碎了用，工作几乎占据了他全部的精力。有时候应酬完喝得小腹痉挛，他难受地趴在台子上，抬头看见镜子里的自己，再勤于保养，鬓边还是有了一根极短的白发。

唐其琛看着她，说：“我要是想玩，真的犯不着那样大费周章。我不喜欢，也不愿意，这个问题，不管你什么时候问，我都是这个答案。”

温以宁没吭声，心里跟蚂蚁含蓄挠痒似的，五味杂陈。人的执拗很难转变，尤其这么多年过去，认知早已根深蒂固。唐其琛所说的，所做的，今时今日，她可以心平气和，甚至隐约能够理解。但真要和好如初，谁也没法说服自己。

唐其琛忽然变了姿势，从地毯上站起，又变成了蹲着的姿势。他扶住她的肩膀，鼻间的呼吸温热。

温以宁抬起头，眉间平滑，亦没有太多情绪的变化。

唐其琛看着她：“不管怎么样，这些年，我还是欠你一个道歉。”

温以宁眼眶一热，抬手掩住了自己的脸。

唐其琛没再说话，久久之后，他抬起手，五指微张，掌心轻轻落在了她头顶。

这一晚，唐其琛最后让老余把她送回住处。第二天，柯礼稍晚才到公司，看到办公桌上已有一沓唐其琛审批好的文件。他进去办公室，看见唐其琛在休息室的沙发上和衣而睡。

听见动静，唐其琛很容易醒，他微拧眉头，睡意还挂在脸上。

“您昨晚没回去？”柯礼看到桌上的一个空杯和一瓶药，关心道，“要不要让老陈来给您看看？”

唐其琛掀开薄毯，人坐直了，按了按眼角说：“不用，没事。”

柯礼欲言又止，唐其琛甩了甩头，清醒不少，手指了指对座让他别站着：“我先去洗漱，等会儿说。”

十来分钟，唐其琛已经换了一身衣服从里面走了出来，又恢复了神清气爽的体面模样。柯礼例行汇报公事，最后说：“您母亲昨晚没打通您电话，就打到我这儿来了。她让您今天晚上回家吃饭。”

唐其琛侧头：“老爷子回来了？”

“回了。说是香港那边行程有变，他昨儿下午就回来了。”

“唐耀呢？”

“他这周都在上海，应该是忙子公司的事。”说到这里，柯礼脸色一变，“您的意思是？”

唐其琛早已有所预料：“晚上的家宴，谈的不会是家事。行了，不说这个。你让肖总过来一趟。”

“您忘了，他上午有接待。”

唐其琛这才记起，点头说：“那没事了，你去忙。”

柯礼走前，忽然笑着说了句：“来上班的时候，我正好从肖总办公室路过，看见以宁在里头。”

唐其琛抬起头：“肖总怎么她了？”

“两人谈得很和气，以宁在跟他道歉，应该是为了昨天会议上的事。具体说了什么我不方便听，但看肖总的表情很高兴，对以宁客客气气。”柯礼感慨道，“也难为以宁了，昨天我看她脸色不好，我以为她会介怀。”

唐其琛说："有时候识大体，也是保护她自己。她是聪明，但身上的劲得收一收，以陈飒的性格，估计是教不会她这一点了。"

柯礼自然而然地接话："您提点她，比谁教都有用。"

唐其琛目光笔直望向他，柯礼紧了紧心，自知说错了话。哪知唐其琛的嘴角微微上扬，不仅不介意，心情似乎还不错。

晚上唐家的家宴，如唐其琛所料，家宴却不谈家事。

他回来时，唐耀已经在老爷子的书房待了好一会儿了。见着人，唐耀微笑颔首："哥。"

唐其琛换了一双深蓝的拖鞋，脱了西装，里面一件绸缎面料的衬衫贴合腰身，把气质撑得恰到好处。他走进来，笑得亲近和煦："还是你有心，每回来，爷爷的心情都很好。"

唐书嵘朗声大笑："你们啊，都懂事，都有心意。"

唐其琛坐在左边，叠着腿，双手搭在扶手上，眼缝微眯，看着唐耀正弯腰给老爷子点烟。

续上了火，烟气一缕悠悠上升。唐书嵘指了指唐其琛："你大哥，戒烟很多年了，跟他学学，身体是自个儿的，年轻也要保重。"

唐耀点头应道："好。"

"你来上海也不告诉我，早就说了，不要跟我生分。你在国外待了这么多年，对国内不熟，抽个时间，我找人带你到上海周边的古镇转一转。"唐其琛说得周全，身为兄长的气度做得面面俱到。

唐耀说："这次过来也是临时决定，听爷爷说起你事务也多，我就没好意思打扰。"

唐其琛问："兄弟之间不说这个。这次准备待多久？"

"还有一周，收尾工作。"唐耀微微笑，"那我也不推辞了，明儿忙完，可就跟你混了。"

几句闲聊之后，唐书嵘看了眼唐其琛："你手上涉及航天材料的项目进行得怎么样了？"

"综合修改意见，预计下周第三次上会审议。"

"谨慎点是好事，几个叔伯也是为公司长远考虑，工作中的意见你得听。"

"我会的。"唐其琛点了点头。

“唐耀在国外一直是做智能科技，他在这个领域的经验也是数一数二。”唐书嵘话锋一转，“这个项目，唐耀应该能给你提供帮助。”

唐其琛表情平平，没接这茬话头。

唐耀却谦逊道：“如果有用得上我的地方，我一定全力以赴。”

唐书嵘笑得眼纹纵横，对唐其琛说：“那就这么定了。明耀科创是这方面的翘楚，我相信唐耀的意见。明天他就去亚汇，先了解情况，再和研发部的工程师一起交流。”

唐其琛目光落向唐耀，眉间八风不动：“那就有劳。”

“一家人，不客气。”唐耀笑着说。

九点左右，宾利开离别墅区。唐其琛出了这扇门起，脸色就再没柔和过。柯礼坐副驾，侧头看了几遍：“唐总。”

“难为老爷子一把年纪还煞费苦心给我搭了这出好戏。”唐其琛冷哼，把手里的东西揉成一团捏得紧紧。

柯礼说：“老爷子不至于对您有什么防备，他就是乐意看见手足携手的场面。”

唐其琛蹙着眉头，深深喘了一口气，举拳抵在唇边，连着咳了好几声。

柯礼明白他这段时间的心力交瘁，董事会上那一帮老骨头不好对付，这几年费了多少心血才堪堪稳住大局。根基稳了，但里里外外的关系打点也从不省心。别人只见到唐其琛光鲜的一面，背后的苦楚无奈却甚少示人。

唐其琛开了窗户过风，车内的温度凉了下来。他对柯礼说：“你找两个年轻点的接待，这几天跑一趟同里。”

次日，温以宁来上班的时候，看到行政部门的几个负责人早早地就在会议室。她还挺好奇地问了同事：“今天有大客户啊？”

“不是客户，神秘嘉宾呢。”

温以宁把包收进柜子，坐在椅子上开电脑，看对方一眼：“谁啊？”

“你知道明耀科创吗？”同事凑过来，眨了眨眼。

温以宁被她这花痴模样逗笑：“听过，不是很了解。”

“这公司的老板今儿到咱们集团来呢。”同事压低声音，“巨帅，巨有钱！就是言情小说里的霸道总裁范本呢！”

另一个嘁了声："咱们唐总不帅吗，不总裁吗，不范本吗？给你发工资的衣食父母，你怎么胳膊肘往外拐。"

"唐总是大帅哥，但我觉得他老了一点。"

"这哪叫老啊，看新闻没，七十岁的老头还喜当爹呢！"

温以宁憋着笑，听俩小姑娘乱七八糟地闲扯，一天心情也蛮不错的。

二十分钟后，电梯门口人头攒动，一眼看过去，公司好几个高层竟然也在。温以宁忙着去交表，也没细看来人是谁。再回来时，又听同事在那儿八卦："真人比照片好看哎！他跟唐总站在一块儿，我的妈呀，两人都是什么神仙气场啊！我觉得他们旁边的人，腿都好像被锯了一截似的。"

温以宁脑补一下，怪恐怖的，敲敲她们的脑袋："行了行了，做事吧，陈经理待会儿要出来的，看见了你们又要挨骂。"

几个人吐吐舌头，悄咪咪地坐回了办公桌。

上午忙，温以宁得把上次被肖总否决的那份策划给重做，中途手机响了好几次，是信息通知的铃声。温以宁顾不上，忙完了才有空看一眼。几个淘宝广告，还有两封邮件以及一条微信通知。温以宁最后点开微信，愣了下。

几天前，她向唐耀发出的添加好友申请，对方一直杳无音讯，但四十分钟前，竟然被通过了。

唐耀的微信名就是他真名，朋友圈也没设置权限，点进去却不见任何内容，应该是从不发这些。温以宁正寻思着要不要把上次的饭钱转过去，手机一振，唐耀发来信息："抬头。"

温以宁抬起头。

会客室的门已经打开，个个正装西服，陆陆续续从里面出来。唐其琛和唐耀并排，后面跟着柯礼。唐其琛正和柯礼说着什么，唐耀握着手机，望向温以宁的方向。

他笑了笑，人已是迈开步子，对唐其琛说："熟人，我去打个招呼。"

唐耀走到温以宁面前，笑意深了些："别说不记得我了，这儿人多。"他凑近她耳畔，压了压声音说，"给点面子。"

温以宁低头也笑了起来。

两个人这个状态，一点也不生分，俊男靓女搁在哪儿都是赏心悦目的。柯礼皱了皱眉，下意识地看了眼唐其琛。

“我说过，我们很快会再见的。”唐耀笑着伸出手，“温小姐，一回生二回熟，现在我们算是熟人了吗？”

温以宁礼貌地跟他握手：“谢谢你唐总。”

此唐总心情愉悦，笑得如沐春风。

彼唐总眉间阴沉，一脸绵密阴云。

温以宁想起正事儿，对唐耀说：“对了，上回加微信您一直没通过我的申请，钱也没还上，不好意思啊。我现在转给你吧。”

当时她有心记了那个金额，三千五不到。她直接给唐耀转了个整数：“你收一下账。”

唐耀瞥了眼手机：“多了。”

“凑个整吧，感谢费。”

两人对视一眼，同时笑了起来。

柯礼走过来，寒暄问：“你们也认识？”

唐耀点点头：“我和温小姐有缘。”他转过身，对两米远站着的唐其琛说，“正好，明天拖您的福，能去上海附近转转，刚才小李已经跟我推荐过地方了，就去同里吧，我以前在国外看过一个中国古镇的纪录片。现在终于有机会去玩玩了。”

唐其琛含笑应了：“好，我让柯礼安排当地的接待。”

“不用，这儿就有现成的。”唐耀又看向温以宁，绅士客气地问，“赏个脸，给我当两天导游好吗？”

温以宁怔了怔：“我？”

她还未答应，陈飒从旁边走过来：“可以，这个假期我批准。以宁，你代表公司，好好招待耀总。”

事情敲定，唐耀又随陪同一起，接下来他们要去参观工厂。走到电梯口，唐其琛忽然说：“上海不错的地方有很多，吃的看的都有特色。你多年没回来，有时间可以去祖国各地看看。我在同里古镇有位很要好的朋友，这样，明天我正好有空，陪你一起去。”

唐耀笑容不改。一旁的柯礼却愣了愣。

明天有空?

可明天中午，明明和住建局的领导有应酬邀约啊。

唐耀出国几十年来甚少与家里联系，只每每在老爷子生日时打来越洋电话。也是到了几年前，老爷子才从友人处得知，唐耀竟发展得如此迅猛，像是废园里的风景，韬光养晦。

光耀门楣的事，喜闻乐见。唐耀也有心认祖归宗，其乐融融。他与唐其琛站在一起，身材体量相当，都是英俊出彩的人上人，眉宇之间的神态流转颇有几分相似。人人都说，唐耀此番回国不怀好意，是奔着唐家的财产去的。唐其琛身居要位多年，也不见得事事顺心。兄弟两人不和不睦那是迟早的事。

等着看戏的人不少，里里外外的眼睛全往他们身上盯。

这也是后来温以宁才从同事口中了解到的小道消息。但她觉得，唐耀不像是这样的人。温暖和煦，为人也低调，实在不像会作祟之人。去古镇的行程定在第二天，稍晚的时候，温以宁发微信问唐耀，有没有什么特别想去的地方。

唐耀回复说："听你的。"

唐其琛次日随行，公司还有工作要处理，柯礼不能陪同，来的是霍礼鸣。这是温以宁第二次见到这个年轻男人，虽然四月的天气已经去了寒冷，但他一件短袖看着都觉得冷。

一共开了两辆车，唐耀甚至连个秘书都没有带。他的座驾是辆白色的宝马轿跑，温以宁围着看了一圈，唐耀笑着说："这车适合女生开。"

温以宁说："不会，挺好看的。"

唐其琛远远走来，唐耀对他招了招手。温以宁侧头看过去，他今天穿了件浅杏色的短风衣，里头一件黑色打底，连着腰线往下，裤脚卷了个小边，走动的时候会隐约露出脚踝。唐其琛甚少穿得如此休闲，看惯了他西装正服的形象，这样乍一出现，润着阳光，蓝天为景，俊朗帅气更显年轻了。

"开过去不到两小时，去了正好能赶上午饭。"唐其琛走过来，后面跟着霍礼鸣。

唐耀笑着说："那我今天就当个甩手掌柜了。"

"好好玩。"唐其琛也笑。

四个人，两辆车，唐耀对温以宁说："你待会儿坐我的车。"

温以宁没当即答应，而是看了一眼唐其琛。

唐耀笑了："这么怕我大哥？这么乖的员工我也想要一个。不过今天不算上班，不用听老板的。"他看向唐其琛，"哥，借你的人一用，不扣她工资的吧？"

唐其琛却只拍了拍他的肩："我坐你的车，咱们兄弟俩叙叙旧。"

就这么云淡风轻地否了唐耀的请求。温以宁站在原地，唐其琛擦着她肩膀而过时，低声落了句："你坐我的车。"

霍礼鸣已经把车热好，滑下车窗，一手懒洋洋地支着窗沿，戴着宽大的墨镜面无表情。他们沿着人民大道出发，上G50后又转入沪常高速。霍礼鸣一路话很少，就听着电台，音量也调得很小。

温以宁的目光落在他的右手臂上。他文了花臂，从手腕一直到肩膀，黑灰色的粗线条，铺色满满，是一个翅膀的图案。

"害怕？"霍礼鸣忽然问。

"不害怕，我第一次这么近距离地看文身。"温以宁笑笑。

"嗯，文了两年了，还想去补个色。你要是害怕就跟我说，我拿衣服遮一下。"这个方向没有直接对着阳光，霍礼鸣把墨镜摘了下来。

"你是上海人吗？"温以宁想着一路无聊，就找话题给他解解闷。

霍礼鸣说："不是。"

"那你哪儿的？"

"我不知道。"

温以宁愣了下。霍礼鸣哦了一声："我没别的意思，我从小在孤儿院长大的，我是真不知道。不过我一直跟着琛哥做事，他是上海人，你也当我是上海人吧。"

温以宁抱歉道："不好意思啊。"

"没事。"霍礼鸣打了右转向，"去服务区上个洗手间。"

他俩在服务区停了五分钟，温以宁出来时，霍礼鸣已经等在车上了。他穿上了外套，那只乍一看很吓人的花臂被遮挡得严严实实。他指了指旁边的车，说："车里有小孩儿一直望着我，都快哭了。我不吓着她。”

十一点下高速，唐耀的车停路边等他们。霍礼鸣按了按喇叭，唐耀也回了声，然后跟在后面继续往前。没多久，就到了一个私人山庄。这山庄建在湖中央的小岛上，隐私绝佳，还得坐船过去。唐耀下车后，对这儿的美景赞不绝口：“空气很好，水质也清澈。这里面有鱼吗？”

太阳大，唐其琛下车后也戴上了墨镜，说：“有，我这朋友做的就是生态一体，水库里养鱼，周边还有自己的农场，在山庄里吃的米，都是他自己种的。”

聊了几句，接送他们的船舶就到了。这船虽是靠在岸边，但没有靠严实，路与船之间还隔了半米的距离。温以宁之前把手机落在车上了，下车后又返回去找。等她走过来时，三个男的都已上了船。

唐其琛和唐耀站在甲板上正聊着什么，见到她，竟同时往船边走，唐耀伸出手：“来，扶着我。”而就是这一瞬间，唐其琛也把手递了过去。

温以宁的左腿都跨出了一半，愣了愣，又把腿给收了回来。

两个男人的手一左一右，齐齐整整地搁在她面前。唐耀笑意温和，似乎没打算收回手。唐其琛表情淡，但目光落在她身上重而有力。就在这时，霍礼鸣在边上喊了声：“耀总，你的水。”

霍礼鸣拽着一瓶矿泉水，碰了碰唐耀的肩。唐耀这才转过身，笑着说：“谢谢。”

温以宁便只能扶着唐其琛的手，借他的力道上到了船上，然后很快松开，谁也不看谁，唐其琛自顾自地走进船舱，湖面掠过来的风清爽宜人，温以宁捋了捋耳边的碎发，望着他消失的方向，才后知后觉，自己似乎忘了说谢谢。

山庄的庄主姓许，唐其琛叫他老许，见着人，笑脸相迎地来了个拥抱：“你小子，多久没来了，忘记兄弟了是吧。”

唐其琛拍拍他的肩，脸上挂着一丝笑意：“没有的事。”

“工作再忙也要注意身体，待会儿单独给你做个汤，养胃。”

老许四十有余，儒雅风趣，跟唐其琛的关系极好。安排的午饭确实用心，荤素配得有模有样，食材全是农场新鲜的。一道野生鲫鱼汤，能看到汤面上一层薄薄的胶质层。温以宁尤其喜欢这道鱼，不动声色地喝了两碗。霍礼鸣这人话很少，埋头苦吃，几乎不挑食。

矜贵的就是这两位唐公子了，唐耀不吃青菜叶，愣是一筷子都没动过。唐其琛就更不用说了，一碗米饭本来就只有那么点，到最后还剩半碗没有动。温以宁默默地挪回视线，盯着自己碟子里的一堆残骸。霍礼鸣适时来了句："原来女孩儿也这么能吃啊。"

一桌人都笑了起来。

温以宁脸都热了，但还是不输气势地回了句："是他们太不能吃了，男的本来就该多吃点啊。我这才是正常饭量好吗？"

霍礼鸣亮了亮自己的碗："我都吃三碗了。"

唐耀听着也笑起来："饭很香，我多喝了几碗汤。"

他们仨也就嘴上开开玩笑，但听到唐其琛这里，总觉得哪儿哪儿不对劲。他的筷子早就已经搁下，默了默，又不动声色地重新拿起，把剩下的那小半碗米饭安静地吃完了。

老许给他们布置好了房间，下午也安排了人陪他们去古镇周围转转。同里不算大，水乡古镇观赏的就是一个惬意悠闲。小桥流水有人家，春已深，河畔的柳树垂叶泛着碧绿的色泽。衬着蓝天白云，四处走走也是一件舒服事。

这地方温以宁来过两次了，霍礼鸣的兴趣也不高，他们四个在镇里走了一圈，便回了老许那儿。稍晚的时候，唐其琛和唐耀去老许那儿坐坐。霍礼鸣在房间待着，柯礼给他打过一次电话，问了问情况，挂断前嘱咐说："你记得提醒唐总吃药。上周去陈医生那儿复诊给开的。"

霍礼鸣应着，电话刚挂，就听见敲门声。温以宁出现在门口，歪着脑袋对他笑："小霍爷，帮个忙呗。"

温以宁想出去一趟："我要去买点东西，借你车用用。一个小时就回来了。"

霍礼鸣说："用车可以，我跟你一起。"

"不用不用。"温以宁摇头，"你跟着不方便。"

霍礼鸣看她为难的表情，大概就知道什么事了。温以宁碰着生理期，这段时间太忙，出来时压根忘记这个时间点，好巧不巧的正好就撞上了。

霍礼鸣把车钥匙给她："你坐船出去，开个几公里就有超市了。慢点开。"

她走的时候，霍礼鸣看了眼时间，七点半不到。

唐其琛和唐耀在老许的私人酒窖里闲聊，老许喜好广交朋友，非常热情地开了两瓶好酒小酌，气氛微醺，很是舒畅。他说自己一把年纪了，没想再去干大事，闲云野鹤多陪陪家人就很满足。

又问唐耀："耀总，你成家了吗？"

唐耀晃了晃酒杯，抿了口红酒，笑着说："没。"

老许啧了一声："你们兄弟俩倒凑一块儿了，都三十的人了，也没个定心。"

唐耀放下酒杯，说："许哥过来人，说的都是人生道理。"

老许摆摆手："过日子，冷暖自知。跟你有没有钱没太大关系，你得相信，人这一生，很多都是命数。合适的伴侣老天爷早给你定好了，你要是错过，耽搁了，那就再没有重来的机会了。"

唐其琛叠着腿，坐在那儿一直没说话，听到这儿，他仰头把杯里剩下的酒一口喝了干净。老许看了看时间："哟，十点多了。我让人备了点消夜，走吧，叫上小霍他们。"

霍礼鸣下楼到大厅，唐其琛看了他两眼，目光掠到他身后，待人走近，忽然问："温以宁呢？"

霍礼鸣说："她晚上跟我借了车，出去了。"

语毕，霍礼鸣的脸色变了变。温以宁出去时才七点多，现在都几点了。唐其琛径直绕过去，往楼上走。温以宁的房间在最里面，敲了几下门，没有回音。

唐其琛又给她打电话，长音之后，通了。

和老许聊天的时候，就能听见窗外滚滚的雷声。春日天气多变，春雨一下就能是整晚。唐其琛手机举在耳畔，人就围着窗户边那么短距离来回走着。

一声一声，温以宁没有接电话。

唐其琛重拨一次，依然没接。他走过来，问老许："你这儿的船一直有吗？"

老许肯定道："一直有，只要她到码头来，就不会让她落单坐不了船。”

唐其琛点点头：“老许，你车借我用用。”

一旁的唐耀说：“要不你再等等？这才十点，不算太晚。没准她就是出去逛逛，来的时候我看到这边有酒吧，去玩玩也没什么。”

唐其琛侧头看向他，目光笔直深沉，面色是极冷的：“她不是会去玩的人。”

他语气太坚定，像是对这个人有着极致的了解。唐耀扯了下嘴角，点点头，不再吭声。

老许要给唐其琛安排人，被拒绝了，人赶过来总是需要时间，唐其琛没想等，拿着车钥匙就往外头走了。霍礼鸣喊了声：“哥，你外套！”

而等他去房间拿了衣服追出来，人早就坐船走得老远。从山庄到岸边要十分钟，其间唐其琛又给温以宁打了两次电话，无一例外的长嘟音。没多久，手机忽然响了铃，却是老许。

老许声音急切地告诉他：“四明路发生了车祸，我朋友刚告诉我的。一个大货车压了辆小车，那车，车是奥迪，有伤亡，救护车去了两辆。”

唐其琛手指压着手机，重锤往心里狠狠一砸，他闭了闭眼，沉声说：“知道了。”

“不过不一定就是小温，我现在托人去交警队打听，你先别急，等我消息。”老许赶紧劝。

上岸，酝酿了一晚上的雨以瓢泼之势落了下来。唐其琛冒雨上岸，没几步全身都湿了。湖心与天际相接，一道闪电劈亮夜空，一团团蓄在天上的不知是雾气还是云层。唐其琛坐进车里，门一关，他就打了个冷战。

老许说的那地方离这儿有十四公里，是镇子老一代居民住的片区。又是旅游景点，车多路窄，还有两公里的时候就堵住不动了。老许那边还没来消息，雨刮器调到最快的速度刮着车窗上的雨水，一层一层跟小型瀑布似的。唐其琛把车挪出个空位，然后一把方向打到底，挨着前面那辆车的车尾擦过去，硬生生地停在了路边。

他熄火下车，顶着雷雨就往前面跑。雨势没有减小，在车里好不容易烘干点的衣服又湿透了。靠近事故地，看热闹的人一圈又一圈，纷纷诉说惨烈场景。唐其琛扒开人，挤到最前面。

肇事的大货车车头呈九十度横在路中央，警示灯一下一下地闪，那辆跟它碰在一起的奥迪车身凹陷已经完全变了形。唐其琛看到车牌号，整个人的力气都被掏空了一样。

这边。

老许已经叫了人，齐齐往码头赶，霍礼鸣跑最前面，唐耀拿了雨衣丢给他："穿上。"

霍礼鸣接是接了，但没穿，他说："我留给琛哥。"

忽然，有人喊："人回来了！"

一艘船正靠岸，温以宁撑着伞，提着满满的一袋东西，被这阵仗吓了一跳："这、这是怎么了？"

霍礼鸣松了一口气："我天。你怎么不接电话啊？"

"我手机放房间充电呢，我没带出去。"温以宁还摸不清情况，"出事了吗？"

"人没事就行。"霍礼鸣赶紧拨唐其琛的号码，急切地说，"哥，她回来了，你在哪儿呢？"

雨势渐小，地上的水洼反着湿漉漉的暗光，就连天上的月亮也露出了尖尖一角。

没多久，雨便彻底停了。

霍礼鸣从老许那儿拿了床厚点的被子，被子大，挡住了视线。等他看到温以宁时，差点撞了上去。

"哎，有事？"他退后一步，问。

温以宁抱歉地说："不好意思啊，今天晚上我没带手机，让你们操心了。"

"我们没什么，主要是琛哥。"霍礼鸣对着房间抬了抬下巴，"他淋了一晚上的雨，我给他换床被子。"

温以宁抿了抿唇，眉间犹豫："唐总他还好吗？"

"应该没事。回来就让他洗了个热水澡，这会儿应该洗完了。我先送被子进去了啊。哎，别有压力。其实我们都觉得你不会出事，耀总还劝他再等等。"霍礼鸣笑了下，短短的头发贴着头皮，模样痞气。

温以宁把路让出来，没再说话。

霍礼鸣送了被子就出来了，瞧见温以宁的房门没关，敲了敲：“忙吗？”

“啊？”温以宁正收拾衣服，放下动作说，“不忙，怎么了？”

“那正好，帮个忙。老许叫我过去一趟，急事。但我刚进去送被子的时候，唐总还没洗完澡，这两瓶药你十分钟后拿给他，让他吃了。行吗？”

霍礼鸣不由分说地把东西塞她手里：“记得啊，这是养胃的。”

温以宁握紧瓶身。

她等了十五分钟才去敲门。敲了四声，门才迟迟打开。唐其琛换了一套深蓝色的绸缎面料的睡衣，他刚洗了澡，头发没干，软趴趴的还在滴水。见着是温以宁，他自己都愣了下。

“你的药。”温以宁低着头，伸出手。

“谢谢。”唐其琛接过之后，转身往里面走，他没关门。

温以宁站在门口，看见他随手把药搁桌子上，提醒道：“小霍说，让你马上吃了。”

唐其琛看她一眼，没说什么，坐在了床边，他背脊微弯，看起来精神不太好。总这么站着也尴尬，温以宁刚转身要走，唐其琛说：“你帮我倒点水。”

温以宁脚步一顿，想到晚上这事，毕竟因她而起，虽然是误会乌龙，但到底于心有愧。犹豫片刻，她还是返身走了进去。

“大瓶的五粒，白瓶的六粒，水别兑太热。”唐其琛说完，就钻进了被子里，侧躺着，人蜷成一团。

温以宁把水倒过来，就见他闭着眼睛，本就肤色淡，又被床头灯这么一照，就更显苍白了。唐其琛的眉头微微蹙着，拧成一道很浅的纹，他呼吸有点喘，可能是不太舒服，他把被子又往脖颈处扯了扯。

温以宁把药和水杯搁桌上：“那你记得吃。”

唐其琛睁了睁眼，看着她。男人的眸子是一层淡淡的褐黑，目光专注时，里头的温度都仿佛在上升。温以宁对望两秒，慢慢移开视线，她站直身子要走。

“我不舒服。”唐其琛哑着声音说。

温以宁侧过头，见他神情愈发不对劲，于是走到床边，手背往他额头上一探，心一凉："唐其琛，你在发烧。"

女孩儿冰凉细腻的手贴着他滚烫的皮肤，像是三伏天里中暑之人渴望冰饮。唐其琛抓住温以宁的手腕没让人走。他把脸贴向她的手心，又把眼睛轻轻闭上了，极虚的一声："以后你要记得接电话。"

第五章 大梦谁先觉

唐其琛说完这句话便又闭上了眼睛。钳住她手腕的力气渐松，温以宁慢慢把手抽了回来。她去找了老许，老许又连夜从镇上接了个医生过来。一量体温，三十九度多，额头滚烫。

那医生用药前，霍礼鸣拦着没让，挺礼貌地问医生要用什么药。他又把这几种药给拍了个照片，直接微信发给了老陈。唐其琛的身体一直在老陈那儿调，最了解不过。

老陈很快回了信息："可以用。但我之前给他开的白色药瓶就暂时别吃了，他要是反复烧，明天赶紧回上海，到我这儿来。"

医生来了后，温以宁就回自己房间了。过了两小时，听见外头脚步声，她拉开门，霍礼鸣刚从唐其琛房里出来。

"还没睡呢？"霍礼鸣侧头看她一眼。

温以宁问："医生走了吗？"

"老许让他晚上在这儿待一夜，怕人又烧起来。"霍礼鸣说，"现在不烧了，出了一身冷汗，给他换了衣服又睡着了。"

温以宁愧疚感更甚，杵在原地表情挺尴尬的。

“跟你没关系，没事啊。快休息，明早再看情况吧。”霍礼鸣推了推手，示意她进屋去。

次日，温以宁起床下楼，就看见霍礼鸣他们起得更早，已经坐在那儿喝早茶了。唐耀坐左边，聊着天笑得很恣意，老许跟他一块儿，也是合不拢嘴。唐其琛背对着，今天穿了件淡灰色的线衫，他靠着椅背，左手搭在扶手上，远远地，能看清他手背上有一块四方形的白纱布。

那该是昨晚打针时忘记揭掉的。

霍礼鸣先见着人，抬手示意了一下。唐其琛顺着回过头，他精神看起来不错，一晚的休整，脸上已不见倦容。温以宁和他的视线撞了个正着，唐其琛对她轻轻点了下头，便又转了回去。

“身体真没事儿？”老许问了他一句，“可别勉强啊，到时候我可没法跟你家里交代。”

唐耀也劝：“要不就别去了，我们今天就回上海。”

温以宁走过来，霍礼鸣给她挪了个位，告诉她说：“本来准备今天去钓鱼的。”

“钓鱼？”温以宁下意识地看了眼唐其琛。

“去吧。本来就是来玩的。”唐其琛对唐耀说，“你难得来一次，不扫这个兴。我没事了，天气好，出去透透气。”

老许便点点头：“那行，小霍，你给他多拿件外套。”

庄园附近几公里的地方是老许的私人水库，很大的一块地，年初时已设计完工，跟他这农庄连在一起，打造生态休闲一条龙，现在高档一点的商务接待都不爱去餐厅酒店，挑个风水宜人的地方更好谈事。老许准备下半年正式营业，他人脉广阔，现在订单都接到年底了。

这些东西看着普通，其实特烧钱。老许这人说话朴实大气，是个有家底，见过风雨的人。唐其琛已经过了广结善缘的阶段，能留在身边的，都是在时间之中大浪淘沙后的珍珠。

坐船离开山庄，又换了电瓶车沿着山路盘旋，江南特有的山水之美展现得淋漓极致，一夜春雨，到了早上，阳光又变得雀跃。路边一茬茬开了的花儿，也在酝酿着初夏的到来。

到了水库，钓竿早就准备好，唐耀是能钓鱼的人，一招一式熟悉得很。他跟老许比赛，看谁先钓上来。唐其琛在一旁看着，偶尔笑一笑。水面来风，涟漪一圈圈地漾开，也吹散了他额前的头发，露出男人饱满好看的额头。

“你不钓鱼吗？”温以宁拿了两瓶水，递了一瓶给霍礼鸣。

霍礼鸣蹲着，一层短短的头发贴着头皮，干干脆脆的小板寸，这种发型很挑人，但安在他身上就能来神。他接过水，不感兴趣地摇摇头：“我体会不到这种乐趣。拿根竿子坐几十分钟，还不一定能钓着。”

温以宁坐他旁边，听了也笑起来：“我也一样。”

“琛哥他每次钓了鱼，最后还给放了。”霍礼鸣特不理解，满不在乎道，“还不如下去摸鱼来得痛快。”

温以宁说：“我老家也有一条河，比这里小一点，我记得读书的时候，一放学就往水里跑，脱了鞋袜，往水里踩得噗噗响，那种大扫除用的小红桶你知道吗？我们就拿它往里捞，能捞着好多小蝌蚪。”

霍礼鸣顿时来了兴趣：“那咱们下去试试？”

温以宁愣了愣：“这儿？”

“那边水浅，我去找两把鱼叉，他们一钓鱼就是一上午，我们也找点事做。”霍礼鸣还是很有玩心的，说做就做，没多久还真找来了两把叉子。

霍礼鸣真是个不怕冷的，本就只穿短袖，裤管一卷，鞋袜一脱，三两下地就踩到了水里。他侧头说：“还是有点凉。你把那个雨鞋穿上。”

温以宁也没推辞，挺大方地换了鞋，拿着水桶就往水里去。这儿水清，能看见鹅卵石和沙粒。太靠近岸边，只有小鱼苗，霍礼鸣往深点的地方去了，低头看鱼，拿着鱼叉蓄势待发。

这动静让老许他们都看了过来。老许乐呵着说：“小霍还挺会玩的啊。”

唐其琛微微皱眉：“猴着呢。”

估计这边鱼也没那么快钓上来，就把鱼竿搁地上，三人走去他们那边。温以宁的桶里乱七八糟的一些小鱼田螺什么的，反倒是架大势的霍礼鸣，扑腾了半天什么都没捞着。

温以宁笑着说：“你输了啊，这顿饭欠下了。”

刚说完，“有了！”霍礼鸣一声大嚷，然后水花四溅，他抬起鱼叉，掐住尖尖上还在奋力挣扎的鱼，还真让他给捞着了。

“哟，好大一条。”老许笑着大声，“这饭得小温请了。”

温以宁一看，气得往水里一跺脚：“笨鱼，你就不能游快点吗？”

老许和唐耀在岸边朗声开怀，唐其琛嘴角也噙着淡淡笑意。他没说话，往钓鱼的那地方走去，再回来时，手里提了个桶子。

“以宁。”他突然大声。

温以宁正准备往岸上走，抬起头一脸懵懂：“嗯？”

就见唐其琛双手提着桶把，桶口向她这边倾斜。其实他什么也没说，但温以宁很快会意，端着自个儿手里的塑料桶往前一伸，扑通一响，水花溅开，温以宁侧头躲了躲还是被溅得满脸水花。一条鱼在空中抛了条漂亮的弧形，鱼尾还左右打挺，最后精准落入她的桶里。

唐其琛站在岸边对她笑，眉间清风畅意，说：“你赢了。”然后对蒙在水里的霍礼鸣抬了抬下巴，“她不用请你吃饭了。”

这鱼本来就是用来吃的，没再放生，中午直接给炖了汤。吃午饭的时候，老许也有眼力见，直接把温以宁安在了唐其琛边上。两人都挺沉默，一顿饭吃了十来分钟，谁都没说一句话。

吃完饭后，老许支了个牌局，三个人也有三个人的玩法。霍礼鸣走出来时，看见温以宁一个人在外头坐着。

“想事情？”

温以宁听见声，如梦初醒一般抖了下。

“吓着你了？”霍礼鸣坐她边上。

“没。”温以宁笑笑，“你不玩牌吗？”

“不玩，赢不了的。”霍礼鸣卷了卷自己的衣袖，露出小手臂上一截文身，风轻云淡地说，“里头的人，都赢不了他。”

温以宁低了低头，说：“我之前以为你也是亚汇的员工。”

“我学历不够，进不了。”霍礼鸣叠着腿，扯了根狗尾巴草咬在嘴里，双手枕着后脑勺仰了仰，“我也不习惯朝九晚五的生活。”

“那你跟唐总怎么认识的？”

“收保护费的时候差点被人砍死，他救了我一命，我这条命以后就是他的。”

霍礼鸣说这话的时候，语气平平，眼神太坚毅平静。始终不听她吭声，霍礼鸣转过头：“不用怕，你是唐总的人，以后如果在上海碰到什么麻烦了，可以找我。”

听到这里，温以宁渐渐了然。霍礼鸣年龄不大，但沉稳老练，不输忠心。而且唐其琛对他确实有恩，这份过命的交情，足以成为坚韧不摧的信仰和跟随。

“不说我了，说说你吧，你会一直在上海待着吗？”

“不知道。”

“我看过很多人，在大城市打拼个几年，最后都回去了故乡。能留下来的，都是有牵绊的。要么舍不得钱，要么，对梦想还有希望。你呢，你现在是哪一种？”

温以宁想了想，低着头说：“我哪种都不是。”

霍礼鸣眼神悠远而平静，轻描淡写道：“如果你要走，提前跟我哥说一声。我觉得他对你是不一样的。”

温以宁心里一紧，看向他。

“其实我知道你。四年多前，我就听柯礼提起过你的名字。我哥这几年变得愈发寡言，看着对谁都客气，其实也就是做生意的时候，真要私下对人了，我觉得他身上血液都是凉的。他下个月就三十六了。这个岁数，感情生活都是空白。”霍礼鸣自顾自地笑了下，“我知道他喜欢过一个女人，好多年前的事了，我以为就那么一个。但后来，柯礼告诉我，那是没见过他为了一个女孩洗手做羹汤的样子。”

温以宁愣了愣，心里想到了什么，但一团团的拎不出头绪。

“那年他生了一场大病，应酬上喝酒喝得昏天暗地，胃部大出血，养了好久才出院。柯礼就是那时候在他手机上看到了一个录好的视频。一个女生在厨房做饭，回头发现我哥在拍她，我哥说，以后他也能照着视频学做饭。”

旁人三言两语勾起了往事的序幕，如同基石一样打了个底，剩下的回忆，万丈高楼平地起，温以宁自然也记起来了。那个视频的后续，是她打心眼里不信，说：“嘁！你要会做饭，我跟你姓啊！”

当时的唐其琛三十而立，没说话，只嘴角勾出一个很小的弧，温润和煦的像是春风过境，哪儿哪儿都是好看的。纵使这些年，很多片段差不多忘记，唯独那个笑容，会像天黑时的路灯一样，一盏盏地亮起。

“我不知道中间发生了什么，但后来，他做了一顿饭赶去了高铁站拦人。不过最后他还是一个人回来了。”霍礼鸣继续说着，然后回头看了她一眼，平静问，“那个视频里的女孩儿，其实是你吧。”

他语气平铺直叙，最后一个字落音，耳边静得离奇。四目望去，是离离原上草，阳光和煦温暖。

温以宁久久没有说话。

不用说话，霍礼鸣看她这表情就明白了。

“我哥这人，其实也挺不容易的，他们家家大业大，但压力和责任也成正比。这几年是好过了些，他风光，人人仰望，那是你没见过他为此付出了什么努力。应酬的时候，真是不要命地喝，胃就是那时候喝坏的。其实我特别希望有个人能陪着他，知冷知热的。”霍礼鸣站起身，顺手扯了根狗尾巴草，几下折腾，对她说，“来，伸个手。”

温以宁还木着，条件反射地摊开掌心。

霍礼鸣把那根狗尾巴草串了个简单的指环，对准她的食指，往上面一套。然后笑得跟孩子一样：“付个定金呗。”

老许照顾周到，行程安排合理用心，上午钓鱼，想着唐其琛昨晚还发着烧，就把下午去航滑的计划取消，陪他玩玩扑克。唐其琛手气顺，唐耀与他旗鼓相当，就老许输得最多。

“你老回头看什么？”老许点了一沓钱丢桌子上，“找小霍啊，放心，他跟小温待一块儿呢。人丢不了。”

唐其琛没说话，只一眼看向老许。老许挑了挑眉，颇有深意地把目光还给他。

晚饭换了口味，清淡素雅的农家菜，唐其琛吃得少，筷子时不时地动一下。没多久上来一道鱼汤，是他们昨天吃过的野生鲫鱼。老许指着说：“你特意要的，来，就放你面前。”

服务生端着盘子，刚要过来，唐其琛说：“放她那儿。”很轻的一句话，说完又跟唐耀继续聊天了。

鱼汤摆在温以宁面前，一样的味道，汤面上依旧一层薄薄的胶质层。

她昨天最爱的一道菜。温以宁面颊微热，不知是空调温度太高，还是被这香味给熏的。

晚饭后，一行人离开水库，回山庄里休息。他们第二天就要回上海，老许把早就备好的礼物放进了唐其琛和唐耀的后备厢，都是健康农产品。这边忙完，霍礼鸣想去镇上转转，找个酒吧蹦蹦迪。唐耀也随意，笑着说："捎我一起，体验体验乡村民谣。"

霍礼鸣挺酷的："行，我请你。哎，你去吗？"他又问温以宁。

"我不去了，你们好好玩。"

"那行，正好，你待会儿帮个忙。"

他把温以宁叫到一旁："我哥从水库回来就进房间了，这会儿也没见人出来。我看他路上咳了好几次，我怕他睡过去了，又不按点吃药。"霍礼鸣看了看时间，"八点半的时候你提醒一下他，房间都有内线，你拨他的房间号就行。"

这小子忙着去蹦迪，说完就转身走了："有什么事儿打我电话。谢了啊，中国好员工。"

温以宁望着他的背影失笑，这人还真挺潇洒的呵。

霍礼鸣的这个要求也不算什么，一块儿出来的，说到底唐其琛这次折腾也是因为她。抛开别的不谈，刻意冷漠回避，倒显得自个儿不懂人情世故了。到了点，温以宁很平静地用房间座机给打了过去。唐其琛房间号1288，都在一层楼。她特意把门给打开了，铃声大，她这里也能听见。

铃声这么响着，但一直没人接。温以宁又拨了一次，还是没接。她皱了皱眉，不是吧，又倒里头了？没敢耽误，温以宁直接去敲门，起先还挺矜持地咚咚咚，咚了半天没人应，她提高声音："喂！病号！"

门唰地一下从里拉开，她拳头举着已经往下砸了，收不住动作，唐其琛站在门前也没躲，直接抓着她的手腕给定住，语气淡淡不悦："你刚叫我什么？"

温以宁蒙了下："你在啊？"

唐其琛蹙着眉头，眼神沉了沉："嗯，洗澡。"

"小霍让我提醒你吃药。"温以宁说完想走，但他拉着她的手腕也没松，男人指间湿漉的热气顺着皮肤一路攀爬，空气都变黏稠安静了。好几秒，唐其琛才垂下手，问："出去走走？"

温以宁本能反应地摇头：“不了。”

“行，那就进来坐坐。”他把门敞开了些，见她站门口没动，唐其琛说，“你帮我把药分一下，我量个体温。”

气氛步入了正轨，温以宁走进来：“反复烧啊？”

“嗯。”唐其琛靠着桌沿，站得不算直，背脊微微弯着，看起来状态似乎又不对，他指了指右边，“体温计。”

温以宁顺着他指的方向去找，第一层没见着，又蹲下来找柜子里：“你经常这样发烧吗？如果烧得反复，回上海去医院检查检查。胃不好的人还是多注意，我一个高中同学，三十不到，胃癌去世了。你也不年轻了，自个儿注意身体。”

温以宁边找边念叨，也没别的想法。她小时候，江连雪最爱拿发烧来吓唬人，说什么发烧上了四十度，就一定会烧成脑膜炎。虽然是谣言，但小时候这些言论给她留下太深刻的印象，长大了，温以宁对这些东西异常敏感。

“你让柯礼给你准备点退热贴吧，没事还能应应急……哎，没看到体温计啊。”温以宁转过身，就和唐其琛碰了个正着。

不知道什么时候，他竟然站在了她后面。眸色漆黑而亮，凝视着，专注着，这样的眼神很烫人。

温以宁下意识地往后退，抵着桌子，退无可退，一颗心笔直下沉。

怎么形容这个眼神呢，有山回路转不见君的缺憾，有无计留春住的遗恨，有历尽千帆又重归安详的丁点希望。

温以宁呼吸都屏住了，心里某种猜测越发清晰，勾着人的记忆往回倒带。

静了几秒，唐其琛抬起手，轻轻按住了她的肩膀。在这幽幽温柔的光影里，小心翼翼地将人搂进了怀里。

他说：“念念，我们再试一次，好不好。”

温以宁的半边脸枕在他胸口，男人身上的香味很淡，混着湿漉漉的水汽，被他体温一蒸腾，就变成了迷魂药。她有一刹的茫然，甚至待在他怀里忘记了挣扎。唐其琛的语气太静了，你能听出他不是临时起意，不是发烧把脑子烧糊涂了，就这么去繁从简的一句话，一个字一个字地敲打着耳膜。

温以宁抵住他的胸口，力道一分一分地加重。不用言辞锋利地把拒绝二字说出口，唐其琛能感受到她的抗拒。

他主动松开了她的手。

温以宁手肘往后，掌心抠着桌沿，垂着脑袋，唇瓣抿得紧紧。安静了几秒，唐其琛刚想说话，她就从两人之间的空隙里溜了出去。人走了，门都没给他关。走道上的光亮把这门变成了一个明晃晃的伤口，房间幽幽暗暗，没了半点生气。

唐其琛视线收回来，他心里早就预料到是这结果，谈不上失望，整个人静得离奇。

没多久，门板砰地一响，温以宁又跌跌撞撞地跑了回来。

唐其琛的表情短暂错愕，温以宁跑到他面前，仰着脑袋盯住他，跟交代遗言似的坚决道："我不跟你试。一次两次我都不跟你试。"

说完又转身跑了，跑到门口，温以宁脚步慢下来，估计这个时候人已经完全缓过劲，理智全清醒，她平声提醒："老板，您烧糊涂了，回上海之后记得去医院看看。"

这茬意外到此方歇，人都走了好久，唐其琛还站在原处。后来头疼实在难受，他才换了个姿势，从抽屉里摸出药，囫囵吞了两颗退烧。

第二天早上，温以宁一出门就看见霍礼鸣窝在沙发上睡觉。身上搭了件外套，衣领遮住了下巴，高挺的鼻梁撑着眉目，眼睫垂着，能看到眼眶下一层淡淡的黑青。听见动静，霍礼鸣醒得倒快："哎，你就起来了？"

温以宁嗯了声："你怎么不回房间睡？"

"昨儿回来得晚，我房卡落唐总那儿了，不想打扰他，随便凑合。"霍礼鸣坐直了些，捏了捏眉心醒瞌睡，瞄她一眼，"你怎么黑眼圈也这么重？昨晚没睡啊？"

她转过身不想让他多看，随口敷衍："看了两部电影。"

"我哥没事吧？"霍礼鸣从沙发上站起来，抡了抡胳膊，"昨晚他吃药了没？"

温以宁嗯了声，没答，而是转移话题："耀总跟你一起吗？"

"对，他没喝酒，去酒吧就凑桌玩桥牌去了。跟我哥一样的爱好。”霍礼鸣又恢复了结实酷哥的形象，外套甩在右肩，噔噔上楼，“我看琛哥起床了没有。”

现在也才六点多，但唐其琛十一点还有个会议，所以得早早出发。老许把他们送到渡口，招呼周到，跟每个人告了别。温以宁还坐霍礼鸣的车，待了两天也混熟了，回程就不像来时那么沉闷。

霍礼鸣穿了件纯白色的短袖，上车的时候，衣摆跟着撩了撩，露出了腰侧的一个匕首图案。

温以宁问：“你很喜欢文身？”

霍礼鸣说：“还行，年轻时候弄的。这两年琛哥不让了，他之前还打算送我去当兵，不过后来出了点事就没去成。我看他最近也没说了，改天再把右手也给文了算了。”

温以宁仔细看了看他左边的花臂：“你不疼吗？”

“不疼。”霍礼鸣看她一眼，“你想文？”

温以宁笑了笑。

“约个时间一块儿去吧。”

她答应了：“行。”

进入上海界，在服务区的时候，唐其琛就坐回了自己的车。唐耀从这儿直接上机场高速，中午的航班回北京。走前，他对温以宁晃了晃手机：“以宁，微信联系。”然后留了个意味深长的笑，便分道扬镳了。

唐其琛往车里一坐，气氛就压了下来。

不过他上车后一直没怎么说话，跟方才与唐耀谈笑风生的模样判若两人。温以宁坐副驾，背脊挺得直直，好像有枪口从背后对准了她，浑身不自在，她没敢轻举妄动。坐久了，她甚至觉得腰酸背疼，四月芳菲尽，背上竟冒出了层层冷汗。

直到霍礼鸣说：“右边有个毯子，你给他盖一下。”

温以宁这才慢吞吞地转过头，发现后座的唐其琛靠在那儿睡着了。

他的样子不像浅眠，双手轻轻环着胸，头往车窗偏。那么刚才温以宁所感知到的一切不适，其实都是自己给自己的压力。

她心里有恐惧，有害怕，有逃避，也有理性的克制。

温以宁捏紧了手里的毯子，压下这复杂的情绪，然后解开安全带，转过去伸长手，把毯子勉强地盖在了唐其琛身上。

一动就醒。唐其琛睁开了眼睛，毫无征兆地看着她。

温以宁心里咯噔一跳，纯粹被吓得。

就在这时，车子一个点刹，她人跟着惯性就要往后面栽。手臂一紧，是被唐其琛牢牢抓住了。

“路中间一个大轮胎！”霍礼鸣转了把方向，有惊无险地躲过，“你没事吧？”

直到车子重归平稳，唐其琛才把温以宁的手放开，语气微微不悦：“好好开。”

坐回原位，系好安全带，温以宁觉得刚才被他拽过的手都麻木得没有知觉了。

十点半，把两人送到亚汇。霍礼鸣走的时候，跟温以宁吹了声挺酷的口哨：“这周六一块儿去啊。”

文身的事还记着呢。温以宁了然：“好。”

唐其琛站在旁边，估摸是听得云山雾罩，他看向霍礼鸣，这小子一对上视线，就很自觉地闭了嘴，飞快地开车溜掉了。

还在路上的时候，柯礼就已经打来电话确定时间。这两天虽然在外边，但悠闲放松的小型假期，怎么都比工作舒服。短暂休憩，又得恢复高压忙碌的状态了。这倒不是重点，这么多年也习惯了。唐其琛恼的是另一件事。

从下车起，温以宁就跟他一副“生人勿近”的架势，之前还能礼貌客套地叫他一声老板，现在好不容易攒下来的温和又都消失得一干二净了。电梯到了，唐其琛走进去，拧头看着原地不动的温以宁：“你不用上班？”

温以宁面不改色：“这是专用，我等下一趟。”

这个理由充分得让人无法反驳。唐其琛脸色极静，目光笔直投向她：“你准备躲着我到什么时候？”

周遭的尘埃都落了地，沉默无波。

唐其琛也用不着再说什么，一句话就能戳穿她心思。他走进电梯，转过身。温以宁便默然地跟了进来。唐其琛按了楼层，按完了，手还停在按键上没有收回。这个姿势维持了两三秒，向上的箭头开始缓缓跳跃。

唐其琛呼吸渐深，开口说："昨天晚上的事，我是……""认真的"三个字还没成型，就被温以宁冷冰冰地打断："我会辞职。"

唐其琛顿时哑口。

"我知道我对亚汇来说可有可无。这话说起来也不自量力。现在是没什么，一旦有什么了，我一定辞职，走得远远的。昨晚说过的，我再说一遍。一次两次，我都不试。唐总，话我说清楚了，你就当我不懂事吧。如果惹你不痛快了……"温以宁低下头，从包里拿出一个信封，"电梯门一开，我就去陈经理办公室。"

唐其琛看到"辞职信"三个字脸都僵了。

她说得坚决果断，没有丝毫商量的余地，在山庄时，霍礼鸣问她是不是也一晚没睡。是，她整晚清醒失眠，不是心有蠢动，不是被暧昧温情搅乱心池。而是正正经经、认认真真地给自己安置了后路。

所谓后路，就是退无可退，不给彼此任何一种可能。

这封辞职信，就是一把利刃，挥刀斩断过往，没想和他有未来。

空气里像是泼了一桶又一桶的胶水，黏稠静止，黏住唐其琛的五感，重拳捶在最软的肋骨上，闷得他压根没法喘气。

最后，他语气也夹了雪粒，哑声说："你拿这个威胁我。"

温以宁很坦然地承认："你说是就是吧。"

电梯楼层继续往上，指示箭头一遍一遍地循环反复。直到唐其琛手机响，是柯礼又打了过来。十一点的会议人都到齐，他不过是提醒一下唐其琛，会议室改到另一间。但还没来得及汇报，就被唐其琛冷着调子打断："我在电梯里了，催命吗！"

柯礼挨了一顿无辜咒骂还蒙着，电话就被挂断。

唐其琛侧头看了一眼温以宁，看她站在那儿背脊笔直，看她眉清目秀却一脸坚韧无悔，看她目视前方，连一个回应的眼神都懒得给。唐其琛喉结微滚，慢慢点了点头："好，公司里，我不做任何对你有影响的事。"

他说："辞职信撕了，你别走。"

电梯门划开，外头的空气钻了进来，混淡了里面的浓稠气氛。唐其琛步履生风地跨了出去，面色冷峻，又恢复了他一向的骄矜气质。温以宁看着男人的背影，他走的那一瞬，自己心里的石头哐啷地胡乱落了地。

傅西平晚上请唐其琛吃饭。他不知从哪儿挖来的一个做日料的厨子，据说是做过国宴的那种。唐其琛到时，该来的都到齐了。能到家里聚着的，都是交情过硬的，彼此都熟，两个年龄稍小的纷纷叫他哥。傅西平盘腿坐地上玩游戏，回头见着人直嚷嚷："你什么情况啊，加班连饭都不吃了是吧？"

柯礼笑着帮答："唐总去了两天苏州，今天回来的，一堆事要处理。"

傅西平没在意，只冲厨房喊了声："行吧，齐活了。"

唐其琛对生鱼片没太多兴趣，或者说，他对吃的都不太感兴趣。傅西平要给他倒清酒，柯礼给拦了下来，"别让他喝了，他病还没好呢。"

"又怎么了？"傅西平抬起头，酒瓶刚刚倾斜就给停住，"老毛病啊？"

唐其琛淡淡地说："不是。"

"自个儿的身子得当心，咱们这年龄卡在中间，都是为以后打底子，现在还能扛，四十往后，病痛可就都来了。"傅西平劝得也叫一个真情实意，"小柯你是他身边的人，平时多提醒。"

柯礼点头："放心，我会的。"

傅西平这房子大，近一百平方米的客厅宽敞亮堂。他是正儿八经的设计系毕业，房子装修得很有个人风格，最醒目的就是墙上那个一百寸的电视屏，傅西平多数时候用来玩游戏和看电影。今天人多，就放了电视直播。

"看，安安呢！"一人指着说。

正放着东亚台的一个慈善活动，这几天微博讨论也热烈，国内一线明星都有出席。正好是走红毯的环节，安蓝和今年的新晋影帝走在一起，微博话题后面瞬间就跟了一个"爆"。

"这身造型不错。"傅西平感叹，"那时候还是跟在我们后头跑的小丫头片子，一会儿都这么大了。哎，前天晚上她还跟我发微信，问你最近是不是很忙。”

唐其琛嗯了声：“事多。”

“那你也抽空给她回个电话。”

友人在旁搭腔：“安姐都成望夫石了。”

一阵笑。

傅西平丢了个龙虾壳到那人头上：“开你安姐的玩笑，胆很肥嘛。”

说是玩笑，其实也半真半假半试探。玩不到一块儿的，就不会出现在这里，都是知根知底的一圈人，安蓝对唐其琛的心思那是步步清风，明白人一看就能感受到。好小的时候就是这样了，安蓝也是男孩儿个性，对谁都没个正经，但一到唐其琛跟前，看他的眼神都是要命的。

一种惯性思维吧，谁都觉得这两人迟早得在一起。

大伙儿都爱调侃，这会子又把话题往安蓝身上扯了。

“哥，先跟你露个底啊，你不是下个月生日嘛，做好准备啊，安安忙活着给你准备个大型贺礼呢。”

“贺什么礼啊，滚一边去，我哥没那么老。”

“谁让你剧透了，打，现在打电话给安安，她抽不死你！”

“别！人家在参加活动呢！”

蹦出一个闹腾的，直接往电视屏幕前窜，张开手做话筒状，对着画面上的安蓝夸张尖叫：“安安！其琛哥哥在这里！”

闹成一团，嘻嘻哈哈的没个正形儿。

傅西平想起刚才柯礼说的，于是慢八拍地重提：“哦，对了，你这两天去哪儿了？苏州？你跑苏州干什么去了？”

唐其琛坐在沙发上，人是往后仰的，叠着腿，整个人漫不经心的。听到这里，他抬起眼睛，眼神安宁而深沉，对傅西平说：“没干什么，就是跟人表白了。”

语毕，热闹戛然而止，所有人的表情、动作、笑脸通通暂停。

八风静止，落针可闻。

傅西平掐了掐抽了一半的烟，回头嚷了声：“行了行了，玩你们的。”气氛又重新躁了起来。

“走，咱俩外头透透风。”傅西平对唐其琛说。

他这屋的阳台也大，据说是这个楼盘位置最好的一户，往这儿一站，就能看到不远处的东方明珠。傅西平叼着剩下的咽，眯缝着眼睛打量唐其琛："什么意思呢，嗯？"

唐其琛手肘撑着扶栏，背脊微微弯着，看起来还是很放松的。他说："就你听到的意思。"

"以宁？"

"嗯。"

安静半刻，傅西平把烟又摘了下来，皱眉道："可以啊我的大少爷！"

唐其琛笑了笑："你这么激动做什么？"

傅西平收敛神情，反倒沉默起来。江边的风往这儿送，城市的灯影也融在了这渺渺水雾里，舒爽宜人也悦目。他琢磨了番，轻描淡写地问："都多少年的事了，我记得你俩当初也没怎么样吧。"

确实是这么个情况，他傅西平虽不算阅人无数，但也是过尽千帆，男男女女之间又不是有点纠缠就非得过目不忘了，甭管男人女人，谁还没点过去呢。但像唐其琛这种的，他也是八辈子开了眼界。有着最好的资源，往人堆里也是俊俏出众的皮囊，怎么看都是老天爷厚爱的那一款，却偏偏情路不顺，跟个苦行僧似的。

唐其琛远眺江面，侧脸陷在明暗搭界的光影里，轮廓极尽完美。看了好一会儿，他才收回目光，对傅西平说："我俩当初还不算怎么样？"他冷哼一声，"也是。拜你所赐，要是你这张嘴少说两句话，今天我也不会这样了。"

傅西平磕了下，还是不太服气的："是，是闹了误会。但你要是没对人小姑娘犹犹豫豫的，至于闹那样吗？还巴巴地做了顿饭去高铁站追人？完了还没追着。"

唐其琛顿时不悦："柯礼告诉你的？"

傅西平啊了声："你别扣他工资啊。"

唐其琛别过头，换了个姿势靠着栏杆。背对风口，他头发卷了几缕往前，遮住了眉眼轮廓，一时看不清表情。傅西平的烟抽完了，挺自然地把烟头收于掌心，食指碾熄了火，浑然不觉得烫。

他对唐其琛太了解，刚才当着那么多人的面，轻飘飘的一句"跟人表白了”，就相当于昭告天下了。他能坦白，就是心里头有了主意，下了决心。有的人喜欢轰轰烈烈，有的人内敛沉稳，有什么了也不刻意宣扬，但分量是不言而喻的。

唐其琛就是后者，跟他这么多年的交情，傅西平知道的，也就他的那个六年单恋。后边那些相亲对象不作数，都是家里给安排的。于他自己，都是个过场就不了了之。他一主动，就是真动了心思了。

傅西平又点了根烟，问他：“那安安呢？安安那边你怎么交代？”

唐其琛睨他一眼：“我有什么要交代的？”

“她对你的感情，是个傻瓜都看得出来。安家可都是认准了你这个女婿啊。”傅西平很严肃地说，“你前几年回亚汇的时候，覆海生态园那个项目，安老爷子没少帮你。”

当时集团董事会内部不算融洽，分帮拉派各有各的利益。唐其琛能够这么顺稳地把CEO位子坐住，多亏了生态园那个项目的红利。安蓝父亲动用了自己的关系，帮唐其琛疏通了政府方面的阻碍。这几年两家利益往来一直牵牵扯扯，就没断过。

“老爷子是把你当准女婿来待的，不然他那一毛不拔的性子，能这样帮你？”傅西平把话亮得明白，“这些道理你比我懂。”

唐其琛不以为意：“他拿的好处，该给的一分也没少。”

傅西平点点烟灰，都是明白人，点到即止就行了。他叹了口气：“你悠着点吧，毕竟从小玩到大的，安安那边，反正你尽量顺着她吧，发脾气也好，跟你闹也好，你别把话说得太伤人。”

唐其琛没说话，傅西平幽幽一叹：“好事，总算有心了。”

唐其琛搭在栏杆上的手虚虚握成拳，下意识地动了动，沉默几秒，他说：“拒绝了。”

傅西平一声暴吼：“不是吧！唐其琛你没魅力了啊！表白失败？这词搁你身上我怎么这么想笑呢！”

唐其琛皱眉，一脸“你想死是吗”的厌弃表情。

“需不需要哥们儿帮你做点什么？”

唐其琛平淡地说：“我需要你闭嘴。”

傅西平乐呵一笑：“我发现你这毛病是改不掉了——太长情。”

黄浦江上游轮低鸣，长音回荡旷远入耳，十里洋场的流动盛宴从古跨今，从来都是繁盛而华美的。唐其琛的背影陷在其中，他低头又抬头，单手抄进裤袋，沉稳而清晰地回了句："改不掉就不改了。"

立夏一过，这天气以可见的速度在回暖。早上能穿个外套，到了中午，阳光蒸腾腾的，搁室外穿个短袖也扛得住。温以宁这个周末把冬天的衣服都给收了进去，季节更替，总能让人有重新开始，翻篇般的喜悦。

新的一周上午，温以宁与陈飒参加工作例会，流程比较长，估计一上午都待会议室了。陈飒在办公室审阅方案，敲门声响，她一看，竟是唐其琛。

"手机怎么回事？"他走进来，西装松了扣，今天没穿衬衣，就一件纯色短衫打底。唐其琛还握着手机，略为不悦，"打了两个都没接。"

陈飒一看，忘记开机了。

唐其琛坐下后，见她沉默安静，便也不再说什么："人走了，昨天最晚班回北京。傅总应该会长期留在国内了。如果有需要帮忙的地方，你跟我开口。"

陈飒道谢，她知道唐其琛作为朋友，那也是极其靠谱的。

这时，陈飒的秘书敲门进来，叫了声："唐总。"然后把发票拿给陈飒签字。门没合紧，能听到办公区域传来的阵阵声音。

陈飒头也没抬，随口问了句："外面闹什么呢？"

秘书顿时喜笑颜开："啊，送花儿的。好大一捧香槟玫瑰。"

唐其琛正用手机看刚收到的邮件，没什么反应。

"玫瑰？"陈飒微微皱眉，"谁的？"

秘书无不羡慕："送给以宁的呀。还是耀总送的呢，两百多朵，把她桌子都占满了！"

低头看报表的唐其琛手指一怔，瞬间点错了一个数据。

温以宁从会议室出来是一小时后，看着这一大捧花也愣住了。同事无不惊羡，说耀总真是大手笔。又问她是怎么跟耀总认识的。温以宁三言两语地敷衍过去，赔着笑脸，挺尴尬的。玫瑰里还塞了一张卡片，上面写了一句英文：In love folly is always sweet.落名：Yao。

含蓄而幽默，但心意明明白白地亮了出来，是唐耀的风格了。适时，手机响，唐耀的视频电话在屏幕上闪。温以宁拿了个烫手山芋似的，走出去接了。唐耀的手机应该是立在桌子上的，他坐在办公室里，手上还拿着文件，见着她便笑着说："收到了？"

温以宁心里没底，这事也来得太突然，只能斟酌着语气说："是，收到了，谢谢唐先生。"

唐耀的颜值还是很能打的，在没有任何修饰效果的镜头里依然俊朗耀眼。他笑意深了些："别这么客气，生分了。"

温以宁心里七上八下的，一时也不知道说什么。

唐耀绅士，从不咄咄逼人，聊了两句就把视频挂了。温以宁心里装了事，转身就被人给吓着了。唐其琛站在电梯口，也不知站了多久，眼神一直留在她身上。温以宁跟做了坏事被抓包的小学生一样，心跳咯噔咯噔的，感觉两道目光把她戳出了无数个窟窿。

温以宁心想，不对啊，我又没欠你什么。于是昂首站直了，风轻云淡地从他身旁走了过去。

这么大一束花留在办公室也不是个办法，温以宁就把它放到了楼梯间的角落里。后来保洁阿姨来问她："小美女，这花你还要吗？不要的话，我能收走吗？"

温以宁没不舍，爽快地说："您用得着就拿去吧。"

空运而来的香槟玫瑰新鲜欲滴，品质色泽没得挑。这阿姨也蛮有经济头脑，拿去附近的花店给旧物回收了。唐耀的花一天一送，早上九点特别准时。温以宁这几天跟陈飒去杭州出差了，没空管这些。等她回来的时候，保洁阿姨美滋滋地送了她一碗炖得香喷喷的土鸡。同事告诉她："人家靠着卖你的花，发了一笔小财呢。"

温以宁这才觉得，唐耀可能不是闹着玩的。

被追求很正常，但没那个想法，就实在没必要吊着。她挑了个时间，很郑重地给唐耀打去电话。中心主旨在心里打了几遍腹稿，本该脱口成章的话，就被唐耀先发制人地给打断了。

他接起电话，语气明媚温和："正好，刚要打给你。咱俩这算不算心有灵犀？"

"唐先生，我有话……"

“下来吧。”唐耀说。

温以宁愣了愣：“嗯？什么？”

“我在你公司楼下。”

温以宁坐电梯下去，虽然下了班，但停车坪还是很满，她举目四望，一时没有目标。唐耀摁了下喇叭，然后慢慢把车开了过来，车窗里男人的笑脸很和煦：“上车。”

温以宁踟蹰着没动，后面又有车跟上来，催了几声。唐耀说：“我车堵着道了，以宁，上来。”

温以宁只得坐上去。唐耀的车是黑色的卡宴，跟上次开的不是一辆。出路口的时候有点堵，前后来车夹着他，等过了这段路，他轻轻呼了口气：“那哥们儿往左边挪个两厘米，就不用这么费劲了。好久不见，晚饭你陪我吃？”

唐耀说话很直接，但他语气拿捏恰当，又不会彰显得很刻意。温以宁起先还拒绝：“我不太方便。”

“别拒绝好吗，我刚下飞机，饿昏了。”唐耀边开边看导航，“上海我也不太熟，这么晚了，你忍心让我一个人？”

不是不忍心，人都这么说了，姿态放得低，无异于央求。温以宁想着也好，趁吃饭把话说开，便答应了：“行，但这顿饭我来请。”

唐耀笑得眉目生风，神清气爽：“我也没带钱。”

能把一个原本很尴尬的场景调和得舒舒服服，这是唐耀很博好感的一个点。温以宁带他去吃火锅，这也有她自己的心思。看唐耀这范儿，估计也不是能吃辣的人，不动声色地给两人之间划出条界限。但没想到的是，他吃起火锅来一点也不含糊，辣椒油两大勺往自己碗里搁，还振振有词地评价：“你这个放太少了。”

反差有点大，温以宁自个儿笑了起来。看他坦坦荡荡的样子，心里的包袱也卸了一半。两人在人声鼎沸的火锅店里大快朵颐，唐耀脱了外套，随便搭在椅子靠背上，他里面穿了件短袖，勾得身材挺紧实。

“这火锅的底料都是用一个大缸熬的，你看它介绍得很讲究，什么十五味中药材吃出健康。这不是糊弄人吗，追求健康的，谁还能来吃火锅？”唐耀握着筷子点了点，“这些菜叶，其实都没洗的，端上来的时候淋点水做个样式。”

温以宁本来还想吃口小白菜呢，这下都有点膈应了。她问：“你怎么知道？”

“我在美国的时候，给华人开的火锅店打工，在后厨做帮手。”唐耀看见她眼神，乐了，“不相信？我没骗你。”

温以宁还是不信：“你不是我老板的弟弟吗？”

唐耀面色平静着：“我和他，同人不同命。”

这话是打心底的真。拜他那个不争气的爹所赐，在老爷子眼里，唐耀的父亲就是丧家犬，是家丑，没断绝关系已算仁至义尽。加上有唐其琛这么个优秀的孙儿在前，唐耀的出生成长老爷子也从不问津。上梁不正下梁歪，估计也是个草包孽种。

唐耀是吃过苦的人，也很坦然地面对这些经历。他在温以宁面前不需要包装，光明磊落也惺惺相惜。平铺直叙地说着自己的成长过去，那些阴暗和不平，并不妨碍他的优秀和成功。

找到一个共情点，是打开心扉的关键。他也身居高位，却不高高在上，他引导着话题，和温以宁相谈甚欢。买单的时候，唐耀也不拦着温以宁，出于尊重和照顾，她付钱时也不和她争抢，自己走到了外面抽烟。

“好了！走吧！”温以宁付完钱出来，脸被火锅店的热气熏得微红。

唐耀把烟掐了，又剥了粒含片放嘴里，薄荷香赶走了烟味，他挑眉说：“这顿火锅是不是吃得物有所值？”

温以宁没明白。

“我的经历你都懂，你的故事我也深有体会。那个成语叫什么同道中人，是不是这个意思？”两人边说边往车边走。

温以宁也没忘了正事，她很果断地把人叫住，面对面地说：“唐先生，我觉得您是一个很好的人。以后来上海了，我可以请你吃火锅。但那花就算了吧，太浪费了，我也没地方放。”

这话是挑明地拒绝了。唐耀只笑不语，径直绕到后备厢，从里面拿出了一捧玫瑰：“你放哪儿是你的事，我送得出手，就不叫浪费。给，明天份的当面结清。”

华灯初上，初夏的风还混着辛香鲜辣的淡淡火锅味，人间地气，在这个时刻展现得淋漓尽致。

唐耀很坚持，人是追定了。

本来温以宁还挺烦心的，是不是在国外生活过的人，都有点想一出是一出。小心谨慎地过了几天，竟也还好。唐耀花没少送，但也只是送送花，那种上门献殷勤、接人上下班的烂俗桥段并没有发生。唐耀的公司也是很有名气，但做的不是传统行业，存在感便没那么高，后来温以宁顺手查了一下明耀科创，还微微感叹姓唐的是不是都这么厉害。

总的来说，唐耀只是不痛不痒不难对付的一个意外，时间久了或许就凉了散了。相比唐其琛，这都不算什么。唐其琛在古镇的那次表白之后，也如他所承诺的，再没有对温以宁有所“打扰”，两人不在一层办公，平日见面的次数也是屈指可数。可但凡在某个场合碰上了，唐其琛的眼神还是定在她身上，或注视，或远观，你能感觉到那份很胶着的黏力。

这种沉默无声的交会，更显得有内容，也更让温以宁心生忐忑。好在唐其琛工作确实忙，开会应酬出差，一周三五天是不在公司待着的。日子就这么得过且过，这周二的时候，温以宁接到了李小亮的电话，说是过两天要带他妈来上海复查。

小亮妈年前的时候在这边做了腰椎支架的手术，算算时间也是这个时候。温以宁还挺高兴的，正嘴馋呢，让李小亮多给自己带点特产。

五月的上海开始慢慢升温，今年的夏天似乎来得比以往要早。唐其琛从北方的城市出差回来，一下飞机明显感觉到了热浪。老余接机早候着了，车里开了适宜的冷气，坐进去几分钟，燥热凉了下去。

唐其琛此行是去考察工厂的，连轴转了好几个城市，中间胃还犯了一次病，现在脸色仍有倦容。他合眼休憩，眉心浅浅的纹就没散开过。柯礼提醒说：“唐总，直接回芳甸路？”

唐老爷子亲自交代的，让他晚上回去吃个饭。

唐其琛嗯了一声，问老余：“东西备好了？”

老余诚恳答：“都给您搁后备厢了，全是老爷子喜欢的。”

柯礼整理完数据，合上笔记本，说：“唐耀这两个月都会待在上海，看样子，这边的子公司迟早也是要建起来的。老爷子动用了不少关系，帮衬了他很多。”

唐其琛只问："他在上海住哪儿？"

"璞丽酒店，他秘书给订的。"

"你去安排一下，浦东那套房子给他住。"

那是唐其琛私人名下的公寓之一，地段绝佳，装潢的档次都是极高的。唐其琛自己没住过，闲在那儿。柯礼明白他的意思，这是做给老爷子的面子功夫。他是兄长，是大哥，这点气度和周全，在外人眼里还是要演得滴水不漏。

车子驶入内环桥，唐其琛忽问："他还往我这儿跑？"

柯礼手心冷了冷，斟酌着用词回："是。以宁那儿，每天一束花没落下过。"

自此一程，唐其琛沉默得再没有说过话。

到了别墅，保姆正把煲了一上午的鸽子汤往桌上放。唐书嵘正和唐耀相谈甚欢。唐其琛进门起就换上得体精神的笑脸："你一来，门外都听见爷爷的笑声了。"

唐耀起身，叫了声："大哥。"

唐其琛走过来拍了拍他肩膀："忙着出差，没顾上你，这两天空下来了，晚上一起聚一聚，带你认识几位朋友。"

唐耀笑着应下来，顺着话又说开了："朋友吗？能不能讨个方便，叫上以宁。我这除了每天送花，实在是想不出别的法子了。"

老爷子耳力尖，问了句："哦？小耀这是认识新的朋友了？"

唐耀又坐回沙发，笑呵着说："人姑娘把我当朋友，我还想努努力当她男朋友呢。"

这话坦荡大气，真假难辨，他又扭过头对唐其琛说："哥，你手下的人，你不介意的吧？"

当着老爷子的面，唐其琛自然不会多做表示，顺着这半个圈，把另外一半的弧给画成了圆，情绪很平和地说："工作时间，注意影响。"

唐耀呵呵笑："好。"

唐老爷子问："是亚汇的员工？叫什么名字？哪个部门？小耀竟然有心，其琛你这个做大哥的，也留留意。"

"没那么快，我不想吓着她。我先慢慢追，送送花，聊聊天，等以后有需要大哥帮忙的地方，一定不客气。"

这个话性是很投老爷子心意的，坦坦荡荡，潇潇洒洒，唐书嵘满面笑意，心情颇好地指了指唐其琛：“在你大哥面前谦虚一点，万一他不答应呢。”

“有什么不能答应的，难道他也要一起追？”唐耀挑着眉，扭头看唐其琛，“是吗，哥，你也要追念念吗？”

唐其琛方才全部的克制平和，都被唐耀这一声“念念”摧枯拉朽般地给推没了。这是温以宁的小名，只有关系亲近，不同一般的人才能这么熟稔地叫她。就像是汽水瓶盖，拧开了，里头的气浪就汹涌澎湃地往外冒了。

很多时候，尤其是重逢之后的大多数时候，连唐其琛都很少叫她的小名。他没理会唐耀玩笑般的询问，大有甩下脸子的架势，用冷淡漠然的眼神冰冰冷冷地割他一刀后，转身就走了。

中途，陈飒给他发了条短信，唐其琛之前交代她准备的客户资料和一些工商原件，是明天开会要用的。但陈飒临时有事，明天一大早就要飞台湾。她问唐其琛现在在哪儿，派人直接送过来。唐其琛的这个情绪过程也就一两秒的事，他低头回个地址的时间，再抬头时又以笑示人，共进了一顿安然无恙的晚餐。

吃完饭，总这么待在屋里也没趣，唐其琛和唐耀两人沿着湖边散步。唐耀是个来话的，什么都能说上几句，谈谈国内外经济形势，唐其琛和他的观点也有碰撞统一的时候，还算聊得畅快。

不知不觉就走到了篮球场，这个篮球场是在别墅外区，半开放的，但也没几个人玩。两人又说了一会儿话，就见一辆出租车停在了不远处。温以宁从车上下来，夜色余晖里，她一身白色小西装，高跟鞋把腰和腿的线条拉得匀称高挑，一肩的长发微卷，被夜风吹遮了脸。

唐耀眼前一亮：“Perfect！”

陈飒给她打电话时，她正好还在公司加班，领了任务就匆匆往这边来了。她走近，先是对唐耀轻轻颔首，然后把文件袋递给唐其琛：“陈经理让我送来的。”

唐其琛接了，低声说：“谢谢。”

打开纸袋，抽了几页看了看，又放了回去。温以宁看他验收满意，正准备走。

唐其琛："待会儿我送你。"

唐耀："我送你回家。"

两人异口同声之后，对视一眼，便都沉默了。温以宁背都僵了，站在他俩的对立面，浑身都尴尬。

唐耀笑着看唐其琛，笑意却不抵眼底。唐其琛也敛着一双眸子，不让分毫。最后还是唐耀先松了口，他悠悠转过头，眯缝着眼睛说："哥，打篮球吗？"

唐其琛笑了笑，眼角眉梢勾出的弧度也透着闲适："行。"

"以宁你别走了，站这儿消消食。"唐耀说完就往场上跑。

唐其琛下了飞机就往这边来了，西装也没来得及换，这会儿一脱，隔着距离抛给了温以宁："拿着。"

烘着体温的衣服扑了她一脸，入鼻所闻，还有他身上的男士淡香。

球场的篓子里就有篮球，唐耀拿了一个掂了掂，那架势很是熟练。他运球，步伐移动灵敏，以侧身挡着唐其琛的抢断。

唐其琛弯着腰，手与脚配合协调，盯着唐耀的手随时准备。他的防守太严密，两人一进一退实力相当。

篮下得分是困难了，唐耀一个转身，往后一大步，然后跳起来想出手三分。球已经从掌心划了小道弧直冲而去，唐其琛同时起跳，扬手一挥，一个盖帽直接把唐耀的三分给夭折掉了。

球回到唐其琛手里，他往右边一闪，假动作躲过了唐耀的防守，然后原地起跳，单手一抛。

就见一条漂亮的抛物线，进球得分。

平心而论，唐其琛打球的样子还是很帅的。男人穿着白衬衫，领口松了两粒扣，平日沉稳淡薄的唐总，偶尔以破欲的一面示人，是很有魅力的。唐耀看起来比唐其琛似是要勤于锻炼，但真上场了，也是举步维艰，无论防守还是进攻都十分困难。

两人是玩的，但一招一式又透着劲。

在一个抢篮板的过程中，唐耀和唐其琛同时起跳，唐耀先伸手，球身从他指尖滑过，又被唐其琛一掌拍到了地上。两人挨得太近，唐耀的手肘不知怎的就磕到了唐其琛的腹上。这个动作温以宁看得一清二楚，很重的一下，实打实地往皮肉上招呼。

唐其琛霎时皱了眉头，但他撑住了，稳稳地站着。

“我输了。”唐耀笑着摆手，“哥，你赢了。”

唐其琛双手搭着腰，气息也微喘，他额上一层细密的汗，被光一照，显得脸色更白了。他又恢复了让人挑不出刺的温和表情，拍了拍唐耀的肩：“好久没打球了，下回换身衣服，叫上你我的朋友一起打个全场。”

老余早就把车开到了旁边，见他们完事，把宾利徐徐驶近。

唐其琛以眼神示意，老余就下车来，手里提着几瓶水，笑眯眯地递给唐耀，这动作也算是含蓄地把人拦住了。唐其琛就走到温以宁身边，落了四个字：“送你回家。”

唐其琛坐去驾驶座，温以宁半慢不快地站在车外，她的犹豫和迟疑，几乎让唐其琛瞬间失了耐心，他又下车，绕到这边，亲自把人给推上了副驾。

车门关紧，隔绝了外面的虫鸣鸟语，隔绝了篮球场上炽热明亮的光照。两人之间，渐渐浮出了顽固的沉闷。

唐其琛甚至没给外面的唐耀一句话，就这么载着人走了。开了不远，他又把车给停在了路边。方向打得满，刹车也点得急，细枝末节都是耐心全失。

唐其琛熄了火，抬手往自己的眉心上狠狠揉了揉。

他深叹一口气，转过脸看向温以宁：“我是答应过，不在公司范围内对你有过多的干扰。我是尊重你，爱惜你，想给你空间和时间，不想把我在你心里的模样弄得更糟。”

唐其琛说这话时，目光如深渊，恨不得吸着她让她和自己一同跌坠。

“你要明白，不打扰，不代表我放弃，不代表我愿意让你被别的男人追。你喜欢玫瑰，喜欢花，喜欢人陪你聊天吃饭，你喜欢的，我都可以。但你任别人来做这些事，那我告诉你，我答应你的‘不打扰’，从现在起——作废。”

温以宁眼眶都被他说热了。

男人的承诺字字入耳，句句动心，黑暗里，安静中，这一瞬间，唐其琛赋予的存在感是强烈的。她耳朵烧着了，一路蔓延至五脏六腑，最后倒流进心脏，沸腾了。但这种强烈的感知不是因为感动，不是因为感情，也没有丝毫快感。矛盾的碰撞中，温以宁心底忽然理出了头绪。

是一种对过去的释然。

她看向唐其琛，轻声说："可是，我已经不喜欢你了呀。"

唐其琛的脸色刹那苍白。

心底的答案呼之欲出，起了这个头，温以宁忽然觉得也没什么了。纵使她心里原本有很多条藤蔓缠绕纠结，但这个答案已先冲锋陷阵，强势地压下了其他的懵懂迷茫，它就是此刻的立场。

温以宁上唇碰下唇，跟自我说服一样，又喃喃念了一遍："我不喜欢你了。"

几个字像一把钝刀，不锋利，却摩擦着唐其琛的血和肉，几刀下去之后，他自己都觉得疼了。

唐其琛喉结微滚，再开口，声音都是哑的："那你就喜欢唐耀？"

温以宁沉默下去。

"我看也不是很喜欢。"唐其琛又冷下来了。

温以宁说："我管不着他要做的事。"

"管不着他，就能管我？"唐其琛语气不轻不重。

温以宁的愤意聚在眉心，转过头瞪着他。唐其琛别开脸，他侧颜的线条甚少有这么紧绷的时候，两人之间连搭建在一块儿的桥梁都砖瓦零散。除了沉默便再无其他。

唐其琛心烦地把车重新发动，他开车的风格还是很凶猛的，路口被一辆逆行掉头的奥迪给堵住了，他就一直鸣笛催促，最后只差没直接撞上去。温以宁忍无可忍了，挺冷地说："你要赶时间，就把我放下。"

唐其琛握着方向盘的指腹都快掐成了青紫，他绷着声音："你不要跟我讲话。"

温以宁怒了："唐其琛！"

她扭头的一瞬，话已经出口，同时也看出了他脸色的不对劲。唐其琛的额头上一层薄薄的细汗，他整个人都绷成了一个很硬的状态，唇瓣紧抿，高鼻梁一撑，就更加严肃可怖。

温以宁心里渐渐意识到，应该是他胃又难受了。但心软不过半秒，就被他冷冰冰的话给泼灭："在我面前，你就从不给我一句好话。"

温以宁心里也憋闷，索性把身子侧向车门，摆出一条泾渭分明的分界线。

送她到小区，两人这一程再没有交流。温以宁下车后，唐其琛就把车窗给按了上去。她走了几步，下意识地回头，徐徐升起的车窗里，唐其琛已经趴在了方向盘上，弯着腰，弓着背，捂着腹部微微颤抖。

车窗完全关闭，再看不到里头的人影。温以宁压下心头微动，迈步踏进夜色里。

第二天的上午原本有个专项会议，但一早上班的时候通知，会议临时取消了。听同事说，唐其琛今天没有来公司。

上午快下班的时候，李小亮给她打来电话，说他到了上海，他妈妈是下午的门诊，复诊完了就没事了。温以宁自昨夜起就一直笼罩在心口的坏心情总算见了阳光，晚上，两人高高兴兴地吃了一顿饭，走的时候，李小亮提醒她件事："对了，你妈妈这次也托我从这儿带点药给她。"

温以宁抬起头。

"就是挺普通的消炎药，只不过她指定要这个牌子。"

"哦，你方便就带吧，她就是想一出是一出。"

李小亮这次只在上海待了两天，学校那么多课也走不开。他也是很够意思了，自己行李没带几样，倒是给温以宁提了两大袋的特产，这是湘西那边的特色，熏肉火腿都给切成了一小片用保鲜袋分装好，一袋就是一顿。里头还有一个保鲜碗，是小亮老师切好的姜蒜，整整齐齐地码在碗里。

李小亮说："有时间就自己做饭呗，我都给你切好了。注意身体啊小宁儿，回来了咱们再聚。家里头你也放心吧，江姨我帮你看着，有事打我电话就是了。"

一米九的高个男人，心思细腻，能看出里面全是闪着光的温柔。小亮老师潇潇洒洒地走了，背着酷酷的双肩包，一手扶着自己的妈妈进站，背影就像是一座安稳的大山。人送走后，温以宁给江连雪打电话，本来是想问问近况，但江连雪成日在麻将桌上大杀四方，嚷叫着让她别打扰自己赢钱。

温以宁喂了半天，那头信号断断续续就给挂了。刚挂，又有电话进来，温以宁看见名字本来想不接的，但她肩膀被赶车的路人碰了一下，手指跟着往下一戳，正好按了接听。

唐耀说：“我看见你了。”

温以宁如芒在背，顿时四下张望。

“回头，你左边。”

唐耀的车停在出站口的临时停靠区，这次他不是自己开车，坐在副驾，一辆奔驰S600横在那儿，车窗滑下，他偏着头对温以宁笑：“美女，第一次出来跑出租，你照顾一下生意行吗？”

温以宁的手机还举在耳畔，杵在原地也笑了起来。

唐耀从不让女生感到半点为难，总是能用自己的方式化解尴尬，这是他让人舒服的地方。明目张胆地追人，也给予你充分的尊重和自由。温以宁拉开车门坐了上去，唐耀从车门储物格里拿了瓶水，拧开盖再递给她。

“我今天运气好，心想事成了，也省了一趟去接你，走吧以宁，我请你吃火锅。”这人还真直接，每次见面从不浪费时间，直奔主题，“别拒绝啊，上次你请我，这次我还回来，我从不欠女人的。”

温以宁哭笑不得：“倒成了我的不是了。”

唐耀也笑：“你看我现在连花都不送了，给你省心了吧？再拒绝吃饭，那我明天可就继续送了。”

“怕你了。”温以宁点头说，“那还是老地方？”

“行。”

司机把他俩送到，就被唐耀打发走了。这司机也跟了他很多年，跟着从美国一块儿回来的。他问唐耀：“不用车吗？”

唐耀挥挥手：“不用，回去的时候打车。”

温以宁蛮想笑的，他回头就捕捉到了这个表情，挑眉问：“没见过这么接地气的总裁？”

“是是是。”温以宁心情不错道。

“还不是想创造能跟你独处的机会。”唐耀又出其不意地给她一句认真，就这么张弛有度地拿捏着分寸。

提醒她，我还是要追你的。

两人点完菜，坐在位置上等，唐耀正低头收邮件，温以宁仰头喝水，就听他忽然问了一句：“我哥带你来吃过火锅吗？”

温以宁被呛得直咳嗽，捂着嘴，半天也没消停。

唐耀凝着她，语气很有深意：“追女生，不按着她的喜好来，怎么追得上？不过也是，我哥他胃不好，吃个西餐还行。”

他这么一说，温以宁心里还是略有不适的。

“昨天打篮球的时候我就看出来了，他身上那股劲全是冲我来的。他这样的性格，很少会有这么冲动的时候。”唐耀又给她把水倒满，意料之中地问，“你和他是有过一段的。”

温以宁眼神诧异，慌乱一闪而逝。

唐耀说：“你没看出来吗？他就没打算瞒着我。他太能忍了，也太稳了，想藏一件事的时候就能做到滴水不漏。我知道这样打听你的私生活不太礼貌，但我还是想问，你为什么不答应我哥？”

温以宁看着他，原本是想表现得不在意，想用轻蔑不屑的姿态告诉他，你猜的全是错的。但唐耀凝神专注望着她的神色，太有包容力了，温柔又慈悲，安静而有力量，甚至某一瞬间，能看到唐其琛的影子。

温以宁恍然低下头，经年的往事以及活在当下的困惑，掺杂搅拌在一起。她从无人说起，也不敢说起。但凡一个人给了她几分信任的错觉，内心的堤坝就小心翼翼地凿开一个豁口，即使微小，也足够人流露心声，卸下防备。

她垂眸凝视着桌面，声音缓而平：“我和他很早就认识了，但我们之间什么都没有发生，是我一厢情愿，是我自作多情。可能会有误会，或许误会也解释清楚了，但不是所有感情都得有个结果。过去这么多年了，我也长大了，不是当初那个别人对我好一点，就死心塌地追随的小女孩儿了。”

温以宁平静极了，两句话就把这段过去给概括，公正客观，是说给唐耀听的，也是说给自己听的。她的视线挪上来，坦荡地和唐耀的目光接轨，说：“总之这几年，我跟他没有缘。”

唐耀被这个眼神罩住了，有那么几秒的分神。

他嘴角轻轻扯了扯，淡笑着问：“那你还爱他吗？”

温以宁果断地摇头。

“喜欢呢？”

“有区别吗？”

“当然有。”

唐耀说：“就像做生意，大订单从来就不是一蹴而就的。得努力，得争取，得无数个饭局，无数场谈判，最后取得一个最好结果。”

温以宁听明白了他的意思，如果还有喜欢，就依然会留有余地地去努力、去争取、去谈判。

唐耀看她迟疑而迷惘的表情，笑了笑，换了个问题：“以宁，你怕唐其琛吗？”

这回，她几乎没有犹豫，脱口而出：“怕。”

说完，她自己都愣了愣。心底那些压抑许久的藤蔓枝结，缠缠绕绕地织成了一张乱七八糟又密不透风的网，枝丫不清不楚地扎进她的血肉，她以为那是过去的经历给她造成的伤害和阴影，却从没想过，自己其实是因为害怕。怕一腔孤勇依旧落空，怕自己的托付之心又被摔成了稀巴烂。

人怕什么，就会躲什么。

那么心底的声音和本质的答案，究竟是什么呢？

温以宁垂眉敛眸，坐在那儿陡然陷入落寞。唐耀是个很擅长分析、观察的猎狩者，也喜欢用一针见血的方式挑破对手内心最软弱的那部分。

但这一刻，他忽然就不忍心了。

好在服务生端着热气腾腾的汤底上桌，又把配菜一碟碟地摆好，服务周到得还给送了两瓶可乐。唐耀伸手把她的那瓶放在了自己这边，理所当然地说：“嗯，你不许喝可乐。来，我给你烫点羊肉。”

这次约会气氛不佳，温以宁只顾沉默，连食量都比往常小得多。结完账，唐耀很自然地拍了拍她的肩膀，笑着调侃了句：“走吧姑娘，今天没让你尽兴，我的错，明天晚上带你吃西餐，将功补过的机会给不给呀？”

这人，识人眼色，也有智慧，再困难的局面，也不会断了自己的希望。

他真陪温以宁坐出租，明明也是骄矜贵气的公子哥，却一点也不摆谱，没有矫情的臭毛病。坐车里也能跟司机师傅聊上几句。

后半程安静了，他转过头看着温以宁，没怎么犹豫地就把左手掌心覆在了她的右手手背上。指间的触感细腻温热，他说："以宁，我喜欢你，就这么追了。你跟我试试吧，能处得来，我就跟你好好过。处不来，你想走，我也不阻拦。"

他握着她的手，并且试图与之十指相扣。车窗全都滑下来了，外头的风呼呼地往里灌，唐耀额前的头发被吹开，眉眼被高鼻梁一撑，更显神采奕奕。

静了两秒，温以宁转过头，轻轻把手抽了出来。

次日是周五，柯礼来公司很早，把这两天积压的文件大致梳理了一遍，需要紧急批复的拎出来，剩下不是十万火急的，他都给压了下去。唐其琛在老陈那儿吊了两天水，柯礼没敢让他太操劳。

唐其琛准时进入办公室，深色西装压不住他略显苍白的脸色，但精神尚可，很快投入工作。

柯礼交代秘书把他要吃的药按剂量冲好，九点的时候拿进来，也能让他休息会儿。老陈这次开了五服中药，拧开盖苦味就跑了出来。柯礼仍站在一旁给他批复过的文件做收尾，低声汇报说："消息传来了，是让我们手上的这个智能项目与明耀科创达成技术合作。"

唐其琛眸色一冷："可靠？"

"老爷子的意思。这两天您病着，估计他很快会找您谈话。"柯礼说。

唐其琛把药碗往桌上重重一磕，怒气跃于眉间："还有什么好谈的，下一步就直接上董事会了。"

柯礼说："哎，唐总。"

唐其琛缓了缓，点头说："我知道了，你忙吧。"

"那唐耀……"

"他真要进入亚汇，也不是没有可能。老爷子年纪大了，糊涂了，看人越发随自己心意了。"唐其琛有自己的考量，没谈太久，他吩咐柯礼，"对了，你去帮我订束花。"

"花？"柯礼迟疑，"什么花？"

"玫瑰。"

柯礼心领神会："好，我马上去办。"

"等等。"唐其琛把人叫住，"要粉色。"

柯礼出去没多久，秘书的内线接了进来，请示问："唐总，耀总来了。"

唐其琛敛眉，沉声说："请他进来。"

他坐直了身子，扣上了西装，把桌面上摊开的文件全部合上，敲门声响，唐耀推门而入，颔首微笑："大哥。"

唐其琛指了指沙发："来，这边坐。"

唐耀过来他一点也不意外，为什么而来也一清二楚。

唐其琛一直致力推进的那个智能交通向导系统的项目本就举步维艰，在董事会上数次审议都没有通过。唐老爷子却在这时发了话，大有让唐耀的明耀科创联手红利的意思。

这件事，唐耀看似片叶不沾身，领了个云淡风轻的好人角色。但唐其琛明白，这弟弟有才，有能，也有城府，交手几次，都是江湖红尘里的人上人，各自风光霁月，拎得清清楚楚。

唐耀说的都是体己话，一派兄弟和睦的美好场面。但不知怎的，话题就转到了项目上。他话里颇露锋芒，意指唐其琛在这个领域仍是门外汉，术业有专攻，遇到短板也情有可原。还说，承蒙爷爷看得起，都是唐家一分子，他十分乐意为大哥排忧解难。

话里带刀，就是对准唐其琛心窝上戳的。

唐其琛这段时间工作已够繁忙，和温以宁的相处也磕磕碰碰，再加之两天窝在老陈那儿吊水忍受胃痛，心情实在算不上好。他的脸色尚算正常，但眼角眉梢已经透着冰冷的不耐。

唐耀看了看时间，又笑着说："哥，其实我不是来看你的。"

唐其琛跷着腿，坐在沙发上，看着他。

"我是来接女朋友一起吃午饭的。"唐耀神情愉悦，"现在追女孩儿也很容易啊，陪她吃几顿火锅，送送花就答应了。"他说的每一个字，都跟今天上海城的天气一样，风和日丽透着光。

唐其琛目光直视至他的眼睛里，打断他，一个字一个字地说："你别招她。"

音轻，上唇碰下唇，很干脆的一句话，或者说，是一次警告。唐耀几乎一瞬间百分百地确定了唐其琛软肋的位置。

安静几秒，他笑容淡淡："已经招了，怎么办？"

唐其琛叠着的腿已经慢慢放了下来，他站起身，慢条斯理的。

"遇见一个喜欢的人不容易，你我各凭本事，谁都不必为了谁手下留情。"唐耀也徐徐起身，在这越发黏稠的气氛里，语气也含了暗劲，他说，"哥，不好意思，我赢了。不过说起来，以宁租的那房子还是太小，都放不下一张大床，两个人睡……"

那个"睡"字一出口，唐其琛的拳头直接砸了过来。

唐耀挨了一记闷拳，反抗是本能反应，他抓着唐其琛的手腕，制止他的二次施暴。其实唐其琛的手劲已经松了，就是虚握了一个拳头，但被唐耀这么一抓，反倒不能收回去。

就在这时——"唐总。"

办公室的门打开，柯礼正要进来，抬头一看，顿时愣住。唐其琛寻着动静看过来，这一眼也怔然了。

温以宁站在柯礼旁边，目光又惊又惧，不可置信。就在这一瞬间，唐耀顺势倒下，踉踉跄跄地蹲在了地上，捂着肚子一脸痛状。

温以宁看着唐其琛，下意识地往后退了退。笔直冷冽的目光把二人之间切出了千沟万壑。而岸对面站着的，是一个面目可憎的恶魔。

两个一米八多的成年男人，虽然你来我往没几下，但动静是不小的。唐耀最后那一摔，推倒了桌上的水杯，滚烫的茶水全泼在了唐其琛的手背。外头的秘书尽职尽责地赶紧跑过来，人还没挨近，柯礼抬手一拦，维持着沉稳如常，说："没事。"然后对温以宁低声道，"以宁，你先回去吧。"

柯礼踏入办公室，把门给上了锁。

温以宁站在原地，人还是愣愣的，方才那一幕的冲击感还是不小的。

办公室里，柯礼望着这一烂摊子心里发紧。他走到唐其琛身边："您还好？"

唐其琛气还没喘匀，看着地上的唐耀。

柯礼又走过去，抱歉道："耀总，我送您去医院。"

唐耀的嘴角被那一拳磕出了血，他抬手一抹，散开的血印映在偏白的皮肤上，倒显得很有邪劲了。他站了起来，唇齿间有很浓的血腥味。

人一站直，衣裳齐齐整整，唐耀笑了笑："没事，不用去医院。"

他看向唐其琛，目光转了几转，人又恢复了轻松的神情："是我自己不小心绊倒的，一点点小伤。那个，哥，我还有约呢，下回再请你吃饭。"

唐耀笑了笑，人就往外面走了。

柯礼略为担心地看向唐其琛："唐总，您别忍着，有不舒服就说，我让陈医生过来一趟。"

唐其琛漠着脸，坐回了皮椅里，他摊开方才看了一半的文件，重新拿起笔批阅。身后的落地窗被百叶帘调低了密度，光线不甚明亮。柯礼只得自己动手把地上的残骸收拾干净。碎掉的瓷片刚捡起两片，就听见哐的一重响，是唐其琛把手上的笔给摔在了桌面上。

他脸上阴云环绕，眉间也是风暴腹地。虽一字未言，但柯礼停止了一切动作，不敢再发出丁点声响。

半晌，唐其琛开口："你让老余把车开过来，送他回去。"

冲动这种情绪，这些年在唐其琛身上愈发无迹可寻。他对外示人的行为举止都是拿捏得恰到好处，喜怒无常是大忌讳。更何况对方还是这么个豺狼虎豹的亲弟弟。他以顾全大局为原则，一时的失控足够任人大做文章。这份关系、脸面，还是要顾全。能屈能伸，能方能圆，唐其琛更多的是给自己下台阶。

柯礼微微松气，幸好，不是理性全无，他点头："我马上去办。"走时又想起了件事，他迟疑许久，还是斟酌地问出口，"唐总，花还要订吗？"

唐其琛沉下去的情绪又涌上了，躁意的后续，就是隐隐的挫败与无奈。他忍了又忍，深叹一口气，说："不订了。"

之后的一段日子，唐耀倒是没怎么出现了。但追人的攻势不减，粉色的香槟玫瑰换成了正红色的黑美人，一束束跟火把似的往她办公室里送。唐耀也是好耐性，反正不催不逼的，就是一个痴心汉的形象。放开了手脚这么一追，同事都以为两人有什么了。

"恭喜啊以宁！"

"你和耀总早就认识了吧？藏得可真够深的。"

“你还上什么班呢，回去当少奶奶好了。”

温以宁被这些或善意或意味深长的流言搅得心力交瘁。这才几天，人都快成神经质了。陈飒从台湾出差回来，这天把人叫到办公室，看她黑眼圈都深了几度的样子，皱了皱眉头问：“需不需要休病假？”

温以宁说：“不需要，我没事的。”

陈飒对情况倒是一清二楚，她本来就是很直接的人，她说：“如果你觉得耀总不错，可以试试。女人被追求不是很正常吗？互有好感的话，接触了解也没什么。你也不用顾忌办公室恋情，亚汇一向开明，没有这方面的限定。”

温以宁愣然。

“找个依靠，也挺好。”陈飒莞尔一笑，对她抬抬头，“唐总和柯礼去欧洲验收新的生产线了，这周的例会取消，你手上应该暂时没有太多事。平日要早点下班都可以，不用跟我说了，我批准。”

陈飒的人生准则就是“及时行乐”四个字。换句话说，她压根就不相信，也不屑于什么破镜重圆的剧情。破了的镜子，怎么重圆？就算能圆起来，那也是横七竖八贴了难看的胶布，硌硬人。都是红尘男女，谁还没有几个爱上一匹野马，但家里没有草原的故事呢。

陈飒心底里，还是希望她的爱徒有一段崭新的感情。

温以宁不知是听进了她的话，还是对唐耀亮了什么牌，反正在一次下班，破天荒地跟唐耀一起坐车离开公司后，第二天起，唐耀便再没有往日的殷勤了。

大家翘首以盼，喜闻乐见，总是能自己编写出故事的续集。都说，温以宁和唐耀是达成共识，低调地在一起了。

周五晚，唐其琛抵达机场，老余候了许久，见老板一上车就闭眼似是熟睡，心里还感慨，再有钱有权，也不是钢筋铁骨啊。就这一个月，都不知道送他往返机场多少次了。

柯礼坐副驾，轻声对老余说：“冷气开小一点，唐总这几天在国外一直是带病工作的。”

老余照做，心里也是无奈：“唐总这胃病，不休息个一年半载，是养不好的。”

都是老熟人了，柯礼和老余之间也能说上几句体己话："还一年半载，半个月的假期都空不出来。集团前两年是运行体系的优化改革，这两年，又在创新产品的生产线，从上到下，四面八方的关系要打点，怎么少的了唐总。"

老余唉的一声叹气："也不年轻了，成个家，有夫人照顾也会好得多。"

柯礼笑了下："也许快了吧。"

老余把温度调到二十八，红灯停车时间："那要不送唐总去陈医生那儿看看？"

"去不了。"柯礼亦无奈，"明天中午还得回老爷子那儿吃饭，才一上午时间就别折腾他了，送他回浦东吧，让他休息倒倒时差。"

都说上好一会儿的话了，后座的唐其琛倦色满面一直都没醒。回公寓后，唐其琛这一觉睡到第二天十点。他的工作手机被柯礼关了，真要有急事，一般就联系私人电话。唐其琛太久没这么好好睡上一觉了，醒来后，头疼也减轻不少。

老爷子最近让他回去吃饭的频率增多，每回去唐耀也都在。可能老爷子心里，还美滋滋地维系着兄友弟恭的面子工程。

这是两人拳脚相向后的第一次见面。

唐其琛见着人，拍肩寒暄，唐耀顺着话，开朗健谈。彼此避而不谈那次的不堪，仿佛什么都没发生过。

唐老爷子年龄大了，也没那么多正事要谈，偶尔提点两句，唐其琛都谦逊地应着。轮到唐耀这儿，他的满意之情更甚，时不时地念叨："要是你们能携手为亚汇效力就好了。"

唐耀笑着说："有大哥在，亚汇已经是顶级了。"

"其琛很好，但就是太辛苦。你呀，能帮衬帮衬，他也没那么累。"老爷子长叹短调。

唐耀说："大哥做事从来都是游刃有余，怎么会辛苦？"

唐其琛视线停在他脸上半秒，然后看向老爷子，淡笑着答："在其位，谋其事。比起爷爷那时候，我这不算辛苦。"

老爷子老话重提："可也要对自己的事上点心，老大不小了，就没一个合你心意的姑娘？啊？这点你就比不上你弟弟，小耀，你上回说喜欢的那姑娘，谈到什么程度了？”

唐耀挺坦然地一笑：“谈婚论嫁的程度了。”

唐其琛猛地一瞥眼，眉目间的暗潮涌动。

“快了，我倒也想。”唐耀避开他的视线，话里留有余地，“我再努把力。”

保姆适时过来，说菜已备齐。走去餐厅时，唐其琛在最后，不轻不重地拍了下唐耀的肩，沉声说：“你，过来。”

唐耀脚步渐慢，两人就停在原地。

身高体魄都相当，但唐其琛肃着脸色时，还是显得深沉许多。他负手环搭在胸口，唇抿成薄薄的一条线，眼神是冷透又洞察的，每一秒，都像是在审阅对方，要把唐耀的心思一根一根掰扯清楚。

就这么几秒，唐耀能感觉到自己的后背有微湿的战栗。

唐其琛问：“你是不是要把她逼走才甘心？”

唐耀在他的对立面，没说话。

“你这事弄得尽人皆知，不管不顾她的意愿。怎么，是要当土匪还是当强盗？”唐其琛平静的语气里裹着针，并没有太给唐耀脸面。

唐耀被他说得脸色微变，但还是保持着得体：“说了，我们之间各凭本事。”

“你让她身陷舆论，让公司共事的员工都对她另眼相待，背后任人说三道四，惹了一身是非。这就是你所谓的本事？”唐其琛步步紧逼，直视着他，“你什么身份，她什么身份，不管你出于什么意思，你现在所做的一切，就是把她架在一个最尴尬的位置。她不是你，她在亚汇工作，领一份薪水，是维持生计，是衣食住行的保障。你不能这么为难她。我从来都认可你的观点，是，追女人，各凭本事。但唐耀——你追人，就要有追人的样子。”

唐其琛的神色，就像是四季更迭之时，最捉摸不定的那种天气。保姆已将饭盛好，唐老爷子望着他们，目光也渐生困惑。

“她没有伤害过你，你别断她的后路。”

语毕，唐其琛与他擦肩而过，身上冷冽清傲的男士淡香，像穿肠毒药，把唐耀扎扎实实地放倒了。

午饭后，老余的车按点来接唐其琛，下午三点还有会议要召开。

入夏已久，午后的气温眼见着就往三十摄氏度飙。唐其琛穿着薄风衣从绿荫环绕的别墅群里走出来，蓝天白云之下，真真的玉树临风。但人一上车，就仰头靠着椅背，眉头轻轻拧起来。

老余见他脸色不对：“唐总，您没事？”

唐其琛呼吸都发了紧，他从衣兜里摸出小瓶药，倒了两粒直接干吞了下去。老余一看要坏事：“唐总，你……”

“开完这个会再去老陈那儿。”唐其琛直接打断说。

老余面有愁容，可他都这么说了，也只能听命。

唐其琛一周不在公司，事情积压太多，下午的会相当于是把办公例会挪后了。几个平时不对付的董事都有参加，唐其琛有所顾虑，自然缺席不得。药见效，下车时，他还能勉强维持正常。

这会一开就是三个小时，唐其琛发言的时候居少，大部分都是柯礼代为主持。每个部门都有两人参会，陈飒带着温以宁坐右边。柯礼中途停了两次，说是会议短暂休息，让秘书进来添水以及让各位上洗手间。唐其琛就趁这时候回办公室休息，柯礼不无担心，一度建议让会议提早结束。

唐其琛说：“后面的项目是赵总提的，不能终止会议。”

层层叠叠的关系都是这么盘根错杂地结在那儿，牵一发动全身，柯礼明白他的立场和苦心，只得坚持开完。

唐其琛的忍耐力是极佳的，当着这么多人的面，表现得沉稳冷静，看起来没有任何异样。终于散会，陈飒突然说：“唐总，我还有事跟您汇报。”

她抢了个头，另外几个也有事想商议的部门只得作罢，先行离开。

偌大的办公室终于只剩几个熟人，门一关，唐其琛挺直的脊梁一下子就垮了，他手肘撑着桌面，手指抠着桌沿，指尖都是青白色。柯礼扶了把他的胳膊：“唐总！”

陈飒其实看出来他是不舒服的，所以故意说有事汇报，帮他挡开别的人。只是没想到，唐其琛这么能撑，脸色白成了纸，鬓角上也有细密的汗。柯礼说：“不能再耽搁了，我给老陈打电话。”

陈飒也问：“能走吗？”

从会议室过去要经过办公区，那么多员工看着，肯定还得把这一程撑过去。唐其琛点点头，缓缓从位置上站起。陈飒对身后的温以宁说："齐总十分钟后到公司，我走不开。你和柯礼去吧，也好帮帮忙。"

这个时候也顾不上多想，温以宁答应下来。

就这样，唐其琛走出会议室，背脊挺直，眉间八风不动，时不时地碰见员工叫他："唐总。"唐其琛颔首回应，一路相安无事。

到了电梯里，门合上。唐其琛手握成拳，一松一紧地掐了自己几下，到底没忍住，腹部的疼痛跟海藻蔓延似的遍布了他全身，脚下似有钢铁浇灌，疼得他一下没站稳，晕乎乎地栽了下去。

"挂完这瓶，再用两支消炎，注意量体温，尽量避免发烧。"

汤臣一品的公寓里，老陈和柯礼低声交谈："半小时后再量一次，药我也分装好了，四个小时后再吃。先吃胶囊，再喝冲剂。"

柯礼数了数，记下来。老陈转过身，回到床边看着唐其琛："胃溃疡复发有一阵了吧？"

柯礼帮答："我劝不动，这一个月都在连轴转，没有好好休息。"

老陈皱皱眉："那怎么行。我可给你提个醒，虽然这次用了药就没什么事了，但你自个儿要当心，什么身子还不清楚啊？钱赚不完的，真出了大毛病，什么都不是你的了。"

唐其琛半躺在床上，手上缠着纱布，针管细细尖尖地埋在里头，脸色仍然虚，但疼痛减半，人还是舒服不少。他笑了笑："谢了，老陈。"

"谢什么谢，把我话听进去就行了。我不留了，诊所还有病人。有事再给我打电话。"老陈起身，再三交代，"记得半小时后量体温。"

柯礼也跟着起身："我去送送。"

唐其琛点了下头。

"以宁。"温以宁一直站在旁边没有吭声，被柯礼一叫，她走过来："嗯？"

"我下去送陈医生，你帮忙看着行吗？"

温以宁点点头："好，半小时后我让他测体温。"

柯礼和老陈离开了，屋里顿时静得离奇。

唐其琛还维持着半躺的姿势闭目静养，墙上的石英钟分秒走着，跟吊瓶滴下来的节奏几乎一致。温以宁走到边上把药的流速调慢了一点。

房间里就开了一盏暖黄的床头灯，光晕一圈渐渐变淡，墙上有模模糊糊的影子。唐其琛这间居室铺着浅灰色的地毯，陈设也简单，右手边一整面的木质书柜，最上面的一层放了几个复古摆件。这样的氛围，很容易让人心生安宁祥和之感，闲愁本不该有。

温以宁目光转了一圈，就回到床上。唐其琛已经睁开了眼，很安静地看着她。

这个目光太突然，温以宁来不及收回伪装，一瞬的反应都被他看在了眼里。两人浅浅对视，所有的喧嚣至此才有所方歇。唐其琛轻声问："吓着了没？"

温以宁眼睫眨了眨，反问他："你身体都这样了，自己没被吓住？"

唐其琛微微皱眉："你对我能不能有一句好话？"

"我说再多好话，自己不爱惜身体，怎么也好不了。"

唐其琛抿着唇，半晌没吭声。

温以宁回味一遍，发现刚才的态度确实带着刺，心想，何必和病人计较呢。于是软了态度，以一种在唐其琛听来，算得上是天籁的语气问："陈医生说你可以吃点面条和粥，你要不要吃？"

唐其琛很配合地摇了摇头："我不吃外面的粥。"

温以宁冷言："都快饿死了，也要守着你这少爷作风是吧？"

唐其琛也不说话，眼神跟深渊似的望着她。一秒，两秒，三秒，温以宁被他活生生地望没了气焰。

唐其琛这个年龄，虽和时下流行的小鲜肉无法比拟，但男人该有的成熟气质，都在他身上展现得淋漓尽致。病了，也是极其英俊的。眸子如一潭深水，悠悠地吸着你，摆明了考验人的定力。

温以宁认输地挪开目光，按下心里的潮涌后，她又转回来，问他："那天在办公室，你和唐耀……"

唐其琛顿时不悦："怎么，兴师问罪？"

温以宁很平静地说完："你们动了手，但最后，耀总重重摔在地上，其实是他自己拽着你的手往身上推。"

唐其琛愠色消散，眼神闪了闪，没说话。

温以宁也沉默地站起身："你休息吧，我去给你弄点面条。"

"我不吃外卖。"

"我煮。"

温以宁转过身，留下两个字刚要迈步，手腕一紧，唐其琛突然倾身向前把她拉住。温以宁根本没料到，防备不及，直接被他拽了过去。唐其琛还打着针，她本能反应地用手死命撑在床侧，但两人的距离还是非常近的。

脸对脸，眼睛对眼睛，再近一点点，鼻尖都能轻轻碰出一个吻。

温以宁连气都不敢喘，蒙了两秒，她抓着手边的毯子就往唐其琛脸上盖。羊绒毯很宽，把人遮了个严实。温以宁手忙脚乱地要从他身上站起，唐其琛不仅手没松，反而更用力地把人往下拉。忽然，眼前一黑，那块原本盖在唐其琛脸上的毯子，竟也罩住了她。

世界瞬黑。

人的感官被无限放大，唐其琛在黑暗里和她面对面，太近了，太烫了，也太温柔了。

"我不吃面。"唐其琛顺势搂住了她，脸埋在女孩温热细腻的颈窝里，贪婪而又小心翼翼地闻着馨香，声音低低哑哑，"你别动，让我抱一会儿就什么都好了。我这段时间太忙了，你再等等我，等过了这几天，我会好好追的。"

第六章 春梦绕胡沙

唐其琛说完后，有很长一段时间的静默。他的掌心轻抚着温以宁的腰，就保持着这个力道没有再动。绒毯罩着两个人，隔出方寸天地。在这狭小的空间里，呼吸是热的，心跳是清晰的，很容易让人想到，什么是永远。

唐其琛就用这么一小块毯子，轻易解开了温以宁心里封存已久的锁，它在经久年月里变得锈迹斑斑，无人问津。它是深刻的芥蒂，无时无刻不在提醒着温以宁不要再犯错。这一刻，她听见咔嗒一声，钥匙入孔的声音。

温以宁慢慢把毯子掀了下来，当光明一点一点重现，视线一分一分往自己颈窝处挪，才发现，唐其琛睡着了。

温以宁垫着他的后脑勺，把人轻轻地放了下去。唐其琛只眉头皱了皱，大概也懒得睁眼，翻了个身，侧卧着也没再醒。空气又顺畅了，温以宁才回过魂，坐在床边半天没动弹。她侧头看了一眼，男人背朝着她，衬衫勾出肩胛骨的弧度，薄薄一条连向宽阔的背。温以宁站起身，犹豫了下，还是帮他把被子往上盖了些。

柯礼说是去送老陈，但他是有眼力见的，走时连车钥匙都揣兜里了，估计再晚些时候找个借口也不会来了。唐其琛小憩二十分钟，依稀听见关门的声音。等他醒来，卧室安安静静，只有手机提示灯在闪。

柯礼五分钟前给他发的微信，问需不需要他再来。

唐其琛回了句，不用。

他放下手机，看了眼药瓶，差不多吊完了。这两年胃疾的确反复发作，自己的身体他当然清楚，反正还能扛，还只在那个临界点徘徊，那就扛吧。忙起来的时候，确实也顾不太上。只每回发病时疼得五脏六腑都皱皱巴巴了，才有些许后悔之意。但用药一旦奏效，便是好了伤疤忘了疼。唐其琛只要人在上海，回回输液都是去老陈那儿。有时候忙得脱不开身，渐渐地，也学会了自己拔针的技能。

他把纱布揭开，然后眼都不眨地就把针管给拔了出来。按压了一会儿，他起身下床，拉开卧室门后却是一怔。

唐其琛以为温以宁早就走了，没想到她竟然还在。

厨房开着灯，隔了一块磨砂落地玻璃，把灯光晕染开来，橙黄温暖得就像开了柔光的场景。温以宁背对他站着，低着头，正在案板上切葱姜蒜。她脱了外套，里头是一件衬衣式样的连衣裙，腰带系了个结，柔顺地垂在腰窝。灶上开了火，锅里烧的水已经在沸腾翻滚。温以宁捏了一小撮面条放进水里，忙完这一切，她就安静地站在灶边，把盛汤的碗给洗干净。

唐其琛倚在门口，心里一片无声的潮涌。

还是温以宁察觉有人，她转过身，愣了愣，似乎在问他为什么不出声。

唐其琛看着她，然后走过来，病态未消，嗓音也是干涸低沉的，他说："谢谢。"

温以宁避开他的目光，专注手中的事："从你家走出去真的很远，我就去买了点面条。"

热饭热汤好像把唐其琛的胃都给熏暖了，他看着碗里的西红柿鸡蛋，忍不住说："面条多下一点。"他又看了看那些刀具和碗筷，"原来我这儿还有这些东西。"

温以宁说："是挺浪费的。"她语气略带讽刺，不太好听。唐其琛立在一旁，嘴角却是微微翘起的，因为他看见温以宁言不由衷，到底还是按着他的意思，多下了一撮面条进去。

一碗鸡蛋面，吃得通体舒畅。

就他吃面的这会儿工夫，温以宁问："陈医生给你开的药放哪儿了？你待会儿记得吃。"

唐其琛对卧室抬了抬下巴："就在柜子里头。"

温以宁还是遵循他的同意："那我进去拿吧。"

唐其琛点点头："谢谢。"

温以宁进去卧室，把柜子上的空药瓶顺便给收走，四五个塑料袋里，每一个都有药。之前一直是柯礼在跟老陈说情况，温以宁一时弄不清到底是哪一袋。于是每一个都拿出来看了看。应该是以前就开了一些，被唐其琛随便丢桌上了。

不疼了，就不再吃，几次下来，瓶瓶罐罐也是很壮观。温以宁仔细看了看，还有过期的。

客厅里，唐其琛吃饱喝足，无比惬意。见着她提了满满一大袋出来，还疑惑道："嗯？老陈开了这么多？"

温以宁把袋子就往他面前一放："能不多吗？2015年到现在的应有尽有。你就不怕瞎吃，拿错药吃出毛病？"

唐其琛半晌才反应过来，自己这是在挨训？

"就我来亚汇这一年不到，见你生病也有五六回了，你看看跟你同龄的男人，哪个不是身强体健？"

唐其琛皱眉，反问她："哪个同龄男人？"

温以宁一时语噎，估计也没料到他还这么淡然。脑子一打结，脱口而出："就、就那个Daniel啊。"

唐其琛眉心微蹙，静了两秒忽然释然，吊着眼梢的笑意问："是吴彦祖？"

温以宁只觉窘迫。暗暗咬牙，自己多管什么闲事。就听见唐其琛染着笑意，人慵慵懒懒地往椅背上靠，偏着头看她，很温和地说："前年我去参加了一个娱乐庆典。很多明星都在，秦董安排了合影，他就站在我后面。"唐其琛稍稍回忆了番，说，"个子跟我差不多，仪态也很好，是个体面人。不过我听秦董说，他在香港拍电影，武戏好像都是真身上阵，肋骨断过，也有病痛旧疾，不见得万事顺意。”

言下之意，你男神的身体还不一定有我好。

“你要喜欢他，我跟秦董说说，有机会让你去见见本人。”唐其琛说得大度，语气绵远悠长，四两拨千斤地就把她的主题给换掉了。

温以宁听得确实有些沉迷，直到对上他那双似笑非笑的眼，才记起自己的初衷。这么一转场，气氛自然就松了。她低了低头，自顾自地笑了笑。再抬起时，心意是真诚的：“唐其琛，你还是爱惜自己的身体吧。每回你生病，你身边的人都很着急。柯礼跟你日夜不分，忙完工作还得照顾你，他上回跟我吃饭，还开玩笑地说了句，如果你不结婚，他也没法先结。”

就那个什么八字命理，柯礼说他和唐其琛八字相冲的言论。这个利益追逐的社会，能留下来的，都是大浪淘沙。柯礼对唐其琛是真诚且臣服的。这个世界，唯有忠心最难收买。

“毕竟人的生命只有一次，你对它负点责。活着，比什么都好。”温以宁看着他，有那么一刹，唐其琛觉得她神情是带着隐忍痛色的。

他默了默，然后点头：“好，我答应你。”

温以宁轻呼一口气，看了看时间说：“那我先走了，你记得吃药。这些过期的，我就帮你拎出去丢掉了。”

唐其琛跟着起身：“我送你。”

“你休息吧。”温以宁直接拒绝。

唐其琛坚持道：“那你开我的车回去，明天帮我开去公司就行。”

“我打车。”温以宁说完就开门离开。

自这一晚之后，两人的关系似乎还是那样，淡淡的，不着痕迹。集团里，一个楼层碰见也只互相点个头。当然，这种碰面的次数也是少之又少。听陈飒说，好像是国外的生产线出了技术问题。唐其琛顺着这条行程线，又去了一趟南美，地球绕了大半圈回来，又是半个月后。

陈飒偶尔也跟她聊聊工作之外的事，那天提了一句：“耀总没再送花了？”

“嗯。”温以宁平静道。

陈飒弯了弯嘴，也不知是安慰还是讽刺。她说：“他们唐家的男人，情路都不顺。这是遗传的吗？一个混迹国外，发家史也算吃尽了苦头；另一个就更不用说了，都快薄如蝉翼了，还在这儿飘飘荡荡。”

陈飒跟唐其琛太熟，没那么多恭维。秘书送来了一沓报账单，她边签边说：“你为什么拒绝了唐耀？”

温以宁诚实道：“因为不喜欢。”

这是真心话。

唐耀做人面面俱到，从最初认识到现在，言行举止也是没得挑。他被唐其琛打了的那一次，温以宁其实看得一清二楚。一拳头下去手劲再重，也不至于那么大阵仗地倒地不起。唐耀抓着唐其琛的手不松，力道是他自己使出来的。这场戏演给谁看已经不重要了，或许有手足相争，或许有利益牵扯，她惊异的，只是唐其琛从头至尾，都没有多余的解释和争论。

陈飒签完了，拧上笔帽，喝了口水润了润嗓子，问：“你下午是不是要回家？”

这也是温以宁来找她的正事：“啊，对。我买了高铁票，想跟你请个假，提早一小时下班。”

陈飒答应，又从身后的柜子里拎了个锦盒出来，里面装的是人参，推到她面前说：“这东西我留着也没用，拿回去给你父母吧。你几点的高铁票？”

“五点半。”

“我让司机送你。”

因为是周末，这条线客源一直很满，高铁票便更显紧张了。温以宁的座位靠窗，是三座那一排最里面的位置。这节车厢估计是被旅游团给包了，人挤人的，行李还特别多。她在走道上堵了半天，才磕磕挤挤地找到座位。这趟回去也没别的，就是江连雪周六过生日。她嘴上常常豪迈潇洒，其实心眼小。温以宁懒得听她日后的冷嘲热讽，早早在网上买了礼物，估计明天正好能到。

车厢里人声嘈杂。

这一车旅游团估计又都是亲朋好友，反正就没消停过。又笑又叫的，她旁边的大叔已经把辣条给拆开吃了。温以宁不太喜欢这个味，敛敛眉，低头玩起了手机。

一盘消消乐的时间，她抬头活动了一下脖颈。头就这么一摇一扭的工夫，余光瞥见右边的旅客。

温以宁愣了愣，以为是自己的幻觉。她转过头，隔着中间那位吃辣条的大叔，靠走道的座位上，唐其琛跟从天而降似的，端端正正地坐在那儿了。

温以宁上唇碰下唇，那声“唐总”还来不及叫出口。唐其琛忽然对那位大叔说：“您好，我能跟您换个座位吗？”

半根辣条还叼在嘴角，大叔一脸不耐烦，显然不是很想换。

唐其琛把票伸过来，客气从容道：“我的是商务座，就在前面的车厢。师傅，帮个忙，我这正追人呢。”

他说这话时，目光缓缓移到温以宁脸上，视线一碰，唐其琛就温柔地笑了起来。

用商务座换二等座，大叔立刻喜笑颜开，拾掇拾掇就走人了。唐其琛空手而来，什么行李也没见着提。撩开外套的下摆轻轻压了压，人就坐了下去。

温以宁一脸惊愕忘了收回，两小时前陈飒不是还告诉她，唐其琛在南美吗？

“你，那个，柯礼没有跟你一起吗？”温以宁问得磕磕巴巴，心里何止五味杂陈。

“上哪儿都得带着他？”唐其琛说，“那边还有工作要处理，他下周回。”

温以宁一言难尽：“不是，那你这是去哪儿？”

唐其琛把票给她看，然后拽在了掌心。温以宁心里冒出了一百种情绪齐齐叫嚣，乱成一团。最后缠绕在一起，变成一股韧劲十足的绳，把她心脏的边边角角系得紧紧的。她想起唐其琛那晚说过的话。

——你再等等我。

——等我忙完这段时间，好好追你。

温以宁还想说什么，唐其琛微微叹了口气：“我休息一会儿，我下了飞机就往这边赶了。”

很寻常的一句交代，也没有刻意为之的献殷勤，他就那么一说，也没非要你给个态度。唐其琛是真累了，在飞机上时差没倒过来，虽然这次行程不算特别累，但缺觉的状态仍是十分难受的。

还没发车，旅客在走道上挺闹腾，他们后面两排的人为了座位号掰扯不清，右边一排旅游团的玩起了斗地主。还有一上车就要泡方便面的，一闻味道，还是老坛酸菜。唐其琛旁边的位置也坐了人，一个年轻妈妈带着一四五岁大的小男孩儿。

不过这孩子从上车起就在脸上写了三字：熊孩子。在走道上跟猴似的乱窜，他妈妈扯着嗓子叫了半天，最后抓住他胳膊狠狠往屁股上收拾了一顿。熊孩子安静不过三秒钟，很快转移注意力，在座位上蹦蹦跳跳了。

小孩子手脚没轻没重，好几次踢到了唐其琛。唐其琛看了一眼，还算包容地笑了下，便又靠着座椅闭目养神。但这孩子上了瘾，觉得很有意思。原本真是不小心，后面就变成有意为之了。脏兮兮的鞋底往唐其琛笔挺的西装裤上甩了过去，深色裤子上就留了个小脚印。

唐其琛起先还看他两眼，后来也懒得看了。那孩子踹得重，他妈妈在跟人聊微信语音，身子偏向走道，看见儿子的举动，也就随便拉了拉，然后又投入了聊天队伍中去。温以宁看不下去了，微微弯腰，伸手越过唐其琛，往那位年轻妈妈的腿上一拍。

“能管管你孩子吗？”对方没客气，温以宁也犯不着跟她客气，“踢了七脚了。我觉得你可以给他报个跆拳道兴趣班。”

那妈妈赶紧道歉，又把熊孩子狠狠拉到身边，凶巴巴地警告：“你要再调皮，我把你扔下去！”

小孩儿哇哇大哭，哭得撕心裂肺，惊天动地。

唐其琛面色不自然。他长年累月的出差过程里，就算坐高铁也都是商务座，是不太适应这热气沸腾的人间烟火气。年轻妈妈的凶骂和孩子的号啕无疑像是一枚大炮，气势汹汹地攻击唐其琛的耳朵。他表情僵硬，却又无可奈何。

温以宁目光从他脸上挪回，憋着笑。

唐其琛亦无言地递了个眼神给她，怎么看都有点可怜的意味。

温以宁倏地转过头，对那孩子说：“小帅哥，看阿姨。看到阿姨的嘴唇了吗，红红的好看吗？”她微笑着凑近，说着悄悄话。

小屁孩惊恐万状地盯着她，然后脑袋一偏，埋进妈妈的怀里再也不敢吭声了。

温以宁对唐其琛淡定道："我们换个位吧。"

唐其琛头枕着椅背，没怎么动。视线往她那边一挪，嘴角就微微翘了起来。这无声的凝视似乎比言语更有杀伤力，温以宁慢慢转开脑袋，盯着窗外快速掠过的风景假意平静。

唐其琛问："跟他说什么了？"

"说我嘴唇漂不漂亮，是不是很红，因为我刚吃过一个小孩儿。"

唐其琛愣了愣，然后扬起了眉梢。

到H市只要两个多小时，到站后，两人位置在正中间，也没急着起身，人流走了大半，唐其琛才说："下车吧，你行李在哪儿？我帮你拿。"

温以宁也没行李，回来就待两天，换洗的衣服家里也有，她就背了个邮差包，清清爽爽的打扮。这两人今天都是浅系的衣服。唐其琛穿的休闲白衬衫，温以宁穿着白T恤往他身边一站，还是很招眼的。

下车后，唐其琛主动说："你什么时候走？"

温以宁看着他。

"这条线的票不好买。"唐其琛问，"周日走吗？"

话到嘴边，又鬼使神差地改了主意，温以宁故意说："我请了两天假的，周二再回。"

唐其琛点点头："好，我让秘书订票。"

"你不忙吗？"每逢周一，都是唐其琛事情最多的时候，温以宁见他已经拿出了手机，那架势是真的要订票，只得改口道，"我周日回。"

而唐其琛，只是把手机从左手换到右手，再揣进裤袋里，压根没有给秘书打电话的意思。

温以宁不打自招，心里发了毛，挠得她坐立不安，倒成心虚的贼了。两人出了站，今天温度高，炽烈明亮的阳光刺人眼。唐其琛眼缝微眯，被刺得有点晕，他问："这边有车打吗？"

右前方就是出租车上客区，温以宁说："打车很方便。"

"好，那你回吧。我自己找地方住。"国内国外这么跑，也没个休息周转的余地，唐其琛太阳穴涨得厉害，"我开个房休息会儿，你忙你的，周日几点的车？到时候我来接你。”

唐其琛的意图从未掩盖，目的也坦荡纯粹。告诉温以宁，我就是来陪你回家的，不需要你表态，也不会成为你的负担。心甘情愿地陪你来，再有始有终地接你回。他选了个异常敏感的地点。

当初他与温以宁分开时，高铁站算是两人之间的一个句号。如今心意重现，他只是想用自己的方式提醒，那些遗憾不再有，仍想完完整整地与你走一程。

三十六岁的男人，也不屑将智慧摊在俗套的追人情节上。他大可殷勤相陪，强势占有，用一些霸道总裁范十足的手段表现出自己的心意。那是人人称赞的美梦一场，但生活现实，往往能切出无数条丑陋的千沟万壑。“身无彩凤双飞翼，心有灵犀一点通”是世人看客的期望，然而大部分的红尘情事，都以“相思似海深，旧事如天远”而告终。

唐其琛自小的成长环境便是独立而清醒的，是克制而坚持的。他身上有着成熟男性的体面，也有求同存异的悲悯之心。他身上散发不出你侬我侬的劲，也做不出黏黏糊糊的事。温以宁有她自己的生活，在未经允许前，唐其琛从不擅作主张。

“车来了，你先上吧。”唐其琛把路让出了点。

出租车停妥，后面还有排队的乘客。温以宁拉开后车门，转过头说：“一起走。”

唐其琛微微挑眉。

“你来这儿人生地不熟的，车站附近也没什么好酒店。你跟我走吧，我带你去。”说罢，温以宁上车，门没关。

确实也是顺路，她家附近就有个城市商区，政府去年大力促成投资发展，是H市参评省优秀县市的标杆工程之一。那里有个四星酒店，已是这边最好的了。等候办手续时，唐其琛说：“你家那个小区是不是沿着这条路左转？”

温以宁起疑，自己好像并未与他说起过。

“年三十的时候送你回家，我有印象。”唐其琛的记忆力相当好，这是天生的。他也喜欢记数字，这份敏锐力让他读书时的数学成绩从未失过第一。他说，“这个片区很有发展力，看这些配套设施，政府是在加大投入的。你家离这儿近，应该也是迟早的。”

他的职业嗅觉向来敏感，温以宁点了点头：“是有议论过拆迁，但也说了好几年，反正迟迟没动作。这种东西看不准的，可能十年八年没动静。”

唐其琛没再说什么，接过房卡，和她道别就去乘电梯了。

温以宁回到家，家里门半掩着，一年不关都是常态。里头传来稀里哗啦的麻将声，一拉开门，缭绕熏人的二手烟扑了满面。温以宁呛得不行，江连雪听见咳嗽声才从牌桌上探出脑袋：“等等，你先别换鞋，下去帮我买个打火机。”

温以宁无语，怨念的目光被江连雪的笑脸挡了回来。她眯眯笑着说：“听话听话，待会儿我给你做饭啊。”

看这样子，肯定是赢钱了。温以宁面无表情地下楼，再回来时，牌友都走了。江连雪哼着歌扫地，手脚麻溜地把橘子皮给清理干净。温以宁买了十个打火机放柜子里，江连雪丢三落四惯了，这屋子里就没她不找的东西。

“赢了多少钱？”温以宁换鞋。

“七八百吧。”江连雪笑得跟风铃晃似的，“最后那把我杠上花加小七对，赢了把大的。你歇歇啊，我去买点菜。”

温以宁把人按住：“别做了，你今天不是过生日嘛，咱们出去吃吧。”她把回来前取的快递递给她，“喏，生日礼物。”

江连雪啰唆地说一堆：“你钱多没地方花啊，净给我在网上买东西，网上的质量能好吗！一看就是地摊货。”拆开包裹，是一件水墨风的连衣裙。江连雪眉开眼笑，拎在身前比画，对着镜子左看右看，早忘记了刚才的数落。

温以宁也是习惯了她这鹤顶红似的毒嘴，没吱声，点了两支香，对着温以安的遗像拜了拜。黑白照上，少女眉眼鲜活，笑得跟花一样。

毕竟是生日，温以宁一早就在市里比较好的餐厅订了位置。她带江连雪去吃西餐，牛扒意面还有什么玉米浓汤，做得倒是挺有架势的，餐厅里的灯也不亮，云山雾罩的烘托暧昧气氛。桌上一支玫瑰花喷了香水，江连雪鼻炎过敏，喷嚏没少打。一不如意又开骂，还不如在美团上吃三十八一位的转转火锅呢。

温以宁就知道，好心被当成驴肝肺，心里暗暗发誓，再帮你办事我就是猪。

这种誓言已经发了无数遍，反正谁也没改正。

江连雪四十五岁生日，五官风情摇曳，仍是美丽的。温以宁看她一边为了些鸡毛蒜皮的小事数落，一边又万分不舍地将盘里的碎渣吃得干干净净，心里忽然就这么酸了。她想，罢了，变猪就变猪吧。

江连雪风卷残云地吃完后，就一个劲地催她："你能不能吃快点，我七点约了人打牌呢！"

温以宁一看表，都已经六点半了。

初夏的傍晚，天黑的过程跟细水长流似的。温以宁分了神，这个点了，也不知道酒店里的某人睡醒了没。

江连雪还在唠唠叨叨，说牛排没熟，说面条软趴趴地黏牙齿，吹毛求疵地一番点评："也就这个玉米浓汤能吃了。"

温以宁顺着她的话，叫来服务生："买单吧，再麻烦你帮我打包一份这个汤。"

江连雪顿时气嚷嚷："我吃饱了，不用你打包！"

温以宁没搭理，等了几分钟，拎着汤走人："你自己回吧，我还有点事。"

到了酒店，温以宁本想给唐其琛打个电话，手机都握在掌心了，又给收了回去。她把汤放在了前台，请他们帮忙送去房间，然后没多留，刚走到门口，前台忽然叫住她："女士，麻烦您等一下。"

温以宁脚步顿住："嗯？"

"唐先生说他马上下来。"

唐其琛睡了一下午，确实醒来没多久。这酒店新建的，开业不到半年，陈设很新，但一股装修味没散，熏得他头更疼了。唐其琛睡觉时没脱衣服，这些年他出差的地方基本都已固定，国内国外，下榻的酒店都有他的喜好记录，房间永远是固定一间，用的洗浴用品、被褥床单也是私人的。陌生的地方，他有点小洁癖。

温以宁看到他的时候，汤又被她自个儿拎着了。

场面还是挺尴尬的，临时送汤是什么意思？什么意思都挺让人遐想。好在唐其琛并不多提，接过来，安安静静地吃，没有油腻的调侃试探和夸张的欣喜若狂。他把汤喝得一干二净，用纸巾拭了拭嘴，动作都是精致好看的。

他对温以宁说："谢谢，舒服多了。"

温以宁应着："嗯，我妈过生日，带她在外面吃饭。她多点了一份这个汤，反正顺路，我就打包了。"说完，她又欲盖弥彰地加一句，"别浪费嘛。"

唐其琛笑了下，没说什么。一碗热汤下肚，精气神都舒展了。他说："不忙的话，带我看看夜景吧。"

十里洋场的繁华还未看够吗，小城之景又何以媲美呢？温以宁心里明白，但还是点头答应："好。"

两人出了酒店，沿着街道慢悠悠地散步。温以宁手背在身后，走马观花地给他介绍："从这儿过去有家博物馆，还有那边，那边过去是个商场，东西有点贵。"

顿了下，温以宁想起唐其琛空手而来，什么都没带。她问："你要不要去买点东西？"

唐其琛顺着她手指的方向看过去，又看回来，目光停在她脸上，说："晚点买吧，不想浪费现在。"

不想浪费跟你在一起的现在。

温以宁迅速转过身，没事人一样指了指右边："那里是，那里是……"

唐其琛走近，拂开她的手，声音淡淡的："嗯，牌子很大，那里是招商银行。"

他的指尖很热，蹭到她的手腕，火苗星子煽风点火，温以宁被烫着了，只得兵荒马乱地收回。唐其琛目光变深，变沉，他向前一步，刚要再开口。

"宁儿！"

一声响亮男音，黑色大众停在两人身侧，车窗滑下，李小亮浓眉大眼的一脸惊喜："你回来啦！啧，回来怎么也不说一声啊！"

温以宁就像角斗场被人出手相救的困兽，如获大赦，微微弯腰，对李小亮笑道："小亮老师好。我也是今天回来的，明天就走呢。"

李小亮推门下车，绕到她跟前，大高个往那儿一杵，帅帅气气的："那正好，六六他们在KTV呢，我这也要过去，你也一起。"

六六是小名，也是温以宁和李小亮的高中同班同学，以前玩得到一块儿，现在感情也没淡，都是很好的朋友。温以宁倒是无所谓，多久没见了，想聚聚的心思也能理解。但今天还真不能，唐其琛在这儿呢，总不能半路撒了人就跑吧。

刚才光顾着高兴，李小亮现在也反应过来，看到了她身边的大活人。

男人之间的某种气场是很接近的，对存在威胁的人或事都异常敏锐。李小亮还是笑脸待人，但眼神一交汇，反正都不太对味儿。他客气道："没事啊，你也一块儿来呗。"

温以宁心想，小亮老师就是客套礼貌，唐其琛肯定会拒绝。

"会不会太打扰了？"唐其琛亦温和。

李小亮嘴角动了动，又咧开："不打扰，都是朋友。上车吧。"

一路上，温以宁对唐其琛的态度仍是不得解。心里忐忑，但又无计可施，这不是她做的局，总不能硬拉着人不让去。心里说不出什么滋味，很快到了目的地。河边这一条街是娱乐活动的中心，店招上的彩灯一个比一个闪。李小亮有他们自己的根据地，性价比很高，玩啊唱啊也能尽兴。

温以宁跟这帮同学都是旧识，见着面了，兴高采烈地叫上名，调侃几句，就能很快融入其中。男男女女都有，六六身材中等，趴在点歌台那儿使劲按。赵明和沈黛在一旁已经把骰子摇起来了。都是朋友带朋友，一个包厢也有十来个人。

李小亮拉着温以宁在一旁说话，几个人各说几句，也没法脱身。她偶尔往沙发处望，就见唐其琛坐在沙发边角，一个人自得其乐。

点的歌差不多都轮到了，慢慢地，就只剩李小亮和温以宁单独待着。李小亮给她起了一瓶菠萝啤，问："我没记错的话，是你老板吧？"

唱歌的声音太大，温以宁没听清。

李小亮凑到她耳边，大声："他跟你来干什么？！"

温以宁听迷糊了："不是你让他来的吗？"

顶灯摇曳，光圈重重叠叠地满屋子耀，李小亮的脸沉在这光影里，也看不出个喜怒哀乐。他没再说话，拿起桌上的一瓶啤酒起身。温以宁抓住他的衣摆："你别给他喝，他胃不好，喝不了。"

李小亮的手就这么抖了下。

温以宁说得太自然了，就像已经成了习惯，她的语气听起来是关心而又亲近的。

十来秒后，李小亮忽然吆喝了一句："都停一下，老三样，谁玩啊？"

齐齐响应号召："我！我我我！"

这是他们之间的老把戏，李小亮走到沙发边，两下就把桌子腾出了片地方。然后一坐，手腕一立，转头对唐其琛说："掰手腕，来吗？"

嘈杂的房间渐渐安静，就剩一首未唱完的歌靡靡哼唱。

唐其琛一晚上都在扮演隐形人的角色，这会儿被指名道姓，万道追光都落在了他头上。小亮老师从来都是温和开朗的，也不会故意为难人，就刚才几句话，大伙儿都心知肚明，小亮老师心里装了事。

绝大多数关系里，都是帮亲不帮理，一瞬的工夫，所有对唐其琛好奇的注目礼，都变成了虎视眈眈。

温以宁心里是不认可的，这是什么意思，合计着欺负人了？她刚要说话，就见唐其琛从容地站起，没辜负盛情美意，一个字："好。"

温以宁皱了眉，心说，你跟着发什么疯。她走到唐其琛身边，低声劝："你干吗？"

唐其琛看她一眼，就当着这么多人的面，低下头，像是擦过她的脸，在她耳畔沉声："我胃不好，但别的地方还是挺好的。"

没等她反应，就把人轻轻推开，对李小亮说："坐着还是站着？"

唐其琛边说边挽衣袖，白衬衫的袖口清爽，没有半点多余的装饰。手肘往桌面一立，就和李小亮的五指缠成了拳头。也不知谁切了歌，变成了燃动的舞曲。

"3，2，1——开始！"

指令一下，李小亮的手劲就狠狠用上了。他的反应力快，看这架势是进攻的一方。唐其琛稳稳托住，面不改色的。两人暗力胶着，小手臂在桌子中央微微发颤。

温以宁对这两个手臂没有丝毫兴趣，她只看着唐其琛的脸色。这人时差还没倒过来，距上次生病也才好不到半个月，李小亮是体校老师，身体素质本来就胜人一筹，而且今天也不知发了什么疯，劲儿劲儿的。

常年的锻炼让小亮老师的手臂肌肉扎实硬邦，相比之下，唐其琛确实稍逊一筹。但这人的耐力出乎温以宁的想象。僵持了五分钟，李小亮很多次试图把他掰倒，甚至歪到了一半，又被唐其琛给生生掰了回去。

唐其琛眉间微蹙，下颌紧绷，嘴唇也薄成了一条线。两人手臂相绕的交界处，他白皙的皮肤都磕成了青紫色。顺着上下发散，经脉一根根地凸起，看起来很有力量感。

“最后十秒，9，8……2，1！平手！”

哪怕有了结果，唐其琛和李小亮也谁都没松手。几秒较劲，四目对视之间，全是暗暗叫嚣的沸腾敌意。然后两人同时松劲，一个云淡风轻，一个满不在意。唐其琛对他笑了下：“你厉害。”

流于表面的恭维可见也不是真心，李小亮心里头明白得很，也不说话，就这么看着，直到被友人拉去一旁喝酒唱歌。

唐其琛坐在原处，往后仰，也没什么表情，坐了一会儿，他独自走去了外面。

温以宁没犹豫，他前脚走，后脚便跟上去。

“唐其琛。”

走廊上，唐其琛转过身看着她。看她总是不说话，自个儿便笑了起来：“怎么了？”

温以宁目光落在他右手，绷着脸走近，不由分说地就要去拽他的胳膊。唐其琛侧身一躲，还是那样的笑容：“别弄。”

根本不需要猜，也不会信他的鬼话，温以宁冷冷道：“去医院。”

H市的人民医院急诊。

唐其琛照了个片，没脱臼，但医生看了他的手，还是给开了两支消肿止痛的药膏。温以宁给他拿完药回来，一路郁气到这里也消散得差不多了。两人并肩坐在急诊走道的座位上，谁都无言。

唐其琛扭头看了看她，又把头转回去。他的后脑勺枕着冰凉的瓷砖墙壁，安安静静的。

温以宁低了低头，捏紧手里装药的袋子，平声问：“为什么不说。”

唐其琛睁开眼，视线挪到她脸上。

“上次和唐耀，你不说。这次都快脱臼了，还是不说。”手里的塑料袋被她拎得发出细碎声响，缠在手指上绕紧，又松开。

唐其琛亦平静：“我如果说，是不敢，你信吗？”

温以宁别过头，看着他。

“不敢说太多。”唐其琛调子慢，一个字一个字，清晰得像是珠玉落盘，“以前，我跟你解释了那么多，但你不信我。现在，我也怕你烦我。我想给你一个好结果，我想把你追回来，我知道不会太容易。但，念念，就像今天，是被你看出来的。如果你没看出来，就算真有什么，我也不会跟你说。”

你看见的，才算数。我不为自己辩解，不邀功论赏，维系着我们之间的小心翼翼。

唐其琛垂眸，又缓缓闭上眼：“没事，欠你的，我慢慢赔。”

说完，他又将头枕靠着冰凉的墙，目光淡而沉，是他一贯的骄矜沉稳。做什么决定，决定怎么做，从来都是他一个人思考的事情。在他的精力和能力范围内，把能做的都做了，至于温以宁是否给他热情的回应，也不是他能左右的。

遗憾已经那么多了，他也不再年轻。生命沉下去的部分，让他活得理智而明白。

医生又把温以宁叫去，是落了病历本没拿。等她出来，唐其琛就站在门口，说：“不早了，回去吧。”

两人坐一辆车。酒店地址和温以宁的家很近，但唐其琛还是坚持先把她送回去。上回来，小区附近还在修路，这次已经通畅了。车停在温以宁家楼下，唐其琛记性很好，抬眼就看到四楼。

“这个药你记得擦，最后再喷云南白药。”温以宁下车的时候，把手里的袋子递给他，忍了忍，还是没忍住，“如果很疼或者没消肿，你可以打我电话，我再送你去医院。”

唐其琛坐在车里，一直看着她。

温以宁问：“怎么了？”

“你是不是不放心我？”他沉沉的声音往温以宁脸上烧了一把火。看着她渐生火苗，微微泛红。然后答案不言而喻。

唐其琛嘴角扬了扬，笑得淡。就听温以宁说：“怎么说，你人也是跟着我过来的。虽然非我主观意愿，但你人已经在这儿了。还有，你的胳膊受伤了，回头飒姐或者柯礼问我，我说是掰手腕伤的，估计他们也不会信。”

唐其琛眼神挑了挑，想把那点不自在给掩藏掉。

“虽然不是上班时间，可退一万步，你也是我老板。再说句不好听的，你真要在我这儿出点什么事，我也脱不了干系，我挺怕麻烦的。所以你……”温以宁一鼓作气说完，找着一个点，就能出口成章，把那份尴尬还给了对方。

她语重心长地看了唐其琛一眼：“所以，你还是好好照顾自己，别不拿身体当回事。”

说完，温以宁转身要走，结果和迎面而来的江连雪撞了个正着。刚才话说得有点多，温以宁还微微懊恼得不偿失。她的确不太想被江连雪撞见，尤其她身边还跟着三大姑七大婆的牌友。

一人眼尖，指着她就走近来了：“是宁宁呢。”

江连雪也看清了人：“你怎么也回来得这么晚？”她目光落在温以宁身后的出租车上，从车窗里又瞥见了后座的唐其琛。

唐其琛没让司机开车，隔着距离对江连雪微微颔首。江连雪对他有印象，上次去上海在高铁站见过。她眼力精，人也精，很快就能把当下一幕对号入座。唐其琛穿得简单，又是坐着，其实不太能满足只敬罗裳不敬人的先决条件。但他的容貌气度是很有辨识度的，像是浓墨重彩勾勒清晰的山水画，或许看不懂，但你能领会它的高阶。江连雪的几个牌友在这方面也是无师自通，笑眯眯地往里打量，就差没问：是男朋友啊？

温以宁如芒在背，赶紧让师傅开车。到家之后，江连雪合上门就问：“你在跟你那个男老板搞对象？”

温以宁正换鞋，差点没摔在地上。她扶着凳角，拧过头提高音量：“你胡说什么呢？”

“你这么紧张干什么？”江连雪满不在乎道，“是就是，不是就不是喽。”

温以宁唇线紧抿，梗着一口气把另一只鞋换掉。

“你老板那公司什么规模，出行都不配车？你糊弄我呢，他就是跟着你过来的。”江连雪是明白人，两句话就把温以宁堵得无话可说。

“还有上次在高铁站接我，那可是工作日，大老板能不忙吗，还有闲心来接我这个陌生人？他又不傻。”江连雪分析得头头是道，早把细枝末节对号入座了。

温以宁眉间阴雨，挺不耐烦地撇下她：“你就胡说八道。”顿了顿，她压下怒火，“你查我公司。”

江连雪冷笑连连：“我女儿上班的地方，我了解一下不行啊。你过分紧张了啊，怎么，猜中了？”

温以宁懒得搭理。

那就是十有八九了。江连雪跷着腿往沙发上一坐，顺手抄起烟盒抖了一支出来。打火机咔嗒点燃，最外层的光圈映出了她眼角那颗淡淡的泪痣。

吸了两口，江连雪眯缝双眼：“年龄不算小，他结婚了没有？”

温以宁停下手中动作，真挺无语的。

“你这么看我干什么，我就给你提个醒。别和有家室的人不清不楚。他要是没成家，你就当我放屁。你要给人当小三，回头我给你转发几个朋友圈的视频，看看那些小三是怎么被原配扒光了按在地上打的。”

温以宁背过身，评价两个字：“神经。”

江连雪弹弹烟灰，语气总算平和下来，说：“你也该找找男人了，找个好的也行，玩在一起，你开心就好。太长远的事情你也别考虑太多。那没意义。”

温以宁打断她粗糙的歪理：“你到底想说什么？”

“上床让他戴套，别意外怀孕。”

温以宁原本还一肚子的郁火，现在全给这句话弄没了，她哭笑不得：“您能不能说点好的，要真是我男朋友，好歹我也是你亲生的，就不能给点祝福？”

“那有个屁用。大着肚子你就去手术台上哭吧。”

江连雪话糙理不糙，仔细掂量一下是这么个道理。她本就是市井底层的大多数，一辈子过了一半，红尘滚了又滚，美人虽迟暮，但吃过的苦，见过的人，浓缩成世间百态，男人和女人，就算携手成婚，还不一定能好合百年呢。她就是戳戳温以宁热了的心肠，女生懂得保护自己，比男人天花乱坠的口头承诺都实在。

温以宁也不是为了几句过分点的话就翻脸的人，她当然明白江连雪的用心。母女两人之间静了静，很长一段时间的沉默。最后她说："我没和他在一起。"

江连雪低头玩手机棋牌，恰逢对家胡了把大的，气得她大声骂娘。

温以宁皱皱眉，又摇摇头，笑得很无奈："我明天就走了啊，你自己当心点，少打点牌。"

江连雪含糊地嗯了声："那什么，你再给我转一千块钱。"

温以宁真服了："你白天不是还赢了吗？"

"这不是晚上输完了嘛。"江连雪抬起头，嘿嘿笑，"快点啊，我等着充币呢。"

从这个角度看，江连雪的腮骨薄薄一条线下来，连着下巴小巧一块。温以宁转完账，还想着，这次回来她是不是瘦了一点。

回程的票是下午两点。温以宁中午的时候给唐其琛发了条微信，问他是不是也回上海。还是那个意思，人都跟着来了，也没藏着掩着就是为她而来的，人家都明明白白地表示清楚了，再在这些小事上装聋作哑当空气，也实在没必要。

唐其琛很快回了消息："一起。"

紧接着又是一条："你打车过酒店停一下，一起。"

反复强调的两个"一起"上下左右地排着，温以宁就觉得有点喜感。她嘴角淡淡勾着，面色从容温和。回来时没拎行李，江连雪也没有一般父母的爱子之心，她从不张罗那些特产，也不表达多余的温情。她在麻将桌上昼伏夜出，绝大多数时候，连温以宁是几点的火车都不知道。

温以宁轻车简行而来，两手空空而回。

唯一不同的是，这一次，无论来去，她都不是孤家寡人了。

温以宁没直接从家门口打车，反正离酒店近，她走到那儿才给唐其琛发微信，说自己到了，然后就在大厅等着。这个酒店标价还是挺高，所以散客的入住不算火爆，更多的是企业政府的协议入住地。温以宁正对着旋转门，看到两辆黑色的奥迪A6缓缓停于门口，好几分钟了也没离开。

唐其琛没多久就下来了，电梯划开，他一个人。温以宁刚要起身，就看到那两辆奥迪车里也下来了人，三位穿着制服样式的长袖衬衫。他们走到唐其琛面前，伸手相握：“唐总您好，我是市委秘书办的钟横。”

唐其琛与之握手，简短有力：“钟秘。”

“李书记也是上午十点才知道您过来H市了，他还在参加九县三区的扶贫工作会议，走不开身，所以委派我过来。”这位政府官员的气质很正派，但与唐其琛说话时，语气还是放低的。

唐其琛说：“这次过来是私事，不便打扰。”

“唐总客气。中午陪您吃个饭，您要用车的话，可以随时告诉我。”

“不必了，我今天就要赶回上海。”唐其琛侧头，“以宁，下午两点的票是吗？”

温以宁点点头，然后走到他身后站着。

唐其琛拍了拍钟秘书的肩：“代我向李书记问好，有机会再聚。”

两人顺着姿势，就往前面走，后头的人很自觉地没有跟上去。温以宁立在原地，看唐其琛和那位秘书相谈甚欢，偶尔低语，偶尔展眉，多数时候是对方说，唐其琛聆听。最后，钟秘一脸感激地握了握他的手，看起来心情愉悦。

温以宁心有疑虑，唐其琛的根基在香港和上海，怎么会与这种小城市的官员如此熟识。不过后来一想，人与人之间，本就是厚薄有别。他们唐家，这个家族，几代人为之努力攒下的成绩背后，早就结了一张密实不透风的关系网。

温以宁站在几米远的地方，就这么细细打量唐其琛。看他谈吐游刃有余，看他每一个表情的切换都拿捏精准，看他背脊挺直，闲谈时的姿容夺目光辉。温以宁目光悠远而绵长，看着这个男人，好像就看到了自己的少女心事。

那一句“你知道什么是少女心吗？遇见你之后，我就有了”是她五年前的真心不假，是惶惶岁月长河中生硬的一块疮疤，也是带给过她绚烂纯粹的一抹光。

温以宁微微恍然，她才察觉，自己竟然会回想当年了。她目光痴痴茫然，跟点了穴似的钉在唐其琛身上。一时分神一时迷惘，在他身上读出了些许前世今生的味道。

等她回过神，唐其琛已经站在那儿看了她很久。钟秘仍在说着事情，等她视线对上焦了，唐其琛直接打断："抱歉。"然后朝着温以宁走来。

"怎么了？"他低声。

温以宁眼皮眨了眨，心里一口大气自此慢慢续了上来。她压了压自己的心跳，摇摇头表示没事。唐其琛只用更低的声音说："等我很久了是吗？我去打个招呼就走。"

钟秘说要送他们去高铁站。唐其琛给回绝了："您这车是公车，就不给你们添麻烦了。再说了，我跟朋友一起，姑娘不适应。"

他这话说得也不算深，敷衍地掩了掩，钟秘一听就明白。他意味深长地看了眼温以宁，试探地问："哟，唐总这是好事将近了。"

唐其琛眉梢勾着，表情是和煦愉悦的，他拍了拍钟秘的肩，客气道："托您吉言。"

走时，钟秘很懂人情地问温以宁："你家是住哪儿的？"

温以宁说了小区名。他笑了笑，悄声透露："你们那块已经划分了建设用地，规划拆迁最迟就是明年的事。"

这无疑是官方发言了，温以宁受宠若惊，好消息总是能让人心情迅速快乐起来的。她也很懂事地点了点头："我不会四处乱说的。"

一旁的唐其琛给听笑了，很自然地揽了下她的后脑勺，一触就松，怎么看都是宠溺亲近的本能动作，力气也轻，只掌心贴了贴她头发丝儿。手放下后，他已经转过背跟钟秘道别了。

温以宁愣了愣，硬是觉得自己的后脑勺里开出了一朵滚烫滚烫的烟花。

高铁抵达上海是五点一刻。老余已经候了多时，接着人总算松了口气："小柯打了我三个电话，问我你下车了没有。"

唐其琛往车里走："他去了？"

"去了去了。西装领带都给您带过来了，这个时候最堵，我怕再回趟公寓来不及。您将就一下，在车里换换衣服。"老余拉开车门，又回头对温以宁笑呵呵道，“温小姐，麻烦你等一下。唐总之前就交代了，要我把你送回去。”

宾利的后排空间再大，但换起衣服来还是略有束缚。四五分钟后，唐其琛才推门下车，那件穿了两天的白衬衫搁在椅背上，褪去休闲装的慵懒闲适，正装上身，唐其琛又变得精神奕奕了。

他对温以宁说：“让老余绕绕路，你坐他的车回去。”

温以宁下意识地问：“那你呢？”

老余帮着说：“唐总坐后面那辆。”

宾利后头，还有一辆S级的奔驰。这车温以宁眼生，搜刮了一下记忆，似乎没见唐其琛开过。要事在身，唐其琛很干脆地走了。老余笑着说：“这车是唐总上个月才买的，他的爱好除了打牌，就是买车。你见过他在云双庄园的车库吗？有好几辆都是绝版的古董了。”

老余是个温厚来话的，对温以宁说：“唐总七点有个晚会不能缺席，我还真担心他票晚点呢。本来我还纳闷，怎么要开两辆车来，得了，这下全明白了。”他拉开车门，“走吧，你告诉我地址。”

温以宁被老余说得一声都不敢吭，耳朵尖都起了鸡皮疙瘩。好在没多久，她手机就响了。

稀奇，是霍礼鸣来电。

号码还是上回在古镇的时候互存的。这哥们儿就是酷酷的，上次给她打电话，是问她那家新开的川菜馆味道如何。

温以宁接了：“Hello.”

霍礼鸣给听乐了：“你怎么也转洋文啊？”

“我大学就是正儿八经的英语专业好吗？”温以宁挺轻松的，这么一回顾，这一天的心情似乎都还不错，“怎么了，有事吗？”

“你现在有空没？”霍礼鸣说，“上次约你文身，你忙的几周都不见人。今天呢？反正还早。”

回家也没什么事，温以宁想了想，答应：“好，你在哪儿？”

霍礼鸣报了地址，温以宁又低声重复了一遍问旁边的老余。老余是个活地图：“知道啊，在静安寺那块。哎，这是小霍的声音吧。”

“对。”温以宁干脆开了外音，“小霍爷，你跟余师傅说下具体位置呗。”

老余笑眯眯凑了凑脑袋："小霍这是拐带温小姐去哪儿呢？"

温以宁也没想那么多，就这么说出来了："他要去文身呢。"

霍礼鸣在电话里唉声叹气："你别泄密啊。老余是唐总的人好吗——哎，余老，您帮个忙，回头别跟唐总说啊。"

老余啧了声："把我当什么人了，放心，肯定不说。"

霍礼鸣选的这个文身馆位置很低调，在一个不起眼的居民小区里。老余把人送到就走了，温以宁找了半天人，就听霍礼鸣喊了声："这儿。"

他顶着一头清爽利落的小板寸，蹲在没亮灯的角落拔草玩呢。温以宁走过去："你今天打算文哪儿呢？你身上还有地方扎吗？"

霍礼鸣是那种很带劲的帅，眉眼幽深，面部的线条也偏硬朗。他不苟言笑的时候，还挺有邪气劲的。人虽然有点社会，但穿衣风格很简洁，要么白要么黑，他喜欢穿纯色的。从地上站起来，霍礼鸣高了温以宁一个脑袋，他说："我想把大腿文一下。就文个满腿，从腿根一直到脚踝吧。"

温以宁皱眉："文满啊？"

"嗯。"

"你不怕疼啊？"

"不疼，再说了，可以休息的。"

"不是，你为什么情迷文身啊？"

"那你问过琛哥为什么喜欢打牌没？"

温以宁真是被他绕晕了，好好聊着天，这也能扯到唐其琛身上去。霍礼鸣睨她一眼："这个师傅手艺很扎实，他画图特别漂亮，设计了很多小图案适合女生，你也可以挑一挑。"

两人边说边坐电梯上楼。霍礼鸣是老熟人了，路也熟得很。

文身是件很耗心力和时间的事，这还没弄出太多图案，就已经过了两小时了。温以宁刚往凳子上一坐准备休息休息，霍礼鸣接了个电话走进来，皱眉说："我就知道老余不靠谱，他那张嘴就该上把指纹锁。"

温以宁气还没喘匀呢："怎么了？"

"下楼吧。唐总来了。"

晚上的宴会，唐其琛就是出席一下露个脸，后面是拍卖环节，他交代柯礼坐镇，自己就先走了。老余接到他，顺口提了句霍礼鸣要文身的事儿。唐其琛当即就不悦了，吩咐他开车过来。

等他俩从电梯出来，唐其琛站在车边透风。见人走近，他眉间轻皱，语气和眼神都是极不耐的：“一只手还没文够？你是想文成斑马？”

小霍爷多酷的一个小哥啊，在唐其琛面前就老老实实了，双手背在身后，跟没交作业的小学生似的。

唐其琛这人是接受过正统教育的，对这种行为可以理解，可以尊重，但自己并不是很喜欢。霍礼鸣跟他的关系也是不言而喻的，明里不说，心里把他当自己人当弟弟。霍礼鸣二十出头的时候，就在人鱼线的位置文了把匕首，前两年，又扎了花臂，每回都是先斩后奏，把唐其琛气得不轻。

“你是嫌自己不够酷，还是嫌自己黄皮肤不够炫彩？老余，下次给他扎两条彩灯，让他闪亮整条黄浦江。”

唐其琛生起气来，用词也挺不客气的。心情不妙，是因为文身也罢，还把温以宁拖过来。他的下巴对她轻轻抬了抬，话还是对霍礼鸣说的：“别欺负她好说话。她也坐了一天车，让她回去休息，谁想来看你扎针。”

霍礼鸣憋着笑，忍得下颌都在微微颤抖。

“你还笑？”唐其琛起了怒意，“为难人还有理了？”

“不是，哥。”霍礼鸣终于忍不住了，把温以宁往前一推，“你自己看。”

唐其琛微微皱眉，目光顺着往下，停在温以宁的手上。她左边的衣袖还挽了几卷，露出手臂内侧泛红的皮肤，靠近手腕的位置，她文了一只翘着尾巴的小狐狸。

温以宁的笑也绷不住了，别过脸，假装看别处。

霍礼鸣大笑出声，蹲在地上撑着下巴。唐其琛无语至极，看看地上的，又看看站着的，然后走到站着的那只“小狐狸”身边，低声无奈道：“你还笑，我不要面子的啊。”

温以宁侧过头，鲜眉亮眼地望着他，盈盈笑意看得唐其琛心头一暖，他垂下视线，轻声问：“疼吗？疼的话带你去老陈那儿吊水。”

地上的霍礼鸣一个爆笑，就差没握着拳头捅天捶地。

温以宁看着唐其琛微窘的模样，忽然就不忍心了，她也轻声回："嗯，不疼。"然后又轻轻把手伸到他面前，"好看吗？"

唐其琛一愣，然后略为僵硬地点了点头："好看。"

据霍礼鸣回忆，当时唐其琛的表情可以说是百年难遇。他也算是他身边亲近的人，这么多年跟下来，他就没见过唐其琛还有这种翻脸比翻书快的时候。

笑够了，霍礼鸣从地上站起，弯着腰，撑着膝盖还没缓过笑意。唐其琛一眼警告，他立刻给面子地闭紧嘴角。

大概是方才的气氛太过惬意放松，等温以宁反应过来后，才察觉自己大意了。伸在半空的手顿时没了底气，颤了颤，逃也似的垂在腿侧。手腕向内，做贼心虚地掩盖住了那只小狐狸。

"哥，我没文。得脱裤子呢，空调还坏了。"霍礼鸣就是实诚，有什么说什么。

唐其琛又看了看他的花臂，盘根错杂的线条一根根搭着，看得他头晕。平心而论，霍礼鸣是个不错的孩子，就是兴趣爱好有点过。好好文个身也没什么，但他跟上瘾一样，一文还是整只胳膊整条腿的。唐其琛冷冷剜了霍礼鸣一眼，说："你再敢多弄，我明天就送你进马戏团。"

完了，好不容易暂停的笑穴，又要止不住了。霍礼鸣只得低着头，憋得肩膀直抖，唐其琛无奈归无奈，但也不会怎么样，他说："走吧，把你们送回去。"

宾利就在马路边，老余是个老烟枪，没人的时候就下车过过烟瘾。霍礼鸣丢给他两包和天下，又对唐其琛说："我开车来的。你呢，你跟谁走？"

问的是温以宁，她也不太想上唐其琛的车，于是往霍礼鸣那边站："我坐你的车吧。"

唐其琛也没说什么，他还要去南边办点事。老余已经把车开过来了："唐总，您可能得快一点了，陈秘书的电话又打我这儿了。"

唐其琛上车前，对霍礼鸣说："开车慢一点，把人送回家。"

说完，就披着一肩月色离开了。

霍礼鸣单手抄进裤兜，吹了声响亮的口哨："这么早，你就回去？”

刚文身的手腕处还有点疼，温以宁撩开衣袖吹了吹，说：“你忙吗？不忙的话我请你吃夜宵。”

霍礼鸣也是个夜间动物，没客气地说：“行，地方我挑。”

两人找了家大排档，这老板跟霍礼鸣熟，一见面就叫小霍爷，又盯着温以宁，笑眯眯道：“哟。”

“哟什么哟，边儿去。”霍礼鸣脚尖踹了把对方的小腿，拉过一条木板凳给温以宁，“别理他们，你坐。”

“你常来？”温以宁坐下后，看了看四周。

“嗯。”霍礼鸣给她倒了水，茶杯满出来了，洒了几滴在桌面上，“你这几天就别吃辣了，我给你点个粥，琛哥来这儿的时候，每次都点。”

温以宁心想，胃不好的人，还情迷消夜摊，能好才怪。

说到唐其琛，霍礼鸣又忍不住想笑了：“你知道吗。我哥真的很少为这种小事为难。刚才我就该给他录下来的，回头给他刻个碟一生收藏。”

温以宁笑了下，挑着花生米吃。

“不过他这样也挺好，至少有了点活人味。”霍礼鸣还挺感慨的，“我十七岁就跟在他身边做事了，我哥他什么都好，就是爱工作，把自己整得跟机器人一样。他唯一的业余爱好就是和傅哥他们打牌，而且固定一拨人，外面人的牌，他从来不玩的。”

温以宁随口问：“为什么？”

“他就是特别谨慎，也不太容易相信别人。你敢相信吗，这几年，我就没见他带过什么名正言顺的女朋友出来过。”霍礼鸣给自己倒了一扎啤酒，把车钥匙隔着桌面丢过来，“待会儿你开车吧。刚说到哪儿了？啊，女朋友。哦，不对，他也不是没交过，就去年吧，家里介绍了一个老师，就在逸夫小学教语文的。我哥还愿意去相相亲，不过后来也不了了之。就再也没有过了。”

温以宁吃着碟子里的凉菜，酸萝卜下去，牙齿都颤了颤。触碰唐其琛的感情历史是一件很敏感的事，对她而言也是矛盾的，一边本能反应地回避，一边又忍不住地想知道。就这么一来二去地拉扯拔河，僵持碰撞出火花的一瞬，意识形态又忽然变得清晰了，矛盾纠结全部化成了蠢蠢欲动。

关于过去的，关于某个人的。

温以宁到底没忍住，就这么说出了口：“他以前，喜欢过一个人很久。”

问完，情绪潮起潮落，澎湃汹涌地直往心口撞。也就是这个时刻，温以宁才发现，自己仍是在意的，介意的。那个活在“听说”里素未谋面的假想敌，是她的意难平。哪怕尘埃落定，过了这么多年，温以宁还是有迫切的、想要了解的欲望与不服。

几秒的留白等待，她心里忐忑不安，也有懊悔之意。她假意平静地继续吃花生米，一颗一颗在唇齿留香，吞咽下肚，却又苦涩不堪。

终于，霍礼鸣吱声了，特别平静自然地提起：“哦，你说晨姐啊。琛哥从国外读书回来后在一家国企待了几年，他家的情况当时很复杂，就没马上回来接管公司。他是挺喜欢晨姐的，他都三十六岁了，有过几段感情也很正常对不对？不过晨姐都结婚好多年了，孩子都几岁了。”

温以宁敛了敛眸：“嗯，她长什么样儿？”

“挺漂亮，我也就见过一两次吧，还是那时他们来上海出差的时候。跟你那个女领导是一个类型。”

霍礼鸣说的是陈飒，御姐范。

温以宁鬼使神差地，又问：“那你觉得，我长得什么样？”

霍礼鸣被这个问题震惊住了：“你，你就长这个样子啊，不是，你连自己长什么样都不知道？”

温以宁这会儿才算清醒了几分，愣了片刻，她自己都忍不住笑了，垂下头，笑得心里泛苦。一朝被蛇咬，十年怕井绳这个道理，怕是温以宁一生都很难过去的一个坎了。她对过去心有芥蒂，对未来惶恐无知，她不自信，不确定，不能释怀。哪怕唐其琛已经跟她解释了无数遍，但她仍旧心有余悸，只能在理性与感性之间自我拉扯，在信与不信之间大动干戈。

毕竟，“遇见你以后，我喜欢的每一个人都像你”这句话，看起来缠绵悱恻，但按在自己身上，就变得可悲可怜了。

温以宁的情绪崩盘得太厉害，忽高忽低，就这么几秒钟，她又自我怀疑无比低落。霍礼鸣混了这么多年，心里也跟明镜似的，他看穿了温以宁的心思，但又顾全女孩儿的自尊，所以只轻描淡写地说了一句："我看得出来，我哥对你是放了心思的。"

温以宁眼角有点热。

"其实多大点事儿呢？就这么一个坎，你能想通，就自然而然地跨过去了。再简单点说，喜欢一个人，是爷们儿就追。我看我哥就追得挺含蓄精致的。你和他某一部分都很像，就是，就是……"霍礼鸣不太懂那么多文人用词的婉转，他的词汇量不算多，想了半天才勉强形容出来，"就是都挺克制的，唉，反正就这意思吧。按理说，你俩应该是一路人，应该更能体会对方的想法才对啊。"

温以宁笑了笑："还一路人。"

"不是一路人，你能这么拐弯抹角地套我话？不是一路人，你会对我哥做过的事，说过的话这么念念不忘？"

霍礼鸣不喝啤酒了，从烟盒里抖出根烟叼在嘴里，微微眯缝了眼睛看着她："听我的，你要觉得还能接受，就跟他再试一试呗，试了还觉得不行，就分手呗。我哥又不是死缠烂打的人，他就是对自己的目标比较有耐心。信不信，只要你没结婚，他就能把你抢回来。"

霍礼鸣说话太直白了，温以宁皱了皱眉："霍爷，我能问你个问题吗？"

"问。"

"是不是唐其琛说什么，你都无条件拥护他？"

霍礼鸣特干脆："当然。"

温以宁叹了口气："算了，刚才的天白聊了。"

"我也是很讲道理的好不好。再说了，你跟别人不一样，你跟我哥是有过旧情的，独此一份，很特别的存在了。"霍礼鸣说得理所当然。

霍礼鸣对唐其琛就是迷弟一般的情谊，跟喊口号似的来了句："就好比我们仨坐在一辆车里，出了车祸，我肯定是护着他，他肯定是护着你。"

温以宁都快翻白眼了，呸呸呸了好几下："晦气，有你这么举例的吗？"

霍礼鸣反应过来，也挺不好意思地拽了把自己的小寸头："吃吧，鸡腿都凉了。”

文身这事儿过去了好几天，刚文完那会儿的痛痒症状逐渐减轻，那只小狐狸颜色浅浅的，和她白皙的皮肤很相称，安静地待在手腕处。初夏谢幕，盛夏光临，气温慢慢稳定了，公司的运行也进入一年之中最顺滑畅快的时候。

唐其琛这几天又出差了，和柯礼跑了一趟江苏去那边的子公司例行视察。他周三回来，周一的时候傅西平就特地约了他的局。他们这帮发小之间，相处从不讲究那么多客气和套路，有空了就聚一聚，绝对不会这么大费周章地像外人一样，见个面还得预约。但这一次不同，因为周三是唐其琛的生日。

傅西平电话里是这样说的：“生日过一年少一年，你工作再忙也别不当回事，哥们儿几个都记着呢，我给你安排好了，你人来就行。”

唐其琛是不太爱过生日的，他的精力在年轻时都匀给了事业，就这几年似乎都是在飞机上度过，忙了一天精疲力竭回到酒店，那都什么点了。柯礼还是有心的，应酬局上喝得跟孙子似的，还是没忘给唐其琛扒来一个小蛋糕，两个大男人就在异乡异地，把这个可怜巴巴的蛋糕给吃了，顺便缓解一下满肚酒水的不适。

这些年，也多亏了这些知冷知热的人。

下午的飞机到上海，手头工作暂告一段落，唐其琛直接去了傅西平订的地方。来的人已经很齐了，这个私人饭宴也没外人，不需要奉承应酬，两句招呼就都各玩各的，还蛮有气氛。傅西平说：“好久没见你了，你是不是又瘦了点？”

柯礼有点热，站在冷风出口纳凉，提起这个也是忧心忡忡：“能不瘦吗，胃病复发了两次，回回吊水消炎才好。你是知道的，病一次，身体也得要时间恢复。”

傅西平啧了声：“你可别有钱挣没命花啊。”

唐其琛睨他一眼：“今天我生日。”

傅西平笑了笑：“生日才更长记性。对了，安安还没下飞机，赶不过来吃饭了，待会儿唱歌的时候来。”

唐其琛记得：“她是在国外拍电影。”

“就那个什么悬疑片，徐导要求高，戏都很难磨，还封闭训练呢，走了两个月了吧，我昨儿听她经纪人说杀青了。”傅西平左顾言它，说完静了静，看着唐其琛欲言又止了几次，估计这话也不太好意思说出来，纠结了一通，只意味深长地点了点，“那个，你和念念……”

唐其琛眼皮都没掀：“在追。”

傅西平倒吸一口气：“怎么了这是，唐哥哥，这不是你风格啊。这么久没追上，您还有耐心呢？”

这话有点往他痛处刺，唐其琛不太乐意了，平铺直叙地反驳：“跟我比耐心？”

傅西平反应过来，赶紧偃旗息鼓：“是我说错话。不过待会儿安安来了，你，你……”

唐其琛起身，整了整压得微褶的裤腿，显然不太想继续跟他闲扯，径直往别处去了。

生日宴也没什么特别，熟得不能再熟的哥们儿一起吃个饭，天南地北地聊，气氛是轻松惬意的。唐其琛坐主位，他是不喝酒的人，柯礼能喝一点，回回敬酒都由他代劳。饭吃到后半程，就陆陆续续开始上礼物了。只不过唐其琛的兴趣喜好实在贫瘠，别的他也都不缺，哥们几个商量了一通，早半年前就找工匠定制，给他用金箔打了一副真金白银的扑克牌。一副牌五十五张，就是五十五张黄金片。

唐其琛放手里掂了掂，然后压在桌上，把自己的钱夹盖在上头，他没什么过于热情的回应，但表情温和带笑，心情是极好的。傅西平直接丢了把车钥匙给他：“拿去开吧。”

唐其琛看了眼标志，轻轻笑了起来。

饭吃完是两个小时后，热了身，酒也暖了胃，夜场生活开始得就很沸腾了。最大的包厢里一切准备就绪，歌也都点好。一进去，哪个角落都玩嗨了。唐其琛坐上牌桌，跷着腿，偶尔笑，偶尔低骂，神采飞扬，人是真的好看。

安蓝进来的时候，嗓音清清亮亮在门口就传来了：“谁唱得那么难听啊。我就知道是小七，一猜一个准。”

大家吆喝声渐起：“哟，咱们的大明星回来啦。”

“边儿去，我来给这屋里最帅的那个送礼物的。”安蓝款款而来，一身休闲打扮，白T恤短热裤，腿笔直匀称，走来就把戴着的鸭舌帽往唐其琛头上轻轻一放，两手搭在他肩膀上，探过头笑意盈盈，“其琛哥哥生日快乐！”

唐其琛笑了笑，摘下那顶鸭舌帽放在桌面：“谢谢。”

安蓝问：“我黑了吗？”

“没有。”

“哪有，人家明明就黑了。”

唐其琛嗯了声：“好，黑了。”

安蓝又说：“那你刚才还骗我。”

“哎哟喂，你这声音能不能正常点。”傅西平在旁边坐着，边码牌边嫌弃，“也是他不好意思说你而已，照顾一下旁人的感受好吗？”

安蓝娇娇俏俏地瞪眼：“他乐意，管得着嘛你。”

傅西平抬眼，目光意味深长地投过来：“以前乐意，现在就不一定了啊。”

安蓝从小就喜欢跟在唐其琛身后，别人说她是小尾巴，这么骄傲吃不得一点亏的性子，愣是没不高兴，还美滋滋地凶回去：“尾巴怎么了，那我也是最漂亮的那根小尾巴。”

习惯成自然，甚至成为她生命中的一部分。安蓝勾了张椅子，就这么挨着唐其琛坐下，又开始胡乱骄纵地指点江山了。

“打这张，不许打顺子。”

傅西平啧了声：“刚跟你说的就忘了啊，现在你其琛哥哥可不一定乐意按你说的做了。”

傅西平这人还是聪明的，用四两拨千斤的方式提醒着安蓝，唐其琛不一样了。玩在一起的，谁的心思都明明白白，唐其琛这人的性子换句话说就是性冷淡，别指望他懂得循序渐进地做铺垫。但安蓝不一样，说是飞蛾扑火还称不上，但有情饮水饱，这几年的心意她是越发藏不住。

傅西平怕她自个儿烧着了，还要抖落唐其琛一身灰。

两败俱伤，闹得太难收场，牵扯的方方面面也太多。

总归是不好看的。

安蓝没听懂傅西平话里的深意，颇有仗势撑腰的意味，还往唐其琛的方向故意靠了靠，下巴一抬：“怎么就不乐意了？难不成交女朋友了？”

气氛瞬间安静下来。

牌桌上的人，上回都去了傅西平家里吃那顿日料，也就是那一次，唐其琛坐在沙发上，坦诚大度地承认了他在追人。

大家心知肚明，但又闭口不提。哪边都不能反目，谁也不敢去安蓝那儿触这个雷点。

眼下安蓝自己误打误撞地把话题引了过来，太敏感，个个噤若寒蝉，如临大敌，小心翼翼地留意唐其琛的反应。

唐其琛丢了对子在桌面，然后把剩余的牌往桌上一扣，转过头看向安蓝，他的目光没有遮拦，深沉而笔直，语气也是毋庸置疑。

他说：“对。”

安蓝的表情就这么僵着了，挂着笑意的嘴角甚至忘了收回。她的眼睫先动，眨了两眨，像是触动了开关，身体的每一部分都清醒了。她把唐其琛的那个“对”字反反复复体会了一遍，好像明白了什么，但又什么都不敢求证。

等她反应过来，伸手抓着桌上的鸭舌帽狠狠往地板一扔，起身就往K歌那边走了。

傅西平脑仁疼，但还是故作轻松地唱和：“行行行，唱歌唱歌啊，轮到谁出牌了？”

唐其琛把这一盘打完，便也推桌起身，交代柯礼：“你招呼。”他自己有事要走，走时，都没有分一个目光给沙发上的安蓝。

夏日夜风拂面，灯红酒绿之下，也有了些许温情。

唐其琛走出会所，透了透风，心里也没什么多余的杂念。既然明确了心意，有些东西他确实不想一拖再拖。

“哥！”车灯微闪，霍礼鸣开着他的车转弯过来，从驾驶座露出脸，笑得挺有内涵，“你吩咐的事我都办好了，现在走吗？”

唐其琛走过来，问：“都好了？”

“好了，全在后备厢了。”霍礼鸣拉下手刹，把车停稳，“她那边我也打了电话，在公司加班呢，我们过去正好差不多。”

唐其琛拉开车门坐上副驾，淡声说：“走吧。”

霍礼鸣发动车子，平平稳稳地开上主路，他嘿嘿笑，故意问：“您今天生日呢，抛下傅哥他们合适吗？”

唐其琛没理。

霍礼鸣瞄了瞄，欠儿欠儿地嬉皮笑脸：“哥，你紧张吗？”

唐其琛没转头，就伸过手，往他后脑勺上一拍：“好好开车。”

语气沉稳，但他别过头看窗外时，嘴角的弧度明显是上扬的。

到了亚汇，霍礼鸣提早给温以宁打了电话，挺好编的一个理由，说自己正好顺路，捎她回去。温以宁和他还是挺投缘的，也没那么多扭捏矫情，加了一晚上班谁不累，屁颠颠地就下来了。远远见着车，却是一愣。

唐其琛就倚靠在车门边低头看手机，一会儿他抬起头，往这边看过来，正巧与她的视线碰了个正着。

他轻轻颔首，然后站直了些。

而后座的车窗滑下来，霍礼鸣冲她出了声口哨，挑眉道：“愣着干吗，老板的专车接送，上来啊。”

就这么十几步的距离，温以宁觉得脚跟灌了铅一样。走到面前，她和唐其琛谁都不说话，颇有大眼瞪大眼的滑稽意思。霍礼鸣饶有兴致地看着这两人，又看了看唐其琛，心里一百二十个确定——我哥紧张了。

“那个，我坐后面吧。”温以宁先打破的沉默，总这么站着也尴尬。

唐其琛拦了她一把：“等等，你过来。”

然后，他顺着这个拦人的动作，索性拽着了她的胳膊，不轻不重的，但也让人没法逃开。温以宁懵懵懂懂地跟他绕到车后面，唐其琛按了解锁开关，对她说：“打开看看。”

温以宁一愣，这个状况太突然，也有点反常，她自个儿脑子转不过弯，基本就是言听计从的反应。

她打开了后备厢。

满满一车香槟玫瑰，这个浅粉色很高级，大团大团地簇满车厢，有一种壮丽的温情。

路虎太能装东西了，唐其琛可能也被这阵仗惊了一跳，但还是淡定自若地问：“你喜不喜欢？”

温以宁差点忘了“不”这个字的发音，但也绝对说不出“喜欢”两个字。

唐其琛已经镇定下来，估摸着她的表情可能不太妙，想着给自己造势，便自然而然地告诉她："如果你不介意，明天我也能把花送到你办公室。"

花都跟开疯了似的，把他们这小半圈的天地都染成了霓虹艳光。

唐其琛说这话的意思是出自真心。但在温以宁听来，怎么就有几分威胁人的意味了。后座车窗还趴着一只看热闹不嫌事大的脑袋，霍礼鸣真想拿手机录个小视频群发。圣人动凡心，其实也挺接地气的。

温以宁反应过来，第一个举动就是去关后备厢。这个点不算太晚，从大厦进进出出的人时而有之，她不想被围观。一个动作就表明了她对方才那句话的回应：介意。

砰的一声响，后备厢被关了个扎扎实实，还惊动了几片花瓣可怜兮兮地坠了地。温以宁迅速坐进后座，霍礼鸣故意占着地方不肯挪，吊着眼梢坏透了："干吗呢这是，坐前边去。"

温以宁敢怒不敢言，就这么看着他。霍礼鸣的怜香惜玉品质基本为零，一不做二不休，干脆直接躺了下去，把后座都给占满了。这事他做得极致，狼狈为奸嘛这不是。再僵着也没意思，温以宁只得坐去了副驾驶。

唐其琛上车后，侧头对霍礼鸣说："别惹事。"然后也没再有多余的话，把车开出了停车坪。

一尾厢的花，熏得车里都是香的，花本身的味道还是好闻，但这么多弄在一块儿，还是挺熏人的。唐其琛不太能忍这个味，眉头皱了好几次，又把空调的温度调低了些。温以宁早就察觉到了，也没吭声，只是把车窗降了一半，让外头的自然风透了透车里。

她刚想说什么，转过头一刹那就觉得不对劲了——

他们的车刚驶出写字楼，还在匝道上不快不慢的时候，左边直行路口突然冲出一辆小皮卡，没按交通信号灯行驶，而是跟失控似的直接往他们这个方向横冲直撞而来。唐其琛早就鸣了喇叭，一声比一声急，但对方已经不长眼睛了，速度不减蹭着车身过来。剧烈的撞击声很是怖人，唐其琛的方向已经把握不住，这一撞，撞得人五脏六腑都裂开一样。

温以宁啊的一声尖叫，但预料之中的疼痛并没有到来。就在撞击的那一刻，唐其琛迅速解开安全带，倾身护盖在了她身上。而也是同一时间，后座的霍礼鸣伸出手挡住了唐其琛的脸。破碎的车窗玻璃碴横飞，尖锐地扎进了手背和后颈。

唐其琛眉间有痛色，但护住温以宁的动作始终维持着。

想起前几日和霍礼鸣在大排档聊天的内容："就好比我们仨坐在一辆车里，出了车祸，我肯定是护着他，他肯定是护着你。"

温以宁心想，现下可真是一语成谶了。

柯礼赶到医院时，最先看见在大厅坐着的温以宁。他走过来，脸有焦色："还好？"

温以宁起身："我没事，唐总和小霍还在里面包扎，应该也快出来了。"

清创室关着门，柯礼看了几眼，眉头深皱："这么严重？"

"应该没大碍，小霍的手背严重一点，不过照了片子，没有伤筋动骨。"

正说着，门开了，医生护士先走了出来，唐其琛跟在后面，拦着时还没看清，等人到面前了，柯礼倒吸一口气，温以宁也惊了一跳。唐其琛右侧的脖颈上，绷着一块厚厚的纱布，是被玻璃碴给划的。医生把碎片取了出来，一根细细尖尖埋得很深，再偏一点就往动脉上招呼了。

柯礼跟医生询问仔细，再三确定是否没事。

不多时，霍礼鸣也龇牙咧嘴地走了出来，他手背上的细碎伤口比较多，小手臂上也豁了道小口，鲜血糊开在他的花臂上，把黑白青的翅膀图腾染出了妖冶感。温以宁问："还好吗？"

"没事。"霍礼鸣转头看向唐其琛，"哥，我皮糙肉厚习惯了，但您真得上点心，您那脖子别乱拧，待会儿伤口又裂开。"

柯礼走了过来，听完医生的话更觉后怕，眉头深深皱着就没松开过。柯礼身处这个位置多少年了，遇到再大的难处都是宠辱不惊，从容温和的。但跟唐其琛相关的事情上，他就没办法掉以轻心。

"我给老陈打个电话，要不您去他那儿再看看吧。"柯礼越想越不放心，"您这儿缝了四针呢。"

唐其琛抬手轻轻摸了摸伤口的位置："不用。"他又看了眼温以宁，低声问，“没伤着？”

温以宁点点头，也是蹙眉盯着他的伤口。

这么一说，柯礼就都明白了。

肇事的皮卡车是从右边蹭过来的，按理说，副驾驶的人最危险。柯礼来的路上已从交警队了解了大概，得知副驾坐着的是温以宁。可伤全都在唐其琛和霍礼鸣身上。

柯礼心里是暗暗跳动的。唐其琛什么人？说白了，身居要位，阴谋狡诈里摸爬滚打上来的人，早就冷了心肠。他身上有大义，却不拘于小情。除开这副精致皮囊和荣耀光环的加持，他的心是很难焐热的。世事道理活得清透明白，又怎会为了别人而折损自己呢。

柯礼算是看出来了，搁他老板心里，温以宁已经不是外人了。

唐其琛问：“车在外面了？”

“在。老余候着。”柯礼明白他的意思，便对温以宁说，“老余送你和小霍先回去，再有什么事就给我打电话。”

温以宁走前，欲言又止地看了看唐其琛，那句“谢谢你”在这个氛围下，显得轻而又轻。但除了谢谢，她也不知道怎样去面对这个男人了。霍礼鸣喊她：“以宁，我们先走吧。”她这才迈步，把一腔心思活生生地按压下去。

这时，唐其琛撇下柯礼，快步跟上，轻轻拉了拉温以宁的胳膊，他像是知她所想，把人拉到一边，声音压了压，语调是平静的：“不要有压力，你没事就好。还有，我给你时间。”

也没多的了，甚至一个意味深长的眼神都没给，说完就回去了柯礼那儿。

温以宁方才的欲言又止，顷刻间化成了甜苦参半的药水，过往种种的抗拒迟疑，也在这一刻灰飞烟灭。唐其琛无疑是深沉而有力量的，他说的话、注视人时的眼神那么匹配，跟一把试着插进锁孔的钥匙一样，耐心磨，温柔拧。就这股劲，让人于心不忍，差一点就要主动为他敞开大门了。

温以宁的矛盾苦楚，都变成了一步三回头。她走得慢，也不畏惧与唐其琛眼神的对视。最后走时，唐其琛隔着距离对她淡淡笑了一下，上唇碰下唇，嘴型说着：“听话。”

人走后，柯礼还是不太放心："唐总，要不我让老陈去你公寓再看看吧。"

唐其琛随他走到车里，颈上的疼痛还是很刺人的，他说："这两天对外说我出差了，公司一些急着审批的文件你带过来。你跟小霍也交代一声，不要对我家里说这事。你再给老陈去个电话，让他明天到我这儿来换药，医院我就不去了。"

柯礼应着，斟酌了番，问："唐总，是意外吗？"

唐其琛枕着椅背，合眼累极，说："我不知道。"

柯礼说："那辆皮卡车的司机是酒驾，不是本地人。我印象里也是个生面孔。可出事的地方路况良好，不至于隔着那么远跟长了眼睛一样专往您那车上撞。需不需要我再去查查这个司机？"

柯礼心思缜密，他能看出的疑点，唐其琛不可能不清楚。

但，"不要查了。"唐其琛平静道，"就是意外。"

柯礼默了默，应道："好。"

唐其琛的伤口还是比较深的，后面这两天老陈来给他换药的时候，都是皱着眉又摇了摇头。家里开了冷气，唐其琛难得一天都穿着家居服，发型不用过于打理，软趴在他额前，退去了几分精英感，人倒显得可亲可近了。

老陈说："你当时就该来我诊所的。这个缝合处理不够好，当心留疤。"

唐其琛笑了笑："没伤脸上，没关系。"

老陈动作娴熟，纱布绷带都备齐了，给他消毒再敷药，挺无奈地说："我见过那么多病人，你可真不算省心了。胃不好，今年我都给你吊了四次水了吧。下半年这才刚开始，你自己先来预交点医药费。"

唐其琛偏着头任他摆弄，听着听着就弯了嘴角。

"又是出车祸又是被玻璃扎，就你这伤口，看着不厉害，但只要再偏那么一厘米，就够你受的了。"老陈又想起来，"还有你那胳膊，也是柯礼他们都在，我给你留面子，什么不小心磕的？我是医生，你糊弄我呢？就是跟人掰手腕弄的。"

说到这儿，唐其琛还是略有心虚地瞥开了眼。

"认识这么多年，我竟然不知道你还有这种嗜好。"老陈数落人的时候也是温润和气的，药已换好，他单手摘下口罩，轻轻呼了口气，“不说了，说这么多我都觉得自己嘴碎。当心身子，多保重。”

唐其琛坐直了些，轻轻动了动脖子，嗯了声，问：“拆线后有印吗？”

“我给你抹了药，三天后就不会太明显。”老陈开玩笑道，“你公司人问，就说是媳妇挠的。”

唐其琛这么一品，四舍五入也差不多是这个真相。他自顾自地笑了笑，很浅的一个弧度。老陈简单收拾好工具，嘱咐了一句：“反正你这几天有时间，抽空去我那儿把体检做了吧。”

他答应下来：“我就不送你了。”

一旁的柯礼起身送老陈，人走后，他把刚才整理的一些报表递给唐其琛：“下个月几个新项目的成本支出计划预算，有两个数据我让林部再去核实，半小时后再给您反馈。”

唐其琛过目一遍，着重看了时间节点，又批改了几处。很快，夕阳西落，外头的日光渐淡了。

这边散了，柯礼带着批阅好的文件回了趟公司。明天有个技术专项会他要代替唐其琛出席，一些资料都备着。天光尚早，亚汇仍有不少加班的同事。柯礼在中间楼层打了个转，刚要回自己的办公室，就被人叫住。

“柯助。”

他回头一看：“嗯？以宁，怎么了？”

温以宁小跑着过来，方才柯礼一露面，她就欲言又止了好几番。顾忌还有同事在，有些话不方便问。现在没什么人了，她心里又有了犹豫，最后还是小心翼翼地问出口：“唐总他好些了吗？”

柯礼了然，微笑着说：“还行吧。”

这不是柯礼说话的风格。他向来都给人稳重靠谱的印象，行就行，不行就不行。还加个“吧”字是什么意思？

温以宁被他这讳莫如深的表情弄得七上八下。凭一己想象猜着其中真相，越想越忐忑，最后表情也不自觉苦大仇深起来。她皱着眉问：“不太好吗？”

“没大事，伤口有点发炎，我刚从他那儿过来的时候，好像还有点低烧。”柯礼语气平平道，“估计人也不太想吃饭，我这边忙完了再给打包个外卖送去。”

温以宁的神情明显被吊起来了，她嘴唇张了张，但一对上柯礼探究的目光，又硬生生地把神情给拉拽平坦了。

柯礼没敢把谎言说得太逼真，笑了笑，给她找了个台阶：“我这边还不知道要忙到几点呢。”

天将黑时的城市缱绻而温柔。余晖金灿灿的一层洒在西边，衬着半圆的落日，延伸出两条长而饱满的云带，酝酿着夏夜的登场。唐其琛开车上高架桥，滑了半边窗户过风，日升月落之时，抵达目的地，安蓝在卢湾区的住处。

这个楼盘开发得很早，搭乘了房价飞涨的第一波红利，早已成了口碑之作，有价无市，一幢幢欧式复古风的小洋楼矗立于法租界，成了游客必访之地，却也只能在外观赏而不能踏入一睹真容。

安蓝在这儿的房子，是她父亲馈赠的。她自上部电影杀青，有一周的假期自由支配。唐其琛的车停在稍远，步行过去时，安蓝正在花园里浇水。她今天穿了一条碎花长裙，上身搭了条披肩，哪怕是休息，她也保持着无可挑剔的精致妆容。

见到人，安蓝招了招手，把花洒放在地上，小跑过来：“阿姨做好饭了，都是你爱吃的。”

她笑得面若桃花，眼神清清亮亮，满是期盼。目光一偏，注意到唐其琛脖颈上被领子隐隐遮住的纱布时，顿时失色：“你这儿怎么了？别动，我看看。”

安蓝踮起脚，歪着头就往他右边倾，一脸纯粹的关心和紧张。

唐其琛没避，也没附和，而是一把拽起了她的手腕。

这力道不算轻，挺沉的一下。男人指腹是温暖的，此刻却让人怯了胆，凉了心。安蓝忍了忍，一脸无知地望着他：“嗯？”

“进屋。”唐其琛说。

这地方虽然私密性极佳，但他还是保险谨慎。门合上，唐其琛对还在厨房忙碌晚餐的阿姨说：“麻烦您帮我去买包烟。”

他是不抽烟的，安蓝一听这话，心下便了然了。

打发走阿姨，唐其琛终于说到正题，他问：“为什么做这样的事？”

安蓝极力维持懵懂，扯了扯嘴角：“什么事啊？我不明白。”

“对我还这样，有意思吗？”唐其琛直言打断，方才的目光或许还能称得上是淡然从容，这一刻，却是完全丢了温度。他说，“那辆皮卡车的司机，是你工作室一个造型师的远房亲戚。我见过他一次。”

安蓝霎时变了脸色。

唐其琛的唇薄，微抿时就更显寡情了：“为什么这么做？”

安蓝把头偏向一边，神色之间又起了那股倔强之意。

唐其琛闭了闭眼，也罢，她这份性子，可能一辈子也学不会给人台阶、和气说话这个技能了。内心一声叹息，唐其琛决定把话捋直了说。他握着安蓝手腕，力气紧了几分。

“你从小到大，从我们认识的时候起，我就没有对你说过一句重话。我把你当亲人，跟西平、小霍他们一样，你在我这儿，再难磕的性情，我都会担待。但是安安，你不能剑走偏锋，不能连基本的道义都不要。”

每一个字都像染了毒的刺，多说一句，安蓝的心里就多扎一排窟窿。她生来倔强，也有万人追捧的光芒，她是闪亮而又骄傲的。唐其琛这话太正，太重，他甚少有如此严肃待她的时候，无疑就像五十大板噼里啪啦地往她身上打。

偏偏他说得句句在理，一个标点符号都没有错处。

安蓝对他心动，此刻又对他理亏。情与理都不占面，这种被揭穿的羞愧和心底的嫉妒愤懑，把她搅得血肉模糊，漂亮的指甲死命掐住自己的掌心，忍无可忍地反驳：“我听不懂你说什么！”

唐其琛愈发冷静：“撞右边，撞副驾，因为副驾上坐的人是她。”

安蓝大声：“你以前从不会为了别人这样凶我！”

唐其琛：“那也要看看你干的什么事。”

安蓝顿时失神，表情凝固住，慢慢地，眼睫上蓄满了湿意。她不死心地，哽着嗓子又问了一遍：“所以，你是真的喜欢她。”

唐其琛没避开她刨根究底一般的目光，安静几秒，说：“我不否认，确认心意需要时间，但我三十岁的时候，已经错过了一次‘确认’，现在我已是奔着四字去的人了，不想再错一次。但一码归一码，你这个行为，太伤我心了。你这是把人往死里撞，那玻璃是扎在我身上，没能如你的愿。但你想过没有，要是如了你的愿，你觉得我会原谅你吗？”

安蓝人都静止了，惶恐不安，又打心底地不服。她觉得自己要爆炸了，偏偏最后半句话，就跟寒冬腊月再往头上浇一桶冰水似的，把她的咄咄逼人都给浇没了。

唐其琛给予很肯定的答案：“我不会。”

如果你有害人之心，我不会原谅你。

话已经到这个份上，唐其琛的态度立得鲜明。他甚至没有多余的宽慰和温情的铺垫，面对面地，活生生地，断了她不正确的骄纵和任性。

安蓝无计可施，也惊惧害怕。这样的唐其琛太陌生了，他用男人很刚硬的一面，第一次这么对她。安蓝口不择言，抓着最后一根救命稻草般朝他威胁：“唐家和安家分不开的！”

唐其琛面色深邃又平静，对这莽撞却确实富有杀伤力的喊话仔仔细细思考了片刻。他的视线重新回到安蓝身上，如同深渊一样，淡声说：“你也说了，分不开。”

唐家离不开安家，安家就能离开唐家了吗？

唐其琛不动声色地将这份威胁还了回去。然后没再停留，转身就离开了。

出了门，夏风扑面，室内外的温差之大让他打了个战。

开车回家时，正是夜晚的交通高峰期，到了汤臣一品，已过八点。无可否认，安蓝在他的交际圈里，是很有存在感的一位。从小到大的情分刻在那儿，刚才这番对峙与谈判，是伤筋动骨，很挫精气的。

唐其琛在路上堵着时，胃就开始隐有不适。停好车，他步行从园子里抄小路穿过去，这里是低密度的小高层，灯光隐淡，很安静。出来得有点久，脖颈上的伤口也隐隐作痛，唐其琛右手在腹上揉了揉，没什么精神地往公寓走。

快到的时候，他抬起头，目光掠向前面，然后彻底愣住。

花园和入户大堂的连接处，一个小小的身影坐在台阶上，正低着头，估计是等了太久，正百无聊赖地扯了根草在指间缠缠绕绕。

温以宁加完班回去后，是换了一身衣裳才出来的。下半身是条民族风情的淡色长裙，上身穿了件汉服改良样式的短衫，头发绾了一半，另一半柔顺地垂在耳后。

温以宁侧过头来，和唐其琛的目光撞了个正着。她连忙起身，拍了拍裙子上的灰，半尴不尬地杵在原地。唐其琛的视线往下挪，瞧见了地上的保温饭盒。

“来了。”他走过去，很平常的反应。

温以宁心里松了口气，人也不那么紧张了，嗯了声：“就，路过嘛，柯礼说你没吃饭，顺便买了点。你吃吧，那我先……”

“走了”两个字被唐其琛抢先一步堵死，没等她说出口，直接打断：“进来吧。”

温以宁默默然，弯腰把东西拎起，两人一前一后地走进了电梯。

唐其琛的胃又有些疼了，不过不明显，一阵一阵的，进屋后，他也没什么大喜的情绪，语调平平缓缓：“厨房有碗，把吃的装碗里吧，再用微波炉热热，我胃有点疼。”

说完就走去沙发坐着了。

温以宁便也无声地走去厨房，把保温瓶里的鸡汤给倒了出来。

屋里是安静的，客厅也没亮大灯，这份安静却并不让人喘不过气，甚至有了些许安宁祥和之感。

正胡思乱想，忽然腰间一紧，一双手从后面轻轻环住了她纤细的腰肢。温以宁一刹屏息。

腰上的力道又加重了几分，肩上也变得一沉。

唐其琛抱着她：“嘘。”

他的左脸埋在她的肩窝，声音疲倦而深沉，闭了闭眼，沉吟道：“真的累了。让我抱抱你，一会儿，一会儿就好。”

唐其琛大半的重量都交付在她身上。从他搂着的腰部开始发散，沉重感顺着经脉一路上攀，直至他紧贴的背脊，温以宁整个人被劈成两半，靠近他的一半，是黏稠火热的，另一半也在疯狂搅拌，搅得她心脏狂蹦，一下一下猛如重锤。

温以宁没再动。

唐其琛抱了一会儿就真的把手松开，往后挪了小半步，看着她刚倒出来的鸡汤，说：“我自己来吧。”

他端起碗就要一口喝光，温以宁挡了挡他的手："你慢点。"

唐其琛自己都没反应过来，被她一提醒，便不太适应地皱了皱眉。温以宁也没说话，放了个勺子进去："你喝这么急，对胃也是个负担。坐那儿去吧，慢点喝。"

这还真是唐其琛一个不太好的习惯。这些年的时间都是掰碎了用的，开不完的会和转不完的飞机，中间的余留时间极少，应酬饭局虽多，但那也是费心费力的酒桌文化。久而久之，唐其琛的胃口也变得刁钻。他挑食太厉害，食量也小，很难改了，每回都是囫囵吞枣，迅速敷衍了事，跟完成任务似的。毕竟单身久了，有些事情搁自己这里就没那么多讲究了。

唐其琛坐在客厅喝汤，小瓷勺偶尔碰着碗沿，声音和着汤香让他通体舒畅。温以宁再从厨房出来时，给他倒了杯温水："你需不需要吃药？"

唐其琛说："吃完了。"

温以宁还记得上回在这儿，陈医生给他开的剂量不算小，这才多久就吃完了。她忍不住皱眉："你到底有没有去仔细检查过？"

鸡汤喝完了，碗勺轻轻放回桌面，唐其琛拿纸巾拭了拭嘴，不冷不热地说："胃溃疡，不复发的时候就还好。"

他这种不当回事的态度让温以宁渐生恼火，没轻没重地顶了句："那你一年下来也好不了几天呵。"

然后两人之间陷入了心照不宣的沉默之中。随着沉默的延长，气氛也慢慢变了调。唐其琛注视她的目光是有热度的，一个坐着，一个站着，不算近，却能被他的注视给烫没了距离。

唐其琛微微翘着嘴角，低声说："好，念念的话，我听。"

温以宁的心就这么轻轻扯了一下。

唐其琛又指了指右边的矮柜："那里有药，你帮我看看吧。"

这么一说，就是真的不舒服了。温以宁把柜子拉开，里面就放着几个小瓶子。这些都是老陈给唐其琛配的，消炎止痛为主，出差的时候他都会带上以防万一。四个瓶子已经空了三个，另外一瓶也已吃了大半。温以宁把瓶身拽在掌心，低沉了好一会儿，又把它们给放回原处关上了柜门。

她站起来，声都有点紧了，说：“药别吃了，你坐着吧。”

她走去卫生间，把水温调到很热，手伸进去烫人的那一种。唐其琛的洗护用品倒是收拾得齐齐整整，雾霭蓝的毛巾叠得方方正正，她提高音量问：“你洗脸的是哪一块？”

客厅里的唐其琛：“白色。”

温以宁把毛巾浸透热水，又泡了一会儿才拧成半干。太烫了，只能指甲尖一点点地搓，料是如此，手还是烫得通红。温以宁走出去把毛巾递给唐其琛：“你如果疼得不厉害，就用热毛巾敷敷吧。”

唐其琛看着她。

“别总吃药，有依赖性，这法子我见我妈常用。”温以宁双手捂着毛巾，怕热气散了温度，“我妈她胃也不太好，但她没你这么严重，就是容易呕吐。她不吃药的，反正每回就用热毛巾敷敷肚子，一会儿就好了。不知道对你管不管用，你试试。”

唐其琛的视线落在红萝卜一样的手指上，顿时皱了眉。接过毛巾后，就这么撩开衣摆，直接盖在了胃部。他的腰身长，瘦薄有劲的那一类，唐其琛也是打小养尊处优的人，在男人里算是保养很好的了。就那一截露出来的皮肤，跟白瓷似的，腹部往下没有半点赘肉，两条很淡的弧线延伸往下，被皮带遮住。

温以宁不太自然地移开眼，然后挑了个离他最远的位置坐着。

唐其琛看了一眼，也没说别的，仰着头，闭着眼，感受腹部渐渐升起暖意。温以宁始终留意他的表情，看不出他到底好些了没，心里还是不放心，说：“唉，算了，你还是吃药吧，你那药吃多少粒？”

她又从矮柜里把药拿出来，唐其琛也随她，这热毛巾也是隔靴搔痒，胃病疼起来的滋味是真难受。她拿药的工夫，唐其琛自己把毛巾放回了原处，再出来时，就看到温以宁蹲在地上仔细看说明。

“红色的三颗，白色的丸子吃两粒，还有一板胶囊，按体重吃的。”唐其琛轻车熟路道。

“你多重？”

唐其琛报了个数。

温以宁算了一下，帮他把药分好递了过来。唐其琛就着温水吞下，然后靠着沙发椅背缓了缓。温以宁其实挺无语的：“你家人不管你吗？”

“嗯？”

“你身体这么不好，他们不说你吗？也不照顾你吗？还有柯礼，他，他……”

他就算了，温以宁是见过柯礼应酬时的模样，那也是一狠角色，看着光鲜，可推杯换盏之间的难处也很多。

温以宁看着这些药瓶，还认认真真跟他掰扯起来：“一次吃九粒，一天三次就是二十七粒。那你一年就要吃，就要吃……”

她卡了壳，反应也慢了慢，数字还没扯清楚，唐其琛就淡声答：“九千八百五十五。”他似笑非笑地望着她，微微偏着头，慵懒而惬意。温以宁气不打一处来，冷呵：“您还挺厉害呵……清华毕业的就是不一样。”

“当然，毕竟我清华毕业。”

两人异口同声，说了句八九不离十的话。

温以宁和唐其琛就这么默契地视线搭上视线。一个愣然，一个眸色微深。那是很多年前的记忆了，她芳菲正浓，缠着唐其琛像只家养的小猫，稚嫩鲜活虽有不懂事的时候，但仍是嘴硬心软，对唐其琛是上了心的。也是一次这样的场景，唐其琛胃疾在家，温以宁单方面冷战了几天，终于没忍住，还是巴巴地上门探病。那时她也为了生活费四处折腾，各种兼职都熟，还跟上大队伍弄起了微商。

后来唐其琛让自己的表妹假装路人，在她那儿买了十几份东西。温以宁不知情，也在这间厨房给他做了一顿饭，当即又蹦又跳地跑出来跟他分享。

她笑得那么好看，整个人都熠熠生辉。唐其琛没舍得挪眼，配合地问：“那你能赚多少钱？”

“一盒赚四十五，十五盒就是。”

他说：“六百七十五。”

小以宁顿时眉开眼笑：“你算得好快啊！”

唐其琛半卧在沙发上，腹部搭了一条软软的羊绒毯，倦容散了大半，挑眉沉声：“那当然，毕竟我清华毕业。”

唐其琛的本科是清华，大四那年直接去了英国深造金融专业。他的专业储备是国内外顶级学院殿堂中积累出来的。当时温以宁就觉得，他怎么狂拽酷炫都是合情合理、天经地义。

年纪轻轻，特别容易发现世界的闪光点。生活虽有苦楚，但那都是浮于表面，并未接触到人性真正的阴暗面。她对唐其琛的迷恋是纯粹又热烈，是执迷而忘我。

现在回头看看那样的自己，温以宁都觉得难能可贵并且恍若隔世。

记忆重叠的契机很微妙，就这么一句似曾相识的话，就能触动开关，然后听见命运齿轮嘎吱转动的沉重声响，它承上启下，由古鉴今，让有心人听见自己内心某一处溃烂之地又重生骨骼血肉的沸腾声。

温以宁和唐其琛对视的这几秒，活生生地望出了几分恍若隔世的意味。唐其琛就这么坐在沙发上，微微偏着头，没有任何过激和突兀的举动。

时人见此一枝花，如梦相似。

一个眼神便够了。

久久无言，他轻声开口："念念，明天跟我约会吧。"

温以宁没有答应，也没有否决，她有点迷惘，也有些费解，唐其琛不再说话，这时候的任何一句干扰都足以逼退她好不容易试探出来的点点希冀。温以宁对上唐其琛的眼神，像深海静湖那般宽广包容，沉默却有力量。

就是这样一种无声的示意，渐渐抚化了温以宁的矛盾。

她站起身，很轻的一声："嗯。"

唐其琛嘴角的笑意依旧很淡，点了点头："好，那明天下班，我们一起。"

温以宁拎着包，表情尚算自然，她没再应，就指了指桌上的药："你自己收一下，我走了。"

唐其琛跟着站起身，那句"我送你"还在舌尖，温以宁跟有先见之明似的直接把话截了胡，说："你别送，我打车。"

唐其琛看了看时间，九点不到。想了想，他说："好。"

门一关，温以宁觉得自个儿腿都要折了，踩的不是地板，而是软软糯糯的棉花糖。每走一步就有点找不着东南西北，最后待在电梯前，跟点穴似的忘记要按键。

出了大厅，夜风吹在脸上，灯亮照着路，听见马路上汽笛鸣叫，温以宁才缓缓喘上气，人又活过来了。唐其琛住的这个公寓配套设施以及服务都是一流，温以宁进来时是压了身份证做过登记的，去取时，执勤的门卫说：“温小姐，请您稍等一会儿。”

温以宁不明所以。

“唐先生帮您叫了车。”对方礼貌答。

就在这时，她手机响，唐其琛给她发的短信：“老余来接你，你等等他，别自己走。”

自此，方才那颗七上八下的心，九九归一都给落到实处了。唐其琛又发了一条过来，温以宁一看就笑了起来。

他说：“终于能加个微信了，通过一下。”

加完微信就没有后续。唐其琛就不是成天把时间泡在网上的人，他要说什么，要表达什么，都明明白白当着面讲。加个微信纯粹是因为别人都躺在她好友列表里，以前也罢，名不正言不顺，四舍五入一番还是恨透怨透的角色。现在不一样了，虽然还没把名分落实，但总归是往好方向发展。

唐其琛的微信挺简单，头像竟是他的一张生活照。穿着衬衫，衣袖挽上去两卷，正低头倒水。这是一个侧身角度的抓拍，把他的五官线条突出得十分完美。他神色是轻松带笑的，看起来惬意又洒脱。

点进去朋友圈，很意外，还是有几条动态。最新的一条五月，一张风景照的配图。温以宁眼熟，就是他们去同里古镇的那次。

温以宁被老余送回了家，她洗完澡后盘腿往床上一坐，神使鬼差地打开了天气预报。

明天，周五，多云转晴。皇历又写：宜出行。

但最后这个“宜出行”还是没有出成。大概是一小时后，温以宁接到了一个座机号，区号显示是H市，她老家。温以宁原先估摸着是卖保险的骚扰电话，便直接掐了。但这个号锲而不舍地又打了过来，一接听，一道隐隐不耐的男声：“怎么回事啊，打你电话也不接，你是江连雪的家属吗？”

温以宁眨了眼：“我是她女儿。”

“我们是H市人民医院急诊，她欠了医药费没人交，你过来把它结一下啊。”

温以宁愣住：“她什么病？”

电话挂断，她跳下床开始整理东西，一只拖鞋东倒西歪在门边也懒得去穿，光着脚丫子也不嫌凉。从上海回H市的高铁票还有最后一趟十点多的，二等座没票了，温以宁订了商务座。订完她马上给李小亮打了个电话，小亮老师接得很快：“哟！宁儿。”

“小亮老师。”温以宁一开口，声音是紧张的，“你能帮我个忙吗？”

江连雪腹痛难忍，直接疼晕在了麻将桌上，吓得那帮牌友手忙脚乱地把人给抬去了医院。腹痛原因是肾结石犯了，急诊科给她做了碎石的理疗，一千来块钱。这个不能治本，但缓解痛苦是很快的。江连雪又跟没事人一样了，医生让她去把费用缴了，结果这姐们儿直接不见了人。挂号时留的是温以宁的电话，医生就是这么找上来的。

当然这都是后话，温以宁一路风驰电掣地打车去高铁站，再风尘仆仆地到H市，都快零点。小亮老师开车在出站口接她，大晚上的一个女孩子他也不放心。温以宁这才知道了前因后果。

眼见她脸有怒气，李小亮赶紧道：“别怪江姨，她没走，后来自个儿又回来了。说是回家拿钱过来交的。不过也是你下车前十五分钟，我才找到她的。反正也晚了，我就没有马上告诉你。”

温以宁太阳穴突突地跳，真是无奈又无语。

李小亮接过她手里的包，宽慰她：“人没事就行，闹了个乌龙，你就当跑一趟买个安心。”

温以宁问：“她人呢？”

“急诊挂水消炎，走吧，我送你过去。”小亮老师笑得和煦温暖，一直很让人信任。

温以宁喊住他：“小亮。”

“嗯？怎么？”

她歉疚道：“不好意思啊。”

李小亮抬手就往她眉心一弹，不轻不重的：“见外了啊，小亮哥不爱听这话。上车吧，我来的时候还买了一屉灌汤包，你垫垫肚子。”

从高铁站到人民医院不算远，二十来分钟就到了。急诊今晚病人多，床位都给占了，江连雪就在那间有十几张简易床的抢救室里吊水。右手闲不住，还在手机上玩棋牌。温以宁看到人，差不多也要气死了，一把夺了她的手机：“你能不能让我省点心？！”

江连雪这脾气，也经不住几句顶，当即来了火：“不会出声啊！吓死我了！”

温以宁懒得说，唇线紧抿，把她手机上的棋牌游戏通通卸载了，然后手机往她身上一扔：“还你！”

缓冲了这几分钟，江连雪也服了软，看到温以宁这架势，就大概知道是个什么焦急情景，她没底气，只小声嘀咕：“以为我不会下载啊。”

温以宁气笑了，双手环在胸前，想想算了。转过身对李小亮说：“你先回家休息吧，够晚了。”

“没事，我刚问过了，江姨这是最后一瓶药了，我送你们回去。”李小亮乐呵道，“你陪陪她，别生气，我去外面抽根烟。”

最后把人送到家，都凌晨一点多了。

李小亮走时，江连雪从厨房拎了两块腊肉让他带回去。小亮接了，估摸也是不想让温以宁觉得欠他什么，图一份她的心安。

江连雪一副明白人的态度，很肯定地说：“小亮对你还有感情的。”

温以宁瞥她一眼：“我现在不想跟你说话。”

“你又不信。”江连雪不疼了，飞扬跋扈得像只骄傲的孔雀，“你是不是打电话给他了？后来我拿钱再过去的时候，医生说我的账已经结清了，小亮给付的。大热天的，他可是跑得满头汗哟。”

温以宁抄起沙发上的抱枕就扔过去：“还不是拜你所赐。”

江连雪伸手接住，不介意，还挺认真地说：“你和他再复合算了，都老大不小的人了，凑一起有什么不好的，非得留在上海。”

温以宁没吭声，这种话听太多，她也倦了。

“还有，你知道亮亮的右胳膊脱臼了吗？”

温以宁抬起头，愣了。

“我上礼拜看见他，手上还缠着夹板呢，他说脱臼了，我问他怎么搞的，这小子还糊弄我，竟然说是掰手腕折的。”江连雪至今还不相信，“不打草稿呢。”

温以宁迅速想到是唐其琛和他掰手腕那一次。

不是，当时李小亮挺正常的啊！

温以宁拿出手机就给他发了条微信，问他伤了手怎么没跟人说。李小亮开着车，回复是半小时之后，他发了个笑脸的表情，说：“不想在你老板面前丢脸。”

温以宁哭笑不得，想着说些什么。调侃的话都已打出了两句，但指间动作越来越慢，她联想到江连雪刚才那通乱七八糟的话，忽然的，就把文字删掉，只回了个“敲脑袋”的系统自带表情过去了。

今晚这场闹剧是个意外，再赶回去也得要明天了。温以宁清早给陈飒打了电话请假，陈飒听说她妈妈生病，很大度地宽限了她两天假期。江连雪今天还要去吊水，温以宁看她脸色是不太好，心里也不放心，还是决定再留两天吧。

其实温以宁犹豫了很久，要不要再给唐其琛打个电话。

可万一他昨晚只是随便说说，万一他已经忘记了那句“一起下班”。就在这时，有电话进来，手机振动一响，温以宁差点没握住。

低头一看，是唐其琛。

接通后，唐其琛直接问：“家里需要帮忙吗？陈飒说你请假了，抱歉我才知道。”

温以宁无声地扬起唇角：“你抱歉什么？”

那头顿了下，估计被问着了。温以宁笑容更甚，不再为难人，握着手机走到窗边：“是我不好意思，家里出了急事。”

其实她是想把话说完的，但“约会”两个字怎么都说不出口。唐其琛像是知道了什么，也学着她方才的语气，低声把问题抛了回来：“为什么对我说不好意思？你在不好意思什么？”

温以宁脸颊微热，抿着唇，手心似乎都出汗了。

唐其琛也笑了，动静很小，但温以宁能感觉电话里他的呼吸在轻轻发颤，半晌，他轻声：“我没忘。”

温以宁捏紧了手机。

他声音更低：“什么时候回上海？我来接你。”停了片刻，他说，“上回送的花喜不喜欢？我再带一束来好不好？”

温以宁低着头，手机贴着脸，盛夏的阳光是炽烈而又热忱的，它们从窗户外跳跃而进，不遗余力地展现壮丽和温情。温以宁置身光线里，周身都回了暖。她嘴角抿着笑，弧度很淡，但眉眼里的温柔是充实饱满的。

她没回答唐其琛的问题，只是问："你带了花，那我要带什么？"

彼时的唐其琛站在亚汇集团的高层办公室，看着窗外高楼耸立，看着不远处的东方明珠塔宏伟而又明亮，他心里一片安宁静谧，那些陈年旧事、破碎温柔、遗憾与失去，都连成了一串风光霁月的珍珠。

自此，照亮心间情愫，也吹暖岁月冰雪。

他沉沉笑，低声答："带上你自己，回来见老板。"

这边电话还没挂，"江连雪的家属。"护士在走道上喊。

温以宁回头应了声："在。"

唐其琛也听见了，说："那你去忙，有事情就打给我。"

挺简单质朴的一句话，他这性格就是这样，从不多余的安慰点缀，许的是什么承诺，那就能实实在在地办到。

温以宁转身去护士那儿。护士给了她两张处方药："去交费，再拿药，她打完针了，按医嘱吃药，不适随诊。"

江连雪已经拔了针走出来，精神奕奕又能当雀后了："开的什么药啊？那个消炎的给我划去，家里还有，别浪费钱。"

护士挺忙的："那你跟医生说。"

温以宁说："医生是对症下药，你别什么药都乱吃好吗？回头吃出毛病来了，还不是我的事？"

针孔不出血了，江连雪丢掉棉签，从她手里把单子拿了过来："行行行，听你的，我自己去交费。你一个月在上海能挣几个钱，这么不知道持家呢。"

温以宁一言难尽："持家这个词从你嘴里说出来，我怎么这么想笑呢。"

江连雪瞪她一眼，瞪完了，自己也不好意思地笑起来。

温以宁又把缴费单拿回手里，微叹口气："我去吧。我也没别的意思，你玩牌我不拦着，但你得有个度，总那么坐着身体吃不消。"前面这些话还很中听，江连雪难得地没跟她杠。顿了下，温以宁又一本正经说，“本来就一把年纪了，身体再不好，你还怎么二婚，怎么傍大款？”

江连雪气得当场号叫：“姓温的你找死呢！”

温以宁快步下楼梯溜得飞快，心情挺好地还插了把刀：“实话还不让人说了。”

这母女俩就是这样，三句好话说不上就得翻脸，这么些年互相折腾嫌弃也不是一朝两日，江连雪都这个岁数了，对什么都看得淡，唯一能鹤立鸡群一点的就是自己这张风韵犹存的脸。她着实吃了个憋屈，当着满楼道的人嚷：“呸！死丫头真不是亲生的！”

两人吵吵闹闹地从医院回了家，在出租车上也互怼成章，江连雪骂起人来一溜溜，把司机大哥都给听乐了。下车的时候鼓起勇气说想加个微信，江连雪睨他一眼：“什么岁数了还想泡我女儿。”

司机大哥脸涨得通红，鼓起一百二十个勇气说：“不加她，加你。”

江连雪一脸憋闷，愤愤然地把车门给踹上。进了门温以宁还在笑，被她用力往手臂上一拧：“有完没完了！”

是真狠了劲，温以宁疼得眼泪都出来了。再看江连雪铁青的脸色，估摸是真生了气，她揉揉手，哎了一声，也肯好好说话了：“你也别太挑，找个合适的伴儿过日子，我不反对。”

“我真要找，还管你同不同意？”江连雪冷哼。

这句话倒是很符合她性格了。

“你还是先顾上自己吧，真成老处女了，你就去当尼姑得了。”江连雪瞥她一眼，“这么看我干什么，我是说错了？呵，别跟我提李小亮，你俩谈恋爱那会儿，你就没在外头过过夜。”

温以宁真服了：“非得过夜？白天开房不行啊？”

江连雪嘁了声：“开你个头，亮亮也是个死心眼，护你跟护鸡崽子似的，你俩还好着的时候我就看出来了，他谈的不是女朋友，是在养女儿。跟你白天开房？乱伦吗？”

温以宁不和她扯，恋爱是谈了，也做了一般恋人之间要做的事。小亮老师是贴心温柔的，有时间就带她去看看电影逛逛街，当老师的工资不算高，但小亮家里条件小康，又是独子，所以手头宽裕，带学生去外省参加比赛的时候，都会给她带贵一点的礼物，有次非要给她买个LV，被温以宁死活拦下来了。就在天虹商场，不知道的还以为当众家暴呢。

这个恋爱谈得平淡如水，却充实温暖。因为小亮老师太好了，让人周身都暖洋洋的。虽然分了手，但温以宁还是不习惯别人说李小亮的坏话。就江连雪这乱七八糟的表述，听得她忒不乐意。

“你别总拿小亮说事。”温以宁提醒道，“不尴尬吗？”

江连雪不以为意，回归正题：“我有什么好尴尬的，我说得不对？忠言逆耳你懂不懂？我可给你提个醒，找男人，找个合适的。你懂合适的意思吗？不只是人合适，其他方面也能对得上。没钱的不行，跟着受苦。太有钱的也别高攀，家里人基本都事儿，够你看脸色的了。”

这口气都到嘴边了，不知怎的，又给吞咽了下去。温以宁默了默，垂着眸，低着头，跟发呆似的。江连雪气不打一处来，食指往她脑门上一戳：“脑子忘记上油，都锈傻了。”

温以宁也没躲，戳疼了也不反抗，忽然问：“那我要是找了呢？”

江连雪双手环在胸前，懒洋洋地斜眼：“那就狠狠敲他一笔钱，玩完了就散，再拿这钱回来包个小白脸。”

得了，浪费刚才那通真情实感的反思了。

温以宁订了第二天下午的高铁票，她走的时候，给江连雪留了两千块钱，大清早的还去菜市场买了几斤肉和排骨塞冰箱。下楼的时候，李小亮的黑色大众正好在倒车，探出脑袋：“正要给你打电话呢。”

李小亮非要接她去高铁站，明明自己还有急事，非得仗义一把。把人送到检票厅又猴急猴急地走了。

温以宁进了站，上了车，才看到手机上有几条新微信。

一个是李小亮：“宁儿，到了报个平安。”

一个是唐其琛：“上车了？”

两人都是掐着点发的。一前一后躺在她列表上面，看得温以宁心情复杂，这两天发生的事就跟注定了似的，往她心头按了个暂停，甚至生出了几分“我是不是该重新反思”的念头。

温以宁把手机按熄，两个人的消息都没有回。过了五分钟，唐其琛直接打了电话过来，响了好多下，温以宁才接，敛情收心地喊了一声：

“唐总。”

电话那头的唐其琛刚散会，这会儿还坐在会议室没有走，这个称呼让他眉头轻轻皱了皱：“上车了？”

温以宁心不在焉地说：“嗯。”

唐其琛心里敏感，一根线也扯得很紧，他能听出她语气里的某种不确定的犹豫，也能猜出她下一句的推辞。几乎出于本能地，唐其琛没给她再开口的机会，直接道：“四点半到站，我三点在出站口等你。”

都到这个份上了，他就不可能再让两人之间出纰漏。唐其琛很快挂了电话，拿了车钥匙就走，柯礼低头看个数据的工夫，老板就不见了身影。

就这样，温以宁出站的时候，一眼就看到了站在人群里的唐其琛。

唐其琛是机场和高铁站的常客，但特地抛下工作上这儿来等一姑娘，是头一遭。两人隔着距离，一对上视线，便都有了各自想法。唐其琛不再是平日那位西装革履的唐总，他竟然换了行头，一件纯色的T恤简简单单，发型也变了，精英利落难打理的背头软下来，显得人柔和了不少。

他看起来年轻又耀眼。

唐其琛来之前回公寓特地洗了个澡，换了身衣服，还在浦东大道那儿给她买了一束花，他手里的白玫瑰和温以宁捧着的红色玫瑰对比明显，唐其琛目光下沉，温以宁也觉得尴尬。这花一路上没丢，就被她带下了车。

唐其琛在原地等她，三十多岁的男人，这场面还是挺喜感的。

等温以宁走近，他低声笑了笑：“就该来H市接你的，送个花都被人先下手为强了。”

温以宁也笑了下，唐其琛能从她的神情里读出极力克制的不适应。他说：“我拿着吧，这么多人看，也不合适。”说罢，就把李小亮那束红玫瑰给拿了过来，把他买的放回了温以宁手中。然后转过身，“我车在停车场。”

唐其琛今天开的是辆白色卡宴，也没别的，就是觉得和他这身衣服比较搭配，上车后，他问：“饿不饿，去吃饭？”

温以宁看了看时间，说：“时间还早。”

唐其琛点点头："那我们逛逛，你想去哪儿？"

两人最后去了南京路的步行街。主意是温以宁提的，其实没什么要买的。从见着面起，她就心里慌，换个词就是有些无所适从，她想找个热闹点的地方松松气。待在车里的时候，电台放的是一档搞笑脱口秀，但她和唐其琛谁都没有笑。

夏日的余热犹存，昼日长，黄昏傍晚的时候，火烧云染红了一片天。温以宁跟着人流慢慢走，心不在焉地看着两旁的商铺，唐其琛和她并排，回回顺着她的目光看过去，但凡她停留稍微久，他便问："喜欢吗？"

温以宁摇了摇头："我随便看看。"

唐其琛嗯了声，不再说别的。

正是商家大力促销夏季服装的时候，随处可见打折的标语，行人扎堆地在店里挑选。温以宁忽然想到什么，她问唐其琛："你来这儿逛过吗？"

"这几年没有过。"唐其琛诚实说。

"你不用买衣服的吗？"找了个话题突破口，顺着下来总算不那么冷场了。

唐其琛说："我大部分时间都在工作，西装这些都是柯礼去订的。就那几家店，每一季的系列新款都会按时送过来。有时候出国，时间允许的话，我也会自己去挑——哎，小心。"

迎面的行人光顾着看热闹，没注意到前面有人。唐其琛的手搭着温以宁的肩膀，稍用力地把人护到了自己身边。

两人前胸贴后背，体温都很热。

唐其琛扶着她肩膀，手指动了动，似乎没有放下去的打算。掌心贴合的温度渐渐升高，跟烫了一个窟窿似的，温以宁脸颊微热，不怎么坚决地挣了挣。

唐其琛很快放手，还是沉着冷静的样子。

两人之间透着那股小心翼翼，战胜了心头的悸动不安，成了这次约会的主旋律。对视一眼，都能体会其中的不自然，然后很有默契地同时笑了起来。

温以宁低着头，嘴角微弯，说："估计你对这些也不感兴趣，走吧，我请你吃东西。”她指着不远处的一家店，“糕点要吗？”

唐其琛还真仔细想了想，温以宁擅自做主道：“吃吧，也就这个清淡点了。”

她买了半斤桂花糕，唐其琛自然不会让女生付钱，从钱夹抽出一张整的递过去，半斤才十块不到，估摸着老板也不太想找这么多零钱，笑眯眯地说：“帅哥，微信付一下呗。”

唐其琛说：“您收钱吧，我微信没开通支付功能。”

这话一出，后头排队的学生笑了，调侃道：“那你落伍啦。”

另个大胆地说：“咱们互加个微信，我帮你付钱好不好？”

唐其琛这样貌气度搁哪儿都是出众的，他身上有一种很冷情的劲，这种光芒是低调却富含着厚重的质感。男人的魅力分很多种，讳莫如深的最有吸引力。唐其琛一米八往上，穿什么都能撑得住，早被这群小女生看上好多眼了。

唐其琛倒没说什么，清清冷冷地拒人千里，温以宁赶紧拿出手机，手忙脚乱地扫码付款，拽着人的胳膊就离开。

她摇头嘀咕：“现在的年轻人都这么大胆了吗？什么人的微信也敢加，万一是变态怪叔叔呢。”

唐其琛听得笑出了声。

温以宁这才反应，飞快松开手：“不好意思啊，我不是说你。”

唐其琛看着她，唇角弧度淡淡的。

温以宁视线对上来：“虽然你很少自己买东西，但现在基本都是电子支付了，你开一个吧，以防万一。”

唐其琛把手机递给她：“你来。”

手机一直放在他裤子口袋，这会儿还有体温热度，温以宁握在手里，然后在路边的石板凳上坐了下来。唐其琛陪她一起：“是不是要银行卡？”

“嗯。”

唐其琛从钱夹里拿出一张，并且没什么避讳地报出密码。

温以宁听到那串数字后，手不自觉地抖了抖。但很快维持住，极力克制着平静帮他弄好，然后手机还过去。

唐其琛说：“我订了电影票。”

温以宁愣了下："嗯？"

他笑："怎么了？"

没怎么，就觉得画风实在不搭。绝大部分时候，温以宁都只看到他正派严谨时的样子，唐其琛话不多，但就像平静汪洋，水底依旧埋藏着暗礁、酝酿着海啸。他这个人太有分寸，或者说太寡情。甚至在这种烟火气稍浓的氛围里，都能看出他的格格不入。

偏偏他说："我提早订好了电影票。"

许是见温以宁迟迟没回应，唐其琛又说："挑了部喜剧，你要不喜欢，我们再换。"

他语气里的小心试探和温柔包含让人触动。温以宁就这么听软了心，那些不适与尴尬，防备和动摇，迟疑与矛盾，通通退避三舍。温以宁弯了弯唇，欣然说："我想吃爆米花。"

到了电影院，唐其琛就并入大队伍中，心甘情愿地在柜台前，排着长龙为他心爱的女孩儿买爆米花。

温以宁站在不远处等，目光一直跟着他动。

唐其琛背脊挺直，始终跟前面排队的女生保持礼貌的距离。女生买好转过身，唐其琛侧过来把路让开，抬头看见了温以宁，便指了指汽水，意思问她需不需要。温以宁嘴角扬起，轻轻摇了摇头。

再后来，唐其琛现学现用，也会拿微信付款了。

温以宁就这么笑了起来，心头涌起暖洋洋的潮水。

"走吧。"唐其琛走过来，把爆米花递给她。他自己买了瓶水，带着人排队进场。这片口碑不错，观影的很多，他们前面是一对学生小情侣，男生高高帅帅，女孩儿娇小可人，正撒着娇，拉着男朋友的手摇啊摇："我不管，我就要你喂我。"

男生看着就很酷，一张脸冷清清的也没多余的表情，估计快被摇晕了，才抓了一手心的爆米花伸到女朋友嘴边，凶巴巴道："张嘴。"

女生乖乖巧巧地吃了，又跟只餍足的小猫一样抱着男朋友，她脸是朝着唐其琛和温以宁的，视线对上他俩，特调皮地眨了眨。

唐其琛脸色不太自然，温以宁也别过头，仿佛手上抱着的不是爆米花，而是飞天炸弹。

过了一会儿，唐其琛站过来，还真的捏了两颗爆米花放到她嘴边，无奈道："被小姑娘挑衅了。"

温以宁忍着笑，这么多人看着。

唐其琛低声说："来，给老板个面子。"

温以宁头一低。就着他的手把爆米花吃掉了。女生的舌尖温热，避免不了地刮过他的指腹，那点湿润的热气被无限放大，唐其琛的心跟着颤了颤，收回的手垂在腿侧，又细细地捻了捻，捻出了一地璀璨烟花。

放映厅里座无虚席，唐其琛和温以宁在中间的位置，爆米花就放在扶手上。电影讲的是爱情喜剧，很讨巧的商业片。也不知是电影太好看，还是两人太入迷，总之那桶爆米花安安静静地搁在那儿，谁都没有再吃过。

放映结束，唐其琛和温以宁走到商场外，天已完全黑下来，店招的五彩灯光映红了半边天。夜晚的人流量似乎更大了，唐其琛怕她被人撞着，手一直虚虚地挡住她的肩膀。

两人无目的地逛，谁都不忍多说一句别的。中央广场的前坪围了很多人，手机商家每到周末都会做各种活动。今晚这边搭了个舞台，镁光灯和摄影器材一应俱全，不知从哪儿招来的商演团队，正在又唱又跳。

温以宁就这么停下来，看着新上台的一位年轻歌手。

他抱着吉他，很闲适地往高脚凳上跷腿坐下，琴弦一拨，音乐的前奏便响起。是一首老歌，原唱粗野狂放，但被他改编唱出来，又是另一番浓情滋味。

常常责怪自己当初不应该，
常常后悔没有把你留下来。

鼎沸的人声渐渐安静，就剩纯情温和的嗓音徐徐道来。

为什么明明相爱，
到最后还是要分开，
是否我们总是徘徊在心门之外。

台上的歌手台风稳健，闭眼，沉吟，每一个动作都配合着在诉衷肠。温以宁看着，听着，心也跟着节奏一起，忽上忽下，潮起潮落。

这些年过得不好不坏，
只是好像少了一个人存在，
而我渐渐明白你仍然是我不变的关怀。

唐其琛沉了沉眸，转过头，视线落向温以宁。这个注目温柔而有力量，无声胜有声。他身边的这个女人，是过去的永失我爱，也是此刻的失而复得。温以宁侧颜安静，眼睫轻轻眨动，察觉到目光，她也转过头，和唐其琛无声对望。

歌曲渐入高潮，人群里也自发响起了合唱。

有多少爱可以重来，有多少人愿意等待。
当懂得珍惜以后会来，却不知那份爱会不会还在。

唐其琛喉结微滚，心底像有尘埃落定，亦伴有曙光升起。他伸出手，慢而坚定地握住了温以宁的。他能感受到白皙冰冷的手在掌心微微颤动，也能感觉出她内心浩瀚汪洋一般的迷惘和波动。此刻无须多言，唐其琛只是更用劲地，不让她逃。

有多少爱可以重来，有多少人愿意等待。
当爱情已经桑田沧海，是否还有勇气去爱。

引吭高歌，到此方歇。

当爱情已经沧海桑田，是否还有勇气去爱？

温以宁眼角微湿，指间微抖，然后顺着唐其琛的掌心捋进他的手指缝隙。

紧紧相牵，十指相扣。

【未完待续】

图书在版编目（CIP）数据

我等你，很久了：全 2 册 / 咬春饼著. -- 南京：
江苏凤凰文艺出版社，2019.7（2023.10 重印）
ISBN 978-7-5594-3824-9

Ⅰ. ①我… Ⅱ. ①咬… Ⅲ. ①长篇小说 - 中国 - 当代
Ⅳ. ① I247.5

中国版本图书馆 CIP 数据核字 (2019) 第 114993 号

我等你，很久了（全 2 册）

咬春饼 著

选题策划　北京记忆坊文化
责任编辑　白　涵　刘洲原
特约策划　绪　花
特约编辑　诗　杰　绪　花
营销编辑　杨　迎
封面设计　80 零 · 小贾
封面绘图　哑言云二十四
插图绘图　鼓宜坠
版式设计　段文婷
出版发行　江苏凤凰文艺出版社
　　　　　南京市中央路 165 号，邮编：210009
网　　址　http://www.jswenyi.com
印　　刷　三河市国新印装有限公司
开　　本　880mm × 1230mm 1/32
印　　张　18
字　　数　588 千字
版　　次　2019 年 7 月第 1 版　2023 年 10 月第 4 次印刷
书　　号　ISBN 978 - 7 - 5594 - 3824 - 9
定　　价　65.00 元（全二册）

MEMORY
HOUSE

MEMORY HOUSE
记忆坊文化

我等你，很久了

WAITING FOR YOU

刷老板的卡买的，
看到后请速速去吃饭。

我等你，很久了

WAITING FOR YOU

生命料峭，宛如翻山越岭，经历生死离别，才恍然大悟，原来天上人间，所谓因果，不过是一场自我修行。

咬春饼 著

WAITING FOR YOU

我等你，很久了

全二册

（下）

江苏凤凰文艺出版社
JIANGSU PHOENIX LITERATURE AND ART PUBLISHING, LTD

目录

CONTENTS

第七章 曾照彩云归 001
第八章 明月最相思 065
第九章 梦醒时见你 116
第十章 岁月共白首 170
番外一 柯礼 233
番外二 与子携老 244
番外三 百年好合 252
番外四 爱他明月好 261
番外五 半生家书 269
番外六 岁月余甜 273

第七章 曾照彩云归

一首歌的时间。

歌手弯腰致谢，台下掌声连连，他抱着吉他下去了，又有新的表演节目即将开始。看热闹的人走了旧的又来新的。就像电影场景切换，情境又变了样。温以宁方才还把唐其琛的手指扣得很紧，现在稍微一松，唐其琛便用力收紧掌心，说：“哪儿去？”

他语气极力镇定，但看着她的眼神又控制不住地紧绷：“还想放呢，没这样的事。”

温以宁低头笑了笑，眼角的湿意也退了潮，衬得眼睛很亮。她说：“你拽得我有点疼。”

唐其琛松了一下，也就做个样子，表示他听到了，然后又给握紧了。温以宁轻轻呼了口气，也罢。于是她用劲地回握他，两人就跟闹着玩似的，十指交缠在一起，你握紧，我就比你更紧。最后唐其琛无奈道：“我们这是在比手劲吗？”

温以宁就把手抽了回来，自然而然地挽住他的胳膊：“那我可没这嗜好。不像某些人，喜欢跟人掰手腕。”

两人沿着街头慢慢悠悠地走，舞台的喧嚷留在了身后。

“你那个男同学，对我敌意太大。”唐其琛实事求是地说。

“小亮老师比你小很多岁，他跟你较劲，你也要跟他较真？”

“我能不较真，等着他来看笑话？”

都是男人，有个什么心思一看一个准。他在上海就见过李小亮，就是李小亮和以宁在老李的消夜摊上，他和柯礼恰巧撞见的那一次。后来柯礼去查过，告诉他那是温以宁的前男友。前男友三个字没那么大的杀伤力。她也二十六七了，谈几段恋爱再正常不过。唐其琛只是记住了李小亮的名字。后来随她回H市，也就是掰手腕那晚，从街头碰见李小亮的第一眼起，就能看见他眼里都快烧起来的敌意。

只不过敌意的宣泄方式够简单粗暴，唐其琛没想那么多，就觉得这人太嚣张，他也不想认这个输字。

很快，唐其琛回过味，皱眉挑出了重点：“他比我小很多岁？”

温以宁不做他想：“小亮老师和我同龄，是比你小个八……”她意识到什么，反应过来，立刻改口，“也就比你小个八七六五四三二一岁……吧。”

唐其琛笑了起来，眼角眉梢往上扬。温以宁故作正经，脑袋稍微埋低了些。

南京路的步行街很长，他们什么都不需要买，挽着手，走马观花似的散着步。走完一个街口，天色完全黑了下来，晚风拂面，唐其琛看了一眼隔着马路的新街口，问：“还想走吗？”

温以宁摇摇头：“不走了，你看，什么都没买。”

唐其琛笑了下：“下次我再陪你逛。”

先把她送回住处。唐其琛的车开得很慢，明明可以过去的绿灯，也非要等到下一个红灯亮起。几十秒的等待时间，他就把手越过中控台，无声地覆上温以宁的手背。温以宁别过头，对着车窗外隐隐地笑。

唐其琛捏了捏她手背上薄薄的皮肤，然后问：“念念，在公司里，你需要我怎么做？”

温以宁转过头看着他，很快理解了他的意思，唐其琛这是在征询自己的意见，他是充分尊重她的。温以宁心里一暖，反问他：“你呢？”

唐其琛眼神是温和平静的：“只要你不介意，我怎样都可以。”

温以宁笑："你是老板，不怕人说上梁不正下梁歪吗？"

唐其琛说："亚汇没有这种规定，上梁正不正，下梁都可以歪。"

温以宁笑意绽大，低着头，感受他掌心传来的温度。

她明白，唐其琛是在为她考虑。这种问题其实很直接，任何话语一旦直接，就显得有些不近人情。两人刚复合，说有多深厚的理解也不实际，曲解他的意思也是情有可原。但温以宁没有误会，也没有多想。五年前，她只是个不谙世事的小女生，以为牵牵手就能到永远，同理，以为一句话也能让人下地狱。

但现在不会了，她长大了，成熟了，愿意站在理智的一面，去体会对方哪怕不那么漂亮的言语里，善意而温情的内涵。

她久久不回话，唐其琛也怕她误解，耐着性子解释说："以宁，态度搁我这儿，我得让你知道，我要公开。"

不是我想，我愿意，而是，我要。

"我在这个圈子这么多年，听过的，见过的，遇上过的乱七八糟，太多了。这些东西放我身上，我也是无所谓。但你不一样，你是女孩儿，是亚汇的员工，是别人看来与我原没有交集的人。流言蜚语的矛头最终不会，也不敢指向我，都会不公平地落到你身上。当然，我会尽我能力保护你，但我还是想尊重你的意见。"

半晌，唐其琛看着她，伸抬起手摸了摸她的脸，轻声说："委屈了。"

温以宁的脑袋顺着他的手一偏，就着温热的掌心轻轻蹭了蹭，佯装犹豫道："哪有这样的，刚成为男朋友就让人受委屈。唐其琛，要不我再考虑一下吧。"

抚在她脸上的手顿时不轻不重地一捏，唐其琛皱眉说："温以宁。"

温以宁歪歪脑袋，啧了声："老板好凶哦。"

唐其琛看出了她的不正经，无奈一笑："好了，听话。"

到了小区楼下，温以宁解开安全带，回头对他说："我走了，那你慢点开。"

唐其琛嗯了声，按了车锁："我送你上去。"

"不用。"温以宁看着他熄火的动作干干脆脆，心里泛起细微的忐忑，"没多远了，进去坐电梯就是。"

唐其琛睨她一眼，挺淡定地回了句："刚成为男朋友，不能让人受委屈。”

得了，还会用她说的话来堵她的嘴了。温以宁顿时轻松不少，按了按他的手：“真不用，我室友在呢。考研的小姑娘，屋子小，人一多难免有动静，别打扰人家。”

唐其琛面不改色道：“我送你到门口，也不会进去。你想我能有什么动静？”

温以宁愣了下。他的神色太淡定，目光也深邃，像是正儿八经地分析问题，偏偏语气又透着两分不正经，把自己塑造成道貌岸然的正人君子，反倒是她心有杂念了。

唐其琛扯了嘴角，不再逗她，伸手在她头上揉了揉：“上去吧，我看着你走。”

温以宁下了车，一步三回头，最后在楼道口对他摆了摆手，背影就消失了。唐其琛坐在车里，刚准备升上车窗，灯火通明的楼道口处，温以宁又探出了脑袋，远远地冲他做了个笑脸。然后一溜烟，这回是真走了。

唐其琛忍俊不禁，等了一会儿才启动车子。

次日上午十点。

柯礼将整理好的年中董事会的会议资料交给唐其琛审阅，董事会的耗时长，涉及的项目和内容多，中间有好几个都是争执意见比较大的。资料由行政部整理后，柯礼又亲自核对一遍，唐其琛一直致力推广的那个交通系统导航的项目也列在其中。

从去年筹备到今年上半年的可行性研讨，一直进行得十分艰难。董事会那帮成员里，多是他爷爷还在位时的心腹功臣，个个实权在握，但其中的分庭抗礼也暗中滋生。

牵连的方方面面太多，谁的利益都是利益。唐其琛把控大局，多数时候睁一只眼闭一只眼。这帮老臣也算为他卖力，至少表面和气，鲜有争执。可一旦遇上推陈出新、打破陈规旧制的政策或项目改革时，海底的暗礁就隐隐扎人了。

“这一次的会议上，就要对导航项目进行投票表决了，于总和廖总应该会通过，但其他人……”柯礼说，“唐总，您需不需要跟老爷子通通气？”

唐其琛的视线在资料上：“暂时不要。”

柯礼领会要意，唐老爷子已经数次提起过，让唐其琛与明耀科创共同合作，把这个项目切割出去，由明耀科创参与研发，再利用亚汇在市场占有这一块的绝对优势去负责后续推广和销售。但唐其琛不愿意。

他合上资料，说：“普通的产业迭代已经不是过去的旧土重建，亚汇不能再守着现有的优势去维持利益增长。五年内，或许还能光辉一时，但整个行业、市场需求在进步，在改变。爷爷他或许明白，但这艘轮船太大，谁也不愿在现阶段冒风险。可亚汇要想继续发展，必须与时代接轨，新地迁移。董事会的工作我会继续做，你也交代下去，技术研发的进度也要跟上。”

柯礼颔首：“我会的，不过您也不必太费心。程总在这件事上的态度虽然未明，但他与安董关系匪浅，只要安董愿意，还是能在他面前说上话的。那么就算廖总和于总投反对票，我们也能一票优势通过方案。”

安青山，安氏的董事长，安蓝的父亲。

唐其琛沉默许久，没再发表意见，而是笔帽拧上，说：“明晚的应酬推掉。”

柯礼略表为难，提醒道：“明晚是住建局的周副局长宴请。”

唐其琛头也未抬：“推掉。”

柯礼应道：“好。”又问，“唐总，时间还早，我让老余接您去吃午饭吧？”

唐其琛看了看时间，语气比方才柔软了些：“中午吃食堂。”

柯礼默声，点点头：“好。”

亚汇的食堂伙食还是不错的，三荤一素还有一碗热汤，中午十二点，员工陆续下班，三五成群有说有笑的。同事挽着温以宁的胳膊，正兴致勃勃地聊起新开的饭馆：“我还秒了一张满减券呢，一块儿去吃呀。”

温以宁排队领饭：“什么时候啊？”

“明天，我们明天晚饭去呀！”

“明天不行，晚上有事呢。你找吱吱和瑶瑶。”

打好饭，温以宁和部门几个坐在一起。热闹，也方便分食。女生都有点挑，这个不吃蒜苗，那个不吃鸡蛋，温以宁就不太喜欢吃葱，不过今天的菜似乎都放了葱，她尽量扒到一边，刚准备吃，后勤部的负责人竟找到她：“嘿，以宁。”

温以宁意外：“钟部长。”

“来，今天加餐，请你们吃水果了。”钟姓负责人四十不到，笑容可掬，拎着一篮盒子每个人都发了份。打开一看，里面是切得齐齐整整的水果拼盘。

“这么多草莓和车厘子啊，现在卖好贵呢。”

“谢谢钟部啦！”

“福利待遇也太好了吧！”

大家喜出望外，个个笑容满脸。

“公司的福利，每个女员工都有的。”钟部长笑眯眯地说了几句，趁大伙儿注意力散开的时候，把另一个饭盒放在温以宁面前，然后压低了声音，在她耳后说，“柯助让我给你的。”

温以宁打开饭盒，愣了愣，装着的菜都没有放葱。

她下意识地回头张望，就看到唐其琛和柯礼正走进来。唐其琛与她目光交汇，停顿两秒，然后平静挪开，随柯礼坐在靠窗的位置上。

方才对视的那一下，他嘴角扬起一个很浅的弧，一闪即逝，只有她能看到。

“哇，唐总竟然来食堂啊。稀奇呢。”同事小声八卦，“今天吹的什么风啊，把仙子给吹下凡啦。”

温以宁低着头，被饭菜的香味和热气蒸得暖洋洋，她抿着笑，说：“大概吹的自然风吧。”

这边的柯礼已经心下了然了。从唐其琛刚才交代他办事的时候，他就隐约猜到了。唐其琛吃饭的规矩很好，食不言，寝不语。但吃到一半，他抬起眼，看向柯礼：“有事？”

柯礼坦然一笑，意有所指地说：“唐总，恭喜。”

唐其琛扯着嘴角显出愉悦，但语气还是平静的：“嗯。”

柯礼刚想转过头往温以宁那边再看一眼，唐其琛直接阻断：“别看她。”

柯礼恍然，啊，这两人是不想在公司公开关系啊。

决定是温以宁做的。昨晚唐其琛征询她的意见，她说了不愿意。

不想成为舆论的焦点，也不愿变成众矢之的。更重要的，她不想一开始就把自己置身于一个很被动的位置。如果有万一，也不至于失了体面。当然，这些话她没有说出口，但很实际地在她心口踏了踏步。

唐其琛怎么会品味不出来。从她当时片刻的犹豫和一瞬茫然的眼神里，便什么都明白了。有些事情说不如做，这都是后话。总之，未来还长，他想，慢慢来。

唐其琛的食量不大，眼见着吃几口又要放下筷子。柯礼哎了声：“唐总，您就不吃了？”

唐其琛伸手要拿纸巾。

“您把这碗汤喝了吧，您要不喝，我等会儿就让以宁给您送去办公室。”柯礼平静道。

唐其琛一顿，伸出去的手又缓缓收了回来。他瞥向柯礼，目光重而警醒，怎么回事，身边心腹也开始威胁人了？

柯礼忽略注视，假意看别处，手也有模有样地放在了手机上。

唐其琛垂下眼眸，沉默地又把碗筷端起。

温以宁下午一直在和小组成员做一份招标方案的初稿，陈飒下午到的公司，温以宁没注意，忙完了才听她秘书说起：“陈经理的儿子来了。”

正说着，陈子渝就溜了过来，往她面前一站：“我天，什么神仙姐姐们啊，长得都太好看了吧。我妈招人可太有眼光了。”

这人不三不四得浑然天成，俊朗阳光的一张脸却又让人讨厌不起来。两句话就把这一票女同事哄得眉开眼笑。他嬉笑没个正形，对温以宁说：“小温姐姐，请我喝饮料呗。”

温以宁手头上的事也忙完了，笑着把人领走：“来。”

“我还没下班呢，不能溜岗。你凑合在这儿喝吧。”茶水间里，温以宁给他泡了杯柠檬水，“你怎么来了啊，小少爷。”

陈子渝坐没坐样，瘫在沙发上：“晚上要跟我妈吃饭呢，她最近看得我好紧，你相信吗？竟然亲自来接我放学。丢死人了。”

温以宁面对着他，心里大概猜到原因，但她不能说。

陈飒这段时间又碰到了老麻烦，那男的可能真是下了决心要给他们母子一个交代，又来上海找她了。陈飒跟她提过一句，然后人也很少待公司里。

陈子渝懒洋洋道：“不就是一个男人想来认亲嘛。”

温以宁差点被水呛住，咳了好几声，迟疑道：“你、你知道啊？”

“他来找过我，我还带他去打了电游呢。”陈子渝跷着腿，一脸嚣张模样，“他要认我当儿子，我说，我妈愿意给你当老婆，我就给你当儿子。”

温以宁简直震惊："你、你们，他，他见过？"

陈子渝真挺无所谓的："就是老了一点儿，长得还是蛮帅的。你不了解男人，三十往后就走下坡路了，会秃头，会掉发，性功能也不太行。"

温以宁被他一套一套的理论整得脑仁疼："你一个未成年，谈什么了不了解啊。"

陈子渝不屑道："不信你问问我礼叔，问问唐总，你看他们行不行了。"

温以宁一时无语。

陈子渝抬眼一看，哎了一声，发现新大陆似的："姐姐你脸红了耶！"

温以宁瞪他一眼："你自个儿待着，我做事去了。"

陈子渝追上她："说正事，周末时间留给我，陪我去一个地方。"

两人边说边走出来，陈子渝的画风整体而言是很逗的，落实好事情后，有搭没搭地跟温以宁聊天，聊到一个段子，温以宁也被他逗笑。陈子渝上蹿下跳跟猴似的，就在这时，唐其琛和柯礼出现，两人原先是低声说着事情，听到动静，柯礼抬起头："哟，子渝来了，有何贵干啊？"

陈子渝顺着温以宁的肩，突然勾了一下，嬉皮笑脸地说："追人呢。"

唐其琛目光落在他的胳膊上，眉间浮起不悦："你，哪儿来，回哪儿去。"

柯礼笑着圆场："收敛点，工作时间，别让你姐姐扣工资。"

陈子渝扭头冲温以宁故意说："晚上我要约你吃饭饭。"

唐其琛顿步，微微侧头，语气隐有不耐："还不走？"

陈子渝小声嘀咕："我天，这么凶，抢他女朋友还是抢他钱了？"

柯礼忍着笑，意味深长地拍了拍他肩膀，把那只搭在温以宁身上的手给勾了下来："好了，还清了。去我办公室玩会儿。"

唐其琛和柯礼是下来有事的，已往副总办公室走去。柯礼办公室里有VR，陈子渝屁颠颠地溜了。

温以宁站在原地，看着唐其琛背影消失的方向，低着头，微微弯起了嘴角。

五点半下班，温以宁五点四十才收拾好东西坐电梯下到停车场。

她往右边走了一段，黑色路虎停在车位里，唐其琛按下车窗，眼神示意她上来。温以宁坐副驾，顺手从包里递了瓶热牛奶给他："你喝吧，垫垫肚子。"

唐其琛接过："什么时候热的？"

"下班。"温以宁冲他笑了下，"现在离吃饭至少还得半小时呢，你别挨饿，待会儿胃又疼。"

下班晚高峰城区太堵，唐其琛没绕去太远的地方，就在陆家嘴附近吃了个饭。吃完之后两人随便逛了逛，上去商场的电梯里人多，温以宁稍后一步才走出来，对等在那儿的唐其琛说："走吧。"

但唐其琛没有动。

温以宁转过头，目光疑惑。

愣了两秒，渐渐反应过来，她笑了笑，走到他身边，然后挽上了他的胳膊，唐其琛这才迈步，闲适自在地四处看。

这一回，温以宁也没了上一次逛步行街的尴尬，很自然地往自己喜欢的店里转一转。来上海几年，收入不算低，也有了自己钟爱的品牌。陆家嘴这家店是最大的，温以宁喜欢设计师的理念以及产品的性价比。正巧上新，她有所顾虑地问唐其琛："你能等等我吗？大概十分钟。"

唐其琛怎么看都不像是那种喜爱逛街的男人，但他说："不急，你都试试，我给你参考意见。"

他语气很淡，也没多余的刻意，能从他表情里看出，他没有勉强，是心甘情愿地陪她。这样的状态让温以宁很放松，她挑了个款式，在两个颜色之间拿不定主意，便在镜子前比画了一番。唐其琛走过来，站在她身后，说："你穿白色吧。"

"嗯？白色是不是清爽一点？"温以宁便把那件白色的提了提。

唐其琛说："和我昨天穿的衣服很配。"

温以宁愣了愣，回过神，耳尖都微烫，拎在手里的衣服也跟烧着了一样，放也不是，买也不是。唐其琛帮她拿在手里："我帮你拿着，一块买。"

温以宁摸了摸鼻尖，道："我想起来了，我有件类似的，也是白色，我……"她收了收心，改口说，"我同学以前送我的生日礼物，也没穿几次。"

唐其琛打断，忽问："男同学还是女同学？"

温以宁看着他。

对视几秒，唐其琛点了点头，语气平静地念出那个名字："小亮老师。"

温以宁静默无语。

唐其琛看了看手里的衣服，然后把它挂回了原处，声音清楚地传来："嗯，也不是很好看。"然后牵起温以宁，从店里走了出去。

从这家店出来后，唐其琛始终没进别的店。牵手好像上瘾了似的，比温以宁挽着自己更踏实。细腻柔软包裹在掌心，他果然还是喜欢主动把控的感觉。

温以宁后知后觉，隐隐觉得方才唐其琛是吃了一勺陈年旧醋。醋味不甚明显，不细思也察觉不出酸，都是他自己内部消化了。唐其琛面不改色，陪她穿行于人来人往之间，温以宁看了他好久，然后低下头，表情隐含愉悦。

这个礼拜，温以宁随着陈飒参与过两次会议，每次唐其琛做会议总结时，她就摊开笔记本，在上面画了好多个小人儿。两人在公司相敬如宾，泾渭分明，也只在下了班的时候，才共乘一车，有了些许情侣的样子。

这日唐其琛加班，温以宁恰好也有点工作还没收尾，六点多的时候，他打来电话，让她来办公室。

亚汇灯火璀璨，柯礼给她开的门，一脸笑地望着她："以宁。"

看他的表情，基本就是知道了大概。温以宁仍有些不好意思，杵在门口没有动。直到唐其琛也走过来，对她说："来，一起吃饭。"

柯礼把路让出来："唐总这边的工作还没结束，老余送来的。我有事就先走了。"说罢，他又压低声音对以宁说，"帮忙看着唐总，他吃饭都吃很少。"

柯礼走后，唐其琛仍在办公桌前把文件剩余的部分看完，头也不抬地问："下午开会的时候，你在本上写了什么？"

温以宁是背着包上来的，从包里把会议本拿出来递给他。

翻到后面几页，唐其琛笑了。那是一些简单的线条画，基本就把他们开会时的争执场景给搬了上去。

温以宁凑过来："这个最凶的是祈总，他的嘴巴张得最大。"

唐其琛嗯了声："还有唾沫。"

温以宁笑："都喷到坐他旁边的飒姐身上啦，飒姐那个白眼翻的，你看。"

唐其琛指了指："这是我？"

会议桌的主席位置，一个酷酷的卡通人物，穿着黑色衬衫，还有梳的一丝不苟的大背头。

温以宁抿了抿唇，把脸稍稍偏向他，轻声说："你是最好看的这个。"

唐其琛顿时舒眉展目，也看向她，语调平静地问："站着不累吗？"

"嗯？"

"坐吧。"

还未等她反应，唐其琛顺势勾了一下她的腰，自己微微撇开腿，就这么往下一带。温以宁猝不及防地坐在了他的右腿上。唐其琛勾着她腰的手也没松，往前一环，不轻不重地搂住了人。他的下巴垫着她的肩，闻见她颈窝和发间混合的淡香，唐其琛轻轻呼了一口气，感觉一天的疲惫都有了落脚点。

温以宁僵硬着没敢动，背脊挺直了没弯一点弧度，片刻之后，唐其琛微微叹气："我是抱了根木头吗？放松点，念念。"

温以宁不太自然地找了说辞："我重，怕压着你。"

唐其琛说："我就是胃不好，腿没毛病，不用怕把它压瘸了。"

过了几秒，温以宁到底还是放轻松了些。唐其琛拿起旁边的手机，对着她本子上最帅的那个拍了张照，然后换成了微信的头像。温以宁看笑了："画风不搭啊老板。"

唐其琛淡淡道："我看很好。"

换头像的时候打开了微信，温以宁无意间就扫到了他的对话列表。最近的一个记录备注名是安安，即时消息还显在名字后："你今晚还过来吗？"

无从分辨是唐其琛发的，还是对方发的。温以宁本就无意看见，这个时间也很短，一眼掠过，她没往心里想。

两人就维持着这个姿势，直到唐其琛把最后一点文件内容看完，才拍拍她的腰："吃饭吧。"

几个精致的保温饭盒工工整整地摆在沙发前的矮桌上，不难看出，这压根不是普通的外卖。打开来，香菇炖鸡，清炒荷梗，白糖糕，叫得上名的就有好几样，连主食都是鲍汁扣饭。唐其琛递了筷子给她：“家里的阿姨做的，她手艺不错，这个汤是最拿手的。你尝尝。”

温以宁就着他的勺子喝了一口，突然想到：“你家里人来过？”

“老余去家里取，再送过来的。”

温以宁哦了声，压下方才一瞬的紧张，小声说：“你真难养啊。”

唐其琛笑了笑：“难养吗？”

温以宁躲开他的注目：“也不是很难，就是个送命题而已吧。”

唐其琛目光深邃，嗓音也低了些：“那你养吗？”

这人就是故意的，逗人还上瘾了。温以宁也没被他撩得不能自已，坦坦荡荡地和他对视，敲了敲他的碗说：“这碗饭，这碗汤，这些菜，十五分钟内给我吃完。唐其琛你三十好几了，怎么吃个饭还让人这么操心。表现不好，送给我我都不要，干脆你别吃饭了，给你买个奶瓶儿，每天喝奶吧。”

唐其琛愣了下，然后笑得神清气爽。过了会儿，他说：“这周五晚上我有应酬，我让老余接你回家。”

温以宁随即摇头：“不用，我晚上也有活动。”

唐其琛也没问个具体，都是成年人了，谁都有私人生活。关系再亲近，也得学会尊重人。唐其琛在这些问题上一向开明大度，也不喜欢强迫人。她能给他递句话，那就是她的交代，至于和哪位，做什么事，唐其琛一概不问。

温以宁是答应了陈子渝的邀约。就前几日这小少爷到办公室来的那一趟，说要请她帮个忙。

周五晚上在国际会展中心的一个慈善拍卖会，这种活动的流程都差不多，众多明星以及有社会影响力的人士参加，以扩大公众的关注力度，本就是大爱无疆的好事，也都乐意锦上添花。这种活动陈飒那儿有很多邀请函，陈子渝之所以要来，是因为这次有一位美国好莱坞的影星也出席。陈子渝是他的狂热粉丝，就为了能够一睹真容。陈飒原本没想把票给他，说他太能惹事，陈子渝就拉了温以宁下水，说是陪姐姐一起去。

温以宁笑骂他先斩后奏，但还是当了这次挡箭牌。

陈子渝一学生，圈内人甚少知道他是陈飒的儿子。这天穿得倒还人模狗样，少年的肩膀青涩，但形体初具成人雏形，正装上身还是很招眼的。相比之下，温以宁就穿得简单得多，一条收腰款式的白裙，下了班换了双高跟鞋就来了。

他俩的座位票是比较靠前的，温以宁对拍卖没太多兴趣，陈子渝就跟她说悄悄话：“左边那个，金融公司的老总，追过我妈。右前方嘴巴长得像鸭子的，也追过我妈。老蛤蟆想吃天鹅肉。”

温以宁皱皱眉：“别侮辱人。”

陈子渝不屑：“我还侮辱鸭和蛤蟆了呢。”

温以宁低声：“如果你生父和他们共同追飒姐，你喜欢哪个？”

“我哪个都不喜欢。各凭本事，竞争上岗呗。”陈子渝吊儿郎当地说道，又蹭了蹭她的肩，“那个，瞧见没。”

顺着目光看去，第一排靠左，一个很有气质的中年女性，保养得宜看不出年龄，穿了一件旗袍样式的改良版礼裙，肩上搭了一条雾霭蓝的披肩，发髻高耸，耳垂上的翡翠很添贵气。她身边有大会的负责人，态度恭谦地与之攀谈。

陈子渝说：“唐总的妈。”

温以宁心头没来由地一紧，飞快地移回了眼。

“景姨很厉害的，她是这个慈善大会的荣誉主席，年年都有参加。”陈子渝不遗余力地做介绍，“景姨是南京人，家里都是当官的。温姐姐，你去过唐总家没有？他们家规矩可多了，一点也不自在。我都不敢在景姨面前嚼口香糖。”

温以宁仿若幻听，陈子渝的声音时大时小，又被现场的音响效果一震，耳朵里都是嗡嗡声。她敛下情绪，偶尔把目光投向景安阳，这个年龄的女人，该有的气质和社会地位都无可挑剔，她精致华美得像是最昂贵的丝绸，这么一看，唐其琛的五官是遗传自此了。

拍卖环节结束后就是酒会。陈子渝的手机里已经拍了无数张偶像的照片，还不满足，正寻思着能去合个影就好。后来现场有人认出他来，平日看着不着调的熊孩子，竟然丝毫不怯场，很懂礼貌地与长辈寒暄。

温以宁悄悄对他竖起大拇指，陈子渝挑了眉，也举起拇指往自己脑门上按了个赞。真是正经不过三秒。

“子渝。”有人走近，声音是从背后传来的。陈子渝回头一看，顿时恭恭敬敬的：“景姨您好。”

温以宁下意识地挺直了背脊，转过身。

“刚陈会长说看到你了，我还以为他看错了人。没想到真的是你，你母亲呢？”景安阳的中音很有质感，语速慢，咬字清晰，不慌不乱的自带威严。

“我妈她没来呢，我跟姐姐来的。”陈子渝笑得阳光乖巧，站得规规矩矩。

景安阳的视线这才落在他身旁的温以宁身上，很轻的一下，然后便挪开了。这样的眼神看着没什么可挑剔的，但也仅限于不失礼仪。在景安阳眼里，或许就是一闪而过，无数路人中的某一个。

景安阳对熟人还是稍显热络，陈飒与唐其琛是老友也是得力的下级，景安阳对陈子渝也多了几分关心，这孩子成绩不怎样，但面貌英俊，嘴也甜，还是很招人喜欢。两人多聊了几句家常，景安阳以长辈的身份嘱咐了他一些话，有点正经腔调，陈子渝老老实实地应。

温以宁站在一旁，是可有可无的路人甲。

也好。她心想。

就在这时，从觥筹交错的人群里走近一个身影，唐其琛身着正装，三件套样式的西服，马甲贴身，隐隐勾出了腰线的弧度。他往这边来时，正与身边的两位证监会的官员交谈。等他视线落过来时，就和温以宁的目光撞了个正着。

两人都是微微一愣。

陈子渝最先招手，很狗腿地叫了声：“其琛哥哥。”

景安阳也转过头，看着儿子。

唐其琛神色自若，走近后先是对母亲微微颔首，然后问陈子渝：“你也来了？”

陈子渝嬉皮笑：“我来追星的呢。”

唐其琛听陈飒提起过，大概也知道了是哪位明星，他说：“等会儿让柯礼带你过去签个名。”

陈子渝乐晕了，三两下露出本性，做了个夸张的表情，高呼：“Yes！”

景安阳不动声色地微微拧眉，约莫是对这浮躁轻狂的行为不太满意。

唐其琛忽然看向温以宁，他表情是带着笑意的，很温情，也很如常。温以宁却如芒在背，牵一发而动全身地，冒出了许多矛盾和纠结。她甚至从唐其琛的眼神里，读出了他下一步要做的举动。

唐其琛向前迈步，朝她走来，同时开口：“妈，给你介——”那个“绍”字还没说出来，温以宁下意识地转身就走了。

她脸颊一片火热，步子也不由得加快，背影甚至是仓促的，唐其琛那句“给你介绍一下”生生给掰断在了舌尖。

景安阳对这一切并未太多在意，只平声提醒唐其琛：“过去跟你安伯父打个招呼。”

温以宁走到了宴会厅外场，夏夜的风黏稠湿热，一下子吹散了从厅里带出来的冷气凉意。温以宁腮帮鼓鼓的，深深吐了口气，捻了捻手心冒出来的冷汗。唐其琛的电话追着打了过来，温以宁倒是很快接听。就听他说：“门口等着我，五分钟。”

三分钟不到人就出来了。唐其琛走到她面前，看到她抬起头时怯了胆量的眼神，默了默，也没说多余的，撩了撩她额前的碎发：“走吧。”

温以宁迟疑：“你不用忙吗？”

唐其琛一字未提，留了个背影。温以宁明白，他还是有点生气的。

其实现在冷静一想，刚才的举动，成全了她自己，却是伤了唐其琛的一腔热情。两人沉默地坐进车里，唐其琛也不开车，安全带都没系，就枕着靠椅闭目休息。

温以宁说：“你坐着休息会儿，我来开车吧。”

唐其琛摇摇头，睁开眼坐直了，系好安全带把车子发动。

这个宴会六点开始，想好好吃个饭基本不可能。温以宁看了看他，轻声问：“你吃东西了吗？”

“来不及，我从公司上这儿来的，衣服都是老余放在车里的。”唐其琛面色平静，说话的语气也很正常，看不出他的情绪浓淡。

不知是于心有愧还是车里的低压太磨人，温以宁下意识地对他说：“对不起。”

唐其琛正眼看路，头也未偏，一张侧脸消瘦立体，额头饱满，窗外的灯光霓虹明明暗暗地掠过，把他的轮廓勾得像一道完美剪影。他听到后也是久久不作声，在前面的十字路口处才淡淡说：“饿了，给我做饭。”

唐其琛进屋后，脱了鞋赤着脚就走去沙发上坐着。在家里不用太多规矩，他的坐姿也软了些，人靠着扶手，西服外套随手一抛，没扔准，顺着椅垫慢悠悠地滑到了地上。

温以宁换好鞋走过来，手里还帮他拎了一双，轻轻搁在脚边：“别受凉。”

唐其琛睁开眼，眼睫微眨，一动不动地注视着她。温以宁抿着唇，也是神思缥缈地和他对望。唐其琛眸色浓深，但也就一刹地变温，很快又平复下来，他伸出手，掌心温柔地盖在了温以宁的眼睛上，他说：“是我莽撞了，我该经过你的同意。”

他的手心细腻温热，声音也缠绵真诚，每一样都硌住了温以宁的情绪，方才那些迷茫无知和惶恐不安，在他这一句话里都谢了幕。

唐其琛几不可闻地发出一声叹气：“我以为你愿意的。”

这话多少有藏不住的委屈之意，温以宁急了，拂开他遮在自己眼睛上的手：“不是，你听我解释。我当时真的没有做好准备，我不知道她是你母亲，哦，我知道我知道。但也是在看拍卖的时候陈子渝告诉我的。她不认识我，太突然了，我这也没准备好，我没有不愿……”

她胡乱一通地急切解释，说来说去就跟绕口令似的，最后还咬到了舌头，疼得她倒吸一口气，却仍不忘湿漉着一双眼睛望着唐其琛，低声重复：“对不起啊。”

唐其琛微微眯眼，看起来神色莫测，好像依旧不为所动。温以宁索性垂下脑袋，硬邦邦地维持着姿势，心里涌上了挫败和失意。

唐其琛缓了缓，站起身走到她面前。温以宁是坐着的，小小一只垂头丧气。她被唐其琛按住了后脑勺，然后人就带进了他怀里。

他说：“那是我的母亲，我是很想把你介绍给她认识。我忘记考虑你的感受，也忘记你会不适应。以后我会跟你商量，你想或者不想，无论什么要求，你都可以跟我提。我今天没有生你的气，我就是，我就是……”

停了停，唐其琛语气无奈：“我就是怕你又犹豫了，什么事都放在心里不说。或者我解释了的，你又不愿意去相信。”

一朝被蛇咬，十年怕井绳的教训，于他又何尝不是呢。

温以宁的脸贴着他的腹部，一声不吭，一下不动。唐其琛的手轻而耐心地抚摸她的头发，内敛而怜爱，悲悯又温存。两人走到如今，说是举步维艰也不为过。中间隔了太多年，每一个眼神都是小心翼翼的。

半晌，温以宁哑着嗓子说：“唐其琛，你肚子里有声音呢。”

唐其琛笑了笑，笑起来的时候，腹部跟着颤了颤，他低着头问：“是吗，说的是什么？”

温以宁换成右边的脸，继续贴着他的肚子，听了一会儿才闷闷道：“说‘趴在你肚子上的女人好漂亮’。”

唐其琛笑意更深，身子跟着颤的幅度又大了一些，温以宁抬起头，下巴抵着他，眼睛亮晶晶的：“你看，它又说了一遍呢。”

“乖。”唐其琛揉了揉她的头顶，垂眸敛声，“它只是想吃你做的面条了。”

温以宁在厨房忙了十来分钟，做了个简单的鸡蛋面。唐其琛胃不太舒服，每回参加活动就是这样，一场结束总是有些不适。温以宁的手艺一直都很好，做得也清淡，多给他温了点汤。吃完后，唐其琛有电话进来，是副总给他汇报一个招标案的数据。

这些数据也算绝对的商业机密，但唐其琛没避开她，就坐在沙发上讲完了这通电话。温以宁也没听，去厨房把碗筷收拾洗净，出来时，唐其琛刚回完一封邮件。

温以宁擦干手上的水珠，塞了一片橙子放他嘴里：“你知道吗，以前跟朋友聚会的时候，聊到感情问题，比如说喜欢过什么样的男生，初恋是什么样的人……”

唐其琛抬起头，咀嚼的动作变慢。

温以宁看着他：“每次我都会想到你。”

唐其琛愣了下，失笑：“那你怎么说的？”

“我说，没什么，不过喜欢过一个渣男，这样愚蠢的动心，绝不会有第二次了。”

她平铺直叙，纯粹是抱着一种话当年的心态跟他描述一下事情而已。但话一出口，气氛就淬了火。唐其琛看了她很久，也思考了很久，然后缓缓地放下手机，慢慢移开腿上的电脑。

温以宁眨了眨眼：“你干吗？”

唐其琛起先还是沉默安静的，走近了，直接动手将她摁倒在了沙发上，情绪到此刻才有了知觉，唐其琛又气又想笑，按着她的肩膀不让她起身：“渣男是吗？对我动心就是愚蠢是吗？你就跟你朋友这么说的是吗？”

温以宁尖叫着反抗，边抗议边笑：“你禽兽啊，这也要计较？”

她手脚并用，推搡着唐其琛，两人拉扯之间都是用了力气的。唐其琛这才发现小姑娘力气倒挺大，于是膝盖一顶，身体也不自觉地下倾，几乎是把人困在了手臂间。

他掐着温以宁的下巴，直到她动弹不得，还非要一个没有任何实质意义的答案："不会有第二次？嗯？你都不会有第二次了，那你这一次是在干吗，玩弄你的衣食父母，玩弄你最帅的老板吗？"

温以宁被他压得不行，笑得在他身下扭来扭去："唐其琛你变态啊！"

女生的馨香和柔软分外蛊惑，就这么亲密无间地贴着、磨着，渐渐地，唐其琛气息都变了。他的手劲又紧了紧，哑声呵斥："还扭。"

温以宁被他眼底渐变的情绪给烫着了，瞬间反应过来。唐其琛沉了沉心，略为慌乱地坐起，也不看她，也不说话。

温以宁头发也乱了，心跳蹦得停不下来，一分钟的沉默之后，她斟酌着开口："哎，你……"

唐其琛的脸犹如一面深色湖泊，低声打断，说："我缓一缓，待会儿再送你回家。"然后起身，深喘一口气，不怎么自然地进了卧室。

温以宁等了几分钟，唐其琛从卧室出来时换了一身衣服。

温以宁说："你别送我了，我打车走，来回一趟也够远，你休息吧。"

唐其琛找车钥匙："送你。"

温以宁就趁他弯腰的时候，把人推到了沙发上，然后脸对脸的，眼睛也不眨："老板，听话。"

两人在一起了，有些事自然是男女朋友该做的。送人回家，送束花再正常不过。但温以宁也不是非要掰扯这些的人。她只记得唐其琛今天忙了一天，回来的路上胃还不舒服。她希望他能休息。

唐其琛被她这么压着，对望了好久，然后笑了下，妥协道："那你开我的车回去。"

这种很直接的关心，多少有点打击唐其琛的积极性。心意他都了解，但还是挺无奈地说："想献点殷勤就这么难了。"

温以宁就摸了摸他的脸，没边没际地说了句："你胡子刮得好干净，真的一点都不扎手。"

唐其琛都快跟不上她的思维了，但心里还是舒坦温暖的。两人在一起就这么些日子，按理说该是热恋期。但这个词用在唐其琛身上还是略有违和。他不年轻了，也没有再多的精力去营造激烈的浪漫。他能做的，可以做的，就是尽可能地给她安全感。

这种润物细无声的相处，其实并不讨巧。

但他的念念，似乎比他想象中的更懂事。

唐其琛握住她的手腕，移到了自己的下巴上：“那你摸摸这儿，扎吗？”

哪儿有不扎的，温以宁被他蹭得手痒，笑着抽手躲，唐其琛偏了头，嘴唇轻轻碰了碰她手腕上那只小狐狸的文身，然后抚了抚她的脸，说：“我送你下楼。”

他先起身，温以宁跟在他身后，方才被他亲过的地方，好像烫出了一朵烟花。

“我的车认识的吧，黑色那辆，就停在A1。”唐其琛陪她进电梯，指示灯往下，电梯门在车库那一层划开。温以宁慢慢走出去，左脚跨了一半，她又突然转身回来，踮脚往唐其琛的右脸亲了一下。

这个惯性力很大，她几乎是扑过去的。唐其琛被她顶得连退三步，直接抵在了电梯壁上。温以宁亲完了，还很淡定地留下一句：“你刚才亲了我，我吃亏了，我也要亲回来的。”

然后飞也似的跑出了电梯，还不忘给他按了关门。

唐其琛愣了半晌，抬手摸了摸自己的脸颊，蹙了蹙眉头，低低笑了起来。而等他回到家，手机新来了消息，温以宁给他发的微信：“好评！老板的口感还不错哦！”

唐其琛忍俊不禁，这一天的疲惫和不适，随着入眼的每一个字通通烟消云散了。

七八月的酷暑天最为难熬，今年上海的气温格外高，这半月不到，已出现数次橙色预警。

柯礼尽量减少了唐其琛的出差安排，室内外冷热空气交替，他的胃最经不住折腾。开了一上午薪酬方案研讨会，数条奖惩细则都未被通过。唐其琛在会上的脸色已经很难看了，散了会，把相关的负责人叫到办公室，直接发了火。

财务部长年轻，斯坦福大学双博士学位，是唐其琛读书时在一次跨校项目合作中认识的学弟。几经荣辱，也是一直跟着唐其琛做事的心腹挚友。唐其琛发火的次数屈指可数，一动怒就不能收场。也不怪他小题大做，方案里很多新增以及修改的意见都与公司的发展理念相悖。在唐其琛看来是低级错误。

太子爷雷霆大怒，整个集团气压都极低，半小时后才偃旗息鼓，柯礼拍了拍小师弟的肩，低声宽慰："林泽你先出去，把方案修改好，晚点再给唐总看。"

他把人送到办公室门口，等他转过身，唐其琛已经手肘撑着桌面，另一只手在抽屉里找着什么。

柯礼急忙向前："唐总，您又不舒服了？"

唐其琛从抽屉里摸出胃药，旋开盖子倒出三粒。柯礼给他倒了温水，看着他把药服下。唐其琛深喘一口气，稳了分把钟，才稍稍直起背，交代说："下午技术部的会议推迟半小时，中午的饭局让祈总过去。"

柯礼知道他是很不舒服了，担心道："我让陈医生过来一趟。"

唐其琛抬了下手，示意不用，又问："以宁跟陈飒去北京几天？"

"三天，这次的国际展会还是很有分量的，国外好几家广告巨头都有参加。"柯礼说，"陈飒待以宁很用心。"

唐其琛自然明了，这种行业盛会可遇不可求，陈飒愿意带，无论是结交人脉还是专业知识储备，那都是难能可贵的机会。

胃部不适已经缓过大半，唐其琛摊开报表又开始工作，说："晚上的饭局也帮我推了，我要回家一趟。"

唐家不成文的规定，唐其琛每月都要回去一次，工作脱不开身时，也会致电老爷子问候几声。得知他回来，阿姨已将宅子里的冷气温度稍稍升高，不至于室内外温差太大。唐其琛进屋后，保姆热茶热汤的伺候，亲切唤人："其琛回来了啊，哟，这回脸色比上次好多啦。"

景安阳闻声下楼，一身绸缎材质的袍子衬得人很有旧时名门气势，她看了儿子几眼，满意道："精神瞧着是不错。"

唐其琛坐在沙发上，跷着腿优哉地喝完半碗汤，然后放下碗勺就去了楼上的书房。唐书嵘在书房练字，年纪长了，入夜便要穿上棉麻质地的长衫。唐其琛进去后，挽上衣袖帮他磨墨。老爷子写的是《陈情表》中的一段，他的字磅礴大气，唐其琛小时候跟着外公学过书法，一手形体书写得相当漂亮。只不过这几年忙于工作，很久不曾有执笔的闲心雅趣了。

唐书嵘练字完后，才与唐其琛说上一些话。

晚饭备好，景安阳上来敲门，老爷子去洗手，她与唐其琛边下楼边聊："唐耀上周给你爷爷送了一只珐琅花瓶，说是在巴黎拍下的，把你爷爷哄得跟什么似的，可没少说他好话。"

景安阳呵声不屑："这人心眼太细，做人做事滴水不漏，全按着你爷爷的喜好来。醉翁之意不在酒，也没少在耳边吹风。"

唐其琛不置可否。

"年中董事会就要召开了，可还顺利？"景安阳问得粗浅，但意思是明白的。她虽不直接插手生意上的事，但为了这个儿子，里里外外的关系也是没少维护打点。

唐其琛说："也就那个导航定位系统的议案了。"

景安阳下到楼梯拐角时，唐其琛伸手扶了她一把："二舅二十号生日，替我捎份礼物给他。"

"这种小事你就不要费心，我都安排好了。"景安阳念起，"他这段时间也忙，明年能不能更进一步，就看这几个月了。"

唐其琛笑了下："百尺竿头，更进一步，是要恭喜舅舅了。"

"行了，恭喜别人，什么时候轮到家里人来恭喜你。"景安阳老话常谈，这才是她最大的心病，不免唠叨，"你和安安还能不能好了，妈妈不是催你，也不是拿你的婚姻做交换。我们是看着安安长大的，家世相貌没得挑，你安伯父一句话，至少能在项目表决时，帮你争取到董事会祁总的赞成票。还有，你舅舅明年工作上还少不得安安伯父的扶持。"

景安阳把人情世故理得太清，分析起来头头是道。下了楼，保姆正在盛汤，唐其琛等母亲说完之后，安静几秒，才说："妈，我和安安是……"

"不可能"三个字还没说完，他的手机适时响起。

这个点，陈飒应当是在展会的宴请上，唐其琛不疑有他，接通后也是态度淡淡："嗯。"

结果那头才说两句话，唐其琛的脸色就变了。他拿起车钥匙走去玄关，边换鞋边听，眉间惧色加重："人怎么样了？哪个医院？地址给我。"

景安阳进出一趟厨房的工夫，唐其琛便已离开了家。

三小时后，北京协和医院。

陈飒穿着一身长款礼服还没来得及换下，拖着长长的裙摆忙里忙外，格外引人注目。从急诊转去住院部的时候没有床位，护士说要她们就在抢救室里等着。抢救室一天的费用很高，但陈飒也不是计较这些钱，她们隔壁那一床是个出车祸的，撞得血肉模糊，胳膊都掉了一截，没抢救过来直接死了。

这预兆不好，看得陈飒心惊胆寒。温以宁人还晕着，躺在床上跟睡着了一样，脸色苍白，没什么血气。陈飒看了她几眼，然后走到外面打了个电话。不多时，院方的一个领导亲自过来了，态度客气地告诉陈飒："顾清明先生打了招呼，空了一间贵宾病房出来。"

十分钟左右，温以宁就被妥善安置去了住院部。唐其琛就是这个时候赶来的，说是风驰电掣也不为过。陈飒难以置信："这么快？"

唐其琛直接问："人呢？"

"病房里。"陈飒见他脸色不好，宽慰道，"别急，各项检查都做了，至少现在的结果看起来是没事的。"

"现在没事"四个字听得唐其琛仍不放心，他一路从医院外跑上来的，气没喘匀，冷汗也浸透了后背："带我去见主治医生。"

陈飒引路，想起来也是后怕："大会举办方晚上统一设宴，吃到后半段，我瞧她一个人出去了。当时我和王台正谈事，也没留意。后来工作人员告诉我，我才知道出事了。撞她的是一辆英菲尼迪，京牌。"

唐其琛神色骤变，本就薄的唇几乎刻成了一条刃。

陈飒知道他所想，补充道："这个车只负半责。"

唐其琛凛神。

"以宁闯了人行道的红灯，而且是快速跑过去的。那车避让不及，就把她蹭倒了。"

陈飒已极尽轻描淡写地把经过说给他听。聊是这样，依旧能想象当时的凶险。确实如此，车祸发生的一刹那，碰撞的动静巨大，刹车声也尖锐刺耳，温以宁当场就给撞晕过去了。路过的行人都叫嚷死人了！但送到医院一查，也是万幸，竟然没有明显的内外伤。

与主治医生确认了情况，唐其琛甚至亲自看了一遍她已有的检查报告，一颗心这才稍稍落了地。

从医生办公室出来，病房里的温以宁已经醒了，护士正在给她换吊瓶，小护士身材娇小，离挂钩有些够不着。

"我来。"唐其琛伸手帮她够了下，吊瓶就挂上去了。

小护士道了谢，出去时带上了门。

唐其琛就站在床边，垂着眸，安安静静地看着温以宁。

温以宁倦色难掩，咧嘴冲他笑了下。

唐其琛面深如海，一丝波澜也不回应。

温以宁伸过手，勾了勾他的小拇指，轻声问："你怎么在这儿？"

唐其琛不为所动，但到底没舍得甩开她的手，语气冷了几度："我怎么在这儿？我女朋友被车撞了，撞得进医院了，你说我怎么在这儿？"

温以宁鼓了鼓腮帮："呼，凶。"

唐其琛真的是被急着了，在上海接到陈飒电话的那一瞬，他胃就痉挛了。冷汗瞬间往下坠，开车的时候都差点扶不稳方向盘，上了飞机才稍微好一点。他顺着床沿坐下，问："你为什么跑去外面？"

温以宁眨了眨眼："我失忆了。"

唐其琛目光能烫人。

温以宁撇下嘴角，本就白皙的脸少了血色更显苍白。她皮肤细，就这么近看，都能瞧见细淡的血管影子。头发乱了，毛茸茸的一团像受伤的小狮子。她倒头就往唐其琛怀里拱："真的失忆啦！我失忆了失忆了！"

唐其琛瞬间软了心，抬起手，掌心在半空停了停，终究还是没忍住，一掌轻柔地落在她的后脑。

"失忆了，记得我吗？"

温以宁说："老板。"

唐其琛不满意："再想。"

"男朋友。"

男朋友仍是一脸肃色。

温以宁抿了抿唇，然后在他脸上飞快亲了一口，软声说："唐其琛，我喜欢你。"

心不可抑制地扯了扯，唐其琛拥她入怀，无奈道："回上海，这几天你就住我那儿，我让阿姨来照顾你。"

温以宁也没再说，先应着，她明白，唐其琛做到这里已是最大的让步。她在他怀里闭上眼，压下心里那片浓稠幽暗的情绪，又恢复成一汪静池。

检查没有问题，唐其琛晚上就把温以宁带回了上海。北京这边的工作还没结束，陈飒留下来没有同行。唐其琛说一不二，很多时候，话都不会重复第二遍，老余候在机场，接着人直接回去了他的公寓。家里已有阿姨做好了饭，这个阿姨不是唐家人，是柯礼找来的，负责唐其琛这套房子的起居卫生，以往都是两天过来一次清扫，这七八年一直都是她。

阿姨姓冯，四十出头，话不多，做事也仔细。

温以宁真没大事，心里还是犹豫。唐其琛看穿她的欲言又止，直接问："不想同居？"

温以宁看着他无言。

唐其琛平静道："同居不是这样的，以后教你。"

这人一本正经，不失风度和态度，理直气壮的，仿佛在助人为乐。温以宁被他的背影灼燃了心思，细想一下，又别有一番甜味上心头。

公司那边以出公差请了一周假，陈飒没把这事往外说。当时出了车祸，她第一个电话是打给柯礼的，柯礼也是闻声色变，让她赶紧打给唐其琛。也就是这个时候，她明白了两人间的关系。不用唐其琛交代，她自然把保密工作维护好，只在某日下班时，提了三箱进口的车厘子给唐其琛，说是作为她领导的一点心意。

温以宁说是住在唐其琛这儿养身体，其实也就是许他一个安心。唐其琛公事太多，最近在弄一个并购案，早出晚归几乎不见人影。这期间，温以宁和这位冯阿姨倒是能聊上几句。

冯阿姨话少，恪守本分，规规矩矩的，所以才能在唐其琛这屋子一做就是七八年。

"唐先生不喜欢外人在，所以他一直是一个人住，家里也没有长期的保姆。"

温以宁正喝一碗汤，又问冯姨："他胃不好，在家怎么做饭？"

"不做饭的。"冯姨说，"一般就是他司机送过来，好像是家里固定的私人小厨房。"

温以宁心思转了转，有些话她没再问。

冯阿姨却继续说道："温小姐，你是他第一个带回家的女生。"

温以宁愣了愣。

"在你之前，唐先生这里甚至没有女士拖鞋。"冯阿姨笑了笑，"恭喜你们了。"

她说这句话的时候，唐其琛正好到家，按了密码开门，就听到这声恭喜。他一身黑色商务衬衫，手里还拎着一只公文包："恭喜什么？"

温以宁意外道："呀，回来了啊？"

冯姨本不是多话的人，估计这会儿也不太好意思，默默地去厨房给他盛饭。唐其琛换了鞋走过来："应酬推了，柯礼替我参加。"

温以宁坐着，他站着。

她伸出手指，轻轻往他的腰腹间戳了戳："是不是胃又疼了？"

唐其琛握了握她的手，笑着说："没，吃完饭我陪你出去逛逛。"

七月末，夏夜的暑气依旧逼人。唐其琛吃完饭后还去主卧洗了个澡，换了身衣服才出门。他穿polo衫很好看，浅色条纹配了条浅米色的长裤，皮带很细，没有品牌LOGO，倒像是手工缝制的。他不打理发型的时候，头发软而恣意，看着倒有几分风流韵味了。

唐其琛侧头捕捉到她的目光，吊着眼梢问："没看够？"

温以宁粲然一笑，挽着他的胳膊低下了头。

边走边聊，唐其琛说："明天带你去国医查一下血，再照个片看看胸腔。"

温以宁问："你不用上班吗？"

唐其琛说："陪你。"

温以宁挨着他的胳膊，故意用娇滴滴的声音说："员工福利待遇也太好了吧！老板老板，我要为您鞍前马后，死而后已。"

唐其琛被她的声音逗笑，眼底难掩宠溺，在她鼻梁上轻轻刮了刮，沉声说："独你一份。"

他们开车到附近的商场，慢慢悠悠地逛着也挺舒坦。这边人流量大，商场时不时地做些活动，一层展厅被利用，大概是联合了一个品牌在做一档现场互动。里三层外三层的人围着，音响震天的，气氛很浓烈。

温以宁喜欢热闹，拉着唐其琛挤了进去。

其实就是一个类似于大胃王的比赛，现场报名的都能上去挑战，规则也简单，五分钟内谁能吃更多的比萨。这种活动都是噱头，但比一般的唱歌跳舞能吸引人，唐其琛杵在人群里显得格格不入，他稍稍退出去，站在奖品展柜前。

一二名很俗，但三等奖倒是有点意思。

几枚纪念勋章，图腾很特别，做工也精致。唐其琛一直有收藏的习惯，只不过爱好很小众，所以他也很少拿出来告诉外人。从上学起他就慢慢收纳，中外古今，他每一处的房子装修时，都会要求做一排抽屉，用来放置他这些章子。

他也没刻意对温以宁提起，但温以宁上回帮他找药的时候，在抽屉里看见过。

一眼看出他眼里此刻的驻留，温以宁偏过头："你喜欢吗？"

唐其琛不做他想，嗯了声："很好看。"

两人之间安静了半分钟，就听温以宁轻声说："那我帮你赢。"

"嗯？"唐其琛侧过头。

温以宁冲他眨了眨眼，转身又往人群里去。等唐其琛反应过来："念儿！"

已经来不及了。这种现场互动很强的游戏，基本能做到人人可参与。但男士居多，毕竟也不是什么好看的比赛。温以宁溜到报名处，人家一看，女，美女，当即眉开眼笑，让她插了队，登上了比赛台。

唐其琛站到最前面，对着台上的人说："下来。"

温以宁就站在那儿，听着主持人大放厥词，夸张地炒热现场气氛。温以宁估计也被这阵仗蒙住了，但一对上唐其琛的眼睛，就好像有了着力点，嘴角一弯，咧开一个傻乎乎的笑。

主持人采访："这位美女，你想拿第几？"

温以宁很明确地说："那一套纪念章是第几名的奖品，我就要拿第几名。"

现场哄笑。

唐其琛望着她，听着她，从脚底板到天灵盖，都被久违的春风灌满。

主持人激情澎湃："开始！"

桌上十几盒比萨，温以宁眼皮都不眨，埋头苦吃。手边有一瓶水，她吃两口就喝一口，两手并用，撕开比萨都不带停歇地往嘴里送。

温以宁是拼了，毫无保留，全心全意。

她这个认真的劲也鼓动了气氛，围上来看的人越来越多。

唐其琛站在那儿，整个人都沉了下去，他表情是专注的，眼神里亦是有暖流交汇。

五分钟还剩十秒的时候，温以宁咽下最后一口比萨，然后高举手臂，比了个yeah，含糊大叫："第三名！！！"

她满嘴的碎屑，腮帮还鼓着，头发也掉下一缕在脸侧。

她的目光笔直而热烈，胳膊放下，食指指向唐其琛，以不太完美的形象，真诚而又兴奋地表白：“第三名送给我的男朋友！”

那一刻，漫天星光都住进了她眼里，她无遮拦，无保留，五年前的少女心复生，晨曦一般新鲜明亮。温以宁递过来的笑容温暖如初，依稀见到了当年义无反顾的影子。

唐其琛隔着距离，就这么看着，看着。

耳边的喧闹如潮水一般，退与涨，起与落，最后齐齐涌入他眼角。最后，温以宁抱着那盒纪念章，跟宝贝似的乐呵呵地朝他走来：“看！我给你赢到啦！”

唐其琛无声地牵起她的手，快步朝外走去。乘坐客梯时，他甚至也没说一句话。下到停车场，两人坐进车里。温以宁还有点郁闷，戳戳他的脸：“老板，不喜欢啊？”

唐其琛侧头看她一眼，目光沉而深，情与欲浓烈。他把温以宁推倒，仗着腿长，竟直接越过中控台，从驾驶座跨到了副驾驶位。

唐其琛按了键，座椅缓缓躺平。他压在温以宁身上，炙热的唇不算温柔地覆了上来。

她抵着的双手，渐渐地，变成了搂紧男人的脖子。

唐其琛停顿一秒，望着她。

天上人间，所谓百年，都在这个眼神里淬了火。

唐其琛眼睫一动，眼底的潮红便无处藏身，就这么红了眼眶。

他们之间第一次的吻不算浪漫，唇齿相依的时候，甚至还有方才的比萨味。但温以宁眼里星群成路，照亮了唐其琛的滚滚红尘。

吻得透不过气了，唐其琛才把头埋在她颈间，气息稍平缓了，他唇一偏，轻轻贴了贴她颈侧的动脉，感觉到那里也在微微搏动。他从她身上撑起来，笑得温和从容：“吓到了？”

温以宁也慌忙坐起，人直愣愣地看着他。

唐其琛抬手抚了抚她的眼角，低声重问：“吓到了？”

温以宁摇摇头。

唐其琛说：“那就再来一次。”

抚在她眼角的手移了位置，按着她的后脑勺往自己身上压，唐其琛的吻又落了下来。这一次，温以宁很自然地搂住他的腰，仰起头接纳。唐其琛舔了舔她的唇，低低笑了起来：“我的念念很乖的。”

温以宁抱紧他，脸埋在他胸口，瓮声瓮气道：“一直都很乖啊。”

她的声音有百转千回之感，不是错觉，唐其琛听出了其中的怅然和委屈。大概人都会在蜜意浓情的时候想当年，所谓遗憾和误会，也是真真实实地烙下过伤疤和痛苦的。

唐其琛揉了揉她的头发："是我没做好。"

温以宁微微抬头，露出一半眼睛看着他："你喜欢我什么？"

唐其琛认真想了想，说："合眼缘。"

温以宁愣了愣。几年前的时候，她也问过同样的问题。娇蛮的姿态，非要从他口中得出一个所以然。当时的唐其琛淡如晨雾，好像永远不会被撩拨。也是在车里，她搜肠刮肚，倔强无比，扬着下巴质问他："唐其琛，你到底喜不喜欢我？"

唐其琛说："我们有缘。"

年少负气，尖锐挠人，不懂感情的含蓄婉转，以为真诚态度一定要"我爱你"三个字才是最佳体现。她不明白三十岁的男人，在世间已是风雪赶路，经历过的种种是她数倍之多。

她的青春一往无前，却忘记要给对方一点时间。时至今日，唐其琛依然给她一个"缘"字，但温以宁能听懂了。

唐其琛被她长久的沉默挠得有点心慌，慢声开口："如果你要我说具体，我说不出。可只要这个人是你，哪里我都喜欢。年轻、漂亮、上进、倔脾气，我很喜欢。你对工作的认真，极强的适应力，还有偶尔的口是心非，我也很喜欢。"

温以宁眼睛向下弯，眉间悦色越来越甚。

唐其琛睨她一眼，平静道："哦，刚才的小舌头最喜欢。"

温以宁顿时凶巴巴地扑上去，往他嘴唇上不轻不重地咬了咬，狡黠问："现在还喜欢吗？"

"喜欢。"唐其琛与她额头抵额头，故意用高挺的鼻梁刮她的鼻子，沉声笑，"喜欢得要命。"

在车里闹过了这阵缠绵劲，两人各自坐回原位。再从副驾跨去驾驶座时，唐其琛觉得有点热，便开了冷气。他贪凉，温度一下子调低，温以宁默不作声地又把它给调回来。

唐其琛失笑，顺势握着她的手："以宁。"

"嗯？"

他把握着的手放到唇边亲了亲，宛若盖了一个郑重承诺的刻印，唐其琛说：“我答应你，从今以后，会好好照顾自己的身体。”

温以宁莫名看得出神，她微笑着把手从他掌心抽回，然后慢慢往上，竖起大拇指在他额头按了一下，她说：“喏，长命百岁章。”

她在唐其琛那儿休养了已有两三天，路上的时候提了句，说今天就不再过去了。当时也就为了让他安心才顺从的，但总这么住着也不合适，温以宁有自己的考虑。再说，两人之间的相处模式，就不是那种天雷勾地火，当然，再进一步的可能她也不排斥，但没必要太刻意，水到渠成的状态最为舒适。

几年的打磨，让女孩儿变女人，想法自然也通透了。搁唐其琛这里，来日方长，相处岂非一朝一夕。他这个岁数了，对安稳的渴望更多。两人的心思默契重合，亲吻之后的相处反倒更加自然了。

亚汇集团年中董事会召开在即，唐其琛后面几天忙到午休的时间都从一小时缩减至半小时。这天就在办公室吃简易午餐，柯礼总算能插两句工作之余的话，他顺口问了句：“我今天去陈飒那儿的时候，看到以宁的位置是空的。”

柯礼是他的行政助理，挂个职务而已，两人之间这么多年的关系，早就超过了一般的上下级。他擅长筛查各方信息，也能领悟唐其琛的心思，并且习惯地向他汇报相关的任何信息。

“她回H市了。”唐其琛说，“跟陈飒请了假。”

柯礼说：“对了，西平在您开会的时候电话打到我这里，让我问问您，周六晚上有没有时间。”

唐其琛想了下，和他们是有很久没聚了，于是说：“回个电话给他，有。”

不是十万火急的事，也就只能逮着这点吃饭的时间汇报了。说完一圈，柯礼的饭都没动几口，最后一件：“老陈待会儿过来给您送药。”

唐其琛养胃的药都是老陈在配的，算算时间是差不多要送新的来。唐其琛表示知道，吃完饭后，柯礼把桌子收了收，就回办公室忙去了。

老陈十分钟后到的，唐其琛没马上投入工作，而是站了会儿消消食。秘书认识陈医生，把人领进来。唐其琛看他一眼：“亲自跑这一趟，晚点我让人去拿就是了。”走过来，他指了指沙发，“坐。”

老陈压了压手，表情是严肃的。

唐其琛坐到皮椅里，笑着说："怎么了？苦大仇深的。"

老陈把几张单子放到他面前："这是你上一次的体检报告单。"

唐其琛垂眸睨了眼，轻飘飘地掠过："有问题？"

老陈这人谨慎仔细，办事周到，顾着特殊场合，他一字没出声，手指在其中一张的三个地方用力点了点，凝着神色说："三项指标都不正常，哥们儿，要不要命了？"

久病成医，唐其琛自然心里也有数。他不在意道："这个血清检查也不能代表什么。"

老陈冷呵了声："是不一定代表什么，但我一直让你连续做这个检查的意义，就是提早防范。没瞧见吗，都翻倍了。其琛，自个儿的身子，别大意。对，这些异常指标吊几天水一定能恢复正常。但以你现在身处的这个位置，你大意得起吗？不说你的健康，你的一举一动，对亚汇集团会有怎样的影响，你应该比我更清楚。"

这时秘书敲门进来送水，唐其琛拿了一本文件盖在这些化验单上后，才让人进来。

秘书走后，唐其琛问："所以？"

老陈目光认真："做个活检。"

唐其琛似是仔细思考了一番，最后抬眸："等董事会结束后再约时间。还有，不要跟任何人提起，我说的是——任何。"

老陈点头："明白。药我放这儿了，最近胃疼的次数多不多？"

唐其琛笑了笑："比以前少。"

老陈从柯礼那儿知道了他最近是人逢喜事，也感到欣慰："不容易，总算肯找个知冷知热的人过日子了。"

唐其琛的表情始终是和煦温情的，轻声："知道，我心里有数。"

老陈把那些报告单都带走。偌大的办公室瞬间安静。唐其琛靠着椅背闭了闭目，几分钟后才打起精神，继续未完成的工作。

温以宁是买了中午的高铁票回H市。

江连雪提前几天就一日五个电话地催，微信不停地发，状态几近癫狂。隔一小时就问她请好假了没有，嘱咐她一定、必须回家。

温以宁最近请的假有点多，昨天去陈飒那儿的时候还不太好意思开口。但这件事，她还必须要听江连雪的。

H市对她们那个老旧小区的改造计划，虚虚实实传了好些年。就在一周前突然下了红头文件，靴子落地，要拆迁了。

这种工作一旦提上日程，效率就非常快了，要求每一户的家庭成员去派出所核对资料，本人到场还要拍照录入，周五是最后一天。为了这个，江连雪竟然破天荒地来高铁站接她。

一辈子就这么一次。

温以宁真服了："你掉钱眼儿里了。"

江连雪现在就是打鸡血的状态，人兴奋得不行，伸手就往她脑门上没轻没重地戳了下："一百多万呢！能不掉进去吗！你见过这么多钱吗！！"

温以宁去捂她的嘴："我天，你叫这么大声，等着人来你家偷东西？"她动作不温柔，但脸上的笑容是真心实意的开心。

江连雪直接把她拉去了派出所，这阵仗，不知道的还以为温以宁是偷了东西的贼呢。风风火火搞完事，江连雪豪迈道："走，咱们吃海鲜。"

温以宁挺无奈的，笑了笑，然后从后面揽住了江连雪的肩："消停点好吗，买点菜，回去我给你煮火锅。"

江连雪被她这个亲近的动作弄得有点蒙，不太自然地咂咂嘴："干吗，看我现在有钱了，就对我好了啊。"

冷嘲热讽的玩笑话，温以宁不跟她计较，连连应声道："以后你就改名叫江百万。"

温以宁比江连雪能干，下厨房的活基本都是她在干。火锅简单，很快就上了桌。温以宁把肥牛卷下进去，又烫了几片青菜叶，江连雪美滋滋地做着打算："拆迁费听说都有一百四十多万呢，还有人头费，哎呀，你这死鬼老爹可气死了吧，要他生前对我不好，这房子拆了，我连个骨灰盒都不会给他买新的。"

"陈翠美她女婿给她买了个什么LV，在我面前没少炫，这钱一下来，我买他个一卡车气死她。"江连雪越说越起劲，唾沫横飞的，全是苦日子过到头的得意劲。

"你这钱买一百个包就没了。还什么一卡车。"温以宁泼她一瓢冷水，江连雪瞪她一眼："好意思说吗你，她有女婿，我没有，还不是拜你所赐。"

温以宁筷子挑着碗里的青菜，安静了几秒，搁下筷子，说：“我交男朋友了。”

江连雪也是瞬间停下手中动作，看她一眼，随即面无表情地哦了声：“你老板。”

温以宁默认。

火锅汤底被小火炙烤着，冒着气泡，热气升至半空，跟浅色的蘑菇云一样缓缓散开。空气里辛辣鲜香的味道混合在一起，沉默里，嗅觉更加敏锐，隐隐闻出了几丝淡苦。

江连雪很长一段时间没有说话，依旧吃着火锅，把米粉嗦得滋溜溜地响。

终于，她问：“他妈妈干什么的？”

“没有做什么，应该就是照顾家里。”

“他爸爸呢？”

温以宁嘴角动了动，找不到说辞，只好摇了摇头。

“他上海人，家里住哪儿的？”

温以宁默声。

“他家里人知不知道你的情况？”

江连雪一串问题轻描淡写地连贯而来，换来的是温以宁愈发无言的懵懂眼神。江连雪淡淡扫她一眼，轻声一呵，难辨情绪。

她又下了一碟鱼丸进锅里，平声道：“谈个恋爱也没什么，谈吧，自己舒坦就行。”

江连雪的意思虽隐晦，但也不难体会。男欢女爱，及时行乐，又不是非要一个以后。谈就谈呗，真还指望谈婚论嫁，那也不是一定的结果。

温以宁的情绪被她这一嗓子吊得很高，心猿意马之后，又低落了下来。

江连雪忽又笑嘻嘻地说：“不过也没关系！”她极尽谄媚和得意，沾沾自喜地冲温以宁挤眉弄眼，“我们是拆迁户了，有钱，没什么好低人一等的。”

温以宁真服了她，夹起一个肉丸喂进她嘴里：“吃你的吧！”

江连雪的乐观不是空穴来风，她这人天性如此，搁她这里就没什么长久的烦恼。吃完火锅主动洗起了碗，哼着歌继续计划她的美好生活。

不多久，唐其琛的电话也打了来，温以宁到卧室接听：“唐老板晚上好呀！”

唐其琛被她的称呼逗笑：“温小姐你也好。”

温以宁站在窗户边，单手把窗帘撩开，敞了窗户过风，她背对着站，头发一丝一丝被吹起。短暂的安静，静到能听见彼此呼吸的缠绕。

唐其琛很轻地笑出了声，温以宁也弯了嘴角：“吃饭了没有？”

“吃了，工作简餐。我还在公司。”唐其琛问，“家里事情还顺利？”

温以宁也没跟他特意说过拆迁的事，但想到他上次与这边政府官员的私密交情，估计也都知道了。她说顺利，两人又聊了聊，温以宁说得很琐碎，大致描述了一下邻里的兴奋心情，顺着话头又说到了江连雪：“我妈挺搞笑的，总拿翠姨做比较。”

唐其琛回话不多，偶尔嗯一声，表示他有在听：“翠姨是？”

“邻居呢，说她女婿给买了包，成天在她面前炫。她说她很没面子。”

这不重要，一语带了过去，温以宁又说了几件好玩的事，世事百态，知情知趣的人间烟火，也是看不到彼此，其实电话那端的唐其琛，跟着她的节奏，早已弯了好几次嘴角。

“好啦，不跟你多说了，你快点忙完工作，早点回去休息。”温以宁控制好了时间，十分钟内也差不多了。

唐其琛身在亚汇，也是一样站在窗边，俯瞰落地窗外的黄浦江夜色。偌大的总裁办公室里，还有技术部的几位负责人在，柯礼在一旁汇总他们的意见，完毕后，注意力都在这位年轻少帅身上。唐其琛的表情称得上是温情和煦，与平日大相径庭。

面面相觑，然后疑问探究的眼神都压向柯礼。一位资历深的工程师含着笑问：“唐总这是？”

柯礼笑了笑，没说话，让他们自行领会。

“明天回？”唐其琛问。

温以宁嗯了声：“只买到明天中午的票。”

“时间正好，我来接你。”

“好，拜拜。”温以宁挂电话前，唐其琛又把她叫住：“念念。”

“怎么啦唐老板？”

唐其琛说："老板想你。"

拆迁的事足以替代打牌的热情，江连雪天天跟人在外面打听消息。李小亮的爸爸以前就在规划局上班，虽然退了休，但消息来源可靠，据说下个月，拆迁款就能到位了。

温以宁走的这天，江连雪忽然问了一句："在上海买个房得多少钱呢？"

温以宁真怕她又出什么幺蛾子，冷飕飕地打断她的肖想："就你这拆迁款，稍微好一点的地段，就买半个厕所吧。"

江连雪皱了皱眉："这么贵啊。"

温以宁换好鞋拉开门，瞥她一眼道："还有，别总化这么浓的妆，跟吃了小孩儿一样。"

"滚哦！"江连雪直接把人推了出去，嘭的一声关紧了门。

下午五点多到的上海，唐其琛就在出站口接的她。温以宁看到人时眼前一亮："啊，老板换发型啦。"

唐其琛之前的发型就是很精英的背头，这一次也不算换，打薄了鬓角的碎发，也稍稍修短了一些，利利落落倒显年轻了。温以宁伸手，掌心轻轻摸了摸，评价道："扎手。"

唐其琛环着她的腰，架上墨镜说："这么喜欢摸，回去随你摸个够。"

这话怎么听都不太正经，温以宁接不上他这一茬，只得闭语装没听见。唐其琛看了她两眼，勾着笑，故意的。

他有个习惯，周末哪怕要加班，也不太穿正装，今天一身都是浅色，往人群里一站，真是活脱脱的移动衣架，没少引人回望。到了车里，唐其琛才说："带你去个地方。"

前两日答应傅西平的邀约，周六晚上朋友聚个会。

这公馆是他们常去的，也算是根据地了。年纪轻的时候喜欢新鲜，流连各种声色场，三十而立之后，就很自觉地收了心，连玩的地方都固定了。加上这里又是傅西平一堂弟的场子，做事聊天也不用顾忌那么多。

唐其琛一路牵着温以宁，进了旋转门，侍者早早候着了，态度恭敬："唐先生。"

领着人乘电梯往楼上去，穿过走廊到了最大的那一间包房。里面也有八九号人，开了一桌牌，傅西平正对着门，一看他们进来，忙着起身，笑容堆了一脸："啧啧啧，这是哪个美女妹妹呀，来，多年之后兄妹相认，小念念，跟哥抱一个。"

傅西平生得英俊，但这份英俊和唐其琛的不一样，他更有色气一点。吊儿郎当地吊着眼梢，那双桃花眼太能招人。

他和温以宁是认识的，几年前那一次，唐其琛就没避开让她慢慢进入自己的圈子。傅西平张着胳膊就来了，被唐其琛一把挡开："哪儿来回哪儿去。"

温以宁跟他打招呼："西平哥。"

这一声哥叫得傅西平浑身舒坦，也看出来了，这俩人的关系到什么份上了。他乐呵着说："早该来了，其琛一直护着你，藏着你，是他该打。"

众人的目光也纷纷落在温以宁身上。这都是唐其琛的发小朋友，熟了，自己人，是他最隐私的那个圈子。

唐其琛一直牵着温以宁的手，没松开过，他声音清亮，平静地说："认识一下，以宁，是我女朋友。"

他公开了，就不是外人了，也是某种意义上的宣告所有权了。朋友们闹腾了几下，嘴上都没留情，唐其琛一一笑纳，偶尔飞出两句痞话，眉飞色舞的，看起来心情极好。

他拦在温以宁身前，一个保护的姿势。

傅西平揽了把他的肩："过来玩牌。"

唐其琛侧头对温以宁说："会吗？"又问傅西平，"玩的什么？"

傅西平挺体贴女生，笑了笑："念念玩的话，斗地主吧。"

温以宁也不扭捏，在位置上坐下来。唐其琛抽了条椅子坐她旁边，说："弄他。"

温以宁拉开包："我没带太多现金。"

傅西平听乐了："实在。"

唐其琛也笑，帮她拿过包，放在自己身上，说："输了算我的，赢了是你的。"

温以宁是会记牌的人，手气也不错，傅西平哎呀哎呀地叫唤："最有钱的就是你男朋友了，没必要这么帮他赢啊。"

温以宁扭过头，看着唐其琛，认认真真地说："我不让你输。"

唐其琛跷着腿，眉宇间清风徐来，笑起来时，连眼纹都透着神清气爽。

打完一局，唐其琛自己来了，温以宁走去沙发边吃果盘。傅西平眯了眯眼，意味深长地对他说：“还真是不一样啊，都是陪你玩牌，安安从来都是捣乱，以宁好，一门心思帮你赢钱。”

唐其琛瞥他一眼：“你懂什么，她赢的不是钱，是帮我挣面子。”

傅西平有点受伤：“啧，欺负我没对象儿啊。”

唐其琛挑了挑眉。

“不错。”傅西平把他的变化都看在眼里，满意道，“活得不像苦行僧，有点人样了。”

吧台那边，没玩牌的几个朋友也在跟温以宁聊天，都是好心，也都是哥们儿，不存在说刁难人。但毕竟是唐其琛头一回带女朋友到这个局，免不了调侃闹腾。

唐其琛时不时地看一眼，看他们气氛也还行，就任之由之。这个分寸他掌握得很好。

太多人围观，温以宁也有点招架不住，好几次都红了脸。

唐其琛冲这帮臭男人喊了声：“过了啊。”

其中一个笑着说：“打你的牌，隔得这么远还要护你媳妇呢。”

温以宁脸颊更烫，匆匆忙忙与唐其琛对视一眼，然后苦笑了一下，挺无奈的。

唐其琛撂了牌，推开椅子直接走了过来，牵起温以宁对他们说：“行了，该吃吃该喝喝，叫酒吧，都记我账上。”

众人欢腾：“喜酒吗？”

唐其琛笑骂：“吃都堵不上你们的嘴。”

温以宁便稍稍踮脚，在他耳边小声说：“没事的，你玩你的，我去一趟洗手间。”

唐其琛揽了揽她的肩：“好，门口服务生带你去。”

温以宁在洗手间补了点妆，包厢里还是有点闷，她想透透气再进去。这时，手机来电，她一看屏幕，随手按的免提：“妈，怎么啦？”

江连雪疯狂的嗓音要掀翻天花板：“温以宁！你那个老男朋友为什么突然送了我这么多包！还全是LV！他是不是动你了？所以心有愧疚，拿包来补偿我！告诉他，没门！别想收买我！！天啊，这是什么有钱的人渣啊，我查的这一个就是三万二！！！”

挂断电话后，江连雪还拍了一张照片过来。

一个大纸箱子打开了，里面装了五六个包装盒，两个被江连雪拆了，棋盘格纹路的包在沙发上，温以宁一眼认出是今年的春季新品。江连雪的报价只会少，不会多。稍一估算，十几万的东西就这么送上门了。

江连雪在电话那端质问：“他是不是碰你了！”

洗手间有人进来，温以宁赶紧关掉免提，小声说：“没有没有！”

“那他为什么送我这么多包，你说什么话刺激他了？！”

温以宁茫然了片刻：“我没说什么啊。”

她出来得有点久，进来包厢后，傅西平就嚷：“才几分钟啊，有人就坐不住了，怎么，我这椅子是长刺了？说你呢，唐其琛。”

唐其琛问：“输得不够多？”然后压下最后一张牌，赢了他的黑桃八，傅西平啧了一声，打火机往他面前一丢，“可见不能说人坏话。”

筹码赢得差不多了，唐其琛招了下手，示意旁边的人接他的位置。他走去温以宁那儿：“别理会他，他这张嘴是很欠。”

温以宁挺无奈地问：“你给我妈送那么多包干什么？”

“收到了？”

“吓坏她了，还以为我在外面干什么坏事了。”温以宁仍没理清所以然。

“没坏事，做的都是好事。”唐其琛笑了笑，“不管什么翠姨、绿姨、红姨，以后都不敢在她面前炫了。”

温以宁这才恍然大悟，蒙了好久，才把舌头给捋顺了说：“你、你、老板你……”

唐其琛伸手绕到她后脑勺，勾了一把就把她的头带到了自己肩上蹭着。他的唇轻轻贴了贴她的头发，接过话道：“老板喜欢你。”

温以宁被喂了一勺糖，哪儿哪儿都是甜的了。

“干吗干吗呢！”不远处的一个朋友拿着麦克风吼，“撒狗粮是吧？考虑过西平的心情吗？其琛你够残忍的啊。”

傅西平跷着腿打牌，一听也不乐意了：“卢庭南你闭嘴好吗，扯老子作死呢！念念，撒，给我撒，狗粮全往这家伙的头上倒！”

个个三十好几的男人了，放松起来也是飞扬跋扈的，唐其琛是见惯了，牵着温以宁的手说：“不喜欢我们就回家。”

温以宁说没事。她确实不想扫了唐其琛的兴。他今晚这么做，就是正式带她进入这个圈子了，温以宁不想给他们留下矫情小气的印象。傅西平也不打牌了，笑着走过来对温以宁说："别被吓着，以后你多来几次就清楚他们的为人了。顶多也就禽兽一点，唯一一个禽兽不如的，就是你身边这位唐老板了。"

唐其琛低笑咒骂了一句，他今天也是不一样的，稀释了以往的肃穆冰冷，慵懒清闲的做派，倒有了几分雅痞的意思。

傅西平说："以宁，走，跟我去选几瓶酒。"

温以宁抿了抿唇，看了眼唐其琛。

这个眼神让唐其琛很受用，拍了拍她的手背："去吧，想吃什么让他买。"

温以宁便跟着傅西平出了包厢，走廊上厚重的地毯消音，踩在脚底软软绵绵。偶尔路过的服务生个个英俊高挑，见着傅西平都毕恭毕敬的一声："傅总您好。"

傅西平待人和气，待女侍者更是不吝笑颜。走了这么一截路，颇有几分春风得意的意味。陪他选酒只是个噱头，温以宁也猜到，傅西平大概还有话要说。

果然，他把她带到小厅的天台上："里头闷，过过自然风。"

傅西平手肘撑着栏杆，含了根烟在嘴里没点燃，然后说："以宁，你和其琛能走在一起，我知道，挺不容易的。现在再提过去那些不开心的事儿，会有点煞风景，但我还是想跟你解释一下。"

温以宁看着他，表情沉静，也没什么忌讳和回避的。

傅西平说："当年我在其琛那儿，调侃他，对你好，是不是因为别的原因。他是烦我了，才故意说反话承认了。其实都是气的，但又恰好被门口的你听见了。你看，闹了这么大的误会，当时也让你觉得委屈了。这事吧，是我不对，我跟他从小一块儿长大，口无遮拦，没个正经。他后来小半年都没怎么搭理过我，还说我八字和他犯冲，要去五台山请个道长给我做场法事驱驱鬼。我可去他的吧。"

温以宁笑了起来，也靠着栏杆，视线落向上海滩的夜景。

"其琛这些年，我是没见他像今天这么高兴过。他这人太能收了，你就尽量理解一下吧，他在这么个位置上待着，真的，不容易，还请你多多关照了。"傅西平很直接，三言两语就把意思表达透。

从这个天台望出去，能看到黄浦江最繁华的那段夜景。灯影绰绰，青天共明月。偶有轮船江面驶过，彩灯勾着船身，缓速均匀，像是漂过来的陈年旧火。

温以宁的视线挪回来，看着傅西平笑了笑，说："西平哥，你不用道歉啦，当时我的确有过委屈，但不是因为这个。我年纪轻，想法很执拗，做人做事都一根筋，容易按着自己的想法来任性，以己度人，这是我的缺点。但那时候的老板，老板他……"

温以宁停顿了一下，长呼一口气："就像你说的，他太能收了，好慢热哦，想法又难猜，我当年很没耐心的，猜还猜不准。"

归根究底，造成的伤痕和误解，都是货不对板，彼此不肯做出改变的原因。一个外人的话说得再刺耳，那也不是根本。一个没下决心，一个听不进任何解释，故事的结局便只有拔刀相见的份。

时隔多年，破镜重圆。

这两个词，跨越了多少红尘苦楚，只有身陷其中的人才能领会。

傅西平能听明白她的意思，可见她是真的释然了。

十点多的时候，唐其琛还是带着温以宁先走。上车后，江连雪的电话又打了过来，她说那些包都原封不动地打包好了，让温以宁给个地址，明天就去寄快递。

温以宁说："行吧，地址发你微信，寄顺丰吧，再保一下价。"

"那你到时候把快递费还给我。你男朋友惹的事，别想我出一毛钱。"江连雪把这一毛不拔的尖酸性子展现得淋漓尽致，又顺口问，"你在哪儿？"

温以宁捂了捂手机："外面。"

江连雪声音顿时提高："哪个外面，温以宁我可警告你，别把我话当耳边风！真要有什么一定要注意，别傻乎乎地吃避孕药！"

她声音太大了，车里就这么点地方，唐其琛也听见了。

温以宁心脏都快飞了起来，无奈得连话都不知道该怎么回了。

这时，唐其琛伸过手："给我，我来跟她说。"

温以宁对电话低声："你能不提这事吗，他人就在我边上，他要跟你讲话。"

方才还雄赳赳气昂昂的江连雪顿时偃旗息鼓，但又很要面子地不服这个"怕"字，依旧吊着嗓子撑面："我不跟他说，他一个只比我小几岁的人有什么好说的，不说不说！”

聒噪地嚷嚷之后，电话毫不留情地挂断了。

温以宁轻轻松了一口气，转过头看着唐其琛，抱歉道：“我妈妈是这样的性格，刀子嘴，但人还是很好的。她心直口快，你别介意。”

唐其琛笑了下，面色还是沉静的，说：“是我没考虑周全，应该去一趟亲自拜访的。”

温以宁心头变了温，唐其琛这句话的内涵太重，基本就是盖棺定论的意思了。她没想好，这个话题她也没办法接。

唐其琛望她一眼：“怎么了？”

温以宁摇摇头，把话题扯开了，又回到江连雪身上：“我妈妈不到十九岁就生了我。”

唐其琛失笑：“难怪。”这么一想，那句“只大几岁”也没有说错。

“你父亲呢？”

“过世很久了。”温以宁声音低了些，垂在腿间的手指也下意识地揪紧。

唐其琛温声：“我记得你还有一个妹妹。”

这个话题的开始，是她先提起的，唐其琛的语气很自然，问的也都是寻常不过的情况。这些事情，温以宁从未主动与他说起，唐其琛之前不问，是不想太刻意，她愿意说，他也就愿意听。相处这么些日子下来，唐其琛能感觉到，在这个问题上，温以宁的防备心极重。几乎是竖起了一个保护罩，把自己封闭其中，缄默无语。

不出意外，她没回答。

唐其琛也不追问，拍了拍她的手臂，缓着调子说：“系好安全带，我开车。”

温以宁没动。

唐其琛就解开自己的，然后倾身越过中控台，扯松副驾的，然后轻轻环在她腰间，随着咔嗒一声扣入的轻响，温以宁说：“我妹妹已经死了。”

唐其琛动作一顿。

“自杀的，从六楼跳了下来。”温以宁语速慢，一个字一个字从嗓子眼挤出来似的，她说，“抑郁症。”

这几个字说完，温以宁就跟憋了一口大气的人一样，脸都憋白了。

唐其琛抓住她的手，很用力的一下："念念。"

温以宁的三魂七魄猛然惊醒，慢慢吞吞地归了位。她看着唐其琛，眼神还在懵懂里没完全挣扎出来，连呼吸都是急的。

唐其琛什么都没说，单手把她圈入怀里，厚实的掌心顺着她的头发一下一下地抚摸："好了好了，念念，都过去了。"

没有多余的安慰之词，也没有刻意渲染的体贴温情。有些时候，善意的好心反而会加重承受者的压力。因为大部分的困境磨难，都无法感同身受，你无法体会当事人的心境，亦不能全然了解事实真相。

唐其琛拥她入怀，以存在感来让她明白，踽踽独行太寂寞，这一程，仍有人愿意陪你走。

温以宁闻着他衣服上的淡香，心都被蒸热了。她仰起头，在他唇上轻轻啄了一下。唐其琛笑："小鸡啄米呢？"

温以宁嗯了声，稍稍往下，在他下巴上不轻不重地咬了一口。

牙尖又使了力气，还是挺疼的。唐其琛面不改色，只包容地问："舒坦些了？"

温以宁从他怀里坐直，笑脸如初，眉间阴郁是拂去大半了。

周一，连续一周的晴热高温受沿海台风影响而退了场，躁意一并消散，阴沉的天色有了几分初秋的萧条感。国际金融中心矗立广厦之中，天地为衬，车辆川流不息。

亚汇集团的年中董事会为期一天，早七点半，董事会成员以及高层领导班子悉数步入会议室。红木扇门紧闭，连添茶倒水的简单工作，都是由行政部负责人亲自落实。

长长的会议桌均按股份占比以及职位等级排好座位。唐其琛位列主席座的左手边第一个，唐老爷子七十有余，这几年虽仍担任董事会主席一职，但退居幕后，实权下移给唐其琛，只在每年两次的董事会上出席。唐书嵘仍然德高望重，受众人敬仰。平日过着闲云野鹤一般的清闲生活，但正装上身，气势和威严犹存。

除去中午短暂的十五分钟就餐时间，一天下来，会议室的门一直紧闭。

六点半，结束最后一项会议议程。

散会后，唐老爷子又与唐其琛攀谈长达两个多小时才走。剩下的收尾工作断断续续，十点，唐其琛回到总裁办公室，偌大空间只亮一盏顶灯，冷色金属质地的装潢摆设在这幽暗的光影里更为冷冽。柯礼紧跟身后，门一关，唐其琛就从手边第二个抽屉里拿出了白色的药瓶和胶囊。

柯礼连忙给他的杯里添满温水，唐其琛吞了四颗，一口咽了下去。他手肘撑着桌面，头低了些，深深喘气。柯礼忧色满面："您还好？"

唐其琛抬了下手，柯礼便安静了。他心里明白，怎么好得了。这个董事会开得劳心费力，唐老爷子摆明了是有备而来，在投票表决的环节，一番发言引导意味太明显，董事成员里仍有他的心腹旧友，一人开腔，其余的通通站队附和。唐其琛一直推进的项目，决议通过。但先决条件是与明耀科创协作，共同完成项目的开发与推广运作。

唐耀人未露面，但赢得滴水不漏。会议结束后，掐着点给唐其琛打来电话，一席话说得漂漂亮亮，体面周到。最后说，期待大哥的莅临指导，兄弟携手共进，为亚汇添色。

唐其琛笑着寒暄客气，你来我往，你进我退，气度总是不能失。

"老爷子对唐耀愈发信任，这件事情，我认为他有失公允了。"柯礼亦愤愤。

药效起了作用，胃部的紧绷慢慢缓解，唐其琛坐直了些，才说："这个项目迟迟没有决策通过，那帮老的多少有点倚老卖老，罢了，这种面子不能不给。真要一力阻拦，两方都不好看。爷爷这是行中庸之道，想了个法子折中。刚才他跟我的谈话，你听明白了没有？"

柯礼颔首："明白。"

唐其琛冷言："我就再顾他一次情面。"

柯礼迟疑："那唐耀？"

唐其琛没再说。他心里清楚，唐耀此行而来，不是为钱，不是为权。累了一天，柯礼实在不想再让他分心工作上的事，于是问："您要是还不舒服，我让陈医生过来一趟帮您看看。"

唐其琛揉了揉眉心："别让他来，念起话来有得烦。"

柯礼应："老陈也是为您好。"

唐其琛呼吸深，人陷在皮椅里，合着眼，只搭在扶手上的手指在一下一下地轻敲。

柯礼看着他脸色不好，疲倦神态难以掩盖，就这么一天的工夫，人好像苍老了几岁。他不放心，还是小心翼翼地开了口："唐总，我打电话给以宁吧？”

唐其琛这才睁开眼，哑着声音问了句：“她下班是跟同事走的？”

“嗯，老余跟着的，亲自给我发的信息。对了，以宁放了个东西在老余那儿，散会之后老余送到我这里，当时您和老爷子在谈话。”柯礼这时才记起，他回自己办公室把东西拿过来，递给唐其琛。

一个尺寸很小的纸袋装着，打开一看，是她的会议记录本。

唐其琛翻开，就看到崭新的几页纸上，画着一幅幅的简笔漫画：一张会议桌，坐满了开会的大头卡通人，最中间的那个，帅气飘逸的大背头，浓眉亮眼，表情酷酷的。温以宁留字：“亚汇天团之颜值担当扛把子，妈耶太帅了吧。”

再翻一页，圆餐桌上，画满了美食佳肴，蛋糕鸡腿比萨米饭，主菜是一只肥天鹅。

温以宁写：“刷老板的卡买的，看到后请速速去吃饭。”

最后一幅，唐其琛翻开看到后，一张脸就这么冰雪消融，嘴角扬起了愉悦的弧度。

温以宁画了一个穿着比基尼的美女，双手捧着脸，表情花痴夸张，眼睛也画成了两颗巨大无比的爱心，每一个心里都写了个“唐”字。

她写：“老板！爱你哦！”

唐其琛笑起来时，眼角的纹路深了些，好像一夜春风拂面，周身又回了暖。柯礼在窗户边接了个电话，等他转过身时，却怔在了原地。无论是很久以前，还是很久以后，柯礼都对唐其琛这一晚、这一刻的这一个表情印象深刻。

他的脸像一面夕阳扑满水面的湖泊，情愫隐隐，暗藏温情。那种幸福感，几乎要从他的眉间溢满而出。

年中董事会结束后，各项规划提上日程，转眼八月末，立秋已至，熬过九月的秋老虎，国庆前后，上海城偶尔能见秋风卷落叶的秋意之景。

这日周六，唐其琛带温以宁去了上次那个公馆。傅西平三十六岁生日，交代让温以宁一定要来。生日是很私密的事，他们这个身家了，也犯不着借着由头大肆铺张，几个玩得好的聚聚，心意到了就行。傅西平很重感情，他这儿的规矩就是，礼物一概不收，只要人来。

唐其琛整整一个月都在忙着国外的业务，和温以宁几乎没有一次像样的约会。今天凑在一起，倒是格外想念了，见着面，在车上就压着人吻了十几分钟。到了傅西平的包厢，又扯着人坐在沙发上你侬我侬了。

唐其琛半抱着温以宁，她大半个身子都依在他怀里。包厢里本就光影迷幻，生日趴，玩的比平日尺度要大一点，群魔乱舞的，也分不清谁是谁。

温以宁被这灯光晃得头晕，她没敢看，就把脸完全埋在唐其琛胸口，听着他的心跳，闻着他的体温，最后起了狡黠心思，仰头就往他的喉结上轻轻啃了一口。

唐其琛倒吸一口气，嘶的一声，整个人都战栗了。温以宁不明所以，就感受到他浑身颤了一下。

唐其琛搂着她的腰，用力一掐，沉声落在她耳边："别弄我那儿。"

温以宁的脑袋往他胸口拱了拱。

唐其琛无奈道："敏感。"

包厢的气氛正热烈，门突然开了，都玩得嗨，谁都没注意进来了一个人。直到最靠近门边的发现，拿着麦克风暗骂了一声，声音惊喜："安安来了！"

这一吼，把大部分人的脑子都给吼清醒了大半。

傅西平最先反应过来，暗叫不妙，迎上前去："大影后，你不是说在片场赶戏，过不来吗？"

安蓝每次出行，都是全副武装，鸭舌帽和墨镜不离身，才刚入秋，就已穿着宽大的风衣，把自己遮得严严实实。进了这里，就没什么顾虑了，她露出姣好精致的脸，神采奕奕地说："惊不惊喜！生日快乐西平哥！"

傅西平面上是高兴的，但心里真不好说了。

唐其琛带着温以宁来的，而安蓝对唐其琛的意思，在座的又有谁不明白。唐其琛是个护犊子的，安蓝也是不认输的。

这算什么？正面对决吗？最为难的又是谁？

傅西平下意识地看了眼温以宁的方向，心脏狠狠跳了下。

安蓝来了，唐其琛自然也看到了，但他没有起身，就坐在沙发上，甚至连搭在温以宁身上的手都未曾松开半分。

安蓝越过众人，目光落向他。光影明明暗暗，看不实她的表情，但一个阴影笼下来，就能感受出，她站的位置，是风暴的中心。

傅西平适时向前一步，不动声色地拦在了中间，笑呵呵地对安蓝说：“来来来，哥陪你喝点酒。”

安蓝笑得唇红齿白，她的脸天生为大银幕而生，五官立体且有质感，气质加持，整个人极有辨识度。她不买傅西平的账，而是状似无意，语气悠闲地说：“西平哥，介绍一下呗。”

傅西平犯了难，这个枪口他自然不会往上撞。停顿没两秒，唐其琛竟站起身，牵着温以宁走到安蓝面前。

“这是以宁，我女朋友。”

“这是安安，我朋友。”

温以宁绽开笑，落落大方地说：“久仰大名，安蓝您好。”

安蓝亦喜怒不形于色，保持客气礼貌的微笑：“你好。”

走个过场，不至于让两人都尴尬，唐其琛是无所谓的，现在躲躲藏藏，以后总会相见，他于心无愧，也不曾亏欠谁。点头之交就够，唐其琛也没打算让两人今后有什么交集。让安蓝心里有个底，决绝的话不用说得多郑重。但温以宁能出现在他们这个圈子，就是唐其琛的一个态度。

安蓝人情世故修炼通透，在这名利场里游刃有余，也不是胸大无脑的女配。她有才情，有背景，她受万人追捧，她身处云端，孔雀开屏抖擞，绝不会在公共场所失了体面。

一整晚，她与友人相处甚欢，她目不斜视，精致的妆容面庞上，找不到一丝伤心痕迹。最后醉意染了三分，才在转头的时候，目光定于坐在沙发上的唐其琛，含痴含怨，一秒即逝，很快又展颜欢笑了。

这个周末天气舒爽，唐其琛周日又出差去了杭州。走前给了温以宁一堆购物卡，周边几个大型的商场都有面值，最多的那张是五万，他不是温情浪漫的男人，对一个人好都落在了实处。自从有了上次隔空送包给江连雪的经历后，温以宁对这些已经见怪不怪。她把卡都收着，哪天再给他放回去。

懒过星期天，周一上班。

温以宁神清气爽地到公司，她一出现，一个挨得近的女同事甚至很夸张地将手中的杯子洒了一桌水。

温以宁哭笑不得：“怎么啦？我脸上画胡子啦？没吓着你吧？”

那女同事手忙脚乱地收拾，望了她好几眼，欲言又止，眉有忧色。

温以宁莫名其妙。

她视线掠向别处，却发现好几个同事脸上都有同一种情绪——复杂的、打量的、迟疑的，甚至还有避之不及的。

温以宁渐渐觉得不对劲了。她仿佛一个被人围观的中心。

直到刚才那位洒了水的同事小声告诉她："以宁，你上网看看吧。"

温以宁拿出手机，打开微博。

热搜第六的标题："安蓝点赞"。

点赞的内容是一条匿名曝光帖：某A姓影后与T姓男友从小青梅竹马，感情正常发展，却于今年被某W姓女子插足，扼杀了这段萌芽爱情。

安蓝是六点零五分点赞的该微博，二十秒不到，她就取消了这个赞。但还是被粉丝截图，并且迅速转载，冲上了热搜。

这条匿名微博本身的评论数量并不多，五百条不到，但第一条的热评分外醒目。

"青梅竹马的是亚汇集团CEO唐其琛，W姓女子是他公司职员，上海复旦英语系毕业，全名温以宁，实锤不谢！"

这个事情的发生时间点卡得刚刚好，清晨六点，猝不及防。爆料博本身并没有热度，但安蓝这个看似手滑的点赞，就硬生生地把它顶上了热搜。

同事们看温以宁的眼光都有点变样，别人或许不知道，但他们还是了解的，那条热门评论对W姓女子的每一项描述，都能对号入座。温以宁连着看了好几条娱乐营销号也转载了，一副吃瓜不嫌事大的姿态，热转最多的，也有一千多的流量。下面的评论基本被安蓝的粉丝控评：

"抱走我们安安，哪儿来的野鸡捆绑炒作，能不能直立行走了。"

"营销号别来蹭热度，手滑而已，拒绝ky。"

"这个W姓女子一看就是野鸡小三，实名制劝你做个人吧。"

评论基本都是这些内容，再往后温以宁没有继续翻看了。她在广告媒体行业工作了这几年，也算见过世面，深知舆论犹如一把悬梁利剑，普罗大众尤其厌恶类似离经叛道的失德行径，群喉如剑，一剑封喉，足以将人拉下万丈深渊。

温以宁没想到的是，自己有朝一日也会成为风暴的中心。

她手脚一片冰凉，周身好似瞬间入冬。手机振的时候，心脏都要灰飞烟灭，温以宁被这突然的动静惊出了一背冷汗，定睛一看，来电人是陈飒。

陈飒说："你上你的班，不用理会这件事，我来处理。"

电话挂断。

温以宁像一条被丢进油锅的鱼，生煎炙烤之后，又被人给捞了上来放回了湖海里。十五分钟后，这条新闻的热搜排名已经开始往下掉，从第六到第十，半小时过去，就已经消失得无影无踪了。而与此同时，一条前阵子网传的某明星出轨的消息瞬间登顶榜单第一，眼看着后头的标识从“沸”到“爆”，图文并配，这才是妥妥的证据确凿。

网友是健忘的，吸引力又都集中于出轨新闻上去了。

上午十点，风波渐平，陈飒这才把温以宁叫到办公室。

进来时，陈飒正在接电话，电话近尾声，她的语气殷勤又热烈：“放心，一定请你吃饭。好，行，有劳了。”

她把手机搁回桌面，看了一眼温以宁，平静道：“你不用太在意，这就不算个事，再大的我都能压下来。我已经和转帖的几个营销公司打过招呼，等晚些时候再删帖。真正的热度并不高，过两天再让平台把那个账号给注销。基本就是一个造谣事件，不会太影响到你。”

温以宁点点头：“飒姐，谢谢。”

“用不着谢我，这事本来就是无中生有。唐总早上转机，估计也快下飞机了。”陈飒也被这事弄得心烦，她向来是不太喜欢安蓝的。

“一个个的，再也没有比她还能作的了。”陈飒暗骂，心中不屑，“这算什么，追不着人，就把气往你头上撒。粉丝听风就是雨，这事要再晚一点运作，信不信能把你家祖坟给刨了。”

温以宁坐着，双手垂于桌面，十指交叠在一起，很紧。

陈飒点燃一根烟，抽了两口夹于指间，她又把烟给按熄了，说：“公司这边估计是瞒不住了，什么打算？”

温以宁一时没吭声。

“公开也好，唐总也不可能跟你藏一辈子。”

一辈子三个字太重，陈飒跟唐其琛共事这么多年，对他的为人也知根知底。她三十多年过下来，圈里圈外见过的男人也不少，能保持唐其琛这种程度的隐秘与克制的，微乎其微。他的感情观太“薄”了，抑或是经历使然，他很难有所失控。就连安蓝这种高高在上的女生，都能心甘情愿地对他单相思数年，且无怨无悔，关系还维持得这么平衡。

这是唐其琛把控场面的心思，陈飒虽不喜安蓝，但也深知这一圈的关系，兜兜转转，互惠共赢，谁都有难处和思虑。自然的，也不会轻易捅破这层纸，伤了和气与体面。

陈飒话不多，却句句有深意："以后公司里，对你的议论和看法肯定会有，你自己得学着调节。当然，这还是看你自己。如果是真想跟唐总走到一起，那这条路，不一定事事顺你心，也不一定桩桩逆你意。"

温以宁笑了下，眼里有清亮的光在打转，她还是那句话："谢谢你，飒姐。"

陈飒也勾起嘴角："去忙吧。坦然一点，你没有做错。"

温以宁起身离开，走到门口又被叫住："以宁。"

"嗯？"她侧过头。

陈飒眼神升了温，淡声说："你脸色太白了，补点妆。"

从办公室出来，唐其琛的电话就打了过来。温以宁握着手机，看它一直振，名字一直在屏幕上晃，几股力量绞成千钧之势，都落在她掌心。温以宁握着的手机在发烫，好像要把她的手烫出一个洞来。

她走到没人的地方接听，结果一开口发现自己声音竟然是哑的："老板。"

唐其琛语速很快，清晰且果断："不要多想，别去看评论。陈飒已经跟各渠道做了公关，你的个人信息都已删除。这个内容不实，我和安蓝之间没有所谓的发展。以宁，等我回来。"

方才滚烫的手心好像一瞬间又退了热，温以宁从窗外看向马路，流动的人口小如蝼蚁，在城市交织而往，她情绪从大起大落的状态中渐渐稳定，呼了一口长长的气，轻松地说："老板，我没事。"

安静几秒，唐其琛低声说："我女朋友委屈了，我知道。"

温以宁眼眶顿时发热，嗯了声，不再逞强，小声问："老板什么时候回来？"

唐其琛说："明天，等这边签完合同，明天早上到上海。"

他手边的工作确实脱不开身，周日在杭州参加完论坛马上飞去了澳洲参加一个签约仪式。这是亚汇拓展海外市场下半年的重点项目，他不能缺席。加之陈飒已跟他通过话，唐其琛才稍稍安了心。

陈飒原本以为，这事到此为止，也算画了个及时的句号。但没想到的是，午后，事态又开始发酵升级了。源于安蓝粉丝后援会里，平日组织应援活动颇有号召力的一个粉头。他的账号有两万多活粉，五点左右，竟然挂大名直接开撕。

把温以宁的生辰八字，上班的地址、具体部门，甚至她在大学时的考试成绩单都给晒了出来。所谓打码也是欲盖弥彰，那张成绩单的右上角是温以宁的证件照，马赛克全马在了脖子上，五官清晰可见。

“通报一下此人，上海国际金融中心附近的家人们注意了。”

底下评论：“长得漂漂亮亮，为什么要当第三者呢。”

“值得唾弃，但楼主这是人肉了，是犯法啊！”

“我们可怜的安安，为什么不骂那个渣男。”

“安蓝粉丝真的脸大，人肉了还要按头认罪，坐等打脸啪啪啪。”

饭圈太疯狂，年纪轻轻估计也没什么法律意识，很好地蹭了一波热度。陈飒看到后当场就发了飙，脏话扔了出来：“出具律师函，告得他爹妈不认！什么人啊真是！”

经历一天潮起潮落，温以宁的心态反倒好了，她很平静，反而安慰起陈飒来：“你别气，天干气燥的容易上火。”

陈飒瞥她一眼，冷哼：“你耐性倒好。”

舆论烽火都是一阵阵的，指不定下一秒又烧出什么花样来。几家主流媒体的交好陆续给陈飒打来电话，手机嗡嗡作响，她一概没有接。

一支烟的时间，陈飒拿起手机再看，表情逐渐不对劲了，她眉头紧蹙，眼神也迟疑不解。

温以宁抬眸：“飒姐？”

陈飒看着她，然后慢慢把手机递了过来，平声说：“安蓝发博了。”

微博来自刚刚——

安蓝：谣言止于智者，杜绝恶语中伤无辜，一切已移交律师，真的只是手滑啦，请各位理智，秋高气爽，不如陪父母去散散步吧。

也是差不多的时间，那个粉头人肉温以宁的微博评论里出现一条：江春×，湖南×阳六中高一班，上期末数学考试没有及格，人丑就要多读书。评论带图，是这个粉头的自拍大头照。

以牙还牙，粉头自己也被人肉了。

很快，粉头做贼心虚地将这条微博删除，但别的微博下涌现不少嘲讽：

“打脸来得太快就像龙卷风！”

“安蓝的粉丝真的很low好吗，丑人多作怪，丢你主子的脸。”

“得了吧，安蓝的声明是白莲花本花了，恶心。”

“可怜那个漂亮的小姐姐了，呜呜呜，心疼。”

再过一刻钟，粉头直接炸了号。

温以宁的微信今天也很热闹，平日久不联系的同学，跟集体诈尸似的，都主动给她发来信息，欲盖弥彰的问候语之后，都是暗戳戳的试探和好奇。温以宁一条没回，把几个尤其突出的直接拉进了黑名单。

陈子渝的信息一刷就是十来条，倒豆子似的往外蹦：“姐姐，我雇了水军给你顶帖呢！别怕，我有压岁钱，给你买好多好多的水军。”

温以宁看着屏幕，嘴角抑制不住地上扬，麻木的心又跟活过来似的，开始跳动了。

“真是作死，活生生地又把自己送上热搜了。”陈飒粗略翻了一下安蓝的微博评论，除了粉丝控评，其余的全是大众责怪的言论，实在败坏路人缘。当然，陈飒也明白，以安蓝这种性格，断然不会主动反转。

她猜到了唐其琛，但猜不到唐其琛与她是怎么沟通的。

下班的时间过了很久，从落地窗往外看，停车坪的车辆空了不少。陈飒转过身，对温以宁说：“我放你几天假，在家里好好休息，调整一下。你平时出行多注意，事情虽然平息，但也怕极端的神经病来撒野。”

毕竟温以宁的个人信息都在网络曝光了，虽然从发帖到删帖的时间很短，但还是有隐患。而对公司来说，自己现在是风口浪尖，回避也很正确。温以宁没拒绝，说：“我买票回老家，回去陪陪我妈。”

陈飒想了想，干脆道：“我的车给你开，别坐高铁了，尽量减少外出。你也不赶时间，路上慢点开。”

温以宁没拒绝，衣服什么的也没回租的房子那儿拿，先把陈飒送回家后，自己直接上了高速。签约仪式落定，唐其琛这个时候应该正在赴宴，温以宁没给他打电话，发了条短信跟他说了声。

唐其琛的信息回得很快：“好，注意安全。”

晚上六点上的高速，路上好走，零点不到就下了收费站。到家开门，温以宁掏钥匙的时候也没多想，一拧一推：“妈，我回来了。”

话落音，人抬头，客厅里慌乱的一阵动静，江连雪和一个中年男人迅速拉远距离，各自坐在沙发的两端。江连雪牙尖嘴利惯了，这一刻竟然上唇碰下唇，一句完整话都说不出。而那个男人的脸色跟落了霜的茄子似的，木木讷讷，大气不敢喘。

温以宁渐渐意识到，自己回来得不合时宜。她脑子卡顿半秒，慢吞吞地反应过来，甚至在想，是不是要退回去，重新把门带上。

江连雪惊慌失措两秒不到，很快重振威风，插着腰嚷：“提前打个电话会死是不是啊！总喜欢突然袭击对吧！”

估计被她这气势吓着了，中年男人欲言又止，最后还是没吭声，杵在原地挺尴尬。

是个老实人。

温以宁视线在他身上停了又停，总觉得眼熟。忽然想起，这不是上回江连雪结石病复发，从急诊室痊愈后打车的那位出租司机吗？当时司机还问江连雪要微信，脸红得也跟现在一样。

人家亲女儿回来了，再待也没意思，男人默默地走了。经过温以宁身边时，一米八的北方男人，愣是低着头压弯了脊梁。

门关上，江连雪叠着腿往沙发一坐，裙摆掀上一半，雪白的腿露了出来，她说：“杨正国，开车的。”

温以宁换鞋进屋，情绪很平静。她向来不反对江连雪再嫁人，人生苦短，她已经吃过一次苦了，有合适的做个伴，温以宁是赞成的。她不表态，开了一晚上车太累了，只想睡觉。进了卧室就趴在床上，江连雪靠在门边，手里拿着一根烟：“这又不是休息日，你回来做什么？难不成又被开除了？”

温以宁的头埋在手臂间，声音听起来很闷：“没有。”

江连雪轻呵，打心眼里还是不相信。

温以宁支起一只胳膊，侧过头看她，这才发现，江连雪烫了个新头发，短短的内扣，不似她这个年龄的人，她脸很小，五官也精美，眼角还有一颗隐隐的痣，不用年轻了，这个样子的江连雪，也是风情万种的。

温以宁依稀觉得，她好像又瘦了一些：“你是不是又不好好吃饭，光顾着打牌了？”

江连雪冷哼：“新陈代谢好不可以？还好意思说我呢，你自己瘦成什么样了，胸脯没有二两肉。”

温以宁把头又埋回床里，懒得搭理。

江连雪转身回卧室，脚步又顿住，微微侧头说：“杨正国人还不错，他老婆生孩子的时候死了，孩子一块儿没的。家庭成分简单，身强体健没毛病，一个月开出租车也有五六千的收入，不会成为负担。”

温以宁嗯了声：“你看着办吧。”

不对。

“你怎么知道他身强体健没毛病？”

江连雪扬着下巴，骄傲得像只开屏的孔雀：“管得着吗你，操心一下你那个老男朋友吧。”

温以宁有点受不了了，从床上坐起，提高声音：“你干吗总说他老啊，他也就三十多岁，一个男人三十多很老吗？”

“哦哟哟，说都说不得了。”江连雪丢了个不屑的眼神，走前说了句气死人的，“那他可要抓紧了，老来得子都称不上，能不能生还不知道呢。”

温以宁挺无语，毛病。

时钟指向一点，夜阑深静，江南的小城市昼夜分明，初秋之夜更是安宁祥和，不似大城市，总是白天不懂夜的黑。温以宁盘腿坐在床上，散下头发，看着窗户外，星星点点的微弱光亮不知遍布在多远的地方。她拿起手机，唐其琛给她发了那条短信后，就一直没有再联系。

睡了吧，这么晚了。

温以宁活动了一下颈椎，然后拖着疲惫的身体去洗澡。这一夜睡得很安然，偶有窗外飘进来的菊花香催人酣甜入梦。

次日清晨，天光不甚明亮。温以宁睡得半梦半醒，总听到门铃声此起彼伏。她昏昏沉沉地睁开眼，铃声似乎还在耳边。她顺手摸手机，稍微一动，人的意识便清醒了些。温以宁发现，不是做梦，是真的有人在按门铃。

现在快递员都这么早干活了？

温以宁挣扎着起身，披了件外套梦游似的去开门，当看到门口站着的人时，瞌睡瞬间被击退。唐其琛一身浅杏风衣，双手兜入衣袋，抬眸微笑的一刻，颇有几分玉面郎君的幻觉感。

他说：“敲了半天门，你手机关机了。”

温以宁诧异：“你怎么来了？”

唐其琛微微偏头：“这个时候，不是应该给男朋友一个拥抱吗？”

说罢，他缓缓张开手，似笑非笑地望着她。

温以宁抿唇羞怯，然后冲上去一把搂住他的脖子，脚离地，往上跷了跷，兴奋之情难以掩藏：“老板早上好！”

唐其琛被撞了个满怀，笑得剑眉斜飞入鬓，搂着她的腰原地转了小半圈：“早上好。”

温以宁分开脸，看着他：“你不是今天才到上海吗？还有，你怎么过来的，自己开车？那你昨晚是不是一夜没休息？”

唐其琛笑着说：“一个个答，我提前回来的，昨晚到的上海，我没开车，老余也过来了。不用看，后边没人，他去酒店休息了。”

清晨六点多，太阳还未露脸，但此刻的温以宁，心头暖暖的，晨光早已投向了她。

就在这时，靠近门口的那一间卧室，被用力推开，江连雪睡眠不足，起床气特别重，半闭着眼睛火冒三丈：“温以宁你是死人吗！大清早的搞什么鬼，弄得砰砰响，说话还这么大声，你找死呢，还让不让老娘睡觉了！！”

江连雪的骂人功力一如当年，气吞山河语出成章，她骂完了才完全睁开眼，这一睁，直接把自己睁傻了。

唐其琛面色沉静，背脊挺直，一身风衣把人衬得玉树临风。他看起来非常年轻，鲜有男人的肤色白得恰到好处，不显女相，只勾气质。他对江连雪颔首，笑容温和：“伯母您好。”

江连雪现在才反应过来，自己是个什么处境。

她穿着睡衣，刚做过的头发本来就短，睡一夜不经打理就宛如鸡窝。她五官虽好，但没收拾整理，尤其与面前的唐其琛做对比，简直天上人间。江连雪蒙了几秒，很快反应过来，立刻换上慈祥母亲的面孔，细声细气，微笑着说：“哟，这是唐先生呀，年轻有为真是英俊啊。快进屋坐吧，随便坐。以宁，你照顾啊，我换身衣服出来给你们做早餐哦。”

说罢，便贤良淑德地回去了卧室，走时，不动声色地剜了温以宁一眼。

温以宁忍着笑，把唐其琛领进屋：“我妈是这样的，你多担待。”

唐其琛笑了笑：“你长得像你母亲。”

温以宁小声道：“她换完衣服更漂亮，嘘，别让她听见，不然又得意了。”

唐其琛摸了摸她的脸。

温以宁说：“你坐吧，我收拾一下。”

“去，别感冒。”

等母女俩洗漱完毕出来，唐其琛正坐在沙发上用手机回邮件。他又接了个电话，海外分公司的，全程都用英文。

江连雪虎视眈眈地盯着人："挺精英的啊，也没那么老。"

温以宁说："你别乱说话，这样不礼貌。"

江连雪冷呵："他这是几个意思啊？都上门见父母了，真对你动感情了？"

温以宁叹了口气："我真不想跟你说话。"

"他不会睡我们家吧？"

"放心，我送他去酒店。"

江连雪惊呼："可以啊温以宁，都开房了啊。"

温以宁笑骂："服了你了。"

早餐还是在家吃的，温以宁做的面条，三个人坐在餐桌前，唐其琛的吃相非常好看，筷子从不交叠，坐姿也如松，一看就是优良家庭出来的人。江连雪平日慢慢吞吞的，这一次狼吞虎咽比谁都快，吃完就找个借口走了。

温以宁问唐其琛："我送你去酒店，你好好休息一会儿。"

唐其琛摇摇头："不想去。"

温以宁看着他："那你在我这里睡一会儿吧。"

唐其琛点了点头："嗯。"

连夜赶路，这几天都是满负荷工作状态，唐其琛是真累了，昨晚在车上胃又疼，疼得出了一身汗，他带了简易的换洗衣服，在温以宁这儿洗了个澡。

这个时间，温以宁把床单被褥都换了一床，听见人出来的声音，直起身说："来，我给你把头发吹干。"

电吹风的嗡嗡声是晨间协奏曲，太阳升起了些，金灿灿的阳光一缕一缕往窗里蹦，光亮映在墙上，那一面像是装了块温柔的水晶。温以宁的手指细又软，动作轻柔，一层层抚摸唐其琛的头发，他的鬓角修剪利落，手感很好，温以宁起了兴致，指尖在上面写写画画。

她问："猜猜这是什么字？"

唐其琛说："我。"

温以宁继续写，一笔一画，横竖勾，写完后，她放下吹风机，从后边搂着他的脖子，倾身探过脑袋："这个呢？"

唐其琛安静了片刻，嗓音似乎是被沐浴后的清香蒸高了温度，有点热，有点哑，说：“是个‘们’字。”

温以宁写的是：我们。

唐其琛心里忽然泛了酸，他握住她的手臂，顺势把人往下带，让她坐在了自己腿上。

两人对视，眼神里的某种情绪不言而喻。温以宁突然低下头，与他额头抵额头，鼻尖碰鼻尖，说：“老板，没事的，你不用解释，我相信你，我不会再和你有误会。我会保护好你，我要给你刻个印。”

唐其琛搂着她的腰肢，低声：“什么印？”

温以宁眼珠一转，人往下挪，扒开他敞开的衣领，在左边的锁骨上，落下吻，舌尖舔了舔后，就用力嘬了一口。

她从他怀里仰起头，眼角带笑：“草莓印。”

脖子上的“草莓”好像变活物了，顺着他的侧颈往上攀缠，遍布他的五官和每一寸皮肤，带着肌底下的毛细血管也在隐隐搏动。

唐其琛忽然觉得，连日的辛苦都好了。

他在温以宁的床上入睡，温以宁就背对着窗户，靠着写字台的边沿站着看书。唐其琛盖着她的被子，能闻到和她身上一样的香味，他加深呼吸，又用鼻尖揉了揉。温以宁看的是一本原版的《呼啸山庄》。阳光在她脸上打下薄薄的一层阴影，像一幅风景画，剔透又温柔。

唐其琛看着她，安静无言，然后慢慢闭上了眼。

温以宁等他深眠了，才轻手轻脚地走出卧室带上门。唐其琛的手机洗澡的时候顺手搁在了客厅，温以宁想帮他收好，看到屏幕上显示了一个未接来电和微信。未接来电的名字备注是“妈”，发来微信的是柯礼。具体内容她没看，将手机放在柜子上，便继续看书了。

两小时后，电话又响，仍是他母亲的来电。一声一声的振动，隔空都带着威严。温以宁心绪不宁，犹豫了一番，还是去叫醒了唐其琛。

唐其琛睁眼的一刹，人晕乎得不行，面色疲倦到极致，甚至连单薄的眼皮都有点浮肿。温以宁一下子心疼和后悔了，她一只膝盖单跪在床上，俯身对唐其琛小声说：“你妈妈的电话，第二个了。”

手机递过去，唐其琛撑着倦色看了眼，然后握在手里，静了十来秒，才按了回拨。

温以宁起身，安静地走出卧室。关门前，她听到唐其琛低声说了句：“我不在上海。”

坐在客厅里，书也看不进了，温以宁神思飘游。在一起两个多月，唐其琛其实很少避讳着她，甚至有时候他在忙时，也会让温以宁帮忙回复别人发给他的信息。但印象中，从未看到过唐其琛与他母亲的联系。温以宁还记得他母亲的名字，景安阳。那个雍容华贵，从头到脚都散发光环的女人。

温以宁想着想着走了神，连卧室的门开了都没察觉。

“念念。”

她惊觉，回头一看：“你起来了？”

唐其琛连外套都已穿好，他的脸色看起来仍有未消的倦容，脸本就瘦削，睡眠不足时，双眼的轮廓都加深了。他说：“有点事要处理，我要赶回上海。”

温以宁站起身：“怎么了？很急吗？可你才睡多久？”

唐其琛笑了笑：“打个盹舒服多了，家里的事。”

温以宁本想再问，但一听家里两个字，便就此打住了。她说不出心里的滋味，大约是见过了景安阳，那一面连有缘都谈不上，只记住了她周身的光环那么耀眼，一看就是不一样的阶层。她对唐其琛是恋人之间那份天然的亲昵和依赖，是她用青春和懂事做交换，来之不易的感情。但对他身后的一切，是陌生的。

温以宁三缄其口，若无其事，扯到他的家庭，她便无话可说。

“你在家休息几天也好，等网上的舆论风波完全过去了，我再来接你。”唐其琛抱了抱她，低声说，“委屈念念了。”

温以宁摇摇头：“说了，不提这事。”

她又长长叹了口气。

唐其琛：“嗯？叹什么气？”

“感慨一下，当年也是我先追的你，怎么就傻乎乎地只管追人，不会用野路子呢。”温以宁一脸苦大仇深，“那时候还没微博呢，把你挂去QQ空间也好啊。”

唐其琛愣了愣，笑骂：“没良心了。”

温以宁也就这么一说，纯属起了玩心，语气里听不出任何欲盖弥彰的试探和不平。两人就这么安静拥抱了一会儿，唐其琛说：“我就不等你妈妈回来了，下次再正式一点拜访。你妈妈很好，你像她。”

温以宁听乐了：“我怎么觉得你是在骂我呢。”

“别皮。”唐其琛在她鼻梁上轻轻刮了刮，“老余该到了，我走了，不要下楼送，外头起风了。”

唐其琛拎着包离开，温以宁在窗户边看着他出楼道，看他上了一辆黑色奥迪，看车子尾灯即将消失于转角的时候又忽然停住。后座的车窗滑下，探出一只男人的左手，隔得远，但依然能看出它的修长。

唐其琛的手在窗外挥了挥，隔空跟她说再见。

车子重新启动，这回没再停留。温以宁嘴角的笑容却停了很久很久。

不多时，搁在柜上的手机响，李小亮给她打来电话：“宁儿，早上我在体育公园附近碰到江姨了，她说你回来了我还不相信呢。”

温以宁把窗帘扯开，把窗户关上一半，说：“昨晚到的。我妈在体育公园干吗？”

“遛弯吧。”李小亮说，“你出来呗，我来接你，请你吃火锅。”

温以宁应道：“行，晚上吧，我洗个头发先。”

唐其琛是下午三点到的上海，他在车上又睡了一会儿，下高速时，老余把他给叫醒。老余当了几十年司机，身体和精神还是很能扛的，他也就早上睡了三小时不到，基本是开了一天一夜的车，但现在的状态看起来比唐其琛还好。

老余担心道：“唐总，您脸色有点白。”

唐其琛枕着椅背，头往后仰，下巴到脖颈的弧线绷得很紧，他闭目又缓了缓，才坐直了身子，看了眼窗外，对老余说：“你下午不用等我，晚上我自己开车。”

老余应声，把人送回芳甸路上的别墅便离开。

十月起秋风，一下车，内外的温差裹着人略有不适。唐其琛的风衣单薄，被风撩起衣角，反着面地贴在他腰上。景安阳的电话从昨日起便没断过，当时他在澳洲，原本定于晚上的行程临时改了主意，留柯礼继续工作，自己提前回来。也不知是谁给景安阳通风报信，非让他回老宅。

唐其琛进门后，家里的阿姨为他递鞋，小声告诉他：“夫人昨儿就在生气，你让着她点，有话好好说吧。”

阿姨是本宗人，她待唐其琛尽心尽力，既当主人也是亲人，心疼得紧。唐其琛笑了笑，道了谢。看了一眼屋里，景安阳在院外的花园摆弄花草。

知道儿子进了屋，仍在院里闲情雅致，可见气还没消。唐其琛放下保姆递来的热茶，也走到院里去。景安阳目不斜视，给一盆富贵竹浇水。唐其琛说：“这竹子不吃水，再浇就淹死了。”

这人说话时，表情轻松玩味，眼角上扬，勾出一个很招人的小弧，看着就不正经。景安阳放下浇花壶，披肩拢在肩头，没好气地说：“还知道回来。”

唐其琛帮她把垂了一边的流苏用手托了托，笑意不减：“景夫人今天是给我脸色看了。”

他有意哄人的时候，三分温柔，七分风流，是不正经的神色，偏偏很亮眼招人，到底是儿子，景安阳没舍得真甩脸子。她冷呵一声：“你昨晚到的上海，怎么不回家？去哪里了？”

她能这么问，就一定是知道结果的。唐其琛也没瞒，说：“去外地。”

景安阳语气更冷：“去外地干什么？”

开场铺垫已经够久，再周旋便没意思了。唐其琛索性挑明话头：“妈，您是问安安的事。”

景安阳倒没料到儿子这么直接，思绪更烦，忍不住责怪：“你是怎么回事，你不是在澳洲吗？电话里都能把安安气成那样。你知不知道，安安哭得多伤心，都吓坏你安伯父了，你安姨亲自给我打电话，语气就没这么直接过。我还怄了一肚子火呢。”

唐其琛眸色深了些：“她给您脸色了？”

“我是怄你的火！”景安阳越发郁结，“我平日跟你说的话，你就是不听。难道安安比外面的女人差？我说了，你们知根知底，你们一块儿长大，你安伯父也很喜欢你。”

“所以呢？”唐其琛打断，“知根知底一块儿长大，倒成了我要负责的理由了？”

景安阳气急：“其琛！”

她原本还想迂回婉转地推进，但唐其琛这样的态度，那就是证实了她心里最不愿相信的那一个猜测。景安阳细眉淡眼，严肃起来时，与唐其琛如出一辙，她冷声说：“你交女朋友，我不反对，但你把握好分寸。你工作辛苦，有个消遣也可以，但孰轻孰重，为了不相干的人，伤了自己人的情面，其琛，值不值得？”

唐其琛笑着说："不相干的消遣是怎么回事？我名正言顺的女朋友，怎么到您这儿就变成陌生人了？您认，我可不认。"

连最后的让步都被他冷硬地否决，景安阳脸色沉下去："犯什么糊涂。我可给你提个醒，你爷爷知道了这件事，对你很不满意。就昨天下午，他都把我叫进书房念叨了好一阵。你爷爷也不是什么慈眉善目的老人家，你别忘了，你身后还有一个唐耀！"

唐其琛沉默着，没说话。

景安阳句句在理，顺着人情利益往下推，每个字都跟出鞘的尖刀似的："公司那几个老的，对你本就有异议，你几年前上任，要不是当时安氏与你合作的那个高铁项目正式签约，你能这么顺利在集团扎稳脚跟？其琛，这种道理，现在还要妈妈来提醒你吗？安氏为什么选择与亚汇合作？还不是因为你安伯父！"

唐其琛抬起头，脸色凝重三分，很快轻佻勾嘴："呵，他可也没少挣。"

景安阳已经知道自己刚才那话说重了。她是心急，用词和语境都只顾着外姓人。其实亚汇能够发展至今，在中国数以万计的企业之中出类拔萃，更多的仍是领导班子的正确决策和严防把控。

她这一句话，是抹杀了儿子的心血和付出。作为母亲，景安阳深知自己方才是伤着唐其琛的心了。一旦理亏，气势便弱，景安阳表情讪讪，但依旧坚持立场："你必须给安安道歉。你是个男人，你就去道歉。"

唐其琛眉峰下压，唇瓣紧抿成一道锋利的刀刃，语气喑哑："她要有点善心，就不会做出那样的事！"

"你！"

"妈，您兜了这么大一个圈子，无非就是想得我一句话。我今儿就跟您坦白了说，我有喜欢的姑娘了，她跟我在一起不容易，我也知道她受了多少委屈。别的我不承诺，但至少搁我这儿，如果不是她提分手，我就一定护好她。您是我妈，我不会不尊重您的意见，但在这件事情上，爷爷说了不算，安伯父说了不算，安蓝说了不算，您说的也不算——女人我要自己选，主意我也要自己拿。"

唐其琛从来不会对父母长辈趾高气扬，他有教养，有家风，有尊老之德。他一席话，语速平缓，就像与你普通地聊天，但字里行间暗潮汹涌，扑了景安阳一面冰湖。

景安阳心里添堵，但又半字回不上话，她闷了一团火，都发泄在了脚边的浇水壶上。

水壶被她踢倒，冰冷的水全都溅在了唐其琛的右腿上。薄薄的外裤瞬间被浸湿，继而沾上了他的脚踝。十月了，水还是很凉的。唐其琛本就胃不好，不太能受寒。一壶水这么透过来，他浑身无意识地打了个战。

景安阳难掩关心，向前一步面露焦色："哎！你怎么不躲呢！"

唐其琛松缓了神色，又换上一副笑脸，好生和气地说："您这不是还生气吗，没敢躲，让您消消气。"

有了这一层台阶下，景安阳也不再拿劲，拢了拢披肩，径直往屋里走去，留了话："老大不小的人了，比小时候还让人操心。"

唐其琛随后也踏进屋内，保姆把他的茶水又添了热的，送到他手中，万分心疼地劝："外头风大哟，吹了那么久难不难受啊？"

唐其琛喝了口热茶，举起杯子掩住嘴和鼻的时候，眉头不可抑制地皱了一下，很快舒展如常，没人瞧见。

他没留下吃晚饭，母子二人看似最终以和气收尾，但都是给彼此一个面子。到底是血缘至亲，不会真的大动干戈。但景安阳的态度实则已经非常坚定，这些年为唐其琛打点内部的这些人情关系，很多东西也能率先洞察。唐老爷子对唐耀有心，唐其琛又何尝不知。

夜色降临，温度跟着渐灭的天色一起，跌了一档又一档。唐其琛开车出了别墅园区，立刻就将车停在了路边。他原本只想缓一缓喘口气，但胃里像是塞了千斤秤砣，扯着他的五脏六腑往下坠。唐其琛整个人只得趴在方向盘上，忍受这波痛苦的痉挛。

这辆车是宝马，他不常开，所以备用的胃药都没在这车里。等最疼的这几分钟熬过去了，唐其琛才强打精神，硬撑着把车开去了老陈的诊所。老陈看到他人时，都吓了一跳："快躺着。"

他搀着唐其琛的胳膊，连番问："疼多久了？"

"昨天就不太舒服。"

"喝酒了？"

"这几天在澳洲签合同，喝了一点。"

"最近这样疼的时候多不多？"

唐其琛没说话。

“你还瞒着我？”老陈沉了脸，“半个月，两次有没有？”

唐其琛说：“三回了。”

老陈倒吸一口气：“那你还不上我这儿来！”

“吃你开的药，止疼了。”

老陈亲自给他做了片，抽了血去化验看，然后给他先挂上了吊瓶。唐其琛盖着被子，呼吸渐渐平稳。病房的顶灯亮着，他没扎针的那只手虚虚抬起，遮了遮眼睛。一旁正在配药的护士轻声问：“唐先生？”

唐其琛声音嘶哑：“麻烦您帮我把灯关掉。”

“关掉不行呢，您这儿的药得看着，我帮您调暗一点好吗？”

“谢谢。”

房间里就像日升月落，很快变成暖黄调，墙上倒映出的影子放大，晕出一团团暗影。唐其琛舒服了些，眼睛慢慢能睁开了。这时，门被推开，老陈穿着白大褂，戴着无框的金属眼镜，高挺的鼻梁撑着，额前搭下几缕细软的刘海，不苟言笑的样子更添严肃。

他把检验单放在桌上，然后给唐其琛把吊瓶的流速又调慢了些。

唐其琛瞥见那些报告单，声音淡：“怎么说？”

“白细胞都到二十五了，你体内炎症太厉害，消炎吧，不然又得发烧。”老陈坐在凳子上，“上回异常的几个指标都降下来了，但你别不当回事，抽个空，过来住几天院，我给你安排做个详细检查。”

唐其琛事务缠身，吃个饭都要抓紧，几天时间对他都是奢侈的。

老陈多半猜到了答案，叹了口气：“我知道劝不动你，但你身子不仅是你自己的，为了亚汇，为了唐家，你也不能垮是不是？”

唐其琛合上眼，脸庞侧去一边，五官神色之间看不出半分闲愁。

晚上八点半，温以宁和李小亮在德庄火锅海吃了一顿，捎着的还有江连雪。上午唐其琛走后，温以宁就打电话告诉这只缩头乌龟可以回家了。江连雪还纳闷呢，说：“你那男朋友很够意思啊，大老远地来看你一眼就走了？”

温以宁没多聊，就说晚上小亮老师请吃火锅，要不要一起去。

白吃白喝傻瓜才不去，江连雪还特地化了个妆，穿上了她新买的外套。小亮见到不是温以宁单独赴约，表情一刹的惊愣，但很快恢复如常，笑眯眯地说：“嘿！我都不敢跟你们走一块儿了，你们跟两姐妹似的，显得我跟个大叔一样。”

江连雪被哄得心花怒放，跟李小亮天南海北地侃。一顿火锅吃下来简直欢声笑语。中途李小亮去洗手间，江连雪意味深长地用脚尖勾了勾温以宁的腿。

温以宁莫名其妙：“干什么？”

江连雪笑眯眯地说：“小亮老师真没希望了？”

温以宁被一口辣酱呛得猛烈咳嗽。

江连雪跷着腿，优哉游哉地拆了一包烟，夹了一根在指间，平静道：“小亮适合过日子，可惜了，这种好男人，你和我都没这个福分。”

温以宁猛灌一大口水，玻璃杯磕着桌面砰的一声，她没说话，但脸色也好不到哪里去。

这顿火锅是江连雪买的单，李小亮特不好意思，开车送她们回去念叨了一路。江连雪嬉笑着说：“没事，我是拆迁户，有钱。”

李小亮笑得憨厚。温以宁忍不住白目：“可把你能耐的。”

拆迁款是到位了，打进了江连雪的户头。这些事温以宁没管过，她在上海也管不着。加人头补偿费一共有一百六十多万，政府限定下个月底之前都搬离。江连雪跟她在微信上提过，说是找了一个新楼盘，现房精装，手续什么的还在办。温以宁回来得少，也不在意这些，随她高兴就好。

江连雪谈起钱就嘚瑟，翅膀都快飞上天了，李小亮也配合，说搬家的时候一定来帮忙。

到了地方，李小亮解开安全带也跟着下车：“江姨，上回朋友从麻阳带了两箱橙子，您拿一箱尝尝，我觉得挺甜的。”

温以宁还没来得及开口拒绝呢，江连雪连连答应：“好好好，我最喜欢吃橙子了，肯定甜，我们亮亮送的能不甜吗！”

李小亮嘿嘿笑：“得嘞！我给您搬上去。”

温以宁上楼前，在一楼的快递柜里取了个快递，一个中等大小的盒子。她最近没买东西，不知道这是什么。看寄件人写得也很模糊，就一个×小姐。温以宁放手里掂了掂，猜不出。

进屋后，江连雪的狐朋狗友打了电话过来，这人又下楼不知道干什么去了。

温以宁给李小亮倒了杯水：“小亮老师嗑瓜子吗？我帮你拿。”

“别忙，我喝水就行。”李小亮很自然，以前也没少来，不管恋人还是朋友，他跟温以宁的关系就跟半个家人了一样。

边聊着天，温以宁边把刚才拿上来的快递给拆了。

胶带缠得紧，李小亮钥匙上有瑞士军刀，递给她："用这个划。"

温以宁划了一刀，聊天说："齐齐不是说要开公司吗？怎么样了他？"

"工商执照下不来，卡着了吧。"

快递箱打开，温以宁看到里面还有一个白色的包装盒："那得走点关系。"

她拿出白盒子，放在手里摇了摇。

李小亮看了几眼，随口问："买的什么？"

"不知道，我没买东西啊。"温以宁不做他想地把盒子打开，里面的东西还用塑料薄膜包着。

李小亮一直盯着，皱眉，忽然反应过来，瞳孔睁大，大声喊叫："以宁别看！"

但已经晚了。

温以宁掀开了塑料纸，一个浑身被插满刀，脑袋没了一半，还有逼真血浆的娃娃猝不及防地出现。

这个娃娃是仿真人的，眼神邪暗，表情诡异，勾了一边嘴角，阴森森地对你笑。一脸的血，衣服破败，腿也断了半截。

温以宁如坠冰窟，捂住脸失声尖叫："啊！！！"

李小亮把娃娃夺过来，飞快地放进纸盒，严严实实地盖好。他沉了脸色，无不担心地安慰温以宁："好了好了，是假的，宁儿别怕。"

温以宁的脸深深埋进掌心，整个人都在颤抖，脑海里某些不好的回忆轰轰烈烈造访。那一年也是秋天，她站在废旧工厂的一处荒楼前四处张望，寻找以安。突然，一个重物嘭的一声砸在她一米远的地上。温以安半边脸朝向她，眼睛鼓胀如青蛙，和她目光相对。妹妹了无声息，从后脑勺流出的血如电影的慢镜头，染红了温以宁的眼。

那是她一生都走不出的深渊旧梦。

温以宁浑身发抖，四肢末端是供不上血的冰凉，没有半分活人气。直到李小亮的声音传入耳里，她才意识渐醒，后背冷汗直冒。

谁送的？

是不是网上那些极端粉丝还记仇？

老家地址她们都知道？

温以宁一阵恶寒。

“宁儿，还好吗？”李小亮满眼焦急关切。

温以宁缓缓点了点头，三魂七魄归了位：“没事，我就是吓着了。”

她的脸色回了血，看着又正常了些。李小亮稍稍宽心：“需不需要报警？”

温以宁沉默了片刻，说：“报警也没用，就是恶作剧吧。”

李小亮欲言又止，眼神闪躲了番，还是把话咽了回去。等江连雪打完电话回来，李小亮才起身离开，他走的时候把那个快递盒子也带上了。

温以宁像在游泳池泡了个澡，浑身都是湿的，她洗完澡就锁着卧室门躺在床上。任江连雪敲门送橙子也没有开。

凌晨三点，她从噩梦中醒来，猛地坐起，心脏狂跳，一口气都顺不上来。

卧室安安静静，秋风从窗户外溜进来，卷起窗帘悠悠晃摇。

温以宁蜷在床上，双手抱紧了膝盖，头埋在其中大口呼吸。最后受不了了，她摸出手机，颤着手指按了唐其琛的号码。一声又一声的长嘟音，像是宿命敲打雨夜的回声。在她胸腔肺腑恣意闯荡，磕得她的肉、血、骨骼都在闷闷发疼。

这么晚了，温以宁其实不抱希望，但就在她要挂的前一秒，电话通了。

唐其琛的声音低低哑哑地传来：“念念。”

温以宁一手捂住嘴，屏住呼吸，只有眼角的余光格外亮，格外热。

唐其琛问她怎么了。

温以宁用比他还沙哑的声音说：“没事，老板，我想你了。”

电话那头沉默了片刻。

唐其琛再开口，直接戳穿她的心事：“是不是做梦了？”

温以宁的眼睛更烫了，哽咽地嗯了声：“梦里没有你。”

安静数秒，唐其琛的声音像是嘴唇碰着手机发出来的，深沉入耳地哄着人，他说：“梦里没有我，但以后的每一天，你都有我……乖，念念不哭。”

第八章 明月最相思

第二天，江连雪都起来了，温以宁竟然还没起床。

她连门都没敲，推开门就嚷：“你也学会睡懒觉了啊，十一点了，你起不起啊，中午我可是要去别人家吃饭的，我不管你了啊。”

温以宁盖着被子，整个头都蒙在里面，一动不动。

“你听没听见我的话，说你呢！”江连雪逐渐不耐烦，走过来就要掀被子。但近了就发现不对劲，温以宁的半张脸露在外面，眼皮上方都有点肿和红。

江连雪手背一探，惊了一跳：“温以宁你是烧傻了吗，这么高的温度不知道叫我啊！烫得都能煮鸡蛋了！”

温以宁幽幽睁开眼，视线昏花，她气若游丝地说：“叫了，你睡得跟猪一样。”

江连雪没好气道：“不知道多叫两遍吗？你能不能动，你这得退烧啊，不然真成脑膜炎了。”

温以宁闭眼昏昏入睡，人的意识也不太清楚了。

等再醒来，就是医院急诊了，手上扎着吊瓶，手指上还夹着监测心率的。

“醒了啊？”李小亮走过来，松了一口气，“我去叫医生。”

医生给她量了个体温，烧退下来了，又给加了两瓶药，嘱咐家属多注意。李小亮听得认真，又问了检查结果，得知没事才真放了心。他挨着床边坐下，告诉她：“你烧得好厉害，叫都叫不应，江姨都吓坏了。”

温以宁很虚弱：“谢谢你啊，小亮老师。”

“谢什么，不用。”李小亮说，“我让江姨回去给你炖点粥，你这几天吃清淡一点。”

温以宁嗯了声，又说了句：“谢谢啊。”

江连雪不知道，但李小亮是清楚昨晚发生的事，那个娃娃太瘆人，就是往温以宁的心口戳，她这烧多半是吓出来的。当年她妹妹从六层高的废旧水塔上跳下来，就死在了温以宁两米远的地方。温以宁始终走不出来，还接受了数次心理治疗，后来离开了H市，去了上海，换个环境才终于能够正常生活了。

这些年工作忙，噩梦很少再做。但她的睡眠质量从那时起就变得非常差，半夜惊醒，心脏都要跳到了嗓子眼。人就跟从水里捞出来一样，睡衣都被冷汗浸透。

李小亮看了她好几眼，欲言又止的犹豫后，还是决定跟她谈谈。

他说：“网上的那些事，我也看到了。”

温以宁的眸色因为病态而显得格外淡，她愣了一下，印象里，李小亮不怎么刷娱乐新闻和微博的。但她也觉得没什么，陈飒那边的公关再快，也比不过网络传播的速度。

温以宁坦然道：“上面说的一半真一半假。”

李小亮眼神落寞又有些许不甘，笑容里也有几分不死心：“你和他在一起了是真的吧。”

温以宁承认：“嗯，在一起了。”

李小亮也很平静，低了低头，嘴角扯了扯，终于扯出一个言不由衷的微笑：“好快啊，上回我跟他掰手腕的时候，他还没追上你吧。”

温以宁看得出来，小亮老师在强颜欢笑，高大帅气的男人，气质阳光，现在看还跟大学生一样。眉浓目秀，失落和遗憾都写在了脸上。

她一时竟不知该说什么是好。

“你别这样看我，搞得我失恋一样。”李小亮稳住了心情，深吸一口气，这个结果他其实早已预料，有了这么久的心理建设，其实也不算太难过，他说，“你觉得开心就行，一个女孩儿在外面不容易，是该有个人好好照顾你。”

照顾这个词一出口，他和温以宁都陷入了沉默。

眼下这个情景，显然是没有被照顾好。

李小亮恍悟，看着她，迟疑地皱了皱眉，随即肯定：“昨晚那个快递，是脑残粉寄的吧。”

温以宁眼睫动了动：“也许吧。”

“粉丝曝光了你的信息，那也不难知道你老家的地址。这群粉丝想干吗呢！懂不懂这是犯法的！还有那个明星，亏我以前还买票去电影院看过她的电影，真够不要脸的，手滑点赞，谁信呢！”

李小亮爷们儿性子，又护温以宁的短，一腔怒火早就烧着了。

温以宁露出浅浅的笑，自己倒是分外平静。

李小亮看到这个笑，含着几分无奈和温和，病容苍白，被折腾得流失了大半元气。他忽然就心酸了，执拗而又沉闷地说：“宁儿，他对你不好。”

温以宁说：“他对我很好。”

“他要真对你好，就不会让你受这么多折腾，就不会把你带进风暴里。这是他的生活，不是你该承受的。宁儿，你说你开心，但以后，这种开心会越来越少，你觉得值吗？”李小亮一席话压在心里，开了个头，就跟洪水溃堤一样收不住了。

“今天你跟任何别的男人在一块儿，我也一定会祝福你。但这个人，我不看好，我也不喜欢。他是有钱，可有钱人臭毛病多，靠不住。”

温以宁笑了下：“小亮老师训起学生来，好凶啊。”

李小亮无奈地看她一眼，真诚道：“以宁，我希望你幸福。”

温以宁从容地点了点头：“小亮老师，我会加油的。”

与她对视许久，李小亮移开目光，声音绷得紧了些，他的视线有一刹的游离，很快又恢复如常：“这几天你如果还有快递，自己别去拿了，信息发给我，我去帮你拿。”

温以宁又想起昨晚那个血淋淋的娃娃，心里顿感不适，嗯了声：“谢谢。”

唐其琛上午在老陈那儿吊水，开了三天的药，老陈怕他不来，拉下脸威胁他，直接给他家里打电话。家里总是对他分外上心，一日知道他生病，那肯定没有安生日子过。他母亲景安阳那性格，操持家事多年，是个能拿主意的。她能让保姆熬好药，带着家庭医生浩浩荡荡地送去亚汇总裁办公室，还非要亲自看着他喝下。

唐其琛有点怵家里的规矩，没别的，就是嫌唠叨麻烦。他答应老陈，这三天一定按时来打针。

回到集团，柯礼敲门进来，手里拿着一沓待签字的文件，一本一本摊开在他桌子上：“工程部与明耀科创技术小组共同确定下来的方案。这是这个月的薪酬分配细则。还有几笔尾款的支出和往来询证函。最后这个是人事部下个月的人员调动情况。”

柯礼一项一项简洁汇报，他已经过了一遍，把其中重要的节点和内容给唐其琛指了出来。几项常规工作唐其琛直接签字，与明耀科创合作的项目方案，他看得稍仔细：“林总工是怎么说的？”

“林工参与其中具体的设计，主要负责信息传导那一块，他说明耀科创很专业，很多实验数据的分析都极为精准。”柯礼实事求是道，“唐耀还是很重视的，这个方案他也亲力亲为。”

唐其琛自然明白。他虽不太喜欢唐耀绵里藏针的阴险个性，但从能力和业务上没得挑。唐耀在美国华尔街白手起家，那样的环境和氛围，能把明耀科创做成今时今日的规模，他的能力毋庸置疑。

“还有，陈飒来探您的口风，以宁那边需不需要做安排？”柯礼把他签好的文件又盖上，齐齐整整地放在桌面。

唐其琛说：“你告诉她，让以宁多休息几天，暂时不要安排工作。”

柯礼了然：“您是让她休长假？”

唐其琛倒没直接回答，而是说：“近期不太平。”

柯礼听明白了，唐其琛这是刻意让温以宁离开这个地方。不难联想，网上那么一闹，他家里怕是也知道了。上周唐其琛提前从澳洲回国，本以为他是回了唐家，没想到景安阳竟联系不上他，电话都打到了自己这里。柯礼当时就隐约觉得不太对劲，景夫人永远体面周到，唐家的规矩也是有板有眼，唐其琛虽年少出国，但唐家的祖籍是香港，家风一向秉持传统，他自小接受熏陶培育，对父母长辈举止有礼，极少有过不接景安阳电话的时候。

到他办公室来的时候，柯礼就注意到，唐其琛的左手手背贴着棉片，那是他从老陈那儿吊完水忘记揭下的。察觉到他目光，唐其琛垂下视线，然后随手把棉片撕下，揉了揉发胀的太阳穴，说："晚上的宴请安排在哪里？"

"上海饭店。"柯礼说，"您的西服领带我让老余去店里拿，下午的会议三点召开，您中午可以多休息一会儿。"

唐其琛晚上要参加一个圈内的交流会，这种小型商圈的聚会，多是利益相关的公司企业。这种活动免不得，柯礼陪同他赴宴。唐其琛在车上状态怏怏，但一下车，就容光焕发，精气神十足。他与人谈笑风生，推杯换盏，看不出一丝疲倦之态。

华灯璀璨下，满城衣冠尽风流。如非必要，唐其琛向来滴酒不沾，柯礼替他举杯，一直跟在他身后。

"唐总，"柯礼忽然小声提醒，"安董在您右前方。"

唐其琛看过去，安明阳在他几米远的地方，与人相谈甚欢。

"酒杯给我。"唐其琛拿过柯礼手里的红酒，从容地走向前，"安伯父，好久不见。"

安明阳笑意和善："其琛啊，是有好久未见了。"

唐其琛跟他碰了碰杯，主动喝完这杯酒，说："那天听西平说起，您新得了一副高尔夫球杆，改日陪您去打两杆？"

安明阳朗声笑："我一个老家伙就不用浪费你们年轻人的时间喽。"

就连柯礼都听出了话里有话。

唐其琛面色不改，恭敬道："安伯父言重了。"

"其琛啊，安安呢有时候是刁蛮任性了一些，但我这个小女儿啊，对你那是没有二心的。你的为人，安伯伯是知道的，我一直很看好你，我也不止一次跟你爷爷提过，关系再进一步就更好了。"安明阳有着领导的气派，又不失商人的气魄，一席话说得分寸恰好，严与厉都在每个短句的尾字里，他把话绕回安蓝身上，"我们安安有缺点，但优点也是很多的嘛，啊，是吧其琛。”

言下之意，也不是非你不可了。

唐其琛自然顺着话恭维，把老人家心里的那些疙瘩褶皱都给安抚平顺。

安明阳是国内实体产业的标杆人物，这个人非常硬气，有个性，也有匪气，身家百亿，受不得半点亏。他扬长而去，唐其琛转过身，脸色就暗了暗，柯礼没敢跟他搭腔，只让侍者给他倒了一杯热水。

散宴后，唐老爷子的电话又打了过来，让唐其琛晚上回家。

唐其琛和柯礼一起回的宅子，秋夜起露水，园子里的芭蕉叶都裹了一层薄薄的水汽。

唐老爷子在书房，唤他上去。

一般这种时候，柯礼都是避讳的。但今晚老爷子神色凝重地看他一眼，声音洪亮："柯礼，你也来。"

景安阳迅速低声提醒唐其琛："爷爷今儿有气，说什么你都别顶嘴，听见没有？"

唐其琛目光探究。

"他白天和你安伯父碰过面，估计没少听受气话，那个安明阳就跟土匪一样，咄咄逼人的。"景安阳话里有不满，难免抱怨。虽说有理不在声高，但她觉得，在安蓝这件事上，唐其琛做得太绝了。

"你爷爷也是受不了气的，火肯定得往你身上发。该你的。"景安阳愤愤郁闷，又心疼又生气。

果不其然，唐书嵘在书房发了一通好大的脾气，连柯礼都挨了骂。他说柯礼身为亚汇CEO的第一行政秘书，不尽职，不尽责，没有很好地劝谏上级，实在失职。

柯礼垂着头，脸色严峻，一概接受。

唐其琛那儿就更不用说了，唐书嵘对他自幼就严加管教，发起火来更不分轻重，就连楼下都能听见唐书嵘的大骂。最后，他对唐其琛说："你身为长子长孙，身为集团的执行董事，做事不能这么任性，你太让我失望了。"

这话重了，连柯礼都听得于心不忍。好几次要为唐其琛辩解，都被唐其琛一记眼神给劝退。

老爷子让他们出去，从书房下楼，一直焦急守在大厅的景安阳又难掩焦虑："爷爷也是为你好，为集团的发展好。我们也不是不开明的家长，但其琛，你自己也要有分寸，也要顾大局。不小了，三十六了，你跟那些轻浮的小年轻可不许一样。"

景安阳看儿子脸色已然不对，还是很识时务地停止念叨，把所有的不满和怨憎都转移到了温以宁身上，她冷声："如果是好人家教出来的女孩子，一定是识大体的。"

唐其琛沉默了一晚上，终于抬眸，锐利的目光凝聚成两把锋利的刃，隔空都能伤人一般。他声音冷冽，像是极寒之地的夜："什么是好人家的女孩儿？会恶语中伤无辜之人的女孩儿？会挑拨离间，不明是非的女孩儿？这就是您所谓的好女孩儿？"

他未明说，但景安阳一听就知道是安蓝。拿她的话来堵她的嘴，唐其琛真是不留一点情面余地。景安阳吃了这个憋，偏偏又反驳不得。

唐其琛郑重道："以宁特别好。"

说完，他就带着柯礼走人了。

景安阳愣在原地，转过身看着空荡荡的门口，秋风宛如薄浪，从外涌入屋内，吹得她心头发凉，像是坠入了冰窟里。

上车后，唐其琛憋了一晚上的气这才急急喘了过来。他皱着眉，呼吸音很重，西装外套里是件深色衬衫，能看见他胸口起伏的弧度很大。稳了稳，唐其琛才平静下来，他哑声对柯礼说："连累你了。"

柯礼忙道："唐总，我没关系，但您得注意身体，夫人和老爷子是不了解情况，你们两家交好，于情于理，肯定是偏袒的。他们没有见过以宁，自然有偏见。您别太心急，慢慢来。"

唐其琛周身的气压太低，肃着一张脸，不辨情绪。

柯礼不敢再说，觉得说多了也无力。

几分钟后，唐其琛一声沉重叹息："开车。"

回到他自己的公寓，下车前，柯礼不放心地说："老陈打您电话没人接，他打给了我。唐总，您胃病又犯了？"

唐其琛神色平淡："你跟他说吧，我记得吊水。"

老陈确实也是为了这桩提醒。柯礼看他实在疲倦，多的也不再说："好，您早点休息。"

次日，唐其琛醒得早，他睡觉的时候门窗都是关紧的。窗帘遮光，房间里黑压压的，他揉了揉眼睛，依稀听到有动静。唐其琛拉开卧室门一看，却陡然愣住。

沙发上搭了一件米色的风衣外套，一只小挎包横在垫子上，餐桌上已经摆了热乎乎的小米粥，厨房里，一道纤细的背影正在忙碌。温以宁扎了把马尾，心情颇好地哼着曲，正在煎鸡蛋。

十月金秋的晨雾里，仿佛盛满了清风。

唐其琛倚在门口，痴痴地望着厨房，好像那是贺岁影片的播放窗口，而窗口里，是片中最温情慈悲的一幕剧情。

身心清净，这世上，仿佛原本就不该有什么万丈深渊和俗尘烦扰。

唐其琛心头一热，竟然不忍打扰。

“呀，你起来啦。”温以宁转过头看见人，立刻绽开笑颜，“老板早上好！”

唐其琛动容，始料未及：“你怎么回来了？”

温以宁说：“我昨晚就到了上海。”

“为什么不告诉我？”唐其琛皱眉，刚醒的样子慵慵懒懒，他走过去，顺着她的腰肢搂上去，低头蹭了蹭她的脖颈，“我好来接你。”

“我坐最晚的高铁，到这儿都快十点啦。”温以宁熟练地搅鸡蛋，筷子碰着碗清脆悦耳，“我早点过来给你做早餐。”

唐其琛瞅了瞅碗里，把鼻子埋在她颈间更深，闹情绪一般地说了句：“好腥。”

“不会，我给你加一点白胡椒。”温以宁用脑袋碰了碰他的脸，“快去洗脸，趁热吃。”

唐其琛洗漱完从内卧走出来，温以宁摆好了一切，正靠着桌沿对着手机讲语音：“你注意看合同啊，房本也收好，搬家公司的电话就在墙上，有事提前联系，好，我知道了，我会回来的。”

唐其琛坐下，等她讲完才问：“家里忙吗？”

“我妈看了日子搬家，有点忙。我的几张工作证明放在租的房子里，那边登记要用，我回来拿，顺便看看你。”温以宁歪着头，眼里亮如星星，“有没有很感动？”

唐其琛笑：“不想上班了，只想在家吃念念做的饭。”

温以宁满心欢喜：“那你退休呗，我养你啊。”

唐其琛笑意更深，感叹道：“想不到我这个岁数了还能享受小白脸的待遇啊。”

温以宁乐不可支，夹了块鸡蛋越过桌面，喂进了唐其琛的嘴里：“吃吧，唐长老！”

唐其琛上午带她去了一趟老陈那儿，老陈给他配了养胃的药，他是顺便去拿的。温以宁还记得陈医生，只不过这次见面，身份不一样了。温以宁还有些局促，迎接老陈善意的目光时，脸红羞怯。

她去护士那儿拿药。

老陈扶了扶眼镜，冲唐其琛挑了挑眉：“对你挺用心的。”

唐其琛很受用，眉间和煦：“对我很好。”

“定下来了？”

“嗯。”

“恭喜，不容易。”老陈说，“那我是不是可以交代家属，督促你好好养胃呢？”

唐其琛眼神平静：“不用。”

老陈是个严谨的人，医生都爱把问题往严重里说。唐其琛已经大她那么多岁，再被老陈诋毁一下健康状况，唐其琛心想，他要有女儿，也不愿意将闺女嫁给这样的男人。

这个念头一冒出，唐其琛自己都觉得好笑，他竟也有了这样的多愁善感。

温以宁把药拿了回来，满满一大袋，她面露忧色，看着老陈。老陈猜中她想法，笑着说：“别吓着，看着多，其实都是营养保健，一个疗程的剂量，每天就吃一次。你来吧，我跟你说一遍。”

温以宁听得很认真，有几处不明白的，还跟老陈再三确认。一个女人对一个男人的心，从细节处就能感受到。老陈医者仁心，看过太多生死经历，对世上亲情与爱情有着自己独特的感悟。

从诊所出来，坐电梯走出大楼，温以宁突然扯了扯唐其琛的衣袖。

“嗯？”他侧过头。

温以宁略为紧张地看了看四周，攀着他的手臂，微微仰起头：“趁现在没有人，我要亲你。”

唐其琛挑了一边眼梢，似笑非笑地望着她。

他的眼神深邃迷人，却不做任何表示，也不配合。站得依旧笔直，不肯把脸凑过来。

温以宁急了，掐了掐他的手，然后踮脚嘴唇微噘：“老板，老板老板——"

唐其琛忍着笑，刚要遂她的愿，大厅里渐渐走来了好多人，有说有笑的。温以宁立刻夙了，踮起的脚又放了下来，仰着的头也低低地垂落，柔顺的头发遮住她的脸。

唐其琛冷呵一声："四下无人的时候就要亲我，有人了，就不亲了？"

温以宁歪着头，冲他狡黠地笑。

唐其琛也没说什么，只是牵起她的手，走出大楼，走过前坪，出了安保亭，就是熙熙攘攘的街头。温以宁还奇怪："你不取车吗？车还停在——嗯。"

话未落音，唐其琛按着她的后脑勺，把人用力带进怀里，温软热烈的唇就贴了下来。

这不是浅尝辄止的唇碰唇，这是湿润用情的深深一吻。来往行人络绎，频频回头打量，脚步匆匆掠过他们。唐其琛吻得毫不敷衍，仍旧紧紧抱着她，他说："你不敢，我敢。人山人海，我也要吻你。"

这一段时间的所有压力和郁火，都化作这一刻的承诺。发泄也好，自我暗示也罢，都是唐其琛心底最真实的想法。高山深海，烈焰冰雪，山回路转的尽头，要见的，想见的，愿意见的，仍是这个女孩。

唐其琛抱着她，胸腔相近，心跳相依，那一下一下的搏动，像是宿命天定的回音。

后来手机在衣袋里响，老陈打来的，他声音带着善意的调侃："唐老板你变了啊，骚起来能不能注意点影响。我这门诊还要营业呢。"

唐其琛平声说："那你关门吧。"

老陈在电话那头说了几句，唐其琛上扬的眼纹里都透着幸福的光亮。

温以宁是回来拿证件的，江连雪还在老家等着，耽误不得，她回程的票是下午。唐其琛公司事多，把她顺路送回住处就走了。温以宁把东西找齐，也没多余的时间耽误，准备打车去高铁站。

就在她用软件叫车时，一个电话先行进来，是个陌生的手机号。

温以宁接了，那头的声音似曾相识，平静而克制，说："温小姐，我能不能跟你见个面。"

温以宁听完电话里的人所说的之后，有很长时间的静默和考虑，最后果断地拒绝："对不起，我的车票时间到了，您说的地方我赶不过去。"

上海南一点半发车，还有一小时左右。

但安蓝主动更改了见面的地点，就在高铁站附近的一家咖啡馆里。

温以宁到时，人已经等候在那儿了。

这家咖啡馆有两层，一楼人多，二楼却空空如也，安蓝坐在最里面的卡座，戴着一顶鸭舌帽，黑色的宽松风衣罩下来，只留着脖颈间一抹白皙的肤色，她的帽檐压得很低，妆容清淡，一点点的唇彩提气色。她的脸部线条太精美，人间尤物，搁哪儿都是璀璨明珠。

整个二楼都已被她包下，温以宁进来前，也看到门口停着一辆亮红色的保时捷911。这么招眼的车，一猜就是安蓝的座驾。而一层靠近楼梯口的那一坐处，是几个便装的强壮男士。即便如此，安蓝就这么踏入闹市街头，仍是十分冒险的。

竟然有一天，能让大明星纡尊降贵地配合自己，温以宁都觉好笑。

"来了啊。"安蓝看到她上楼，稍稍抬起下巴，"坐吧，想喝什么？"

她面前什么饮品都没有，温以宁说："不用，我赶时间。"

两个人坐在对立面，温以宁不露怯色地看着她。

安蓝的目光毫不掩藏地在她脸上巡视打量，她的气场很有侵略性，似要在一开始就震住人一样。半晌，她才说："我是第一次见你。"

温以宁坦然地接纳她的视线："所以呢？"

安蓝抿了抿唇："我们聊聊唐其琛。"

温以宁来时就做好了准备，并不意外，只是可笑她是哪里来的底气，如此理所当然，如此兴师问罪。她没遂愿，而是反问："您是不是应该先聊一下网上的事，聊一下您对我造成的困扰和伤害？"

安蓝没料到她这么直接和无畏，以强者的姿态毫不怯场，她内心的不甘和愤懑一下子掀起了浪海，怒道："难道说错了吗？我和唐其琛认识多少年，你和他才多久？我们从小一块儿长大，彼此知根知底，感情不是你一个外人能体会的！"

温以宁清淡淡地看她一眼："谁没个好朋友，他朋友那么多，我为什么要单独知道你这一位？"

安蓝凝望着她，眼神怔然，无奈与哀戚浮现其中。她二十余年过得鲜衣怒马，众星捧月，事业和生活，想要的从来都是轻而易举。唯独一个唐其琛，是她可望而不可即的水中幻月。

眼前的这个女人，为什么，凭什么？

骄傲如她，不服，不解，也不甘。

温以宁看着温顺和气，但她身上有一股劲，能拿得住场子，也不惧怕任何对峙与威吓。不卑不亢，这种品质在她身上一直兼备。她沉得下气，也不会轻易跟着对方的节奏走。

安蓝暗忖，忽又轻蔑一笑："温小姐伶牙俐齿，不愧是陈飒的得意徒弟。"

温以宁抬眸，怎又扯到了陈飒。

"陈飒真是什么都肯教你，尽得她的真传哦。"安蓝的双目是她五官中的点睛之笔，笑时，顾盼生姿真真的美。她说，"陈飒当年就是个外地小城市来的，她的事业能爬得这么快，还不是当年攀上了东皇娱乐肖总这棵大树。太子爷一掷千金，帮她铺路搭桥，陈飒才得以顺风顺水。"

温以宁冷言："陈经理的业务能力很强，有目共睹。"

安蓝冷呵："偌大的上海，金子遍地，能力出众的比比皆是，凭什么就她能出头？温小姐，您想得也太简单了。但是我很理解你师父，想要做人上人，自然要给自己找一个靠山。你们都挺有眼光的，一挑就挑中最好的。"

温以宁不置可否，反倒笑着说："如果这样想能让您心里舒坦些，您请自便。"

安蓝扬嘴，敏锐地看穿了她表情一刹的细微变化，该是戳着她的痛处了。温以宁对陈飒是师徒之情，有崇拜有敬意，被人这样说，她心里仍是介意的。

"你真的了解唐其琛吗？这么说吧，我跟他们那个圈子玩了二十多年，他们身边的女伴从来就没少过。你没有那么特别，实在不必把自己看得太重要。"

温以宁平静道："我从未把自己当特别的角色，反倒是你，似乎对我特别上心。"

安蓝恼火，就没见过这么软硬不吃的："你死心吧，他同意，他的家庭也不会接受你的。你知不知道，其琛哥为了你，已经跟他母亲闹翻了。还有他爷爷，对他也失望了。亚汇集团内部的斗争从来就不是一帆风顺。少了唐家的支持，你知道他会过得多累吗？你们这种人，除了在他需要的时候陪他聊天解闷，为他做顿饭，还能起到什么帮助？他是唐其琛，但他不只是唐其琛。他是亚汇的唐总，是唐家的少爷，是他父母的儿子！”

安蓝这一段话，字字铿锵，也是致命一击。

温以宁如坠深渊，心头冰凉，他父母知道了？他还跟他们闹翻了？可这些，唐其琛从未跟她说过一个字啊。

安蓝渐生胜利的快感，终于找到能击溃她的利器，不遗余力地继续：“他为了你，是对我发过脾气，但那又怎样，几十年的情分，也不是发这一次火啊。我习惯了，也无所谓，我跟你不一样，我们两家本就是世家之交，过去，现在，哪怕是未来，你可以去问问他，这层关系他断不断得了。”

门当户对，是这样的家庭之中，永恒不变的原则。

温以宁的脸色白了几分。安蓝的话有理有据，事实陈述，才是最冷酷而凶残的治人之道。温以宁脑子一片混乱，来时准备妥当的盔甲盾牌悉数沦陷失守。

她与安蓝都是有备而来，上下半场的烽火风向却悄然转移。安蓝以锋利的刀刃先行刺破她的金钟罩，随后又收刀入鞘，动之以情。这么光华闪耀的一个女人，悲从中来，眼底竟然泛起微红。

她说：“我从懂事起，就喜欢唐其琛了，我比他小十岁，可他从小就愿意带我玩，说我是小小跟屁虫，比男生的胆子还大。其实我胆子不大，我就是想引起他的注意，得到他的赞许。当年我进娱乐圈，我问过他，他如果他不喜欢，我可以放弃。其琛哥哥告诉我，做我喜欢的，他会为我保驾护航。我对景姨，比对我自己的母亲还要亲近。我的爱比你多，我能为他事业、生活带来的帮助也一定比你多。或许，他是你的全部，但你，不可能是他的全部啊。”

安蓝神色凄美，眼眶湿润，但倔强地不肯让泪水滑落。她的手越过桌面，竟然死死握住了温以宁的手，似怨似求，当真是低到了尘埃里：“温小姐，我性格不好，脾气骄纵，当时也是昏了头才给你惹了麻烦。我向你道歉好不好，我现在就发微博跟你道歉好不好？你把其琛哥哥让给我吧，你要什么我都给你。”

两双手缠在一起，都是冰凉没有温度的。温以宁也不做反抗，任凭安蓝握着，感受她深入骨髓的力气，每一个指关节都掐紧，仿佛掐的不是皮肤血肉，而是温以宁的最痛处。

两人之间这个姿势维持了半分钟，温以宁始终垂眸凝神，目光盯着桌面的某一处，虚虚飘荡，神形俱散。等她回过味，视线聚在安蓝身上时，双眸寂静，越发清冷寡淡。

她看着安蓝，轻声说："你喜欢他好多年，可是，我也好喜欢他啊。我让不得你，我舍不得。"

温以宁心里涌起无声的潮，在静夜里潮涨潮退，把一颗心打得湿漉漉，自然而然地就沉淀了，落地了，所有虚浮瘆人的猜疑和不安，此刻都有了答案和出口。

温以宁灵台清明，很肯定地又重复一遍："我不能把他让给你，也不会把他让给任何人。你有与他一块儿长大的情分，但你真的了解他吗？他这个人慢热，但不是故意拿腔作势，也不是摆什么商业精英的脸子，他就是这样的人啊，他对感情很谨慎，总是要花更多的时间去确认。他不是敷衍随便，他的感情观有一种高级的克制感。你信吗，如果不是他愿意，哪怕你做再多的牺牲，这一生，他也不会爱你半分。"

安蓝脸色瞬白，指甲又掐进她皮肤几分，冷血而绝情道："我们这样的家庭，爱并不是最重要的。只要相敬如宾过一生就够了。"

温以宁绽开笑容，柔和而甜美，她看向安蓝的目光里竟有了惋惜之意。她慢慢把手抽出来，说："安小姐，您真可怜。"

说罢，她站起身就要走。

安蓝如遭雷轰，把她的三魂七魄都给轰碎，怔然数秒，对着温以宁的背影大声："你是自私的，你让他为难，你逼他与自己的亲人反目成仇，你要真的爱他，就不会让他陷入两难，这一点，你永远不如我。"

温以宁不做半刻停留，出了咖啡馆，深秋快至，秋风还是割着耳朵疼了呢。

H市的拆迁户要于本月底全部搬离规划区，周围邻里都搬得差不多了，人去楼空，这个城市最繁华的老旧居民区即将成为岁月长河中一段永不重生的历史。江连雪这种咋咋呼呼的性子，这回倒是心细起来，在找新房子的问题上，她有自己的主意，不随波逐流跟着一群大妈去一窝蜂地抢夺什么内部特价房。

她精挑细选了一个H市经济新区去年交房的中档楼盘，虽然买的是二手，但原来的户主急于用钱，所以价格谈得很合适，装修也漂亮大气，性价比很高。江连雪还看了日子，二十八搬家。

"房本我昨天下午拿到了，手续什么的也都在这个文件袋里。到时候买个保险柜，都收里头。"江连雪喋喋不休，发现没回音，顿时气不打一处来，"温以宁你死人啊，从回来起就魂不守舍的，中邪了是吧，能不能专点心。"

温以宁兴致怏怏："哦。"

江连雪冷哼："我看啊，你就不适合上海。每次回家都没好事。干吗，把这儿当避难所了？你给我小心点，迟早有天不让你进家门。"

温以宁忍不住白目。

江连雪把文件袋系好，放手里掂了掂，看她一眼，老生常谈语气平静道："上海不好，你辞职回来吧。"

"回来能干什么？"

"去三中当英语老师。杨正国一个朋友在教育局管这事，体制内的不行，但能让你先进去，以后有机会慢慢转。"江连雪鲜有这么认真的时候。

温以宁当时都没反应过来杨正国这个名字。后来才恍悟是开出租车的杨叔。虽然她现在都没搞明白，两人是怎么到一块儿去的。她左顾言它，问："你和杨叔叔定下来了？"

江连雪从烟盒里抖出一根烟，低头点燃后用力吸了两口，她没说话。

"看起来是个老实人，搬家的事也没少帮你跑腿。合适就过日子吧，你还真想嫁入豪门当个阔太太啊？"温以宁情绪显然不高，玩笑话也说得低迷消沉。

江连雪吐出薄薄的烟雾，丹凤眼上挑，呵了一声："我当不了，这不是都指望你了吗。"

温以宁没接这茬。

江连雪把烟头按熄，拂了拂腿上的灰，望了一圈屋里，目光最后落在柜子上的那张遗照，温以安永远十八岁，顾盼生辉的眉眼，与江连雪如出一辙。这一双女儿，最像她的还是这个小的。

江连雪冲照片挑了下眉："差不多了，带你住新房子了。"

搬家这天，李小亮带着一帮老同学来给她们帮忙。其实也没什么要帮的了，老家的东西太旧，江连雪看不上，全都换了新的。衣服被褥也都提前搬了进去，今天黄道吉日，也就过个火，走个搬家的仪式。

江连雪的狐朋牌友有三四车，加上温以宁的同学朋友，真还挺有人气的。江连雪打扮得花枝招展，浓妆上脸也很有韵味，她精神抖擞，倍儿有面："那个假山，见着没，很讲究的，这叫背有靠山哈哈。再看看那个大池子，几百条锦鲤可壮观了，这你们就不懂了吧，遇水则发，以后打牌都悠着点啊。"

温以宁忍不住勾起嘴，摇了摇头对一旁的李小亮说："别介意啊，她就喜欢炫。"

"好事，该炫的。"李小亮坐在沙发上嗑瓜子。沙发坐了好几个朋友，一个说："小宁儿，你们这房子真还挺不错。一百三十多平方米吧？"

"啊，对，还送了一个入户的小花园，放杂物什么的很方便。"温以宁给空了的盘子里添满糖果花生，与老友们谈天说地，笑声不断。

添茶水的时候，李小亮帮她接过水壶："我来我来，小心烫。"

众人起哄："噢哟哟！亮亮你这什么心思啊，啊？还藏着哪？"

两个人之间的感情，大伙儿都知道，也都不遗余力地撮合这一对。李小亮笑嘻嘻地说："别闹别闹了，咱们的小宁儿有对象了。别欺负人不在这儿啊，以后当着面可不许乱说话了。"

同学们面面相觑，无不可惜道："宁儿交男朋友了啊，怎么没来呢？带出来跟哥们儿喝喝酒，怎么说也是娘家人嘛。"

温以宁笑着说："他工作忙。"

中午在饭店吃了道喜饭，下午接着打牌，晚上又陪他们K歌，十一点多把客人都送走，这才清闲下来。江连雪坐在客厅拆红包，李小亮包了五千，太多了，江连雪都说："这可不行，待会儿我给他发微信退回去。"

温以宁收拾完卫生，端了杯热水坐在沙发扶手上看她记账，牌友们都给的四百，她同学都是八百，杨正国给了两千，还有一些街坊邻里。红包拆了大半，温以宁看到最后一个，红色信封。名字也没写。

江连雪这才优哉游哉地告诉她："这是你男朋友给的，还是拆迁办的那个人转交给我的。噢哟，他人脉很广啊，这边政府他都认识人？”

看着信封很薄，打开，里面没有钱，只一张银行卡。

江连雪眼睛都亮了，这人见钱眼开的习性永远改不了。她飞快掏出手机，登录网上银行，轻车熟路地输入了原始密码，还真登上去了。金额让她傻眼：“这、这么多。”

十万整。

温以宁要去抢卡，江连雪藏在身后：“他给我的，你抢什么抢。”

温以宁无语：“太多了。”

“我女儿跟他谈恋爱，多什么多，我还嫌他老呢。”江连雪一脸鬼迷心窍，“反正以后都要留给你的，不急于这一时了。”

温以宁没立刻跟她较劲，想着以后偷也要偷回来。她走去卧室给唐其琛打电话，那头很快接了，低沉的一声：“念儿。”

温以宁一颗心又舍不得了，声音放软：“老板你不乖啊，送这么多钱干什么？”

能听见唐其琛隐隐的笑声：“人不能到场，心意自然要重一点，没别的意思，你母亲高兴就好。她好像有点躲我，是不是不太喜欢我？我敢不尽力吗，印象不好，影响我今后的发展晋级啊。”

温以宁抿嘴浅扬：“她没有不喜欢你，她是有点怕你吧。我妈她就是刀子嘴豆腐心，遇到真场合了，挺㞞的。”

唐其琛嗯了声：“你在干吗？”

“刚收拾完屋子。”温以宁躺在床上，滚了一圈，抱着毛茸茸的枕头，垫着下巴问，“你呢？”

“在家，准备睡了。”唐其琛声音温柔。

很安静，话筒里只有他浅浅的呼吸，温以宁能想象出唐其琛现在的姿势，或许是站在窗户边，推开一角窗，有风拂过他的侧脸，头发便漾开一小圈的弧。他长身玉立，脱了外套，只着一件剪裁合体的衬衫，袖口挽上两截，小手臂紧实修长。

这种静宁的美好，哪怕人不在身边，都能在彼此心中百味回甘。

温以宁眼角发酸，莫名有了微微的湿意，她说：“老板，你知道吗？我有时候常常会想到好多年前，我第一次见你的时候，就觉得你好帅，瘦瘦高高的，穿着黑色的衬衫，那个包厢灯光很暗，你就像融进了黑夜里，我当时就看傻啦。这么多年过去了，你竟然跟那时候一模一样，没有老，没有变，连头发丝也是想象中的触感。你就像一部我喜欢的电影，是里面永远不会厌倦和陌生的剧情。这种感觉好神奇啊，似曾相识，好像上辈子就见过你呢。”

女人的声音低吟婉转，盛满了月光。唐其琛在电话那端沉沉一笑：“怎么会没有老呢？过完年我就三十七了。念念，嫌弃吗？”

温以宁恍然如梦：“是啊，可还是好帅呢。”

唐其琛仍在笑：“谢谢啊，今晚老板能睡个好觉了。”

这时，温以宁听到里面传来几声电话铃，但很快又被按掉。她怔了怔，这个铃声太熟悉了，是唐其琛办公室的内线座机。

可一开始，他说他在家，正准备睡觉。

温以宁很快联想到，是不是唐其琛不想让她担心，所以故意说得相安无事。其实他与家里的关系早已水火不容，分庭抗礼，举步维艰。

这个想法瞬间霸占她的思绪，温以宁心都揪起来了。她太久没回话，唐其琛问：“怎么了？”

温以宁忍住鼻酸，扯了个笑：“没事啊，我妈刚才叫我呢。”

这回轮到唐其琛沉默了，他的全部注意力都在这通电话里，根本没有听到任何别的声音。

温以宁后知后觉说错话了，但已晚了。

很长一段时间的安静，温以宁没忍住，捂住嘴，不让他听到自己哽咽的声音。

良久，唐其琛说：“念念乖，不多想。”

温以宁嗓子眼里挤出一个嗯字，用尽量轻松的语气说：“我们家你也来过，是那种老式的家属楼，楼上楼下串门很方便。小时候，我其实有点胖，脸肥嘟嘟的，长身体那会儿特别容易饿，但我爸妈不太管家里，放学回来饿得实在受不了，我就挨家挨户敲门，我嘴甜，胆子也大，叔叔阿姨都好喜欢我，经常留我吃饭。你看我现在长这么好看，多亏那时候百家饭吃得好哦！”

唐其琛没说话，但她能感觉到他在微笑。

温以宁握紧手机，嘴唇都快贴着屏幕：“老板，我从小就招长辈喜欢，老少通吃，从没失手，不会给你丢人的。”

唐其琛明白，他当然明白，他的念念是在给他定心丸。两个人谁都不提一个字，挨的苦，受的难，都以一己之力承揽，他们站在对方的角度，疼惜着，努力着。

彼时的亚汇集团总裁办公室里，灯光尽数熄灭，只留一盏顶灯，柯礼坐在沙发上，从冗长的报告里抬起头，一眼就看到办公桌后的唐其琛，即使倦色难掩，但面容依旧沉静而温柔，而那双狭长冷淡的眼里，竟然有了暖春般的诗意。

已过零点，柯礼起身走过来，低声问："唐总，今晚您就别通宵了，我送您回公寓早点休息吧。"

与温以宁的电话一结束，唐其琛的脸色又肃穆起来。仰着头，靠着椅背闭目，半天都没动弹。柯礼的视线落向他的手背，上一次打针没有按压好，针孔周围还留有淡色淤青，旁边的新针孔又添了两个。

柯礼知道，唐其琛这段时间的压力有多大。

景安阳雷厉风行，态度明确，数次施压。作为晚辈，身为人子，唐其琛自然不会与之顶撞，他的漠视和无声坚持，与家里的关系几乎降到了冰点。温以宁休假半月有余，陈飒一直没让她回归岗位。这也是唐其琛的授意，至少让人远离风暴中心，还她一个相对安宁的环境。

有一次陪唐其琛回唐宅，景安阳和他争执终于升级。最后，景安阳那么贵气自持的人，都忍不住流出泪来，呵斥唐其琛不孝。唐其琛脸色亦难看，拂袖离开，当晚胃病又复发，挺严重的，却强打精神，硬是拦下柯礼，死活不让他告诉温以宁。

唐其琛和家族的抗争，最直接的战场，就是与他母亲景安阳的冷战。

公司近期也不太平，数次传闻，唐老爷子有意将手中股份转让给唐耀，也不止一次在公开场合赞扬这个孙儿，称他进退有度，是成大事的人。

唐其琛连续通宵工作了两夜，人都瘦了半圈。这么多年为了亚汇的发展，胃是在酒桌上熬坏的，他没有烟瘾，这几年下来，也从未再抽过。但就是这段时间，柯礼竟然发现，他办公桌上，有拆开的烟盒和火柴。

唐其琛站在落地窗前，双手并入裤袋，室内温度适宜，他脱了外套，纯黑衬衫外是同色的马甲，勾得他宽肩窄腰，腿的线条笔直匀称。窗外的东方明珠塔光芒闪烁，黄浦江面静得像是一匹黑色绸带。

唐其琛眼神遥望，落寞而疏淡。手机搁桌面已经响了两次，但他瞥见屏幕后，却是故意不接。再后来，景安阳的电话直接打到了柯礼那儿。柯礼权衡轻重，还是劝唐其琛："唐总，夫人找您。"

唐其琛沉默了数秒，接过，举在耳畔。

对方声音似有无奈，唐其琛听了几句，顿时愣住。

景安阳竟然主动求和，平声静气道："让两家人见个面吧。"

景安阳多余的意思未再表达，唐其琛也无从知晓她的本真意图。

但在境地两难的现在，他宁愿去相信这是母亲恻隐之心下的善意信号。唐其琛先是在电话里跟温以宁说了这件事，他的语气是有期待和渴望的，那种小心翼翼的试探和藏不住的微喜，在这个情绪克制的男人身上，竟然就这么轻易泄露了。

温以宁虽然有隐忧和莫名的畏惧，但抵不过他这番真情实意。她酣畅愉悦地答应，声音像是蝴蝶在阳光下微颤的双翅，轻声说："好的呀。"

回头跟江连雪一说这事，江连雪大感意外："我天，你俩什么时候关系进展得这么快了？这、这都要见家长了？"

温以宁脸颊微窘："哪里快了，你别多想好不好，这不是见家长，就一起吃个饭。"

江连雪吃惊："这还不叫见家长？"

温以宁无法反驳。

一支烟的时间，江连雪斜睨她一眼："这点出息。"又缓声问，"你真想好了？跟着这个男人了？"

到底是母女，虽然从小到大她与江连雪的关系不尽如人意，但彼此都是世上唯一的血肉至亲。在这个赐予她血脉的女人面前，如同世间每一个小女儿，在步入某个新阶段时，羞怯疑虑，也想问问母亲，此人是不是良人。

母女之间难得平心静气，温以宁抿了抿唇："一直没问过你，你觉得他好不好？"

江连雪神色平坦，语调亦平静："能不好吗，礼金出手就是十万，别人送钱，他送银行卡，我是没见过这么骚的。上回来接他的那车，我认识，宾利。就我们这个小地方，都找不出一辆一样的。这么有钱，能不好吗？"

温以宁愣了一下，连白眼都不想翻，就知道从她嘴里套不出正经话。

江连雪换上笑脸，飞舞着眉毛喜不自胜："吃饭能不能谈一谈嫁妆了？我心里是有数字的啊，太低可不行。房子他负责，我送你一辆代步的车呗。"

温以宁气得拂袖而去，这人简直不可理喻！

好半会儿，江连雪才来敲她的房门，懒洋洋地倚在门边，拨了拨耳边的头发，嗤笑地望着她："开他两句玩笑还生上气了。你这么宝贝这个男的，我能不去吃这个饭吗，放心吧，不会给你丢脸的。什么时候啊，高铁票你报销啊。"

饭局定在这周六。

江连雪看着不怎么靠谱，但其实对这次见面是上了心的。

她的头发不久前才做过，发质和色调都保持得很有型，但她还是重新去做了个发型，把之前稍显浮夸的酒红色，换成了更显稳重大气的淡栗色。她做完回来后，人没什么精神，傍晚就进房睡觉，一直睡到第二天早晨。温以宁没少笑她："啧，是谁说的，穿个破铜烂铁都不带怵的？"

江连雪才做过的指甲又尖又细，手不留情地就往她脑门上招呼："死丫头！"

温以宁跟不倒翁似的，戳下去又弹回来："还有衣柜里那两条新裙子，上回我逛街看到可是不打折的啊。"

"呸！还不是为了你这个小没良心的。"江连雪昂着头，脖颈修长白皙，皮肤状态在同辈里简直是逆生长，她挑眉得意道，"他们那样的人家，肯定是精精神神的，我也不能太输给未来的亲家，丢人。"

温以宁看着她张扬跋扈，风风火火，但心底的一洼软地，仍是有所触动的。江连雪话不好听，但那份心思敞亮剔透。红尘之大，于她们母女二人已是相依为命，她只是想尽可能地为这个女儿撑腰。

江连雪人本就漂亮，如此用心打扮，更是夺人眼球。出发那天，杨正国开着出租车来接她们，见着江连雪穿着风衣高跟鞋，五十好几的北方爷们儿愣是脸红心跳，起步时档位都给挂错。

江连雪年轻时是小妖精，现在便是老妖精，坐在副驾驶也不老实，逗得杨正国磕磕巴巴的，舌头都捋不直了。温以宁在后排，抿着嘴偷笑。唐其琛的电话早上就打了好几个过来，路上又发微信，说自己在站内接她。

四点一刻到上海站，下了站台就见着了唐其琛。他今天的着装风格也闲适，黑衣打底，套了件白色的风衣，两个简单的颜色搭着，把人衬得利落精神。温以宁很少看到能把白色穿得这么恰当的男人，多一分嫌油腻，少一分又有装嫩之疑。唐其琛立在那儿，远远对她笑，就像雪山月光照亮黑夜，矜贵极了。

“伯母您好，一路辛苦。”唐其琛接过行李，态度和气恭敬。

江连雪笑眯眯道：“等很久了吧。”

“应该的。”

唐其琛顾着礼貌，一路与江连雪攀谈更多。他与温以宁也有很久没见面，但长辈在场，两人没有表现得太明显。后半程，江连雪顾着去看窗外的街景，话题暂停。唐其琛的掌心才安静地覆上温以宁的手背，指腹轻轻摩挲，然后紧紧握了握。

温以宁侧过头，目光恰好撞进他视线，两人无声对望，嘴角弯起一道浅弧，交叠的手便又自觉地松开了。

吃饭的地方在中山路，这家餐厅唐其琛来过一次，装潢定位极尽奢华，其实与景安阳素日的偏好并不相符。但换个想法，兴许是景安阳尽地主之谊，特意彰显隆重之举。到了地方，有专人泊车，引路的侍者对唐其琛恭敬道：“唐先生，夫人已经在包厢里了。”

唐其琛亦颔首，侧身将路让出来，让江连雪走前面：“伯母，您请。”

江连雪下意识地压了压裙摆，微扬下巴，看起来从容又自然。但温以宁看见她背在身后的右手手指蜷了蜷，像是要抓住什么似的。温以宁便明白，她还是紧张了。

这种场合的气势是很能震人的，一句唐先生，江连雪就知道唐其琛的身家地位比她想象中更丰盈。最隐秘的那间小厅在山水阁的后面，侍者在门口便止步，礼貌退下。唐其琛推门而入，叫了一声：“妈。”然后让出后背，露出了江连雪和温以宁的身影。

景安阳坐在主位，只身一人，但她一眼望过来，目光像是一顶发光的罩子，能将人从头到脚都审视个彻底。她今天的穿着格外华丽，正儿八经的旗袍装扮，衣襟上的丝线花纹精致泛光。衣领遮住一半脖颈，但丝毫不折损颈部的线条，连着往上，一张脸保养得宜，岁月从不败美人。

景安阳浅浅扬笑，倒是起身迎了一把，肩上搭着的披肩慵懒华贵：“坐吧。”

温以宁按下心头紧张，落落大方道：“伯母您好。”

江连雪也是一副笑脸：“小唐像妈妈，难怪生得这么俊。”

景安阳嘴角动了动，表情温和依旧，但再也没有别的内容了，她目光一掠，问：“你就是以宁？久闻不如见面，是个美人坯子。”

唐其琛顺势牵住温以宁，把人领到面前。景安阳不动声色：“我对你有印象了。我们不是第一回见面，上次的慈善晚会，陈子渝旁边的就是你。”

温以宁略觉紧张，她竟然还记得。又迅速回忆一遍，是不是当时自己的表现很差劲。不得不承认，景安阳这种长辈太有距离感，从骨子里散发的气质锋利又有质感。大约是感觉到了她的紧张，唐其琛握着她的手更用力了些。就是这一握，让她游离无底的心又迅速缩小，脚踏实地的感觉瞬间充实全身。

四人落座，江连雪坐在景安阳旁边的位置。平心而论，江连雪的五官相貌更为出众，但景安阳的气场太厚重，手腕上一只翡翠镯子随着动作偶尔轻晃。她客客气气地说：“都是这里的特色菜，也不知合不合你们的口味。”

江连雪热情应答：“好吃的，好吃的。”

鱼子酱手卷、海芦笋香柑味泡沫生蚝、蜗牛泡芙，这几样江连雪哪里吃过，人对新鲜事物的兴趣总是会很直观地表现出来，江连雪也不是个能藏事的细腻性子，大大咧咧的赞叹之词跟顺口溜似的说出来了。

唐其琛笑着说：“您要是喜欢，下次陪您常来。”

景安阳端坐着，吃了几口便放下筷子，问江连雪：“要不要喝点酒？”

盛情难却，江连雪爽快道：“好啊！”

景安阳便对唐其琛说：“我在这里存了几瓶，其琛，你去拿吧。”

唐其琛放下喝了半碗的汤，应声去了。

门关，人走，包厢里陡然陷入沉寂。

江连雪觉得不太自在，若有所思地望了眼温以宁。温以宁也觉得有些尴尬，想挑个开场白，但视线一对上景安阳，嗓子就封堵住了。

景安阳将她的反应看在眼里，面容方才还能勉强称之为和气，现在一瞬收敛，已是八风不动。她看着温以宁，目光疏淡冷傲，平静道："温小姐，你和其琛不合适。"

气氛瞬间淬了火。

这个转折近乎残忍，仿佛能做戏到现在，已是景安阳最大的让步。不顾人情脸面，不忌这个场景的初衷，景安阳残酷地撕开和平表象，杀得温以宁措手不及。

"其琛是我唯一的儿子，整个唐家，对他寄予了多深的厚望，你不会了解。当然，你也不需要了解。温小姐，你很优秀，你在复旦的专业老师，毕业这么多年还记得你。他说你天生是学语言的璞玉，我与她相识数十年，能得她一句夸赞的学生并不多。"景安阳温言好语地说着，她语速慢，每一个字都像暴风雨前的霹雷闪电，"温小姐，我不否认你的优秀，也请你不要耗时耗力，把大好的青春年岁花在其琛身上。"

温以宁的脸色，以可见的变化，一秒一个样。她今天穿了条淡青色的裙子，长发垂在肩头，肩膀瘦削，白净的脸庞此刻没有半分血色。但依旧端正坐着，维持着该有的姿态。

景安阳说："飞蛾扑火的道理不难懂，但结果都是自取灭亡。温小姐，你是聪明人。作为母亲，我感谢你对我儿子的青睐。但你的这份青睐已经对他，对我们家造成了困扰，我不希望这样的不和谐影响这个家庭。"

温以宁耳畔都是嗡嗡声，甚至一刹目眩，下意识地去抓桌角。她咬牙入肉入血，才堪堪不至于失态。一个有气场的长辈，若真要与人针锋相对时，谁都扛不住。景安阳的话很凌厉，偏又有条不紊，显然是有备而来，拿着锋利的刀刃一点一点挑破对手的承受底线。

室内的空气变得黏稠腥辣，沉默之中不留一丝转圜余地。温以宁渐渐低下了头，但她的眼睛干涸得无比疼痛。

听蒙了的江连雪最先回过神，但这样的疾言厉色也打压了她的情绪，平日的张扬泼辣都不见踪影，她看向景安阳，声音有些发抖："话可不是这么说的。你的儿子是宝贝，我女儿就低人一等啊？"

景安阳闻言一笑："我从未这么想过任何人。我只知道，尊严是自己挣的。江女士，您当年未成年就怀孕生子，为了一个男人，您年纪轻轻就能与家里反目成仇，与父母断绝关系，这种魄力真不是谁都有的。"

江连雪怔然，嘴唇上下相碰，却说不出一个字来。

“有情饮水饱，这个道理您体会得很透彻，不过从您身上，也证明了一个道理，人都有看走眼的时候。你丈夫待你不好，打骂是家常便饭，你能以一己之力拿菜刀剁了丈夫的一个手指，实在有巾帼不让须眉的风范。您这样性格教育出的儿女，自然不会低人一等。”景安阳微扬下巴，冷漠得像在说着最无关紧要的故事。

江连雪猛打了个寒战，跟被瞬间封印了一样，灵魂都被抽走了。

她骄傲一生，潦草一生，爱恨一生。她从小自恃清高，什么都要争个第一，就连选男人，都轰轰烈烈，潇洒自我，却偏偏不如人意。温以宁的父亲空有皮囊，败絮其中，打闹一辈子，她最后还落了个年轻寡妇的结局。这场婚姻的失败，是江连雪头顶上的一把利剑。如今被另一个女人三言两语地挑破，那把剑笔直下坠，活生生地将她劈成了两半。

这是江连雪最隐秘，最难以言说，最极力掩藏的失败。

她丧失了活人气，整个人仿佛瞬间苍老了十岁，这一身用心的装扮，新做的发型，新做的指甲，都成了供人围观的笑话。温以宁掌心冰凉，眼眶红透了。她心痛又无力地望着江连雪，那种从肉体到灵魂的愧疚感，几乎将她击得粉碎。

景安阳表情平静，没有沾沾自喜的快感，也没有耀武扬威的得意。她端起茶杯，揭开盖，从容地品了品。茶香隐隐，热气缭绕，是上好的铁观音。

这时，唐其琛推门进来，手里拿着一瓶红酒，对过去几分钟发生的一切一无所知。

“您存了酒吗？托人找了好久。他们不敢来问您，罢了，我挑了一瓶新的，伯母，您先尝尝，若不喜欢再换别的。”说着，唐其琛刚坐下，温以宁就站了起来。

他抬头看她：“嗯？”

温以宁却不看他，眼神垂着，整个人虚浮得像是没有焦点。她说：“我还有事，就不陪你们了。”

一句话结束，然后伸手揽了把江连雪，把她从座位上扶起，顿了顿，声音极力克制着平缓，对景安阳说：“伯母，您慢吃。”

踏出包厢，铺着厚厚地毯的走道上灌入风，唐其琛的脚步匆忙跑近，拉了拉温以宁的胳膊：“怎么了？”

温以宁强打精神，冲他笑了下："老家出了事儿，要赶回去。"

唐其琛皱眉："念念。"

温以宁的眸子清清亮亮，跟他对视时也没有半分波澜。一个不肯泄露情绪，一个不肯放开她的手，两人之间诡异盘踞，是暗暗较劲的对峙。

直到江连雪出声："老板，放过她吧。"

一语双关，这话意味不明，但在这敏感的时刻，就像一把重锤砸在了唐其琛的气门。

江连雪整个人都沉静了，淡声说："真的有事情，要回家。"

唐其琛语气缓了些："伯母。"

"我们要回家，现在，立刻，马上。"江连雪扯出一个人畜无害的微笑，"谢谢你家里人的热情招待。"

让她们知道，人与人之间三六九等，贵在自知之明。

唐其琛能感受出某种东西在两人之间做着无声的分割，他眼下莫名其妙，但直觉不能撒开温以宁的手。这种掌心交叠滋生出的力量和温度，是他们之间的默契。但这一次，温以宁没再回应他的坚持，冰冷柔软的手像鱼儿一样从中滑脱，然后挽着江连雪的手，背脊挺直地离开了。

之后的事，温以宁自然无从知晓。但据这家餐厅的服务生说，她们离开没多久，那间包厢就传来激烈的争吵。杯子跌落于地，破碎的声音刺耳怖人。

门再次从里打开，唐其琛喘着粗气，满目刺痛和悲凉。而身后的景夫人亦声嘶力竭："其琛，你当真为了那个女孩儿什么都不要了吗！"

唐其琛驻足片刻，背影像是暴雪初来的天色里，最锋利的那道光影，他的眉眼之间全是彻骨的冷，声音压抑痛苦得近乎哽咽："呵，您都这样了，我还有的选择吗，我还能选择吗？谁还敢要你儿子啊！"

高铁到站H市，已是晚上七点。

深秋了，天色转眼就彻底黑下去。杨正国开着出租车在站口接到母女俩，怎么来的又怎么将人送回了家。他也看出了两人状态的不对劲，气氛有些丧，与早上真是天壤之别。但杨师傅是个老实人，寡言少语，这种时候，更不会多问。

到了家，江连雪就进去卧室了，她没关门，在里面忙活着。温以宁把电视开了，然后坐在沙发上，半天也没见调一个台。

“过去点，挪个位置给我。”江连雪走出来，换了身睡衣，妆也卸了，才做的头发也给扎了上去。她素面朝天，精气神似又恢复了大半。

温以宁看到她手里的一沓东西，第一个就是房本。

“这个邮政的存折里，是你爸死的时候赔的保险费用，一共七万八，你上大学的时候用了两万交学费，里面还有五万八。这一张工行的，是咱们的拆迁款，这套新房花了一百零五万，还剩六十三万搁里面，我存了个定期，两年的，利息高一点。”

江连雪把两本存折啪的一声丢在了温以宁胸上。

“这个卡，你去上海待了三年，这三年给我寄的钱，微信上转的账，乱七八糟的，反正你给我的都在里面了，四万多，我一分没有动。”

温以宁愣然，不可置信地看着她。

“房本，户主写的是你的名字。本来呢，我还想把这拆迁款给你，让你去上海买个房子，但估计也买不了一个厕所了。”江连雪冷哼，“上海有什么好啊，每回都是惹了幺蛾子回来老家。我服了，温以宁，你是瘟疫吧，自个儿受着就算了，还传染给了我。”

抱怨过后，安静半晌，江连雪深吸一口气，说：“我恨那个城市。”

温以宁心口发涩，却也无力解释和安慰。

“这些卡和存折的密码都是一个，你生日的年和月。以后要用了，别慌，都是你的。”江连雪掂了掂手中的文件袋，自嘲一笑，“东西也够多了啊，可惜啊，人家看不上这陪嫁。也是，他那样的家庭，缺的哪是陪嫁。哦不，他们什么都不缺，只是要找一个门当户对的，能够相配的。”

江连雪叹了口气，垂下手，把东西都往茶几上一丢，负手环着胸，侧头看着她：“你昨天不是问我，觉得唐其琛好不好吗？”

温以宁鼻子有点堵，声音也极力绷着，像是感冒的那种沙哑：“你说他好，在你心里，有钱的就是大爷。”

江连雪笑得花枝乱颤，眼纹也深刻了几道，笑意收敛之后，她幽幽道：“他对你好，我看得出来。男人是不是诚实靠谱，你们没有识人的慧眼。只有经历过人渣和被生活折磨过的人，才有这个本事。”她自嘲一笑，“再也没有比老娘更有本事的了。”

“但你要问我真实想法，我并不认为他适合你。”江连雪淡淡地说，“你们之间，差距太大。他那个老巫婆的妈今天有句话是在理的，如果你相信有情饮水饱，那么未来，你会受苦的。”

温以宁眼睫微眨，垂在腿间的手指不停地揪着沙发垫上的流苏。

江连雪扫她一眼，又想抽烟了，但烟盒空了，她只得作罢。

“我呢，从小也没太管过你，现在大了，自然犯不着说什么‘不希望你受苦’的虚伪话。我就是把我这一生走过来的路讲给你听，有时候吧，人就是一刹那的鬼迷心窍，跟他分开一段时间试试看，也许，你以为的那些浓情蜜意，其实并没什么了不起了。当然了，你要觉得开心，那就什么事都没有了。开心需要代价来交换，千金难买你愿意。”江连雪忽又嘻嘻笑了起来，“哎呀呀，不愧是我生的，都是情种呢。”

她叠着的腿又放下，从沙发上站起来，拨了拨微卷的头发，风情就这么勾了出来。

温以宁忽然说：“妈，对不起。”

江连雪背影一顿，侧过头，说：“我这一辈子，就活一张脸，但今天被人把脸撕得干干净净。”她声音微颤，白天那一幕幕也是她痛苦的根源，“但我不需要你这声道歉，我白天忍着不发飚，就因为你是我女儿，我可以不要脸面，但我不能让别人戳你的脊梁。以安没了，我就只有你一个亲人了。”

客厅的顶灯炽热雪亮，从上至下地罩着江连雪。这个四十多岁、命途多舛的女人，命运待她有失公允，却也让她一身傲骨重塑金身。

温以宁坐在沙发上，垂着头，双手掩住了眼睛。

过了没多久，江连雪又从卧室走了出来，伸过手，手机捏在掌心，平静道：“他的电话打到我这里了。”

温以宁的手机在高铁站就没电关了机，回来后忘了这茬，搁在包里也没有充电。唐其琛十多个电话打不通，便打给了江连雪。他在电话里对江连雪致歉，那种心酸与无力从语气里便能听出是真心实意。江连雪嬉皮笑脸，大度着没当回事：“没关系的，不提不提了啊，下回吃饭呢，你就上我们家来吧，吃的没那么贵，但一定让你吃饱。”

唐其琛说他就在H市，在楼下。

温以宁接到电话后，披着外套坐电梯下楼，走在楼道口，就看见唐其琛形单影只地站在路灯下。深秋风寒，连西天的月亮都盛满了冷情，细如镰刀地挂在夜空。路灯的灯泡处，偶有飞蛾扑腾。

这么冷的天，唐其琛就穿了一件单薄的打底衫。黑色的那件，白色外套都不见了。

两人隔着楼梯口，就这么望着。

人在眼前，目光却遥远。

唐其琛手里还夹着抽了一半的烟，烟头星火点点，烟雾缕缕都被冻住一样，像是倒叙的镜头，竟恍然之间有了深冬的萧条之感。

温以宁心里一下子刺痛了，唐其琛这么多年都不曾抽过烟，现在却破了戒。

唐其琛把烟就放在指间碾熄，丝毫感觉不到灼痛。温以宁眼睛微发酸，走向他："怎么没有穿外套？"

唐其琛说："走得太急，落下了。"

两人之间又陷入沉默，秋风在中间穿堂而过。

唐其琛沉声打破僵局，说："刚刚跟你母亲打电话，她让我下次来家里吃饭。"

温以宁抬起头，目光落向他。

这一停顿，再开口时，他声音都有些哑："以宁，还有下次吗？"

温以宁鼻尖一酸，串联了眼底的暗涌，瞬间分崩离析，再也控制不住地落下泪来。唐其琛心疼得不行，把人搂进了怀里。

骤然合体的温度稍稍抬高，劈开了寒风。唐其琛心里空虚踩不着底，他下意识地把她抱得更紧。

他不敢松手。

他怕生命之中好不容易捎来的春风，到此止歇，有去无回。

直到下一秒，温以宁的手轻轻地、主动地环上了他的腰，唐其琛冷汗湿透后背，一颗心重重砸地，虽疼，他合上眼睛，但好歹是踏实了。

温以宁把唐其琛领回了家，江连雪并不感到意外。她又换下了睡衣，穿了套能见人的。笑眯眯地开门，对唐其琛很热情。

"看看我这新家，三个大房间呢，次卧也很大的对吧。还有洗手间，这个浴缸我新装的，还带按摩效果呢。"江连雪把新房来回介绍了个遍，看得出来，她对新生活是充满欣慰和期待的。

唐其琛跟在她身后也很耐心。

江连雪把人带回客厅，笑着说："你什么样的好房子没见过啊，坐吧坐吧。"

"房子很好，这个地段也会升值，伯母您眼光很好。"唐其琛说得真心实意，倒没有半点敷衍和不耐烦。他仍心有歉疚，"伯母，今天是我家里对不住您。"

江连雪大度地摆摆手："嗨，不提不提了，为人父母，我也能理解。真没多大的事，现在你是不了解我，以后你就知道，我这人最大的优点就是脸皮厚。"

温以宁低头笑了下，真把缺点当优点了。

话都到这份上了，可见是真不想再回顾那些难堪的事。当时包厢里的对话，唐其琛不在场，不能悉数了解。但也能想象是个什么艰难场面了。江连雪今天的待客礼数格外周全，客客气气的，没让人有一点不自在。

她说："你今晚就住我们家吧，大晚上的，也别去外面找酒店了。温以宁，你的人你就自己照顾了啊。"

说完，江连雪就进房间睡觉了。

唐其琛看着温以宁，伸手摸了摸她的脸。温以宁只觉得他指尖冰凉，还有淡淡的烟草味。温以宁把他的手拿下，然后小手指轻轻勾了勾他的食指。两个人就这么坐着，听着电视机里的新闻，好一会儿都没有说话。

插播广告的时间，温以宁转过头，看到唐其琛时，她眉头蹙了蹙。

唐其琛闭着眼睛，呼吸有点沉，脸色很差劲，一只手和她勾着，另一只手搭在自己腹部，五指偶尔发颤，用力按着胃。温以宁顿时紧张："怎么了？不舒服吗？"

唐其琛睁开眼，摇了摇头。

温以宁直接问："带药了吗？"

"走得急，没带。"

也是，深秋了，他连外套都没穿，又怎么会记得带别的呢。温以宁从房里搬出一床厚毯子给他盖着，又倒了杯热水，她把客厅空调开了："你忍忍啊，我下去给你买胃药。"

唐其琛抓住她手腕："不用了，我的药都是老陈单独配的。"

言下之意，别的也起不了作用。

温以宁心酸又心疼："那你还到处乱跑什么？天气冷不知道，衣服也不知道加一件吗？"

唐其琛说："我怕来得再晚一点，你就真不要我了。"

温以宁哑着声音："老板你这是苦肉计吗？"

唐其琛嗯了声，拽着她的胳膊往自己身边拉了拉，疲惫道："让老板抱一抱。"

他双手搂住她的腰，半边脸都枕在她柔软的腹间，呼吸渐渐平缓，鼻间都是女孩儿的馨香。温以宁一低头，就能看见他露出的后颈像白玉一样。她将手轻轻放在头发上，细腻地抚摸着。两人动心动情，也无比沉默宁静。仿佛这种幸福的时刻，拥有一刻，便少一刻。

唐其琛犯起病来特别难受，一张俊脸白得都不能看了，双鬓里细密的汗一层又一层地往外涌。温以宁害怕地说："去医院吧。"

唐其琛也没再坚持，说："附近有药店吗？"

"有的，小区外面五十米就有一个药房。"

"止疼药，按效果最好的买。"

眼下也顾不住那么多了，温以宁换好鞋刚要出门，江连雪从卧室走出来，打着长长的哈欠："干吗去啊大晚上的？"

温以宁示意她小点声音："他胃疼，我去给他买止疼药。"

"疼得厉害？"

"嗯。"

"别去了，小区那个药店卖假药的。"

江连雪径直走去房间，再出来时手里多了一个白色的小瓶子："吃这个吧，这个管用。愣着干吗，去啊！"

温以宁犹豫了片刻，把药拿给唐其琛，唐其琛看了药名，说："能吃。"

一粒就水吞服，半小时后，唐其琛觉得自己半条命又捡回来了。温以宁把药还给江连雪时，顺便问了一句："你怎么也有止疼药？"

江连雪凶她："我怎么就不能有啊，痛经不可以啊，照顾好你的老男人吧！"

砰！

门关紧，震了温以宁一嘴灰。

唐其琛这晚就在她家住着，也没让人铺床，睡在了沙发上。一天耗下来，他的手机早就没了电，温以宁把充电器给他，一开机，未接来电和短信的提醒振个不停。

家里的，公司的，柯礼的，傅西平的，南京外祖家的，还有他爷爷的。唐其琛看了几条，就把手机屏幕朝下，盖在了桌面上。温以宁正给他拿枕头，瞧见他独坐的模样，酝酿了几秒，还是低声劝："事情多的话，早点回上海。"

唐其琛甚至不用多说一个字，她也能猜到上海那边是个什么局势了。他既然知道了景安阳为难她们的事，那一定是大动干戈过的。以前与母亲顶多只算冷战，但这次之后，就是把情绪都摆在明面了。

唐其琛深深看了温以宁一眼，眼眸里装的是轻云薄雾，掩盖住一堆烦心的烂摊子，和气与温存仍然只留给她。他说："没事，陪你两天。"

温以宁没再劝，浅浅笑了下："好啊。我们这个小地方没什么景点，但郊区有一些古庙寺院还算出名。明天带你去转转。"

次日阴天，连续几日的晴朗天气终于退场，看天气预报说，晚上开始就要降温了。

两人出门的时候江连雪还没起床，温以宁给她留了一屉小笼包在锅里，然后便带着唐其琛去公交站。那个地方叫夜阑寺，是当地的一个景区。说是景区，但政府这几年也没规划推广，来玩的多半是本市人。

暑假的时候闭寺翻修，前两日才重新开寺。温以宁有个高中同学是施工方，在群里提过一句。所以他们去的时候，恰恰好地避开了高峰。

寺庙在半山腰，两百来米也不算很高，温以宁带着唐其琛从小道上山，秋高气爽，林间草木正是四季之中最温柔的时候。两人沿着台阶走，好风景总教人心情放松，温以宁跑得快，一步想窜上三级阶梯，结果跨得太远，没使上劲，一膝盖就跪在了青石板上。

唐其琛扶她起来："摔疼了吧，走路能起飞了。"

温以宁往地上一坐，右脚往前伸，耍起赖来："老板吹吹才会好。"

唐其琛半蹲着，望向她的眸子里阳光细细碎碎，然后弯腰低头，在她的膝盖上亲了亲。温以宁霎时红了脸，把脚收回："好多灰，老板你不讲卫生。"

唐其琛就凑过来，直接在她唇上亲了一口："有灰？"

温以宁抿紧嘴，点头。

他又亲了上来："还有？"

温以宁笑着推他一把："别闹，山上有神仙的。"

唐其琛索性压着她的后脑勺，两人接了一个柔情绵长的吻："那正好，做对神仙眷侣了。"

就这样，一路跟秋游似的到了夜阑寺，寺院前坪有年轻的僧侣在清扫落叶，细竹条扎成的扫帚轻磕地面，簌簌声像雪落下来的声音。跨过高高的门槛，能看到天井正中央立着的古钟。

温以宁拿了三炷功德香，在香炉中的红烛火焰上点燃，然后跪在菩垫上，对着正前方的菩萨三跪九叩。她合上眼睛，举着香，整个人安宁又祥和。

唐其琛不信这个，只在外面看着。

他喜欢的女孩儿，正在虔诚祈愿，不管愿望里有没有他，这一刻的温柔足以让他回味好多年。等人出来，唐其琛问："那边的偏殿是新修的？"

朱漆都是新鲜的，这是罗汉堂，供奉了五百罗汉。雕塑金身傍体，千姿百态，传神动人。唐其琛站在中间，正在翻着佛台上的功德名册。

温以宁走过来，说："很多人会随缘捐一些香火钱，住持会做记录，每个月供一次佛灯。功德越大，供奉的时间就越长。"

唐其琛合上名册，掏出钱夹，把里面的现金都塞进了功德箱。此行来得匆忙，他本就没带太多钱，但也有五千来块。殿内的住持走来，向唐其琛行了个礼，唐其琛颔首回应。

师父说："万发缘生，皆系缘分，功德留名，庇佑施主福泽绵长。"

他摊开名册，毛笔搁在砚台上。

唐其琛说："我自己来吧。"

师父谦让，帮他磨好了墨。唐其琛还是少年时代跟着南京的外公学的书法，外公戎马一生，薪火尽传，总对后辈有所寄望。练字能养心，但外公没让唐其琛多练，因为当时的唐其琛不过十五出头，心智却敏锐沉稳，早已超脱了很多成年人。

唐其琛执笔蘸墨，手腕轻动，笔锋韧利，在名册上留的是——温以宁。

搁下笔，唐其琛转过头对她微笑，目光装满了慈悲，他温声说：“念念一生平安喜乐。”

温以宁的心狠狠一揪，平生所求，这一刻都实现了。

山上秋寒露重，温以宁怕他才好的身体又受凉，转了一会儿就下了山。回程的公交车没几个乘客，两人坐在后排的位置，午后阴云散开了些，阳光跟着露了脸。温以宁靠着他的肩，两人十指相扣。但握得再久，她的掌心热了，指尖还是冰凉的。

到了城南公园站，温以宁就带着他下车。唐其琛记得这不是她家附近，正不解，温以宁招手拦了一辆出租车。她笑着说：“我们打车吧。”

这个时间过度太快，基本没给唐其琛反应的时间。上车后，温以宁对司机说：“师傅，麻烦您去高铁站。”

唐其琛愣了愣。

温以宁看他一眼，然后从包里把早就买好的票拿了出来，她说：“我昨晚就给你订好了，早上我起得早，就去代售点取了票。你回上海吧，别为了我耽误事。你电话昨晚上就一直在响，我都知道的。”

她声音平稳，说到这里，仍是不可抑制地颤了颤，用轻松的语调说：“老板，不要消极怠工，不要偷懒哦。”

唐其琛看着那张车票，半小时后发车。他这一走，伤了多少人的心，他这一回，又将面临多大的难。很多人都明白，却没有人比温以宁更能体谅了。

唐其琛嗓子疼得难受，刚想说话，温以宁抢先一步，她眼神俏皮，藏不住期盼的光亮，挽过他的手摇了摇：“你能不能答应我一件事？”

答应，要什么都答应。唐其琛不做他想地点头：“好。”

温以宁乐了：“我都没说什么事呢，答应得这么快，不怕我敲诈你啊。”

“只要你开口，什么都给你。”唐其琛语气郑重。

温以宁敛了敛笑意，轻声说：“老板，我想去看极光。”

唐其琛意外的是她的要求竟然这么简朴，唯一的难处大概就是他的时间安排。但他没有任何犹豫地就答应了：“好，我带你去。”

这次之别，两人就有半个月没见过面。

去北欧需要办理签证，他走后，温以宁就去交了手续申请。虽未见面，但唐其琛的电话至少每天一个保持着联系。有时候会议时间拉长，他就给她发信息，总之，让她知道，自己一直是在的。至于其他的事，温以宁一直没有过问。

她不问，不代表不知道。

她和几个同事的关系特别好，很久之前就建了个小群，气氛一直不错。请假的这些日子，另几个也没少聊公司的事。上周，瑶瑶告诉她，集团董事会成员变动，唐耀持有亚汇7%的股份，正式入驻董事局了。还说，唐老爷子退居幕后这么多年，最近竟也频繁出入公司，决策会都参与了好几个。以及，那天她随陈飒参加办公例会，唐其琛竟然缺席。

温以宁是清楚的，他这人的责任心极强，公司党派斗争从来都是暗潮汹涌，他绝不会无故不到场。温以宁没忍住，就给柯礼了个电话。

她问得很直接，问是不是他胃病又犯了。

柯礼欲言又止，声音状态是极其克制压抑的。只告诉她，唐总没事，是他家里出了点事。

温以宁没吭声，电话也不挂，沉默地僵持着。

柯礼才无奈透露："他母亲病了。"

滚滚红尘，人生苦短，上一秒还走着阳关大道，下一刻可能就坠入深渊。命运的安排，对每一个人都是一样的。

转眼到了十一月中旬，两轮降温之后，南方城市便正式入了冬。唐其琛与她如约见面，十八号这天，温以宁重回阔别两月有余的上海，两人乘机飞往芬兰。

温以宁不似平时，约会吃个饭都害怕耽误了他的时间。这一次，她只字不提、不问。唐其琛能感觉到她这种暗暗坚持的劲。他尝试猜了一下，抱着她说："不用怕我耽误工作，行程都空出来了，有柯礼，这几天陪你好好玩。"

半月不见，唐其琛似乎又瘦了一点。脸型本就俊秀，五官更加立体了。两人坐的商务舱，飞机起时，他握住了她的手，笑着说："和我宝贝儿的第一次旅行。旅行愉快。"

温以宁笑了笑："嗯。"

近十一个小时的飞行，于当地时间下午两点半抵达赫尔辛基机场。

北半球的冬天格外严寒，两人穿着厚厚的羽绒服，都是黑色，宛如情侣装。去拉普兰德的车已经等候在机场外。亚汇在北欧的业务区域不广，但唐其琛的朋友中不乏在这边置业的。其实他几年前就来过一次，可惜当时的天气并不好，云层太厚，没有看到极光。

去拉普兰德的路程一小时有余，温以宁看着车窗外越来越厚的冰雪，好像时空转换，有一种虚浮的不真实感。唐其琛把酒店定在列维玻璃屋，每一间都像是一个独立的玻璃罩，没有遮挡，四面剔透，躺在床上也能看到天空在飘雪。

两个人。一间房。

放好行李后，温以宁戴着帽子，兴奋地到酒店外溜了一圈，她只露出一双眼睛，厚重的羽绒服把她包裹得像是小熊。唐其琛怕她出事，也跟了出来："你慢一点，别乱跑。"

温以宁踩着雪，又蹦又跳的好开心。踩了一圈，她面朝唐其琛，眼睫毛上都有雪花，大声冲他喊："看！"

唐其琛这才注意到雪地里，她的脚印踩出了一颗巨大的爱心。她就站在爱心的中间，心无旁骛地傻笑。

唐其琛跟着一起笑，笑着笑着，眼眶都热了。

"晚上温度更低，出门的时候多穿一点，手套围巾都要戴好，还有帽子，帽子戴厚的那一顶，口罩在我包里。"他们出发前，唐其琛事无巨细地交代，又掂了掂温以宁的外套，觉得不够暖，把自己另外一件给了她，"穿我的。"

唐其琛还安排了一辆雪橇，从酒店出发两公里，在最高的山坳停下。温以宁站在他身边，俯瞰下去，雪山平原广阔无边，森林与河流宛如静止，哪怕戴着耳罩，也能听到旷野的风从耳边掠过，呼啸声森森然然。

这片毫无遮拦的视野，她所见过的任何一处景色都无法与之比拟。

俗世课业，万物生长，都在这一刻悄然静止。

唐其琛牵着温以宁的手，手套太厚，感觉不到彼此的体温，但两人依偎的姿势依旧亲密无间。

他说："念念，看。"

天空被光晕亮，微红与淡绿慢慢交织，光辉轻盈地飘荡，像是画板上被晕开的水粉，颜色从深到浅，偶尔变幻。目光所及之处，黑夜被极光云带横切，构建出另一个波澜壮阔的世界。

他们置身其中，整个人都散发出闪耀的光影。

唐其琛侧过脸，无声地吻了吻她的眼睛。嘴唇太凉，激得温以宁哆嗦。她绽开笑颜，看不到嘴角的弧度，但向下弯的眼睛里，是一种极致的沉静。

她在唐其琛怀里，隔着那么厚重的棉服，却一样能感知到他真诚的心跳。

这场极光五分钟就渐渐散去，万星涌现，垂挂于夜空，好像电影镜头，这一秒，它们又成了主演。室外太冷，极光落幕后没多久，两人坐着雪橇车往酒店去。窗外，茫茫白雪森严清寂，某一瞬间，竟让温以宁心里升腾起气数将近的悲凉错觉。

她回过头看着唐其琛，却发现他也一样在看着自己。

五官遮掩，只留双目，他们在对方的眼睛里，寻找无声的慰藉。

回到酒店，室内有暖气，唐其琛脱了外套，里面是一件深绿色的羊绒衣，身材的线条一下子勾勒了出来。围巾才摘到一半，腰间一紧，就被温以宁从身后环住了。

她的脸贴着他的背。

唐其琛停下动作，手覆盖在她的手背上，笑着侧头："嗯？"

温以宁心里一片寂静，眨了眨眼，轻声说："老板。"

两个字的开场白，她嗓子哽咽住，好长时间没能再开口。而就是这个沉默的空隙，唐其琛察觉出了不对，她虽是抱着他，但人好像在千山万水之外。

温以宁再说话时，情绪已经没有活人气息了。她说："其琛，我们……"

唐其琛的心脏跟着下坠，一记重锤砸下来，他下意识地打断："念念。"

温以宁闭了闭眼："我们暂时分开吧，不要再见面了。"

唐其琛一愣，反应过来后，听见自己灵魂四分五裂的撕扯声。

他提声："不要。"

"你听我说。"

"不要。"

"你家里不……"

"我说不要，我不同意，我不答应。"

男人近乎暴吼，破了他的金身，一遍一遍地反复，思维凝固，只会执拗粗暴地说着不要。

温以宁安静了片刻，仍然贴着他的背，感受到他急喘的呼吸平复了些，她把话继续下去："我跟你说过吧，这么多年过去了，你一直都是这个模样，没有老，没有变，我大学毕业后离开上海的那两年，很多次做梦，我都会梦见你的眼睛，你似曾相识，好像上辈子就见过你一样。"温以宁轻轻笑了下，"我以为我梦想成真了，但我忘记了。"

唐其琛哑声："忘记什么？"

"忘记了，你不只是我喜欢的唐其琛，你还是亚汇的唐其琛，是你父母的唐其琛，是你们家族的唐其琛，是商场上的唐其琛，是……不属于我的唐其琛。"说着说着，温以宁反倒透彻了，她喃喃自语一般，既是劝着他，也是劝着自己，"我知道你的压力，也知道你的无可奈何。"

唐其琛抠紧了她的手："我没有压力。"

"可是我有呀。"温以宁吸了吸鼻子，嗓音又僵了些，"我不能看着你跟你家里反目成仇，不能看着你承受一些不必要的干扰，那是你的亲人。"

温以宁说不下去了，这些日子，唐其琛为了她承受了多少，他从未透露过，抱怨过，肩上的重担从未也不可能卸下。为爱走天涯，或许血气方刚的十六七岁能轻易说出口。但唐其琛已经不是不谙世事的轻衣少年郎，他三十六岁了，身前与背后，太多牵扯，不容许他有所失误。

就算此时的唐其琛做得到不顾一切，她也不忍心，不愿意。

"我们暂时分开，你也没有那么辛苦。你去好好照顾你妈妈，好好把公司的事解决，唐其琛……你自己好好的。"

她说的这些话，像是一把斧头，一点一点凿开他的血肉，挑断经脉，却又让人反抗不得。唐其琛知道，她不辞辛苦，千山万水，就是来赴这一场告别。

良久，唐其琛问："暂时，是多久？"

温以宁侧贴着的脸，突然换了姿势，完全埋在了他背上。额头重重抵着他的脊梁，渐渐地，啜泣声便忍不住了。

唐其琛便不再追着要答案了，他转过身，沉默地将她搂入怀里，一下一下安抚着，吻了吻她的头发，低声说："答应你，多久我都等。"

这一夜，两人相拥在床上，盖着一床被子，从透明的玻璃看出去，雪花慢慢飞舞，宛如时空转换的童话王国。

“我小的时候，妈妈和爸爸总是打架，你看我妈很瘦，但她力气真的很大，可以拿刀砍下我爸一根手指头。我带着我妹妹，去邻居家混饭吃，我妹妹胆子小，饭都不敢多吃，我脸皮厚，会趁着伯伯阿姨们不注意，把饭倒进自己的书包里，回去再拿给妹妹吃。啊，好蠢啊……”

温以宁躺在唐其琛怀里，漫无目的地说着小时候的事：“其实我一点也不喜欢广告行业，我喜欢英语，每次大声朗读时，我都觉得酣畅淋漓。如果以后可以，我想开一个英语培训班。”

唐其琛卷着她的头发，缠在食指上松开又绕紧：“教小朋友们吗？”

“教大人，小朋友太烦啦，我怕老得快。”

唐其琛低低笑起来：“老快一点才好。”

老得快一点，我们就能近一点了。

后半夜，温以宁主动求吻，跟做了决定一样，整个人热情又投入。

唇舌相抵，那种深入骨髓的感情浓烈得像要把两人融化。温以宁抚摸他的眉眼，一路往下，舌尖舔了舔他的侧颈，她甚至开始脱自己的衣服。雪白的腰刚刚露出一截，就被唐其琛伸手按住。

这一按，迷幻的夜突然刺入阳光，梦境醒来。

两人对视，一个迷惘，一个压抑着痛苦。唐其琛坐直了，然后把她狠狠搂入怀里，他稍稍低头，在她左边的锁骨上重重咬了一口。牙齿磕进皮肤，唐其琛尝到了淡淡的血腥气。他闭上眼，狠心继续，松开后，温以宁靠近心脏的位置，一个深刻的印记。

唐其琛纵然身体已经硬邦如石头，他仍没有动她。

温以宁听到男人的声音自上而下：“念念，你是自由的。”

二十二号，两人返程，飞机于傍晚降落浦东国际机场。

踏出舱门的一刹那，温以宁竟然有了眩晕的不真实感。唐其琛牵着她，始终没有松开过。

他们穿过廊桥，跟着指示牌往大厅走去，T2航站楼的出口，唐其琛再熟悉不过，但这一刻，他故意绕着路，恨不得这一截距离没有尽头。直到温以宁出声：“错了，是右边。”

唐其琛握着她的手，瞬间更紧。

老余开车早在外面等候，隔着远远的距离，感应门时不时地开合，黑色宾利就在正中央的位置。唐其琛的脚步越来越慢，连握着的手都在微微发抖。温以宁看他一眼，忽然就不动了。

她把手抽了出来，笑了笑："唐总，我就陪您到这儿了。"

唐其琛望着她，眼里像是涌出两面暗沉的深湖。

温以宁目光清澈，轻松地说："我打车走，我买了高铁票回老家。"

唐其琛的声音像是从石头缝里挤出来："我送你去。"

温以宁低下头，摇了摇，轻声说："不了，不是一路。"

春尽冬来，朝阳成夕阳，原来人世间，很多美景就不能站在对立面，那才是最大的残忍。

唐其琛松开手，无力地垂落于腿侧。

温以宁又抬起头，冲他清爽地一笑："好好照顾自己，再忙也要记得吃饭，多吃点，把身体养好。陈医生给你开的药，你按时吃。还有，再大的事，好好说，不要吵，不要闹，不要伤着自己。"

唐其琛目光沉静下来，最后，点了点头。

温以宁从他手中拿过行李，就那么一瞬，唐其琛下意识地又收紧了手劲。温以宁比他更坚决，没给他挽留的机会。

自此，唐其琛一双手都落了空，扯着他的心脏一块跌入深渊。

"念儿。"他唤她的小名。

温以宁看着他。

唐其琛神情落寞，声音紧绷得近乎哽咽："是我配不上你，我们家配不上你。"

温以宁扯了扯嘴角，没再多留，转过身，朝着他的反方向大步出去，没有回头。

入夜，上海城的繁荣夜景拉开序幕。

宾利在城市之中穿梭，像一头沉闷的困兽。老余始终小心翼翼不敢吱声，后座的唐其琛不像一个活人，而是抽离了魂魄的某件陈设。

下了高架，唐其琛出声："停车。"

老余靠边停车。

唐其琛推开车门，独自走去江边。他手肘撑着栏杆，整个人伏腰弯了下去，他的头埋得很低，肩和颈连成一道锐利的弧。

飒飒秋风里，男人的脊梁一点一点在垮塌。

唐其琛垂眸江面，再闭眼时，眼泪便跟着砸了下来。

今年南方的冬天来得早，降温也比往年更厉害。

十二月才开端，江连雪就扛不住冻，将家里的烤火炉开了起来。温以宁自上次从上海再回来，生活一如往常。她早起的习惯很好，江连雪都受她影响，不再日上三竿才起床，九点从卧室出来，桌上都有一份给她留着的早餐。

温以宁最明显的变化，就是人愈发沉静了。她在家很少说话，经常捧着一本书一看一整天。书柜最上面那层的外籍原版书闲置两年积了灰，某天也都被她搬了下来。连着两周，江连雪没跟她好好聊过。这天，江连雪坐在沙发上，跷着腿点了一根烟，幽幽地问她："你不回去上班了？"

温以宁眼睛看着书，头没抬："休息。"

江连雪呵笑："你们公司待遇挺好啊。"

温以宁嗯了一声，没搭腔。

她坐在窗户边，头发顺着脸颊垂落而下，遮住了大半侧脸。阳光浸润着，让她白皙的皮肤看起来几近透明。温以宁瘦了，家居服套在身上都大了半圈。

江连雪的目光从她身上挪开，掐熄烟起了身，平静地说了句："三中的英语老师名额还空着，你要想去的话，我跟杨正国说。"

温以宁翻了一页书，淡淡答："再看吧。"

过了一会儿，江连雪幽幽地叹了一口气："生活还是要继续的是不是？既然做了决定，就别再患得患失了。等你到了我这个年龄就明白，唯有钱才能让你安身傍命。那个，你待会儿出去买点菜，待在家里都长毛了，中午杨正国来吃饭。"

温以宁这才把目光从书里拔出来，看向她："你真的喜欢杨叔叔吗？"

江连雪嗤声一笑，好似听到了个大笑话："都这岁数了还谈什么喜欢，你情我愿不就得了。况且，我还有事求他帮忙呢，能不殷勤点吗。"

温以宁又冷冷垂下眼，论煞风景，江连雪总是胜人一筹。

周五这天，江连雪又接到李小亮的电话。小亮老师永远温暖体贴，对长辈嘘寒问暖唠唠家常，江连雪被他逗得满面春风，挂电话前，她把人叫住：“亮亮有空来我家玩啊，以宁还在家呢！”

李小亮愣住：“啊？宁儿还没回上海啊？”

江连雪大咧咧道：“不回了不回了，你没事的时候多带她出去转转，这姑娘分个手，人都闷傻了。”

温以宁从卧室跑出来：“你乱说什么啊？”

电话挂了，江连雪把手机按向桌面，轻飘道：“我哪个字乱说了？”

温以宁白着一张脸，不甘与负气拢在眉眼间，她暗压着的怒意克制不住地要发泄，江连雪一反问，她竟无言以对。

客厅的窗帘被拉开，唰地一下，屋外的阳光争先恐后地往温以宁眼里钻。她下意识地抬起手，偏开头，阳光在她眼里乱撞，刺痛得她要流出泪来。

江连雪把窗帘扎起，背对她，语气冷静之中夹杂着些许无奈：“阴天过去，不就是晴天了，去见见阳光吧。”

下午，李小亮就带着温以宁去城南公园走了走。

初冬的景致也别有韵味，连着十来天的降温降雨，好不容易轮个晴日，公园里游客不少。温以宁双手搁在大衣口袋，毛绒的衣领把她的脸衬得很小。她不怎么说话，李小亮便不遗余力地跟她说着好玩的新闻。

走到湖边，温以宁便驻足不动了。

李小亮挺紧张地站在她身前，注视她的一举一动。

温以宁白他一眼：“干什么，以为我要跳湖啊。”

李小亮肩膀松下来，舒了气，依旧一副好笑脸：“你要真跳了，我也能把你救上岸。”

温以宁闷声说：“我要真想死，肯定不让你们知道。”

李小亮顿时急红了脸。

她望着他，最后粲然一笑：“不死不死。小亮老师，陪我坐坐吧。”

两人坐在湖畔的石头凳上。日光充足，湖面泛着游艇，偶尔传来欢声笑语。岸畔本是一排柳树，冬日叶落，只剩萧条的枝丫随风轻晃。温以宁拢了拢外套，目光落向远方。

但李小亮知道，这目光是茫然无措，没有焦点的。

他斟酌半晌，犹豫了数套说辞，还是决定用最简单直白的那一种。李小亮说："你要是难过，就哭出来呗。大不了肩膀借你一用。"

没有回应，李小亮转过头，却看见温以宁淡然平静的神态。她的情绪沉淀了下来，说："我跟他分手了。"

李小亮扯了个笑："分手很正常的嘛，好多理由的。你看我们俩当时不也分过手吗？现在还是很好的朋友啊。换一种关系继续感情，也是很好的。"

温以宁低了低头，眼睫轻轻一眨："没有另一种关系了。"

李小亮哑口。

面前的女孩儿明明是轻描淡写地诉说，但那种苍凉的落寞犹如千钧笼罩着她。她沉浸在这个世界里，任何言语的安慰都是苍白无力的。

李小亮便什么都不再说，沉默地揽过她的肩，让她的头靠着自己。

碧空如洗，这样天蓝的午后，宁静得近乎不真实。

"宁儿，不管你以后做什么决定，哪怕别人都说你做得不对，我也会支持你。生活里的遗憾太多了，'开心'两个字已是最大的奢望。只要你认为是对的，那你就坚持吧，我只希望你能开开心心的，从容面对一切困难。"

李小亮的声音清亮爽朗，朴实的话里，让你能看到广阔的天空，感受到善意的温暖。温以宁枕着他的肩，连日的压抑和痛苦，被涓涓细流轻抚、带动，那些酸楚被稀释，被包容。

她慢慢闭上眼，两行泪便无声落了下来。

十二月下旬，圣诞前夕，亚汇集团发生了一件大事。

筹备数年的交通导航运行系统正式投入生产线，作为集团产业转型的重要一步，是唐其琛坚持多年的初步胜果。这两年里，从项目筛选到市场调研，再到从零起步的技术研发团队组建，以及最后董事会上艰难的表决，唐其琛付出的心血太多。

月末，亚汇集团竞标成功铁广局西南高铁枢纽项目的导航分体安装部分，合同金额庞大，为来年的企业盈利目标打下了优良基础。靠着这个大标案，亚汇集团同比去年的业绩占比提高了十五个点，也是唐其琛出任执行董事七年以来，集团连续第七年净利润破九位数。

年底行政财务以及法事部最为忙碌，一年的丰功伟绩，最终都将以邮件的形式，传达至亚汇国内各地区子公司以及海外各投资分公司的每一位高层、中管以及员工的邮箱中。而农历新年前夕，这位年轻低调的集团少帅，又将获得各个组织机构的盛情邀请，斩下各种殊荣。

差不多时间段，唐其琛二舅舅传言将升职，各种小道消息在圈内散传。

柯礼作为唐其琛的近身心腹，对他年底的行程安排慎之又慎，今年他更不敢怠慢。唐其琛月初的时候胃疾又犯，连止疼药都扛不住，整个人都垮了。他在老陈那里住了几天院，不准任何人告诉家里。老陈最开始还不愿意接，不敢拿他身体当玩笑，坚决道："必须让他家里人知道。"

别人不清楚事情缘由，柯礼是知情的。唐其琛这一次的病，多半是心火烧出来的。

他劝住了老陈："你别跟他提家里。"

老陈是个通透的人，唐其琛最近发生的事他也略有耳闻，试探着问："唐总和那姑娘？"

柯礼只按了按他的肩，没让他把话说完。递过来的这个眼神，即是肯定的答案。

纵然刻意瞒着，还是走漏了风声，景安阳带着家庭医生来看过他。当时谁也没让进来，病房里只有母子俩。很长一段时间的独处，没人知晓两人之间的谈话内容。只看到景夫人从病房出来时，表情如释重负，而病床上的唐其琛，脸色暗涩得没有半分血气。

集团一切运行重归正常，蒸蒸日上，江山添色。

周五这天，恰逢平安夜。

唐其琛出院后的第二个周末，他依旧留在公司加班。老板不走，柯礼自然也不会先走。唐其琛这段时间的状态是不对劲的，上班，开会，各种工作都不耽误，连轴运转的结果，就是柯礼发现他越来越多次数地吃止疼药。

唐其琛周身带着冰霜，神色也封闭消沉。他的话越来越少，寡言得不似一个活人。这种气场无疑是压人的。有一次，柯礼忍不住提醒了句："唐总，您注意身体，止疼药还是少吃，我帮您把明天的行程空出来，安排给您做个体检。"

唐其琛当时什么也没说，直接把签完的文件给砸到了地上。

自此，柯礼是再也不敢多说一个字了。

节日里的城市缤纷绚烂，从金融中心五十多层的总裁办公室望下去，行人车辆穿梭交织，构成了一张发着光的巨网。

七点刚过，坐在办公桌前伏案工作的唐其琛头也未抬，直接吩咐柯礼："你下班吧。"

柯礼坐在他对面，开着笔记本整理数据，闻言愣了下，随即说："唐总我没事。"

"你母亲生病，你回去陪陪家人。"唐其琛看他一眼，然后稍稍推开椅子，从抽屉里拿出一个精致的礼盒递过来，"空手回去不像话，拿这个送给她。"

柯礼心里是有触动的。

唐其琛是天生的领袖，他的才情以及魄力让人心悦诚服地跟随。坐到这个位置，性格一定是忍常人所不能忍，他的克制、内敛以及谨慎，都是他背后无法言说的重压与责任。而与温以宁分手后，他变得愈发沉默，像是风霜磨炼之后，被岁月经久封存的一颗琥珀。

柯礼怕他出事。

但唐其琛很坚持，再次吩咐时，语气已然不悦："我让你下班。"

柯礼应声，收拾好电脑就走了。

独占大厦三层最佳位置的亚汇总部，就他办公室亮着一盏幽暗的灯，与外面绚丽热闹的节日气氛格格不入，唐其琛伏案工作，桌面上还有空了一半的烟盒，青白相间的火柴散在旁边，依稀还能闻见没散干净的烟味。窗外的明珠塔应着节日气氛，零点的时候，变换出各种炫彩的灯光效果。一刹的闪耀，光亮从办公室的落地窗里透进来，瞬间照亮了唐其琛的脸。几秒之后，灯影骤然熄灭，整个人又陷入了黑暗里。

唐其琛坐在皮椅里，叠着腿，手指夹着的半截烟半天没有动，猩红色的烟头摇摇欲坠。他肃着一张脸，像是一个孤魂野鬼。手机搁在桌面上，只有呼吸灯发着冷酷的微光。唐其琛看了好几眼，然后拿在手里点开了通讯录。手指抬在半空又忽然顿住，最后还是无力地放下了。

周末过后，周一上午例行召开办公会。唐其琛的工作效率向来都是很高的，汇报问题，解决问题，从不在会议上浪费时间。十点半散会，唐其琛刚要走，留在最后的陈飒忽然把人叫住："唐总。"

唐其琛侧过头："有事？"

参会人员都已离开，宽敞的会议室里安静下来。

陈飒抿了抿唇，先是看了他身旁的柯礼一眼，犹豫了番，还是说出了口：“前期的一项工作一直是由温以宁负责，一些流程和数据都在她那里，我让她过来移交给另外的同事。”

唐其琛立在原地，肩膀微微颤了一下。

陈飒说：“她现在就在楼下办公室。”

广宣部年底的事情最多，年头年尾的很多合同执行项都积压在了一个时间段。温以宁当初请假时，大概也没想到后续。陈飒这边只对外宣称，温以宁是被派出去盯项目了。但大家都心照不宣，真实情况几乎成了亚汇内部的禁忌。

“预付款的凭证和电子汇票你记得一并带过去，这是主合同，这是之后针对第十八条款做的补充说明协议。”温以宁微微弯腰，把所有的资料都装进文件夹，与瑶瑶做着交接。

瑶瑶与她关系好，正事忙完后，她无声地拍了拍温以宁的手背，小声说：“以宁加油哦，早点回来上班，都会过去的啦。”

温以宁便冲她浅浅笑了笑。

瑶瑶的目光却掠过她的肩膀，顿时紧张起来。温以宁不明所以，直到瑶瑶勾了勾她的衣袖。

她抬起头，愣住。

唐其琛就站在进门的位置，没有向前一步，也没有多余的动作，就这么站着。两人眼神对视，那么一瞬，生生看出了天涯海角的距离。

温以宁的心脏狠狠扯了一下，她迅速低下头，继续整理手中的资料，只有挨得近的瑶瑶能察觉，她的手是在发抖的。

唐其琛的情绪在目光里轻微翻涌，但尘埃落定，最终也没有上前一步。柯礼在他耳边低声说着什么，很快，两人便乘电梯走了。

温以宁这边的事情忙完也到了下午，在陈飒办公室坐了一会儿，末了，陈飒说：“我们一起吃个饭。”

温以宁拒绝了，她说：“不了师父，下班人多。”

她的小心翼翼被陈飒看在眼里，也明白她的良苦用心。她与唐其琛的关系，是以一种极其不友好的方式曝光出来的。这种情况下，女生总是吃亏的那一方。流言蜚语不敢落到唐其琛身上，但所有的猜疑、嫉妒、憎恶、同情，都会对准温以宁。

都在人间，凭什么你能上天堂。

大众的心理总会在特定条件下，流露出阴暗的那一面。

陈飒不再劝，她点点头表示理解，又说："唐总前阵子病了一场。"

温以宁本能地抬起头，唇瓣张了张，还是闭声不问。

"放心，康复了。"陈飒把话说得圆润，换她一个舒坦，然后微微叹了气，"他南京外祖家里的局势最近也很敏感，唐总出门的时候，家里都是派车跟着的。以宁，好好照顾自己，只要你愿意，可以随时回来，我这里的职位会为你保留。"

温以宁从陈飒办公室出来，坐电梯下楼。

电梯门关闭，指示灯一层一层下降。也是奇怪，虽没到下班时间，但平时也不会像现在，五十多层下去，竟然一层都没有停。

很快到一楼，电梯门徐徐划开，但将将开到一个人的宽度时，外面迅速站进来一个人影。温以宁差点失声尖叫，但看清人后，整个人都怔住了。唐其琛抓着她的手臂往电梯里面带了一把，他手上的力气特别大，像要掐进骨头里一样，然后反手迅速按了关闭键，电梯门又合上了。

窄小空间里，只剩两人急喘的呼吸声。

唐其琛按了负三层，电梯徐徐下降。直到温以宁稍稍挣了一下，唐其琛才不怎么坚决地松开了拽着她胳膊的手。

沉默两秒，她先说的话："我不往那儿走。"

唐其琛嗯了声："我知道。"

温以宁便没再吭声。

负三层到，唐其琛再也克制不住了，嗓子哑道："念儿，陪我吃晚饭吧。"

温以宁眼角颤了颤，差一点落下泪来。

两人沉默走出电梯，一个前，一个后，始终隔着一米的距离。负三层只停了少量的车，唐其琛的黑色路虎在D1区。他按开车锁，绕到副驾把门拉开。温以宁迟疑在原地，低着头说："我打车吧，你说个地址。"

唐其琛心比胃更痛，一字一字的，跟牙齿里咬出来似的，苦着道："念念。"

平日这么矜贵冷傲的男人，硬是从这声里透露出了哀求的意味。温以宁忍不下心，顺从地坐上了副驾。唐其琛上车后，关闭了所有车窗，然后一路往上开，负二，负一，驶出地下停车场。

冬天的夜降临得格外迅速，五点刚过，天光已成了雾霭蓝色。并入主干道后，温以宁轻声："别吃饭了，看场电影吧。"

下班高峰期，也是用餐的高峰期，电影院这个点的观影场次相对就冷清些。唐其琛听明白了，她是不想再与他走进人潮中了。

唐其琛沉沉一声呼吸，极淡地应了声："好。"

开过外滩，转上内环线，堵车，走走停停了半小时。就是这个缓慢的节奏里，连温以宁都发现了，他们的车后一直有辆奔驰在跟着的。温以宁移开眼，默默地拿手机订电影票。

最近的场次是六点十分，一部票房很高的搞笑剧情片。

温以宁鼻子跟堵住似的，声音腔调微变，问他："这部看吗？"

唐其琛嗯了声："你订。"

App上可以自主选位，观影的人已有五六成了，但空位还是不少的。多数都是挨在一起，中间偶尔隔开一个散座。温以宁说："分开坐吧，五排和七排。"

唐其琛握着方向盘的手指都掐成了青紫色。

温以宁边订票边说："后面那辆车。"

她能看到，唐其琛肯定早就看到了。他们家这段时间的局势太复杂，跟着的车是家里的，明为保护，其实也藏了他母亲的私心。他住院的那次，在病房，与母亲的谈判并不顺心。景安阳虽松口，让两人分开一年，一年之后，唐其琛如果依旧执意，那她会重新考虑。但在这期间，两人不允许再有任何联系。

"你爷爷这个人，匪气一生，你应该明白，他从不是顾全感情的人。你要真跟他对着干，其琛，我敢保证，最后受伤害的绝不会是你，而是那个女孩儿。"

正是景安阳这句话，让唐其琛心都跟着发颤。

出了环线，交通状况其实还算顺畅，但唐其琛开得格外慢，到时，他把车故意绕停在了很偏的巷子里，这么七扭八拐了一通，暂时甩掉了跟着的奔驰。

两人先后下车，温以宁没跟他走在一起。

上扶梯时，商场人多，唐其琛本能地拨过她的肩，把人护在靠近自己身体的一边。温以宁头发丝上有淡淡的馨香，是他最熟悉的味道。取票，检票，进入放映厅，电影已经开始了。

温以宁在过道处等了等他，低声问："你想坐哪一排？"

唐其琛把七排的票拿在了手里。

位置高一点，他就能看清她一点。

巨幕投射的光亮色彩清晰，一帧一帧的镜头将黑暗的大厅衬托得像是充满幻境的四方纸盒。

到最后，唐其琛没有记住电影的任何内容，但他记住了，在十八分钟的时候，温以宁低头看了看手机；在三十五分钟的时候，她的目光定在屏幕上，一动不动却像是失去了焦距；在六十分钟时，她侧过头，两个人的目光在低空相碰。

唐其琛还记住了，在电影笑点集中的高潮片段，全场笑声此起彼伏，但温以宁，木着一张脸，什么表情也没有。

影片放到快要结局的时候，温以宁给他发了一条信息，说："我去洗手间。"

她弯着腰慢慢走了出去，头稍低，长发遮住了脸。她的身影在屏幕前被勾出一道温柔的剪影。

唐其琛看着她走出去。

最后直到字幕结束，灯光亮起，也没有再回来。

元旦一过，年度的收尾工作便都进行得差不多了，农历春节前，只等人事部核算奖金薪酬交由唐其琛审批。这是他一年之中相对清闲的时候，但必要的应酬和政府组织的一些活动也不能悉数拒绝。

唐其琛深居简出，低调得只差没改名换姓。

他精神不说完全恢复，但状态较之前那段时间已是好太多。与人谈事时，偶尔也会露出笑脸。柯礼一直跟着他，心里还是明白的，老板在这个位置，有他的苦楚，意志不能消沉太久，这么多双眼睛盯着看着，哪一步都不能出错。可每每四下无人的时候，唐其琛身上那种压抑的孤独感，又迸裂开来，他心里装着事，也装着人。

离春节还有半月不到。

这周六，唐其琛应邀出席一个经济论坛会，实则是业内的年底交流会，囊括了上海本地的各大中型企业。唐其琛自然是全场的焦点，觥筹交错之间，他谈笑风生，举着酒杯与人畅饮，真真的写意风流。后来在晚宴饭局上，一共有七八桌，陪唐其琛入席的，以政府官员居多。

今儿还碰到一个久未谋面的熟人。高明朗作为义千传媒的代表也列席其中，只不过与唐其琛是分开坐的。媒体那一圈子里，高明朗也有分量，业界称他是高风流。这人酒品一向不好，几杯酒下肚，仗着一桌都是自己人，语言便开始有失分寸。到最后，俨然变为大谈女人经。

有好事者插了一嘴，提了温以宁的名字。

高明朗便大言不惭地说："这个女人很有本事的。"

人问："哪种本事？"

高明朗嬉笑道："你说哪种本事，太子爷都能上她的道，本事能不大吗？"

这话猥琐得有些过分了。

柯礼陪着唐其琛从他们这桌的后面经过，听到这儿，唐其琛的脚步渐渐慢下来。

"高总领悟很深啊，看来也是很有经验了。"同行继续插科打诨，恭维起高明朗来，"我看过温小姐经手的几个案子，很有创意，内容也有宽度，高总这个启蒙师父教得可好啊。"

高明朗扬眉："有没有宽度我不清楚，我只知道深度。"

笑声阵阵。

连柯礼都皱起了眉，刚要向前，唐其琛已经先迈出脚步，他走得慢，从从容容的。

时不时地有人起身招呼："唐总。"

高明朗的座位是背对着的，脑袋转了转，酒精让人的反应也慢三拍："嗯？嗯？"

脖子往右边还没完全拧过来，就被一股大力死死地掐住了。

唐其琛背脊挺直，眉眼冷如霜降，他不费吹灰之力地按死了高明朗的脖颈，然后顺势往上，五指尖锐地把他头发狠狠拽起。高明朗的头皮都快被撕开，疼得他发出号吼。

唐其琛面不改色，另一只手把桌宴上的玻璃转盘捋了半圈，一份刚上来的鲜汤用酒精灯细细炙烤加热，汤面微滚，冒着热乎的气泡。这碗汤就停在了高明朗正面。

下一秒，唐其琛拽着高明朗的头发，把他的脑袋狠狠按向了汤锅里。高明朗痛苦尖叫，疯狂扭动。唐其琛死死压着，愣是没让他挣脱。滚汤四溅，有不少都泼在了唐其琛手背上。他眼都不眨，整个人气势如寒风呼啸。

高明朗挨烫了整整一分钟，唐其琛才松手让他起来，平静的语气之下，是一种冷到极致的残酷，他说："再敢说她一句是非，你试试看。"

这一出动静不小，搁在唐其琛身上，也没人敢说是不顾场合不顾分寸。背景够强悍的人，做什么都少几句闲语。从宴会离开，唐其琛回了一趟芳甸路的别墅。老爷子找他有事要谈，谈完从书房下来，已是两小时后。

景安阳这才发现了他手背上烫出的水泡都渗血了。景安阳关心儿子，也顾不上那些较劲，焦急道："伤着了都不知道啊？柯礼怎么干事儿的！"

家里的保姆慌慌张张地拿来医药箱，又手忙脚乱地给家庭医生打电话。

唐其琛累了，靠着沙发合上眼睛，淡声说："不怪他。"

景安阳心疼得不行："你也是，这么多血泡，感受不到疼啊？"

唐其琛缓缓睁开眼，眸子映向母亲时，这一刹的情绪，到底是脆弱了。他嗓子嘶哑，低声："妈……您还记得问我疼不疼啊。"

第九章 梦醒时见你

拿着医药箱匆匆跑来的保姆，在听到唐其琛说完这句话后，都杵在原地不敢动了。周姨伺候了唐家几十年，对唐其琛更是疼爱有加，五十岁的人了，硬是心疼得偷偷抹起眼泪。

唐其琛是真伤了心，他喉结滚了滚，把脸偏向一边，一个很抗拒的姿势，什么都不再说了。

景安阳神色难辨，一身青缎袍子披身，把她衬得宛如陈年美玉。她看着儿子，欲言又止了好几番，还是沉默下去。

十来分钟，钟医生就赶来了，也是跟了唐老爷子半辈子的人，对唐其琛的身体也了解。手上的水泡也就是外伤，消毒抹药最后包了层薄薄的纱布。医生嘱咐这两天不要沾水，吃东西也要注意。一旁的保姆便心疼地劝："其琛哪，这几天就回来吃饭吧，姨做你爱吃的。"

唐其琛把脸转过来，扯出一个很淡的笑，然后又闭上了眼。

景安阳在小厅，这边忙完，钟医生特意过去跟她说了几句话，不怪他多心，是因为唐其琛的模样看起来确实不太精神，方才要把脉，唐其琛拦着手愣是没有让。

“您可得多劝劝其琛了，这回看到他，比上次瘦得厉害，眼睑下都有眼圈了。这个样子啊，是不是胃又闹得厉害了？”

景安阳想了想：“没听到他提起过，身边跟着人呢，也都没提过。”

钟医生忧心忡忡：“得空还是劝他做个检查，您和老爷子也放心，工作不要那么拼，身体还是自个儿的。”

景安阳赞同地点了点头，微微叹气：“快到春节了，让他好好休个假。”

已经深夜了，唐其琛在沙发上休息了会儿，起身要走。

保姆劝他留下，说这是他的家，怎么反倒越来越陌生了。景安阳站在一旁，没劝他留，也没让他走。但神情还是暗藏期许的。唐其琛视而不见，依然坚持不在家留宿。

他伤了手，开不得车，老余一直在车里候着，等唐其琛上车，空调已经暖了。从别墅出来的一小截路，他的肩头已染了寒霜，被暖气一蒸，瞬间化成了水汽渗进了大衣里。

老余问：“唐总，您回公寓？”

唐其琛过了好久才开口：“公司。”

老余心里忧愁，看来又要通宵工作了，这两个月来，大半夜晚都是这样度过的，是个铁人也耐不住这样的熬法啊。

春节将至，办年货的人也多了起来。

温以宁诧异地发现，往年十指不沾阳春水，对柴米油盐丝毫不上心的江连雪，今年竟然变得格外积极主动。家里的冰箱装得满满当当，瓜果零食也样样齐全，这天她起床，听到江连雪给李小亮打电话：“亮！待会儿搭你顺风车啊，我去水果市场买两袋沙田柚！”

温以宁还是顾忌的，经常提醒她：“你别总麻烦人家小亮老师。”

江连雪不以为意：“麻烦什么，以后说不定还是什么关系呢。”

每次轮到这个话题，温以宁都不说话。

江连雪瞧她一眼，语气平平静静的：“亮亮也不是找不着女朋友的人，你说他为什么一直单身？”

温以宁想了很久，然后坦然回答：“我不耽误他。”

自这以后，江连雪便不再提这事儿了。

李小亮的热心肠真是没话说。其实江连雪麻烦他的次数并不多，这点分寸她还是有的。但架不住小亮老师的热情，给自家买什么，都会给她们捎带一份。好几次了，温以宁有天觉得奇怪，趁他搬一箱糖心苹果的时候，跟在后头问："李小亮，体校就放寒假了？"

正跨进楼道间的李小亮没回头看她，搬着苹果往电梯口走："没放。"

"那你不用上班的？期末不是最忙的时候吗？"

"下周放假，我的事都做完了。"李小亮掂了掂纸箱，"宁儿，按下电梯。"

温以宁当时也觉得没什么反常，这个理由乍一听倒是解释得通。不过她印象中是从上礼拜开始，李小亮的作息时间就变得很随意了。

过了两天，他们一块儿玩得好的一个同学在微信里敲她："以宁，亮亮那边你知道是怎么回事吗？"

这句话看得温以宁云山雾罩："什么？"

朋友惊讶："你竟然不知道？"

"知道什么？"

"亮亮被学校开除了。"

温以宁猛怔，手机都差点摔地上。

"有两个礼拜了，这事也太邪乎了，亮亮平时工作表现多好啊，可招学生喜欢了。可突然就被辞退了，理由还巨搞笑，说是明年体制改革，得服从安排。"

这个不可能。温以宁马上上网找了相关文件，都没有这一项硬性规定。李小亮的父母退休前都是当地的公务员干部，虽不是权势滔天，但体制内的关系还是够的。温以宁思来想去，只有一个可能。

小亮老师是不是得罪了什么人。

李小亮怪朋友在温以宁面前多嘴，狠狠把人削了一顿，然后笑嘻嘻地反倒安慰起以宁："没事的，工作调配嘛，很正常。这跟你没关系啊，苦大仇深的表情可不漂亮了啊。"

温以宁没上他的道，心里门清，但就是要得他一句证实。她平静极了，问："是不是有人故意针对你？"

两人眼神对视，只要一眼，李小亮就明白她的心思了。

他们十五岁同桌，交情这么多年，太了解彼此。有时候甚至不用说一个字，比如此刻，就这短暂的沉默凝望里，温以宁便知道，她的猜测对号入了座。

李小亮笑容较方才僵硬了些，但还是一副和气宽容的模样："没关系的，老师去哪儿都能当，也不是非要在体校。"

这话连温以宁都听得于心不忍。这样体面稳定的工作，还是正儿八经带编制的，说没就没了，哪儿还有比这更好的？李小亮无非就是安慰她，可，受到伤害的明明是他啊。

温以宁的心不可抑制地泛出苦涩。这些年，两人从朋友到恋人，又从恋人回归朋友，小亮老师对她的照顾和包容甚至比江连雪还要多。

他早就是她的亲人了，是踽踽独行的人世间里，为数不多的那点萤火之光。

温以宁打断他的话，眼圈红了："你不当老师你干吗？"

李小亮被她这反应吓着了，赶忙道："没那么严重，还没开除，就是待岗呢，反正也要放寒假了，就当提前休假了。"

话到最后，李小亮声音渐小，其实他自己心里都没底。

周三上午，唐其琛的时间都留在了办公室，企管部和财务部的负责人也在。

唐其琛对年终奖金的分配方案做最后的微调。他手背上的水泡还没完全好，怕感染，一直用纱布缠着。

天气不见转晴，冷空气是一拨一拨的接力赛，整个一月，上海就没个囫囵的好天气。这种下着冻雨的湿寒对唐其琛没益处。柯礼格外当心，连换药都让老陈亲自过来。

议事的时候，柯礼就在一旁。唐其琛的手机偶尔响，都由他代为接听。十点多的时候，柯礼接到陈飒的电话，听了几句，他表情瞬间僵住。电话挂断，他小心翼翼地往唐其琛的方向看了一眼，慌得厉害。

没多久，柯礼走出了办公室，再回来时，他手里拿了一沓待签字的文件。

十一点，薪酬奖金的方案最终敲定，两个经理离开。

唐其琛目光这才落向柯礼："有事？"

柯礼走到办公桌面前，隔着桌面，把那一沓文件轻轻放在唐其琛那边。都是惯例的签发，唐其琛拧开金笔，粗略翻了几页，轻车熟路地签上名字。

中间还有几份欧洲那边投资公司的函件，这是唐其琛的个人产业之一，他这样的身家，早已不限于亚汇集团内的股份占比。景安阳太疼爱独子，他外公也是宠外孙的，打小就给他置办了不少资产。这一部分的内容，唐其琛都交由顶级的风投公司管理，规范工整的运营，每年红利数额相当可观。

签完字的文件放在左手边，一本一本即将见底时，柯礼忍不住出声：“唐总。”

唐其琛笔尖暂停，抬起头。

柯礼斟酌了一番，语气不自觉地都绷紧了：“最后那张是，辞职信。”

唐其琛眉头微蹙，很快意识过来。他垂下眼眸，伸手掀开上面几份别的文件，然后看见了那张纸。亚汇集团人事专用的格式纸页，字是一手漂亮的小楷。

尊敬的公司领导：

此时辞呈，敬请海涵。去年入司，承蒙收容，至今心怀感恩，自身受益匪浅，本应尽一己之力，以图报恩。但事与愿违，时至今日，因自身原因，无奈请辞。感恩提携，感谢栽培，定当铭记于心。祝公司红运齐顺，裕业有孚。

申请人：温以宁

每一个字都认识，又好像每一个字都是陌生的。签字栏从下往上，已经签到了高级经理陈飒。唐其琛太久没反应，柯礼有些担心，只说：“早上发给陈飒的，陈飒让我请示您，需不需要她亲自过来办理手续。”

唐其琛的脸色发了白，语调也硬得像是含了一块石头。他说：“不用了。”

然后在批复意见那一栏，写了同意二字，并签上自己的姓名。

“琛”字的最后那一笔，力透纸背，仿佛用尽了他全部的力气，铜版纸都被划破一道裂口。唐其琛扔下笔，一手捂着胃，背脊往右边倾斜，他拉开抽屉，整条胳膊都在发颤。柯礼顿时心惊："唐总！"

唐其琛手指一直在抖，一个白色药瓶拽在掌心。柯礼看到那个瓶子后，寒气从脚底升腾至天灵盖。

这不是老陈给他配的药。

虽然也是白色瓶身，但没这个大。

柯礼知道这个关头劝不住人，他心里一阵寒，根本不敢往深处想。

唐其琛低声说："你出去，这一个小时不安排工作，我休息一会儿。"

柯礼除了服从，眼下也说不上什么有作用的话。唐其琛这是伤心了，不想把脆弱的那一面示人。这些年他多内敛克制的一个人啊，但此刻，连柯礼都不忍心。

唐其琛一生之中的软肋，全都交代在这儿了。

春节放假前的最后一周，财务核发奖金全部到位，除去薪酬方案内的分配原则，每位亚汇主管级别以下的普通员工，均额外得到了五千元的董事嘉奖。个个喜不自胜，只盼来年再接再厉。

这种鼓励制度行之有效，唐其琛向来是爱才惜才的领导。今年亚汇旗下各子公司的年会，他一个都没有参加，只出席了上海总部的年会，做个简短发言便离席。

除夕夜前三天的高管层聚餐上，陈飒席间跟他提过一句："以宁的私人物品都让瑶瑶打包给她寄回了老家，估计年前人是不会回上海了。我打听过，她租的那个房子三月份到期，不知道还会不会过来续租。"

陈飒的本意，还是安抚的那一层面，告诉他，现在虽然不来，但年后还是会过来的。可话一出口，就觉得适得其反了。

唐其琛的表情一刹落寞，这种安慰对他来说并不是强心针，因为他似乎早已看透，当初说好的"暂时分开"，怕是遥遥无期的空头支票。

一个人要走，不是突然发生，而是钝刀割肉，一点一点地抽离出你的生活，斩断彼此之间的任何一丝温情的希望。

次日，公司开始放假。陈飒带着陈子渝去美国夏威夷。柯礼的母亲一直有呼吸道的疾病，今年上海的冬天阴寒湿冷，看天气预报，春节期间也是连日低温雨雪。柯礼在深圳和三亚都有房产，索性一家人都去三亚过春节。唐其琛早早地知会了老余，让他好好过年，其间不需要用车。

一切安置妥当，又是一岁年月到了头。

唐家重规矩，唐其琛作为长子长孙，过年一定是要在家不让外出的。唐氏故土在香港，很多礼仪从老祖宗起就一直这么传下来。家里吃年夜饭的时辰年年不尽相同，都是由法堂大师算过的。唐家顺风顺水几十年，不说迷信，但老爷子对这些太有讲究。

今年的年夜饭安排在中午，一大家子人聚在一起唯独少了唐耀。听说是回美国办事，唐老爷子也没细谈。唐家的旁支小辈还是很多的，什么行业都有涉足，气氛是真热闹，但都不太敢跟唐其琛闹腾。

气氛浓时，一个胆大的堂妹说了句大伙儿的心声："其琛哥哥什么时候领个嫂嫂回来呀！"

唐其琛笑得温淡："你红包备好了没有？"

妹妹把头直点："好了好了，只要有嫂嫂，我一定给个最大的！"

既然唐其琛愿意接这一茬话题，那一定是有迹象的。大家都自觉安静了些，期盼着他给点明示。

但唐其琛只淡淡说了句："收着吧。"

美梦一场空，醒来却不见了梦里的人。

当时坐在他身旁的景安阳，看了儿子许久，然后默着一张脸，抿了一口红酒。

除夕夜的晚上，唐其琛要出门。

傅西平在老地方支了个局，他们兄弟圈子年尾都有这么一个聚会。这事景安阳是知道的，每年他都会在零点前回来。今年景安阳却没了底。这几个月，他们母子关系一直就这么不温不火，唐其琛脾气好，对长辈不说一句重话，也闭口不谈那些不愉快的事。该回家的时候，从不借口推辞，该尽的礼数，从来都是周到的。

景安阳不想承认，但她看得出来，儿子跟她是隔着距离了。

唐其琛拎着车钥匙，换鞋的时候，景安阳过来门口："让家里司机开车。"

"不了。"唐其琛换好鞋，披上大衣，拉开门踏入了寒风中。

年三十的上海路路通畅，路过育才中学的时候，竟然下起了雪。

雪片静静贴在路虎的挡风玻璃上，一片化了，另一片又吻了过来。唐其琛停好车，下车的时候驻足抬头看了看天，夜空并不全黑，带着一抹深邃的藏蓝，像是谁的眼睛在凝望人间。

包厢里，傅西平他们早玩开了。最骚的那几个都回来了，快奔四的男人跟顽童一样折腾，简直没眼看。傅西平让他来打牌，冲那边喊了一嗓："谁穿着白色内裤啊，娘们兮兮的。"

大过年的不忌嘴，也就傅西平身上有点匪气。

唐其琛坐下后，顺了他手边的一根烟咬在嘴里，火柴一亮，低头吸燃。

傅西平接着就把烟盒收走了，不太乐意地说："你够了啊，什么时候又吸上烟了？身体还要不要了？"

唐其琛没说话，侧过脸朝着他，把那一嘴的烟雾慢慢散了出来。他眼神跟外面的天气一样，挺没人气儿的。傅西平洗了牌，说："玩吧。"

两小时下来，输赢都有，还算和气。

这边打着牌，那边唱着歌，环境不安静，但图的就是这份热闹。他们这帮人做生意是没得说，但唱歌真不太能听，鬼哭狼嚎了一阵子过完瘾，就都兴致怏怏了。

屏幕的系统给切换掉了，换成了电视直播。中央台的春节晚会，十点左右，一串的主持人正在念台词，听了几句，好像是今年还设了北京之外的几个分会场。一帧一帧地切换下来，深圳，贵州，成都。最后，镜头掠过上海。

听到主持人用上海话说新年快乐时，唐其琛下意识地看了看屏幕。傅西平也跟着转头看过去，乐了："哟！这不是小八的那个主播女朋友吗？"

主持人不遗余力地调动气氛："让我们听到现场观众的热情欢呼声！"

外滩江月初生，明珠塔下群众人头攒动，烟花一朵朵好似杨柳逢春。

每个人都是笑的，每道光都是抹了蜜的。

唐其琛正低头点烟，一根火柴划燃，眼角余光刚抬起，所有动作便按了暂停。镜头里，万千人群里，一个女孩儿穿着白色羽绒服，嘴角微弯，目光逐着屏幕温和平静。

这个画面一秒而过，唐其琛捏着烟身的手指垂了下来，时间太短，甚至那个女孩儿可能并不是温以宁。但不重要了，他的记忆已被勾醒了。再后来，谁点的歌没人唱，放的是原音，唐其琛什么都听不清，唯独一句歌词听得他浑身痛点都醒了。

傅西平正喝水，衣袋一空，他反应过来，唐其琛已拿了车钥匙只留背影。

“其琛你干吗？你哪儿去？”傅西平吓得追着人跑出门，“快！都跟着去！别出事！”

年三十的马路好走，他疾驰不停，疯了似的往外滩去，春晚分会场南北两路交通管制，警示灯和路障远远发光，唐其琛什么都看不见，什么都听不见，一脚油门愈发沉重。

交警的阻止手势越来越频繁，严阵以待甚至拔枪示警，傅西平他们开车紧随其后，电话一遍一遍地打都没有接，最后干脆敞开车窗大吼：“其琛！”

黑色路虎在五米近的地方堪堪停住，车身急抖，像是濒死之人一口大气喘了出来，血液静了，理智回来了，续上命了。

唐其琛闭目后仰，握着方向盘的手指还在发抖。临近新年钟声，好远的地方烟花渐生，一朵一朵炸开，重叠的光影剃着他的脸，明了，暗了，犹如凉水过心头。想起方才那一首没人唱的歌，一个字一个字，跟锥子似的往他心里扎——

人生易老梦偏痴。

唐其琛再睁眼时，薄薄的湿意浸润眼角眉梢，而打底衫的后背早就被冷汗湿透。

晚上这一闹，直接把傅西平闹趴下了，他把人从车里扶出来，塞到自己车上，愣是没敢让他再开。

“我服了你了，大过年的，出点事怎么办！我怎么向你家里交代！”傅西平又气又急，“回头你别再开车了，出门必须带司机！”

唐其琛按着眉心使劲掐了把，他没说话，整个人倦态难掩。

傅西平把车往唐家开：“送你回去好好歇着，什么都别想，睡一觉过年。”

从这儿过去很近，二十分钟不到，转两个红绿灯就到了。傅西平安静了一路，最后还是跟他提了一件事：“你还记得我那个表弟傅明吗？”

唐其琛淡淡地应：“嗯。他在教育系统工作。”

“去年分到地方教育局，管这一块。”傅西平把车速降下来，“没跟你说过，他就在H市。”

唐其琛神色动了动，但也没有太多诧异。

“前阵子，你妈妈那边的人找过他。”傅西平把事情都告诉了他，“说是让解决一个人，取消他的编制。是当地一个大学的体育老师，教篮球的。”

“他过年休假回上海，跟我提过一句。那个老师很年轻，按理说也不会和我们这边扯上联系，是不是他身边的人得罪了谁。”

傅西平的话已经说得很明白了，但后座的唐其琛始终没有动静。

傅西平纳闷地回头看了一眼，心瞬间就揪了起来。

唐其琛的脸色陷在幽暗的光影里，尖锐的怒意毫不克制地收拢于眉间。见过火山爆发前的地壳震动吗？积蓄多年的力量一点一点地释放、崩裂，只等着下一刻的彻底爆发。

回到唐宅，景安阳正在安排家里的阿姨摆着果盘，奢华的别墅灯火通明，大门口的喜庆对联泛着暗暗的金光，她看到唐其琛这么早回来时，又意外又开心：“呀，今年这么早啊，周姨，给其琛煮点饺子。”

唐其琛脸色差到极致，没有任何委婉的铺垫，当着面直接质问景安阳：“李小亮是被您弄走的吧？”

景安阳愣了下，但很快恢复长辈的威严：“其琛，你这是什么态度？”

唐其琛冷声：“您希望我有什么态度？”

景安阳讽刺地一笑：“所以，是憋不住上你这儿告状来了？”

唐其琛浑身一颤，心跟裂了缝的冰面一样，伤口四分五裂，骨头都被拆散了一样，时至今日，他母亲仍对温以宁怀有如此偏见，他心疼得不行，一个字一个字地说：“她已经跟我分手了，您还不满意？您怕什么？怕她来找我，来缠我，怕她和我藕断丝连。所以您宁愿用这样的方式，拿她身边的人威胁她。错的明明是您，到现在您竟然还把帽子扣在她头上。怎么？合计着欺负她听不见、看不见是吗？仗着我对您的尊重和妥协，得寸进尺了是吗？是吗？！”

最后那声怒吼，惊得景安阳肩膀狠狠一颤。

她嘴唇微张，胸口也不停地喘，看着面前的儿子几近失控崩溃的模样，既无力又愤懑，撑着底气大声回了句：“我是为你好！”

“为我好？”唐其琛森然一笑，笑得眼纹斜飞，笑得神情悲怆。他目光定住，整个人又瞬间沉了下来，“妈，您真以为我稀罕这些东西？”

景安阳怔住，脸色瞬间惨白：“其琛，不许任性。”

唐其琛神情孤傲又冷情：“亚汇我不要，董事我也不当，手里的股份谁爱要就尽管拿去，您以为我放不下这一切？妈，我就大逆不道一回，您信不信，谁也拦不住！”

这些字就是往景安阳心尖尖上戳，这么刚硬的一个女主人，竟然掩面啜泣：“我就你这么一个儿子，你不能这么狠心对父母。”

唐其琛喉结微滚：“所以，就该您狠心对我？”

景安阳满目创痛，泪水一颗一颗坠了下来。

他又自嘲一笑：“您真以为人家姑娘稀罕你的钱？合着只要没您有钱有权的，接近您儿子就都是图谋不轨？您要门当户对，那是您的脸面，并不是我要的。我对您妥协，不是我怕您，是……我舍不得念念受苦。”

到最后半句，唐其琛的声音都变了调，他压抑着，嗓音堵着一块石头似的，说一个字都疼：“轮不着您看不上她，是我们家配不上人姑娘。”

这句话一下子逆了景安阳的鳞，她抄起桌上的珐琅彩瓷杯盖，失手就朝唐其琛砸去。气归气，但景安阳真舍不得伤着儿子。可唐其琛直挺挺地站在那儿，一点都不躲。杯盖蹭着他的脸唰地一下飞落，然后滚落到地上碎成了四瓣。

唐其琛的右脸豁开一条口子，温热的血慢慢渗透，红得触目惊心。

景安阳慌乱：“你、你怎么不躲啊。”

唐其琛麻木了，脸上的伤感觉不到疼，腹部的坠胀也感受不到，心脏仿佛不是自己的，他木着脸，转身要走。可刚迈出一步，腹部就跟金刚钻往里捣鼓似的，疼得他一口气没缓上来。

他脚步踉跄，人晃了几晃，胃好像一个充满血的气球随时要爆炸，连着他的脊柱往上，刺激着他最敏感的一根神经。

唐其琛冷汗一颗一颗下坠，他失去知觉前的最后一幕记忆，是景安阳的失声尖叫，是保姆周姨的崩溃痛哭。

除夕之夜，上海某医院。

数个教授专家连夜会诊，唐其琛历年的所有病历都有保存，老陈得到消息，飞车赶了过来，他这边的检验报告，才是近期唐其琛身体的真实状况。

唐家一夜大乱，宛若失去了主心骨。

景安阳强打精神，吩咐不许消息外露媒体，只唐家几个近亲在医院守候。

零点至，全世界都在欢呼新年快乐。

上海最好的内科大夫从诊室出来，景安阳迎向前："齐教授，其琛情况怎么样？"

头发花白的医者面色沉重，一锤定音："初步诊断，他胃里的息肉溃烂化脓，出血点虽然不算多，但都压在胃里炎症太高引起大面积感染，必须马上手术，以及取息肉组织进行病理活检，夫人……请您做好心理准备。"

景安阳腿一软，被周围的亲眷扶住，她脸色惨白，目光也失去了焦点。几秒之后，她颤着声音问："柯礼到哪里了？"

"刚打过电话，在凤凰机场准备登机，大概三小时后到浦东机场。"

景安阳嘴唇发抖："让他去H市，去H市，把她带来，带过来。"情绪的堤口彻底崩溃，她失声痛哭，"请她来，不，是求她，是求她过来啊！"

可事情最后还是没能遂了景安阳的愿。电话再打给柯礼的时候，三亚的飞机已经起飞了。

除夕夜晚，唐家的男人都是不在家的，老爷子去西山与老友喝茶，唐其琛的父亲是随着教育部的领导进行基层慰问。对家里发生的事情一无所知。等他们接到通知赶到医院时，唐其琛正在做手术前的必要检查。人躺在重症监护室里，完全陷入了昏迷状态。护士给他最新量的一次体温是四十二度，一张脸惨白如纸，连薄唇都没了血色。

唐老爷子痛心疾首，这个孙儿的重要性，他比任何人都清楚。唐其琛的父亲是大学汉语教授，一生儒雅翩翩，待人温和心善。唐其琛性格之中情深义重的那一部分，大抵是遗传自父亲了。

老爷子在医生那儿了解情况，唐父面色深沉，睨了妻子几眼，这个关头说再多也于事无补。可景安阳惊惧之余格外敏感，好像心头的情绪和委屈要有一个爆发点。她对丈夫哭着说：“你看我做什么，我难道想让琛儿这样吗？我做错什么了我，我不就是为这个家好吗！”

唐父不当即反驳，等妻子平复些了，才神情凝重地说：“我跟你提过很多次，其琛的私生活不要过多干预，他是你的孩子，但不是你的附属品。他从小到大做得已经够优秀了。你就不能让他歇歇气吗？”

景安阳恸哭，早已不顾素日端庄的仪态。唐父道：“罢了，你一直是这样的性子，出于好意，但方式欠妥。我们是夫妻一体，这辈子，我总会包容你。但儿子不一样，他的身体和灵魂都该是独立的。”

这些道理，作为丈夫，唐凛已与景安阳说了几十年，奈何人的执拗并不容易轻易改变，总要触到生死的时候，方知悔意。

不多时，老爷子在医生的陪同下出来，他面色同样沉重，眉眼间煞气阵阵。

唐父走过来：“爸，您别……”

“着急”两个字还没说完，唐老爷子抬手就朝他脸上扬了一巴掌。全场惊骇，几个亲眷赶忙拦人，景安阳浑身一颤，紧紧拽着丈夫。

唐老爷子目光淬了火，拐杖拄着地板咚咚响：“其琛的身体这么差，你是怎么当他父亲的！失职，失责！”

话里有话，巴掌也是打给景安阳看的。老爷子断然不会朝她开刀，但也是实打实地给她了个下马威。

唐父替妻子挨的这一教训，堪堪受了下来。年过半百的男人，这一刻也眼眶微红。

H市。

温家今年是过了个热闹的除夕夜。新家的第一个年，按这边的风俗得热热闹闹。时间倒拨数小时之前，江连雪与温以宁母女俩搞了一桌温馨的年夜饭。

江连雪当时都震惊了：“你到底是不是我亲生的？什么时候饭做得这么好了？”

温以宁忍不住递了个白眼：“要都指望你，我和以安读小学的时候就饿死了。”

江连雪难得地没有和她对杠，人至中年，对红尘往事的缅怀多少有了忏悔之意。她幽幽感慨：“眼睛瞎了，选了你爸。可见人不能太早谈情说爱，年轻时候以为遇到的是真命天子，其实还是不懂事。”

温以宁斜她一眼：“哟，忆苦思甜呢。”

“思甜。”江连雪嚼着这两个字，自顾自地一笑，“哪儿有什么甜呢。”

温以宁把最后一道蒸扣肉端上桌：“大过年的，说点好的。”

江连雪笑嘻嘻道：“成啊，你快点找对象吧，没准我还能看到你结婚呢。”

温以宁不疑有他，纠正她的说法：“什么叫没准啊？咒我是吧。”

江连雪坐下来，神色安然宁静，笑着说：“吃吧。”

晚上七点多的时候，来拜年的就多了。江连雪混迹赌坛数十年，麻友一大堆，来家唠唠嗑，讨几句吉祥话便走了。杨正国今天还要跑出租，没办法，公司一直就这么排班下来的，轮着谁就是谁。温以宁很有心，给他打了个电话拜年，还说给他留了八宝饭和饺子，交班的时候可以顺路过来拿。

这些都是瞒着她妈妈的，但她躲在卧室讲电话时，还是被路过的江连雪听到。江连雪也没出声，转过背的时候，眼睛就红了。

李小亮是九点多过来的，在路上就打电话让她下楼等着，温以宁等了没多久，李小亮的车就停在了路边，他从车里抱出两大箱子的烟花，笑眯眯地对她勾手：“宁儿！带你去江边放花炮！”

温以宁是真兴奋，这种儿时的乐趣，多少年都不曾有过。

玩的时候，李小亮告诉她：“我学校那事解决了，以后正常上班，下学期还让我兼校篮球队的教练工作，明年夏天参加省里的大学生篮球联赛。”

温以宁并不意外。对方这么做，不就是想让她辞职吗。只不过顺着想起某个人，心里还是不可抑制地轻轻痛了一下。烟花在地上被点燃，银光柳条一层比一层闪，映亮了温以宁的眼睛。李小亮转过头时，分明在她的双眸里，看出了思念的踪影。

他沉默了半刻，还是劝着说：“宁儿，你要真想他了，就给他打个电话呗。”

烟花暗下去，空气里是薄薄的硝烟味，温以宁蹲在地上，从纸盒里选了个一模一样的，低声说：“不打了，我没带手机。”

“喏，我的手机给你。”李小亮从衣兜里递过来。

温以宁抬起头看着他，笑了笑说：“真不用啦。”

她不是骗他的，她的手机昨晚看美剧的时候电量耗了大半，白天忙了一天也没来得及充电，出来不知道要玩这么久，所以就一直搁家里放着。

放完烟花，两人又去跟老同学聚了聚。大伙儿玩疯脱了，但温以宁今儿不在状态，一晚上都坐在沙发上，不知道是不是吃坏了东西，心里烧得慌。李小亮把人送回去的时候，还蛮不放心地嘱咐：“你真没事啊？要不要吃点药？啊呸呸呸！过年不准吃药的。”

温以宁笑他老封建，把围巾往脖子上一搭，道了别，心情愉悦地上了楼。

结果一进门，就看到江连雪慌慌张张地从她卧室出来，手里拿着她的手机，手机的充电线也没拔，长长一条拖到了地上。温以宁莫名其妙：“怎么了？又想用我支付宝偷偷网购啊？”

江连雪话都说不利索了，指着手机哆哆嗦嗦地说：“快，你快回个电话，上海来的。”

温以宁神色一怔。

“姓柯，他说，他说唐其琛在手术室。”江连雪没敢把后面那句“生死不明”讲出口。但温以宁的脸色已经不对劲了。

这个时间柯礼亲自打来电话，那情况一定是很糟糕。

温以宁赶紧打给柯礼，很快接听，柯礼的声音听起来疲惫低沉：“以宁！”

“出什么事了？”温以宁忙问。

十几秒的时间，江连雪眼见着她的神情变得虚无空茫，连着呼吸都变得短促。柯礼始终听不到她的回应，急急追问：“以宁？以宁？”

温以宁嗓子咽了咽，再出声时带着微微的哭腔：“我往北赶，跟余师傅在新侨服务区会合。”

柯礼听懂了，这是最节省时间的方式。

他一下飞机就得到指示，其实不用景夫人开口，哪怕是绑，他也会把温以宁绑到上海。老余这个年终究是没能好好过，当即就开车往南下的高速飞赶。

江连雪没多问，马上拿自己手机拨了一个号码，那边响了好久才接听。江连雪正色道："老杨，这回你可一定要帮我一个忙。"

杨正国才下了夜班，二话不说，开着车就来接人了。温以宁一路都在接电话，柯礼鲜有这么沉不住气的时候。他已经到了医院，气氛太压人，唐家的事能由老爷子坐镇打点，内部不至于太慌乱。他是唐其琛的机要秘书，这么多年的人事关系和各方局势的维系，柯礼是最了解的。他在场，一是老爷子放心，其次，万一真有个什么变数，集团内免不得一场巨震。

柯礼一遍遍地催问她到哪里了。温以宁颤着声音问："他怎么样了？"

"还在手术室，你别担心，他家里人都在，不会没人照应。"柯礼尽量语气平和，但到最后还是没忍住，他不想给温以宁太大压力，只隐晦克制地说了声，"以宁，拜托了。"

越怕什么越来什么，火急火燎的关头，在G1230路段竟然堵起了车。而老余的电话也打了过来，他们方向相反，他那边已顺畅到达了约定的服务区。这车堵得遥遥不见尽头，温以宁急着问："杨叔叔，离新侨还有多远？"

杨正国看了导航，说："两公里。"

但前面发生了五车严重追尾，一时半刻还动不了。温以宁把围巾戴好，拿起包和手机，推开车门就这样下了车。

"小温！哎！小温！"杨正国反应过来，白色的身影已经飞快跑进了车海。

这个路段周围都是荒山，凌晨气温更低，瑟瑟西风一吹，能吹进人的骨头里。温以宁沿着应急车道一路狂跑，但还是有不守交规的车辆占用应急道，车速快，鸣笛响，大晚上的视线又不好，好几次都是擦着她的身体危险绕过去的。温以宁跑到后面实在没力气了，脚下一崴踩虚了一个坑洼，直接摔在了地上。脚腕疼得厉害也顾不上，大冬天的愣是跑湿了打底的薄衫。

从两个服务区之间的天桥过去，终于与老余会合。老余见着人的时候惊了一跳："温小姐，你、你没事儿吧？"

她白色的羽绒服摔了一身黑漆漆的泥，裤子的膝盖也磨破了，模样着实狼狈。温以宁钻进车里："没关系，余师傅，麻烦您开车吧。"

老余自然不敢耽误，他继续往前开了五公里，从最近的高速口下去后走国道，绕开堵车的那一段路后再重新走的沪昆高速。宾利的车速飙到了一百七，像一头黑夜飞驰的巨兽，带着一车惴惴心事离上海越来越近。

凌晨四点，手术已经进行了整整三个小时。

老爷子年事已高，身子骨虽硬健，但心脏早些年做过搭桥，也经不住这样的熬夜。唐家小辈劝了他很多次先回家休息，但老爷子都不答应。七十多岁的人了，就坐在手术室外背脊挺得笔直。柯礼吩咐家里的保姆做了点吃的，差人送了过来。热腾腾的米粥用保温壶热着，他端了一份给景安阳，低声劝着："您守了一晚上，当心身子。"

景安阳悲从中来，摇了摇头。

柯礼的手机适时响起，景安阳猛地抬起头，目光中藏不住的希冀。柯礼见着名字，立刻往外走，边走边接："到了是吗，好，门口等着，我来接你。"

温以宁是风雪夜归人。

她一出现，唐家人都望了过来，老爷子还是那副端正严肃的脸面，只微微颔首算是会面。唐父迎上前，十分愧疚地道了歉："温小姐，辛苦。"

柯礼轻声告诉："唐总父亲。"

温以宁扯了扯嘴角："伯父。"她目光转到景安阳身上，有那么一刻的退缩，但顾着礼貌，还是主动开口，小声喊了句，"伯母。"

景安阳心情虽复杂，但这一刻也顾不上长辈身份，别过头，就这么落了泪。

温以宁紧着心，那一扇紧闭的手术门她压根不敢看。柯礼带她到一旁的长凳上休息。长长的走廊上，死一般的压抑寂静。直到几分钟后，跟在景安阳身边的周姨走过来，温声慈语地说："温小姐，你腿伤了，我带你去看看医生吧。"

周姨这一举动，显然是景安阳的授意。温以宁一出现她就看到了姑娘膝盖上破了的裤子，外头已经渗了不少鲜红的血迹。温以宁走路的姿势也不太对，她脚腕扭着了，一路过来没处理，沾着疼，但疼不过心，便也这么麻木地承受着。

温以宁和周姨第一次见，柯礼怕她不自在，便自己陪她去了。这么细心的一个男人方才竟也没留意，可见心里头装了多大的事。医生给温以宁的脚腕照了个片子，伤了筋骨，因为没有及时处理，所以肿胀得厉害。柯礼自知有愧，心里也是一团乱，低声说："以宁，抱歉。"

温以宁低着头，疼吗？一点都感觉不到。

她维持着这个姿势很久，那种彻骨的压抑在空气中弥漫，把她的感官缠得死死，连气都透不过来。半晌，她哑着声音问："会死吗？"

柯礼怔了怔，她说得太平静了，语气薄得像是一张纸。

这个"死"字也触动了情绪的开关，撕开了数月来的所有安宁假象。若不是深深爱着，谁又愿意承受这些悲欢离合。温以宁忍不住了，掩面开始痛哭，她哭得声嘶力竭，眼泪一拨一拨地往外涌，抽泣得连字都说不清："我离开他，是不想他和家里闹得太僵；我离开他，是因为知道他不只是我一个人的唐其琛；我离开他，是不想他为难……可还是让他为难了。我错了，我真的错了……我应该好好照顾他的，生老病死，我都认了……他要是好起来，我再追他一次，这一次我再也不放手了。"

温以宁崩溃失声，鼻子眼泪糊得满脸都是。柯礼安静地听着，最后把头别向一侧，心里跟着一块儿难受起来。

而换药室的门口，景安阳站了很久，她听到了温以宁的话之后，像是一夜之间苍老了十岁。她止步门外，然后默默地转身离开。

天光从黑渐白，新年第一天到来。

唐其琛被推出手术室，身上盖着薄被扎着针，一张脸苍白沉眠。

主刀医生是齐教授，难为七十多岁的老人费心半宿，他摘下口罩，对老爷子说道："手术顺利，等明天的病理活检结果出来，再调整后续的治疗方案。"

悬在众人心里的那块巨石顿时松了一半。

景安阳人没站住，眼见着就要往地上倒，被丈夫赶紧搀住："都过去了，其琛没事了。"

老爷子冷静许多，与齐教授聊着情况："明天几点能出结果？"

"快的话，下午三点半。"

唐家人问："现在能不能去看看他？"

齐教授不建议："术后二十四小时仍需重点观察，保险起见，还是留在ICU。"

形势逐渐稳定，一宿没休息的都被安排回了家。柯礼仍留在这儿，最后他对温以宁说："我让老余送你去酒店，人醒了我再告诉你好吗？"

温以宁摇头拒绝，坚定道："我要在这儿守着他。"

柯礼便没再劝。

十二个小时后，唐其琛术后情况良好，从ICU转入普通病房。在这之前麻醉药效退去，他醒来过一次。医生给他用了药，便又昏睡过去。柯礼和温以宁被允许进入病房，傍晚了，唐家送来的饭菜搁在那儿，温以宁的那份几乎没怎么动。

"你自己也受了伤，一天一夜没睡觉，身体熬不住。"柯礼劝她，"唐总醒后还要人照顾，你这样怎么行？"

一句话说到温以宁的心坎里，她还是顺从地吃了几口。

唐其琛这事出得太不顺，这么一看，过年之后也不能马上工作。董事会那边是个什么态度，柯礼拿不定主意，进进出出的，他的电话也多，怕影响唐其琛，索性就没在病房待着。

温以宁守着人，VIP病房环境优雅，地上铺着厚厚的地毯，门口的花都是沁人心脾的空谷百合。体征监控器平稳跳动，吊瓶的流速缓慢。唐其琛的样子像是睡着了而已，他甚至没有皱眉头。

温以宁坐在病床旁边，静静看着，看着他某一时刻眼睫忽然动了动，眼皮缓缓抬了起来。腹上的伤口还是很疼的，清醒之后，就能感受到那股尖锐刺痛顺着血脉往上，让他不适地皱了皱眉。等看清床边的小人儿时，他的眉头皱得更深。

温以宁揪紧了床单，想过无数个他醒来的场景，但真到了这一刻，反倒沉静了下来。她没有哭，也没有夸张的惊喜。只凑近了些，让他看得更清楚。

温以宁声音微颤，说："老板，新年快乐。"

唐其琛人太虚弱，本就偏白的皮肤下都能看见青紫的毛细血管，他眼神一刹的迷惘，意识过来后，目光像是有小火把在燃烧。

两人静静对望，沧海桑田，生死无边。

温以宁眼前一片模糊，肩膀颤抖，泪水就砸在了他手背。

唐其琛挨了烫，手指下意识地蜷了蜷。他说话时，气若游丝，极低的一声："念念，新年快乐。"

柯礼打完电话走进病房，见人醒来，肩上的重担瞬间松了大半。后来医生护士给他做检查，量体温，再根据情况调整用药。唐其琛腹上的刀口是横切，很细的一道，掩在他微凸的腹肌肌理里，缝合得很漂亮，痊愈后应该不碍美观。走前，护士给他换了一次药，术后二十四小时，能吃点流食了。

柯礼给唐宅报了平安，时间太晚，家里人白天再过来探望。

凌晨一点的时候，唐其琛又发了一次烧，三十九度多，术后的正常反应。但温以宁还是守了他一夜，天亮了，退了烧，她才趴在床边打了个盹。唐其琛元气没恢复，看在眼里，疼在心里，挣扎着用没打针的那只手，扯了自己身上的被子一角，轻轻盖在了温以宁的身上。

牵一发动全身，就这一个动作让他刀口跟裂开似的，疼得他冷汗直冒。

早上七点多，景安阳就带着周姨过来。她推开病房门，就看见了这一幕。

周姨跟在后头，心酸得直擦眼泪。

温以宁几乎一瞬就醒了，她黑眼圈又深了，一脸疲惫担忧。看到唐其琛忍痛的样子，下意识地起身要去叫医生。结果一转身，就与景安阳撞了个正着。

两人都有不自在的尴尬。

景安阳默了片刻，说："衣服脏了，去换一身。"

她来时，除了给儿子弄了营养的吃食，还多带了一个纸袋，里面是件崭新的羽绒服。温以宁顺从地走过来，她脚腕没好，一瘸一拐的，低声道了谢。

景安阳在病房没有留太久，他与唐其琛的母子关系仍在一个临界点上，彼此都有介怀的情绪。

整个上午，唐家的几个至亲陆陆续续过来了一趟，唐其琛精神好了很多，除了脸色依旧苍白。到了中午，温以宁给他喂粥，一口一口的，极尽耐心。瓷勺压着软糯的米粒，青菜丝撒了一点点，唐其琛还不能坐起，只头部稍微垫高了一点。

几口之后，他忽然出声："念儿，你手抖什么？"

温以宁故作镇定："没抖啊。"

唐其琛问："是怕下午的病理结果？怕我得癌症？"

温以宁手腕一颤，粥都快洒出来了。她低着头，倔强地说："你变成什么样我都养你。"

唐其琛一颗心像浸泡在蜜糖罐子里，就这么笑了起来。

久违的笑脸终于在这张俊俏的脸上重现，温以宁看得眼眶都红了。

三点不到，齐教授亲自过来了病房，告诉他，结果良好，没有发现癌细胞。但也警示他，这次手术以后，烟酒是万万沾不得了。齐教授还给他检查了刀口的愈合情况，并看了同时出来的几个化验报告。

万幸，有惊无险。

齐教授走后，温以宁差点虚脱，唐其琛笑容淡淡，望着她，不怎么正经地问了句："还记得中午说过的话吗？"

温以宁左顾言它："我再去给你量一次体温。"

唐其琛勾住了她的小手指，没松。

手背还扎着针，温以宁也不敢动。被他滚烫的眼神注视得受不了了，她抿了抿唇，索性依到他身边，轻声说："老板，念念养你。"

术后第七天，唐其琛已经能下床走动。从第四天的十分钟，到现在的一小时，他的身体在康复，精气神也日渐复原。家里派了人来照顾，唐其琛没让，就留温以宁在身边。景安阳虽然担心，但她实在不想与儿子的关系弄得更僵，便也默默同意。

今天太阳好，两人在小花园里走了一圈，太久不被阳光照耀，唐其琛一时不适应，整个人都靠在温以宁身上。回到病房，温以宁挺无语地问："这儿可没太阳了啊，还能不能直立行走了？"

唐其琛反手就把人抱得更紧，理直气壮道："不能。"

温以宁咿咿呀呀地不满："无赖！"

唐其琛还真赖上她了："反正你要养我的。"

温以宁笑了起来，没敢推开他，病号一个，伺候起来就是大爷。

两人在冬日暖阳里静静拥抱了两分钟。

唐其琛闻着她的味道，心中山海丘壑都成平原，甚至有了劫后余生的错觉。

温以宁的头埋在他颈间，突然说了句："对不起。"

别人不明白，但唐其琛一听就懂。这声对不起，是她对那次诀别的懊悔。

沉默片刻，唐其琛说："念儿，老天爷给我什么，我没得选。你做什么选择我都理解，那是我应该受的罪，不是你的错。无论何时，我都尊重你的决定。”

温以宁听见了心底潮起潮落的回音。

“但尊重不代表我同意。”唐其琛话锋一转，语气也变了调，“最多让你野完这个年，我就会去找你，绑也要把你绑回来。”

温以宁愣了愣，反应过来，眼睛酸得厉害，整张脸都贴在他的侧颈。唐其琛伸手捏了捏她的腰，玩笑道：“蹭这么紧做什么？”

温以宁依言更进一步，嘴唇直接碰了碰他的耳垂。

唐其琛这两下的呼吸都有点急了，温以宁撩完就跑，仗着身体健康，很快就从他怀里起了身，蹦蹦跳跳地离得老远，一脸坏笑地看着他。

唐其琛食指指着她，在半空虚虚一点：“你那日跟柯礼说过的话忘记了？”

“我说什么了？”

唐其琛挑眉：“是谁哭着说，只要我好起来，就再追我一次的？”

温以宁的脸颊瞬间烫成三分熟。

唐其琛往病床上一坐，双手懒懒地环在胸口，微微侧着头，吊着眼梢望着她，就这样的眼神炙烤，活生生地将三分熟变成了九分熟。

唐其琛失笑，不再逗弄，叫她的名：“温以宁。”

直呼全名，还是有点郑重的。

温以宁下意识地抬起头：“啊？”

唐其琛说：“我爱你。”

男人的病态还未消失殆尽，穿着蓝白相间的病号服，头发软趴趴地垂在额前。褪去一身铅尘返璞归真，他眼里有着干净的情愫，这一瞬间，依稀可在这个三十六岁的成熟男人身上，看到轻狂如初的少年模样。

那是人一生中最真挚的情感，也是最炙热的表达。

隔着两米的距离，温以宁手上捧着一个苹果，就这么笑了起来。

下午的时候，傅西平来探望唐其琛。人还没进来，在走廊上就能听到他大呼小叫的动静：“小护士，你们这层最帅的那位病号住哪床呢？”

唐其琛半躺在床上闭目休息，留置针长长的针头还扎在手背里，最后一瓶药水还剩小半没吊完。他睁开眼睛，瞄了眼门口：“最吵的那个来了。”

温以宁放下手中的书，站起身去开门，手还没碰着门把，门板就从外面推开。猝不及防的，温以宁往后赶紧退了一步，差一点点就砸中她了。唐其琛皱眉不悦，目光嫌弃地落到傅西平身上：“会不会敲门了？”

傅西平莫名挨了一顿训，挺稀奇的：“嚯，我来看你，你这是对客人该有的态度吗？”

他身后的霍礼鸣闪出身影，平静道：“西平哥你做错了，差点打到她了。”

傅西平被这哥俩一前一后地夹击，心里郁闷得不行：“你真是他的官方发言人，唐其琛说什么你都无条件拥护的是吧。”

霍礼鸣一脸理所当然的表情。

温以宁稍显局促地把路让出来：“西平哥，进来坐吧。”

傅西平笑着说：“不好意思啊念念，刚才急着了，差点撞着你。”说完就换了表情，对病床上的唐其琛横眉冷对，“哥们儿，够时髦的啊，让人上医院来给你拜年，让不让人省心？”

“你空手来拜年，还有脸说这么多？”唐其琛语气凉飕飕的尽是嫌弃。

“不错，还有力气说话，可见没真废。”调侃两句，傅西平挨着他床边坐下，跷着腿，笑眯眯地望着他。

唐其琛呵的一声：“不演变态杀手可惜了。”

傅西平笑骂：“这哪儿有病，还是这么损。”

现在自然是顺遂安康，老友之间的几句调侃话，但搁傅西平心里他还是明白的。唐其琛这病不是一天两天，他这人性子太能压了，用俗语说就是老谋深算，心思深不见底的。人又很长情，能数得上的男女之情就两段，一场无疾而终的单恋，一场就是现在。说好听点是长情，其实并不是什么长不长的，他在感情这件事上，几乎薄如蝉翼。这么些年，多少女人接近他，对他示好，但花花世界也焐不热这一副心肠。

傅西平总觉得他迟早有天要出点事儿，这不，兑现了。

“过年我在南美度假，昨儿回来才听到了风声。”傅西平还是后怕的，“哥们儿，以后不带这么玩啊。”

唐其琛底子还虚着，声音单薄：“老爷子压着消息，你不知道也正常。”

“集团那边没出乱子吧？”

“柯礼在，不至于。”

唐其琛这身体十天半月也好不了，短期内不见得能回公司。瞒太久也瞒不住，干脆公布了实情，但病情还是藏了个底，只说是做了个小手术，需静养。亚汇是上市企业，董事会的一举一动都被看在眼里。消息一发出，亚汇当天的股价就跌了四个多点。

军心不稳，诚惶诚恐。

唐其琛能在这个位置做这么多年，自身的影响力不容置疑。

扰人的公事傅西平也不会多说，他反倒高兴：“你早该休假了。”然后意味深长地看了眼温以宁，呵呵笑道，“念念，苹果是给西平哥削的吗？”

他们聊天，温以宁就默默在旁把刚才那个苹果给削了皮。眼下注意力又到她身上，索性大大方方地递过去：“西平哥吃苹果。”

“太乖了。”傅西平接过刚要往嘴里塞。

“放下。”唐其琛冷不丁地打断。

傅西平不以为意：“你现在还不能吃生冷的吧，别浪费。”

他嘴张了半圈，唐其琛打着针，手不方便，但脚还是能派上用场的。就这么伸出被子，用劲踹了一下他的腰，脸上写着“就算浪费也不给你吃”。

温以宁脸颊微红，小声对唐其琛说：“别闹。”而后对傅西平抱歉地笑了下，“他中午忘记吃药了，西平哥，我再给你削一个。”

傅西平朗声笑，肩膀愉悦地颤抖，就连一旁的霍礼鸣都忍不住弯了嘴角。

“录下来，录下来，早想看他吃瘪了。舒坦！”傅西平性子开朗，总能把气氛弄得热闹，他跟温以宁说，“你以后给哥好好治治他！唐总太嚣张了，打牌没少赢我的钱，现在还要吃苹果醋。以前咱们在一起看片的时候，他的兴趣爱好就异于常人了。”

唐其琛一听他说起这茬，就知道不对味了，声音提高了些：“傅西平。”

傅西平没打住。其实这话是对霍礼鸣说的，男人之间谁没点乐子，早习惯了："别人都只看胸，看腿，看腰。知道你其琛哥对哪个部位情有独钟吗？大腿根。喜欢那种剧情，眼神跟开了光似的，你说奇不奇特，哎，其琛，你是不是有点什么特殊嗜好啊？"

温以宁下意识地扭过头看了一眼唐其琛，唐其琛嘴角颤了颤，被她这一不可置信的眼神给看虚了。

唐其琛冷着脸，直接吩咐霍礼鸣："把他弄走。"

傅西平一听就听出了门道，这是不乐意了。时间差不多，反正就过来摸个底，知道他没事也就放了心。傅西平很自觉地走人："行吧，你好好休息，康复后我们再聚。"

霍礼鸣与他一同离开，去取车的路上，傅西平越想越有意思，挑眉问身边的小霍爷："该不会是他还没跟念念在一块过呢？"

霍礼鸣被唾沫呛了一下，没忍住地咳嗽，咳得脸都涨红了。傅西平又误会了，啧了一声："你怎么也这么纯情，左青龙右白虎都白文了。"

唐其琛的所有检查报告出来后，齐教授认真评估了番，然后告诉他，明天可以出院。

住院期间，景安阳又来过几次，每一次，温以宁都很自觉地出去，把时间单独留给母子俩。但景安阳都没有待太久，走时的脸色说不上差，失望和低落掺混在一起，看起来也让人恻隐。温以宁站在门口，跟她面对面地撞上也难免尴尬。景安阳见着人，情绪很快收敛回去，又是高贵从容的面孔。几次下来，都是温以宁主动喊："伯母。"

景安阳略一点头算是招呼，然后什么交流都没有，径自走了。只是两人在医院的最后一次照面，景安阳忽然对她说了声："辛苦。"

温以宁脑子木木的，实在体会不到这话里的意思，她打了水走进病房，唐其琛看她一眼："想什么？"

温以宁摇摇头。

她对景安阳还是有点忌讳的，看得出来，景安阳也是一样。

"对了，你明天就能出院了，回你家里休养吧，别一个人住公寓了。你家里人多，来医院也方便，总归有个照顾。"温以宁把毛巾浸湿，拧干水。

唐其琛抬起头，语气平平："回公寓清净，你不去照顾我吗？"

"你家那么多人还不够照顾啊？我出来这么多天了，我妈昨儿还打电话冲我发脾气。”温以宁想想也是歉疚，“新房子呢，留她一个人过年。”她把热毛巾递过去，唐其琛没接，而是握住她的手腕顺势将人带进了怀里。怕碰着伤口，温以宁急急往后退，“别压着你。”

“没关系，不疼。”唐其琛的下巴蹭了蹭她的头顶，忽然说，“念念，对不起。”

温以宁心里一酸，反手轻轻搂住他的腰：“你个骗子。答应我会照顾好自己，这倒好，就照顾到手术台上去了。我早就想说你了，出尔反尔，不值得信任。”连日的委屈和惊惧一股脑地发泄出来，但到这份上了，她还是没舍得说重话，最后眼睛都涩了，哑声说，“老板，不准有下次。”

唐其琛亲了亲她的脸：“下个月，我去见你母亲。”

温以宁不以为意：“你们也见过好几次了啊。”

唐其琛轻声说：“这次，我正式一点。”

元宵节这天，唐其琛出院回唐宅休养。家里的医生这段时间也跟着一起二十四小时照看。这次手术伤了元气，景安阳不敢大意，这段时间都自己下厨给儿子做吃的。南京的外公亲自来过一趟上海，唐其琛的二舅，调令发文正式晋升，也秘行来看过这个外甥，足以见景安阳母家对这个孙儿的疼惜重视。

年初集团的事情安排妥当后，柯礼还是被老爷子降了级。老爷子是怪罪的。柯礼在这么重要的一个位置上，唐其琛的身体染恙，他的确有不可推脱的责任。柯礼无条件接受惩罚，他与唐其琛默契多年，权衡利弊，唐其琛自然也不会去与爷爷再谈判。

温以宁回H市之后，也没少挨江连雪的臭骂。江连雪骂人的功力不减当年，什么撒泼难听的词都能骂出口。温以宁理亏，平日一张伶牙俐齿收得紧紧的，一句话也不敢顶撞。

唐其琛的电话会在晚上九点准时打来，温以宁受了一肚子委屈，总要有个发泄的地方。唐其琛耐心地听着，问她：“咱妈怎么说我的？”

温以宁捏着鼻子，模仿江连雪的语气：“唐其琛！有钱的都不是好东西！我呸！哪里来的野男人！”

唐其琛低低笑了起来：“嗯？野男人？”

温以宁脑子突然转过弯来：“等等，你刚才说什么？咱妈？不是，唐其琛，谁跟你一个妈呢！”

男人朗声大笑，笑声烧着温以宁的耳朵，继而蔓延到她双颊。笑够了，电话里的声音温柔了，说：“快了。”

三月底，乍暖还寒，湿绵的雨水不停下着，春雷苏醒登场，一夜雨后天晴，小区桂花树的树尖上不知不觉抽出一层淡淡的新绿，悄悄捎来了一院春风意。

唐其琛在周六这天从上海过来。

距那次手术已经过去两个多月，他的身体经由家里的仔细照看，恢复了八九成。一个月的时候，他就开始循序渐进地处理起工作上的事，虽没去公司，但柯礼每天都会将需要他定夺的重要事项带到唐宅汇报，每周的办公例会也由电话视频的形式召开。唐其琛保持住了一个相对健康的作息，身体复健期间，柯礼给他排的工作量绝不超过六个小时。家里的保姆也督促得紧，按时按点吃饭吃药，就差没精确到分秒了。

就这样，再看到唐其琛时，他比上一回见，气色好得不止一点点。

背头精精神神地梳上去，露出光洁饱满的额头，他五官之中最好看的眼睛精气十足，眼角上挑，剑眉斜飞，魄力凛然的模样全回来了。

唐其琛自己开了一辆保时捷的新款SUV，车尾箱后装满了中老年人的审美礼物。温以宁在小区门口接的他，姑娘站在绿芽抽枝的柳树下，穿着白色的短款呢子衣，一双腿笔直修长，远远地就冲他笑。

唐其琛隔着车窗，车速慢下来，这幕场景像是一帧一帧切换的电影镜头，看得他心里软出一处低洼。

停好车后，温以宁主动替他开了车门，做了个请的动作，俏皮地说：“唐长老远道而来，辛苦辛苦。”

唐其琛忍着笑，挑眉说：“不辛苦，晚上等我洗干净一点儿，你再烧锅水，就能吃唐僧肉了。”

说罢，他稍稍侧过头，浑厚的嗓音在她耳边低语：“任凭念念小妖精处置。”

温以宁的耳朵挨了烫，烫出了乱迸的火苗星子。

唐其琛不再逗她，牵着手把人领到后备厢：“你妈妈在家吗？前几次来都很冒昧，是我失礼了。这次给她带了点礼物，我也不知道她喜欢什么，就每样看着挑了些。”

锁摁开，温以宁吓了一跳。

这哪是“带了点”礼物，那么大的空间从车底到车顶都装得满满当当，香水丝巾大衣，温以宁甚至隐约看到了几盒人参。随便挑了两样不至于空手，两人乘电梯上楼。电梯门一关，唐其琛就把人揽在怀里，低头落了吻。

温以宁急急推他：“喂！有监控。”

唐其琛捧着她的脸，粗声道：“让保安关掉。”

温以宁笑出了声：“你以为这是亚汇呢？”

唐其琛也失笑，到底只在她唇瓣上轻轻啄了啄：“是我忘记了。”

进了门，屋子是收拾过的，桌上还摆了果盘，但江连雪坐在沙发上嗑着瓜子，听见动静也不为所动。电视上放的是一部电影，唐其琛看了眼，心里顿时往下沉了沉。那是一部去年上映的权谋片，票房超了十个亿，张秦导演就是影片质量的保证，里面的女主角他熟得不能再熟。

是安蓝。

江连雪实在是不像会看这类片子的受众，估摸着开头就看不懂。但电影在六十寸的屏幕上敞敞亮亮地放着，别有用心。

唐其琛恭敬叫她：“伯母。”

江连雪目光这才轻飘飘地挪到他身上：“哦，唐先生来了啊。”

温以宁不懂她这又作什么妖，暗含警告地瞪了她一眼。

江连雪瓜子嗑得清脆响，随手一指：“坐吧。”

唐其琛倒也从容，把礼物放在桌面上：“伯母，每次过来多有打扰，抱歉，不周到的地方请您谅解。这次给您带了些小礼物，希望您喜欢。”

江连雪视线垂扫，一眼掠过，展露笑颜：“哟，这次没买包了呀。”

温以宁去厨房倒水了，唐其琛单枪匹马也没觉得难应付，见招拆招地答：“是我疏忽了，伯母您要喜欢，我让柜员把今年的新款发给您，您看上哪个就让她寄来。”

江连雪开口就是：“二十多万的铂金包是哪个牌子啊？”

温以宁倒了温水一出来就听见这句话：“什么铂金包啊？”

江连雪继续嗑瓜子，跷着腿，又跟唐其琛讨论起电影来了：“这个女主演很漂亮啊，叫安什么来着？”

唐其琛不避讳，平静地说：“安蓝。”

江连雪始终看着他，笑嘻嘻地说：“你是她粉丝的吧？连杨正国都喜欢这种长相的。”

再听不出故意刁难的意图也不可能了。触碰这个话题，搁温以宁心里，仍旧是个不大不小的磕绊。她不是介意，但多少有点不自在。就好比是她与唐其琛之间的一个灰色界限，虽不至于有什么实质的内容，但到底也是她不曾参与过的、只属于唐其琛和安蓝的几十年情分。

这种时间的积累是恢宏而又牢固的，世间的联结、境遇，又有多少种感情，多少个人，是能在你的生活中铺设出这么深远的轨迹呢？

温以宁近乡情怯，怯的不是对唐其琛的不信任，而是先来后到，不管何种身份的这种旧时感情。

她沉默的时候，江连雪的脸色已然更加不悦，护犊子的本能自然而然地愈发浓烈。刚要继续奚落，唐其琛主动说：“我和安蓝是旧识，她在这个领域确实有不错的发展，伯母，您和您的朋友如果喜欢，我助理可以帮你联系相关的活动，下次新电影的首映礼，帮您拿观影券。”

没有巧言令色，没有左顾言它，唐其琛从不否认这层关系，一个人实话实说，光明磊落的时候，是不畏惧任何言语以及目光的审视。

江连雪反倒无话可说了。

唐其琛更进一步，把梗在彼此心里的这个疙瘩切开了，抽筋剥骨地拿出来，直言不讳道：“不只是安蓝，包括我的家人，对以宁和您都造成过不少的困扰和伤害。伯母，是我亏欠你们，是我没有处理好这一层的关系。如果以宁介意，我答应她，以后我和安蓝，都不会再有任何联系，哪怕是朋友。”

温以宁心里咯噔一跳，茫然地望着他。

她明白，这种程度的话搁唐其琛这儿，就是一个很郑重的承诺了。意思也很明确，他会断掉和安蓝之间任何一类交情。以前有的，以后都不会再有。唐其琛用这么直白的方式，无疑是想给她一粒定心丸。

江连雪这次有备而来，藏着的刀刃磨得锋利，这一刻却没了攻击的方向。她目不转睛地看着唐其琛，试图从他神色中找出破绽。唐其琛坦然接受她目光的巡礼，眉宇似有千钧。

良久，江连雪眸色微软，冲那一堆礼物抬了抬下巴：“那是人参啊？”

唐其琛说：“我朋友从国外带回来的，伯母您煲汤喝，很养人。”

江连雪嗤笑："我看这个你比较合适。"

唐其琛微微一愣。就听她继续说："唐先生多大啊？"

"三十六。"

江连雪笑着脸问："你猜我多大？"

唐其琛这下有些不自然了，但仍维持着体面的礼貌："伯母看起来很年轻。"

江连雪扬眉："我不只看起来年轻，我本来就年轻！就比你大九岁！别叫伯母了，叫姐姐都行。是吧，温以宁？"

她为难唐其琛这么久，温以宁早就不乐意了，没好气地说："叫什么姐啊，叫你一声江妹妹敢答应吗？"

江连雪跟她大眼瞪小眼："怎么不敢了，倒是让他叫啊！"

唐其琛无辜中枪，敛了敛情绪，依旧毕恭毕敬："……伯母。"

江连雪嗤声乐了起来，情绪说变就变，顿时又殷勤无比了，热热情情地唤人："小唐呀，吃点水果吧，咱们家没人参，人参果还是有的啊，吃吧吃吧，吃个人参果，胃病就会躲。"然后又把电影调了台，调到狗血豪门家庭剧，全情投入地追起剧来。

温以宁拿她没办法，对唐其琛无奈地耸耸肩。唐其琛包容地笑了笑，倒是耐心十足地陪江连雪看起了电视。

晚饭过后，江连雪如往常一样出去散步，唐其琛还问了句："伯母，要我陪您吗？"

江连雪显然被吓着了，稍一设想，几十岁的大妈们聊着柴米油盐，一个这么玉树临风的男人跟在后头，气场就压人三分。那画面太诡异，江连雪当即拒绝："不用不用，让温以宁陪你吧。"

人走后，温以宁没忍住笑了，摇着头说："真能折腾。"

她正在水池边洗碗，腰间一紧，就被唐其琛从后面圈住了。男人高挺的鼻子故意蹭着她的颈窝，温以宁那处痒，笑着躲他："别闹，洗碗呢。"

唐其琛便换了边，继续用鼻子蹭她的右肩窝。

温以宁擦干手，转过身和他面对面，然后伸手轻轻捏住了他的下巴："唐其琛，你无赖。"

无赖低头就吮住了她的唇。

一个珍而重之的缠绵亲吻，用尽了唐其琛全部的温柔。

分开时，温以宁搂着他的脖颈，鼻尖抵鼻尖，低头笑了起来。

唐其琛侧过头，含着她的耳垂用力一嘬，像好好的电路上强加的一道电流，温以宁听到身体里噼里啪啦的火花声。

但顾着场合，火花还是偃旗息鼓，没敢真的当场爆炸。江连雪一般散个半小时步就会回家，温以宁领着唐其琛到自己房间休息。她倒好热水回来，唐其琛正在书柜前看一本原文《圣经》。

温以宁说："我看得少，偶尔翻一翻。"

唐其琛看她还会做笔记，书柜上大多数都是英文原版的书籍，可见她以前的专业功底还是相当强的。他心里有顾虑，但有些事情不能急在这一时，以后找机会再慢慢劝。

"你该吃药了，药放哪儿了？我帮你拿。"温以宁问。

唐其琛站在书桌前没动，指了指行李箱："里面，密码1943。"

温以宁打开箱子，宛如发现了新大陆。唐其琛箱子里有一个单独的隔离袋，透明的，能看见里面装的都是各种男士护肤品。从水到乳液，还有两张黑色的面膜。这个牌子温以宁认识，是挪威一个很小众的奢牌，贵得离谱。

这些水和乳液都用了有一定的分量，她拧开盖闻了闻："老板，你活得这么精致呢。"

唐其琛无奈道："不敢不精致，你母亲一整天都在提醒我的岁数，我真有点怕她了。"

温以宁笑着说："抱歉啊，她就是这样的人，嘴硬心软，人还是没坏心的。"

唐其琛嗯了声："她是心疼你。"

温以宁督促他把药吃了，又让他多喝点温水。想到江连雪总拿他年龄说事儿，他又无可奈何的样子，心里到底是疼惜的。唐其琛虽未明说，但似乎也介意了这一点，那一套保养品备得齐齐整整，可见很久之前就上了心。

温以宁蹲在地上，握紧了他的双手，唐其琛垂眸敛眉，视线低低地和她对望。

她脸上光影各半，漾着水的眸子如秋波，她抬起手，顺着唐其琛的眉眼开始细细描绘，鼻子、薄唇，最后指腹按在了男人的喉结处。温以宁听到了吞咽的声音，微滚的喉结在她指腹上轻轻颤动。

她笑容温情而专注，响亮的一声："唐其琛！"

唐其琛也笑了起来，那日场景仿佛重现，他问："下一句是要说'我爱你'吗？"

温以宁仔细想了想，突然又站起身，给了他一个毫无保留的拥抱，她抚摸着唐其琛的背，心意深重地说："我不只爱你，也能承担'你'字之后的一切。"

唐其琛蹭了蹭她的头发："嗯？"

"我爱三十岁的你，也爱三十六岁的你，九十六岁了我也爱你，我爱你的克制，爱你的坏脾气，爱你的眉目，也能承受你的孤独。唐其琛，我二十二岁的时候爱上你，时至今日，从无悔意，依然全心全意。"

唐其琛愣了愣，回过味来："……念念，这是宣誓吗？"

温以宁大大方方道："行吧，那再来个宣誓人——宣誓人——"

"温以宁"三个字还未说出口。

唐其琛抢先一步替她答："宣誓人。唐太太。"

温以宁被这声"唐太太"逗笑，很奇异的感觉，谈不上感动，一个很陌生的称呼。温以宁手臂上好像过了一层电，鸡皮疙瘩泛了好几层，最后没忍住，扑哧一声笑了出来。

唐其琛无奈道："怎么了这是？"

温以宁实话实说："就，有点老。"

温馨的气氛到这里正式收尾。唐其琛的嘴角很细微地收了一个弧度，他喜怒很少显色于脸，但温以宁知道，这是不高兴了。她搂住他的脖子，在他唇上轻轻咬了一口，牙齿磕住唇瓣，稍稍往外一扯然后松开，故作讶异道："你的唇好薄啊，咬都咬不肿呢！"

唐其琛眼神晦暗不明，在她腰上掐了一把，低声说："别找事。"

温以宁听懂了，从他怀里退出来，一瞬怯了胆，她摸了摸脑袋，就跑出去给他切水果了。端了一碟苹果从厨房出来，就看到唐其琛在餐厅处，仰头看着墙上的照片，温以安的照片。

"吃苹果。"温以宁放下果盘，没多说。

唐其琛视线从照片上挪回她的脸上："妹妹很像你。"

温以宁没接这茬，把果叉一根一根地摆好。唐其琛从桌边抽出三根香点燃，插在了香炉里。除了给唐家先祖叩首，唐其琛不太信这些，行了个注目礼便算尽了心意。

他走到温以宁身边，两个人安静了很久，他才说："妹妹的事，不用总一个人藏在心里，想说了，就跟我说。"

温以宁没应声，低着头，长发挡了大半侧颜，挺翘的鼻尖勾出漂亮的脸型，唐其琛把她的头发撩到耳后，然后食指微屈，刮了刮她的脸。

温以宁抬头冲他笑了一下，状似轻松无碍，隐忍在眼里一闪而匿。

唐其琛便不再继续，他说起自己："我是在香港出生的，那时候家里的生意还在那边，我小时候基本就在香港和广州两地转。上小学的时候，才回的上海。"

印象中，这是他第一次说起家事，这些隐私在这种家族里几乎是秘而不宣的事情。温以宁还是上回听陈飒提起过，隐约知道他南京外公家的情况。唐其琛身家丰厚，亚汇集团也是业内翘楚，这些年他却甚少见报，连百度百科都没有，社交媒体上几乎找不到关于他的任何隐私。现在他主动提及，温以宁是微怔的。

"我爷爷一生信奉的人生准则就是铁血，他对我要求很严，三岁就带我去练马术，山庄里最小的一匹马，也有这么高。"唐其琛比画了一下到腰的位置，接着说，"有一次我从马背上摔下来，左腿和左手都摔断了，好了以后，我母亲对此颇有微词，但爷爷还是坚持让我继续。我的童年记忆很贫瘠，除了傅西平那一圈玩伴，基本不与外人接触。我小学读的是国际班，一年级就寄宿，几乎没有玩的时间。"

温以宁听着都觉得压抑，忍常人所不能忍，风光背后的苦楚和努力常常被看客忽视。

"我爷爷书房里，至今还摆着小时候揍我的戒条，说是忆苦思甜，长大了也不能忘性。"唐其琛平淡从容地笑了笑，"那真是阴影了，我手板都被他打出过血泡。"

温以宁忍不住皱眉："你都这么出色了，还能打你啊？"

"字没练好，沾了一滴墨在纸上。"唐其琛回忆起来，仍是温和平静的，"老爷子常说的一句话，横折竖弯钩，就像为人处世，落笔成书，不能反悔，所以每一步都不准出错。"

温以宁渐渐懂了，他性格中内敛沉稳的部分，是怎么沉淀而来了。

"我母亲。"唐其琛看了她一眼，短暂的停顿，既是试探，也是征询。毕竟景安阳做过的事，搁谁心里都是过不去的一道坎。见温以宁目光闪烁，但到底还是沉了下去，唐其琛得到默许，才继续道，“我母亲是南京人，家里最小的女儿。她从北外毕业后就嫁给了我父亲，从此之后放弃了工作的机会，操持着这一大家子的琐碎事。她很辛苦，性格也强硬偏激。以宁，上一次是我大意，让你和你妈妈平白受了委屈。歉意弥补不了，以后我一定保护好你。”

温以宁记得，这都是他第三次为这件事自责了。或许当时是有记恨，但时至今日，温以宁忽然愿意往宽阔的方向去化解，身为人母，爱子心切，道义上她理解。但一想到江连雪那日瞬间苍老的伤心面孔，温以宁还是无法说服自己。

她用叉子挑着苹果，一下一下的，心不在焉。

唐其琛的手心覆上她的手背握住，然后顺着把那块苹果挑起，带着手一起往他嘴里送。温以宁被他这个动作逗笑，神情缓了缓，阴霾悄然退散。唐其琛跟她说这么多家里的事，用意她是明白的。唐其琛是想让她知道，世上的无奈和悲欢都是公平存在的，哪怕是他这样的家庭，也有不为人知的艰辛。她的家庭所发生的一切不幸，不是个例，更不是低人一等的证明。

他希望她坦然一点，开心一点，至少如今，她不是退无可退。

唐其琛愿意做她的后路。

正说着，江连雪散完步回来了。她手里提着一个很小的塑料袋，双手环在胸前，背稍稍弓着，看起来没什么精神。唐其琛礼貌地叫了声：“伯母。”

江连雪甚至都没看他一眼，就匆匆进了卧室，锁上了门。

温以宁看到她的背影，皱了皱眉，走过去敲门：“你怎么啦？跳广场舞扭到腰了？”

没回音。

“你别忍着啊，趁着还早，我送你去医院看看。”

江连雪暴躁的吼声隔着门板也冒着火：“别吵我！还让不让人睡觉了！”

温以宁莫名其妙：“不是，这才几点？”

哐的一声巨响，是东西砸在门上的声音。温以宁也来了脾气：“不管就不管！”

母女俩总能来一场突然的争吵，见怪不怪。

唐其琛拦了温以宁一把，拍了拍她的肩："好了好了，不要跟你母亲争。"

温以宁静了片刻，也没放在心里，毕竟二十多年这么过下来，习以为常了。半小时后，江连雪又从卧室走出来，容光焕发，笑脸盈盈地哼着曲。唐其琛愣了愣，大概也被她变脸比变天还快的状况震住了。

江连雪擦了口红，头发也是风情万种的卷波，身材清瘦，穿衣服还是好看的。她拎出一个工具箱，笑着对唐其琛说："会不会换水龙头？"

温以宁看她一眼："水龙头坏了？我来吧。"

她刚要起身，被唐其琛抢了先："给我吧。"

温以宁乐了，小声问："老板，你分得清扳手和起子吗？"

唐其琛笑着说："分不清。"神情分明是轻松的。

他边走边挽起衣袖："伯母，哪里需要换？"

江连雪指了指厨房："热水那边。"

后来温以宁不放心，还跑过去准备救场。但没想到的是，唐其琛应对自如，他的手指修长，骨节匀称，她只见过唐其琛握着金笔签名时的俊逸姿态，却没料到，浸润在柴米油盐的平凡生活里，也是这么融合好看。唐其琛换螺丝，拧水管，最后再用密封胶把接头缠了两圈。江连雪也是没想到，搁谁都会认为，这样的男人是十指不沾阳春水，是活在云端不品人间烟火气的。

唐其琛洗完手，手指尖滴着水："还有什么需要换的？"

江连雪嘴巴张了张，淡淡道："没有了。"

时间已是晚上八点多，她想了想，又换上笑脸，忽然说了一句："那个，小唐啊，待会儿让以宁送你去酒店早点休息。明天早上可一定要来家里吃早饭啊。"

话说得平平无奇，细想一下也合情合理。但唐其琛还是不尴不尬地僵了一下。僵的不是这话逆了他的心思，而是江连雪的态度。他这次过来也算正儿八经地见家长，从江连雪的种种表现来看，对他的态度不甚明朗。

唐其琛这么游刃有余的一个人，这一刻心里也没了底。

温以宁在一旁自然是不会发表太多意见，表情平平的，看不出是失望还是乐意。

唐其琛应了江连雪的话，从容地站起身："怪我没有顾上时间，伯母，那我先走了，您也早点休息。"

江连雪白牙一露，爽快应："好。"

唐其琛又看了眼温以宁："送我吗？"

温以宁点点头，跟着起身："走吧。"

拎着行李箱下楼，上了车后，两人同时笑了起来。

唐其琛还是挺无奈的："早知道不把行李箱拖上去了。"

温以宁笑得肩膀直颤："你当时怎么想的啊，看到你光顾着高兴，我也没留意。"

"你就笑。"哪有不憋屈的，唐其琛越过中控台，双手捧住了她的脸，然后狠狠吻了上去。温以宁化被动为主动，跟他接了一个情意绵长的吻。稍一透气，又忍不住弯起了嘴角。

唐其琛沉沉喘着呼吸，眼神在暗淡的光线里闪着幽幽冥火，温以宁被他凝望得低下了头，某种心照不宣的默契在安静中逐步沸腾。她是紧张了，手指下意识地扯了扯裙摆，轻声说："开车吧，住上次的酒店？"

唐其琛淡淡收回目光："新装修的，味太重。"

温以宁便带他去了另一家经济型的，远一点的地方有档次更高的，但唐其琛说这里离她近，凑合住着吧。办手续，拿房卡，再把人送去房间，其间江连雪的电话催了三遍，都是一些鸡毛蒜皮的小事。

唐其琛的房间门刚打开，江连雪的电话又来了，劈头盖脸地一顿责问："你怎么还不回来？回来帮我弄网线，我看得正起劲呢。"

温以宁挺无语的，唐其琛弯了弯嘴角，嘴型说着："回吧。"

这个丈母娘，比商业难题还难搞定。

温以宁也不知道江连雪今天是中了什么魔，一切行为极其反常，回家后，果不其然，江连雪正优哉游哉地看着电视剧。

"你不是说没网吗？"温以宁也坐了过来，就是挺郁闷的。

"哟，失望了？"江连雪笑着说，"坏你好事儿了？"

"边儿去。"温以宁不满道，但情绪也还平稳，默了默，她问，"你怎么了？"

江连雪手指猛地蜷了蜷，意识到她的意思，很快又平静下来，说：

“能怎么，试试他呗。”

温以宁调侃道：“有钱就是大爷，这话是谁说过的来着？”

江连雪白她一眼：“别贫。”

安静片刻，温以宁问：“妈，你对他不满意吗？”

一天的尘嚣总算切入正题，电视中家庭伦理剧的聒噪台词一句接一句，江连雪目光定在上头，但神思不统一，她心里装了事的时候，侧颜祥和宁静，某一瞬间，温以宁甚至感受到了几分空洞的寂寥。

她把电视音量调小了些，遥控器还握在手心。然后抓过头，眼神平视女儿：“他待你很好，但你跟着他，就要面对他那个家庭。他妈妈太厉害了，我真了解这种人，金字塔尖尖的上层人家，做什么都讲究脸面。”

温以宁抿了抿唇，也不想太让她忧心，往乐观的一面引：“很多事急不得，以后慢慢来吧。”

江连雪认可地点了下头：“你下定了决心，跟着这个男人，也只能慢慢来了。”语毕，她笑了笑，忽生感叹，“其实咱仨母女的命途都不顺。以安就不提了，去得早。我呢，年轻时候跟你外公对着干，断绝父女关系都要一意孤行地嫁给温孟良，温孟良这种老畜生，能让我给他生儿育女是他天大的福分。死了就死了，至少我还给他留了个种。至于你，呵，最犟的就是你了。”

江连雪的语气异常宁静，这是她身上少有的一种情绪，像一张若有若无的网，看不清摸不着，但那份压抑来得悄无声息、确确实实。温以宁心里不是滋味，轻声问：“既然过得不好，当年为什么不和爸爸离婚？”

江连雪轻飘飘地睨她一眼：“离了你和以安就真成孤儿了。温孟良这种人渣，把你俩卖去红灯区他都做得出来。要不是我，你能名牌大学毕业？你能顺顺利利地长大？做梦！”

温以宁默声。

“我不怕得罪人，现在是给他唐其琛一个下马威，让他知道你也不是好欺负的。记住了，以后是你和唐其琛过日子，遇到再大的问题两个人有商有量的，千万别吵架冷战，感情这种东西，初始时靠的是感觉和缘分，再往下走，就得好好经营了。他那个像巫婆的妈，以后指不定怎么刁难你，反正能让的就让让吧，以后我不在了，就真挨欺负了也别怕，这房子的户名还是你，再不济也是你的一个落脚点。”

这么一本正经的谈话从来就没有过，温以宁想笑：“什么叫你不在了啊，哦，我懂了，你要跟杨叔叔结婚啦？”

江连雪的面色如常，斜睨她一眼：“老娘游山玩水不行啊？！”

得了，这句话倒又有了她本色了。

温以宁站起身伸了个懒腰，瞧见江连雪头顶心上有几根明显的白头发，便顺手帮她拔了拔，这一拔却拔了一小把头发下来，她啧了一声：“你也脱头发啊，我最近也掉得好厉害，你可以试试我那个洗发水。”

江连雪嫌弃地别开头，推着她的胳膊把人往外挡：“别弄我发型。”

温以宁嗤笑一声，准备去卧室洗澡。

刚转身，江连雪又把她叫住：“温以宁。”

“嗯？”她侧过头。

“上回我给你的房本收哪儿了？”

“柜子里啊。”

“都收好了？”

“锁着呢。”

“那张邮政储蓄卡的密码给我背一遍。”

温以宁服了：“干什么啊？”

江连雪笑意招摇：“你不是名校毕业的吗，秀秀你智商呗。”

温以宁气笑了：“什么破理由啊。”

“背不背？”江连雪还执拗上了。

温以宁不想再被她念叨，边往卧室去边伸长左手隔空摇了摇：“866521，招商的那张是反过来的。”

她答对了，江连雪就安静了。

偌大的客厅只剩她一个人，电视屏幕透出的光忽明忽暗，这部电视剧有一百多集，江连雪追到了七十五集，剧情正在放着男女主的生离死别。她目光冷下来，眼神渐渐变得浅薄，戏里的人生跌宕起伏，到了她这里，就只剩下悯默无言。

清晨醒来，温以宁开车去酒店接唐其琛。这人昨天也是轴劲上来，非要她把车开回去，第二天再来接他。男人心思挺难猜的，温以宁问他为什么，唐其琛说：“车在你那儿，你人就不会走。”

温以宁寻思着这是什么理由，不能理解。

唐其琛没事人一样地演了个恍然大悟：“哦，想起来了，这不是在芬兰呢。”

温以宁当时被哽得无言以对，谁说男人不记仇，表面看起来云淡风轻，其实全沉在心里头了，逮着机会就往你身上刺一下。她笑着摸了摸他的脸：“老板，幼稚了啊。”

到了酒店，唐其琛已经起床了，他换了身浅杏色的风衣，里面搭了件深蓝色的高领羊绒衫。倒春寒，H市临江，温以宁怕他出去吹着风，便从他的行李箱里拿出一条薄薄的围巾挂在他脖子上。

她开车带他去市六中附近吃了个早餐。吃完之后，唐其琛在学校门口看了一圈，看到右面墙壁的光荣榜上，至今还留着温以宁的名字。

第一列，第二个，复旦大学。

照片是她高中时期的毕业照，红色底，她穿着六中校服，长发别在耳朵后，露出精巧白皙的一张脸，笑得特别开心，眼里像住了星星。唐其琛看着看着，忽然弯了嘴角。像是隔着时空，和他的小姑娘见了面。

如今，小姑娘变成了他爱人，唐其琛周身都被一种奇妙的温暖所环绕。

温以宁手里握着热热的豆浆，咬着吸管小口抿，和他肩并肩，俏皮地问：“想对这个小美女说点什么？”

唐其琛笑容深了些，目光还停在那张照片上，他说：“遇见你很高兴，以后的日子，也请承蒙关照了。”

温以宁勾了勾他的小手指，唐其琛便把她的手完全包裹进掌心，握得紧紧的。

两人午饭也是在外面吃的，今天阳光好，下午的时候又去西郊公园转了转，温以宁带他看幕府山，带他游横江水，带他走进人群里，感受这座南方小城的春日光景。这儿鲜有高楼，也没有错综交叠的城市立交桥，它简简单单的，心间多晴空。

四点多的时候，李小亮打来了电话，特没正经地侃：“宁儿，把你那男朋友带出来见见娘家人，别藏着掖着，是不是男人啊。”

顾着她和李小亮的种种交情，接听的时候，温以宁就按了免提，唐其琛全听到了。

她侧头挑眉，问唐其琛的意思。唐其琛略一沉吟，拍了拍她的手背。

温以宁顿时眉开眼笑，神气劲藏不住："来就来，事先说好，拿出你们娘家人的礼貌啊。"

又聊了几句，温以宁和李小亮讲话的这种熟悉热络太过自然，听得出是真真切切的交情。电话挂断后，唐其琛冷不防地来了句："他还敢约我见面，看来是上次手腕没掰够。"

温以宁气乐了："老板，你真的是清华毕业啊？"

唐其琛睨她一眼，冷冷淡淡的："买的假证，上海国际连锁双语学校毕业。"

温以宁愣了愣："嗯？"

唐其琛说："幼稚园。"

温以宁笑得直不起腰，蹲在地上肩膀颤抖，唐其琛也忍着笑，走过来朝她伸出手，温以宁握是握住了，但耍赖不肯站起来，歪着头冲他笑："我要玩滑板。"

唐其琛手劲一紧，直接拖着她在地上滑。

温以宁笑得神采飞扬，这种简单的小乐趣随着阳光一起，悄然并入了彼此的生命里。

到了吃饭的地方，温以宁几个玩得好的早到齐了。李小亮一见着人，倒没什么苦大仇深的情绪，平心而论，他对温以宁某种程度上也超过了一般的情侣恋人，一个要好的挚友能得到幸福，掂量一下，还是欣慰比遗憾多。

唐其琛坐了几分钟就看出来了，饭局友好，不是鸿门宴。

他对这种场合的处理游刃有余，人情世故修炼得通透超然，哪怕真有什么为难也能轻松应对。温以宁大学毕业后就很少回老家了，在外打拼的这几年，也很少能交到什么真心朋友。唐其琛看得出来，她与这些旧友的关系是真的好。那个小名叫六六的男同学特能调动气氛，拿着酒晃晃悠悠地就冲唐其琛来了："哥们儿，好本事，追到咱们班的班花，我现在正式宣布，你就是我们三班全体男生的公敌了！"

温以宁护着他，伸手一拦，笑着说："他不能喝，我陪你喝。"

六六便做了个痛心疾首的表情，朝着自己的脖颈狠狠割了一刀，有模有样地对旁边的李小亮临终留言："女、女大不中留，小亮老师，再见。"

温以宁上去踹了他一脚，又朝他做了一个开枪的动作：“Biu！我宣布你活过来。”

六六瞬间弹坐起，敬了个少先队礼：“遵命！”

气氛像被小太阳微微炙烤，唐其琛白始至终都很安静地坐着。看着他们热闹，看着温以宁敞开心扉的另一面，她是能喝酒的，今儿也喝了不少，酒劲上脸，白皙的面容染了晚霞，看着很迷人。每上一道菜，他都很自然地夹了些在她碗里。唐其琛话不多，只在温以宁喝酒忘事的时候用手微微搂了下她的腰，提醒她垫垫肚子。

李小亮也没有苦情配角的自觉，反正也挺能嗨的，跟一群朋友有说有笑，喝酒也豪迈。

他一晚上都没敬温以宁的酒，他把这个仪式留到了最后。

李小亮给自己倒满了，杯底叩了叩桌面：“宁儿，咱俩于公于私都要喝一个。”

温以宁笑意淡淡：“行啊。”

两人隔桌相望，彼此眼里都发着光。

李小亮举着酒杯，隔空对她一点：“第一杯，希望宁儿一生平安，开开心心的！”

然后仰头一口入喉，紧接着斟满了第二杯：“第二杯，祝宁儿一生不缺钱花，长命百岁！”

温以宁听乐了，还转过头对唐其琛念了句：“这个祝福我喜欢。”

唐其琛的左手搭在椅背上，跷着腿，手指有下没下地轻轻敲着，他没说什么，纵容着她喝下第二杯。

李小亮喝的是五粮液，四两下肚面色不改，眼神越发明亮，他倒了第三杯，然后站了起来。身子一晃，到底是醉意上头，赶紧扶了扶桌角。目光明热赤诚地落在她身上，声音被酒精泡哑了：“最后一杯，宁儿，祝你一生幸福。必须给我幸福起来。”

温以宁嗓子堵了一样，酒杯握在手里都微微倾斜。刚要回应，手心一空，就被唐其琛拿走了。

唐其琛站了起来，一米八七的个头撑着很有气场，室内开了空调，他外套一早便脱了，羊绒打底衫包裹着腰线，衬得人精神利落。他声音淡，对李小亮说：“那这杯你得敬我。”

语毕，酒都入了他的口。

气氛还是微妙地变了变调，大家人醉心不醉，很自然地盖过这个插曲，继续鸡飞狗跳起来。

吃完饭后又去唱歌，温以宁到了包厢还不放心唐其琛，那杯酒把她吓着了，毕竟刚做过手术。唐其琛说："放心，你那是红酒，就一个杯底的量，不碍事。"

温以宁仍然埋怨了他好久。唐其琛后来实在忍不住了，掐着她的下巴给了个吻："再说一句，就接一次吻。我不介意的，正好给你这些男同学看看。"

温以宁脸颊烧热，挣开他就逃走了，欲盖弥彰地留了句："我点的歌到了！"

唐其琛挑着眉，恣意闲适地看她落荒的身影。

她也没说谎，下一首真的是她的歌。

这是唐其琛第一次听她唱歌。

前奏响起的时候，包厢都安静了，一个朋友跟他说："以宁唱得很好听的。"

第一句开口，唐其琛便明白是哪种好听了。

温以宁是语言类的专业，声音条件本身就不错，这歌也适合她，清浅婉转的曲调，平实温暖的填词，MV的画面一帧一帧镜头切换，也是很有意境的江南水乡。

刚才吻了你一下你也喜欢对吗，
不然怎么一直牵我的手不放。
你说你好想带我回去你的家乡，
绿瓦红砖，
柳树和青苔。
过去和现在都一个样，
你说你也会这样。
慢慢喜欢你，
慢慢地亲密，
慢慢聊自己，
慢慢和你走在一起，
慢慢我想配合你，

慢慢把我给你。

后来每唱一次“慢慢”，温以宁的目光便都投给了唐其琛。隔着距离，隔着光影，隔着他们之间足足七年的缘分牵绊，到最后，温以宁感觉到自己眼眶微热，感觉像是做了一场梦，梦里没有你，但梦醒时，你竟然就在身边了。

聚会结束已是晚上十一点。唐其琛沉默地开着车，两人一路都没说话。他把车开回酒店，然后沉默地牵着她上楼，进房间。

关门时一声闷响，像是开关的拨动，彼此心照不宣。

唐其琛呼吸在升温，把她推到门板上，低头轻轻舔了舔她的耳垂。他沉着声音，只发出一个炙热的单音节：“嗯？”

温以宁抿唇微微笑了起来，抬眸看着他，明知故问：“嗯什么？”

唐其琛语气认真，把她压得更紧：“晚上给我唱的歌里，那句歌词还算数吗？”

温以宁搂上他的脖子，目光狡黠：“哪句呀？”

“你说，慢慢喜欢我，慢慢……把你给我。”唐其琛扶住她的腰，指间小范围地轻轻挑弄。

温以宁别开脸，笑意温淡：“歌词不是这样的，不是‘把你给我’。”

小狐狸故意的。

唐其琛眼神黯了黯，遂了她的意：“嗯，是‘把我给你’。”

温以宁笑意收敛，然后吻住了他的唇，含糊应道：“好，老板，我要你。”

之后的一切自然而然地发生。

两人动情动心，终于以生命中的另一种形式让彼此坦诚相见。温以宁怕疼，好几次掐着他的肩膀抗拒，唐其琛忍得额头都是汗，佯装痛苦地说：“乖，别乱动，我刀口有点疼。”

温以宁眼里含着委屈巴巴的泪水，到底还是舍不得地松了手。

以至到了后半夜，泪水还是没忍住落了下来，这才有了些许觉悟，唐其琛是不是用了苦肉计啊。

一晚旖旎，到最后，温以宁腿疼得都不是自己的了。

和着眼泪和汗水迷迷糊糊地睡着后，她忽然想起傅西平那天在病房说的话。

嗯，还真的都是真话呀。

凌晨三点，两次餍足后的唐其琛却迟迟没有入睡的心思。床上一片凌乱，空气里还有云雨过后淡淡的味道，床头开着一盏小灯，灯光调到最低。温以宁还是趴着的姿势，头发一团乱，衬得脸更小了。姑娘累惨了，眼角还挂着湿润的泪迹。

唐其琛就这么看了她很久，低头在额上落了个吻。

然后拿出手机，万年不发私生活的男人，在万籁俱寂的夜晚，发了一条所有人可见的朋友圈。

只四个字："一生值得。"

清晨，微风从开了小半的窗户外探进来，卷起纱帘漾开微微的弧。春日光景明媚，在白墙上能看见轻晃的阴影，房间内的空气都变得温润宁静。

唐其琛晨起的习惯一直维持得很好，哪怕前一日工作再晚，次日也固定六点半起床。但今天放任着自己，睁眼醒来时，已是八点多。

现在回过味来都是腻腻乎乎的情趣，除了腰有点酸，腹上的刀口倒是不太疼。温以宁自然是没醒的，她睡姿不太好，整个人贴着床边，被子蒙住脑袋，鼻孔都不给露出来。唐其琛原本是想抱着她睡，但这姑娘似乎并不热衷于这个温情的姿势，哼哼唧唧地愣是不让他碰。唐其琛怕她给闷坏了，就把被子往下扯开，让她透点气。

温以宁怕光，一没了遮挡，眼睛就死死眯着，皱巴着一张脸表示不满，然后翻了个身趴着，头又埋进了枕头里。

唐其琛起了邪乎心思，手摸进被子里，在她圆翘的臀上不太正经地画着圈，他能明显感觉到她的身体在本能地往里缩。温以宁不仅怕光还怕痒，终于是被他折腾醒来了，脸一转，小眼神巴巴地望着，还有未消的委屈。

唐其琛冲她笑了笑，然后伸手将人揽进了怀里。温以宁在他的心口蹭了蹭，哑着声音说："老板早上好。"

唐其琛吻着她的头发："早。"

温以宁摸到手机看了眼时间，剩余的瞌睡都醒了："真不早了，我带你去吃早餐。"还顾忌着他的胃，昨晚那一折腾，也不知有事没事。

唐其琛是从不赖床的，醒了就起。所以动作很利索地翻身下了床。温以宁瞬间捂住了眼睛，虽说非礼勿视，但最后还是没忍住，分开一条指缝，偷偷地欣赏好光景。

唐其琛一件一件地穿衣服，白色V领短袖打底，然后是羊绒衫，上头齐齐整整了，下面还光着。他的腿型是很好看的，笔直匀称，没有偾张的肌肉，也没有过于夸张的腿毛，皮肤白得像瓷器，从肌理到线条看着是色气的，但赏心悦目。

外裤耷在温以宁这边，唐其琛单膝跪在床上，伸手越过去捞了过来。顺手把她脸上欲盖弥彰的被单给扯掉："又不是不给你看。"

温以宁被他抓了正着，脸颊泛红，抿着嘴偷笑。

唐其琛边往浴室走边套裤子，臀卡了一下，他稍稍挺了挺腰给提了上去。这个无意识的动作，竟然撩得温以宁面红耳赤。她闻着被子里某种特殊的气味，谈不上香，但很有侵略性，那是唐其琛的味道。温以宁心头恍然，像是淌过春日的暖阳，绿芽生枝，万物新生。

洗手间里，唐其琛在刮胡子，声音传来："你陪我回上海。"

温以宁回："为什么？"

"你说为什么？"他走出来，焕然一新的精神，"不想跟我在一块儿待着？"

温以宁真还认认真真地做思考状，迟疑了不到三秒，就被唐其琛眼神警告："这你也要想？"

温以宁朝他做了个鬼脸。

唐其琛又去抹了抹脸，把护肤霜的盖掉在了地上，边捡边说："我明天回公司上班了，休得太久也不合适。"

温以宁倒是能理解，亚汇集团的业务太多，告假太久诸多层面都有牵绊。算算日子也差不多两个多月了，昨晚上她就留意了唐其琛做过手术的刀口，当时缝合技术好，现下甚至看不太明显了。

她问："你不回家里住？"

唐其琛平声说："家里远，不方便，我住公寓。"

话都说到这份儿上了，温以宁还是有这个自觉，他忙起来的时候基本就是连轴转，以前不懂，以一个事不关己的旁观者身份来评判别人的所作所为，这个不对，那个不好，你要改。但相处到现在，温以宁越发懂得唐其琛的苦楚所在。唐其琛三个字背后，有太多责任和压力，不是他不想，而是坐在这个位置，他有他的力不从心。

中午两个人吃完饭后，温以宁一个人回了一趟家。

江连雪在家里看电视，还是那部家庭伦理剧，温以宁不怎么看这些，但江连雪天天追剧，她也大概了解了其中的爱恨情仇。一进门，她就乐了，指着电视说："怎么女主跟男配结婚了？"

江连雪看得很投入，桌上的面纸都揉了几团："你能别吵吗，男主就要来抢新娘了。"

温以宁听了话，走过来也坐在沙发上，安安静静地陪她看完了这一集。片尾曲响起，江连雪才扭头看着她："昨晚他戴套了没有？"

温以宁差点被她这话急出心肌梗死，脸都热得能摊煎饼了："你、你……"

江连雪神色自若："我教你的事，你能不能长点记性？"

温以宁现在身上还烧得不自在，再亲密的母女，谈这种事情也难免尴尬。江连雪的性格她再了解不过，惊天地的事做过不少，泣鬼神的话说出来也不觉得奇怪。

这个插曲不了了之，温以宁把去上海的事说了一下。

江连雪问："去了还回来吗？"

温以宁点头："回，他才做了手术，要去上班了。"

江连雪又问："那你要跟他妈妈生活在一起？"

"不用，他有自己的公寓。"温以宁说，"待两周我就回来，我那出租房也到期了，顺便把房退了。"

江连雪没再说话，坐了一会儿，她去卧室拿出一张名片递给她："有备无患。"

名片上是市三中教导主任的联系方式，温以宁拈在手里看了看，疑惑："嗯？"

"如果你还想回来当老师，可以让杨正国带你去找他，他们是战友，关系很好，能帮你打点打点。"江连雪说着说着又没了兴趣，微微叹了气，"算了，我看你是不会再到这小村头来了。"

温以宁笑了笑，还是把名片工工整整地收进了钱包里，调侃着说："江连雪女士，你这一段时间对我的关心比过去二十七年都要多啊。"

江连雪弯了弯嘴角，很淡。

"我发现你最近很少出去打牌了。"温以宁早奇怪上了，但最近事情一出接一出的，她也没太放在心上。起身去收拾行李时，突然走到沙发后边，双手给江连雪揉了揉肩，好意劝着，“别成天想太多，你喜欢做什么都可以。家里的钱也够你用了。还有，你的话我都记住了。放心，如果不是心甘情愿，我一定会保护好自己。”

说完，温以宁就去卧室了。

江连雪愣坐在原处，下意识地抬起手，摸了摸方才被温以宁揉过的地方，很软，很烫，那种血脉相连的天然情感被催发得浓郁热烈，江连雪转过头，往她卧室的方向看了一眼，莫名地，眼眶发了热。

回上海前，唐其琛礼貌地跟江连雪道别，一车厢的礼物全卸了下来，把玄关占了半边，江连雪甚至还在其中看到了一只她提过的铂金包的包装礼盒。

唐其琛这人办事体面，是很招长辈喜欢的，一席话说得恭恭敬敬，江连雪悦色拂面，知道他对温以宁是真的有心。走前，她找了个理由将温以宁支使开，唐其琛知道，她有话要交代。

江连雪没了平日的飒爽利落，神情温和，甚至连称呼都正式了，她说：“唐先生。”

唐其琛从容地应答：“伯母。”

江连雪笑起来时眼纹上扬，嘴角也能看出细细纹路，大概是谈到了温以宁的缘故，在唐其琛听来，声音都变软了很多：“以宁呢，其实吃了很多苦。我和她爸都不太管她们姐妹俩，这是我的失职吧，但她很乖，竟然给我考了个那么好的大学。”说到这里，江连雪笑意更深了，“后来她毕业，工作，我都没替她操过心。这丫头有时候很犟，但我明白，她不犟一点，就活不出现在的样子。”

唐其琛说：“以宁很好。”

江连雪低了低头，再抬眸时，神情分明是寄含托付之心了：“唐先生，以后她有做得不好的地方，请你多包容，姑娘家难免有做得不好的时候，但不是她不懂事，是很多很多东西我并没有教会她。她第一次来月事的时候，我都没有注意过，还是她自己把存钱罐打烂，拿着一把硬币零钱去买的卫生棉。”

江连雪声音都哽咽了，寥寥数语再说起，是幡然醒悟，是后悔莫及。缺失过的责任在日后的岁月里，都会化作绵绵细针，扎出的全是遗憾悔意。

唐其琛坦然如常，包容着江连雪的一时失态，他整个气质就很能震住场面，郑重其事时，更显得一诺千金，他诚恳道：“伯母，我会照顾好以宁，您放心。”

江连雪把眼泪忍回去，几秒的平复，又变回了潇洒恣意的模样。

温以宁买了三瓶水走过来，递了一瓶给江连雪。江连雪发飙道：“你毛病啊，我走十分钟就到家了，浪费钱是不是。”

“两块钱浪费什么啊，你不喝就倒掉！”温以宁也气晕了，“下次再给你买东西我就是猪。”

江连雪冷声一笑：“滚蛋吧你！”然后拨了拨头发，扬着下巴就走了。

江连雪的背影清减消瘦，远远看着，那条裙子似乎都大了半号，温以宁心头忽然升起一种很挠神的感觉，就这么几秒，压着呼吸都有点闷。

她下意识地开口：“妈！”

江连雪脚步渐慢，但依然没回头。

温以宁大声说：“好好吃饭，别减肥！”

回到上海，唐其琛在汤臣一品的那套公寓已经收拾一新，老余把他的衣服电脑都从老宅送了过来。四点多，唐其琛没再去公司，他主卧的衣柜空出一半，然后把温以宁的衣服都挂着了。

左边是他的衬衫，从深到浅的排列，每一件都熨得工工整整，再往右是他的领带，一个长方形的丝绒盒装着，又分成几十个小格子，什么式样的领带都有。温以宁看了半天，唐其琛就从后面搂住她，低声问：“喜欢？”

温以宁笑意微弯：“嗯，你打领带很好看。”

唐其琛双手扣着她的腰，咬了咬她的耳垂：“那晚上用来绑你，更好看。”

温以宁赤着脸推了他一把：“讨厌！”

唐其琛眼角弯出一个小弧，怎么看都不太正经。

晚些时候，柯礼过来汇报工作，看到温以宁时笑得很开心：“以宁，好久不见。”

温以宁说：“来得正好，一块儿吃晚饭吧。”

柯礼没当即答应，而是看了眼老板。

唐其琛说：“吃吧。”

他才欣然：“那就辛苦你了以宁。”

两人就在客厅谈事，柯礼这次带的文件多了一些，三月见了底，一个季度又过去了。各种财务报表都得让唐其琛过目，数据都是没问题的，最重要的是二季度的一些项目计划，唐其琛对这部分看得更仔细，他没开电脑，就用笔在纸上删减修改。他和柯礼之间的工作默契太足了，不用长篇大论，有时候就一条线画下来，或者圈个关键词，柯礼就领悟了他的意思。

“昨天的例会上，陈总和秦总为了银行的那个案子起了争执，早上我见着秦总，那气看来一时半会儿也消不了。唐耀就在年初的时候来参加过一次董事会，之后再没有现身。他人在北京，听说是对一个航天飞行的项目感兴趣。”柯礼事无巨细地汇报，公司的人事情况摸得一清二楚。

唐其琛说：“老秦是老爷子的人，他那脾气尽得真传。你知会陈总，就按着这个分寸和他抬，收拾不了的时候，老秦自然会来找我。”

内部洗牌，柯礼深谙其道。

“至于唐耀。”唐其琛忽就沉默了片刻，然后说，“去打听他感兴趣的那个项目情况。”

柯礼一一应着。

不多时，温以宁把煲好的汤端上桌，响亮的一声：“唐其琛，吃饭！”

柯礼被这称呼惊了一跳，直呼其名搁老板这儿也是很少见的。他又留意了番唐其琛的表情，然后低头笑了笑。

唐其琛睨他一眼：“有事？”

柯礼不敢，只含蓄地说了声：“唐总，恭喜。”

菜很素雅，基本是按着唐其琛的口味来的，但桌上多了两道川菜，温以宁摆着筷子，对柯礼眨眨眼：“礼哥，咱们是能吃辣的。”

那句“哥”和“咱们”实在刺耳，唐其琛坐下后，说了很淡的一句：“柯礼不吃辣。”

温以宁不满道：“哪有，我们明明一起去川菜馆吃过饭。”

不说这句还好，一说出口，唐其琛的神色更寡淡了，他重复一遍：

“柯礼不吃辣。”

温以宁不搭理，直接望向柯礼。

柯礼稍稍低头，坐在老板身边压力有点大，清了清嗓子，说：“好的唐总，柯礼不吃辣。”

饭后他们继续在客厅谈事，温以宁赖在沙发里玩手机。她跟江连雪在发微信，一小时前问她吃饭了没有，现在才给回复说吃了。江连雪一直就这样，对关心的回应总是有延迟。温以宁联想到昨天那个背影，心说大概是自己多想了。

半小时后，公事谈完。

温以宁掐着时间把药和保温杯递给唐其琛，都是一些钙片和鱼油之类的保健品，手术之后便没再吃过止疼药。柯礼几次三番欲言又止，他表现得不太明显，但温以宁还是注意到了。

她自觉地要回避，却被唐其琛扯住了衣袖，让她坐在了自己身边。

柯礼明了，也不再顾忌，说：“东皇娱乐的程总昨天特意问过我，张齐导演有一部新剧明年要开拍，剧本很好，制作团队也不错。程总让我问问您有没有投资意向，如果有的话，他可以让安蓝去试镜女主角。”

柯礼没把话说得很直白，但意思还是透了。唐其琛不太涉及文娱行业，他产业下的一家与亚汇集团无关的个人公司有这方面的涉足。这几年帮衬了安蓝不少，争取过很多好剧本。

听到这里，温以宁也猜到了意思。其实她心里对这些事并不太介意，感情不是自私占有，她也没想过让唐其琛为了自己放弃任何。她心如止水，然后就听见唐其琛说：“回给程总，这一次我不参与，以后我也不会参与。如果他需要帮助，我可以为他介绍意向投资人。”

柯礼面色无异，依旧平静，但他心里还是沉了几沉。

唐其琛做决定的时候，从不会把话说得棱角锋利，平铺直叙地阐明立场，很简单也很残忍。安蓝这层关系，唐其琛在一层一层地剥离，并且用了一种最伤情分的方式。

晚上十点，浴室的门打开，唐其琛裹着一身热腾腾的水汽洗完澡走出来，温以宁盘腿坐在床上拿他的iPad看电影，看的蓝光原版不带字幕。她按了暂停，然后抬起头问他：“你晚上怎么回事啊，柯礼明明是能吃辣的。”

唐其琛擦着头发，上身裸着，腰间系了条深蓝色的浴巾，说得理所当然："你单独给他做了菜，他不能吃。"

温以宁气笑了，冲他挑眉："这种醋你也吃？"

唐其琛把毛巾搭在椅背上，走过来压着她的后脑勺就往自己身上带："不吃醋，吃你。"

室内很快升了温。

唐其琛是个很能收的男人，自青春期起，就有很多女生对他有过各种暗示，但他这人天生冷情克制，感情不浓烈，对性的追求也并不热衷。加之唐家家风严苛，绝不允许以花边新闻的形式上报，唐其琛收得住心，稳得了欲望。

但在温以宁身上，他找到了久违的乐趣。

男人与女人之间的天然性魅力，原来只要找对了伴侣，竟是那样迷人。

周二晚上，唐其琛回了一趟家。

他半个月没有露面，这次还是老爷子生病了才让他肯回来。进了屋，家里的保姆仔仔细细地照顾，端茶递水盛汤，一会儿说少爷瘦了，一会儿说他脸色不好。其实都是心疼的，什么都好，可就是要找点理由好让他常回家看看。

唐其琛对保姆周姨一直都很尊敬，从不仗着身份摆主人气势，温和地听着她的唠叨，也没有表现出不耐烦。说到最后，周姨抹起了眼泪，小声说："夫人也很可怜的，您就不要再怪她了。"

只是说到这里，唐其琛的脸色才循序渐进地降了温。眉间清冷寡情，拒人千里的模样。

景安阳自楼上下来，看到儿子心里到底是不舍得，一边责怪唐其琛这倔强性子，一边又懊恼自己当初的处理方式是该寻个更好的，否则也不至于把母子和气伤到这样的地步。这几个月，唐其琛不冷不热，不咸不淡，礼数还是周全，不像亲人，更像普通的客户。

景安阳坐在沙发上。唐其琛正慢条斯理地喝着鸡汤。周姨这汤煲得用心，乌鸡骨头都炖得入口即化，除了些许盐调味，别的什么都没放。一碗下肚，暖烘烘的。

景安阳也没刻意找话题，只吩咐周姨："那一份晚点打包。"

唐其琛喝完了，轻轻搁下碗勺，接过面纸拭了拭嘴："炖多了？"

景安阳平静说：“你那儿不是还有一个吗？”

唐其琛看了她一眼，没接这茬话。

温以宁在上海照顾了他已有一个多月，景安阳自然是知道的。到了如今，她肯定不会也不敢再插手太多事，她低估了这姑娘在儿子心中的分量。那么一闹，她也怕了，悔了，骄傲如她，低声下气地再三道歉那也绝不可能。但态度上明显是在迎合默认，这已是这位飒气女主人的最大转圜。

可唐其琛心比任何人都冷，逆了他的鳞，那种执拗的坚持除非他自己松口，否则任何人都焐不热，化不开。

景安阳也是头疼，儿子现在三言两语就把她打发了，多的一句话都不再谈，她能不忧心吗。

定了定，景安阳开口：“抽个时间，带人回家吃个饭，你总这么藏着护着也不像话。有想法有计划，那也得走个正式的礼仪。”

唐其琛不慌不乱，平平静静道：“再说。”

景安阳说：“什么再不再说的，你那房子买了多少年了，真要两个人过日子，还不得换个新的，地方敞亮一点，你们生活起来也舒服不是？”

这话已经很明朗了，唐其琛的注意力却偏了轨。这么一说，他那公寓似乎是小了一点，抱着人从客厅沙发上到卧室，也就几十步，完全不够花样。唐其琛心里骚着，浮想联翩，不太自然地颤了颤嘴角。

这个表情在景安阳看来就是不耐烦。她被堵得哑口无言，心里也憋屈，欲言又止了好几番，终于还是默声叹气：“随你随你。”

唐其琛回到汤臣已是晚上十点，进屋就看到温以宁在收拾东西，行李箱敞开在地上，是她带来的那个。

他立刻皱眉，换了鞋走过去：“怎么了？”

温以宁的头发盘成了一个丸子头，用他的一支金笔插着，几缕垂在脸畔，人穿着宽松的卫衣，看着就像年轻大学生。她说：“我明天要回去一趟。”

唐其琛神色是不太愿意的：“回去啊。”

“嗯。”温以宁把衣服一件一件收进箱子，“我妈最近好少回我信息，电话也打不通。”

“不用担心，你不是说她喜欢打牌吗，可能忙着就顾不上。”

的确有这个可能，并且以前也没少发生。但温以宁心里还是放不下，这一次的感觉太奇异了，莫名其妙得像是一脚踩空楼梯，不够踏实。

“我回一趟吧，来了一个半月了，都怪你。”说起这个就不高兴，本来说好只照顾半个月，但唐老板太会来事，总有让人无法拒绝的理由绊住她。四月了，再过十来天就是立夏。

温以宁说：“我买了明天的票，早上八点半的。”

唐其琛舍不得，坐在床上勾住了她的手指头：“再陪陪我。”

温以宁摇头。

“那你多久过来？”

像是发现了新大陆，把温以宁稀奇得笑着问：“我为什么要过来啊？这又不是我的家。”

唐其琛竟然无法反驳，被小狐狸钻了空子，男女朋友关系，你情我愿处处对象，是不欠他什么。唐其琛眸色深了深，心里都快开出食人花了。

温以宁不再逗人，捧着他的脸吻了五六下：“盖个戳，不要太想我。”

唐其琛失笑，摇了摇头，还是拿她没办法。

次日，唐其琛开车送她去高铁站，如同每一个寻常的早晨。这种安稳平静的幸福，慢慢渗透进他的生活，而他无论如何也想不到，幸福的模样那么多，每一面都有让人升华惊喜的功力和魄力。

他很早就说过，温以宁无论做什么都是自由的。他也不是那种控制欲很强的男人，只要她在自己的视线范围内是安然无恙的，那么一切随她高兴。高铁站不好停车，温以宁没让他送进站，拎着行李轻轻松松地一个人下了车。

唐其琛隔着车窗，老远还喊了她一声：“念念。”

温以宁回过头：“哎！”

他笑：“到了报平安。”

“给你发短信。”她扬了扬手机。

目送她的背影进去，唐其琛才开车往公司赶。

上午九点他有会议要开，董事高层以及国外子公司的负责人都来参会，这种战略决策层面的会议还是相当重要的。唐其琛的手机调的静音，由柯礼代管，不那么重要的电话一概不接。

十点多，柯礼悄声退出会议室，手里的电话一直亮着屏。

两分钟后，就看到他走了进来，神色慌慌张张，快步到唐其琛跟前，弯着腰低声说了两句。

唐其琛猛地一怔。

会议随即中断，所有董事看着他步履匆匆地往外走。柯礼帮他拿着外套，车钥匙，又快步按电梯。唐其琛边走边问："哪个医院？"

"人晕倒的时候，列车员就近送去了最近的一个小医院，后来又转去了妇幼保健院。"柯礼说，"电话挂得急，暂时只知道这些。"

进了电梯，唐其琛深吸一口气，那种狂热的喜悦和复杂的纠结搅和在一起，几乎要冲破他的五脏。

电梯从五十多层降到八层的时候，他才慢慢缓过神来，吩咐柯礼："你给我母亲打个电话，让她联系傅姨。"

傅姨是景安阳的挚友，也是国内有名的妇产科专家。柯礼表示明白，他笑着说："唐总，这次是真的恭喜您了。"

而十五分钟后的唐家。

景安阳在接到电话后，心也跟着颤了起来。浑身像是过了一层电，她极力维持镇定，但握着电话的手依旧克制不住地颤抖，声音还算稳重："好，我来联系。"

柯礼刚要挂电话。景安阳忍不住出声："哎！柯礼！"

"嗯？夫人？"

景安阳郑重交代："其琛开车太快，不稳妥。你告诉他，家里的司机也往那边赶，务必让他慢一点。"

柯礼隐隐含笑，应道："您放心。"

第十章 岁月共白首

高铁从上海出发半小时左右，温以宁是起身去上洗手间的时候晕倒的。

完全没有预兆和任何不适的反应，在过道上洗完手准备回座位时，一个转身直接就倒在了地上。温以宁只记得那一瞬腹部涌出极其尖锐的一股痛，然后眼前一黑就没了知觉。

乘务员在广播呼叫有没有医生请求帮助，倒有一位热心肠的年轻女乘客赶来了车厢。

温以宁晕了几分钟，就被她掐着人中醒来了。但全身没力气，医生问她哪儿不舒服？她只觉得肚子疼，像来月事的那种疼。

十分钟后到达乐山站，乘务员就把人送进了附近的一家医院，问了几句基本情况，就打发人去妇幼做个检查。

温以宁抽了血，又被稀里糊涂地叫去验尿。等她看到试纸上的两条杠时，人还是蒙的。

她怀孕了。

按时间推算，应该是和唐其琛第一次的时候怀上的。

妇幼人多，没有多余的床位，护士对这种情况也见怪不怪，直接让她去外边等血检结果。唐其琛飙车赶来时，就看到温以宁一个人坐在医院走道上，小小一只身影，眼神懵懂又茫然。

“温以宁！温以宁是哪位？”护士拿着一沓报告单挨个叫名字。

唐其琛刚现身正好听到，走过去说：“我是她家属。”

护士把验血结果递给他：“你老婆怀孕了！”

唐其琛人还算冷静，看了眼上面的数据，然后转过身走到温以宁身边，把她的手握在手心，感觉到指尖一片凉，便用力地握了握，看着她说：“辛苦你了。”

开口之前冒出很多念头，但说出来的，只有这句最贴切。唐其琛揽着她的肩头让她靠着自己，心底暗潮汹涌。

温以宁木着脑袋反应过来，语气怯怯：“是不是检查结果拿错了？”

唐其琛竟还跟着一起点头：“有可能，回上海再仔细做个检查。”

温以宁鼻子有点酸，瓮声瓮气地又问：“唐其琛，这是不是你的啊？”

唐其琛气笑了，揽着她肩膀的手紧了紧：“你还有谁呢？”

温以宁闷着脑瓜子，支支吾吾的。

唐其琛就摸了摸她的头，沉声说：“行了行了，吴彦祖在国外拍戏，梁朝伟也在长春宣传电影，没他们的份，都是我的，行了吗？”

很奇异的感觉，像团团棉絮在春风里飘荡，浮在空中没着没落，以为是梦境，但在他的沉吟安抚下，又跟着尘埃落定，降临在他的手心里，脚踏实地，有了安全感。

温以宁慢慢回过神，低着头看了看自己的腹部，手指想摸又不敢，最后抬头望着唐其琛扯了一个傻乎乎的笑。

唐其琛牵着她站起，说：“走吧，回家。”

温以宁想起正事：“不是，我是要回老家看我妈的。”

唐其琛自然不准许了：“你歇一会儿，回上海让傅姨看看再说好吗？你母亲在家生活了几十年，总不至于走丢是不是？”

唐家派来的司机也已候在医院门口，温以宁权衡轻重，还是答应先跟他回上海。

傅教授看了验血的单子，说是怀了，但数值有点低，如果没有异常现象，等一段时间再去做个超声检查。这个消息一传回唐家，景安阳就稳了心。家里的保姆更是喜极而泣，说总算是有盼头了。

唐其琛再过两个月便满三十七，于情于理都到了该成家的年龄。在景安阳看来，身边有合适的，儿子不喜欢。闹了那么大阵仗，如今她也妥协了。现在又传来温以宁怀孕的消息，什么疙瘩都给抚平了。

这种事瞒不住，唐老爷子很快也知晓。儿女情长的家务事他一向不太插手，就对景安阳交代一句："该办的仪式还是要办，别失了体面和脸面。"

景安阳正有此意，想着老爷子发话，自己的底气也足了些。但唐其琛还是很冷淡，就这么嗯了一声，也不知他究竟是个什么想法。

景安阳心里急，但碰了个不软不硬的钉子也难受，索性道："你工作忙，那就什么都不需要你管，家里帮你们准备着，宴请的宾客太多了，不尽快提上日程是办不下来的。你只要把她那边儿的亲朋名单给我份就行了。"

话到这份上，多少有了那么点乞求的意味。

四月了，家里还开着地暖，就因为唐其琛的身体受不得寒。平心而论，景安阳无论办什么事都是周全妥当，抛开那些执拗的认知，绝大多数时候，她对这个儿子是宠着溺着，万事顺他心意。

唐其琛还是没给个肯定的态度，叠着腿，沏着茶，面色幽深静远。

一旁的周姨见势搭腔，也语重心长地游说："夫人也是为了宁宁好，都有娃娃的人了，你上班忙，留她一个人在家里也不放心是不是？"

唐其琛的视线低垂了几分，一下一下用杯盖剐蹭着杯口，缕缕热气缭绕，茶香淡淡的弥在鼻间。

景安阳忽就伤了心，眼圈红着，语调带了哭腔："你还是不肯原谅妈妈是吗？"

唐其琛平静说："没有，都过去了。"

景安阳悲从中来，也是委屈得很："要真过去了，你就不是这个样子。我是有不应该的地方，但在那个立场上，我一直是为你好。虽然这话你不爱听，但我，但我……"

景安阳掩面啜泣，说不下去了。

唐其琛也不否认，他确实是介意。母亲这种专断的性子不是一天两天，他也有私心，如果自己的立场不强硬，以宁今后保不准还得吃暗亏。对景安阳来说，什么都不能撼动她，唯有这个儿子，是她最在意的。

唐其琛不过是用自己做个赌，赌他母亲不再敢针对温以宁。

等景安阳情绪平复了些，唐其琛才站起身，态度放软了些："我知道您的心意，但您也别总拿心意当强迫人的理由。这事做得不厚道，您不顾别人的感受，难听的话往人身上泼，但您想过没有，最后全伤在了我心上。您什么时候见我随便把人往您面前带？谁说了都不算，我认，那才算。"

景安阳抹着泪，无疑又被儿子戳着心里的不甘和委屈。但她不想跟他针锋相对又伤了母子感情，便只能逞强地揪着一个稍微占理的话题提出抗议："所以我现在要给你们办事，你冷冷淡淡的是对长辈该有的态度吗？周姨说错了没？她是有身子的人了，住外头怎么能照顾好？你们年轻人不懂的，头胎多重要，一定要好好养身体。"

话绕回来，景安阳还是希望尽快把婚礼办了。

唐其琛是长子长孙，他不成家多少人看着。现在这是天大的喜事，认祖归宗是再正常不过的仪式。

但唐其琛默了默，忽然就笑了，无奈道："我想娶，她还不一定愿意嫁呢。"

景安阳吓得脸都白了，这半认真半玩笑的模样搅得她心里实在没底。顾不上矜持和身份，急得一把抓住唐其琛的胳膊："怎么个说法？不嫁？那她想干吗？孩子都有了又闹哪出？"

人一急就容易自己吓自己，景安阳愣了愣，声音忽然就不稳了："她难道不想要孩子？不可以！这是唐家第一个孙儿！"

唐其琛本来没什么，但被母亲这么一吓，心里也跟着忐忑了起来。

得知怀孕的当天，他就跟温以宁说结婚。这事到底是他没做周全，让人姑娘未婚先孕，虽然他心里早认定了，但欠一个身份总觉得对不住她。没想到温以宁竟然犹豫了，没拒绝也没答应，只含糊应着："等做完检查再说吧。"

唐其琛当时虽有些许不乐意，但想着大抵是她也紧张，所以还是遂了心意，给她空间和时间。

景安阳急，旁边的周姨眼泪都跟着出来，唐其琛说：“不会，您别多想。”

他离开芳甸路的时候，景安阳把备好的燕窝装满后备厢。她还是不放心，再三叮嘱：“你有时间就带她回家里吃饭，要不然我让周姨先过去照顾着，不要总在外头吃饭。”

唐其琛带着一车碎碎叨叨的心意回了公寓。

温以宁嗜睡得厉害，这还不到八点，她裹着被子已经睡了几个小时。听见动静，人又特别容易惊醒，浑浑噩噩地坐起来，声音还有点哑：“你回来了啊。”

唐其琛挨着床边坐下，揉了揉她的头发：“一直睡到现在？”

下午就给她打过电话，人是迷迷糊糊接的。温以宁掐了掐眉心，疲倦未消：“睡不醒。”

唐其琛看她眼睑下还有一层淡淡的青，估计睡眠质量也不太好，他心疼地把人抱进怀里，然后给她轻轻揉了揉太阳穴：“总这样睡也不行，定个时间，白天还是要醒来动一动的，生物钟颠倒，睡的时间虽长，但其实不养精气神。”

温以宁嗯了声，被他温软的指腹按得直叹舒服，脑袋往他胸口歪，嘟囔一声：“老板，我饿了。”

过来的时候，景安阳备了一份鸡汤，保温壶里温着，趁热还能喝。唐其琛把人牵到沙发上，然后去洗手间拧了把热毛巾，走出来却看见温以宁拿着手机不停地按。

她在跟李小亮发微信，内容并不介意让唐其琛看到。李小亮最新的一条是：“放心吧，我现在就开车去你家看看。”

温以宁回复谢谢，握着手机情绪不高。

江连雪的电话这两天连接通的信号都没有了，一拨就提示对方忙。三天前还会回复她的信息，虽然慢，但好歹是有踪迹的。温以宁心里烧得慌，就拜托李小亮去她家里走一趟。唐其琛也不发表意见，人真记挂一件事的时候，再多的安慰都劝不住。

他只让她把鸡汤喝了，之后两人坐在沙发上，唐其琛开着电脑处理工作，温以宁懒在一块软垫里，时不时地看一眼手机。

半小时后电话回了过来，她迅速接听：“小亮老师。”

李小亮声音听起来还带着喘：“放心啊宁儿，家里灯亮着呢，有人在的。”

温以宁顿时松了心：“那就好，那就好。哎，亮亮，你敲敲门呗，看她在不在家。”

“敲过了，人在家玩麻将呢，特别热闹，江姨看着好像输了钱，估计没什么心情接电话吧。”

别人说她不一定信，但李小亮的话搁她这里还是很有分量的。两人又聊了几句，李小亮说他们学校新来了一个教西方体育史的女老师，年纪轻轻，其实特别坏。言辞之间没少吐槽不满。温以宁边听边笑：“她怎么你了？”

说起就来气，李小亮跟她说了两三分钟：“就没见过这么公报私仇的，把我的训练裤给藏起来了，昨天才十度呢，我穿着条篮球短裤一路冻回了家！就没见过这么飒的女人！”

唐其琛看了看表，然后不太客气地揽了揽她的肩，低声落在耳边：“他有完没完了，还讲。”

声音不算小，隔得又近，温以宁怕被李小亮听见不友好，便捂着手机瞪他。不过讲得也差不多了，温以宁挂断电话，冲唐其琛不满道：“讲电话你也要管。”

唐其琛的视线又专注于电脑屏幕上，手指敲打键盘，沉声应了：“管。”

他这个模样是很迷人的，正襟危坐，西装革履，手腕上的白金表若隐若现，十分禁欲。温以宁起了心思，碰过他的脸就狠狠亲了一口，湿软的舌尖又在他的薄唇上描了个形。最后松开人，狡猾兮兮地望着他。

这么直白地勾引挑衅，偏偏唐其琛很吃这一套。这个把月是做狠了，君王不早朝，几次去公司开会都是掐着点进的会议室。两人的身体有一种天然的契合，现在想想也是后怕。唐其琛学她的动作，不经意地抿了抿唇，舌尖微微抵出又很快收回，然后眼神勾出一弯很深的静湖，含蓄而深情地望着温以宁。最要命的是，他还抬起手扯了扯衬衫领口，下巴微抬，喉结上下滑出个很细微的弧。

温以宁瞥开眼，脸颊都燥热了。

唐其琛勾起人来是很致命的，他自己也笑了下，然后伸出食指在空中点了点算是警告，继而又投入到工作中。

他的圈子里除了柯礼，最早知道以宁怀孕的是傅西平。

上回帮她看报告单的妇产科专家傅教授，正是傅西平的亲姑妈。傅西平不是躁动的人，知道消息虽早，但也就是会心一笑地感慨，并没有当即刨根究底。多少年的关系了，也是三十五往上的人，对感情和婚姻都看得透彻，从唐其琛把温以宁带出来的时候，他就知道，一生一世一双人，这都是命中注定要走一辈子的。

一星期后的朋友小聚，傅西平见着人才拿这事调侃了几句："唐总这速度坐火箭了，保养得不错啊。"

人逢喜事，精神还是很带劲的，唐其琛跷着腿，慵慵懒懒地坐在沙发上，笑得如沐春风。

"最骚的就是你了。"不过傅西平还是真心实意地为他高兴，"琛儿，恭喜！什么时候办婚礼？"

说起这个也是烦心事一桩，唐其琛说："看她什么时候答应。"

"哟哟哟！"傅西平乐了，"终于轮着被人挑了啊，以宁干得漂亮！"

唐其琛没理他，愉悦的神色渐渐平复，笑意也收敛而淡，不经意地提了句题外话："你四叔调动了没有？"

"五月份，现在还没。"傅西平问，"怎么？"

傅西平的这位四叔在公安系统，完善履历。唐其琛平声说："帮我个忙。"

"你说。"

"帮我在B省找个人。"

傅西平抽烟的动作一停，半截雪茄叼着，眯了眯眼缝说："有具体地方没有？"

唐其琛不说话。

那就是没有，傅西平又问："留下什么线索没？"

唐其琛静了片刻："没有。"

都这么说了，那他一定是提前了解过的，傅西平了然于心，也是实话实说："你都找不到的人，别人找到的可能也不大。谁呢？欠你钱的？"

唐其琛没回答，人静静的。

傅西平没放心上，倒是跟他说起了另外一件事："对了，给你看个东西。"

他拿出手机调出一个文件夹，里面是一段五分钟左右的视频。唐其琛接过后点了播放，眉头皱了皱。视频里的人他一眼就认出来了，是安蓝和温以宁。一家咖啡馆里，第二层楼，画面明显是偷拍的。但谈话的内容竟然很清楚。安蓝对温以宁软磨硬泡，甚至威逼利诱，主旨就一个，让她放弃唐其琛。

这段画面是被后期处理过，因为下方还打了她们聊天的字幕。

不难想象，这个视频一经发表，肯定会引起轩然大波。它太真实了，没有任何狡辩的可能。联想起上一次安蓝那个手滑的点赞事件，她当时的公关声明并不高级，把自己摆在一个无辜者的位置，三言两语地为自己开脱，却叫温以宁平白受了那么多网络暴力。

唐其琛看了两遍，一字未发。

安蓝的表情、动作，每个楚楚可怜的眼神都像精心设计过的，她有备而来，让对面的温以宁没有半点还手的余地。

傅西平有点犯怵，伸手就把手机捞了回来，关掉后说："心娱周刊要建一个营销号，准备用这个视频开刀吸一波流量。不是我说，这个法子确实很妙，安蓝什么人气，再没有比她更有价值的了。"

唐其琛当然知道。流量女星，话题担当。往俗里说就是二女对撕的狗血桥段，受众面广，讨论的门槛也不高，再扯上亚汇的背景，多少文章可以做。

傅西平的半截雪茄也抽完了，摁灭在烟灰缸里，问："你怎么打算的？"

唐其琛说："删掉。"

傅西平松了口气："这个视频一旦曝出去，安安的形象就大受损害了，人设立不住，还得惹一身骚。这丫头也是脑子犯抽，这种事当初就不应该有想法，一个高铁站附近的咖啡馆就敢去。真以为出不了事？这个摄像头是店员放的，他认出了安安，然后视频被心娱高价买了去，一个朋友跟我说了这事，我尽力压着，但我压不动了。"

傅西平跟娱乐圈的交集并不多，真能摆平的还只能是唐其琛。唐其琛一句话的交代，陈飒自然是有能力妥善解决的。

现下得了他一句肯定的态度，傅西平也放了心："我就知道，你还是顾着和安安从小长大的交情，不舍得她惹麻烦。"

唐其琛却抬起眼眸，眼神锐利而冷情，他语调沉了几分，声音是好听的，但不带任何温度，他说："我舍得。"

傅西平愣了下。

"这件事，如果只是针对她，我没有什么舍不得的。视频曝出去，她受的苦，遭的难，遇到的麻烦，那都是她自讨苦吃，做事不过脑的后果。"唐其琛隐隐动怒，眼色如晦，"她背着我去找以宁，这还只是其中的一部分，话已经这么难听了，那我听不到的部分，指不定有多脏。"

傅西平沉默下去，道德礼仪的角度，确实是这么个道理。

"我不让这破视频流出去，是因为我不想让以宁再受一点委屈。自始至终，这女人为了我摊上了多少破事？"唐其琛的七情六欲在眉眼间闪动，是真的疼一个人了，他压下内心苦楚，把话跟傅西平撂得明明白白，"安蓝的江湖经验不比你我少，名利场里的成年人，做过的，做错的，该为自己负责。"

傅西平听得心凉，瘆得慌："琛儿，别这样，到底是从小玩到大的。"

"我珍惜过，她呢？她珍惜过没有？"唐其琛冷冷反问，"以爱之名行凶，伤了我的人，还要我感恩戴德地原谅？有没有这个道理？"

傅西平哑口无言。

唐其琛被那视频搅得心口痛，话说得重，是真生气了。

傅西平不再劝，不帮理却帮亲，这种态度他也拿不出来，但还是问了句："你别把她逼急了，她那性格你也知道。万一又给以宁曝个光，匿名谴责什么的，受难的还是你女人，到时候你又能怎么说？"

怎么说？唐其琛目光如刃，扯着嘴角极为不屑："明儿就办婚礼，一声唐太太够不够。"

傅西平都给听酸了，笑着冲他竖起拇指："服你。"

温以宁是在周三这天接到H市的一个政府机构的座机电话，那边跟她确认了姓名和身份证，公事公办地交代："温小姐，请你最迟明天上午来住建局交一下资料哦，不登记的话，你们拆迁片区的一些人头补偿费就拿不到了。"

温以宁不了解拆迁的事项，这些一直是江连雪在打理。她一时没绕过来，还奇怪道："抱歉啊，我在外地。但我妈妈是在家的，你们有事情可以直接联系她。”

那头说：“早联系过啦！江连雪女士是吧？”

温以宁说：“啊，对。”

“可她一直没有接过电话啊！还是托人打听才拿到你号码的。温小姐，麻烦你记着这事啊，最迟明天上午就把资料交到二楼办公室。”

挂断后，温以宁握着手机坐了好久。李小亮那通定心丸效用的电话才过去两天，她越想越觉得不对劲，连着又拨了几遍江连雪的，从通了无人接到前一阵的占线，现在她发现，竟然拨打的是空号了。

从脚底板到天灵盖突然过了电，一种虚无的恐慌风驰电掣般冒了出来。温以宁后知后觉，一颗心都快跳出了嗓子眼，她按号码的时候，手指甚至在发抖。

“喂，陈阿姨您好，我是以宁，您最近有和我妈一块儿打牌吗？”

“严叔叔！您在小区散步的时候有没有见过我妈妈呀？”

得到的全是否定回答。

温以宁越想越慌，她翻遍了通讯录，但与江连雪有关的联系人实在是贫瘠可数。

最后，她给杨正国打了电话。

“杨叔叔。”温以宁一开口，不知怎的，声音就不自觉地哽咽了，“请问，请问您最近有没有见过我妈？”

电话里能听到汽车鸣笛的喇叭声，杨正国很久之后才说：“对不起啊小温，我上夜班开车呢，不方便讲电话，挂了啊。”

浑厚平静的嗓音里，温以宁愣是听出了几分克制忍耐。

她垂着手，整条胳膊都发了凉。

次日，唐其琛如常开车去公司，他走的时候，温以宁还没起床。习惯了，她近期嗜睡得厉害，有时候能躺一整天，不是故意赖床，是真的犯懒犯困。唐其琛白天走不开，但电话准时得就没少过，提醒她起床动动，老余开车送饭过来，别饿肚子。

听到关门的声响，温以宁就从被子里探出头，起床简单收拾了一下去了高铁站。

票是昨晚买好的，她没跟唐其琛商量，因为结果能预料，他肯定不放心她一个人走。温以宁是心急了，无论如何都要亲自回家一趟。不是不顾着身体，昨天去医院又做了一次检查，验血的结果不错，相应的指标数值都很好。傅教授亲自给她看的，当时意味深长地还说了句："你这个翻倍很漂亮，满八周了吧？可以去做个超声看看孕囊发育了。"

温以宁做了检查，检查过程中医生肯定不会说太多，只通知第二天出结果。

唐其琛一上午的会议，心里挂着这件事，但也不是太担心。傅教授在，有什么肯定是第一时间通知了景安阳。

十点多的时候，家里的电话就打了过来。

景安阳很少在工作时间段如此频繁地给唐其琛打电话，一遍又一遍，火急火燎。会议正在收尾总结环节，二十分钟之后，唐其琛散了会才把电话回过去。

景安阳又急又气地一通责怪："祖宗，你终于肯接电话了！你媳妇呢？"

唐其琛皱眉："估计还没起。"

"什么起没起的，我就在你这房子里！她根本没在家！"景安阳语气是很重的，听得人心里发紧。

但唐其琛还是稳着情绪，平静道："您去我那儿干吗，别吓着她。她可能是下去走走，我都没紧张，您这么紧张做什么？"

景安阳简直忍不住了，提高音量："你傅姨给我打过电话，她昨天的超声结果出来了，她怀的是两个孩子！"

唐其琛彻底愣了，手里的笔没立住，直接把合同戳破了长长的一道裂痕。

高铁晃晃荡荡，温以宁在车上又睡了一觉。

几天前开始，她的睡眠质量就变得非常差，有时候坐在那儿不动，人便精神恍惚地忘记自己要干吗，再多发呆两分钟，靠着扶手就能昏昏沉沉地睡过去。温以宁怀孕之后的身体变化旁人瞧不出，她自己还是能感觉的。她没有孕吐，唯一就是嗜睡，睡得久却不养人，惊醒的时候心脏哐哐跳蹦。

上周的时候，唐其琛的手机来了电话，铃声一响，睡在床上的温以宁猛地坐起，呼吸急促喘息，把他吓了一跳。自那次之后，唐其琛在家的时候手机都调成静音，甚至有次柯礼来家里汇报工作，都被唐其琛要求把手机音量调到最低。

温以宁做了个稀奇古怪的梦，连上古神兽都出来了。她醒来时差点崩溃，这样其实特别难受。

手机静音在包里，温以宁根本没拿出来过。等她到站下车，才看到上面有唐其琛的三个未接来电和发的微信。

他问她去哪里了。

温以宁告诉他，自己回老家。

她等出租车的时候，李小亮打来了电话，听着是轻松如常的，但两句话一说便盖不住语气的紧张了："宁儿，你是不是在高铁站啊？我好像见着你了，回个头我看看。"

温以宁下意识地转了下身。

李小亮说："嚯！真是你！"

然后听到两声汽车鸣笛，李小亮的黑色大众就在右边的下客区，隔着车窗对她招手："你走前边点，我绕过去，这边不让停车。"

没多久，温以宁坐上了车，笑着跟他问候："小亮老师，哪能这么巧呢。"

李小亮神色高兴地应着："我今天正好过来送我姨妈坐车。你一个人回来的啊？"

"嗯。"温以宁面带忧色，"我妈电话不通，不知道她在搞什么鬼。"

李小亮扑哧一声笑了出来，拨了拨雨刮器，调侃着说："你也太多心了吧，哎，没事啊。联东旅行社最近做优惠活动，288元香港七天旅游团，咱们这儿好多人都去了，江姨肯定也去了。"

温以宁拧过头望着他，表情平静到不可置信："你怎么知道？"

李小亮明显怔了下，用笑弥盖："我猜的。对了，都饭点了，宁儿，你去我家吃饭吧。"

小亮老师一向都是这么热情，但温以宁这次实在是没闲心，声音淡淡的："不去，你方便的话就送我回家，不方便的话停车，我打车走。"

这话一听就是生气了，李小亮欲言又止，最后还是沉默下去，一路无言地把人送回了小区。温以宁没让他跟，再说了，这么死乞白赖地跟上去反倒显得有什么。李小亮心里实在犯了难，不情不愿地将车慢悠悠地转了出去。

用钥匙开门，温以宁发现，大白天的，客厅的灯竟然是亮着的。她下意识地看了眼鞋柜，再伸手把灯按灭。鞋柜里的鞋子一双不少，甚至江连雪经常穿的那双高跟鞋也在。客厅的窗户开了一半透风敞气，屋子收拾得整整齐齐，茶几上还有吃了一半的瓜子和糖果装在玻璃瓶子里，遥控器摆在右边，下面压着一本过期的时尚杂志。

一切都是温以宁去上海之前的旧样。

可正因为太工整了，反倒觉得不太对味。这种安静没能给人舒坦踏实，掺杂着不安的悸动。江连雪的卧室是敞开的，被单床套不是上次的款式，衣柜、抽屉、梳妆台上的每一件摆设都没有少。温以宁又走了出来，整个人茫然无措。

江连雪的电话仍是提示空号，温以宁坐在新家里，握着手机半天都没了思绪。等她回过神来，又花了一小时把家里里外外翻了个遍，厨房的油还剩半瓶，热水壶里是早就冷透的水，她翻箱倒柜，竟然找不出江连雪的身份证和钱包。

温以宁开始彻底心慌，她甚至冒出一个念头，江连雪欠了赌债！没准去哪儿躲风头去了！

这个认知反倒让她欣慰高兴起来，自我安慰来得别扭执拗，她一厢情愿地觉得事实就该如此。温以宁跑进卧室拉开衣柜，然后跪在地上小心翼翼地输入保险箱的密码。门开了，她的希冀彻底湮灭。新房的产权证，几张银行卡，还有一些首饰原封未动地躺在里面。

温以宁又开始联系江连雪的牌友，电话打了一圈都说许久没有联系过了。这些人都是以前住在老小区时的邻居，拆迁后各自有了新奔头，缘分一场到了底，想再聚就很难了。最后一个熟人的消息也落了空，记忆忽然勾起某些片段，温以宁这才缓慢意识到，似乎很久很久之前，江连雪就没那么经常出去玩过牌。

温以宁怀抱最后一丝希望给杨正国打去电话，但对方直接掐了。就这么重复三遍，温以宁忍着身体的不适决定去找他。从电梯口出来，李小亮就跑到她面前，稍显紧张把人拦住："宁儿，你去干吗呢？"

温以宁一点也不奇怪他为什么没有走，绷着脸，神情分明是动了怒，她心灰意冷又空虚无助，冷冰冰的三个字："你骗我。"

李小亮被击倒得溃不成军，多少年的感情了，这么在乎的人划出了决裂的界限，他难受得要命。但不占理的话也不敢反驳，这个关头甚至一个字都不敢乱说。李小亮本就不是巧舌擅辩的人，可也不敢让她出事，只得死死拦着人把好话说尽："你别激动啊宁儿，千万别自己吓唬自己，说不定真的只是出去旅游了，个把礼拜就回来了。"

温以宁推搡他，眉眼间的焦虑风雨欲来，是真着急了，语气拔高："你走开！"

李小亮怕碰到她，手脚不敢使劲，跟在后头苦苦劝慰："好好好，你情绪平稳点成吗，你要去哪里？我送你去好不好？"

他飞快地把车锁按开，扶着她的肩膀就把人送进了副驾，温以宁喘着呼吸倒是没再挣扎。李小亮不敢再逆她的意思，说往哪儿开就只管照做。清民路的整条巷子都是小饭馆和路边摊，这个城市底层的特殊风景线，来这儿吃饭的多是附近建筑工地上的工人和出租车师傅，八块钱一个盒饭，支几张小木桌坐满了人，生活不容易，都有各自的酸和涩。

温以宁找到杨正国的时候，他刚吃完最后一口饭，这个高大老实的中年男人在看到温以宁时，反应平平，甚至可以称得上是冷漠。温以宁叫他杨叔叔，他也没一句搭理地径自去买单。

温以宁抢先一步要帮他付钱："我来。"

杨正国挡了把她的手："不用。"

温以宁坚持，对饭店老板说："收我的，我是零钱。"

结果杨正国比她还犟，力气肯定比女人大，就这么稍用力把人往一边拨了下。他没什么故意，但身高体重在这儿摆着，这一拨还是很有分量的，恰好温以宁站的地方是一层矮台阶，人虚虚晃晃地趔了一下差点摔倒。幸亏李小亮在旁边扶了一把，但小亮老师还是吓得半死，控制不住火气冲杨正国嚷："别推她行吗！她怀着孩子呢！"

杨正国愣了愣，嘴唇都有点抖，说话断断续续的："对、对不起啊。"

温以宁顾不上，心里挂念着江连雪，急急问："杨叔叔，我妈妈不见了，您告诉我她去哪儿了行吗？"

杨正国饱经风霜的眉间拧出一道极深的竖纹，神情又变得冷淡了，他反问："你个做女儿的都不知道，我又有什么资格知道？"

这话无疑是戳了温以宁一刀子，扎得她心里难受得很。

姑娘有苦难言，郁闷不堪，憋着的情绪全写在了脸上。杨正国默默挪开眼，鞋尖用力磨着地上的一块小石子，忽然说："你妈妈骗了我。”

温以宁抬起头。

杨正国的声音像是冷硬的冰面，能听出冰面裂开的动静：“她就没想跟我好好过日子，这女人心太狠，对人跟玩一样。她接触我，不过是想利用我。”

温以宁恍然：“利用什么？”

杨正国看着她：“她知道我能找到关系，她想让你进三中当老师。”

温以宁坚决反驳：“我妈不是这样的人。”

杨正国悲凉地笑了下，神情之中全是克制和隐忍，但多余的话没再说，只三个字：“你不懂。”

这是他和江连雪之间的事，一把年纪，不该矫情地再计较什么爱恨情仇，都是半边身子埋进黄土堆的人了，能有个合适的伴侣真真诚诚地结个缘，那就别无他求。杨正国对江连雪是有真心的，他觉得，哪怕不想在一块儿，坦白地说出来都没什么，男人的肩膀又不是不能扛事。可偏偏江连雪用了最侮辱人的一种方式来断了他的念头。一个多月前，她挽着一个油头粉面的年轻男人的胳膊，愉悦且残忍地告诉他，自己当初不过是看他老实才答应处一处，本来想着能蹭他的关系再帮女儿弄份老师工作，现在也不必了，说自己女婿有钱，两人回上海定居，她就用不上杨正国了。

当时的画面历历在目，这个女人一言一行都是下了十足分量的鹤顶红。

杨正国觉得自己这颗心在人世沉浮遭遇了那么多事，对很多东西早看淡了，但到了江连雪这里，还是戳了自尊伤了心。当然，这些后续他不会告诉温以宁，说出去干什么呢，只会徒添自己的可怜和难过。

杨正国趁着温以宁发愣的时候就要走，这个老实的男人神情落寞得像一座垮掉的大山。温以宁却一把抓住他的手臂，人还是蒙的：“杨叔叔，您最后一次见我妈妈是什么时候？”

杨正国似乎并不想回答。

温以宁声音哽咽了：“求您告诉我，她不见了，真的，我没骗你，她真的不见了。”

杨正国皱着眉头，似乎在审视她话里的可信度。

温以宁鼻子吸了吸，眼泪就跟着掉了下来。

他眼睛眨了好几下，不可置信："这、这真的不见了？"

温以宁从杨正国这里得知，他最后一次见到江连雪是一个月前，这下也没办法再隐藏，只得将江连雪对他的言行都说了出来。温以宁听着，面无表情，看起来是安然无事的。李小亮在一旁却胆战心惊。

她越平静，就越是暴风雨的前奏。李小亮颤着声叫她："以宁，你、你别多想啊。"

温以宁缓缓摇了摇头，然后转过身。

杨正国在她身后："哎，小温，你也别有心理压力，你妈妈也不欠我什么，反正过日子嘛，合得来就过，合不来也不必要负这份责。这跟你们小辈没有关系，生活本来就是这德行。"

温以宁一个人往前走着，像是没听见。

李小亮是真急了，追上她："你别这样啊，说句话行不行？闷在心里头算什么？"

小亮老师爽朗惯了，没太多婉转的套路，想到什么说什么，语气一着急就不太好听，刚想说，你再这样我也没法向人交差——温以宁突然望着他，一双眸子清清冷冷："所以，你那天为什么要骗我？"

李小亮彻底歇菜，暗叫不妙，怎么把这茬事给忘记了。

温以宁也不再追着要答案了，因为从小亮老师的表情上，她全明白了。

"你别拉我。"她甩开他的手。

李小亮犹豫了一下，没松。

"别拉我！"温以宁音调拔高，一张脸既有愤怒也有无助，眉间全是支离破碎的痛色。

李小亮只得松了手，安静地跟在她后头。

温以宁又回了家，这一次宁静全无，她把家里的柜子抽屉都扯了个底朝天，这是新家，东西本来也不是很多，一些票据和说明书散了一地，客厅翻完，她又去江连雪的卧室，有两个抽屉在衣柜的下面，她就双膝跪在冰凉的地面，弯着腰去翻。

李小亮忍不住了，架着她的肩膀硬是把人从地板上拽了起来："你能顾着点自己吗？啊？！地上多凉不知道啊？"

温以宁挣扎："放开我，你放开我！"

李小亮真快被她给折磨死了，不敢使力气，又不敢放手，僵持着一个平衡点他背上都急出了一层汗：“好念念，你是我祖宗行了吗，我求你心情平复一下行不行？”

温以宁就真的没再乱动，顺着他的身体往下靠，平平稳稳地坐在了床边。

李小亮喘着气，护在她两侧的双手好半天都没放下，确定她是真的没偏激的意图了，才松口气跟着坐在了旁边。静了一会儿，他主动坦白：“半个月前我就发现不对劲了。有次我学校发了两箱血橙，我爸妈不爱吃酸甜的东西，我就拿来给江姨。但敲了半天门都没回应，我给她打电话也提示关机。连着三天我都过来了，都没人在。”

李小亮叹了口气，人也压抑得很：“没敢跟你说，怕你着急。但我去报警的时候，行不通。因为江姨的电话断断续续是有通话记录的，人并不是失联状态，不给立案。”

温以宁恍然大悟，细想一下，其实在上周以前，江连雪和她都有很薄弱的联系，只不过微信回的时间太晚，可她并没有给自己主动打过电话啊。

“电话是打给秀松阿姨的，已经问过了，秀松阿姨早早搬去广州和儿子媳妇一块儿住，江姨给她打电话就是普通的问候，别的什么都没有说。”

温以宁知道这位秀松阿姨，很小的时候见过，是她们那栋老楼里的邻居，很和蔼心善的一个人，也是当时为数不多和江连雪交好的朋友。她早已远离故乡，去更好的环境中颐养天年。温以宁太阳穴胀痛，脑子像被用斧头劈开一样，人特别难受。

她有点受不住，手虚虚握成拳，一下一下地揉自己的头。李小亮欲言又止，感觉说什么都苍白无力。

房内的空气黏稠安静得几近可怕。

李小亮看了好几眼，终于小声提醒：“你的手机响很多遍了。”

手机搁在床上，屏幕朝上，唐其琛的电话就没有停过。

温以宁却像没听见，忽视得一干二净。她低着头，眼睛也闭着，眉间的波折却越来越深。电话终于不再响，她也猛地睁开眼，转过头看着另一个方向。

那是梳妆台下的一个小抽屉，温以宁记得以前是上了锁的，江连雪没少嘚瑟，说自己的私房钱都锁里头了。温以宁离开家这么些年，对这些一直不太上心，加上江连雪胡说八道的本性，一句话八分假两分真，根本算不得数。温以宁拉开衣柜，在一个装着杂物的丝绒袋子里翻出了三四把零散的钥匙，然后一把一把地去试开锁。

到第三把时，锁开了，抽屉拉开，她手腕都有些发抖，把里面的一个塑料袋拿了出来。

塑料袋里装的药，乱七八糟的药。三个压瘪的包装盒，一堆大小不一的棕色药瓶。各种说明书是全英文的，温以宁一眼就看懂了。那几个单词像是一把头顶悬梁的冰刀利刃，绳子骤然断开，冰刀从她的头顶刺进身体，把她劈成了两半。

温以宁手在发抖，捏着说明书一个字一个字地看。药还剩下小半瓶，江连雪并没有带走。她低着头时，长发柔柔顺顺地遮住了脸，李小亮看不到她的表情，只觉得人状态又不对劲了。

“宁儿？”李小亮刚唤了声她名字，温以宁就崩溃了。

她侧过头，眼眶红得像染了血，震惊和悲痛缠绕，连眼泪都流不出来。

李小亮吓着了：“天，怎么了？这药，这不是毒药啊。”

温以宁声音哑得全然变了调，似哭不像哭，一个字一个字像是被锤头活生生砸出来的：“这药，这药是甲磺酸伊马替尼片。”

李小亮彻底蒙了。

两人去了H市的第一人民医院，温以宁挂了血液科的号，其实什么都已明明白白，但依旧执拗地想要一个确切的答复。出诊的医生是名副主任医师，一看就很肯定地说：“治白血病或者是血液肿瘤的，看这剩余的量，病人吃的剂量应该不是很大。”

李小亮怕温以宁崩掉，一直按着她的肩，问医生：“病能治吗？”

“那要看具体病情，一般情况是可以放化疗，再配合吃药控制住，至于是否需要骨髓移植等其他治愈方式，因人而异。不过这个病是长久攻坚战，病人本身在治疗的过程中会很痛苦，治疗周期也长，费用比较贵，要进行手术花费就更多了。”

医生刚说完，就有人推门进来。

李小亮回头一看，差点没跪在地上：“天！总算来了！”

唐其琛一身风尘，呼吸都没喘匀，外套搁在手腕上，白衬衣后腰的位置都隐隐被汗浸透。他的视线逐着温以宁，焦急和担心不言而喻。小半天时间，打的电话一个都没有接，他能不担心吗！原本下午是要接待省国土局过来视察的领导，这种会晤唐其琛缺席不得，但他实在放心不下，人亲自赶了过来。

再好的脾气也压不住这种担心，唐其琛见着温以宁的一刹那，觉得心脏跟脱了一层肉似的。不是没有介意，不是没有火气，这种情况任何一个做丈夫的都受不了。但温以宁的脸色实在太差，更让他心寒的是，她明明看到了，却一脸冷漠地又把视线挪开。

唐其琛耐着性子走过来，低声对她说："念念，你出来的时间太久，折腾一天，你要休息。"

温以宁也没抗拒，坐在凳子上却也不起身。

唐其琛继续好言好语："你还有要问的，跟我先回上海，我陪你去老陈那儿仔细问好不好？"

温以宁木着神色，眼神空洞无魂。

唐其琛握住她冰凉的手，心里沉了沉，语气坚持了一些："你怀着孕，待在医院对你身体没好处，我顾着你，不要求你也顾着我，但我求你了，你能不能顾一下小小唐？"

大概是那声小小唐触动了温以宁的情绪。她顺从地站起身，唐其琛把她护在怀里走出了医院。

老余开着公司的公务车去机场接客户，宾利送去做养护，唐其琛的路虎是柯礼开来的，他就等在外面。温以宁跟孤魂一样没了主心骨，坐上副驾瘫软得像一株没有生命力的枯萎植物。唐其琛坐到另一边，本能地要去握她的手。可手还没碰上，将将停在半空，温以宁就把自己的手收进了口袋里。

她不让他碰。

唐其琛抿了抿唇，也不说话，朝她坐近了些想抱她。但温以宁沉默地往车门边靠，这下再看不出来也不可能，她是有意的。

车内气压太低，连一向擅于滋润气氛的柯礼都不敢开口。

沉默一路，三个小时后进入上海城内。

唐其琛脸如冰霜，压抑克制得已然到了极限，他扭过头，无奈地问："你真不打算跟我说一句话吗？"

温以宁脸色发白，毫不退却地跟他对视：“有什么好说的？说你是如何瞒着我，如何骗我，如何阻止我回家吗？”

唐其琛心底一沉，语气温和了些：“念念，有话好好说。”

“有什么好说的？我哪一句没说对？”温以宁脑子一团乱，这一天的消息接收量太大了，桩桩都沉重得让人透不过气。她无解，无头绪，无能为力，淤积在心口成了一摊烂泥，堵住了所有情绪，理智下线，只想找一个发泄的出口。

现在的她是不冷静的，任何一个词都能煽风点火让她爆炸。唐其琛肯定不会与她起争执，他只是担心她的身体状况，再多的指责都能往他身上倒，接着就是。

可温以宁的情况比他想象中还要激烈，她眼中含嗔含怨，话一股脑地说了出来：“你和李小亮串通起来瞒着我，骗我，其实你们早知道了对不对？我要回家，你拦着不让，我每次觉得不对劲，你就说我多想，你就是别有用心！”

唐其琛克制着，耐着心思解释：“好，我做错了，我向你道歉，是我不对，是我有失周到，是我不该擅自做主。我做得不对，我现在请你原谅我，只要你情绪别这么激烈，可不可以？”

开着车的柯礼猛怔。他跟了唐其琛十年，无论工作生活，甚至对亲人，唐其琛何曾有过这么低声下气的时候。

可惜温以宁并不领情，人在陷入走投无路的死胡同时，会变得短暂失控和崩溃，她开始流眼泪，忍了这么久终于决了堤：“你凭什么不告诉我，你凭什么做你以为正确的事？”

唐其琛心疼得不行，伸手要抱她。

温以宁用力推开，泣不成声地发泄：“那是我妈，那是我妈！她生病了你知不知道？！”

“我知道，我知道的。”唐其琛强势地把人圈在怀里，温热的掌心一下一下安抚她的后背。

“知道你还瞒着我！”温以宁眼泪鼻涕一把抓，一会儿推他，一会儿扯他的衣服，她处在风暴的中心，脑子混乱，到现在根本无法接受这个事实。她口不择言，开始胡乱地找借口，“我不该跟你回上海，我不回上海，我妈就不会走！都是你，都是你！我不要你了，我什么都不要了！”

唐其琛身子一抖，虽然知道这是不作数的气话，但心还是狠狠被刺痛。他用力了些，抱着人不让她乱动，嘴唇轻轻吻她的脸、眼睛、鼻子，含蓄温柔，带着安定人心的力量。温以宁的脸埋在他胸口，呜呜地流着泪。

唐其琛的声音像提琴的低弦音，沉下去的部分也有了一丝受伤的痛楚：“你恨我怨我都可以，念儿，你知不知道，我们有两个孩子了。”

温以宁没回话。

她闷在他怀里，哭着哭着就睡着了。

到了住的公寓，远远就看见一辆黑色劳斯莱斯停在路口，景安阳和周姨下了车，焦急紧张地往这边望。

到底是放心不下人，亲自守着。

车一停温以宁就醒了，她麻木地下了车，被唐其琛牵在身后。走近了，景安阳看着她的状态深深吸了一口气，然后担心地皱着眉头，刚要开口，唐其琛打断：“妈，您先回去。人我带回来了，让她休息休息。”

儿子的意思景安阳自然明白，她虽不放心，但顾虑着好不容易修复的关系，便只能认同。

走之前，她让司机搬下来几大袋的营养吃食，千叮万嘱：“其琛，不许和她吵架，女人怀孕脾气是很不好的，你一定要多让让，当丈夫的就要有为人夫、为人父的样子。”

唐其琛也是无奈，胳膊肘全往外拐了。

景安阳走了，他和温以宁往家里走。这一段路的时间，温以宁也冷静了很多。两人一前一后走着，唯独不变的是唐其琛自始至终牵着她的那双手。走了几步，唐其琛忽然转过身看了她一眼，眼神深邃温和，说：“我抱你上去。”

不等温以宁反应，唐其琛直接将人打横抱起，放手里掂了掂抱更紧后，低声说：“轻了。”

到家后，唐其琛把她轻轻放在沙发上，然后单膝跪在地上，自然而然地给她换鞋。温以宁垂眼看着面前的男人，他宽阔的肩，细腻的头发，以及手臂上勒出的红色印痕。温以宁忽然就心酸了。唐其琛头也没抬，动作很轻地给她解鞋带，沉声说：“我知道你不痛快，但有些事情，你要给我时间，我一定会给你个交代。”

这样的唐其琛被温柔加持，整个人变得温和从容，是拼尽全力地想护她周全：“我不告诉你，是因为怕你身体受不住。有些东西，是我自私也好，私心也罢，搁我心里，摆在第一位的永远是你。我怕你怀孩子辛苦，怕你多想。能做的，我都替你先去做。如果事情的结果已经注定好，那过程的艰辛，我一个人承受就够了。”

温以宁被泪泡肿的眼眶又开始泛起潮水。

唐其琛脱了她的鞋，又细心地将粉色的棉拖一只一只套在她脚上。然后抬起头看着她，眼里似有浩瀚蓝天，让人看到天地宽阔和无限的安全感。

他说：“以宁，未来的每一天，每一程，我都是要带着你的，你是我的身边人，也是我的枕边人。你有气可以对我发，但有些话，我不许你再说。你说你不要我，不要一切。这话伤我的心了，我疼的时候，你又知不知道呢？”

温以宁眼泪啪啪往下掉，掉在他的手背上，一颗一颗像滚烫的珍珠。

唐其琛挺直了背，将人抱住，吻了吻她的头发，那点委屈顿时灰飞烟灭，他认命道：“你别哭，哭起来的时候我最疼……念念乖。”

温以宁哽咽着说：“我一点也不乖。”

唐其琛无奈地叹了口气，把她眼角的泪水给吻了干净，沉着声音：“不乖就不乖吧，老公在，你什么都不用怕。”

人在失衡状态下，是很难去体会一句话里的良苦用心。

唐其琛在人情反复中打磨，本就不喜掏心挖肺这种表达方式。他是务实派，脚踏实地地做永远比夸夸其谈要有分量。这年头，山盟海誓到最后多半会成为诳语。但他这一刻是真有点忍不住了，原来爱一个人的时候，什么理智和原则都会退避三舍。

温以宁折腾了一天，哭累了，被这一遭遭的变故弄得心力交瘁。她被唐其琛抱去床上，睁着眼睛空荡迷茫，唐其琛连鞋都没穿，赤着脚踩着地毯，把卧室的遮光窗帘拉得严严实实。光线骤然陷入黑暗，温以宁的心跟着一颤，莫名的孤独和害怕在心里横冲直撞，她抽泣了一声，很快就感觉到床垫跟着软了软，唐其琛伸手把她抱在了怀里。

他的语气含蓄温柔，掌心温温热热地抚摸她的背：“睡吧，我陪你。”

漫天风尘瞬间尘埃落定，温以宁扒着他的手臂，像倦鸟归巢，像迷失的路人找到了灯塔，唐其琛是她的避风港。

唐其琛关了常用的那只手机，私人电话也调至了静音，这个私号只有柯礼少数人知道，除非急事一般不会找过来。温以宁很快入睡，但并不踏实。拽着唐其琛的手就没松开过，唐其琛维持一个姿势久了手脚也麻，稍一动，温以宁就猛地惊弹了下，眉眼皱了，呜呜咽咽的哭声就从嗓眼里颤出来。

唐其琛心疼得很，索性就不再动了。

温以宁再醒来是晚上九点，一睁眼，就看到唐其琛靠着床头半躺，头偏向一边合眼休息。卧室被他按亮了一盏小灯，灯亮是暖黄的微光并不刺眼，唐其琛俊朗的面容浸润其中，安宁得让人忍不住想哭。温以宁鼻塞，呼吸声有点粗，唐其琛醒得很快，长长的眼廓褶出了一道浅痕，他嗓音有点哑："还睡吗？"

温以宁情绪稳定了很多，摇了摇头。

唐其琛这才换了姿势，整条左臂抽出来，麻得没了知觉。他先下床，不太舒服地活动着手腕："你再躺一会儿，我让老余去买吃的。"

老余是在半小时后过来的，带来了一大袋的吃食，唐其琛一眼就看出不是在外买的。

老余说："您给我打电话的时候，我正好帮柯礼送份东西给老爷子，夫人听见了电话，就让我把这些带来了，都是家里用心做的，还有一罐鲜榨的橙汁，夫人特意交代，一路过来橙汁肯定凉了，让您加热再给温小姐喝。"

老余走后，唐其琛照着做，等温以宁从卧室出来，一桌的精致菜肴。景安阳不知道她的口味，索性每样都做了点。温以宁吃得不多，两筷子下去就不再动，只抱着一杯橙汁细细碎碎地抿。唐其琛也不逼她，只把手机递过来，示意她看。

屏幕上是一张超声结果的照片，傅教授发来的。

一团黑乎乎的阴影里，两个状似椭圆的轮廓挨在一起，上面还有红蓝双色的点状光亮。温以宁看到结果提示，异卵双胎，活胎，约10周+2。

她眼泪一下子又流了出来。

唐其琛端起一碗汤，伸手越过桌面，盛了一勺送到她唇边，平心静气地说：“两个孩子，辛苦你了。”

这是他第二次对她说辛苦。

自始至终，他第一记挂的都是温以宁的感受。为人父的喜悦，对未出世孩子的关切都不足以替代，十月怀胎，他明白，最苦的还是他姑娘。

长篇大论的劝慰不用多说，温以宁不是拎不清的人，一句“辛苦”已够让她有所动容。沉溺悲恸情有可原，但肚里还有两个小生命，他们鲜活存在，他们与她血脉相承，理应被好好对待。温以宁抬起头，泪眼斑驳地望着唐其琛，在他包容安定的眼神里看清自己。

她顺着勺子把汤咽下去，然后主动接过碗，继续把剩下的吃完。

良久，唐其琛发自内心地笑了。

餐桌顶上一盏欧式琉璃灯晶莹璀璨，把两人的影子交融在一起不分彼此。温以宁恢复了足够理性谈事的状态，唐其琛才放心地跟她谈话。

“我的确比你早发现你母亲失踪的情况，两周前，李小亮就联系过我，说他连续三天上门，你母亲都不在家。当时事态并未完全清楚，他也不敢随便跟你说起，怕平白让你担心。”

温以宁点了点头，声音嘶哑：“小亮老师一直替人着想。”

唐其琛说：“后来我托那边的朋友去落实确认，你母亲确实是离家出走了。她生了病，我猜是不想拖累你。”

温以宁沉默，没有任何表情的变化。

“后来去调了高铁站和汽车站的主要监控，都没有见到你母亲。本来是想循序渐进地告诉你，但你那时候正好查出了怀孕。”唐其琛喉结咽了咽，坦诚道，“这是我的私心顾虑，顾着你的身体，怕你出事。以宁，这是我的过失，我向你道歉。”

温以宁摇摇头，不肯放过一丝希望，她心存侥幸地对他的说法提出质疑：“她和我的微信是有联系的！”怕他不信，温以宁急急拿出手机，手指都在颤抖。屏幕点了好几下才调出界面，唐其琛一把握住她的手，用力地紧了紧试图让她冷静。

温以宁心底空虚绵软，像一脚踩空摇摇欲坠，她看着他，眼神苍凉而创痛，一字一字地说出那个她并不愿意相信的事实：“她是骗我的对吗？跟我联系的，其实不是她，对吗？”

唐其琛思量片刻，还是决定让她知悉真相：“对。她的通讯方式其实早就断掉了，她随便找了一个人，说给他点钱，只要你发消息过来，就让他看着回复，手机都不要了，直接留给了那个人。”

温以宁忍了又忍，手肘撑着桌面，掌心狠狠地揉自己的额头。

她已经说不出是什么感觉了，悲伤过了头，真相触了底，一切听起来是荒谬之谈不可思议，但细想之下，任何一个谜团都能串出答案。江连雪一直就是这样洒脱的性子，当年十八岁生孩子，跟家里反目成仇狂热地追求爱情，哪怕最后只是一场黄粱美梦也无忧无惧。她随性地活着，每一分每一秒，千金难买她乐意。她从不揽功夺名，一直以来就明明白白地告诉所有人，她是个失职的家长，告诉所有人，温以宁能活成现在的模样，无论优秀还是堕落，都跟她没有半毛钱关系。

她的生命从来都是自己的，只要她愿意，连离开都悄无声息，不留下半点踪迹。

第二天，唐其琛让老陈过来了一趟家里。尽管他已了解得够全面，但还是由一个专业的医者来跟她阐述会更让她信服。

老陈坐在沙发上，公文包放在一旁，那瓶从H市带回来的药搁在桌面上。老陈告诉温以宁："现在一般的恶性肿瘤都不太用这个药，它最显著的功效就是抑制癌细胞的增殖，主要是辅助治疗急性白血病。这个药一定要长期吃，足量吃才能发挥效果，一旦停药，会加速病变。"

温以宁语气发酸："陈医生，其实这个病还是能治的对吗？"

老陈点点头，也没瞒着，很客观地说："接受系统的治疗方案，白血病也没那么可怕，很多病人都能维持稳健甚至有可能痊愈。除非患者本人是自己不愿意去磨这个过程。毕竟治疗期间还是很痛苦的。以宁，这是我给你打印的一些资料，应该能解答你的所有疑问。我想跟你说，我从医十多年了，见过太多生离死别，也就在这种关头，你会更加明白生命的独立性，它本来就是一张纸，在人世间走一遭，被画上了无数的颜色。让生命归还生命，无论当事人做出怎样的决定，都是生命本身的意义。"

医者仁心，老陈这番话说得坦荡大气又心怀慈悲，温以宁忽然掩住面。

唐其琛的手无声地搭在她肩膀上，轻柔爱怜地拍了拍。

温以宁这一次没有哭。

她只听见心底空旷的回音，一声一声地告别，一点一点地接受这个事实。

她不是拎不清的女人，冷静之后，是非对错，轻重缓急都在心里门儿清。连唐其琛都找不到的人，她再闹再逞强又有什么用？生命苍白纯净，江连雪有她不想受的苦，这一生已经够潦草了，何必还要雪上加霜。温以宁似理解又不理解，她唯一知道的是，江连雪这个名字，很久很久之后，可能都只会是一个过去式了。

唐其琛留下老陈吃晚饭，都是司机从唐宅带过来的。保温壶大中小号都快抵得上一个外卖箱。摊在厨房一尘不染的台子上，唐其琛笨拙而缓慢地把它们倒进碗里。老陈看不下去了，挽着衣袖干脆自己动手："唐老板，你还是比较擅长赚钱。"

老陈是懂生活的人，比唐其琛活得闲适滋润。单身汉却生活精致，处理起家务活来也得心应手。摆好盘，三个人坐在一起吃饭。菜肴的味道没得说，荤素搭配全是费了心思的。雪里蕻都是嫩的尖尖和着肉泥，一层蒸蛋浇上去，周姨怕她觉得腥，还挤了几滴柠檬汁。但温以宁胃口不佳，动了几筷子便食不下咽。

老陈问她："以宁吃不下吗？是反应大还是不合口味？"

温以宁礼貌地笑了下，没说话，只摇了摇头。

老陈对唐其琛说："你工作那么忙，留以宁一个人在家里也不放心。余叔还每天往返两处给送饭，等她孕周再长一点，很多事情更得有人照顾了。"

唐其琛嗯了声："我知道。"

走的时候，老陈和和气气地开解温以宁："当妈妈了，心情开阔一些对宝宝们也有益处。生下来就带笑。"

温以宁起疑地看着他。

老陈笑着说："不信你试试，你多笑，以后他们都有酒窝。"

陈医生是好人，面善心热，一番哄人的话也说到人心坎里去了。

唐其琛这段时间把行程空出了很多，基本保持住了正常的工作时长，这些年许多不必要的应酬他已经很少出席，如今一缩再减，一周最多两个局。虽然消息没有对外公布，但都成了心照不宣的秘密。唐其琛能出席的应酬局已经到一定的级别，共餐的也是身份贵重的宾客，偶尔几声贺喜也是发自真心。

知道亚汇集团的唐总家有喜事，却无从知晓夫人的任何。那些网上的流言亦真亦假，虚虚实实谁也摸不透彻。

除了核心项目的决策权仍由管理层把控掌握，其余的工作，唐其琛在有意地缓慢放权。柯礼是最累的一个，好在他在亚汇任职要位十年有余，已有足够的能力独当一面，有他在，唐其琛是放心的。

五月中旬一过，初夏彻底催走春日的尾巴，阳光酝酿，风卷云动。

温以宁满三个月的时候去进行了第二次产检，傅教授亲自帮她看了B超，欣慰道："宝宝发育很好，能看到小手和小脚了，在右边的宝宝趴着不给我看正面。下次做四维的时候，你跟他们多说说话，让他们乖一点，还能留个照片做纪念。"

傅教授慈祥温和，探视头在温以宁的肚皮上轻柔缓缓地滑动，耦合剂很凉，丝丝的触感刚刚好，温以宁躺在床上一边听着，心里一边泛起暖潮。而始终陪着她的唐其琛站在傅教授身旁，哪怕屏幕上是一片黑乎乎的画面，看不出个所以然，但他的嘴角仍然上翘，神情温柔。

产检回来的路上，唐其琛开车很缓慢，从内环线的高架桥下来时，他说："念念，我们商量个事。"

温以宁竟也同时开口："我有件事想对你说。"

前方车流大，车速越来越慢。

唐其琛点了下头："好，你先说。"

"我想回老家住一段时间。"

温以宁说完之后的十几秒时间，唐其琛都是不发一语的。他倒没有表现出任何不悦的情绪，平平淡淡的表情，没当即给个准信，但也没有拒绝。

开过前面堵着的十字路口，四车道变八车道，唐其琛才温声问："是这儿住得不习惯吗？不习惯的话，我带你换个房子。"

哪有什么不习惯的说法。换句话讲，温以宁从读大学起就在上海待着，小十年的光景，上海甚至比H市更让她熟悉。也就是这个豁口，温以宁听出来，唐其琛心里是不赞许的。但她也打准了主意，平静且坚定："没有不习惯，我就是想回去看看。"

唐其琛敛默无语，陷入了很长一段时间的深思。思虑清楚后，他问："你想回去住多久？"

"上海太热。"

那就是过完夏天。

唐其琛又问："产检怎么办？"

"也方便，我们那儿有妇幼保健院。"

看来是做了决定。

唐其琛默了默，声音沉了两分："我多陪陪你好不好？"

温以宁看着车窗外，把目光挪回他脸上，神色自若也从容，她情绪很平稳，不像是一时新鲜或是闹脾气，她看着他，轻声说："其琛，我想家了。"

车子经过自动识别的电子杆，徐徐开入了停车场，车停稳后，唐其琛抱了抱她，很平静地答应了："好。"

温以宁在他怀里闭了闭眼，忍住了微湿的泪意。

但如今的情况也不是唐其琛一人说了作数。他本来要跟温以宁商量的事，就是想问问她的意见，让周姨来家里照顾着日常起居。但温以宁先开了这个口，完全逆了他的意思。他答应，景安阳却颇有微词。

"一个人回去做什么？她家是那样的情况，其琛你也任性，就不想想万一出什么事该怎么办！"景安阳既心急又生气，围着儿子来来回回地踱步，转了好几个圈，披肩滑下半边都没知没觉的。

唐其琛不是听不进话，母亲说的自然有大道理，但他更舍不得温以宁郁郁寡欢。

"她在上海不习惯，状态也不太好，您别逼她，我有分寸。"唐其琛到底还是护着自己的女人，能挡的压力都在他这一层面消停住。

唐其琛说一不二，能承诺出口的都是真真切切能办好的。但景安阳这一回是真动了怒，气冲冲地上了楼："瞎折腾，我再也不管你媳妇的事了！"

但温以宁走的那天，景安阳还是让家里的司机捎了一车的东西过来，有温以宁用的吃的，还有一大堆贵重的礼品。司机传话："夫人说，这是给温小姐的邻居朋友的，让他们多帮衬照顾。"

一万多一盒的鹿茸燕窝，用尽了心思。

唐其琛是习以为常了，什么都没说。但他身后的温以宁犹豫很久，终于在司机走之前把人叫住，她小声："麻烦您帮我跟伯母说一声谢谢。"

开车把她送回H市，再次踏入新家，一尘不染，什么都是收拾过的。

唐其琛陪了她两天，发现她在这里的状态确实比上海要好。怎么说呢，人变得非常从容平和，虽然大部分时候仍是安静的，但神思有了归属一般，不再空洞游离。

他早就说过，能力范围内，只要她想，他就尽可能地遂她心意。让他在这里久待也不可能，柯礼的公务电话汇报得很频繁，唐其琛第三天早上必须要返程回沪。

李小亮这边接收托付，肯定是用心帮着照看，经常带发小朋友上门陪她聊天解闷。小亮老师的日程报告是相当专业的，每天晚上八点准时给唐其琛发微信：

“今天给她带了一份烧鸡，我妈妈自己做的，她都吃完了。”

“送上门一件新疆糖心苹果。”

“你寄的快递太重，搬死老子了。”

日常琐碎，事无巨细。

发了一个多月，李小亮有点不乐意了。

“每天当牛做马当间谍，你能不能给我发工资了！”

这本是玩笑话，但唐其琛很快给他在微信上连续转了五笔账，每一笔两万，十万整。

李小亮震惊了，心说有钱人的世界他不懂。到底还是屄兮兮地拒收，并气壮山河地回了一句语音过去：“神经病啊！”

论魄力，唐其琛向来是不缺的。

他很快有了回复，两个字，真心实意：“谢谢。”

温以宁日常做得最多的事就是看书，她的作息开始稳健，每天早睡早起，也不惧怕出门见人，吃过饭就去小区散步。经常碰到邻里熟人，这么久了，无论什么事情都是瞒不住的。大家唏嘘感叹，同时也对温以宁更加疼惜，见着面都热热情情地招呼：“小宁啊，出门当心路下的呀，那边几个台阶很滑的，要小心的哟。”

江南小城里的吴侬软语，夹着乡音格外亲切。

温以宁满五个月了，毕竟怀着两个，肚子开始显怀，夏日的薄薄裙衫遮不住，微风一吹，隆起的腹部是柔软的山丘，像有翠绿新生的小树林在茁壮发芽。

唐其琛虽在上海办公，但他过来的次数也勤快。有时候下了班开着车就往高速上飚，风尘仆仆，披星戴月，就为了来陪她睡一晚。第二天九点要开视频会议，他五点不到醒来往上海赶，甘之如饴，任劳任怨。

景安阳和温以宁之间，至今都没有过直接的交流。

一个怕，一个怯，谁都没有迈出这一步。

景安阳只能从儿子那里得知近况，但唐其琛太忙，问多了他也没时间仔细答。景安阳抓心挠肺得团团转，天天数日子。在八月初终于有了名正言顺的理由，底气十足地提醒儿子："当初说好只去三个月，时间快到了，不是催她回，都快二十四周了吧，傅姨也跟我说了，下周三去做四维彩超，这是个很重要的检查，必须回这儿做。"

唐其琛哪能听不出母亲的本心，含笑应了："好，等周六参加完峰会，我就去接她回来。"

温以宁的身体状况还是很稳定的，饮食睡眠都正常。她体质好，身材也保持得不错，身上没长肉，比孕前只增加了五斤，全贴肚子上了。她那天洗澡的时候，陡然看到镜子里的自己，二十七岁的女人，介于青涩与成熟之间，整个人散发的气质都高阶了。

温以宁没忍住，用浴巾挡住隐私部位，然后对着镜子拍了一张照片发给了唐其琛。

唐其琛当时已在杭州参加亚欧经济峰会，入场时收到这张照片，他当时就愣住了，那是他此生不曾见过的盛大之美。

他爱的女孩儿，在孕育他们的孩子。

唐其琛握着手机的手紧了又松，心田悄然注入了一片暖流。

他开始相信、确定、肯定，温以宁是坚韧的，她重返故乡，并没有触景伤情，反而自愈和释然。这种认知让唐其琛渐渐放心。

周五这天，李小亮的妈妈邀请温以宁来家里吃饭。

乡下外婆家捉来的正宗土鸡，鲜香味美，小亮妈特地熬了鸡汤给温以宁补身子。这么多年的感情了，做不成一家人，但温以宁也是他们的半个女儿，小亮妈朴实真诚，待她是真心实意的好，一个劲地给她夹菜："宁宁要多吃点的呀，双胞胎好辛苦的，汤我给你晾在那儿，先把这个鸡腿吃掉。"

李小亮刚要伸筷子去夹块鸡肉，就被亮爸爸一筷子打得手背啪啪响："去去去！这是宁宁吃的！"

小亮老师郁闷死啦："那我吃什么啊？"

亮爸爸反思是不是太严厉了，然后笑眯眯地夹了个鸡屁股放他碗里：“来，补补身子。”

温以宁眉开眼笑，偷偷瞄李小亮。

小亮老师太受伤了：“我可不要补屁股。”

小亮妈是很镇定大气的女主人，她看着温以宁露出的笑脸，久违的，短暂的，实在让人心酸。小亮妈转过身，头低着，偷偷抹了把眼泪。

吃完饭后，李小亮开车送温以宁回家，两人下楼的时候，他还千叮万嘱：“明天回上海了，回去之后好好养胎啊，听说后面会长得好快，拍个照片发发朋友圈，咱们一圈人也能知道你的近况。”

温以宁应着：“行。”

今天没车位了，小亮老师的车停在小区外的马路边。他拿着车钥匙走在稍前，车锁按开，刚要说上车吧，温以宁的身影就从边上闪过。

李小亮顿时冷汗直冒，大吼：“温以宁！”

温以宁往马路对面跑，突然地，冲动地，本能反应地。

马路上车来车往，鸣笛狂响。李小亮拔腿就追，心脏都快蹦出来了，声嘶力竭地喊：“站住！以宁！！”

温以宁犯险穿过马路，像是着了魔一般，直奔马路对面的那个人。跑得太快，她不知踩着了什么，重心不稳，腾地一下摔在了地上。她整个人在发抖，肩膀颤着迟迟没能站起来。

李小亮脸色惨白，百米冲刺地赶到身边，一米九的大高个差点没当场哭出来：“你大爷的！你跑个什么劲啊！你摔着没有啊！”

温以宁抬着头，眼神失了焦距，空泛地定在几米远的那个人身上。这边动静太大，那人看热闹地回了头，一张陌生的脸写满了好奇。

不是她。

不是妈妈。

温以宁垂下脑袋，无望地闭上了眼。

李小亮真怕了，这个责任他担不起，把人先是送去了医院做检查，医生说暂时没事，他二话不说，开车连夜把人送回了上海。

唐其琛接到消息后，从杭州提前回来。

景安阳是第一个知道的，当时脸色都青了。但她没说温以宁一句重话，也不让她再在路上折腾，接回了宅子，直接让傅教授到家里来替她看看求个安心。傅教授给她做了胎心监测，有点快，稍微超出了正常值。说是不用太着急，明天复查一下，一般没大事。

温以宁安置在唐其琛的卧房，景安阳不想给她压力，来看过两次，见人在睡觉，也没再打扰。

晚上七点，唐其琛阴着脸色到家。他一身正装没来得及换，三件式样的西装马甲贴合腰身，条纹图案的领结工工整整地系于领间，整张脸宛若冰霜。后面跟着柯礼，柯礼一路不敢说话，见着景安阳赶紧求救一般地使眼色。景安阳心一沉。

顿时，一屋子人下意识地去拦唐其琛，周姨差点没给跪在地上："少爷啊！祖宗！"

景安阳面色凝重，当家女主人的风范严正无比："其琛！冷静一点！"

唐其琛动起怒来，天王老子都拦不住。他不太客气地把周姨拨开，夹风带火地上了楼。

温以宁已经醒来，坐在床边正准备起身。

唐其琛推开门，目光寒了心一般，他看着她，语气冷硬："温以宁，你要什么我没顺从过你？你做的是什么事？你又是怎么对我的？"

温以宁怔然，痴痴地望着。

唐其琛心火渐旺，烧得他理智全无，他气，他恨，接到电话的那一瞬，人都快碎掉了。他一步步走近，眼睛烧得像是起了红霞，声音发抖，脸色却是一点一点变苍白："你顾着你妈妈，顾着你家里，顾着你的执念，那你有没有顾过我哪怕一分？你有没有顾过我们的孩子？"

温以宁泪水模糊了视线。

唐其琛鼻音重，眼神锐利又心碎："出事之后起，你什么都不肯跟我说，我是要跟你走一生的人，我就这么不值得你信任？你宁愿憋在心里，也不肯对我敞开心扉。我掏心挖肺地对你，你心里到底有没有我？啊？！"

门口的景安阳知道不妙，上前扯了把唐其琛："你给我住嘴！"

晚了，他下一句话已经出口——"这两个孩子你到底还要不要了！"

啪！景安阳扬手冲他的脸上就是一巴掌，厉声："她是你媳妇，这是你为人夫、为人父该有的态度和语气吗！"

唐其琛那句话太重了。

是会伤着感情的。

景安阳这一耳光下去，所有人都惊惧地低下了头。

唐其琛只觉得眼前一片眩晕，气昏了头，人没了理智，残忍的话确实太伤人了。他被打清醒了，躁意和恐惧慢慢抚平，眼底只剩无边的寂静和黑暗。他看了眼温以宁，心里又悔又气，复杂的情绪撕扯搅弄，他太阳穴突突地疼。

唐其琛沉默地转过身，静静地走出了房间。

暴风雨之后的宁静，压抑得让人窒息。

景安阳的掌心还在微微颤抖，但她不后悔。她平静着声音，只对温以宁说了句："其琛担心你，吓坏了。但他方式欠妥，是他的错。你放心，在这个家，我还是能为你做主的。"然后叹了长长的一口气，无奈道，"休息吧，不顾孩子，也顾着自己的身体。"

门关上，落针可闻。

没多久，温以宁就懵懵懂懂地站起身，连鞋都没穿，追着走了出去。

唐其琛待在书房，一个人坐在那儿，他埋着头，双手插入头发，一下一下沉重喘息。听见门开的动静，他疲倦地侧过脸看了一眼。温以宁和他对视，于心有愧又满含担心，眼巴巴地愣在原地不敢靠近。

唐其琛没说话，又把头低下来。

片刻，温以宁走到他面前，她伸出手，没有犹豫地抱住了他。

温软的双臂圈住他的后脑勺，让他的脸靠着自己隆起的小腹。温以宁一下一下抚摸他的头发，短短的，喷了发胶，有些扎手。

唐其琛右耳贴着她的腹部，他缓缓闭上了眼睛，沉声说："对不起。"

同时，温以宁也说："对不起。"

唐其琛肩膀一颤，然后嗓子更嘶哑了："接到电话的那一刻，我真的要死了。"

说完，他的眼泪就流了出来。

这个三十多岁的男人，在她面前泣不成声，心碎得像个差点失去珍宝的孩子。

温以宁什么话都说不出了，只是把他抱得更紧。

两个人依偎在一起，天地之大，彼此都是对方的人间避风港。

久久之后，温以宁的肚子忽然动了一下，很明显，很奇异，像是一条鱼挨着唐其琛的脸悠悠滑过，隔着一层皮脂，送了他一个含蓄羞涩的亲吻。

唐其琛一愣，猛地抬起头。

温以宁也是惊奇万分地和他对望。

安安静静的。

十几秒后，又是一条小鱼滑过，这次方向相反，第二个吻从里而降。

温以宁了然，说："孩子们在动呢，跟他们打个招呼吧。"

唐其琛眼眶红透，用尽全身的温柔，哑声说："爸爸会用一生来保护你们三个人，我爱你们的妈妈。很爱很爱。"

书房的门没有关，敞开在那儿，外头明晃晃的光亮隔着门，像是劈开的两个世界。

景安阳站在门口，她本意是放心不下来劝和，但看到两人相拥的场景，便怎么也迈不出脚步了。

她离开的时候，转身迅速抹了把眼角的泪。

晚上，两人就留宿在了家里，唐老爷子去了西山，小半月后才会回，唐其琛的父亲在晚上八点多的时候从学校回来，唐凛穿着立领polo衫，鼻子上架着一副无框眼镜，儒雅翩翩。他待人很和气，一声"以宁你好"唤得浑厚自然，如温厚的冬日暖风，拂去了温以宁的紧张。

教她意外的是，他与景安阳的夫妻关系竟异常融洽。

景安阳对着丈夫，也少了素日端着的严厉，温顺平和，谈话时的神色都不自觉地放软。

等她转过头来，就瞧见唐其琛正看着自己，心领神会地勾了下嘴角，妙不可言。

唐凛坐了过来，对温以宁说："是其琛做得不大气，无论如何，他都不该那样对你发脾气。"说罢，他侧了侧头，神情与语气都严肃了几分，对着唐其琛道，"你如今的身份角色不一样了，脾性是该收敛着点，再大的误会也不许用这样的方式来沟通。伤感情也伤身体，你是男人，是一家之主，是以宁今后的依靠，这份责任你要担起来，明不明白？”

唐其琛对父亲是很尊重的，他点了点头：“我知道了。”

唐父是个很沉淀的人，谈吐张弛有度，不会让人觉得刻意，但道理看得透彻。唐其琛身上鲜有一般世家子弟乖戾嚣张的习性，多半是在父亲身上耳濡目染学来的品质。温以宁却听得耳朵发了热，心里的愧疚按捺不住，明明不是这样的，眼下却全成了唐其琛的错。

她主动道歉：“伯父，是我没有做好。”

景安阳煮了一壶水果茶，亲自端了过来，听见这话也没借题发挥，还是那句话：“女人怀着孩子很辛苦，不关别的原因，你自己顾着身子就好。”

她把温以宁的那只杯子倒得多一点，轻轻推到面前，语重心长地说：“喝吧，养神的。”

温以宁端着杯子，视线垂在杯口，眼睛被热气蒸得湿湿润润。

怕她不自在，坐了没五分钟，唐其琛就牵着她回了房。

客厅里，两老伴独处。

景安阳这才幽幽叹出心里的不安：“吓死我了，在马路上那样跑，被车撞了怎么办？”她现在想起还是心有余悸，捂了捂胸口，“那一跤摔得也是菩萨保佑没出什么毛病，真要有个什么——”

唐父打断她的念叨，坦然道：“真要有个什么，那也是其琛的命数。”

景安阳不再提这茬，总归是不吉利的，她又想起另一桩烦心事：“这两人孩子都有了，也不提办婚礼的事。别人都问过我好多次了，明面上关心，其实全是探风头来的。我每回问琛儿，他都闭口不谈。这算怎么回事？不知道的，还以为我们唐家亏待姑娘，说我景安阳对媳妇苛刻。”

唐凛闻言一笑：“说的都是实话。”

景安阳气冲冲地瞪眼：“胡说！”

“怎么转性了？当初拦得最凶的可是你。”唐凛客观道。

这话一出，景安阳自己也泄了气，神情似有无奈和反思，叹了口气说：“我能有什么法子？为琛儿好，他不要。不要就不要吧，知道我这当妈的脾气，多磨个几回我还能不同意？他犟，太犟了。活脱脱地把自己的身体弄成那样。”

回忆起当时的医院，景安阳神色哀戚难忍，仍是万分后怕。她摇了摇头，认命道：“刚刚我在书房门口瞧见两人那样抱着，我就不心酸吗，罢了罢了，媳妇是他自己选的，过日子的是他们俩。”

唐凛呵笑：“早该有这份觉悟，多省心了。”

景安阳对着丈夫瞪眼：“你这个做父亲的也不劝劝！婚姻大事，就算不办婚宴，证还是要领的吧！由着琛儿任性，我在这家还能不能说上话了。”

唐凛对这些东西看得很开：“只要两人有心，天南地北都能在一起，没有感情，十把锁也锁不住。还有，以宁家里发生了那样的事，她没心情也很正常。你听我一句劝，别去干涉。”

景安阳哪怕心有不甘，也不会再说什么了。

这是温以宁第一次来唐家，晚上自然不会再折腾地跑来跑去，唐其琛洗完澡出来，上身没穿，头发滴着水，电话正好响了，他一手接电话一手擦头发。温以宁便走过来，安静地拿过毛巾，示意自己帮他擦。

唐其琛顺从地坐下，听柯礼跟他汇报公事。

温以宁的动作很轻柔，毛巾的一面湿了，就换另一面给他。她很喜欢唐其琛的头发，从发质到发型，干脆利落很体面。她起了顽皮心思，掌心在他头上蹭了一把，然后弹指把水珠甩在了他脸上。唐其琛偏头躲了一下：“盛通的人事组织架构不行……”

电话还在继续，他面不改色，抓住她的手指，送进嘴里含了又含。

过了电，温以宁半边身子都麻了。

偏偏这人正襟危坐，精英范维持得妥妥的。

温以宁自知不是他对手，也不再打扰他，一个人坐去了床上。

唐其琛这卧室很简单，除了床和一张中型书柜便再无累赘。温以宁从书架上随手找了一本书看。五个多月的双胎肚子跟一般的单胎也没太大差别，套了件唐其琛的外套一遮，人还是纤细偏瘦的。

唐其琛讲完电话，穿好衣服走过来，往床上一躺，然后枕在她腿间问：“他们还会动吗？我可以再跟他们说说话。”

温以宁笑了：“他们懒的，真的很少动。”

“看来随你。”唐其琛把脸偏向她腹部，伸手轻轻摸了摸。

从这个角度，能看到他左半脸上还有微红的印痕，景安阳那一耳光打得再轻也收不住劲。温以宁心里泛起涩，下意识地碰了碰他的脸，小声问："还疼吗？"

唐其琛握住她手腕往下挪，按在自己心口揉了揉，带着笑："没这里疼。"

好一会儿之后，温以宁说："你起来。"

唐其琛照做："嗯？"

刚直起腰，温以宁就撞进了他怀里，声音隐约变了调："老板，抱抱。"

唐其琛愣了下，很快允准，沉声说："好，抱抱。"

两个人静静依偎。

温以宁闻着他衣服上清爽淡雅的沐浴香，连呼吸都平稳得多。压在她心头的锈迹铁板开始隐隐松动，底下藏着的嗔怨爱憎破壳探头，慢慢有了倾诉的欲望。她的眼睛盯着前方的某一处，虚虚缈缈自顾自出神。她说："我妈年轻时候，对我爸爸是一见钟情，其实我爸长得也不是很帅，但她一眼相中，不管不顾地赔上自己半辈子。我爸没钱，仗着一副还过得去的皮囊，也就稀里糊涂地把我妈骗上了道。我记得小时候他们经常打架，可凶了。我妈看着瘦弱，但打起人来不要命，那么长的刀。"温以宁伸手比画出一截长度，"冲过来就朝我爸脖子上砍。你猜我爸怎么对付？他吓死了，直接把旁边的我给举了起来拦在前面。那刀刃割了我左边的羊角辫，差一点点就被削了头。"

唐其琛手心一颤，堪堪稳住，然后抚了抚她的头顶心，一下一下的。

温以宁的语气越发坦然，字字句句都很平静："后来他们每回吵架，我都本能地先将妹妹藏起来。我到初中的时候成绩都很不好，后来有天我实在受不了了，我发誓我要离开这个环境，我不想一辈子毁灭在这儿。高中三年，我就是这么苦读出来的。我大二那年吧，我爸爸工伤事故，死在了水电站，高压漏电引起的火灾，他被抬出来的时候，已经变成了黑炭。单位赔了点钱，但我妈对我一直不怎么舍得，她喜欢打牌，开始赌博，整晚整晚的麻将声。我跟她的关系从小就不好，我是恨过她的。"

温以宁说到这儿，缓缓闭上了眼睛。

她停顿，唐其琛也不开口，耐心地守着，等着，掌心时不时地抚摸她冰凉的手背。

“我恨她的莽撞，恨她的粗鲁，恨她的市侩，恨她的游手好闲，我看不上她赌博挣的钱，我也唾弃她那些牌友，我不想回那个家，我不喜欢家里馊掉的空气。所以我在暑假寒假拼命打工赚钱，我不是勤快，我只是执拗地想证明给她看，没有她，我能活得更好。”

温以宁的哭音渐渐起了势，但她眼睛里是干燥的，没有一点湿润的迹象。她以为她忘记了那些年月，她最排斥的人和事，到头来，其实早就深深在她的生命里烙下了印。她的脑海像是在播放一部陈年老电影，缺失的，破碎的，残忍的，不忍碰触的，一帧一帧的画面从血肉筋骨里挑了出来，那是她成长之途上腐坏的烂肉。

“我妹妹，我妹妹……”温以宁的声音哽咽得说不出话，喉咙被灌了铅一样，一点透气的缝都没有。绷了好久，她才能把字说完整，“我妹妹有抑郁症，治了半年才勉强回学校继续上学，但她被一个男生骗了，他骗她谈恋爱，又把她甩了。我妹妹受不得刺激才从水塔上跳了下来。二十多米高，人就死在我脚边，脑浆沾着血，一团团地还在跳动，眼睛都没闭上。”

温以宁又陷入了噩梦一般，整个人开始发抖。唐其琛一把抱住她，亲着她的眼和脸，让她感受自己的存在，沉声安慰：“好了，好了，都过去了，念儿。”

赤子之心，热忱又滚烫，温以宁在他怀里，情绪奇异地平复。

“她自杀后，我看到了她的日记本，把她和那个男生的恋爱相处都记录了下来，我拿着日记去给警察，但警察说这并不能证明什么。胡说！我妹妹的死亡都是那人造成的，他凭什么逍遥法外，不承担法律的审判！”说及此，温以宁仍然带着憎恨与不甘，“我只知道男生是上海人，爸爸开广告公司，我要找到他，我一定要找到他。”

唐其琛恍然领悟，她突然的跨行跨业，她的摒弃过往，她的从头再来，她在受到上司百般骚扰刁难却依然坚持不走，还有在北京，她莫名其妙出的那场车祸。一切的一切都有了答案。

这份执拗和坚持，竟让她如此执迷。唐其琛内心撼动，久久无言之下，是前所未有的无力与心疼。

温以宁一个劲地倾诉，生命却是一张怎么梳都梳不顺的巨网。她说家事，说父亲，说童年，说带给过她温暖的小亮老师，说自己的愤怒以及力不从心。她像一只无头苍蝇四处乱撞，四面八方都是铜墙铁壁，撞得头破血流，奄奄一息。

最后的最后，话题又回到了江连雪身上，温以宁变得异常冷静，眼皮翻眨的频率都变慢，眼神空洞而麻木："她第一次来上海，并不是来看我，而是偷偷去医院做检查。她托小亮老师买了特殊的消炎药，你犯胃病的那一次，她给你吃止疼药。她给我留了房本，银行卡，家里的全部存款都给了我，她要我背密码，她很少很少再出去打牌。其实她早早地就在做准备了，可我竟然没有察觉。"

温以宁说到这儿，终于忍不住开始崩溃大哭。她咬着唐其琛胸口的衣服，悔意像奔腾的三尺巨浪，全部发泄了出来。

唐其琛无声抱住她，不劝，不哄，不制止。他明白，一个女生最好的几年，都浸润在这些悲伤中，再不让她发泄，她迟早有天会完蛋。

"哭吧，哭出来就好了。"他低着头，鼻尖蹭了蹭她的颈窝、耳朵，最后和她额头抵额头，两个人的脸很近地贴在了一块儿。

温以宁的啜泣占了主角，哭得眼皮红肿，唐其琛的呼吸比她深，平稳而有节奏，他不说话，就这么陪着她。渐渐地，温以宁的哭声渐小，然后在唐其琛的牵引下，呼吸竟也和他趋于一致。哭湿的碎发黏在嘴角边，一身衣服也都被汗浸透。

温以宁感受着他内敛沉默的力量。

闭上眼睛的那一刻，往事轰然倒塌，漫天尘埃静静落了幕。

陪她睡着，唐其琛才轻手轻脚地起了身，他把灯光调暗，然后走出房间打了个电话。

霍礼鸣接得很快。

唐其琛的身影在半边阴暗里被拖出长长的影子，他负手而立，沉声说："帮我查个人。"

傅教授周三这天要去北京参加一个学术论坛，于是把温以宁的产检日期提前了一天。这天做四维，全面评估宝宝们的发育情况。傅教授戴着眼镜，给她检查得非常仔细，半小时后，她欣慰地说："妈妈很棒，把宝宝们养得很好。"

温以宁缓了一口气，绽开了笑颜。

傅教授点点头："小宁，你要加强营养了，我给你开点钙片和鱼肝油，回头按时间吃，下次产检就要过来做胎心监测，双胎一般都不会等到预产期临盆，至于是否顺产，到时候看宝宝们的胎位以及你的自身条件，凡事不必勉强，就算是剖宫手术，也由我来主刀。”

八月过完，九月的秋老虎威力不减。

温以宁仍是和唐其琛住在汤臣一品的房子里，她心底还是有点怵景安阳，再说了，那么大的别墅还有唐老爷子在，多少有些紧张和不适应。景安阳这一次没有不满，倒是非常理解地答应他们单独过，只有一点，必须安排一位得力的阿姨照顾起居日常。本来是让周姨过来的，但温以宁忽然想到一个人。

当初她在北京出车祸之后，被唐其琛强制接到家里住过一礼拜，那一周都由那位阿姨照顾，还算投眼缘。

这事儿办得很妥当，唐其琛给阿姨开了一份不菲的薪水，待人客客气气。阿姨也是个心善的，愣是没多要一分钱，尽分内的责任。

有阿姨在，唐其琛放了心，他这段时间工作很忙，温以宁也体贴，从不是黏人要性子的，没男人陪，一样自得其乐，看书看电影出门逛逛商场，生活恣意得很。不过唐其琛也不太避讳商业上的事让她知道，反倒很主动地谈及，他有意向拓展集团才起步的智能产业相关，考察筛选了几个不错的项目，其中一个是航天领域的技术研发，这个研发团队稍有特殊，核心成员是北航的年轻大学生们。不过已有合作公司，唐其琛是想给他们融资。

温以宁对经营决策层上的工作不甚了解，所以很少发言。但她隐约听到一些是非争议，这个项目，唐耀也有争取。唐其琛这是当仁不让，两人的暗斗愈加激烈。

唐其琛周三飞北京，柯礼陪同，去洽谈相关的投资事宜。对方是位年轻美人老总，伶牙俐齿，头脑清晰，尽可能地争取利益最大化。小狐狸碰老狐狸，最后主动权仍然没有给唐其琛。结果没下定论，但唐其琛并不失望，回上海的飞机上，柯礼说了两次夸赞之词，对那位美女老总很是欣赏。

唐其琛睨他一眼：“要追？”

柯礼笑得坦荡，摆摆手：“唐总您这信息不到位啊，宁总和研发团队的技术主力，那位叫迎璟的，他们是恋人关系。”

唐其琛皱了皱眉：“谁？”

柯礼解释：“迎璟，北航大四的学生，今年全国航天科技大赛拿了第一名。”

飞机起飞时颠簸微震，随后气流稳定，按既定的航线平稳飞行。

唐其琛反应过来，摇了摇头，然后会心一笑。

七点半飞机降落上海，唐其琛先回了一趟家里，老爷子召唤有公事要交代。都是集团的一些日常工作询问，其实也就走个过场，唐书嵘明白，自己终归是老了，江山易打难守，这个孙儿把唐家这座江山守得漂亮体面。知道他记挂家里的那位，老爷子没多碍事，半小时不到就放人离开。

下楼到大厅，景安阳才从外面散完步回来，见着人还惊讶了一遭：“啊，你在这儿啊？”

她的咬字重点在“这儿”上，唐其琛投去目光：“您以为我在哪儿？”

老爷子也是临时起意把唐其琛叫了过来，所以景安阳并不知道。她眨了眨眼，顿时紧张：“我出门前，唐耀刚走。”

唐其琛皱眉：“他也来了？”

“从北京过来的，给你爷爷送了几瓶酒，走的时候，他说给你也带了东西，顺路什么的，正好也去送给你。”

唐其琛心里一沉，拿起车钥匙就往外快步。

物业门禁打来电话时，阿姨去超市买些缺了的日用品，温以宁一个人在家，接到电话后愣了片刻，最后同意：“嗯，认识，麻烦您让他进来吧。”

温以宁开的门，唐耀看到是她时，诧异在眼里过了一瞬，但很快自然平静：“以宁。”

温以宁把路让出来，礼貌地说：“耀总您好。”

她从鞋柜里拿拖鞋，正准备弯腰时，被唐耀拦了一把，他说：“你身子不方便，我自个儿来。”

温以宁顺应地把路让出，门敞开着一直没有关。

唐耀坐在沙发上，背脊挺得很直，他进门起目光很规矩，也没有四处打量房间的细节，指了指桌上的几个礼盒，说：“特供的酒，爷爷那儿我捎了一份，这是给大哥的。”

温以宁：“客气了，劳您亲自跑一趟。”

唐耀英俊的面容透着琢磨难定的微笑，他不打官腔，也不假客气，他很坦白地说：“我之前并不看好你们在一起，但我估计错误，以宁，恭喜了。”

温以宁嗯了声，没说话。

唐耀看着她，似审查，似深究，似思考，像要从这个女人身上看出一些答案。最后，他自顾自地弯了弯嘴角，真诚地说：“当初接触你，的确有私心，但我对你没有坏心。现在想想，我还是很羡慕大哥的。”

唐耀敛了敛神，喉结微滚，似有隐隐怅然：“他福气比我好。”

温以宁仍然没有接他的话。

唐耀注视着她很久，而后极轻地叹了口气：“以宁，以后除了叫你一声嫂子，我们还能成为朋友吗？”话问出口，他便很快自己给了答案，“好了，不打扰你了，这一箱是上好的车厘子，不知道你爱不爱吃，当是心意了。好好照顾自己，等着你们的好消息。”

语罢，唐耀起身就要走。

温以宁也没挽留，送人到玄关的时候，她忽然叫人：“二哥。”

唐耀肩膀猛地颤了颤，垂在腿间的手都在微微发抖。

温以宁声音温淡和煦，像是家人之间再普通不过的问候，但这股暖流可亲可近，正是唐耀孤掷的一生里难得的温暖。

她说：“你不容易，我很能理解你，多的话我不方便说，但我想告诉你，很多东西是命中注定的，出生，家世，父母，别人的眼光，这些都是命数，老天爷让人受什么磨难，都是逃不过的。撑过来了，你就能看到阳光。人在世上，都有各自要承受的罪，谁也不比谁幸福，谁也不比谁低人一等。未来的路还很长，何况你这么优秀，放下成见，感受生活对你的善意，你会活得更开心。”

唐耀喉结微滚，心底那些阴鸷冰冷的怨憎，仿佛被泼了一勺热水，慢慢化了温。

他的成长经历也是崎岖忐忑，同是唐家子孙，同人不同命，偏偏他是被遗忘的那一个。这种畸形的认知在心里缠成浓密的海藻，偶尔也会疯狂生出报复之心。

温以宁的情况，他也有所耳闻，她母亲不告而别，人间蒸发，对她无疑也是巨大打击。这种同病相怜的感觉，格外容易感化人。唐耀压下心头浓烈的情绪，克制地嗯了一声，然后郑重道：“谢谢你。”

他转过头来，温以宁冲他善意一笑。

就在这时，电梯门划开，唐其琛心急火燎地跑了出来，见到两人，本能地往唐耀面前一拦，把温以宁挡在身后，一个绝对的保护姿势，他面色看着温和，但笑意未达眼底："路上堵车，回来晚了。这是要走？别这么急，进来一块儿说说话。"

唐耀挑下眉，故意笑得夹含深意，风轻云淡地留了句："不了，我还要赶晚班的飞机回北京。大哥，有空再聚。"

人走了，但他最后那个挑眉的动作挠得唐其琛心神不定。

一晚上了，猴急猴急的，想问，但又不敢问，问了算什么回事？怕让温以宁觉得是自己不信任她。

到了睡觉的时候，温以宁自己没忍住笑出了声，歪着头，狡黠兮兮地望着唐其琛，突如其来地叫了他一声——"糖醋排骨。"

唐其琛本来觉得没什么的，被她这么一叫，瞬间感觉一桶的陈年老醋泼在了自己头上。

醋意的确有点浓。

怕她误会，他下意识地解释："我没有不信任你。"

温以宁却根本不关心，小狐狸一样的表情娇俏地望着他："想知道我对他说什么了吗？"

唐其琛眨了眨眼。

她笑容灿烂，明眸皓齿，声音响亮清脆："我对他说，我爱死我老公啦！"

唐其琛愣了愣，反应过来，灵魂都被招了安。

温以宁的整个孕期非常顺利，她的体质真是太好，体重增长很缓慢，但孩子的发育相当正常。十月金秋，国庆节的时候，她还缠着唐其琛去钱塘江看大潮。那潮水气势磅礴，她穿着小黄鸭雨衣，随着潮起潮落，兴奋地大声尖叫。

唐其琛头疼，哪有孕妇的爱好如此特别的。

秋去冬来，经历两场寒潮，上海便算正式入了冬。

温以宁孕晚期的身子愈发笨重，穿着白白的羽绒服，像一只超可爱的企鹅。

最后一次产检，傅教授告诉她，羊水有点混浊，胎位也不正，这就意味着只能选择剖宫产。得到消息后，景安阳亲自飞了一趟香港，托那边的亲眷正儿八经地合了生辰八字，定了几个良辰吉日。唐其琛不信这些，但照顾长辈的信仰，便也由着去了。

元月二十二日，上海中山医院。

温以宁早上八点被推进手术室，两小时后，顺利生产。

哥哥五斤二两。

妹妹五斤八两。

双芝竞秀，璧合连珠。

唐其琛在三十七岁这一年，终于当了爸爸。

儿女双全，温以宁用一生爱意赠了他一个“好”字。

但她生产的时候并不太顺利，羊水混浊得很，两个孩子的胎位也不正。手术前在背上打麻药进去，温以宁反应得厉害，开始不断地干呕。傅教授把兄妹俩抱出来的时候，肚子一空，温以宁的心跳血压全往高值飚，人白眼都翻了两下差点晕过去。出血量一千毫升，算是大出血了。

孩子们先被助产士抱了出来，绵纱布裹着小身子，手腕上戴着铭牌，上面工工整整地写着：

母亲：温以宁

父亲：唐其琛

景安阳难掩高兴，眼泪都要出来了，她先抱了女孩儿，双臂都在颤抖。

唐其琛一个孩子都没抱，匆匆看了一眼就跑到手术室门口问出来的护士：“人在里面怎么样？”

护士把情况简单说了一下，唐其琛的心都揪了起来。

麻药醒后，温以宁挂着止痛泵终于被推出手术室。蓝白相间的手术裤子上沾了好些血，脸色苍白，睁着的眼睛里满是倦色。伤着元气，人的精气神就没有了。唐其琛眼眶湿润，弯腰在她耳畔说：“辛苦了。”

温以宁失血太多，血小板一直上不来，傅教授不让出院，直到产后第十天才批准回家。

孩子们跟着母亲走，一天一个模样，小半月过去，哥哥脸上那一圈绒绒的胎毛褪了，妹妹黄疸偏高照了几次蓝光也恢复了正常，两个小小人儿样貌开始变得能看了。温以宁的月子是在唐宅里坐的，景安阳从香港请了一支顶级的产护团队过来打点，饮食健康科学，没有一般老人家的固执老旧观念，温以宁得到了很好的照顾。

唐其琛的工作量几乎降到了这十年来的最低，孩子出生的第二天他回集团时，路过的普通员工、管理层，都友好地向他表示恭喜。柯礼这天上午在工商总局参加了一个企业税改的相关会议，到办公室已是下午，唐其琛坐在办公桌前，看着他提着满手的东西，皱眉问："这是什么？"

一向沉稳不惊的柯礼，此刻说话竟也开始磕巴："那个，唐总，恭喜您了。给您孩子们带的礼物。"

钻石单身汉想法很直接，唐其琛于他是亦师亦友十几年的交情，总不能不有所表示。他开完会特意绕去商场，他又没有当过爸，对育儿没有经验，索性就跟导购员说，把你们这儿最贵的东西来一套，不，两套。

下班的时候，柯礼和唐其琛去停车场，两个玉树临风的男人提着这么多婴儿用品，画面实在喜庆又喜感。

唐家对迎接小生命到来这回事的准备工作已是非常完善，所以一切进行得有条不紊。孩子们有金牌月嫂带，加上景安阳和周姨在一旁帮衬做主，除了亲喂，基本不需要温以宁操心。唐老爷子虽然对这些家长里短没有表现出过多的关心，但在取名的时候，倒是默默拿出了一沓手写小篆，全是他精心挑选的好字。后来找家里的长辈一齐参详了番，到了唐其琛下代是"西"字辈，名字和和气气地定了下来。

小哥儿唐西哲，妹妹唐西朵，乳名小朵儿。

不过月子里还是出了点意外，半个月的时候，温以宁乳腺不通发了炎，人烧得特别厉害，凌晨被送进了医院吊水消炎，这是没办法的事，不用药大人太痛苦，吊了三天水出院后，母乳断了，小哥儿和小朵儿只能喝奶粉了。

景安阳倒还好，能理解。可唐家的部分女眷难免有话唠叨，来了好几拨人看望，叙话的时候就跟景安阳说："母乳还是要喝的呀，不喝母乳宝宝长得不够好。"

又或是："月子怎么会发炎呢，琛儿这媳妇还是体质不够好，看着瘦瘦弱弱的，一定是保持身材没怎么进补的吧。"

景安阳起先还客客气气地应着，对客人总不能太失礼仪。后来景安阳实在是听烦了，便不太高兴地说：“她生病了又有什么办法，不喝母乳就不喝，那么多喝奶粉长大的孩子也没见着差劲。”

当时温以宁下楼来拿点东西，正好听见这话，于是东西也没拿，默默地回了卧房。

今天晚上公司有点急事唐其琛走不开，九点多才到家。周姨给他留着门，五十多的人了披着大衣，利索地给他从厨房端来温热的粥，接过他刚脱下来的外套：“夫人休息得早，小哥儿和妹妹也很乖，吃了奶才睡下。”

唐其琛坐在沙发上把粥喝完才上楼，结果推开门，就看到温以宁一个人闷在被子里哭。

她的头全盖住，就留十指尖尖在被子外面，小声地，压抑地，忍不住地。发现房里来了人时她又迅速收住啜泣，像没事人一样假装睡着。唐其琛走过来掀了掀被子，一张脸湿乎乎的，眼皮都泡肿了。

唐其琛在楼下已经听周姨说了白天的事，心里顿时了然。他轻轻拂开温以宁贴在脸上的碎头发，温声说：“不喝母乳没有关系的，念儿，你别给自己这么大压力。”

温以宁摇头，小脸皱巴巴地又要哭了。

唐其琛把她搂在怀里，笑意淡淡的：“你是个好妈妈，你尽力了。”

温以宁还是不说话。

久久之后，唐其琛似乎明白了。她大约是触景伤情，想起了江连雪。

后来一位表姑妈又上家里来找景安阳唠嗑，旧话重提，唐其琛恰巧从书房下来，听她埋汰温以宁太瘦跟不上营养，他心里的火气顿时就飚了上来，几句话说得不轻不重：“那是我媳妇，她爱干吗干吗，我愿意宠着，您总念叨个什么？”

表姑妈讪讪住了嘴，偷偷看了眼景安阳还指望她说句话，但景安阳正襟危坐，看起来一副事不关己的面相，其实还是护着儿子的。

人走后，景安阳还是数落了唐其琛几句：“方才那样沉不住气做什么？她一个老妇人嘴巴闲不住，左耳进右耳出，谁还会当真了？”

唐其琛冷声：“我的人，就不让说。”

景安阳逮着机会，心里哽着一桩事始终介怀，没好气地回：“你的人，你的人。什么你的人啊，证都不领，以后人跑了我看你上哪儿说理去！”

孩子落了地，两口子迟迟没把名分落实。也亏得唐家还有人脉和资源，不然小哥儿和妹妹的准生证都办不下来。

景安阳有次实在憋不住，儿子劝不动，那就劝劝儿媳，她把唐其琛的户口本单独拎了出来，推给温以宁说：“他是一家之主，孤零零的一个人多不像样，添上小朵儿和西哲，母亲那一栏空着不好看。”

温以宁是明白人，听懂了意思，但还是不了了之。

后来还是唐父劝住了景安阳，语重心长地说：“她们老家那个城市有个旧习俗，父母意外过世，一年内子女不操办喜事。姑娘是敬敬孝心，替亲家守着呢。”

景安阳愣了愣，脸色一点一点黯下去，还能再说什么呢。

小哥儿和妹妹满月的时候没有声张，因为妹妹的黄疸又高了起来，折腾了小半月才痊愈。

俩孩子的百岁宴上，唐家的亲眷友人都来了。

这也算是温以宁正儿八经地露了面，她抱着小朵儿，唐其琛抱着小哥儿，一家四口站在一块儿，真是羡煞众人的绝美风景。小表妹这次巴巴地交上超大份的红包：“给，说话算话的。”

唐其琛笑得春风得意，惹羞了旁边的温以宁。

后边来的都是温以宁认识的了，傅西平他们可没正经，几辆招摇的车子停在会所门口，下车后个个义愤填膺：“年纪最大的反倒娶了个最年轻的，今儿不把唐总的钱包刮干净，对不住这群单身兄弟了。”

可真见着人，一个个又喜笑颜开，真心实意地祝福：“您能成家，哥们儿几个也放心。”

真损，交代后事似的。

亚汇那边也来了一小桌同事，温以宁就职期间，跟部门几个女孩子的关系一直很好，她离职了，嘘寒问暖的联系也没断过。陈飒有心，把瑶瑶她们都带了过来，瑶瑶看到唐其琛还是很紧张的，平日冷若冰霜的老板，上下级的关系分得清清楚楚，今儿倒是温和不少，客气礼貌地对她们表示谢意。姑娘们纷纷感叹，以宁还是厉害啊，把老板收得服服帖帖。

宾客接待完了，阿姨们来接走俩孩子，傅西平一直在边上，看着唐其琛那样小心翼翼地将小哥儿抱给阿姨，嗤声一乐：“我们唐总看来是个喜欢儿子的。”

唐其琛不否认，很坦率地承认说：“我是喜欢儿子。”

温以宁在旁斜了他一眼。

傅西平哎哟喂地起哄：“真替小朵儿心酸。”

唐其琛平静道：“我闺女，你有什么资格酸？我喜欢儿子，是因为西哲长得像他妈妈。”

因为儿子像你，所以我更喜欢。

回味无穷，傅西平啧了一声，更酸了。

晚上，温以宁把孩子们哄睡着后才回到卧室。唐其琛穿了件灰色短袖，外面披了件黑色暗格条纹的针织衫，正坐在桌前开着笔记本。柯礼给他发的一些报告，有一些是海外基地的项目，因为时差关系，他必须马上回复邮件。涉及的方面有点多，唐其琛边看条款边打字还是有点费劲，温以宁静静看了一会儿，然后轻声说：“你把意思告诉我，我来给你回。”

温以宁的英语功底是过硬的，再复杂生僻的句子她都能流畅自如地翻译出来。有了贤内助，效率提高了太多，最后唐其琛把她的翻译又过了一遍，改了两个百分比，给子公司发去了邮件。

公事忙完，温以宁站起身伸了伸懒腰，刚要转身走，就被坐着的唐其琛伸手勾住了裤腰。

温以宁穿的是一套绸质面料衬衫式样的睡衣，裤腰很松，被他就这么勾下了小半边。雪白的肌肤往外弹了下，很轻微的一个颤动，视觉的冲击力却是相当大的。

唐其琛一直觉得，她身体的线条很有女人味。尤其当了妈妈后，韵味和风情加持了气质，让他深深着迷。

温以宁被他扯坐在了腿上，两人的身体契合十足，很快唤醒了彼此的记忆。

唐其琛坏透的样子真像个痞子，他把电脑推到了一旁，抱着人就压在了宽大的书桌上。温以宁被他翻了个身，笑得肩膀直颤。夜色正浓，春宵无限好。

餍足之后，两人额上都有细密的汗，唐其琛抱着她喘平了气，闭了闭目养神，忽然沉声开口：“以宁，回来上班吗？回陈飒那儿也可以，或者换个部门也都行。”

温以宁安安静静的，没有说话。

唐其琛吻了吻她的头发：“不着急，都随你。”

温以宁这才嗯了一声，极轻。

唐其琛赤着身子去洗漱的时候，背对着她留了一句话：“对了，明儿的时间留给我，我带你去见一个人。”

次日下午，唐其琛载着她往佘山走，在一处幽静的别墅前停好车，早早候在那儿的竟然是霍礼鸣，他冲俩人招了下手：“哥，这儿。”

“人来了？”唐其琛走过来。

霍礼鸣点头：“都到了。”

温以宁不明所以，看了眼唐其琛。唐其琛给了她一个从容的微笑，掌心拍了拍她的手背，牵着人踏进别墅。

偏厅里煮滚了水，淡淡的茶香飘逸在空气中，一整片落地窗外，初夏风景送来翠绿的生命力。那里坐着两个人，一老一少。年长的那位四十出头，一身中山装很显儒雅气质，架着一副黑框眼镜正气凛然的样子。年轻的是个男生，温以宁定了定，双腿像被注满了铁水，瞬间迈不动步子了。

她一眼认出来，那是当年涉嫌温以安自杀案件的男主角，就是以安的“恋爱日常”日记本里，追求她，玩弄她，最后又抛弃她的那位男孩儿。

褪下少年气，那人俨然成了眉清目秀的青年。

霍礼鸣从中调和，介绍说：“这是张辰，这位是秦律师。这位，温以宁。”

秦律师向前一步，主动伸出手：“温小姐你好。”

温以宁人还是木的，半天没反应过来。唐其琛替她握了手，简短有力：“秦律。”

五人面对面地坐下来，小壶上煮开的水悠悠冒着热气，升空散开，薄薄地摊出了一层屏障一般。温以宁回了知觉，眼神逐渐含了恨，一动不动地望着张辰。

张辰在秦律师的眼神示意下点了点头，然后和温以宁对视，坦然诚实地说：“以宁姐姐，我也是从英国回来之后，才知道你一直在找我。

原来我们之间的误会存在了这么多年。”

温以宁眼神锐利，硬邦邦地说：“误会？”

张辰抿了抿嘴，眉间也是万分无奈：“我不知道温以安同学是怎么在日记里写我的，但请你相信，我跟她几乎可以说是陌生人，在今天之前，我甚至都不记得她的名字。”

温以宁怒火中烧，激动地就要起身。但唐其琛一把拽住了她的手，很用力地握了一下。

她像个木偶，又软趴趴地坐回原处。

“我高三毕业的时候，和同学们去江南玩，也算是毕业旅行的第一站，我们是在H市接一个朋友，接完朋友，我们就坐高铁去了深圳，我在H市的停留时间甚至没有超过十二小时。不信的话，我还有当年的车票记录，来时的，返程的，时间上没法作假。”

张辰调亮手机，把旅行网上的订票短信截了图给她看。

“上个月，秦伯伯跟我说起这件事，我也很迷茫。我不认识温以安同学，怎么可能去追求她，谈恋爱的说法更是无稽之谈。”张辰清晰客观地阐明事实，“为了弄清真相，我特意联系了当年与我一同去H市的几个人，原来，温以安是我们接的那位朋友的同班同学。在他们校门口外，那时正好放学，可能温以安路过时看到了我。”张辰抱歉地说，“以宁姐姐，对不起，这是我唯一能找到的联系。”

温以宁还在看他手机上的车票信息，一遍一遍地看，他说的那些话一个字一个字往耳朵里钻。

她想否认，想指责，想找出他的破绽，但完全无从下手。

秦律接话，声音浑厚：“温小姐，首先很抱歉，现在再提及这段伤心事，也非我们所愿。但你放心，唐总与我是多年的合作伙伴，接到他的委托起，我很快着手这件事的调查。事实确实如此，张辰只去过H市一次，此后，再没有过交集。至于你的妹妹，她当时的抑郁症非常严重，应该是对张辰一眼有了好感，然后代入自我想象，编造了一个完整的恋爱分手过程。事实上，张辰一无所知。”

秦律是全国刑辩律师委员会的会长，在刑事诉讼这个领域有着极高的威望，他一身正气，说的每一句话都是很有分量的。

温以安其实只是臆想，把自己放置在一个虚拟的精神世界里。

她日记上的内容，张辰追求她，恋爱，上床，骗人，分手，最后那封受不了“失恋”打击的遗书，诸如种种，竟都是她一厢情愿的幻想。

唯有自杀，是真的。

温以宁慢慢理清了前因后果，她脑海一片茫然，像断了信号的电视，画面全是枯燥单一的雪花屏。她垂下头，手肘撑着膝盖，掌心狠狠揉自己的眉心。事实是这样，竟然是这样。她这些年的固执、坚持到头来都成了镜花水月一场空。她在上海这座大城市拼搏奋斗，在她未知的行业吃苦磨炼，就为着一份别人都无法理解的执念。

温以宁的身体像被吹成了一个巨大的气球，她开始飘荡，开始茫然，气球砰的一声爆炸，她失重掉落，狠狠摔在了地上。

她闭紧眼睛，干涸得竟然流不出一滴眼泪。

走的时候，张辰走到温以宁面前蹲下来，眼神干净且充满怜悯，他说：“姐姐，祝福你未来一切都好。”

开车回去的路上，温以宁坐在副驾不发一语。她没哭没闹，甚至看不出半丝悲伤的情绪，快要开进市区时，在一个水坝边她喊停车。

唐其琛停车。

下车后，温以宁的头发被五月的风一吹而乱，她快步跑到栏杆边，先是双手撑着，背脊微弯。但渐渐撑不住了，她膝盖往下滑，左膝先跪在了地上。她捂着胸口开始干呕，胃里强烈的不适往嗓子眼涌，腹部在痉挛，甚至牵动了剖宫产的刀口。其实她什么都没吐出来，但身体不受控制，整个人瘫了一样。直到唐其琛从后面抱住她，温热的掌心撩开她的衣摆，伸到小腹上规律而温柔地抚摸。

气顺过来了，渐渐平复。

唐其琛默了默，轻声说：“想哭就哭吧，哭出来就舒坦了。”

温以宁整个人都是安静的，她盯着远处的水面群山，目光深幽而枯槁。这一次，她自始至终都没有哭，她忽然问了一句：“你信命吗？”

唐其琛亦平静：“以前不信，但遇见你之后，我信。”

温以宁眼睫微眨，低低应了声：“它对每个人都做好了安排，是非对错，没走到最后，谁又能说得准呢？命运充满变数，同样也有悲悯。”

这就够了。

八月的上海太热，加上孩子们出生后还没回香港祖家去过，景安阳就借这个机会，带着小哥儿和小朵儿去香港待上一阵子。

景安阳心思细密，而且是个很能拿主意的女主人，也嫌年轻人带孩子不利索，所以基本上都是她在坐镇指点。景安阳护短，对外人苛刻，但到了自己人这儿，她还是很宠溺的。带孩子辛苦，催人老，所以她从不让温以宁劳累，家里的育儿师全是国外拿过证的，谁都省心。

受副热带低压影响，这几天温度都破了四十，亚汇集团索性给员工放了高温假，连着周末双休一共五天，不长不短的小假期。

唐其琛问以宁想去哪儿玩。

温以宁迟疑了很久，不怎么有底气地说："我想回老家看看。"

她的怯懦和犹豫那样明显，唐其琛心里微微一疼，然后握住她的手，欣然应允："好，回家。还有，念儿，在我面前你不必隐藏任何，你什么要求都可以对我提。"

周三中午开车到的H市，李小亮接风洗尘，很热情地请两人下馆子。不过不再是以往的一个人，这一次他带了伙伴。远远看着他停车，从下车开始两人就一直争争吵吵。温以宁看清了，伙伴是个姑娘，齐耳短发，脸型小小的，一双眼睛很有机灵劲。

到了跟前，李小亮就对温以宁大吐苦水："看我这是作的什么孽，带了一个随身复读机。"

姑娘推他一把："你作孽可多了，上天特意派我来收拾你的。"说完，她开朗活泼地自我介绍，"你们好，我叫齐燕！"

一顿融洽的午餐，小亮老师和齐燕真是说什么都能杠上几句，人如其名，叽叽喳喳的一派生机。吃完饭后，齐燕悄悄地问李小亮："这就是你喜欢的姑娘吧？"

李小亮赶紧捂她的嘴，气急败坏："别瞎说！人家结婚了！别让人老公误会！"

几步远的唐其琛闻言一笑，忽地转过头，平平淡淡地说了句："放心，我不误会。"

李小亮后知后觉，嘿？！这臭有钱人是在显摆啊！早知道就收了当初他给的十万块钱工资了！

下午又跟温以宁的几个发小朋友聚了聚，唐其琛很给面地充当护花使者，高大英俊，一身浅色夏装是阿玛尼今年的最新款，把人衬得沉稳又有气质，他梳着背头，玉树临风地往那儿一站，惹得小姐妹们好生羡慕。

唐其琛在外面还是很给以宁面子，做什么都温柔体贴，并且自觉地提前买了单，见她爱吃那块草莓蛋糕，又心细地打包一份带走。

温以宁嘴上不说什么，但心里拎得清清楚楚，男人想骚的时候，真是挡也挡不住。

回家已是晚上八点过后。

这边的房子李小亮一直有帮她照看，一周搞一次简单的卫生，天晴就开窗透透气，所以保持得仍有生活气息。鞋柜里，江连雪的鞋子一双没有动，原封原样地摆在那儿，温以宁还用鞋布把她以前爱穿的那双高跟鞋擦得干干净净。

她很平静地做完这一切，一年过去了，也没有什么不能接受了。

忙完后，温以宁又去厨房切了一碟苹果端出来，挑了一片送进唐其琛嘴里。

唐其琛顺从地咬着，但没完全吃下去，右手绕到她脑后，压着后脑勺往自己身上带，然后脸凑近，把嘴里的苹果挨上她的唇。温以宁躲不及，只得也咬住。他细细碎碎地嚼，越来越近，唇碰唇，便顺理成章地接了一个苹果味的吻。

温以宁噙着笑，眼波流转含了情。

她跨上来，坐在他的腿上，搂着人刚要继续深入交流，却被唐其琛推开了，他整个人往后仰，抬着下巴挑着眉，一个非常迷人的表情。

勾引她，故意的。

温以宁手往下，一颗一颗解他的衬衫扣。

没得逞，手腕被捉住。

唐其琛一派君子坦荡荡的正经模样："温小姐，你不给我名分，我不会让你乱摸的。"

温以宁一下子笑了起来，手指点了点他的眉心："你还要什么名分呀，小哥儿和小朵儿都给你生了。"

唐其琛语气还真就委屈上了，声音低低的："我要一个丈夫的名分，可以不可以？"

温以宁愣了愣，就被他猛地抱住。

力气是真的大，像要把人糅进骨头血肉里一样，唐其琛没忍住，在她仰起修长的脖颈时，忽然往她喉咙上不轻不重地啜了一个印，沉声问："温以宁，你到底什么时候跟我去领证？嗯？"

温以宁被他嘬得痒死了，笑着偏头躲开，嘻嘻哈哈地跳下了沙发，似笑非笑地望着他。

唐其琛食指浮在半空，朝她用力地点了点，真是拿她没办法。

有些话不需要重复多次地讲，意思到了，都是明白人，心里都有分寸。这一茬话题自然而然地落幕，两人洗完澡后各干各的事。唐其琛坐在客厅看一部丹麦的文艺片，他定力不错，再晦涩的剧情都能从一而终地看到结局。温以宁在自己的卧室整理东西，顺便把书柜也收拾了一下，后来要查些东西，她就把书桌上那台许久不用的台式电脑给打开了。

许久不用……那怕是有一年多了吧。

温以宁还担心这老古董能不能开机呢，还好，就是慢了点。

等她铺完床单过来，电脑开机成功。她看了眼屏幕，忽然愣了下，桌面上，一个视频格式的文件安静地躺在图标的最后。

温以宁眼睫眨了眨，下意识地握上鼠标把它点开。

系统运行得太慢，卡了分把钟，画面终于出来了。一阵摇摇晃晃的镜头之后，画质清晰了，江连雪的身影出现在当中。

这是她用手机录的一段视频，那张风情貌美的脸一如往昔，江连雪的声音像是前世今生的旧梦，她冲镜头笑，第一句话就是："也不知你这臭丫头能不能找到这段视频……大概等你看到的时候，我们已经分开很久很久了吧……"

江连雪的这个视频拍得很不熟练，应该是捣鼓了好几遍后稍微满意的一个成品。因为她在说完这段话后又暂停了，伸手对屏幕摇了摇，自言自语道："不会吧，又没网络了？这什么破移动啊，免费的东西果真不好使。"

温以宁听到这儿，嘴角跟着扬了扬。

家里的无线网还是搬家那会儿听说中国移动搞客户活动，交两百块就能免费用两年网络。她当时劝江连雪，说小亮老师家装了，但信号忒差，别贪便宜。江连雪哪能不贪便宜。结果证明是对的，有时看个电视剧卡得都动弹不得，气得她直骂娘。

视频里的江连雪又起身走近，然后镜头跟着晃了晃。

这时，唐其琛进来卧室，看到也是一愣。

终于好了。

江连雪坐在沙发上，不太自然地抿了抿唇，然后把脸边的碎头发拢去耳朵后，眼神凝望的模样，很有镜头感。

她扯了个笑，然后喊了一声："囡囡。"

温以宁眼眶一热，低低地应了声："嗯。"

之后，江连雪有很长一段时间的静默。她注视前方，眼睫轻动，几次想开口但又把唇闭上。

唐其琛挨着温以宁也坐在床边，怕她失控，他轻轻揽住了她的肩。

江连雪的十指交叠在一起，垂在膝盖上，她化了妆，唇色艳红，但神情失色是怎么都掩盖不住的："本来不想给你录这个视频，但我晓得，以你的性格，估计没那么容易放下，指不定背后怎么骂我呢。骂吧，骂得你心里舒坦一些，我也好过一点。"

江连雪呼了口气，似乎有些紧张，但很快又坦然无畏地承认："我是自己要走的，跟拖不拖累你没有关系，是我自己不想治了。现在的人真是奇怪啊，稀奇古怪的病，有得治的，没得治的，都挺可怜。唉，这一定是我的报应吧，年轻时候不懂事，跟你外公断绝了父女关系，把你外婆气得心脏病猝死，几十年过下来，我以为终于轮上了好日子，结果，该算的账一笔都没有少。说起来，这都怪你那个死鬼老爹温孟良！人渣畜生不是好东西！"

气吞山河地辱骂一顿，江女士魄力不减当年，去世小十年的温父大约也想不到，自己生前被人惦记，死后仍有人念念不忘。

孽缘也是缘，他这一辈子，不亏。

江连雪骂得急，气有点喘，她歇了歇，似是蓄上了力气才继续说："不知道你什么时候能发现这个视频，但如果你看到了这里，囡囡，别找我了。好好过你的日子。我从小对你也没太多管教，你活成什么样，那都是你自己的造化。所以我死了，你给不给我送终，我都不怪你。"

江连雪自顾自地笑了起来，眼神平淡镇定，没有一丝犹豫和不舍，她语气娓娓道来，似乎讲的是别人的故事："我去肿瘤医院看过做化疗的人，头发大把大把地掉，眼圈凹进去那么深，身上开个大口子，血肉模糊的，还得做清创，我在走道上听见那惨叫声，实在是太恐怖了。活着这么痛苦，何必呢。"

温以宁眼泪一滴一滴往下坠，无声的，安静的。

唐其琛拍了拍她的肩，抿唇亦无言。

“能给你留的，我都留给你了，哦，你梳妆台上有一盒闲置的化妆品，那支口红的颜色很好看，我就拿走了。家里的存款也有几十万，你留着，也是依身傍命的后路。这里你就别给唐其琛看到了，怕他怪罪，我说话一向不好听。”江连雪风情摇曳地笑了笑，静了一会儿，她从手边拿起烟盒，抖了一支烟放嘴里含着，打火机轻响，幽暗火点伴着烟雾时明时暗。

半支烟的时间。

江连雪咳了几声，然后眯缝了双眼：“还有杨正国，老实人，是我对不住他，但我不能把包袱丢给他，这是我的命，不是他该承受的罪。跟他接触两回我就看出来了，杨正国是个老情种，但我没这福气。这人跟你一样死心眼，不搞得严重点，都不认栽。就当我是一个女骗子吧，以后碰上我这么好看的，他再也不会上道了哈哈。对了，我还给他买了几大袋的衣服，那么大年纪的一个人了，也不注意形象，跟我站一块儿也太不搭。可惜了，没这个机会送给他了。”

她笑得眉飞眼弯，两条细细的眼廓里，却分明有了闪动的光亮。

“还有你，你这个死没良心的，从你决定去上海工作的那时起，我就知道你是不会回来的。现在想想，我还是命不好。年少遇人渣，青年时丧夫，中年又丧子，老天爷瞎了眼吧！不过幸好你这丫头争气。”江连雪低了低头，瘦弱的肩胛骨连着脖颈，像是一根随时要断的枝丫。

再抬起时，她眼中泪光闪动，方才的豪迈侠义终究是软却退场，隐忍之中全是依依不舍，江连雪哽咽着声音说：“母女一场，缘分到这儿也差不多了。病我不治了，疯癫半辈子，我想体体面面地走完剩下的路。下辈子我不当你妈了，碰上我这样的，你跟着遭罪。闺女，这一生，你也辛苦了。”

江连雪的情绪已然临近失控的边界，她好强善斗，红尘颠沛流离，却依然扬起自己高贵的头颅，穷途末路亦无悔无怨。

最后，她微仰下巴，又是百花盛开的鲜艳模样，骄傲恣意地对镜头说：“老娘要去游山玩水了！第一站去云南大理吃吃那个鲜花饼！啊，就不跟你说再见了，剩下的路，你自己好好走吧。”

然后她笑意艳艳地起身，身影离镜头越来越近。

温以宁甚至下意识地抬起手，似乎想要去牵住她。

咔的一声细响，屏幕黑了，视频结束。

温以宁的手抓了把虚浮的空气，终于忍不住大哭，她双手捂住脸，肩膀颤抖，嗓子眼里都是破碎的哀号。唐其琛眼眶湿润，只得死死抱住她，一下一下抚摸她的头发，低吟安慰：“那是妈妈自己的选择，她心安就好。”

第二天，温以宁去找了杨正国。

那个老旧小区的门口，他穿着白色短袖衬衫，青灰色的西装裤，正蹲在出租车旁边捧着一碗面埋头吃着。见到温以宁时，他眼神里仍旧有复杂的闪躲情绪，撇了下嘴角，不咸不淡地算是打了招呼。不远处停着黑色路虎，唐其琛坐在驾驶座没有下来，但他隔着车窗，目光一直定在温以宁身上。

像是一种无声的支撑，温以宁坦然了许多。

她走到杨正国身边，然后也蹲了下来。

杨正国快速喝了一大口面汤，抹了抹嘴就要起身。

“杨叔叔。”温以宁叫住他，“我想给你看个东西。”

她把手机递过来，按了播放键。

杨正国见到画面里的人影，猛地一怔。

江连雪的那段视频从头开始播放，总共也就几分钟，五十多秒的时候，正是她描述杨正国的那一段内容。盛夏十点的阳光威力已经很足，赤烈滚烫地罩在人身上。温以宁伸过去的手一动不动，细密的汗从毛孔里慢慢渗出。

关于杨正国的内容已经放完，但他依然没有动。视线低垂，有点呆愣，神思仿若陷入了魔怔。直到视频结束，温以宁缓缓垂下手臂，握着手机的掌心已经被汗浸湿。

炎热的空气如蒸笼一般，气氛黏稠腥辣，压得人喘不过气。

温以宁看了一眼杨正国，看他始终沉默，心里知了趣。大人之间的恩怨抉择本不该由她掺和，而且这件事情上，不管江连雪有何苦衷，方式的使用无疑是错误的。杨正国心有怨恨再正常不过，她只想把江连雪的本心让杨叔叔知晓。

温以宁站起身往车边走，唐其琛适时下车，从后座将三个大纸袋递到她手里。温以宁重新回到杨正国面前，轻轻地将袋子放在他脚边，平静地说："杨叔叔，您多保重，以后有事要帮忙，我一定尽力。"

说完，她转身走了。

唐其琛替她拉开副驾驶的门，轻轻环着她的肩膀，护着人上车。

忽然，一声声压抑的啜泣传来，起先还在极力忍耐，可悲伤开了个头，便再也制止不住了。

杨正国蹲在原地姿势没有变，看着脚边那几袋春夏秋冬四季都备好的新衣服，这个硬朗寡言的北方汉子顿时泪如雨下。

温以宁和唐其琛在H市待了三天，走之前，两人去夜阑寺给江连雪祈了福。

温以宁给寺庙里每座菩萨殿都捐了香火钱，功德簿上，唐其琛帮她落名，每一个都写了江连雪。

最后，她跪在观音菩萨面前，虔诚恭敬地磕了三个头。唐其琛站在大殿外面，静静地陪着她。直至下山，他也没有问她许了什么愿，青灯古佛，红尘如烟，世间境遇大抵如此，风雨无定数，有缘才能聚首，福祉与劫数都是命中注定。

回上海的路上，温以宁开车，唐其琛一路电话有点多，好几个越洋长途全程英文交流。温以宁路过服务区的时候停车上了个洗手间，回来时，就见他已坐在驾驶位上，戴着黑色墨镜，一手搭着车窗沿子，一手按着方向盘，对她说："我来开，你休息一会儿。"

夏日烈阳充沛饱满，像一块天然的反光板，唐其琛置身其中，周身都发着光。温以宁太喜欢他戴墨镜的样子，张弛有度，五官都是立起来的，让人过目难忘。

上车后，她抿着嘴挂着笑。

唐其琛转头看她一眼："嗯？"

温以宁不吝赞美："老板，你帅。"

但唐其琛并无太多悦色，发动车子，单手拨了一圈方向盘倒出车位，不咸不淡地回了句："帅吗？"

她点头："帅。"

"那你还不把我收了，留着再过一个没名没分的年吗？"唐其琛语气平平淡淡，细听之下，竟然含了点点委屈。

温以宁扭头看窗外，假意什么都听不明白。

习惯了她这个回应，唐其琛也谈不上失望。他明白她的心思，守着一年之约，不管结局如何，总是想为江连雪尽点孝心。

小哥儿和小朵儿在香港要待到八月末，不只景安阳和周姨，香港那边年轻辈的弟弟妹妹们都经常给唐其琛发来小视频，俩娃半岁多了，五官轮廓越发清晰，小哥儿长大了些，反倒不是特别像妈妈了，挺翘的鼻子与唐其琛如出一辙。小朵儿头发浓密，睡醒之后宛如愤怒的小狮子，双眼皮漂亮，眼睛宛如紫葡萄，眉间神色倒隐约有着温以宁的影子。

到汤臣一品的公寓时，唐其琛停好车，坐在车里看了视频好久，最后得出一个结论："我还是决定喜欢妹妹多一点。"

温以宁当时就给听笑了，斜他一眼："幼不幼稚啊。"

到家门一关，唐其琛就充分展示了一个奔四男人的幼稚一面。生完孩子后，两人的二人世界倒是没太大差别，晚上没应酬时，唐其琛都按时回家，要么处理一下工作，要么就陪她出去逛逛。

两人感情表现出来的倒不是特别浓烈黏糊，平平淡淡的，细水长流，节制悠长。

折腾了半晚上，两人都是气喘吁吁。温以宁趴在他身上，汗水顺着额头斜出一条痕迹，一滴聚在鼻尖。唐其琛舌头一碰，像是蝴蝶翅膀的亲吻，勾得温以宁浑身过了电。她的食指在他胸口画圈，最后问："猜我画的什么？"

唐其琛闭眼休息，身体内愉悦的余波隐隐轻震，他应答："狗。"

温以宁笑得肩膀颤抖，在他怀里拱来拱去。

卧室里淡香温情，爱意汹涌，暖黄的灯光投射在灰白的墙上，光影荡然旖旎。

次日六点半，唐其琛的生物钟一向准时，床边却是一空，温以宁竟然比他还要早。她已在厨房做好了早餐，正把打熟的豆浆倒出来。回头看了他一眼，笑容温淡："起了啊，去刷牙洗脸吧。"

唐其琛倒是听话，没多久叼着牙刷又走了过来："怎么不多睡一会儿？"

"昨晚忘了拉窗帘，光线好亮，醒了就睡不着了。"温以宁边说边把豆浆端去餐桌，擦肩而过时，一缕热气豆香从唐其琛鼻间蹭过。

"早上周姨给我发了视频，小朵儿和小哥儿正在公园遛弯，你闺女可喜欢花了。"

唐其琛洗漱完，刮着胡子走出来，接过她递来的手机看了看视频，小朵儿咯咯笑，他也跟着一块儿笑，嘴角勾着一小抹弧，温情宠溺。

温以宁坐下吃早餐，说："上午我要去一趟图书馆，车给我用吧，等下我跟你一起出门，先送你去公司。"

唐其琛喝了口豆浆："好。"

早餐后他去衣帽间换衣服，温以宁适时走过来，帮他挑了件白色的衬衫："喏，这个。"

他工作时的衣服都是基本款，没有过多花哨的样式，最多就是颜色上的差异。唐其琛换好后，又选了一对白金袖扣。出门时他才发现，温以宁里边的衣服也是一件白色衬衫。

车子开出地下停车场，驶出安保亭时，保安恭恭敬敬地叫了一声："唐先生。"

唐其琛颔首示意，然后扣上车窗。

时间尚早，路上车流不大，繁华都市一派生机勃勃，如晨曦一般新鲜。转过阜南路的十字路口时，唐其琛用手机接收邮件，正专心查阅。等他抬起头时，皱了皱眉，提醒说："错道了。公司不往这边走。"

温以宁没吱声，依旧按路线笔直开着。

唐其琛还想说话，她扭头一声响亮的"不许张嘴！"还真把人给怔住了。

转过两个红绿灯，上了一段内环高架，渐渐地，唐其琛认出了这是去哪儿的路。

温以宁将车停在民政局门口。

她扭过头，笑盈盈地望着他："老板，上贼船啦。"

唐其琛愣得半天没动弹，就这么望着。

温以宁从车门储物格里拿出两本户口本，下车绕到副驾驶，然后牵着唐其琛的手想让他下车。唐其琛反应过来，反倒不顺从了，力气稍大，没遂她的意，好整以暇地看着人，声音沉沉的："温以宁，开窍了？"

温以宁笑着拍了拍他的脑袋："走不走啊？"

唐其琛扯着她的手腕拉入怀里，然后捧着她的脸亲了又亲，他没有马上起身，而是抱着她，在她脖颈间深深呼吸。

两人来得早，排队在第一位。领了表，分开填，温以宁记得他的身份证号码，手速唰唰唰很快。

交表时，唐其琛终是没忍住，不放心地说："给我。"

"嗯？"

"我检查一遍，你别填错了身份证。"

温以宁凑近了嘻嘻笑："怕我嫁错了人？"

唐其琛无奈道："怕我娶错了人。"

手续齐全后，两个钢印一下去，红本还到了二人手里。

结婚证上的照片，两人都穿着白衬衫，唐其琛眉深眼浓，英俊逼人。温以宁笑眼弯弯，恬淡温和。

踏出民政局，艳阳悬空，万物生长气势如虹。

温以宁下台阶的时候忽然扯了扯唐其琛的衣袖，唐其琛侧过头："怎么？"

她踮着脚，在他耳边轻声说："唐先生，恭喜你转正哦。"

唐其琛也笑，客气道："唐太，谢谢你。"

两口子就这么悄无声息地领了证，景安阳吓了一跳，心里还纳闷着，怎么忽然又肯了？又进一步想，唐其琛对这媳妇宠到没边，她说什么都照做。虽然心里仍有隐忧，但退一步想，温以宁虽然至今与自己的婆媳关系并不亲近，当年那些事做得太绝情，也不是什么疙瘩，但人之常情，心有介怀也是正常的。景安阳自知理亏在先，人一失去主动权，便是怯了胆量。但她识人有方，知道温以宁是个懂事的，她身上最难得的就是那股沉静性子。

婚宴自然要办，但测日子的时候，说是这一个月内都没有合适的，便只能挪到了十月。

唐其琛不反对，那天问她："想不想提前去蜜月？"

温以宁欣然："好。"

"你想去哪里？"

"想去哪儿玩？"

下一句，两人异口同声，对视一秒，又同时说出答案：

"芬兰。"

"看极光。"

语毕，两人对望而笑，都存着这份默契。

最终，旅行的日期定在了十月初。

两人在浦东国际机场候机，贵宾室里，屏幕上正巧在放某卫视的娱乐新闻。安蓝出席《当时明月在》的首映礼，与齐为民导演一齐接受采访。她亲切自然，一袭白色抹胸裙端庄典雅，镜头感极佳，何时微笑，何时蹙眉，都如精巧设计一般恰到好处。

有记者问：“安安，影迷们都很关心你的感情问题，说一说你的择偶标准吧。”

安蓝笑起来时，眼里镶满了星星，她落落大方，并没有避而不谈，认真想了想，轻松道：“以前呢，喜欢能给我安全感的。”

记者：“你认为的安全感是怎样的呢？”

安蓝笑意微微收敛，但语气是坦然的：“我比较喜欢年龄比我大，然后彼此熟悉，知根知底的，就像邻家大哥哥的那一种。”

另一记者插话：“那现在呢？现在喜欢什么样的？”

安蓝笑容又绽大，这一次，她一贯的骄傲和自信又浮于眼中，底气十足地说：“现在啊，我不需要喜欢谁啦。安全感我能自己给自己，享受生活，享受工作，努力为粉丝朋友们带来更多的精彩表现。”

闪光灯亮透半边礼堂，记者争抢着还要发问。工作人员向前拦住，保安护送安蓝匆匆下了场。

唐其琛看完之后，面色波澜不惊，温以宁亦不说话。广播响起登机提示音，地勤过来提醒：“唐先生，唐太太，可以登机了。”

唐其琛牵起温以宁的手，两人走向贵宾通道。

时隔近两年再来拉普兰德，却是不一样的心情。

唐其琛有心，订的仍然是上次他们住过的玻璃屋酒店。当地九月就已入冬，雪落数月，一个焕然一新的银装世界。传说中的圣诞老人就是从这里坐着雪橇周游世界，为孩子们送上圣诞礼物。入住酒店的时候，前台有免费的贺卡提供，上边正是卡通圣诞老人图案。

温以宁要了一张，低头写字。

唐其琛办理好入住手续走过来：“寄给谁的？”

“小亮老师呀。”温以宁说，“他很有童心的，至今都相信圣诞老人的存在。”

唐其琛挑眉，然后不动声色地走到门口，拿出手机拍了好几段风景发给了李小亮的微信，配上一行字：“你偶像的发源地。”

李小亮很快回复：“多拍点！！！”

啧，两个幼稚的男人。

玻璃房在皑皑白雪之中，隔出了两个世界。温以宁站在窗边看飘雪，唐其琛从后面把人抱住，他亲吻她的耳垂，侧颈，最后在她肩窝舔了舔。

入了夜，外面的雪光却自带光感，一片安宁祥和。

唐其琛手搂着她纤细的腰，然后撩开衣摆往上使坏，他声音渐哑，说：“唐太太，做爱吧。”

两人衣裳褪尽，很快缠在了一起，这一次激烈又尽情，仿佛是在回应着什么，抑或是故地重游，想要对过去在这儿经历的一切痛苦磨难做一个了断。

他们在这儿分过手，彼此隐忍无奈。如今，身边人依旧是这个人，并且将要共度余生。

温以宁在唐其琛身上沉浮时，玻璃窗外，天光骤亮而又暗沉下去，瞬间之后，先是淡绿色的光弥漫，一道一道的又渐变成了微红。

极光温柔笼罩，每一道仿佛都在清浅呼吸。

唐其琛与她十指相扣，不只是身体，灵魂也再不会分离。

后半夜，两人披着毯子，坐在床上看头顶的星光。温以宁靠在他怀里，眼里的光一簇一簇，好像所有星星都落进了她眼睛里。

静静依偎片刻，温以宁忽然说：“我想妈妈了。”

唐其琛嗯了声：“我知道。”

生命料峭，宛如翻山越岭，经历生死离别，才恍然大悟，原来天上人间，所谓因果，不过是一场自我修行。

屋里温情满溢，屋外雪落纷纷。

如此幸福安宁的时刻，她好像等了很久很久。

温以宁闻着唐其琛身上的淡香，心中沟壑山海降为平原，宽广浩瀚，静而无边。

她说：“唐其琛。”

唐其琛用脸蹭了蹭她的头发，轻声：“我在。”

温以宁极低的一声：“嗯。”

然后在他怀里慢慢闭上了眼。

【正文完】

番外一 柯礼

外滩边的一家咖啡馆，因是工作日，客人并不多。

靠角落的卡座，柯礼点的柠檬水都换了第二杯，今天的相亲对象还是没有来。

他抬手看了看时间，距约定的点已经迟了十五分钟。倒也不是故意迟到，对方给他发了微信，说是路上塞车。

柯礼晚上七点还要赶回公司开会，为了这次相亲，他也算是把工作压得没有一点空余。走的时候和唐其琛请假，因为事情太多，唐其琛差点没批。换作以前，其实来与不来都没那么重要，但这个是他大伯介绍的。大伯是上海外国语学院的教授，儒雅正派，平日很少理会这些家长里短，这次能主动搭桥，该是重视的。

据说姑娘是某个校领导的女儿，留洋归国，相貌学识都很不错。

这两年给他做介绍的比比皆是，个个都往天上夸，柯礼已经心如止水，心想，换点别的描述，比如：这人长得一般，普通大学毕业，家里条件中等……他或许还有点期待。

第二杯柠檬水也见底时，相亲对象姗姗来迟。

一件黑色羊绒衫搭着墨绿色的皮草马甲，脚上是一双齐膝长靴，及腰的卷发挑染了一撮紫，够飒的。

“不好意思，我迟到了哟。”姑娘声音娇滴，也不怯场，自顾自地坐在了他对面的位置。

柯礼礼貌地笑了笑：“没事，喝点什么？”

千篇一律的开场白，他已经熟得不能再熟了。

上了两杯卡布奇诺，姑娘要求仔细，白糖只加一勺半，多一点都不行，还要三分之一勺奶球。服务生记下之后走了，她才对柯礼说：“我很喜欢喝咖啡的呢，你呢，你喜欢吗？”

柯礼说：“还行，工作多的时候会来一杯提提神。”

“你是在亚汇集团上班的吧？大企业呢，做老板的助理是不是很辛苦？”

“忙起来就没太多感觉了。”柯礼面带淡淡笑意。

姑娘来了精神：“你们集团待遇很好的吧？普通员工能拿多少一月呀？”

柯礼含蓄答：“职能部门不一样，会有差异。”

“主管级别两万有没有呀？”

柯礼温和笑了下。

从他的笑容里，对方得到更多遐想，跃跃欲试地问：“那你的工资岂不是更高啦？”

柯礼意思明显地停顿了一下，但耐不住对方的坚持，只能委婉地告诉她：“我不拿工资的。”

也不是不拿工资，他的主要收入是按投资股份的红利分配，他从大学毕业起就在亚汇工作，十年已过，早成了唐其琛身边的中流砥柱。但这些都是私事，柯礼尽得唐其琛的真传，低调内敛，也是个很能收的人。

姑娘得到满意答案，聊天的欲望明显就上升了。从她国外留学的经历开始大谈特谈，又说自己去过哪些国家，再聊到喜欢的品牌和化妆品，她像一个万花筒般精彩纷呈。柯礼全程都听得很耐心，偶尔抿口咖啡，聊到什么都能回应几句，很绅士客气。

一杯咖啡的时间下来，姑娘对他甚为满意。

柯礼五点半就要回公司，他的时间安排向来是妥当的，提前五分钟就提出告辞，这都是约会之前就说好的，所以也没什么不礼貌。柯礼早早地就把单买了，两人走出咖啡馆时，姑娘看到他的车是奥迪Q7，黑色车身和他今天的呢子大衣很配。柯礼礼貌地问：“去哪儿？我送你。”

“不用啦，我开车来的。”

柯礼便笑笑，拉开车门坐上去，把车开走了。

转出停车场，姑娘的身影还立在原处没挪地。直至后视镜里看不到人了，柯礼才微微叹了口气。空调温度高，他松了松领扣，活动了一下肩膀。

周四的时候，他回家。

柯大夫正在花园浇花，见着人进来哟了一声，可稀奇：“难得啊，倦鸟归巢，小柯同志吃过饭了没有？”

柯礼把花园的铁门关上，手里提着一袋水果：“都回家了，哪能上外面吃饭，这不，得让李老师给我改善伙食。”环视一圈儿小花园没别人，就问，“李老师呢？”

柯大夫把水壶搁地上，好心提醒了句：“在屋里头做饭呢，注意点啊，你妈这两天心情不好，待会儿又得严加拷问你了。”

柯礼眉头皱了皱，很快舒展开来，也知道是为了什么事。

李老师听见动静，果然就在屋里唤起人来：“别想用一袋水果贿赂我，爷俩一天到晚就合起来欺负人，一丘之貉。”

老柯和小柯对视一眼，一切尽在不言中。

进屋，桌上已经上了两道菜，红烧猪肘和虾仁滑蛋，都是柯礼爱吃的。李老师擦完手出来，见着儿子一下子板起脸，不苟言笑地说：“你跟沈琳琳相处得怎么样了啊？”

沈琳琳就是他上次的相亲对象，喝完咖啡后，姑娘倒是很主动地联系他，约看电影，吃饭什么的，他次次都给婉拒了。

估计跟父亲诉了委屈，人家父亲又把意思转达给了柯礼的大伯，李老师这才不高兴。

柯礼也不假兜圈，坦然说：“我觉得这姑娘不合适。”

李老师语重心长道：“就见过一次面你就知道合不合适了啊？至少多接触几次嘛。你啊，过完年都三十一了，对自个儿的事怎么就这么不上心呢？”长辈爱子心切，难免埋怨，“皇帝不急太监急。”

柯礼给听笑了：“谁是太监哪？”

李老师气得哟：“晚上你只许吃一碗饭！”

柯礼搭着他老妈的肩膀，笑意温和地说：“您罚点别的，李老师做的饭至少要吃三碗，不然我明天都没心思去上班了。”

李老师严厉依旧，但眉眼间分明是松了绑：“别跟我贫！”

老生常谈的话题，开场白和结束语基本都是这样。李老师诸多不满，但对儿子是实打实的疼爱。

柯礼三十一了，一个不尴不尬的年龄。他们家算是书香世家，柯大夫和李老师相亲相爱几十年，柯礼是独子，但他们自小对他也没有多严苛的要求，柯礼小时候也不算特别拔尖的孩子，小学到高二，成绩都普普通通的。当时他们想，能上个一本就行了，没想到柯礼最后两年还拼了一把劲，去了北大。

经济类专业毕业后，柯礼就应聘去了亚汇集团，从普通员工做起，熬了几年，直到集团现任的CEO上任，他也跟着调到了更高一级的职位上。要说他有多突出的优点，那还真说不出个所以然。不过在这个位置，面面俱到比锋芒毕露更重要。唐其琛知人不评人，甚少对谁表达过观点。但他曾经很明确地夸赞过柯礼，说他是个翩身避世的明白人，很难得。

可就是这么一个精英，感情生活却没能顺心顺意。

大学时候倒是谈过一个女朋友，可惜人家大三那年去了美国做交换生，异地恋苦苦维持了一年，最后还是分手收场。

柯礼对这段感情付出了很多，许多年后，都成了他心口抹不去的伤痛。就像陈年旧伤口，刮风下雨天还会隐隐作痛。后来姑娘嫁给了一个外国人，生了两个混血宝宝，这一段无疾而终的爱情才算真正落了幕。

这些年，不是他不想谈，而是工作太忙，也确实没有遇到合适的。

有时候，柯大夫还打趣地问：“唐总生意做那么大，人脉应该很广的呀，怎么就没给你介绍一些认识？”

柯礼还没说话呢，一旁的李老师冷不防地嗤了声：“得了吧，他那老板，还给他介绍？自个儿也是个单身汉吧。”

柯大夫无言以对。

李老师能说会道，还有点冷幽默，戴着老花眼镜坐沙发上织毛衣，优哉游哉地说："你俩组团呢，以后做什么都能弄个团购价，不亏。"

回忆这些事，日常琐碎看着不在意，但为人父母，哪有不着急的。

今年起，柯礼记得，这都是他第五次相亲了吧。回回都是姑娘满意也主动，但搁他这儿，仿佛就是缺了那么点道不清的感觉。

吃过晚饭，柯礼帮李老师收拾桌子，柯大夫系着围裙乐呵呵地在厨房洗碗。李老师切水果，喊了一嗓子："柯礼，你别弄了，我来吧。把这盘水果送去给邻居。"

桌子已经收拾干净了，柯礼走到门边："嗯？"

李老师说："今天早上搬过来的新邻居，给我们送了一份糕点当见面礼。就当回礼了，你拿过去吧。"

果盘用保鲜盒装着的，李老师切得漂漂亮亮，菠萝还雕成了雪花片的形状，看起来就很用心。李老师知书达理，是个很开明的老太太，礼尚往来从不亏了礼貌。柯礼拎着袋子就出门了，反正近，他没把门关紧。

这栋叠墅是他三年前买的，当时贷了点款，不过去年就还清了。这也得归功于他有个大方的老板，从不亏待人。小区路灯的亮度调得很低，冬天呵气成霜，他出门忘了穿外套，没几下就凉飕飕的。绕过一段小径就到了邻居家，他按门铃，第三声，门就开了。

一个年轻女孩儿的身影站在门边，她微微仰着头，脸上带着笑，目光与柯礼淡淡相交，眼睫适时轻眨了一下，然后笑意更深："您好。"

柯礼愣了愣，没料到是个这么年轻的姑娘。

随即展开笑颜："您好，我是隔壁邻居，谢谢你送给我们的糕点。我妈妈切了点水果送给你。"

柯礼递过保鲜盒，礼貌道："以后有需要帮助的尽管开口，邻里之间互相照顾也是应该。"

女孩儿抿嘴微笑，声音很好听，眼睛向下弯的时候，很亮。她说："谢谢了。"

柯礼几乎没有犹豫，从容大方地说："我叫柯礼。"

女生也笑，柔声说："幸会，我叫赵西怡。"

回家时还是原路，柯礼顶着西风，心情忽而变好，天气好像也没有那么冷了。

进门，李老师忍不住数落："怎么连外套都不穿，今天只有八度呢。”

柯礼换鞋：“不冷。”

李老师任之由之，继续织毛衣。柯礼陪他们看了会儿电视，到了八点他得走。他自己在杨浦区有个小公寓，是前几年公司的福利奖励，上班方便，他平时就一个人住。

“爸，妈，我走了啊。”柯礼起身。

柯大夫嗯嗯地应着：“注意身体啊。”

李老师呵了一声：“哎哟，终于要走了，空气新鲜多了。”

柯礼乐得从后面扶着李老师的肩膀捏了捏：“知道了李老师，个人问题会抓紧的。”

李老师这才缓了脸色，放下毛衣，拍了拍他的手背：“去吧，开车慢点。”

柯礼的车就停在叠墅外边，他拎着钥匙出去时，恰好看见前面一辆白色奥迪在倒车。就一个车位了，前后都有车堵着，其中一辆还没按线停，轮胎刚好压出了线。车位本身就小，现在难度更大。白色奥迪倒了两把都没进去。柯礼瞥了一眼也没特别注意，解开车锁，手刚搭上车门，就见白色奥迪的车窗滑下，探出一张既陌生又熟悉的脸。

新邻居，赵西怡。

柯礼开车门的动作暂停，脚步不自觉地迈开，朝着前边走去。

赵西怡也看到了他，苦笑地扬了扬嘴角，谦虚道：“技术不到位。”

柯礼没附和，他从不在人家遇到困难的时候说三道四，只微微弯腰，问：“要帮忙吗？”

赵西怡是真停不进去，感激都来不及，忙道：“谢谢啊！”

柯礼高三毕业就考了驾照，真真的老司机了，他把车开得稍远，然后看准点位打方向，不过确实很难停，他也是倒了两把才停进去。下车后，他无奈说：“前边这哥们儿不按线停，我都想给他扣分了。”

赵西怡还真从包里掏出了便签条和笔，拧开笔帽写了三个大字：扣100分。然后贴在了前面那辆车的车尾上。

两人看了彼此一眼，没忍住，都笑了起来。

赵西怡也就开开玩笑，不会真生气，走前把便笺纸又撕了下来放进包里，对柯礼真心实意地道谢：“柯先生，谢谢你哦。”

柯礼说举手之劳，然后去开自己的车。

他倒车时，赵西怡也没马上离开，站在那儿帮他看了看，直到车子完全出库，才笑着摆摆手："再见。"

柯礼点了脚刹车，嗯了声："拜。"

回公寓后，柯礼洗了澡出来，忽然起意，拿起手机打开微信。

他微信一般都是工作联系居多，又或是同学朋友，群组也都是工作相关。年初的时候柯大夫和李老师去马尔代夫旅游，物业正好要填表，李老师就让柯礼去填，顺便也把他加进了业主群。这个群平时也挺友好热闹，但柯礼是屏蔽的。现在，他点了进去，然后翻开列表，从最后面开始找。

果然被他找着了，群里备注名：3幢102—赵西怡。

柯礼点开她的头像，是个卡通西瓜。他嘴角不自觉扬起笑意，手指犹豫了下，还是按了下去，点了添加好友。

对方要验证，他想了想，写了两个字：司机。

十来分钟后，赵西怡就通过了他的好友申请，并且发来一个微笑的表情。

柯礼很应景，回了一个小汽车的表情。

几秒钟后，两人同时发了一个一模一样的——握手。

第二天七点不到，他就去公司上班。

唐其琛家的小朵儿这几天发烧，老板告假，许多事情都压在了他身上。今天陆氏的陆总于中午到上海，柯礼必须亲自接待。下午陪陆总参观了集团，又备了丰盛晚宴，到晚上时，新天地开了包厢，估计不到零点不会完事。陆总名叫陆悍骁，人随和亲近，聊天的时候没什么架子，什么都能说个所以然。

柯礼与他是第一回交道，但意外投缘。陆总长得风流倜傥，也是个会玩的，不是特别讲究规矩，反正很随性地自己招呼上了。

柯礼多久没陪过这么轻松的应酬了，松了口气，也权当解闷。

他们的包厢在二楼，一楼是舞池。灯光绚烂，人头攒动，光影各色变换，虚虚实实地看不真切。看不真切才好，往里蹦跶的人都是图份放松。柯礼脱了外套，解开袖扣，边挽衣袖边往舞池走去。

平日工作没压力那也不可能，而且在机要秘书这个位置坐着，事事当谨慎。柯礼当然有自己放松的法子。他这人承压能力强，也懂得变通，在工作和生活之间找准一个平衡点，活得坦然明白。

DJ正好切了一首歌，一个中文的串烧，重新编了曲，前奏就是一通激昂的鼓点，然后一声男声吼叫，全场气氛瞬间飚了起来。

柯礼跟着音乐轻晃，人多，这个碰那个，身体免不得一些接触。他是个放得开的，玩的时候就尽情点，胳膊举高，跟着音乐画了一圈儿，正沉浸呢，肩上却一沉，有人从后面拍他。

柯礼自然而然地回头，竟然是赵西怡。

她今天化了妆，正红色的口红显气质，眉眼弯弯冲他笑："Hi！"

大概是气氛太躁人，柯礼发现自个儿的心脏跟着节奏一起晃了晃。

招呼还没来得及打呢，DJ又换了碟，抒情的萨克斯悠远绵长，像暴风雨后的彩虹晴天，有点分裂。方才还群魔乱舞的人们很快适应，自觉地勾肩搭背，也不管是否认识，和身边的异性、同性悠悠地跳起了慢三。

赵西怡旁边有个胖哥们儿，头发秃了半边，醉醺醺地就要牵她的手，柯礼飞快揽了把她，搭着她的肩，虚虚扶了把她的腰，然后原地转开，把人给挡了过去。

赵西怡仰着脸，笑意盈盈地望着他也不出声。她皮肤白，被灯亮一晃，像是打了一层薄薄的柔光。柯礼眼神渐浓，两人对望了片刻，他微微低头，热热的呼吸落在她耳边："一个人来的？"

可惜音乐声太大，赵西怡没听清，于是下意识地侧了侧脸，是想问他说什么。

恰好旁边一对小年轻抱在一起你侬我侬，投入得太尽情了没留意，撞了她一下。赵西怡幅度便大了些，头一倾，唇瓣正好碰在了柯礼的下巴。

很轻的一个碰触，像落花时节的花瓣随风飞舞，一片一片落在了他皮肤上。

女孩儿身上的馨香不浓，但直指柯礼鼻间，方才只是晃了几晃的心脏，此刻彻底成了地动山摇。

赵西怡略为抱歉地拉开距离，低着头不吭声。

柯礼也没不自然，平静地问："有朋友一块来的吗？"

赵西怡点点头："有的。"

他笑了笑："那你好好玩。"

公事在身，柯礼还是有分寸，再说了，刚才那不尴不尬的一个交集，总得给女生留点空间。他很绅士地走下舞池，上去了二楼包厢。

赵西怡是跟着同学们一块儿来的，毕业三年的聚会。加之她今年随父亲正式来上海定居，所以一半也是替她接风洗尘。十一点多的时候，去结账的男同学没多久又走了回来，纳闷地问："你们谁已经买好单啦？"

面面相觑，没人啊。

这时，酒吧经理走进来，礼貌客气地告知："是柯先生签的单，既是柯先生的朋友，这是免费赠送的两瓶红酒以表心意，欢迎各位下次光临。"

赵西怡反应过来，眼睫眨了眨，然后低下头轻轻弯了弯嘴。

她拿出手机给柯礼发微信，"谢谢司机叔叔。"

很快，消息回了过来，柯礼没打字，只一个胡子白花花的老年人表情包。

从这夜以后，两人的联系自然而然地多了起来。

连李老师都说："你最近回家的次数挺频繁啊。"

柯礼拿了一片切好的橙子咬进嘴里："多陪陪您和柯大夫还不好啊？"

李老师正坐在餐桌前剥豌豆，可不信他的不正经，喊了声："信你还不如信柯建国。"

无辜被点名的柯大夫摘下眼镜，从报纸里抬起头："他跟我能比吗？"

李老师嚯了一声："确实没有可比性，忘了，你们父子半斤八两。"

柯礼只觉得橙子很甜，没有一点酸味。

李老师想起正事："对了，你二姨昨天跟我说，她一个同学的女儿条件不错，未婚单身，二十九岁，跟你年龄还挺配的。你这几天抽个空见上一面。"

柯礼感叹家里女眷的办事效率如此之高，一个沈琳琳倒下了，无数个沈琳琳又站了起来。

不过他也理解李老师，其实相亲不是她这个当妈妈的本意，很多时候，人情礼数不容易拒绝，人家女生主动，再怎么样这点配合还是要有。再说了，柯礼条件摆在这里，折算下来年薪几百万，温润如玉的模样多招人。家里都是知识分子，背景干干净净，用俗一点的说法就是钻石柯老五。

柯老五性子温和，对长辈的意见向来尊重，但这一次没明确表态，含糊其词地就闪人了。

李老师莫名其妙："你去还是不去啊？"

柯礼出了门，在小区里遛弯呢。经过赵西怡家时，他在外头站了好久，然后拿出手机给人发微信："小西瓜。"

小西瓜回得很快："在呢，司机叔叔有何吩咐？"

柯礼挑眉回："明儿我要去相亲，问你个事，你们女生都喜欢男人穿什么风格的衣服？"

这次时间稍久，那边才发来消息："你上次帮我倒车的那身衣服就挺好看的呀。"

啧，间接夸人呢，柯礼正酝酿，小西瓜的新消息："巧了，我明儿也要去相亲。也问你个事，你们当司机的都喜欢女生穿什么风格的衣服？"

聊得起劲儿了，柯礼索性蹲在路边，特专心地回复："我帮你倒车那次，你穿的衣服很好看。"

赵西怡说："明白了，谢谢叔叔。"

柯礼问："小西瓜要去哪儿相亲？"

西瓜说："那要看叔叔你去哪儿相亲。"

冬日暖阳温柔得不得了，世界亮堂堂的，小区里的桂花树仿佛都溢出了香味。偶尔路过业主，一个三岁模样的小丫头牵着妈妈的手，童言无忌有话就说，清脆响亮地发问："妈咪，蹲在路边的叔叔笑得傻嘟嘟的。"

丫头妈妈连忙对柯礼尴尬地笑了下，然后牵着孩子快步离开："叔叔不是傻笑，他是捡着宝贝，开心的呢。"

周六晚上七点的西餐厅，柯礼到得早，一身黑色呢子衣衬得人玉树临风。

餐厅里私人乐队的演奏琴音悠扬，柔软的灯光把人照得心里加温变暖。不多久，门口进来新的顾客，侍者态度友善地引路，礼貌询问："请问您几位？"

清透温柔的声音带着笑意："谢谢，已经订好了位置。"

柯礼适时站起身，远远地冲她笑。

赵西怡长发披肩，略施淡妆，也是精心装扮过的模样。她走过来，眼神俏皮："好巧呀柯叔叔！"

柯礼含笑应了："巧。"

赵西怡望着他："你的相亲对象没来吗？"

柯礼不回答，眼角微微上扬，勾着目光投在她脸上，沉声问："你的对象来了没有？"

赵西怡佯装沮丧地摇摇头："没有呀。"

柯礼垂眸敛眉，再抬头时，笑意收敛，神态认真了些："那正好，要不咱们凑个对？"

赵西怡落落大方地坐下，手肘撑着桌面，轻轻抵着自己的下巴："行呀，你请我吃饭，吃完饭之后，我请你看电影呗。"

柯礼点了点头，然后郑重地伸出手，笑意温润真诚："既是相亲，自我介绍一下——赵小姐您好，我是柯礼。"

赵西怡学着他的模样，认真劲不比他少："柯先生也好，我是……赵西瓜。"

越过桌面握在一起的手，慢慢换了力气和角度，变成了牵手的姿势。两人眼神凝望，渐渐融在一起。

像泼墨的风景画，浓淡粗细恰恰好。

番外二 与子携老

唐其琛和温以宁的婚礼是芬兰之行回来后办的。

景安阳操持家事有道，一系列流程下来打理得妥帖细致，红包、喜帖与伴手礼的式样都做了两份，烫金字的原版都是唐老爷子亲自写的。婚纱礼服也是中西式各备了多套。回上海后，景安阳就让两人去店里试穿。一堆人围着，改良尺寸，调整细节，甚至连裙身上的装饰点缀用的都是整钻。

温以宁其实不太适应这种排面，但她不会说。因为她明白，这婚礼不是她一个人的事。

婚礼不算保密，也没有刻意宣传，婚礼举办的地方也质朴，就在佘山唐其琛名下的一处别墅山庄。但十月二十二日那天，山庄里仍来了不少媒体。唐家办事面面俱到，都是喜事，来的媒体人人一份体面的婚礼伴手礼和红包。

陈飒在媒体圈面子大，处理这些人际交往得心应手，一边帮替着派发红包，一边双手抱拳作揖讨吉利："辛苦各位朋友了哦，新郎官随便拍，但新娘子就麻烦各位手下留情了！”

其实大家心知肚明，人家的话肯定是往好听的份儿上说，但态度也撂得很明白，新娘子的照片真传上了网，亚汇集团也会公关掉的。吃力不讨好还得罪人，谁都犯不着试探对方的底线。

唐其琛这庄园够大，一片平整的草地布置成温馨的仪式现场。百来位宾客都是亲友至交，见证了这对新人最幸福的时刻。

唐其琛这边的亲眷人脉鼎盛，小亮老师特自觉地带着他们玩得好的发小朋友都过来了。

温以宁的父亲已逝，母亲下落不明。小亮老师会疼人，他说：“拼了这把老命也得过来给你撑腰啊，别怕啊宁儿，我就是你的娘家人，他以后敢欺负你，我第一个不干。”

温以宁当时就飙了眼泪，也不知是感动的，还是触景伤情。几个化妆师围着她，哄着劝着，说哭花了妆容就不美了。

其实也是好心地安慰劝解，但小亮老师不乐意了，碰上她的事，什么都能杠上两句：“哪有，她不化妆也是今天最美的！”

温以宁破涕为笑，拿面纸按了按眼角，对化妆师们抱歉道：“给你们添麻烦了。”

唐太太漂亮有气质，待人也是客气温和，很给唐家增面。

婚礼流程顺顺利利地进行，本该由父亲挽着女儿的手，考虑到她的心情，唐家本是要把这个环节去掉，可温以宁没同意，她说：“让小亮老师来吧。”

唐其琛当时也坐在沙发上，叠着腿，看手机时手腕上露出半截白金表，之前的一切意见他都不太发言，这时却抬起头头，眼里光芒微露：“便宜他了，不可以。”

温以宁扭过头，委屈巴巴地望着他，也不说一个哀求的字。就这么望了几秒，要他命都给了，唐其琛改口同意：“没有什么不可以。”

现场交响乐演奏《婚礼进行曲》，小亮老师挽着新娘的手缓缓向前。

温以宁没束发，长发披肩散下，双鬓的头发往后绾，是一个很漂亮的公主头。头纱样式简洁，长长地垂在裙摆上。唐其琛站在不远处，纯黑色的燕尾服剪裁一丝不苟，把他的身材衬得极为高大英俊。

他注目于自己的新娘，这一刻，被惊艳得忘记了挪眼。

把温以宁的手交给唐其琛的时候，小亮老师始终握着她，掌心发抖，把她拽得紧紧的，这一生情谊含了太多爱与珍重，他以为他不会哭，可这一瞬间，根本挡不住眼眶泛红。

三个人的手相交会的一刹，李小亮飞快靠近唐其琛，用只有两人听得见的声音说了一句话，然后镇定自若，又恢复了笑脸恭喜的模样。

唐其琛牵着温以宁走上台时，彩纸礼炮热烈齐齐飞扬，掌声与欢呼经久不衰。而在证婚词响起时，彼此的一句“我愿意”给这段感情开启了全新的征程。

小哥儿和小朵儿今天也很应景地穿着小礼服和公主裙，被阿姨们抱在下头一脸惊奇地望着台上的爸爸妈妈。

粉雕玉琢的一对小人儿，看着看着，口水吧吧地往下掉，小朵儿低头看着公主裙上湿乎乎的一团小圆印，自己咯咯笑了起来。

宾客们都被她逗乐，春风拂面，当真是一段好光景。

唐其琛胃部做过手术，按理说是不能饮酒的，但今天实在高兴，小半杯红酒作陪，被傅西平这帮发小闹得实在厉害。傅西平多张扬的一人啊，联合李小亮一块儿，美其名曰闹洞房。

这帮人可没唐其琛身上那股老派贵公子的厚重气质，纨绔公子哥的不良作风适时发挥，没对新郎官心慈手软。玩的样式也奇葩，倒不为难新娘子和伴娘们。几个爷站一块儿，也不知是谁突发奇想说要比腹肌。唐其琛的腹肌要是没能排前三，今晚这洞房那就别想进了。

喝了酒，都疯。

三十好几的男人了，个个也是排得上号的身份，眼下却跟轻狂少年似的。唐其琛的白色衬衫从西装裤里扯出来，撩开衣摆，卷着往上，平坦坚实的腹部一点一点展现，他保养得宜，没有多余的赘肉，稍一闭气，肌理的线条就很明显地挑了出来。连着腰线往下伸，就没见过男人的腰型这么好看的。

唐其琛胃上还有一道手术时留下的疤，隐隐若现，很性感。

傅西平他们一通鬼叫：“琛儿有心机！什么时候瞒着我们去健身了！”

唐其琛笑得神采飞扬，眼角吊着很是痞气：“你们有我这份定力吗！”

楚楚衣冠变禽兽，别有一番色气。

伴娘里有亚汇的员工，瑶瑶握着手机的手都在颤抖，脸红心跳地偷拍小视频，大老板这破了欲的样子，说是人间极品也不为过了。

哥们儿不肯放人，比完腹肌之后，眼见着要拿温以宁来事儿，唐其琛笑得剑眉斜飞，把人护在身后说：“我夫人这么美，你们养养眼就行，不许闹她。”

小亮老师起哄：“什么你夫人啊，就没见你表达过爱意！”

狼狈为奸的一窝痞子们顿时附和：“没！见！着！”

温以宁抿嘴笑，脸颊绯红，手心都有些出汗。唐其琛牵着她的手，坦然大方地说：“今儿就让你们见识见识。”

说完，他走进乐队里，与他们说了几句，各位乐手会心一笑纷纷点头。

唐其琛便转过身，面对着全场宾客，从容地站在话筒前。话筒架稍低，他把话筒调高了些，喂了两声试试音。

温以宁被簇拥在台下，仪式结束后她便换了一身浅粉礼服，整个人恬淡温和。两人的视线一高一低，在半空轻轻交汇。

跨越人山人海，那是彼此的栖息地。

这一眼的默契，千言万语都不必说出口。

准备好后，唐其琛微微侧身，对身后的乐队颔首。音乐节奏瞬时响起，一段轻悦欢畅的前奏之后，唐其琛单手微扶话筒，坐在高脚凳上嗓音沉吟。

那是一首英文歌。

那是他第一次唱歌给心爱的女孩儿。

男人的中低音宛如悠扬的大提琴，每一个音节余音绕梁，他的英文发音很带感，大抵是几年的留学经历，让他身上自带一种英伦优雅气质。

I could search the world from south to north

But I've already found what I'm looking for

I was born to love you

歌曲踏入高潮，一遍一遍地重复。

唐其琛摘下话筒，起身跟着节奏身体轻晃。他太自然了，没有半分束手束脚的不自在，那是一种恰到好处的呼应，歌词之中，每每唱到*born to love you*这一句，他的目光便炽烈含情地投向温以宁。

这一份存在感太强烈，所有宾客都自发起哄。

傅西平笑着骂了一句："骚得没边儿了！"

一曲毕，唐其琛以一个低沉的转音完美收尾。台下的起哄尖叫声更甚。就连陈飒都忍不住抹眼泪。

这时，人群里爆发一声响亮："唐其琛！夺妻之仇不共戴天！"

众人狂笑，气氛推至了最高点。

小亮老师歪着头，笑得明亮坦荡，他这一声吼啊，啧，骚得不比唐其琛少。

这首英文歌叫*Born to Love You*.而唐其琛每次唱到就会凝望妻子的那句歌词。

I was born to love you.

我为爱你而生。

十点钟左右，宾客陆续离开。傅西平他们闹归闹，但几十年的兄弟感情摆在那儿没得说。热闹劲炒上去了，为哥们儿挣了面。他们有分寸，也不让唐其琛作陪，三四辆跑车轰轰烈烈地开去新天地自己玩，唐老板有钱，尽管作，等着他签单就是。

一天这么折腾下来，唐其琛和温以宁都挺累，新婚之夜也没真的折腾。两人洗完澡就坐在床上互相依偎，唐其琛把投影开了，挑了部《西雅图夜未眠》一块儿看。画面一出现，温以宁就笑了起来。唐其琛吻了吻她的脸："怎么？"

温以宁告诉他："这是我读大学的时候，最喜欢的一部爱情片。就因为这个影片，我一度想去美国西雅图看看。不过大学时候没什么钱，就是个奢望。毕业后，家里发生了那么多事，也没心思再想。"

唐其琛说："老公在，什么愿望你都可以许，我帮你实现。想去西雅图，明儿就订票，我陪你去。"

温以宁笑："你不上班啦？"

"蜜月，不上。"唐其琛说得理所当然。

"还蜜月。"温以宁笑意更深，"才从芬兰回来呢。"

唐其琛洗了个澡，精气神又恢复了，温香软玉在怀，不太能沉住气，头越来越低，嘴唇擦过她的侧脸，嘴角，然后往下，头埋进了被子里，薄唇蹭开她宽松的睡衣领，用冒出来的点点胡楂上上下下地刮她。

这种若即若离的使坏太勾人胃口，温以宁被他弄得又痒又软，没什么底气地推搡："别闹，还不累呀。"

唐其琛的手指挑开她的衣扣，兴致复苏，嗓音沉沉的："在你身上，我就从没累过。"

温以宁一声尖叫，两人扭作一团。

到底还是唐其琛老练，三两下就把人压在下头，两人接了一个浓情蜜意的吻。

唐其琛刚要继续，就被温以宁挡了一下，担心问："今晚傅西平闹你闹得好凶，胃没事儿吧？"

唐其琛勾着笑："我要说有事儿呢？"

温以宁红霞上脸，一双眸子柔情四溢，仿佛能掐出水来。

她抿着唇，羞涩地搂着他的脖颈，在他耳边飞快说了一句话。

唐其琛眸色骤深，下意识地把人抱得更紧。

后来的发生顺其自然，温以宁也不是保守的人，享受爱人带给彼此的快乐，无论何种方式，都是"爱"字的一部分。她钻进了绵软的被毯里，唐其琛双手枕着脑后，呼吸渐深，人跟着一起轻轻发颤。

旖旎之后，两人抱在一起平复喘息。

温以宁额头上被闷出了细密的汗，她忽然说："其琛。"

唐其琛低应："嗯，我在。"

"我不去西雅图了。"她说。

"好，你想去哪儿？"

云雨之后的空气里带着一丝丝的寂静，唐其琛这一句话问完后，温以宁迟迟没再回答。

窗户斜开一角，入夜的秋风夹着凉意缱绻，吹动了纱帘，送进了外头的淡淡花香。

良久，她说："我想去云南，大理。"

唐其琛一听就明白了。

当初江连雪给她留的那段视频中，最后的结尾提到的就是大理。也都明白，一个人真想离开，是绝不会透露自己要去的地方。那只是她顺口之提，并未有实际含意。

可对温以宁来说，那是唯一能与江连雪有牵连的线索。

那是她的执念。

唐其琛最终还是陪她去了。

温以宁四处逛逛，看着当地的人文风情，也没刻意去热门景点，她大学时的室友小昭就是云南人，两人约见聚了聚。毕业也有小十年，岁岁年年人不同，褪去青涩与稚嫩，留给一个女人的，是成熟的气韵与淡然的心态。小昭带她去了当地的一个民族寨子，又很热心地陪两人去了玉龙雪山。

这是一次很平静的旅行。

温以宁走的时候也没买什么纪念品，唯独在一个路边的老婆婆那儿买了两个鲜花饼。

唐其琛是不吃甜食的，她自己吃，一口一口慢慢的。唐其琛始终看着她，吃到第二个时，他无声地搂住了她的肩。

温以宁表情神态并未有多少改变，依旧那么沉默。她眼里如平静湖泊，已够容纳一切变故与波折。成长不止拘于年少，生命只要在继续，成长便无时无刻。

生离与死别。

悲欢与离合。

世间种种缘聚缘灭，强求不得。

温以宁心想，江连雪你真傻，游山玩水怎么能不多带点钱呢。

这大概是唯一的遗憾吧。

冬去春来，一年四季的景色那样美，你好好看，慢慢看。

而你说过的鲜花饼，念念已经帮你尝过了。

在云南待了三天回来后，两人又按家族规矩，去了一趟香港祖家。

唐老爷子有六位姊妹，大伯与三伯定居加拿大，其余四位都在香港置业安家。在各自的行业领域均有一席之地。一对新人回港，这边更具仪式感，相当于把婚礼流程又给走了一遍。在上海是西式，到这儿就是正儿八经的中式婚礼。温以宁穿着量身定做的旗袍礼服，真的体会了一遭手上十几个龙凤镯，头上一整套黄金头饰的土豪气了。

拜礼那日，她偷偷问唐其琛："你里面不会穿了一件黄金甲吧？"

唐其琛笑意淡淡，牵着她的手说："这都是长辈给你的礼物，收好。”

这晚，两人回了浅水湾的别墅。

温以宁震惊了：“老板，你到底有多少房子啊？”

唐其琛还真就认真想了想：“都由资产管理公司打理，算上从小我外公赠送的，我也没太记数。”

温以宁来了兴致，盘腿坐在沙发上，扯着他算账。

“苏州有没有？”

“有。”

“成都天津武汉？”

“也有。”

“那北京三亚土耳其？”

唐其琛笑：“你这地域跨度也太大了。”

温以宁眼珠狡黠一转。

唐其琛捏着她胸前的一束头发绕在指间玩：“你喜欢土耳其？”

这只是她顺口溜想到的。

唐其琛闭了闭眼，平平静静地说：“你喜欢，我就买。”

温以宁故作惊讶状，双手捧脸激动道：“天！唐老板！你好帅哦！”

唐其琛食指微屈，轻轻刮了刮她的鼻子，佯装不悦低声问：“叫我什么？”

温以宁眨眨眼，然后凑近他耳边，声音甜到他心坎：“……老公，我爱你哟！”

唐其琛头枕着靠背闭上了眼，嘴角扬起的淡淡笑意，许久许久都没散。

番外三 百年好合

又是一年新年。

唐其琛和温以宁结婚后的第一个年，小哥儿和小朵儿刚满一周岁，正是蹒跚学走路的时候。

这俩孩子长相一个随爸一个随妈，虽然唐其琛曾经放话，说喜欢长得像以宁的小哥儿。但每回被外人瞧见，他抱着的都是宝贝闺女小朵儿。

傅西平没少笑他："表里不一的臭男人。"

唐其琛抱着女儿，对他的话没放心上，极微小的一个弧度勾在嘴角："儿子是我的，女儿也是我的，跟你有关系吗？你能闭嘴吗？哦，羡慕就直接说，我把西哲给你抱一会儿。"

傅西平胸口差点没被这刀子戳个稀巴烂，决心断交一礼拜。

亚汇集团今年的收官战相当漂亮，继去年竞标成功西路铁路总局的高铁导航分体安装项目后，又与中东欧各成员国合作，经济双向纵伸，整个上海地区独此一家。年末之际，各大新闻媒体的邀请函如雪花而至。柯礼按照他的意思，只应邀参加年度十大杰出青年的颁奖典礼。

唐其琛列席嘉宾位，这一次盛情难却，连某电视台的程东学台长都亲自出马，说服他坐在了打眼的位置。

毫无意外，他的现场照片和动态截图又在微博上热转。这次机位给的镜头实在是多，一整晚下来，一套他不经意间低头垂眸看时间的九宫图冲上热搜。唐其琛长相极为英俊，暗色细条纹的西服，酒红色的高领羊绒衫简洁利落，不苟言笑的样子，有一种旧上海公子哥的风流倜傥。

唐其琛这一套生图太帅了。网友连续扒出了他的一身行头和寥寥可数的私密八卦：

“他戴的这只手表是2014年在瑞士拍出的天价绝版，朋友们，现在已不是用钱能买到的了。”

“外套求同款，99包邮有没有？”

“这不是和安蓝闹过绯闻的青梅竹马吗？”

“楼上的醒一醒，人家已婚，生的还是龙凤胎。”

这条热评带了图，是唐其琛和温以宁的现场结婚照片，但像素非常低，辨不出新娘子的五官，轮廓极温柔。

可不到一小时，这张照片就被删帖了。而与此同时，亚汇集团的官微适时发出一条企业宣传短片，囊括了数十年的发展历程，慷慨激昂又热血澎湃。看众的关注力度空前高涨，网上对亚汇的褒奖赞扬一片，也从侧面达到了最佳宣传效果。

陈飒是个眼光很准的企业品牌推广人，她的策略手段已然运用自如。

唐其琛出任执行CEO的第八个年头，董事会一致通过董事长的任命议案，唐老爷子功成身退，而唐其琛将在年后正式出任亚汇集团CEO。

年前内外事务处理完毕后，又是一年尘埃落定。

傅西平攒的局也算是每年的习惯了，年三十前一天，这一圈打小的玩伴都会聚上一聚。三十五往上的男人，小半生这么过下来，风浪雨雪，谁不是一身故事。年轻的时候恣意畅快，可到了一定的年龄，心便静了下来。这个圈子，来来去去数不清的人，真真假假辨不明的情，真正留身边的，最后仍是这几个。

男人们在桌上玩牌，女眷们唱着歌，聊着天，也自得其乐。

傅西平是学艺术出身，有那么点清高气性，对哥们儿的几个媳妇那是褒贬不一，唯独对温以宁特别好。旧年相识，缠缠绕绕这么多年的缘分，他是把她当自己人的。

包厢里灯影温柔，牌桌气氛融和，耳边是悠扬复古的萨克斯曲。

这场景，似曾相识。

傅西平从嘴里摘下雪茄，忽然对一旁的温以宁挑眉，意有所指地说：“像不像？”

一句掐头去尾的问话，旁人听了是摸不着东西，但温以宁莞尔。她抿着唇，笑意薄薄地撒在嘴角，她没有回答，而是下意识地侧过头，看了一眼唐其琛。

唐其琛手里拿着牌，手法利落地切插，他的注意力在牌上，但表情分明是动了容。

夫妻俩同时答：“像。”

像他们第一次遇见的场景。

当年的小以宁还是大四的青涩学生，她在这样的会所兼职打工，像一株夹缝生存的小小植物，命运虽苦却从未放弃。她做着百无聊赖的服务生，候在包厢门口，从徐徐敞开的门缝里，看到了陷在灯影中的唐其琛。那时的唐其琛年轻倜傥，一身纯黑衬衣像是初秋的凉夜。跷着腿，玩着牌，修长的手指划过牌面，声音低沉，如同秋夜里突然卷进的春风。

他说：“对圈，要吗？”

从此以后，温以宁便懂得了什么是少女心。

此情此景，宛若时光倒流，唯一不同的是，那一眼惊艳的人，成了她的夫君与良人。

温以宁和他目光交叠，由浅渐浓，最后深情不负。

唐其琛知道她想的是什么，只无声地覆上她的手背，在她耳边低语：“还说对我不是一见钟情？”

温以宁笑意绽大，眼睛亮得像星。

傅西平用打火机敲击桌面表示抗议：“二位顾虑一下单身汉的情绪行吗？”

唐其琛把牌一丢，起身牵着温以宁就朝外走。

这突然之举把一桌人弄蒙了：“你、你想干吗？”

唐其琛没回答他们，而是轻声对温以宁说：“想跟你接吻。”

事实证明，男人的话不可信。

接吻之后又想做点别的，除夕将至，晚上的车流明显变少。唐其琛把车开去了山顶上，黑色路虎一把方向横停在无人的深夜。车外冬日渐冷，车里却炽热多情。最后的时候，温以宁一口气差点没喘上来，哭着大骂唐其琛浑蛋。

唐其琛不以为耻，咬着她的耳垂，低声哼吟：“浑蛋也爱你。”

温以宁是在春天到来的时候，做出了一个决定。

她不打算再做广告媒体行业，她想创办英语培训机构，做回自己的本行。

唐其琛一百个愿意，他见过她的语言天赋，那是她身上最美好的风景。

陈飒知道后，虽有不舍，但显然也是她意料之中的结果。那天在外滩的西餐厅吃饭时，两人都浅酌了红酒，兴致浓郁敞开心扉。

陈飒说：“你当初来亚汇报道时，我就觉得，你迟早会走。”

温以宁笑着说：“那你还愿意当我师父呀？”

陈飒闻言淡笑：“唐总交代的，我敢违抗吗。”

温以宁佯装伤心：“看来还是走了后门。”

陈飒也没否认，跟她碰了碰杯：“但我没有教错人，以后不管做什么，都希望你过得开心。”

温以宁一口饮尽，双颊如桃花微红，她说：“昨天子渝给我发了个小视频，是他与顾先生在一起玩电游。”

说罢，她把手机递过来。但陈飒一眼没看，风轻云淡地说：“也不是第一回了。”

酒壮人胆，这些私事本不该问，但温以宁还是关心道：“师父，你和子渝的爸爸……”

陈飒神思淡淡，但明显是分了心，半晌，她说：“子渝成年了，他有权利做选择。”

而自始至终，陈飒都未提过自己的想法。或许是干脆了断没有杂念，或许是心有彷徨未做决断。温以宁也没再追问，她又倒了酒相敬，也是那一句：“以后不管做什么，希望你能开心。”

温以宁的英语培训班从选址、租赁工作室，到办理执照和资质，以及后续的宣传推广，都是她一个人亲力亲为。唐其琛提过一次，问她要不要帮忙。她不需要，他便不再干涉。

那是温以宁自己的事业。

除却前期两个月的筹备阶段实在是分身乏术，之后的每一天，温以宁都会合理安排好自己的时间，晚上一定是陪小哥儿和小朵儿的。

一双儿女太乖，连家里的老阿姨都说，就没见过这么好带的孩子。

大约是触景动情，温以宁某一个瞬间，忽然滋生出某种很强烈的冲动。她看着小哥儿和小朵儿，又看了眼沙发上正在回复邮件的唐其琛。她想，如果再有一个孩子，无论男女，也是很好很好的。

这个念头冒出来一下便消失了，至少目前，她的心力一半都在工作上。

夏天时，一切步入正轨。

培训班的第一级学员数量达成预期。温以宁之前就与本科时的恩师教授联系过，由他引荐了几位得意门生扩充导师团队。温以宁的定位也很清晰，就是针对普通的商业英语运用速成培训，或者是要出国游玩，想短期内提升一定英语水平的大众。

她没要唐其琛帮忙，但陈飒和柯礼是真情实意的热心，有时候介绍一些朋友过来，慢慢地口碑相传，生源也就稳定了。温以宁把赚的钱都存卡里，也很坦然地让唐其琛知道。出去逛个街，碰上自己喜欢的也能随心购买。

柯礼去过一次她的工作室，麻雀虽小五脏俱全，旁边两间隔出来的房间做培训室，倒还有模有样的。

温以宁给柯礼倒了咖啡，他接过喝了一口，笑着说："以宁，事业越做越好了。"

温以宁靠着桌沿，轻松道："这不是事业，我不是做大事的人。就希望，能够活得充实一点，能做些自己爱做的就更好了。"

柯礼说："唐董跟我提过，他不希望你这么辛苦，他也想你过得舒服一些。"

今年年初之后，唐其琛正式任职集团董事长，柯礼是永远不会出错的精英助理，自然不会再称唐其琛为唐总。

温以宁笑意坦然，明亮得犹如窗外的大好天光："舒服与否，跟清闲与否没有太大关系。抛开别的不说，我也想给西哲和西朵树立一个好榜样。他们的父亲很优秀，做妈妈也不能太拖后腿。钱赚得多与少不重要。重要的是，不管人生进行到哪一阶段，都要找到自己的价值。"

柯礼温和地笑了下："以宁，你做得很好了。"

盛夏过后，金秋已至。

这个秋天，温以宁碰到了一件不大不小的麻烦事。

培训班里的一位男士，对她发起了猛烈的追求。

这事说来也忧心，追她的人叫魏明，是一家地产公司的小开，年龄比她还要小两岁。这么个钻石青年，偏偏就看上了眼。哪怕温以宁委婉地表达过，自己已有丈夫，但对方仍然炮火猛烈。

鲜艳欲滴的玫瑰一天一大捧地送，温以宁下班的时候，他更是开着拉风的兰博基尼到工作室外等着。

十号降温那天，刮风下雨，一场秋雨一场寒。

魏明这天的车是敞篷，本想装个帅，想不到淋得满身狼狈。工作室的小姑娘们在窗户口偷偷看热闹，个个开心得不得了。温以宁当时没说话，站到窗边看了一眼，然后把姑娘们打发散了，自己拿了把伞下去送给了魏明。

就是这把伞送出了问题。

魏明的地产公司在业内也小有名气，人际交往很广。这二傻当天就发了一条朋友圈，晒出那把伞的照片，还很中二地P了个爱心上去，说："你果然还是关心我的，宁宁我好感动！"

傅西平不知是在哪个宴会上顺手加了他，没交集，但都躺在彼此的列表中，好死不死的，这条朋友圈就被傅西平刷到了。

唐其琛那晚回去，脸色是少有的阴沉。

温以宁跟他说话，他一个字都没回应。温以宁莫名其妙，以为他工作不顺心，挺体贴地关心："怎么了？心情不好吗？来，跟老婆说说呀。"

唐其琛醋劲上头，冷不丁地扯了扯嘴角，似笑非笑的表情："说什么？说心情不好吗？那别说了，待会儿更不好了。"

温以宁皱了皱眉，但也没再多说，安静地做自己的事去了。

等了一分钟，唐其琛没忍住，走到她面前问："你为什么不跟我说话？"

温以宁愣了："啊？你自己说的呀。"

"我说什么了？"

"跟我说话，你心情待会儿更不好。"

"……"

唐董就没这么憋屈过。他这人看着脾气不外露，一是到了这个位置，什么事情都看得多，看得开。再者，他对温以宁从来是舍不得的。

但今天不知怎的就没收住，不轻不重地把朋友圈的事给点评了一番，然后意味不明地冷哼了句：“你送伞啊，是不是觉得这种学生长相还挺不错，被雨淋到很可惜？”

再听不出唐董吃醋，温以宁也白活了。

这种感觉很奇妙，有点想笑，还有点跃跃欲试的小激动。毕竟有生之年能看见唐董醋意如此之大，实属难得。

温以宁将他的酸味里里外外品尝了一遍，然后挑起眉，一本正经地说：“没觉得那种学生长相被雨淋到很可惜。”

唐其琛脸色稍稍放缓。

温以宁接着道：“只觉得那么年轻，被雨淋到很可惜。”

唐其琛手机直接砸在了地上，沉着一张脸，甩手进了书房。

温以宁被他这飞醋吃得也心里不悦，这莫名其妙的少爷脾性，她也不想惯着。

凌晨一点，唐其琛还没回卧室睡觉。

书房亮着灯，温以宁叹了口气，还是主动去哄老板了。

她刚走到书房门口，手抬到一半还未敲门，门就从里头打开了。唐其琛站在门口，也是要出来的动作。两人碰了个正着，面对面的也没处躲。

温以宁双手环搭着胸口，好整以暇地望着他。

唐其琛一脸高冷，眉眼间情绪收得不着痕迹，一副古墓派修炼的模样。

就这么对视了十几秒，跟较劲似的，谁也不先开口说话。

最后，温以宁啊的一声尖叫，然后迅速跳到了他身上，搂住他的脖子，两条白皙匀称的腿夹着男人的腰，嬉笑着跟他撒娇。

这出其不意的一招，让唐其琛条件反射地托住她的臀。

这一托，把他的眼神都拖暗沉了。

唐其琛欲念深重地狠狠揉了两把，哑声问：“欠收拾了？”

温以宁眼睫轻轻眨了眨，然后在他唇上咬了一口：“老板，我想在醋缸里泡个澡，好不好？”

唐其琛拿她没办法，终于笑了起来。

温以宁腰肢在他怀里扭了扭，倒是会挑时机解释：“魏林开了辆敞篷跑车等在楼下，今天雨又下得那么大，我不是怕他出事，我是不想被人围观。给他送伞，顺便也是告诉他，我不仅有丈夫，还是两个孩子的妈了。”

唐其琛抱着她一边往卧室去，一边纠正：“他不叫魏林，叫魏明。”

温以宁还真弄不太清楚，目光疑惑：“……啊？是吗？”

两人回到房间，唐其琛把人压在了床上：“他叫什么不重要，重要的是你老公叫什么？”

温以宁呼吸渐软，哼哼唧唧地动。

唐其琛不客气，严厉之色极认真：“说，老公叫什么。”

“……嗯，唐其琛。”

第二天，唐其琛就来接她下班。

他没开平日的黑色路虎，而是开了一辆纯白色的布加迪超跑。唐其琛甚少有如此张扬的时候，一现身，工作室的那帮小老师都惊呆了，她们只知道美女老板结了婚，却从不知道她的老公这样俊朗。

温以宁格外不好意思，坐上车后脸还是红的：“你今天怎么换车了？”

唐其琛面色沉静，看了一眼后视镜，平声说：“我最烦别人在我面前炫车。”

温以宁这份领悟来得后知后觉，想起老余曾告诉过她，说唐总在西郊山庄专门建了个地下停车场，买车是他除打牌之外，另外一项爱好了。

老男人的面子，有点贵。

从这以后，魏明就再也没来找过温以宁。

她也是很久之后才从柯礼那儿无意知道，原来，唐其琛亲自给魏明的哥哥周启深打了电话。

周启深的根基在北部，名字看着文雅内敛，温以宁也是后来才知道，这也是四九城里说一不二的厉害角色。唐其琛甚少有过如此态度强硬的时刻，周启深与亚汇集团常年业务建交，自然要给唐董几分薄面。更何况，这事本就是自家人做错了。

温以宁至今还对周启深的出场记忆犹新。按理说，这个意外应该翻篇，但那日周启深从北京飞来上海，他不同于唐其琛的精英气质。人高大英俊，薄薄的单眼皮往上挑，明明是细长温柔的轮廓，眼神却生得狂妄不羁。周启深不抽烟，偏爱烈性更浓的雪茄。

唐其琛宴请时，周启深让魏明也过来了。

魏明是半道接的临时圣旨，进到包厢时一脸蒙，本能反应地叫周启深：“……哥，啊，你，你来上海了。”

周启深嗯了声，他声音一低，像是低八度的提琴和弦，深沉得很性感。他看了魏明一眼，慢条斯理地掐了雪茄，说：“过来。”

魏明不疑有他，走近。

结果，周启深站起身，扬手就是一巴掌打他脸上，然后转过头，对温以宁温和客气道：“唐太太，弟弟不懂事，是我当哥的没教好。以后，他绝不会再来骚扰你。”然后目光轻挪，看着唐其琛说，“抱歉了，唐董。”

温以宁当时就震惊了。

晚上睡觉的时候，她一直缠着唐其琛打听：“周总结婚了没呀？看着年龄不比你小耶。”

唐其琛闭目，平静答：“结了，又离了。”

温以宁单手撑着脑袋，从床上支起半边身子，讶异极了：“离了？他是不是打老婆？”

唐其琛斜睨她一眼：“想什么。周启深当年怎么追人的，整个京圈都知道。”

温以宁还想说话，就被唐其琛不悦打断：“你有一个老的还不够，怎么，又对另一个老的感兴趣了？”

温以宁笑着翻到他身上，撑着手肘，温温柔柔地看着唐其琛。

唐其琛被她看得略有不自在，低声：“要做什么？”

温以宁俯低了头，在他耳边说：“其琛，我想再要一个孩子。”

唐其琛眼皮微颤，表情是平静的，但心脏很明显地搏动了个猛劲。

对视许久后，他闭上眼：“今年不要。你生了西哲和朵儿，剖宫产要恢复两年，我才会考虑。”

温以宁愣了愣。

唐其琛搂着人，手臂绕到她的后脑勺，轻轻把她压向了自己侧颈，声音和煦温柔，像在诉说他生命中不容置疑的原则一般：“不管几个孩子，在我心里，你的健康与平安，永远是第一位。包括西哲和朵儿，他们以后会成家立业，有各自的精彩人生。但我，只有你。念念，你才是要与我走一生的人。”

温以宁的鼻尖蹭在他的颈间，能感受动脉强而规律的跳跃。

她嗯了一声，然后闭上眼，忍住了眼泪。

番外四 爱他明月好

傍晚有雨，雷鸣闪电半小时，雨滴却始终未曾落下。

经过遮挡花园，天色已厚重暗沉，甚至不用抬眼，都能看到硕大的阴云成团，伴着潮湿空气越压越低。车子开上皇后大道，雨滴成石，一颗一颗砸下，很快便成瓢泼之势。仿佛云层之上憋太久的眼泪，终于痛痛快快洒落人间。

五一假期，来港游玩旅客多，没到下班高峰期，中环已拥堵得寸步难行。

陈志中探头出车窗瞭望，叹气说："赶不上饭局了，uncle该生气了。"

后座唐其琛侧头往外看，长长车流不见首尾，他合上财报，说："不会，我打电话。"

陈志中少年模样，上月刚举办完成年礼，他左耳一颗猫眼耳钉，碎刘海遮挡额头，拿烟时的模样像街区不良少年。唐其琛向前倾身，摘下他的打火机抛向了副驾。

陈志中举手做投降状：“OK，OK。”

此后，唐其琛不发一语，合眼养神。

到平顶山，夜幕已垂，唐其琛睁眼，按下车窗过风。维多利亚港灯影绰绰，山风拂面，体感温度都降低了。

半山宅门口，妇人已久候，孔雀蓝旗袍搭配同色披肩，脚踩高跟鞋款款而立。陈志中故意做坏，方向盘往右，黑色迈巴赫几乎撞上花园石阶。惹得众人惊呼，好生紧张。

随后，陈志中顽皮露脸：“妈咪。”

德叔替唐其琛拉开后车门，贵妇人迎向前，面色忧心：“你不乖啊。”

唐其琛下车，笑容淡淡，伸手虚扶她的胳膊：“阿中没坏意，孩子心性而已，这次见他，比年前懂事很多，姑姑不用太担心。”

唐其琛的外套脱在车里，只身着黑衬灰马甲，腰线笔挺，裤管垂坠，山腰风大，薄薄衬衫贴合后背，头发乱了几缕，如此漫不经心。姑姑关心道：“着衫多一点才好。”

进入大宅，保姆盛来鸡汤，又半蹲下来，用热乎的手巾替唐其琛拭手。唐其琛笑道：“红姐越来越年轻了。”

“嘴吃蜜糖了。”红姐笑眯着起身，又督促他趁热喝汤。

虽叫姐，但已五十有多。都是自小看着唐其琛长大的，年岁渐长，仍把他当珍宝对待。

半碗汤的时间，姑姑又换了身旗袍下楼，唐其琛看了一眼，倒也直言不讳：“颜色深了。”

姑姑已满六十，但保养得宜，面沾红光。年轻时风华美貌不输明星。她是唐其琛最小的表姑，二表姑去新西兰游玩，三姑与三伯一起定居加拿大。二伯至今活跃在香港金融领域，今晚要赴宴，和家族信托基金的高层有饭局。

晚间天气转凉，唐其琛略感不适，红姐给他暖了茶水，又悉心地将羊绒薄毯盖在腹部，话里难免责怨：“你这身体啊。”

姑姑顺着话说：“就该找个知冷知热的照顾你才是，你妈咪说，你和小秦老师相处得很好，怎么又突然分手了呢？”

唐其琛笑得无奈，纠正说：“不是分手，就没有在一起过。”

姑姑始终记挂他的婚姻之事，不满道：“小秦老师很好的。”

罢了，这种事情在家族内已然敏感话题，他的任何异性之交，都会被过分关注。家里女辈对小秦老师的印象之所以好，唐其琛其实是能理解的。上海一小教语文的小学老师，书香世家，年龄相当，一眼看上去通体舒畅的长相。唐其琛抽时间和她吃过一次饭，印象中是举止有礼的女人，之后也有几次主动邀约。小秦老师温温淡淡，反倒不是太上心。

成年男女，都市中人，到了这个阶段，一个聪明人，一个明白心，好像都不是始于感情，不过是为着种种原因，或许年龄到了，或许长辈催促，或许履行人生义务，而有共识地试探能否走到一起。唐其琛工作繁忙，国内外奔忙宛若空中飞人。等他回上海稍事休息，再一次联系秦老师时，已被拉黑。

大刀阔斧，实在飒爽。

念及此，唐其琛嘴角微翘，也未曾有半分遗憾之意。见他表情舒缓，姑姑长吁短叹，兀自感慨，话当年，提旧人，续前情，俨然一部唐其琛个人历史回忆笔记。说他英国学成归国时，面容还带着些许少年气，不似如今沉静寡言，怎么着也是个侃侃而谈的大好青年。说十年前唐氏家族内部动荡，其上三四五房旁出争名夺利，觊觎家产，唐家形势好生复杂，唐其琛因此被父亲调出集团，远离修罗场，下放国企一走六年。

所谓忆苦思甜，姑姑到底还是心疼他。唐其琛始终安静，听到这一段时，内心暗暗叹息，话题又逃不掉了。

果然，姑姑语气一换，翘首以盼地朝他坐近了些："嗰位女仔呢？你好中意佢。（那位女孩儿呢？你很中意的。）"

唐其琛无奈笑了笑，眼神像秋风过境，落叶满地，尘归尘，土归土，早就洞察一切，该放下的已放下了。他一改标准普通话，也用粤语道："佢埋咗婚，仔一岁了。（她结婚了，孩子都一岁了。）"

姑姑知他误会，连忙摇头："不是小晨儿。"

唐其琛一顿。

"在上海复旦读大学的女孩子，阿中说，看到过你们共乘去餐厅。"

唐其琛面色淡下去，整个人又变得安静。

陈志中早几年来内地看漫展，应该就是那时无意见到的人。于唐其琛来说，不过是前情旧事中的一段而已。犹如蜻蜓点水，涟漪轻散。但说来也玄妙，三年还是四年？每每提起这段过去，唐其琛还是能精确无误地记起她的名字。

姑姑见他兀自神思，反倒喜上眉梢，以为有着什么。

唐其琛眉峰下压，情绪又是不着痕迹，慢言道："阿中那时才多大，是他看错了。"

次日陪大伯去银行会晤投资高层，中午宴请后便乘机离港。下午四点抵达上海，柯礼候车已久。唐其琛上车，接过保温瓶，柯礼说："夫人知道您不回家吃晚饭，特意让我带来的养生汤。温度刚好，唐总您趁热喝。"

唐其琛喝了小半，便拧紧瓶盖，随手搁在一旁。柯礼看着却不敢劝，只默默将车内空调调高两度。

到会所，侍者领路，木门推开，傅西平摇手喊话："唐总迟到，该罚。"

唐其琛脱下西服，侍者接过后悬挂于一旁衣架。柯礼侧耳吩咐，让他上一杯养胃热茶。

桌上德州扑克切得齐整，唐其琛随手翻张牌，黑桃为大，他是首庄。一晚好运似乎从此开始，唐其琛在香港短暂停留两日，公事部分倒还得心应手，只这家里各色亲友的试探询问，让他略感压力。

友人之间能说上几句心里话，傅西平听完之后，笑得好似局外人看戏，玩笑信手拈来，回头对柯礼说："瞧你老板，该给他挂个男科号，莫不是性冷。"

唐其琛压下一对牌，傅西平骂了一声："又输了。"

唐其琛往椅背慢靠，淡声："数你话最多。"

"记仇，真记仇。"傅西平剥了颗糖放嘴里，"姑姑竟然知道小念念，这倒让我很意外，她是怎么知道的？你俩当年是不是真的要见家长了？"

唐其琛将洗好的牌提力往桌上一按，声音沉闷，倒泄露了主人些许情绪。

傅西平真不觉得有什么，但还是下意识地收敛了，无所谓道："都多少年的事了。"

唐其琛冷不防的四个字："拜你所赐。"

傅西平咬着烟，手里玩着打火机要点不点，神态有那么点试探的意思，最后眉尾微妙一挑：“明白了，唐总念旧人，还是怪我。”

唐其琛翻开一张牌就往他脸上飞。

傅西平偏头躲开，明暗光影里侧脸英俊，隐去的半边脸嘴角微勾。倒不是他察觉出什么不对劲，也不是非要做想入非非的设想。唐其琛说没有，那就一定没有。可他也从未否认过，傅西平心里清楚，当年的小念念，还是有存在感的。

女孩儿离开上海之后，唐其琛就病了一场。胃溃疡复发，炎症厉害，在医院躺了三天也烧了三天。彼时的傅西平刚从杭州参加完全国互联网峰会，抵达上海已是晚八点。到医院时，唐其琛整个人低迷昏沉，甚至有点烧糊涂了的错觉。他眼神虚无，有气无力地看傅西平一眼，而后又闭目沉睡。唐其琛睡得不踏实，手臂甚至有小幅度的抽抖，傅西平怕他出事儿，刚要去叫医生，就听烧糊涂的唐其琛忽然说了一句：“再等等我。”

虚无缥缈的四个字，没有主语，没有后续。傅西平回头打量，病床上的唐其琛脸色病态，眉间褶皱，生生读出几分意难平。唐其琛没说要谁等等他，但傅西平只想到了一个人。脆弱之下的无意识透露，才是人之本真。

唐其琛病愈，再有精力与他们聚会玩乐已是小半年后。那天人多热闹，牌局顺风顺水，凌晨时走了一大拨，留下的是几个发小挚友。约莫是见唐其琛心情大好，傅西平鬼使神差地问出了口，问他：“其琛，如果念念没有走……”

这个名字一出口，犹如夏季转初秋，唐其琛安静不多时，淡声答：“没有如果。”

傅西平怔了怔，本能反问：“既然喜欢，为什么不去找？”

唐其琛沉默下去，包厢内灯光效果变幻迷离，白灰交替的灯影胶着在他面部，是最锋利的情绪遮阳板。而直到投影屏切换到下一首歌，唐其琛也一个字都没有说。他只看着歌词，歌手唱到某一句时，傅西平能感觉到，唐其琛的眼神升了温。

这首歌叫《平生一见》。

荷花凋尽我来迟，

人生易老梦偏痴。

几年过去，傅西平一直没有将病房那支插曲告诉唐其琛。戳人伤疤，不是善事，而以唐其琛如今的身份地位，遗忘这个词，当是他得心应手的一项社会能力。

毕竟往事悠远，人生向前，憾事总是比较多。

说来也邪气，这一岔神，唐其琛手气直转而下，一把庄下了之后就再也没有好势头。傅西平起劲极了，大有征讨失地的气势。柯礼静坐一旁沙发，连连往牌桌瞧了好几眼，最后实在看不下去，默默合上电脑，适时给唐其琛送去一杯温水：“唐总，您休息一会儿？”

傅西平直叫唤，嚷着不许：“柯总助最坏，今儿甭想给你老板解围，打牌要休息什么呢，我看决战到天亮就挺好。”

柯礼笑了笑，不说话。

唐其琛是真乏了，手头牌往桌面一扑，起身指了指位置。柯礼知他默契，自然而然落座，接着继续打。唐其琛坐去沙发，慵慵懒懒靠着软垫，双手搭着扶手，长腿叠着，闭眼养神面色沉静。

这一闭眼，就全是傅西平晚上那些不着边际的话了。

这小子胆大得很。别人不敢说的，他要说。偏还说得到点，说得中穴位。唐其琛承认，当年姑娘潇洒一走，那个泪眼斑驳的眼神自己记了好些日子。傅西平的问题，唐其琛不是没有考虑过，但生活推人向前，病愈之后，亚汇集团经营决策变更，连带一系列人事变动，内部事务平息后，唐其琛又远赴南美开疆辟土，基建工程庞大繁杂，那一年在国内待的时间甚至不到二十天。连老陈都亲自飞去国外为他做体检。唐其琛国内顶尖院校本科毕业，又在英国读了MBA，加之六年国企锻炼，这份履历表扎扎实实，更加持了他严谨克制的品性。

他内敛有度，实则对自己够狠，投入过精力的，他一定要结果。

工作如是，感情亦如此。

傅西平与他挚交二十多年，也是奇特物种。本科在圣彼得堡列宾美院拿了三年奖学金，之后被保送去德国继续读艺术，但傅西平主动弃权，瞒着所有人考上了剑桥攻读心理学。这么一个看似不靠谱的人，实则最为可靠。唐其琛跟他交过底，也说过真心话。那几年对小晨儿的喜欢是实打实的，唐其琛从不否决。小晨儿是个好姑娘，这份心意她值得。哪怕最后没有走到一起，但两人之间明明白白，没有半点隔阂与暧昧。小晨儿和她的初恋初心结婚，是一个女孩儿最幸运的福报。唐其琛心无芥蒂，且祝福由衷。

就算没有在一起过，于他来说，这也是一个妥善的结果。

傅西平听完他对自己这段旧情的定义时，便明白唐其琛是真心实意地放下了。但说到温以宁，这个男人偏偏沉默，一字不肯多言。之后，傅西平试着剖析过唐其琛的心理，唐其琛对以宁始于好感，然而以宁当年年纪小，一腔热情总希望迅速得到正名，偏偏唐其琛不是天雷勾地火的作风。纵着护着，拿捏分寸，水到渠才成。加之后来被自个儿那么一搅和，矛盾便更深，连转圜的机会都没有，一拍两散。

温以宁搁唐其琛这儿，是奔着能开花结果的好结局走的，却偏偏落了个不得善终，成了他心里最介怀的没有结果的遗憾。遗憾这种东西有厚度，被时间蒸发会越变越薄，最后薄如蝉翼，看似烟消云散，其实还跟一层纱似的裹着人心，某些时刻仍会收拢收紧，提醒你这个遗憾一直在，你忘不掉。

唐其琛枕着沙发合眼，想得神经疼，比打牌输钱还乱心。

傅西平已传来阵阵哀号："柯礼你有必要这么替其琛出气吗，一来就翻盘儿。"他又冲唐其琛嚷，"我要挖墙脚了啊，你这助理也太好了。"

唐其琛站起身，打断道："你出一个亿，问问他。"

傅西平笑眯眯地问柯礼："一个亿，跳槽吗？"

柯礼温文尔雅，说："两个亿。"

傅西平："……"

柯礼说："也不考虑。"

傅西平心想，这一对老奸巨猾的主，又着道了，自取其辱来着。

唐其琛没回牌桌，起身后出去包厢透气。这个会所是傅西平临时找的，他们不常来。一楼是对外迎客的餐厅，装潢与服务都有格调，生意不错。唐其琛倚着二楼栏杆，恰好景安阳来了电话，他背过身接听。景安阳关心几句后说出正题，提醒他不要忘记下周六和秦家的饭局。

说是饭局，其实是有意安排秦家小女儿与唐其琛见面，话不用说得太明白，实则就是相亲。景安阳是属意安蓝的，但这是唐老爷子的授意，情面礼仪还是要顾全周到。唐其琛权衡轻重，早前便答应了。走个过场，别下人脸面。景安阳还在电话那头嘱咐，手机握在掌心，唐其琛单手环腰，掐了掐自己的眉心骨，然后转过身视线低垂往一楼餐厅。

灯光是暖黄调，萨克斯悠扬婉转，像是做旧的故事片镜头，右边靠窗的那张桌成了焦点。

女孩儿双手交叠轻轻抵着下巴，一颦一笑像春日光景。

唐其琛甚少有迟疑的时刻，但此刻，他收回目光，稍稍低头沉静了番，又再次将目光放去女孩儿身上。

说来奇怪，之前也未刻意记起，总觉得分别只是几年有多，但具体时日不得而知。可就在这一瞬，熟悉的面容重现，某一部分便自动通了电，甚至不用自己有意计算，脑海里便自动蹦出一个精准数字。

情绪剧烈谈不上，情深似海更不必提，只是出于本能地，唐其琛打断母亲的话语，淡声道："秦家饭局，我不参加，爷爷那边我会解释。"做出决定后，电话挂断。

人生如旅途，一程又一程。想去的地方可以限定，但旅程中遇到什么人，离开什么人，却是缘分天定。大多数时候，以为最坏的结果是"离开"，却很少设想，那个离开的人，或许有天还会回来。以另一种遇见，继续未完的剧情。

四年半，念念，好久不见。

番外五 半生家书

江连雪女士：

展信佳。

今天立秋，傍晚带朵儿和哥儿散步，看到水果店里新进的金枕榴梿十分新鲜。我站在那儿看了很久，朵儿说，她想吃。奇怪的是，他们竟不排斥这个味道，吃得极其香甜。其琛回来后，被屋里的榴梿味儿熏得两小时没敢进门。

他说，我和他都不吃榴梿，这俩孩子究竟像谁？

我心里一时想到你。也是因为你，这一晚半好不坏的心情彻底定性，你看，这么多年过去，你还是有本事让我一下子生气。

生气了，榴梿不给你留了，剩下半边明天给朵儿做千层蛋糕。

你还没见过朵儿吧，她四岁了，长得乖巧漂亮，和其琛一个模子印出来的。都说女儿像父亲，反正那时你也不太喜欢其琛，照片就不给你看了。小哥儿叫唐西哲，东驰西骋，知人则哲。是不是很有内涵？以你这悟性，若是还在，我还能与你解释一二，让你去牌友邻居面前吹吹牛。

但你不在了。

这几年，其琛工作依旧忙碌，休息时间甚少，他每年都会空出一个月假期，陪伴孩子，带家人旅行。我们去俄罗斯看世界杯，去非洲看大草原，去青海湖骑自行车，也去云南吃了几次鲜花饼。

他比你聪明，把身体养得很好，一年比一年好。

其琛母亲已退居幕后，不再涉足交际圈。

她不再锦衣华服，看起来老了许多，但神韵平和宁静，眉眼之间能瞧见禅意。

这话你是不是爱听，你俩那时死不对付，如今单论容颜，江女士你一定战无不胜。

没有亲眼看见，不痛快了吧。

所以，你后悔了吗?

我曾无数次替你想过答案。

如果时光能倒流，回到人生最初，你还会选择嫁给我爸吗?你还会选择生下我和妹妹吗?你还会选择忍下生活之艰辛，稀里糊涂过完这几十年吗?

我觉得，你应该还会。

还记得我们几年前狠狠吵过一架。你怨我宁死待在上海奔波辛劳，也不愿回老家安然度日。我说你冷血无情，妹妹过世的时候，你竟一滴眼泪都没掉。

你那天动手打了我，说，现在把我打死，你也不会掉眼泪。

你骗人。

你躲在卧室里，躲在窗帘后面，躲着哭泣。

下次不想让人听见你哭，记得把声音压小一点。

上个月，我回了一趟老家，其琛去国外出差，就我一人。还记得镇郊的夜阑寺吗?那时人迹寥寥，但前年政府投资旅游发展，已成为小有名气的景点。

寺里香客多，住持师父也来了新面孔。朝朝香火篆炉烟，合住春秋岁八千，这么多祈福之人，得偿所愿的又有多少。每次帮我添灯油的小和尚问我，有何所愿时，我想到你，但又不知该为你求些什么。

求你打牌多赢钱，求你长生不老，求你永远风华不减。

罢了，这些好话都是留给还在的人听的。你既然不乖，就不说给你听了。

我们家拆迁旧址已建成了经济新区，商场酒店无一不有。离开寺庙后我开车经过，停在高楼的方向辨别了很久，那里是座电影院，人们走进去看别人故事的悲欢离合，走出后，又继续自己的生活。有时候我想，会不会有一天，你也忽然从电影院出来，大红唇，紧身裙，老不正经里最漂亮的那一个。

你和我吵吵闹闹了小半生，一定不会让我如愿。

想想就生气，生气了，明年都不想来给你烧香了。

中午去小亮老师家吃饭。他爱人怀孕两个多月，正是害喜的时候。亮爸和亮妈身体还不错，参加了老年登山队，时不时搞团建。他们从郊区山上摘了一箱桃子，让我带回去给西朵和西哲尝新鲜。

对了，我还去看了杨正国。杨叔叔依旧开出租，依旧不太善于表达。他房子有点小，衣柜是那种老式的，就摆在客厅。我看到你走前给他买的那些衣服，他连同包装盒，完好无缺地放在最上层。

我问他为什么不穿。

杨叔叔说，穿了，就旧了。

他还说，放着吧，也能有个念想。

走时，他往我车里塞了好多腊肉和鸡蛋。我认识的长辈，对孩子们都特别好。你呢，你个亲外婆，有没有一丝愧疚呢。

罢了，你既然选择心无旁骛地走，就别有牵绊，潇潇洒洒别回头。

前几年，我和其琛托了不少关系试图找你，你可真厉害，一点线索都不留。你大概想跟我玩捉迷藏游戏，是不是想告诉我，有些游戏，看得见开头，却永远不会看到结果。还有去年，我在微博上看到一条社会新闻，说北方百年难遇的大寒潮，桥洞下发现一个女人，裹着破旧的花棉被，身体被大雪覆盖，吓坏了发现她的清洁工。

那次我魔怔了，瞒着所有人北上。大暴雪连下数日，火车困在山体路段整整两天。我去殡仪馆辨认了模样，不是你。

生不见人，死不见尸。

你段位太高，我一生输给你，甘拜下风。

西哲和西朵这段时间在上幼小衔接班，对认字极有兴趣。西哲那天从其琛书房出来，跑来卧室拉了拉我的手，他说爸爸刚刚教会他新的字。

我问他是什么。

他指着写字板，从左到右，清晰响亮地念："江，长江的江；连，连绵的连；雪，飞雪的雪。江连雪——妈妈的妈妈，江连雪。"

我没忍住。

这是我最后一次为你掉眼泪。

江连雪，我们母女缘尽于此，不强求了。希望某个时刻，某个地方，倘若你要回忆平生，能稍稍想起我……

想我的时候，多走几步，来梦里看看我。

祝安。

番外六 岁月余钻

温以宁计划要二胎，是两年后。

小哥儿和小朵儿已满三周岁，秋季入园，正式成为幼稚园小班生。在这件事上唐家数次纷争，老爷子希望孩子们去香港上学，但唐其琛的父亲并不同意。唐父一生教书育人，是中文系风度翩翩的教授兼副院长。青年时弃商从文，与老爷子的期待值相去甚远，这是父子之间最大的嫌隙，哪怕几十年过去，唐父在学术界颇有声望，老爷子对他仍是心存芥蒂。

唐父明眼看世，谦逊礼让，礼义孝道实在做得周全。父亲再多不是，始终是尊重老爷子的。但这一次，他态度异常坚定，表态不同意将孩子们送去香港。在他看来，刻意安排就是拔苗助长，没有哪个地方比得上至亲的朝夕相陪。

老爷子是真生了气，就差没把拐杖丢他脸上。

景安阳实在无奈，只得打电话给温以宁。

当年生下龙凤胎，出月子之后，唐其琛与温以宁便搬去了汤臣一品。这天晚饭，夫妻俩回老宅，一进门就察觉气氛古怪。之后家宴更不必说，老爷子板着一张脸，唐其琛有意打破僵局，挑着话题跟他主动聊天，都没有得到好脸色。温以宁佯装吃饭，然后给身边的小哥儿夹了一只鸡腿。

三岁的唐西哲长得像妈妈，眼睛轮廓尤其，明澈漂亮至极。小西哲与妈妈对视一眼，心领神会，从座位上跳下来，捧着碗走到老爷子身边说：“太爷爷吃鸡腿，西哲的鸡腿给您吃。”

老爷子再心硬，都舍不得冲孩子摆脸子，表情松动了七八分。

就在这时，对座的小朵儿也小蹦小跳地跑过来，奶声奶气道：“太爷爷，西朵的鸡腿也给您吃。”

说完之后，她伸出小短手，撒着娇：“太爷爷抱抱我。”

老爷子心都化了，哪还顾得上生气。西朵双手做喇叭状，小声说：“太爷爷，朵朵舍不得你，香港太远了，朵朵想每天见到太爷爷好不好？”

唐其琛淡定吃饭，听到这儿，嘴角微微一翘，心想，闺女是要成精了。

这个僵局谁打破都不合适，西朵这一说，是最好的台阶。温以宁搁下汤勺，轻咳半声，适时接话：“爷爷，香港那边是挺好的，我大学最好的朋友也在那边工作。”

这话说得共情，老爷子舒坦，自然就没那么抗拒，安静着，表示愿意听她继续。

“您的心意是为孩子们好，希望他们接受更好的教育，看看更大的世界。但爷爷，孩子们还小，您看朵朵又这么舍不得您。而且说实话，我也舍不得西哲和朵朵。”温以宁动之以情，言辞也不锋利，倒是能让人听进去。老爷子沉思许久，最后重新端起碗筷，不轻不重的两个字：“吃饭。”

大家便都心照不宣，老人家这是同意了。

饭后，一家四口外出散步，唐其琛牵着温以宁的左手，唐西哲小小一只，却伸长胳膊，一刻也不松地牵住温以宁的右手。这孩子自小沉静，五官分开样样精致，全刻着温以宁的影子。合在一块更加俊俏，眉眼神采中依稀可辨唐其琛的气质。教过的老师个个对他褒奖有加，都说唐家小哥儿是能成大器的人。

温以宁对此不置可否，什么成大器，三岁孩子人生初始，未来这个词曼妙深长，算命尚且不准，旁人几句恭维之词又何能作数。若为这些而沾沾自喜，那才是失败的父母。所幸，唐其琛与她观点一致，什么人中龙凤都是夸夸其谈，走好自己的路，过好自己的生活，才是人间幸事。不过在这种预见性问题上，景安阳还算有发言权。约莫半年前，尚未满三岁的小西哲坐在地板上拼乐高，那神态与专注力堪称一绝。景安阳看了好久，最后没忍住，对温以宁小声说："我以为时光倒流了。"

乍一听，温以宁不太明白："嗯？"

景安阳感慨："太像其琛小时候了。一模一样的爱好，连思路动作都那么像。"

反观女儿，温以宁视线远移，唐西朵蹲在地上，屁股撅得高，然后猛地起身，双手向上大声喊道："小仙女变身！"

只这一下起身动作太大，小小一只重心不稳，又一屁股坐到了地上，小朵儿泪眼蒙眬，嘴巴一撇，眼见就要哭出声。唐西哲走过来，很懂事地扶起妹妹，还帮她拍了拍裙子上的灰尘，说："你不变身都是小仙女。"

小朵儿破涕为笑，牵着哥哥的手又开始疯跑。

温以宁与唐其琛对视，很有默契地都弯了嘴角。

唐其琛三年前做过手术之后，便有意将权力下放。接手亚汇之初便栽培的人，如今都已独当一面身居集团要职。唐其琛运筹帷幄，管控大局，工作量减少一半有多。多亏温以宁照顾，这两年身体大好，几次常规体检的结果都不错。老陈上个月还打趣儿，说他身体年龄最多二十八岁，又夸温以宁是头号功臣。

唐其琛彼时没说话，只安静地牵起身后妻子的手。掌心温热，力道内敛，一切尽在不言中。

十月份，唐其琛批了柯礼半个月假期。柯礼时任亚汇集团副总经理，全面负责集团经营工作。十来天假期实在奢侈。柯礼也没料到批了这么久假，开完周例会后，随唐其琛一齐踏入办公室。

"唐董。"

唐其琛脱了西装外套，随手搁在椅背后，然后冲他抬了抬手，打断说："去国外度个假，结婚蜜月不能少，别让爱人留遗憾。"

既做决定，肯定是安排妥当，柯礼太了解他，便不再推辞，真诚道："谢谢唐董。"

柯礼和赵西怡的婚礼特地岔开了周末，很低调地选了个周一，他在圈内人缘极好，那天宾客依旧不少。唐其琛亲自会客，是把柯礼当自家兄弟的。温以宁陪新娘子梳妆，说说笑笑好不热闹。婚礼是西式，当一对新人互念誓词时，温以宁没忍住鼻酸，低头悄悄抹泪。

唐其琛侧过头，见妻子动容，便伸手将她揽向肩头。温以宁凑去他耳朵边，嗓子有些哑，"我没事，就是感动的。"

唐其琛温柔一笑，右手覆上她的手背再没松开。

这天参加完婚礼，本来说好一块儿去新开的西餐厅吃晚饭。但温以宁怎么着都不肯去，呜呜喊累，唐其琛带她回家，车库里她还要赖不肯自己走，双手一伸，撒娇说："老板抱抱。"

唐其琛双手环胸，站在副驾门边挑了挑眉，然后弯腰俯身，笑着说："好，抱抱。"

结结实实的公主抱，美人在怀，唐董很是享受。温以宁搂住他脖子，用鼻尖去蹭他微凸的喉结，跟只小猫似的。

这一蹭，蹭得火光四射，蹭得想入非非。进屋后，唐其琛压在她身上不打算起来，花好月圆，应情应景，温以宁也不抗拒，推开他的肩膀懒洋洋地说："去洗澡。"

唐其琛低头深吻，吻得人缓不过气才做罢。

等他沐浴出来，温以宁却趴在床上睡着了。睡时还维持着原来的动作，甚至连被子都没有盖。唐其琛微感无奈，用手碰了碰以宁的脸，见她没醒，便收了兴致，帮她盖好被子，按下窗帘开关。

之后回想，其实从这时起，就是怀孕带来的变化迹象。

温以宁在生理期过了一周后越想越觉得不对劲，用验孕棒一检测，自己都蒙了好久。因为夫妻生活一直都有避孕措施，唯一的一次是上个月陪唐其琛去苏州出差，两人见了朋友后回酒店，想着安全期不会怎样，结果还真中了招。

怀孕的消息没隐瞒，家里长辈都高兴，千叮万嘱让她注意身体。回去路上，唐其琛握着温以宁的手闭目养神，温以宁问他："你不高兴呀？"

唐其琛睁开眼："嗯？"

她眼神不安又藏着小失望。

唐其琛失笑："怎么会，我当然高兴，但我更怕你辛苦。"

温以宁生小哥儿和小朵儿的时候出血量有些多，这些年看着健康白净，但中医把脉时一直说她气血不好。唐其琛记着这点，也担忧再次受孕她身体受不住。其实这两年温以宁一直提过二胎的想法，他都没有太多配合。

也罢，来了就是缘分。

温以宁去验了一次血，黄体酮有点低，医生让她两周后再来做个超声。恰好这段时间培训室有些业务合同收尾工作要做，温以宁周三这天下午忙了半天，顺便交接了部分工作就准备安心养胎度过头三月。

傍晚开车回唐家吃饭，唐其琛比她还先到，见着人，皱了皱眉。

温以宁一脸疲倦，脸色不太好，鞋还没换呢，就忍不住朝他伸手："老公，抱。"

唐其琛阴云渐散，笑意拂面，也不管父母爷爷都在，十分顺从地将她拥入怀里："说了我过来接你，非不让。"

温以宁在他胸前蹭了又蹭，倒还委屈上了："不想你辛苦啦。"

唐其琛的唇瓣轻轻碰了碰她的头发，低声说："你才更辛苦。"

景安阳从厨房出来，只见唐其琛一人，便问："以宁呢？"

唐其琛松开袖扣，边挽边说："楼上换身衣服，就下来。"

景安阳点点头，亲自盛了两碗汤搁一旁晾着："阿姨炖了八小时的鸡汤，去油少盐没有半点腥气，她不吃葱，什么佐料都没加，也不知她喜不喜欢。"

话刚落音，就听见楼上传来一声闷响。声儿不大，但力道在那儿，跟人摔在地上似的。景安阳面色惊恐不安，唐其琛已经迅速跑了上去。

卧室门半敞开，一条宽宽的缝。温以宁维持着站立的姿势。

唐其琛夺门而入，温以宁懵懂抬头，眼里全是茫然无望。唐其琛视线往下，心口冰凉。地上晕开刺目的红，温以宁眼前渐渐模糊，没撑住，晕了过去。

唐家顿时一片混乱，把人送到医院，直接进了抢救室。

宫外孕，做了手术才脱离危险。

等温以宁醒来，唐其琛仿佛一夜之间老了十岁。

这个孩子有缘无分，倒是给唐其琛留下一个深刻阴影。温以宁起先也不太能接受，痛苦压抑了很久，到后来也慢慢看开，有时候还能主动跟唐其琛开玩笑，说："太调皮了，满肚子跑，没跑对地方。下次我们要孩子之前……"

话未说完，就被唐其琛冷声打断："我不会再要孩子了。"

他转过头，情绪已然克制不住，眼神降了温，语气也跟锋利的刀刃似的，重复说："男的，女的，任何，我不要。"

唐其琛极少以如此不近人情的态度面对她，两人对视几秒，一个委屈不解，一个坚定得近乎残忍。温以宁低下头，沉默地滑进被窝，翻身朝外，只留一个背影。

这一夜的安静比任何时候都敏感伤人，唐其琛不说话，空气黏稠闷热得像是八月盛夏。直到很久之后，温以宁用被子蒙着头，肩膀微微发抖，啜泣声再也忍不住。数分钟后，黑暗里，男人用坚硬的臂弯裹她入怀。一声声的心跳贴着后背，顺着经脉血液往骨子里攀爬渗透，最后，二人心跳频率趋于一致。

唐其琛压抑不住痛苦，甚至不愿再回忆起她在抢救室的那几小时。每一分钟，每一幕，都心如刀绞。

他的嘴唇轻碰温以宁的后颈，嗓子哑得厉害，说："我只要你。"

男孩女孩我都不在意，如果一切要以你做交换，我宁愿老无所依。

我只要你。

要你顺遂健康，要你一生平安。

温以宁泪眼未干，却感觉到后颈温热湿润。

她转过身，主动抱住了唐其琛。

一夜之后，清晨晴天暖阳，微风轻抚室内，亲吻着床上相拥的爱人。

其实这件事在温以宁这里真的算是翻了篇，但比较而言，唐其琛是真的计较上了，连着两三天甚至连老宅都没有回，对家里说是忙，但温以宁估摸着，是心有余悸，看小哥儿和小朵儿都有些心梗。

新年之后，冬去春来，唐其琛周三这天告诉温以宁自己要去洛杉矶工作十天。唐董守业江山，产业遍布，出差更是常有之事。温以宁从不过问太多，只叮嘱他注意身体。恰逢幼儿园办了个小主持人的比赛，温以宁被两个孩子每晚缠着，听他们童言童语，真还别有一番趣味。

小朵儿在语言方面颇有天赋，声音脆悦，想法也是天马行空。她一个人叽里呱啦说上半天，一旁的唐西哲已在妈妈臂弯里睡着。小朵儿精神奕奕地捧住温以宁的脸，胖手柔软，笑容稚嫩：“妈妈，我最最最喜欢你啦。”

连说三个“最”，温以宁忍俊不禁：“那爸爸呢？”

小朵儿为难了好久，才勉为其难地减少一个字，说：“我最最喜欢爸爸啦。”

之后温以宁去洗澡，小朵儿从被窝里冒出小脑袋，偷偷用手机给唐其琛发语音：“爸爸，朵朵最最最最最最喜欢你。你听到了吗，好多好多的最哦！”

第二周，唐其琛回国，正巧赶上了孩子们的主持比赛。两人坐在家长席已足够低调，仍引来不少目光。小朵儿不怯场，明亮得像是小太阳。但第一名还是给了唐西哲，这孩子内敛沉稳，平日对这事儿也没有表现出强烈的兴趣，偏偏台风极佳，后半段还说了一段流利英语。

回家后，小朵儿捧着银色小奖杯，委屈地落金豆豆。下车后，唐西哲哄着妹妹，把金色小奖杯送给她：“朵朵，我们换一个好不好？”

唐西朵哇的一声哭了，大有地动山摇的架势，哪知刚哭两声，她又突然收住，使劲儿吸着鼻子，奶声说：“哥哥抱抱朵朵，朵朵就好了。”

唐西哲小绅士一个，抱住妹妹。

娇气包眼泪未干，笑意已经上脸：“还要摸摸我的头，就像爸爸抱妈妈，每次也摸妈妈的头一样。”

于是，哥哥给了妹妹一个温柔的“摸头杀”。

次日是周末，把孩子们送回老宅后，唐其琛和温以宁回了汤臣一品。洗完澡出来，温以宁看见唐其琛在沙发上睡着了。男人骨相英俊，肤白细致，保养得宜，背头放下来，额前松垮几缕发丝。温以宁俯下身，看着出了神，最后莞尔，掌心极轻地碰了碰他的头发，说：“睡美男。”

西服外套搁在一旁，衣角坠地，温以宁顺手拎起。然后是唐其琛的公文包，钱夹，手机。温以宁把它们放置工整，刚要起身，手机屏幕亮，老陈的信息弹了出来：“消炎药还得吃，一个月内滴酒不沾。”

温以宁心紧，以为他身体抱恙。

新信息又发了来：“后天过来复查，手术虽小，但也别大意。”

温以宁脑子一片空白，手术？吃药？复查？

忽然，手机被抽走，掌心落了空，温以宁如梦初醒，心跳如重锤。唐其琛已醒，眼神深远地望着她。

温以宁紧张至极，语调克制不住地抬高："你怎么了？你不许瞒我，唐其琛！你，你不许……"

她是真害怕，眼睛湿漉漉的已经蓄满泪水。唐其琛抬起手去摸她的脸，被她躲开。

唐其琛失笑，微微叹气后告诉她："乖，我没事。"

温以宁语带哭音："都做手术了还没事？"

"真没事。"唐其琛沉默片刻，说，"我结扎了。"

温以宁那次宫外孕其实是很危急的，左边卵巢大出血，抢救室三个字犹在眼前。唐其琛忧思远虑，是真舍不得念念受苦。他没法对她狠，但对自己是一点也不含糊。情动时常有，谁也不能保证这种意外再不会发生，而且依他对妻子的了解，生二胎的想法是春风烧不尽。火中取炭和避轻就重，他选后者。

孩子是生命和爱情的延续，是婚姻里的锦上添花，但不是唐其琛的全部。因为爱这个人，才愿意与她开花结果。如果没有这个人，再多点缀也毫无意义。

温以宁趴在他胸口，眼泪无声滑落。唐其琛抚摸她的头发，还有心情打趣儿："在美国做的手术，老陈的博导主刀，真的只是小手术，在手术台上老头儿还夸我。"

温以宁声音闷闷的："夸你什么？"

"身体年轻。"

温以宁破涕为笑，嗔道："不要脸。"

唐其琛挑眉，一把搂住她："嗯，要你。"

一到下半年，时间走得飞快，转眼到了十二月底，异常忙碌的收官月。

圣诞节后的第三天是周五，唐其琛连轴运转，在集团公司开了四个会，忙完已是七点。晚上原本还有一个与海外子公司的视频会议要参加，但柯礼把他说服："唐董，这个会我亲自听，投资计划整理好后，明早八点送到您办公室待审。今天日子特殊，您早点回家陪陪夫人。"

唐其琛是放心他的，起身说："好，辛苦。"

老余候车在门口，柯礼陪唐其琛电梯下楼，上车时，柯礼颔首微笑，真诚道：“琛哥，生日快乐。”

今夜的上海城好似平坦大道，星夜微闪，霓虹曼妙，从CBD开出去竟畅通无阻。唐其琛滑下半边车窗过风，看着城市星光，眼底眉梢一片安宁。

到家，一双儿女粉雕玉琢，拿着大大的礼物盒朝他跑来。唐其琛蹲下，左拥右抱，脸颊挨了亲，甜甜腻腻的奶香。小哥儿和小朵儿齐声大喊：“爸爸！生日快乐！”

抬起眼，淡蓝的气球满屋飞，桌上是一只小蛋糕，蛋糕边是粉嫩欲滴的大捧玫瑰。温以宁插蜡烛，转过头看着他，笑得像当年那个纯真赤诚的小姑娘：“老板，你回来啦！”

唐其琛牵着孩子们，似笑非笑问：“西哲和西朵都说了生日快乐，你呢，为什么不说？”

温以宁得意道：“我有生日礼物呢！”

她绕过餐桌，打开了电视机，几秒启动时间，西哲和西朵拉着唐其琛坐去沙发。

“来了来了。”温以宁也坐下，冲他眨了眨眼。

唐其琛不明所以，直到屏幕出现画面。这是一段剪辑视频，碧海蓝天，阳光大好。钢琴配乐渐起，画面晃了几晃，镜头对准了温以宁。她手持拍摄器，咯咯地笑，大约是第一次录，自己也有些放不开。

温以宁清了清嗓子，指着身后的大海，大声说：“2016年3月，深圳。老公，生日快乐。”

画面剪接，一帧一帧滑过，沙漠边，烈日里，温以宁披着民族风的大丝巾，全副武装，只露出亮晶晶的眼，她说：“2015年6月，甘肃，唐老板生日快乐，妈呀热死我啦。

“2016年4月，武汉。老公，生日快乐哟。

“5月，最近出差好多，是不是勤快媳妇儿，这是苏州夜景。”

2017年5月，南京秦淮河。

2018年9月，伊斯坦布尔。

2019年3月，西安大雁塔。

温以宁这几年或出差，或游玩，或见朋友去过的每一个地方，每一座城市，她都记得跟唐其琛说，生日快乐。

在一起五年，从开始到现在，女孩儿眉眼不变，一腔热忱跨越时间山河。最后的最后，镜头渐暗，再亮起时，时光切换，连唐其琛都愣住了。

“嘘……猜猜这是哪儿？”画面里的姑娘欢欣雀跃又小心翼翼，镜头推远，对着玻璃窗外，是白茫茫一片的雪景。

唐其琛眼睛瞬间发了烫。

这是芬兰，是极光，是他们结婚蜜月的当年。

原来，那时的温以宁就心有打算，五年，不长不短，是人生时间轴上一个不起眼的标记。于她来说，却是一个更美好的开始。

温以宁穿着淡绿色的毛衣，站在窗边小声说：“五年后的唐老板，你有没有更帅了呢？如果变帅了，你就笑一个。”

沙发上的唐其琛不由得翘起嘴角，点点泪光隐在眼角。

屏幕中，温以宁眼神逐渐温和，注视镜头很久很久，而后突然凑近，声音压得很低，她说：“唐其琛，第一个五年我陪你过，第一个十年，二十年，三十年，我都陪你过。我爱你，最爱的老公，长命百岁哟。”

视频播完很久很久，唐其琛维持着姿势没有动。小西哲虽不全然明白，但还是很懂事地牵起妹妹进了卧室。

孩子们一走，唐其琛的眼泪就再也忍不住落了下来。

温以宁无言许久，最后伸手抱住他。两人十指紧扣，唐其琛闻着妻子身上的淡香，然后慢慢闭上眼。

他内心无比安宁，他明白，这样的幸福，他会拥有很久很久。

【全文完】

图书在版编目（CIP）数据

我等你，很久了：全 2 册 / 咬春饼著 . -- 南京：
江苏凤凰文艺出版社，2019.7（2023.10 重印）
ISBN 978-7-5594-3824-9

Ⅰ . ①我… Ⅱ . ①咬… Ⅲ . ①长篇小说 – 中国 – 当代
Ⅳ . ① I247.5

中国版本图书馆 CIP 数据核字 (2019) 第 114993 号

我等你，很久了（全 2 册）

咬春饼 著

选题策划　北京记忆坊文化
责任编辑　白　涵　刘洲原
特约策划　绪　花
特约编辑　诗　杰　绪　花
营销编辑　杨　迎
封面设计　80 零 · 小贾
封面绘图　哑言云二十四
插图绘图　鼓宜坠
版式设计　段文婷
出版发行　江苏凤凰文艺出版社
　　　　　南京市中央路 165 号，邮编：210009
网　　址　http://www.jswenyi.com
印　　刷　三河市国新印装有限公司
开　　本　880mm × 1230mm 1/32
印　　张　18
字　　数　588 千字
版　　次　2019 年 7 月第 1 版　2023 年 10 月第 4 次印刷
书　　号　ISBN 978 - 7 - 5594 - 3824 - 9
定　　价　65.00 元（全二册）

MEMORY
HOUSE